中国現代文学史

鄭万鵬
著

伊藤敬一
中山時子
藤井栄三郎
翻訳監修

白帝社

著者自序

自由主義――中国文学の「自由への道」

中国現代自由主義文学の出発点は個人の自由の提唱である。個人の自由の精神、個性解放の思想は、中国現代文学に「五四運動」の時期において、怒濤のごとく壮大な個人主義をめぐるテーマを形成させた。

自由主義が汲み上げたものは東洋と西洋の伝統的人文主義（ヒューマニズム）であり、したがってそれは従来つねに一種の深い思想として表現されてきたので、放任状態に流れることはなかった。胡適《フーシー》の論文『易卜生主義（イプセン主義）』（1918）、許地山《シュイディーシャン》の小説『換巣鸞鳳（巣を換えた鸞《らん》と鳳《ほう》）』（1921）、冰心《ビンシン》の小説『超人』（1921）……これらの表現する個人主義は期せずして、個人の自由を提唱し、かつそれに内在的な規律を加え、それを一種の理性的な個人主義――或いは「健全なる個人主義[1]」とも言えるものに――していた。このような「自由」を強調し、かつ「責任」をも強調する理性的個人主義は、西欧近代の自然主義的な人性論の影響下に生み出された絶対的個人主義とは、微妙かつ重要な差異を有する。冰心は『超人』の中で、老舎《ラオショー》は『老張的哲学（張さんの哲学）』（1926）、或いは『趙子曰』（1927）の中で、陳銓《チェンチュエン》は『衝突』（1929）の中で……絶対的個人主義に対しては、批判を加えているのである。

理性的個人主義を出発点とする自由主義は、終始、古来よりの中国士大夫の憂国警世の伝統と緊密に結びついている。その表現するところの個人の行為を律する思想は、伝統的な「修平」（修身・斉家・治国・平天下）という人格理論の現代的に解釈されたものと言えよう。自由主義的個人主義は、自然な形で社会の中で通用する中で、近代的な民族国家観念の原型を内包するものなのである。上記の3名の作家のほかにもまた、郁達夫《ユイダーフー》の『沈淪』

（1921）、郭沫若《グオモールオ》の『女神』（1921）、聞一多《ウェンイードゥオ》の『紅燭（赤い蠟燭）』（1923）、朱自清《ヂューヅーチン》の『白種人――上帝的驕子（白色人種――神のわがまま息子）』、蘇雪林《スーシュエリン》の『棘心（イバラの芯）』（1923）などがあり、その表現しているのは、五四運動期の時代精神に富む個人主義なのである。それは個人の新生と民族の新生とを融合させて一体化させている。これは上は儒家の個性的な自由哲学の伝統を受け、下は当代の実存主義哲学を切り拓くものであって、人類の 20 世紀自由哲学の濫觴《らんしょう》なのである。

中国現代社会の二大政治勢力の長期にわたる、複雑で、先鋭な対立と闘争に直面して、自由主義の文学者たちは政治集団を超越して、作家の独立した地位を堅く守り、自由主義の立場によって自由主義文学を書き、自由主義的社会思想を表現した。

自由主義文学は、矛盾と、闘争の状態に置かれている政治勢力の双方に対して、双方向の批判を行った。この種の批判は「集団主義」的な立場から出たものではなく、建設的批判、有限的批判と言えるものであるが、――こちらは相手を批判するが、しかし決して相手を打ち倒すのではなく、自由と寛容の精神を注ぎ込むのである。胡適は現実の権力の中心とは置くべき距離を極力置き、自身は、諍友諍臣（そうゆうそうしん、諫める友、家臣）の名分でもって 、政府に対し正面きって論争を挑み、「王者の師」の立場で、自身が意識するに至った国家、民族に対して負うべき歴史的責任を果たすべく、系統だった自由主義の行動哲学を書き上げたのである。老舎、朱自清、戴望舒、巴金等等自由主義的創作の立場を堅持した作家は枚挙に暇がなく、綺羅星のごとく輝き、その成果は目にも鮮やかであり、力強く中国現代文学を支え続けて来たのである。

社会的テーマに関する自由で、独立した探求を行なうことは、自由主義文学に一種の「探求的現実主義」を出現させたのであるが、これは「革命的現実主義」とは異なるものがあった。それは既定の、先験的テーマを拒み、如何なる既成の学説をも踏襲しなかった。

自由主義文学の左翼文学との論争の焦点は階級闘争学説の導入の是非に

あった。自由主義文学の社会的テーマは階級闘争の学説を盲目的に踏襲することを拒絶し、暴力革命に反対する一方、漸進的な社会改造を主張し、各階級、各種職業の発展と自由を唱え、法治を強調し、合法的手続きの下での権力の交代を承認するという形で表現された。これが自由主義文学の最もその特徴を備えた点である。老舎の『二馬（馬《マー》さん親子）』（1927）、『猫城記（猫の国の物語）』（1933）、郁達夫の『遅桂花（遅咲きの木犀の花）』、許地山の『東野先生』（1932）、『解放者』（1933）、『春桃』（1934）、徐志摩《シュイヂーモー》の詩歌、胡適の時事評論、林語堂《リンユイタン》の談論風の文化論の著作、梁実秋《リアンシーチウ》の文論……これらが表現しているのはみな漸進的社会改造思想である。林語堂は1935年に次のように述べている。「中国人は基本的に人文主義者《ヒューマニスト》である[2]」。彼は「人文主義《ヒューマニズム》と理性的精神とが、この民族の考えもなく行為と意識の両面で極端へと暴走するのを防いでくれるであろう[3]」、「中国は必ず一切の狂気を排除し、一切の‘情理にかなった’ものを受け入れるであろう[4]」と誇らしげに言い切っている。林語堂は歴史上の中華文明を肯定し、「中国文明は必ずや西洋文明とかなりの差異を有する文明として理解されるであろう[5]」と考えている。この種の差異は明らかに「中国には固定的階級というものがまったく存在しない」という社会構造にはっきり現れている。林語堂はさらに続けて中国の歴史社会のその種の構造に伴う一連の政治文化制度を肯定している。こういった漸進的な文化観念こそ思潮の林立する30年代に彼が保持していた鮮明な自由主義の立場を築き上げたのであった。彼は「内戦」を批判し、満腔の憂慮を持って「内戦」状態下の中国の惨状を描いた。「今日の中国は疑いなくこの地球上で最も混乱した、もっとも暴政の苦しみを受けている、最も悲しむべき、最も寄る辺のない、奮い立って立ち上がり着実な足取りで未来へ向かって前進する能力の最もない国家である。神の──神がいればの話だが──本意は中国に世界の各民族の中で第一流の民族たらんことを求めているのである。にもかかわらず中国は国際連盟の中で最も下位の席を選び、グアテマラと席を並べているのである[6]」。

自由主義文学者の探求する自由な社会改造の道筋は、中国社会の構造的基礎の上に築かれ、中華文明の歴史を伝承し、現代精神に富んでおり、これは中国の社会発展の「自由への道」なのである。胡適の言うが如くである。「我々は現代の自由主義がまさしく‘平和的改革’の意味を持つべきことを認めよう。なぜなら、民主政治がすでに軌道に乗った国々においては、自由と容忍とが‘平和的改革’の大道を造り上げているからである……[7]」。

東洋と西洋の両洋の人文精神《ヒューマニズム》は民族主義的要素を含んでいる。中国現代の自由主義文学は近代的民族国家の観念に通じている。「啓蒙」、「社会」というテーマは「救国」というテーマに通じている。個人の自由、社会の自由と民族の自由とは密接不可分である。郁達夫、許地山、老舎、蘇雪林……彼らの描く主人公の個性の覚醒は民族国家の観念の覚醒に伴っている。これはまさしく「五四」時代の精神の体現なのであった。

「満州事変」、「盧溝橋事件」の勃発に伴い、民族の危機は日増しに深刻になり、中国現代文学の「抗戦」のテーマが突出したのであった。中国の自由主義作家の抗戦の主題の特徴は「正面抗戦」にあり、したがって交戦中もなお階級闘争を堅持しようとした「間接抗戦」とは異なるものがあった。「正面抗戦」のテーマは矛先を日本の侵略者に向けていた。それは如何なる政治勢力であっても民族自決に利する民族主義的行為を肯定し、如何なる政治勢力であろうと民族独立に利しない集団主義的行為、「内戦」行為を否定した。抗戦時期、老舎は作家は「不党不偏の精神を抱き」、「心血を国家に注ぎ」、「祖国の滅亡を救い生存を図る責任を共同して負わねばならぬ[8]」。「手を携えて敵に立ち向かい、ペン先をただちに一斉に外敵に向ける[9]」ことを主張した。『四世同堂（四世代家族）』（1944～1946）は個人本位、階級本位を超越して、民族の命運が最高至上の地位を獲得し、「中華民族万歳」の声は大空に響き渡った。

自由主義文学者たちの抗戦の主題は、各種政治勢力の抗戦行為を自身の視野に入れている。「満州事変」以後東北地方の軍民の抗日、「盧溝橋事件」後の中国軍民の抗日作戦、「一・二八」、「八一三」の上海軍民の血を浴びての奮戦は、胡適、林語堂、郁達夫、蘇雪林、巴金、朱自清、老舎、陳銓《チェンチュエン》、艾蕪《アイウー》等の作家の作品の中に、それぞれ反映されている。

中国現代文学の抗戦のテーマは、世界の反ファシスト文学の序幕を切って落とし、その重要な構成要素となった。中国の作家およびインテリは、欧州の戦場のレジスタンスと同様に、一場の「洗礼」を浴びて、「新生」を獲得したのである。『京華煙雲（北京好日）』（1939）、『四世同堂』等は、すべて主人公を描くのに抗戦を境界線として人生を前後両時期に分け、抗戦を経て自己を民族の中に溶け込ませている。フランス人作家ジャン＝ポール・サルトルも自身の人生のターニングポイントが「第二次世界大戦」であることを認めている。彼は自身が、戦時中「戦前の個人主義ならびに純粋個人から社会へと転向したのだ[10]」と語っている。サルトルは抵抗派作家として、抗戦活動中に「敵に追従しない哲学宣言」である『存在と無』（1943）を完成し、「絶対的自由観」であるのみならず、「絶対的責任観」でもある現代実存主義哲学を打ち立てたのである。彼の長編三部作『自由への道』は主人公が「第二次大戦」中に個人の狭い世界、個人生活から抜け出して、決死隊に加わり、英雄と臆病者の間にあって、自由な意思で英雄となることを選んだのであった。これに対して中国の自由主義作家たちも、民族戦争中に一連の民族主義のテーマを描くとともに、憂国警世意識にあふれた一連のまとまった自由に関する哲学をも大いに叙述しているのである。

自由主義文学は中国文学の「自由への道」を具現しているものである。

注

（1）胡適「中国新文学大系・建設理論集序論」、趙家璧主編『中国新文学大系』vol.1 p.29、上海良友図書印刷公司、1935。

（2）（3）（4）（5）（6）林語堂『中国人』（又の訳名『吾国与吾民』）p.68、p.402、p.403、p.52、p.16、学林出版社、1994。

(7) 胡適「自由主義」、『胡適全集』vol.22、p.739、安徽教育出版社、2003。
(8) 老舎「保衛武漢與文芸工作」、『抗戦文芸』1938 年 7 月 9 日、第 12 期。
(9) 老舎「三年来的文芸運動」、『老舎文集』vol.15、p.419、人民文学出版社、1995。
(10)「七十歳自画像」、『薩特文集』vol.7、p.413、人民文学出版社、2000。

目　次

下編　民族主義の文学

上編

個人本位の文学

緒論　多元的に激動する中国現代文学（一）

中国現代文学の発展の過程は、おおむね個人本位、社会本位、民族本位の三つの段階を経て、「啓蒙」、「革命」（或いは「改革」）、「救国」の三大テーマを形成した。

中国現代文学の三大テーマは決して画一的なものではなく、多様ないろどりを見せている。「左翼」思潮は独尊の地位を占めていたのではなく、独立派の作家たちは綺羅星のごとくであって、自由主義文学は盛んな様相を呈していたのである。そのことによって中国現代文学に多元的に激動する局面を出現させることとなったのである。

中国では19世紀中下葉より西洋列強の侵略によって半植民地状態に陥るという苦境のもと、一部の知識人たちは洋務運動や戊戌変法運動の西洋の技術面、制度面の導入に満足せず、思想、文化の側面に着目した。彼らが真っ先に取り入れたのは西洋の個人主義であった。

魯迅《ルーシュン》が1907年に『文化偏至論（文化偏向論）』を著した目的は、国民の伝統文化の薫陶の下における「個人主義」に対する反感と偏見を正すことで、ニーチェ、シュタイナー、ショーペンハウエル等の個人主義の哲学者、文学者を紹介し、彼らを「強い精神力を重視する最新の一派」として称賛し、「将来の新思想の予兆であり、また新生活の先駆者」でもあると褒め称えている[1]。とりわけニーチェを「個人主義の最大の傑物」と称え、ニーチェの「超人」哲学、「凡庸な民衆を犠牲にして、一、二の天才の出現を求め、天才が出れば、社会の活動も起こる」に賛同している[2]。且つ、この学説の影響の下、中国においては「物質を排して精神を発揚し、優れた個人を信頼して、凡庸な多数を排斥する[3]」ことを提唱し、個性の解放を社会解放の道筋とみなした。

『新青年』の陳独秀《チェンドゥーシウ》（ちんどくしゅう 1879～1942）一派の人々が巻き起

こした「新文化運動」は根本から西洋に学ぼうという運動であった。それは中国人が明末清初から始めた西洋に学ぶというプロセスを一方の極端にまで引っ張っていき、一場の文化革命運動に変質させてしまったのである。「新文化運動」の民族文化発展のプロセスにおける地位と働きは、ロシアの「西欧派」に類似している。ピョートル一世が強制的に西欧化運動を推し進めてから、ロシアには西欧的知識階級というものが出現し、彼らは、ロシアはあらゆる面で西欧に学ぶべきであると主張した。ツルゲーネフというこの「西欧派」の作家は、客観的現実主義の方法で西欧派の主人公の西欧化されたものの見方を描いたのであった。『貴族の巣』の中のパンシンは次のように考えている。ロシアは病んでいる、「しかし、我々が病んでいるそのわけは、他でもない、我々がただ単に生半可なヨーロッパ人になったにすぎないからだ。我々が病んでいるというのは、つまりこの点で病んでいるのであり、我々が全快したいのならば、やはり徹底的に変わることしかないのだ[4]」。

「新儒家」のリーダー梁《リアン》漱《シュー》溟《ミン》（りょうそうめい 1893 ～ 1988）は「新文化運動」の当時にこの運動の「西洋化」の性質に目を向け、かつこれと論争し、20 世紀初頭における中国思想界の中西文化に関する大論争の重要な構成要素となったのである。梁漱溟はこういっている、「『新青年』の陳独秀先生初め何人かの先生」の考えは、「もろもろの枝葉をかなぐり捨てて、単刀直入に最後の根本を求めることを考えねばならないというものであった。いわゆる根本とは他でもなく西洋文化全体──文化の違いの問題全体であった。もしも単にその政治制度を取り入れてうまくいかなければ、基本的に全面的に取り替えるべきである。……我々はやはり陳先生の頭脳の明晰さに感嘆せざるを得ない！　なぜなら普通の人間は両種の文化の違いに対していとも簡単にいい加減にしてしまうが、陳先生はその違いを大変はっきりと見極めることができ、かつ西洋化が全てのものであるから、枝葉末節に捉われてこまごまとものを見てはいけないのであるという考えに至ったのだ。このときこういう自覚があったので、この人たちがこれを提唱したとき最もなすべきことは思想の改革に越したものはない、──それは文化運動だ[5]」と。

「新文化運動」は西洋の個人主義を導入し、極力中国の社会構造を倫理本位から個人本位に転換させることに努めることを主張した。1915 年 12 月、陳独秀は『新青年』に論文『東西民族の根本思想之差異』を発表し、「西洋民族は個人を本位とし、東洋民族は家族を本位としている」と考え、東洋民族が「善果を招くような善因を招じたければ、それは個人本位主義を以って家族本位主義に換えることにあるのだ[6]」と提議している。1918 年、魯迅は『随感録三十八』の中で、中国人は「従来いささか尊大であった。──ただ惜しむらくは‘個人の尊大’ではなくすべて‘集団的愛国的尊大’であった[7]」と批判している。所謂「個人の尊大」とはつまり「特異」であり、「衆愚の凡庸な大衆に対する宣戦[8]」だったのである。同年世に問うた小説『狂人日記』はすなわち「個人」の初めての「吶喊（叫び声）」であり、狂人のイメージは中国新文学の「個人主義」の最初の個人なのであった。彼の懐疑から覚醒への過程とは、つまり「個人」の覚醒だったのである。

「個人主義」は「文学革命」後の新文学のひとつの重要なテーマとなった。このことは周作人《ヂョウヅオレン》（しゅうさくじん 1885 ～ 1967）の「人の文学」の中に具体的な形で表されている。まさしく胡適《フーシー》のいうがごとく周作人は「その時代に提唱すべきさまざまな文学的内容を、すべてひとつの中心概念の中にひっくるめたのであり、この概念を彼は‘人の文学’と呼んだのであった[9]」。

「新文化運動」の主唱者たちが提唱した「個人主義」がよりどころとするのはルソーの学説を代表とする自然主義的人性論（近代自然主義人性論）であった。この理論は、人のさまざまな自然本能、欲望はすべて正当なものであり、人間性に合致していると認めている。社会的罪悪は人間の欲望の致すところではなくて、自然な人間性と対立する社会が作り上げたものなのである。これは西洋で古来より脈々と受け継がれてきた人文的価値体系とは異なるものがある。

ホメロスの叙事詩における「アキレスの怒り」は原始欧州文化の重要な特質を表しており、それはすなわち個人の価値の重視に他ならない。だがアキレス流の放任的個人主義は、社会に災難をもたらしてしまった——これはまさに盲目の詩人ホメロスの民族の前途に対する憂慮であり、民族精神に対する深慮であった。ヘーゲルはホメロスの描く英雄の時代を「倫理的社会[10]」に帰属させている。

ヘーゲルはまた「スフィンクスの謎」というこの古代ギリシャ神話の中から自己省察意識を読み取っている。彼は述べている。「この象徴の謎の説明は一種の即自的かつ対自的な意味を明示することにあり、精神に向かってこう呼びかけることにあるのだ。‘汝自身を知れ！’、つまり有名なギリシャのことわざが人々に呼びかけるのと同様である[11]」と。

『神曲』は古代ギリシャの人文精神とキリスト教文化を融合させた。その巻頭の寓意はすなわち肉欲、野心、貪欲そして妬みという種類の情欲が光明の道を歩むのをさえぎっているのである。ダンテの考えたことは人類の災難と人類自身の関係であり、人類自身の改造の問題を提議したのであった。『地獄篇』の「序曲」はすなわち「信仰とは救済を得る道の出発点なのである」ということを宣言しているのである。ベアトリーチェはダンテを導いてもう一人の彼——神に接近させ、ダンテをして「神の真の賛美者」たらしめたのであった。E・M・フォースターはこういっている。「ダンテは人々が普遍的に何らかの信仰を持っていた時代に生きていた[12]」。

シェークスピアが彼の悲劇の中で描いたのはことごとく人類の弱点であった。欲望、野心、陰謀……「ハムレットの命題」の意味は、人類——自身も含め——に対して悲観的見解を有していたことにある。それぞれの悲劇にはすべて倫理観念が浸透している。シェークスピアは、「キリスト教文化の中の犠牲的精神、懺悔の精神、博愛の精神を、個人を十分に尊重するという近代的意識の基礎の上に重ねて光明を光り輝かせた」のであった[13]。

ゲーテが「ファウストの難題」の中で探求したのは如何にして個人の欲望に対する追及を社会道徳の制約と高水準な調和をさせるかであった。「ファウスト的精神」は人類の主体的世界に対して、人類の進取の精神に対して実存主義的意味での楽観的見解を有している。

「新文化運動」の導入した絶対的「個人主義」は西洋の伝統的人文主義とは異なるものがある。「人の文学」の理論はまたこの差異を明確に表している。周作人は『新文学的要求（新文学の要求）』（1920）の中で「人の文学」の人間性本位主義を強調したほか、さらに「この文学は人類のものであり、また個人のものである。しかし民族のもの、国家のもの、郷土および家族のものではないのである[14]」と提議している。「個人主義」を極端にまで推し進めると、もともと社会的、民族的要素を含まないので、じかに「コスモポリタニズム」の抱擁を受け入れようとするのである。こういった「コスモポリタニズム」に対する共鳴は、絶対的個人主義が後に民族主義と袂を分かつそもそもの原因となった。

「新文化運動」はヨーロッパの近代思想を導入したのと同時に、伝統文化に対する「反逆思想」をも導入した。ヨーロッパ近代の個人主義思潮というのは強烈な「反逆」意識を伴って世に問うたものなのである。ニーチェの『ツァラトゥストラはかく語りき』は、「一切の価値をあらためて定めなおす」というスローガンの下に「超人」の誕生を予言したものであった。

陳独秀は西洋文化の急進的宣伝者であり、また伝統文化の急進的破壊者であった。彼の「偶像破壊論」は伝統文化に対する「反逆」意識を強烈に露出している。

胡適《フーシー》は1919年11月に論文『新思潮的意義（新思潮の意義）』に書いている。「新思潮の根本的意義はただひとつの新たな態度に他ならないのである。この新たな態度は‘批判的態度’というべきであろう」と。そして同時にニーチェの「一切の価値を新たに定めなおす」ということこそすなわち「批判的態度の最良の解釈である[15]」とはっきり認めたのであった。

魯迅は『文化偏至論』の中でニーチェの「個人主義」を賞賛するとともに、この思潮が「反動と破壊でもってその精神を満たし、新生を獲得することをその希望とし、もっぱら旧来の文明に対して、これに攻撃と掃討を行った[16]」ことを賞賛している。『摩羅詩力説（悪魔主義の詩について）』（1907年）においてバイロンを代表とする「摩羅」詩派を紹介し、バイロンの作品が伝統的価値について徹底的にひっくり返し、「一切の道徳を捨て去った[17]」と、その「反逆」精神を称え、かつ文末でこう呼びかけている。「今これを中国に求めるなら、精神世界の戦士となるものはいずこにいるであろうか？[18]」と。『狂人日記』の中の狂人のイメージこそ魯迅の心中の「精神世界の戦士」なのであり、つまりバイロンの描いた「悪魔」やニーチェの描いた「超人」の中国における同族兄弟なのである。バイロンの『海賊』の主人公コンラッドは、「社会の道徳」に対して、「これを見ること見下すごとく[19]」であり、「カイン」は人類最初の罪人を真理の追求者として描き、伝統観念の中の悪魔ルシファーを真理の化身として描き、伝統に対する徹底的な懐疑、反逆を表現した。ニーチェは狂人を以って自らにたとえた。彼の哲学は人類数千年来の伝統的価値を新たに定めなおそうとすることに他ならない。彼の眼からみれば、伝統的価値の中における善は実際は悪であって、「超人」によって代表される価値——悪——こそ真の善なのである。ニーチェの「反逆」精神はずばり「悪」を以って「善」にかえたことにある。魯迅の描いた狂人と「摩羅」、「超人」とはその精神が相通じているのである。魯迅は『摩羅詩力説』のなかでバイロンがカインの言葉を借りてこういっているのを紹介している。「悪魔とは真理を説く者なり[20]」と。狂人の精神の最大の特徴はすなわち伝統的価値に対して徹底的顚倒を行ったことにあるのだ。

「新文化運動」がひっくり返そうとしたのは「体」であって、伝統文化に対して「本位」上の革命を実行し、このため批判の矛先を中国文化の「根本」に狙いを定めた。

「新文化運動」の提唱者たちは、真っ先にその矛先をピタリと中国の家族制度に向け、それによって中国の家族文化を破壊しようとした。

陳独秀が努めて西洋の個人主義を強力に導入することを提唱したとき、それを中国の家族主義文化にとって替えることを声を大にして訴えたのであった。

胡適は1914年には中国の家族制度に対して攻撃を行っており、「‘わが国’の家族的個人主義は外には私利を図り、内には依存を求めるのだ。[21]」と、言っている。1919年、胡適は『我的児子（わが息子）』なる詩を書いた。この詩ならびにこの詩に関する返信の中で「父母は子に対して恩はない」という考えを表明し、同時に「孝子」という概念を鋭く攻撃し、「息子は父母に孝養を尽くす」ことを一種の「信条[22]」の列の中に入れることには断固反対している。

魯迅の『狂人日記』の創作の趣旨は他でもなく「家族制度と礼教の弊害を暴露する」ことにあった[23]。魯迅は中国の家庭倫理は「目上本位[24]」であって、「子供や弱者をひたすら痛めつけるやり方であり[25]」、「真の人情を無視している[26]」と考えていた。

「新文化運動」は家庭倫理を批判したが、その本質はとりもなおさず社会倫理、儒学の核心“仁”から、そのままズバリ孔子本人までを批判することであった。研究者はこう考えている。「孔子の仁は血縁的孝悌から意味範囲を拡大して出てきたものであり[27]」、「儒家の学説が果たした働きは大原始の群体の中の家族主義の血縁による秩序を拡大し、かつそこからその他の観念を引き出したことに他ならない[28]」と。これには儒家の経典の有力な根拠がある。孔子はいう。「弟子、入りては則ち孝、出ては則ち悌、謹んで信、汎く衆を愛して仁に親しむ[29]」と。孟子は言う。「親に親しむは仁なり[30]」と。

李大釗《リーダーチャオ》（りたいしょう 1889～1927）は経済と社会の分析方法を用いて、家族制度から「孔子倫理」に至る一体的関係を探り出し、ひっくるめて否定している。

> 中国の大家族制度というのは、つまりは中国の農業経済組織であり、中国二千年来の社会の基礎構造に他ならない。あらゆる政治、おきて、倫理、道徳、学術、思想、風俗、習慣、はすべて大家族制度の上に築かれその上部構造となったのである。かの二千年この方中国人の精神を支配してきた孔門の倫理、いわゆる三綱五常、いわゆる名教、いわゆる道徳、いわゆる儀礼を見れば、あんなのは下のものをさげすみ、上のものを奉るということではないだろうか？[31]

陳独秀の観点からみれば、「政治の世界は三度の革命を経たけれども、暗黒はなおいささかも減じていない」のであって、その原因は大部分「我らが精神世界に盤居して深く根を張っている倫理、道徳、文学、芸術などの諸要素のためである[32]」のであり、したがって彼は倫理に対する覚醒が「われらの最後の覚醒のうちでも最後の覚醒なのである[33]」と考えている。彼は声を大にしてこういっている。「かの徳《ドー》先生（デモクラシー）を擁護しようとするならば、すなわち孔教、礼法、貞節、旧倫理、旧政治に反対せざるを得ず、あの賽《サイ》先生（サイエンス）を擁護しようとするならば、旧芸術、旧宗教に反対せざるを得ないのである[34]」と。

1908年には早や、周作人は「独応」をペンネームとして雑誌『河南』に論文『論文章之意義暨其使命因及中国近時論文之失（文章の意義およびその使命を論じ因って中国の最近の論文の過ちに言及す）』を発表し、孔子の儒学と封建的専制統治を結び付けて考察し、「孔子は儒教の本家本元であって、帝王の教法を受けついで……、国民思想の花が咲こうとするのを抑えてしまい、陰で帝王の輔佐となった。その後世に及ぼした災いを推し量るに、まるで焚書坑儒のごときである」と批判し、国家に「出直しの機会」を持たせようとするなら、必ずや「儒者を埒外につまみださねばならない」と呼びかけている。この長い論文は「打倒孔家店（孔家店〔儒教〕を打倒せよ）」の前触れと言うべきであろう。

『狂人日記』は数千年の歴史の中での「仁義道徳」の本質が「人を食う」

ことであるとみなしている。また魯迅は『灯下漫筆』で紀元前6世紀にすでに存在した倫理を「人を食う」とみなしている。魯迅はかつてこう書いている。「孔孟の書には私は早くから、最も親しんでいたが、しかしながら私とはかかわりなきかのようであった[35]」。彼はさらに述懐して、「孔夫子とそのともがらに絶望したあげくに」日本へ留学したのであるといっている[36]。社会闘争が進むにつれて、彼の孔夫子を打倒したいという「欲望」も「ますます旺盛になった[37]」。1935年に魯迅はある書信の中で書いている。「私はもうすっかりいいといってよく、今ちょうど日本の雑誌のために文章を書いているところで、孔子を罵るものなんですが、彼らが孔子を奉り続けているからなんです……[38]」と。

呉虞《ウーユイ》（ごぐ）は『狂人日記』を読んで啓発され、1919年11月に論文「食人と礼教」をあらわして、『狂人日記』が「食人の中身と仁義道徳の上っ面を明瞭に見てとっている[39]」と賞賛し、同時にまた儒教を攻撃して言っている。「孔子先生の礼教は究極まで突き詰めると、人を殺し人を食わないと上首尾でないのであり、まことに残酷極まりない。……我々はいまやはっきりと知るべきである。人を食うのは礼教を重んじることに他ならないのである！　礼教を重んじるのは人を食うことに他ならないのである[40]」。

胡適は1921年『呉虞文録』のために熱い思いで序を書き、呉虞の孔子学派に対する批判を支持し、呉虞は「孔教の残りかす」を一掃してくれる中国思想界の清掃人であり、「‘四川省で隻手よく孔家店（儒教）を打ち倒す’あっぱれな英雄である」と賞賛し、かつ声を大にして呼び掛けている。「まさしく2000年間、人を食ってきた礼教法制はすべて孔丘の看板をかかげており、だからこの孔丘の看板は──老舗であれ、まがい物であれ──引き摺り下ろして、打ち砕き、焼いてしまわないわけには行かないのだ[41]」。

「新文化運動」は数千年の中国の歴史および正統的価値体系、文化的伝統に対する空前の規模の否定と掃蕩であった。それは専制主義的思想統治を打ち破り、文化の面で因襲的弊害を打破することに役立ち、中国文化に比較的開放的な形態を出現させ、世界の文化交流の中で発展をものにさせた。それは人間の開放を促進し、人間の個体意識の覚醒と育成に対して、重大な「啓蒙」的意義を有している。

「新文化運動」は近世西洋思潮を価値基準として中国の伝統文化を取り扱ったので、「西洋文化中心」の視角と「全面的西洋化[42]」の主張を形作り、かつダーウィンの進化論を人類の精神領域に応用し、西洋近代のほとんどあらゆる面を「新」とみなしたのに対し、中国に古来より今日まで綿々と続いているものの方はすべて「旧」とみなし、精神面での継承現象には十分目を配らなかったので、この運動を完全な「文化革命」の態勢と強烈な文化的暴力の色彩という形で表現させてしまうこととなり、民族文化の虚無思潮を作り出してしまった。

陳独秀は1915年にこう書いている。「固有の倫理、法律、学術、儀礼はひとつとして封建制度の遺物でないものはない……私としては自国文化の精華が滅びるのを我慢するほうが、現在及び将来の民族が、世界での生存に適さずに滅亡に帰するのを我慢するよりましである[43]」。

胡適は「ひとつの文明というのはしかしながらそれが極めて光彩を放ち雄壮であることによって必然的につねに保守的である人民大衆に影響を及ぼす……それゆえ、一国家の思想家指導者はその伝統的価値基準が失われることを心配する必要はまったくない[44]」とみとめた。1935年薩孟武《サーモンウー》（さつもうぶ）など十人の教授が『中国本位的文化建設宣言』を発表すると、胡適は論文を発表し非難してこう述べている。「十人の教授は口を開けばあの‘中国本位’というやつを手放したくないの一点張りである……」、「固有の文化について、彼らは‘滓を除いて、その精華をとる’と主張する。世界の新文化について、彼らは‘長所をとって短所を捨て、すぐれたところを選んでそれに従う’と主張する。これはすべてこの上なく世間受けする折衷論調である[45]」。こうして、彼の主張する「優勝劣敗」、「淘汰選択」の文化変動論[46]は、民族文化絶滅論となってしまったのである。

魯迅は1927年、ある講演の中で述べている。「中国の文化というものが、私には本当はどこにあるのかわからない[47]」と。彼は「生物学の真理」で人類の精神現象を説明することをよくやる。彼は言う。「中国はおそらくあまりにも老いすぎているので、社会上の事象は大小を問わず、すべてたまらなく劣悪なのであろう……[48]」と。彼は精神面における継承性を、生理面における遺伝性とみなした。彼は言う、中国人は「頭の混乱した先祖が、混乱した子孫を生んだのであって、これはまさに遺伝の定理である。民族の性根は出来上がってしまうと、好悪にかかわらず、改めるのはまったく困難である……血管の中の混乱した分子がおかしなことを仕出かさないとは保障できないのだ[49]」。これが彼の悲観主義のありどころである。彼は中国の伝統文化に対して徹底した革命を行うことを主張した。彼は言う。「旧文章、旧思想はもうすべて現今の社会とは毫もかかわりがないのであり、昔孔子が列国を遍歴した時代、乗っていたのは牛車である。今我々はなお牛車に乗るだろうか。昔尭舜の頃、ものを食べるのに泥の茶碗を使ったが、今我々が使っているのは何であるか。だから、今の時代に生きながら古い本をあがめ奉っているのはまったくものの役に立たないものなのだ[50]」。彼は「午前中は‘物理化学’の勉強をしながら、午後は‘子曰く・詩に云う’と唱えている[51]」のに反対している。彼は「‘二重思想’を根こそぎに引き抜く[52]」ことを主張するのである。彼は「革新的破壊者[53]」に「破壊なくして新たな建設はない[54]」と認識するよう呼びかけているのである。魯迅はレーニンの「風俗」と「習慣」をともに「文化」の中にひっくるめて一切合切に改革を加えた「独創的見解[55]」を称え、さもなくば「革命はならぬに等しい[56]」と考えた。彼はまたレーニンの「これらを改革するのは、極めて困難である」という見解を賞賛している[57]。このため、魯迅は「革命は止まるところを知らぬ[58]」と認識した。

「新文化運動」の伝統文化に対する反逆は一種の模倣行為であって、ニーチェを代表とするヨーロッパ19世紀末思潮の模倣であった。ニーチェはキリスト教文明およびその伝統に対して徹底的な反逆を行ったが、「新文化運動」はこのモデルに倣って、儒家文化に反逆したのである。総体的に云えば、「新文化運動」は儒学に対する分析、研究を欠いており、儒学の「内面の哲学」としての特徴がいまだ見えておらず、理性を宗教と同列に論じ、内在的自覚を外在的規律と同列に論じ、人生を楽しむ人文主義精神と禁欲主義を同列に論じた。かつまた、ニーチェが理想のお手本としたのは古代ギリシャの悲劇精神——とりわけバッカス精神——であった。ニーチェはキリスト教の伝統、ヨーロッパの現代文明を攻撃したが、それはキリスト教の誕生によって断ち切られてしまった古代ギリシャ文化の橋をあらたにつなげるためであった。胡適は一貫して「中国文芸復興」の名で「新文化運動」を呼ぶことを好み、中国とヨーロッパの運動に「極めて類似したところがある」と述べた。しかしながら実際は、「新文化運動」のやったことはむしろ中国の人文の伝統と断絶することであった。それはまさに梁漱溟が『東西文化及其哲学（東西文化とその哲学）』（1921）の中で指摘しているごとくである。

> 五四以来の新文化運動は中国の文芸復興であるという人がいる。実際はこの新運動は単に西洋化が中国で盛んに起こったに過ぎないのであって、どうして中国の文芸復興などとすることができようか(59)。

中国現代文学の個人主義のテーマは、また比較的穏やかな血脈をも持っている。その拠るところは西洋近代の自然人間性論ではなく、東西の伝統的人文精神であった。この個人主義のテーマは相対的なものとして表現された。それは個人の自由、個人の権利を追求するという基礎の上に、人間としての社会的責任、倫理的価値の実現を自覚的に追求した。

胡適は早期の「新文化運動」にかかわった。彼は1918年に『新青年』に論文「イプセン主義」を発表し、イプセンの「積極的主張」を高く評価したが、これはすなわち個人は十分に自己の個性を発展させねばならないというもので[60]、「社会の最大の罪悪は個人の個性をくじき折り、個人を自由に発展させないことに過ぎるものはない[61]」と指摘し、個人の「自由」と「独立」を新文学のテーマに織り込んだ。しかしながら、胡適の提唱した「個人主義」は「新文化運動」その他の指導者たちが提唱するところの絶対的「個人主義」とは異なっていた。胡適の理解するイプセンの個人の自由は相対的なものであった。胡適は書いている。「個人の個性を発展させるには二つの条件を満たさねばならない。それは第一に、個人に自由な意思を持たせるべきこと。第二に、個人にかかわりを持たせ、責任を負わせるべきこと[62]」であり、「家庭がそのようであれば、社会国家もそうなるのである。自治的社会、共和的国家は個人に自由選択の権利を持つことを求め、また個人に自己の行い為すところにすべて責任を負うことを求めるのみである[63]」。胡適はこの種の「個人主義」は「健全な個人主義」であるといっている。「健全な個人主義[64]」は、胡適が後日中国の自由主義の代表的人物となるひとつの品格であり、ひとつの要因であった。

許地山《シュイディーシャン》（きょちざん 1893 ～ 1941）は中国新文学の早期に個性解放を主題とした一連の作品を生み、封建的桎梏から歩み出てきた青年の個体意識を表現した。この種の個体意識は絶対的なものとして表現されるのではなく、相対的なものとして提示され、かつ放任的個人主義に対しては拒絶もしくは批判的態度を持していた。放任的個人主義は理性と対照を成すか、責任感が超越するところであった。許地山の「啓蒙」のテーマは人類に普遍的に存在する人文思想の伝統の現代における発揚にあった。

徐志摩《シュイヂーモー》（じょしま 1896 ～ 1941）の詩歌の表現する個性解放思想はバイロンばりの社会、習俗に対する反逆精神を備えていた。しかし彼はバイロンの自由精神の影響を受け入れたとはいっても、それはバイロンの急進主義に賛同したのではなかった。徐志摩は個人的自由主義を堅く守り、「普遍的個人主義」の実現に希望を寄せたのであった。彼は理想を失うことなく、個人化された創作の中に自己の救済を実現し精神の復活を実現したのである。

巴金《バージン》（ぱきん 1904～2005）の受容した「無政府主義」思潮は、その出発点は個人の自由に他ならない。「激流三部曲（激流三部作）」の中の「新青年」の成長の過程には「個人」の覚醒の過程が見られる。これは「新文化運動」の個性解放思潮と符合し、「新文化運動」が下火になって以後の「新文化」の堅い守りとなった。『家』の若い主人公は家庭の倫理に反抗し、「反孔子」思想を持っていた。『家』は『狂人日記』と同一の主題を持っている。しかしながら、覚慧《ジュエフイ》個人の意識の覚醒に伴うのは、社会意識の形成であり、彼は家を出て、そのまま民主的理想を以って社会改造に身を投じるのである。これには「凡庸な大衆」の上にふんぞり返った極端な個人主義とは異なるものがあり、したがって、覚慧にも「新文化運動」中で世に問うた啓蒙「戦士」の孤独はなくなったのである。

中国現代文学の理性的個人主義のテーマは、梁実秋《リアンシーチウ》（りょうじつしゅう 1903～1987）の提唱した「新人文主義」を体現している。「新人文主義」の核心は善悪の二元的人間性論であった。それは理性の欲望に対する自己抑制を強調し、伝統的人文精神の現代的価値を強調した。梁実秋は「新文学運動」がヨーロッパの近世思潮の影響を受けて、「個人」の拡張を表現したが、人文主義的価値基準の喪失を生み出したと批判した。これは中国現代文学における理性的個人主義と絶対的個人主義の対峙を具体的に表していた。

中国現代文学の個人主義のテーマは、また「五四」時代の精神にあふれた血脈を有している。それは「新文学運動」の陳独秀一派の人々と同様に中国のおかれている半植民地の苦境を痛切に感じていたのだが、しかし「全面的西洋化」の文化的方策は取らず、「世界主義」の抱擁は受け入れなかった。この「五四」時代の申し子は、個人の新生と民族の新生を融合して一体となし、民族の新生の中に個人の新生をゆだねたのである。この「五四」時代精神の中の個人主義は、「啓蒙」と「救国」を有機的に結合したのである。

冰心《ビンシン》の『斯人独憔悴（この人独り憔悴す）』（1919）は直接的に五四運動を描

写することによって小説に強烈な時代精神を発散させている。頴名《インミン》、頴石《インシー》兄弟は南京で学生愛国運動に参加するが、郷里に帰ると父親に抑圧され監禁されてしまう。作品は五四時代の中国社会に形成されたばかりの新しい国民的人格と膝を屈して投降する植民地的性格との間の矛盾を「父と子」の衝突の構造の中に組み込んでいて、反帝国主義の愛国精神と個性解放思想がいっせいに輝いているのである。このほか冰心はまた短篇小説『秋風秋雨愁煞人（秋風秋雨人を愁殺す）』（1919）、『荘鴻的姉姉（荘鴻《チュアンホン》の姉）』（1920）、『最後的安息（最後の安らぎ）』（1920）、『是誰断送了你（誰があなたを殺したのか）』（1920）等々を創作し、比較的早くにかなり厚みのある個性解放――女性解放を含む――のテーマを作り上げた。続いて、王統照《ワントンチャオ》（おうとうしょう 1897～1957）の短編小説『沈思』は人生の真の美しさと自由の精神を勝ちとることを描き、長編小説『一葉』（1922）は人生の意義に対する苦悩に満ちた追求を表現しており、長編小説『黄昏』（1923）は青年、特に女性が自由恋愛を追及し家庭の束縛から抜け出すさまを描いている。廬隠《ルーイン》（ろいん 1898～1934）の『或人的悲哀（ある人の悲しみ）』（1922）、『麗石的日記（麗石《リーシー》の日記）』（1923）、『海濱故人（海辺の旧友）』（1923）等は、個体の生命意識の覚醒および生命の意味に対する苦悩に満ちた追求を表現している。実に作者が『雲鷗情書（雲と鷗の恋文）』の中で、「私はこれまでずっと‘自我’の偉大さと尊厳を忘れた事はない」と述べるとおりである。施蟄存《シーヂョーツン》（しちつそん 1905～2003）は新感覚派の代表的人物であるが、彼の短編小説『梅雨之夕』（1929）、『春陽』（1933）等は、フロイトの心理分析の方法を用いて、現代人の潜在意識、性愛心理を掘り起こし、人間の愛情、幸福への渇望を表現した。

郁達夫《ユイダーフー》（いくたっぷ 1896～1945）の『沈淪』（1921）は青年主人公の鬱病を、一人の外国に留学している弱体化した国の国民の悲劇として描いていて、「五四」時期の中国の青年の個性解放と民族新生追及の時代精神に合致しており、主人公の憂鬱は時代の憂鬱を体現しているのである。

以上述べたことをまとめれば、胡適から郁達夫等に至る創作の個性解放というテーマは鬱然たる壮観を呈する個人主義思潮というひとつの大きな流れになっているのである。それは古い道徳習慣、専制的家族制度、暗黒社会の現実に対する衝撃を形作り、解放を勝ちとり、自由を勝ちとろうとする五四時代精神を具体的に表している。個人の自由は自由主義文学の基本的品格である。五四時期の個人主義文学のテーマは中国現代自由主義文学の起因なのである。郁達夫は1935年に『中国新文学大系・散文二集〈序文〉』の中でこう書いている。「五四運動の最大の成功は、まず第一に‘個人’の発見とせねばならないであろう」と。

郭沫若《グオモールオ》（かくまつじゃく 1892～1978）は個性主義を架け橋とし、東西の文化をつなぎ合わせ、詩集『女神』（1918～1921）の中で一種の「五四」時代精神に富んだ精神解放型の個人主義を表現し、個性の解放、人格の独立に、強烈な自己拡張、自己実現、自己浄化、自己更新という特徴を賦与し、自己と社会とのまったく新しい意味における調和を高らかに謳ったのである。『女神』は個人と民族の鬱屈と新たに生まれた内在感情との火山のごとき爆発であった。

聞 一多《ウェンイードゥオ》（ぶんいった 1899～1946）の在米期間中（1922～1925）の詩作の「啓蒙」の意義は「眠れる獅子」に早く目覚めよと呼びかけ、民族の自信を打ち立てることにあった。詩人は「赤い蠟燭」のような情熱で時代の与えた「救国」の使命を果たしたのである。

蘇 雪 林《スーシュエリン》（そせつりん 1897～1999）の散文『緑天』（1927）、自伝体の長編小説『棘心（イバラの芯）』（1929）は「自己」意識の形成を細かく入念に表現しており、「五四」人を自負するこの女流作家の内面に形成され、波打っている「五四」時代精神を表現している。蘇雪林の作品の「個人主義」のテーマは、極めて理性的である。旧礼教に対して批判を加えるとともに、西洋の極端な個人主義に対しても拒絶を与え、燕・趙の悲歌のような筆遣いで主人公の性格の中の堅実な倫理的力量を描いたのである。内憂外患の現実を前に、強烈な近代国家の観念を描き出し、「世界主義」の抱擁を拒んだのであった。

老舎《ラオショー》（ろうしゃ 1899〜1966）はかなり自覚的に「啓蒙」に「救国」という内包を賦与した。『二馬（馬さん父子）』（1929）は作者の「国民性批判」の指向性を集中的に体現している。後進的「国民性」の代表老馬《ラオマー》の身に阿Qのほとんどすべての弱点が集中している。しかし老舎はそれを特定の歴史時期に形成された病態心理、つまり半植民地の産物であるとして描いた。近代人意識の欠如は老馬の最も深刻な弱点であった。老舎が馬威《マーウェイ》を描いたのは、他でもなく新国民を描いているのであり、近代国家の概念の育成を描いているのである。老舎の作品は我々の伝統的民族性の中に欠けている近代人の観念が、長期にわたる学習と育成を経ることによってのみ初めて獲得されるのであって、西洋文化──特に個人主義に対して浅薄で拙劣な模倣は断じてしてはならないのだということをはっきり示している。老舎はルソーの自然主義人性論の基礎の上に打ち立てられた極端な個人主義に対して根っから批判的な態度をとっていた。彼はいう。「ルソーの極端な自由は、‘自然に返れ’に行かざるをえないのである。だが完全に自然に返ったら、個人の自由は満たされるであろうが、同時に人の群れと野獣の群生と何の違いがあるのだ[65]」と。老舎は至ってさげすんだ筆致で一連の個人主義の「新時流」の人物を造形している。老舎は馬威等一連の理想的主人公を通して、極端な個人主義を拒むとともに、西洋人の東洋観の中に秘められている西洋覇権主義をも拒んだのである。彼は西洋の覇権という言い方を反面警告として国民を「啓蒙」した。『二馬』は全編を通じて「弱国」の国民であるさまざまなタイプの中国人の覇権と言う言葉に対するそれぞれの反応を描き、全編を通じて国民に近代国家の意識を培い、国格、人格を勝ち取るよう諭し示したのである。老舎の創作にあっては、「啓蒙」の行き着くところは「救国」であって、「啓蒙」は「救国」に属するのであった。

李劼人《リージエレン》（りかつじん 1891〜1962）はバルザック、ゾラの年代記風の連作小説の形式をまね、30年代中期に日清戦争から辛亥革命に至る時期の成都平原の歴史の巨大な変化を反映した「大河小説」──『死水微瀾（淵のさざ波)』(1935)、『暴風雨前』(1936)、『大波』(1937) ──を創作した。「大河小説」は時代の政治情勢の変幻を世俗の民情のひそやかなうつろいの中に事寄せている。ヒロイン鄧幺姑《ドンヤオグー》は清朝末年深い淵の水のごとくまったく変わることのない社会生活の中で次第に個性が芽生えていった女性である。作品は鄧幺姑の個性の芽生えの過程を中国国内の哥老《かろう》会(清末の秘密結社)とキリスト教勢力の消長、西洋の宗教文化と中国本土の文化の衝突という背景の下に置き、それによって鄧幺姑と羅歪嘴《ルオワイヅイ》の相愛、さらに「外国人」に対する憎悪をひとつに織りなし、客観主義的方法で、社会思想上に引き起こされたかすかなさざなみを映し出したのである。

「五四」時代精神に富む個人主義文学の血脈はまた「理性」に富んだ個人主義文学でもあり、その受け入れたものはやはり人類に普遍的に存在する人文精神《ヒューマニズム》であり、伝統的人文精神の現代における発揚であった。したがって、これらの数多の作家は人文精神に富んだ中国の伝統文化を尊重した。彼等は直接的に伝統的文化精神を自己のものに転化するという現代的テーマを抱えていた。聞一多、蘇雪林の「中華文化的国家主義」は五千年に及ぶ悠久の文化に育まれて出来上がったのである。郭沫若の「五四」時代精神に富む個人主義的主題の形成には、孔子の個人の独立自主と人格的自立の精神の影響がある。彼は、孔子は個性の余すところなき発展を主張したのだと考えている。これには儒家の経典の有力なよりどころがある。孔子は言っている。「仁を為すは己に由る」、「君子は憂えず怖れず」(「論語・顔淵」)、「君子の天下に于《お》けるや、適《よ》きも無く、莫《あ》しきもなし、義にのみ之れ与《とも》に比《した》しむ」(「論語・里仁」)、「三軍も帥を奪うべきなり。匹夫も志を奪うべからざるなり」(「論語・子罕」)。儒家の個性の自由の哲学は、儒家的自由主義の立脚点なのである。儒家的自由主義は、後の中国現代自由主義文学の伝統的淵源なのである。

梁実秋はバビット(アーヴィング・バビット 1865 ~ 1933)の「ニューヒューマニズム」を受け入れ、バビット理論を理解することによって中国、西洋の伝統的人文精神の全体的理解に至った。バビットの導きのおかげで、梁実秋は中国の伝統文化、特に儒学の中の人文主義の体系に目を向け、儒家の人文主義の備えている現代的価値に目を向けた。

理性に富む個人主義文学者の中には、人生本体の意義を探求する途中に、中国の伝統文化の中の人文精神を新たに発見し、自己の人文的テーマを発掘し、往年の「打倒孔家店」の反逆的テーマに対する反省を成し遂げたものもあった。梁実秋と林語堂《リンユイタン》（りんごどう 1895 ～ 1976）はともに「経典を離れ道に叛く」中からの覚醒の過程を経験している。そのうち林語堂の方はさらに手に汗握るものであった。『語絲』時期（1924 ～ 30 頃）に、林語堂は「新文化運動」に身を投じ、中国伝統文化と「国民性」を苛烈に非難した。『論語』（雑誌、1932 創刊）開始時期から、林語堂は次第に自身の文化構造を打ちたて始めた。彼は自身の伝統文化に対する理解は穴だらけであり、中国文化の埒外に自ら打ち捨てたようであり、ある面においては国籍を奪われたような感覚があることに気づいた。彼は恥じ入りながら、中国文学、哲学の研究に浸りきり、中国の伝統的人文精神を新たに発見したのであったが、それはまるで「新たに祖国を発見した[66]」ようなものであった。胡適は「科学」的方法を提唱し、「建設」を重視し、自由、民主を提唱し、孔子の「仁」の哲学の中の人文精神を注意深く掘り起こし、人知れず往年の「反孔」と「虚無」の色彩を抹消した。1948 年 3 月 3 日、陳之藩《チェンヂーファン》に与えた手紙の中で、「孔家店」に対しては、彼はこれまで軽んじたり、独断的な抹殺を主張したりしなかったことに言及しており、同年 10 月 5 日『自由主義在中国』という講演の中で、「中国において自由を説くことは、その歴史がずいぶん長く、はるか 2500 年前の老子が、はや自由主義の気風の道を切り開いており」、孔子は「自由主義を唱えた先鋒」であったと言っており、1959 年 7 月 7 日『中国哲学里的科学精神與方法』という講演の中で、儒家文化の中には「自由な問答、自由な討論、独立した思想、懐疑、熱心にして冷静に知識を求めようとする」自由主義の伝統があると述べているし、1960 年 7 月 10 日『中国伝統與将来』の中で中国文化の伝統はさまざまな段階的変化を経てきたにもかかわらず、依然としてそれが特徴的にもっている「中国的根底」をとどめており、そしてまたこの「根底」を「人本主義」と「理知主義」だといっている。『家』は「反孔子」思想を備えている。しかしながら、1984年、巴金は日本で日本の作家井上靖が彼に、自分は今ちょうど小説『孔子』を書いており、改めて孔子を肯定し、孔子が家庭倫理を出発点とした人と人との理想的倫理道徳を打ち立てるのに力を注いでいたことを肯定しようとしていると話したのを聞いたとき、巴金は、自分ももう一度孔子を読んでみようと表明した。巴金は幸運であった。1990年秋、彼は井上靖の『孔子』を読んで、思わず賛嘆の声を発した。1991年春井上靖は世を去った。巴金は1991年3月6日に発表 した「井上靖先生を偲ぶ」という一文の中で述べている。「彼が書いた孔子は、やはり私が子供の頃‘その人’の著作と講話を諳んじるほどよく読んだあの孔夫子であったのだが、しかし私は今になってやっとかの孔子が人民を愛し、思いやりのある政治を行い、人民は国家の基であると考えていたことを知ったのである！　二千数百年も前に、はやこのような人がいたことは、まったくすばらしい(67)」。巴金はまた井上靖をも賞賛している。「我々のこの時代に、かくも多くの時間と精力を費やして、孔子を本来の位置において描き出した、これが井上文学なのである(68)」。87歳の高齢にして行った再考は、一世紀を生き抜いた老人巴金の幸運であり、また中国の20世紀文学の幸運でもあった。これは世紀的反省である。それは孔子および儒学の現代的価値をはっきりと示している。「汝らの身と名とともに滅ぶも、江河の万古に流れるを廃せず」。

「理性」ある個人主義文学の中国の伝統文化に対する尊重および新たな発見は、学理精神に基づいた、その内部構造および現代的価値についての認識である。それゆえ、この「発見」の過程は、内在する渇望であって外在の指令ではないのである。林語堂はこれについて切実な体験を自己のうちに有している。彼は『従異教徒到基督徒・孔子的堂奥（異教徒からキリスト教徒へ・孔子の内奥）』の中で書いている。「研究精神に富む中国人で、長きにわたっての中国自体に関する一知半解の認識に甘んずることのできる人は一人もいない。自分の国の歴史的遺産をよく知ろうという声は一種の心の奥底から発せられた渇望の声なのである[69]」と。

理性的個人主義の文学者の文化的テーマは林語堂のごとく、「新儒家」に近いものもあれば、梁実秋のごとく「学衡派《がっこうは》」に近いものもある。

「新儒家」の代表的人物梁漱溟は、まさに「新文化運動」の高揚期に、以前のインド仏教の出家思想への傾倒から、儒学への信仰に転換し、「孔家の生活をする[70]」ことを決心し、東西の文化論争に身を投じたのであった。梁漱溟は東西文化の差異は二種類の「路線」の違いにあると考えた。彼はこれを前提として、「中華本位」の文化理論を築き上げた。彼はこう考える。「一民族の真の生命の寄るところは、その根本精神に宿るのであって、自身の根本精神をほうり捨ててしまうのは、つまり自身の前途を葬り去ることである[71]」。彼は儒家を主体とする中国の風教文化の理性的特徴に注意した。彼は言う。「宗教が必ず備えているところの要素は、孔子においては全部は備わっておらず、孔子にあっては彼の一種の精神があり、それはまた宗教が持つことのできないものであった。これはとりもなおさず彼が人間にはみんな理性があると信じ、人類自身のいわゆる‘是非の心は、人皆之あり’を完全に信頼し、何を為すべきか、何を為すべきでないかが、理性の点からもともとはっきり分かっていたということである。とっさにはよく分からないかのようであるが、試みにちょっと考えてみると、最後にはしかしよく分かるのである。だから孔子は他人に押し付ける独断的規準はもたず、他人に自己反省を求めるのである[72]」。彼は『論語』所載の「宰我喪に居る」（『陽貨』）、「子貢告朔の餼羊を去らんと欲す」（『八佾』）の故事、および「己の欲せざる所、人に施す勿れ」、「吾日にわが身を三省す」等の語録は、儒学が内在的自覚であって、外在的戒律ではないことを証明している。彼は孔子は直覚に任せたのであり、仁とは直覚に他ならないのだと考えた[73]。彼は儒家の哲学は人類の「理性の早い時期における覚醒[74]」であると語っている。「新文化運動」の「打倒孔家店」の声の中、伝統文化に対する一面のニヒルな声の中で、数千年の中華文明史を肯定し、儒家のその中における働きを肯定し、儒家文化中の「生きたもの」を再発見して、現代的詳解を与えたことこそ、正に梁漱溟の文化思想の特色であり、「新儒家」の基本的品格なのである。

「学衡派」は中国・西洋の文化融合論をもっていて、中国と西洋の文明の中に文化の普遍的価値を追求し、それによって世界共通の文化を樹立することを主張した。呉宓《ウーミー》（ごひつ 1894 ～ 1978）は主張している。「西洋の本物の文化はわが国の文化の精華と、お互いに啓発し、お互いに補い役立つところがまことに多く、二つながらあわせて受け入れれば、お互いに得るところがますます顕著であろう(75)」。「学衡派」は「新文化運動」が西洋文化に対して一面的に理解し選択し、偏ったもので全体に代え、西洋近代文明を西洋文化全体とみなしていることに不満であったし、また「新文化運動」がヨーロッパ 19 世紀末葉の反逆思想を模倣し、中国において転覆を招くような結果を引き起こしかねないことに気をもんでいた。呉宓は、「今、新文化を作り出そうとするのなら、それに先立って旧来の文化を熟知しなければならない。思うに文化というのはその源が遠くなれば流れも長くなるわけで、だんだんと醸し出されてきて、生まれたものを育んでそれで成るものだからである(76)」と考えており、そして彼は「新文化運動」は「その持論は努めて激越であろうとし、もっぱら破壊を図るものである(77)」と批判している。

理性的個人主義文学の中国の民族の歴史のプロセスにおける地位と働きは、ロシア 19 世紀文学の「プーシキンの伝統」に似通っている。「プーシキンの伝統」に属する作家は、プーシキン、ゴーゴリからドストエフスキー、レフ・トルストイ等まで、みな批判的態度を以って西欧からロシアに入った極端な個人主義を批判している。ドストエフスキーが作り上げた一連の「地下生活者」は、ほとんどすべて「超人」哲学および社会思潮の中の「ナポレオン崇拝」のさかんに生んだ産物であった。トルストイも蔑んだ筆致で「個人主義」の標本ヴロンスキー、オブロンスキー（『アンナ・カレーニナ』）を描いている。「プーシキンの伝統」はまたロシア固有の文化的根底、道徳体系および宗教精神を十分に尊重している。ドストエフスキーは大地でもって、ロシア人民の中に生まれ育った信仰の輝きでもって「地下室」や「地下生活者」を照らすことを主張した。トルストイはロシア上流社会の西欧に対する崇拝一辺倒の中にあってロシア精神を高く評価した。彼の描いた人物は、おおむねロシア精神を備えたものとロシア精神を失ったものの二つの系列に分けることができる。彼はロシア農民の身にロシア精神を発掘し、また自身が心から愛したロシア貴族の身につけているロシア精神をも表現した。彼の描いた貴族と人民の間の調和の絆はロシア精神にこそあったのである。『戦争と平和』はこの絆によって、ロシアが 1812 年の危機を乗り切り、世界的栄誉を勝ち取ったことを表現しており、『アンナ・カレーニナ』のほうは新たにこの絆によって、1861 年の新たな危機を乗り切ろうとすることをあらわしているのである。

ロシア固有の文化精神に対する尊重、継承は、「プーシキンの伝統」にロシア思想界の激烈な闘争の中にあって、自由主義の立場を堅く守らせることが出来たのであった。同様に、中国の伝統的人文精神に対する尊重、継承は、ひとつの動機、ひとつの品格として、理性的個人主義文学を後日激烈な社会闘争の中にあって、自由主義文学へと成長させたのである。なぜなら、中国の伝統的人文精神というのは自由主義だからである。研究者はこう考えている。「自由主義者の立場から見れば、新文明の誕生と存在はともに生気ある伝統に依拠しているのであり、この意味において、彼等はやはり伝統を重視し高く評価しているのである(78)」。アメリカ国籍の中国系学者林毓生《リンユイション》（りんいくせい 1934 ～）はこれに対してまた以下のように述べている。「純粋な自由主義的観点から見れば、社会と文化の安定を維持しまた同時に社会と文化の進歩を促進する（言をかえて言えば、自由を擁護し育む）最も重要な条件の一つが豊かで生気あふれる伝統というものなのである(79)」と。

注

（1）魯迅『墳』p.35 ～ 36、人民文学出版社 1973。

（2）同上、p.38。

（3）同上、p.31 ～ 32。

（4）『貴族の巣』p.140、人民文学出版社 1955。

（5）「東西文化及其哲学」、『梁漱溟全集』vol.1、p.334 ～ 335、山東人民出版社 1989。

（6）『新青年』vol.1 4 号、『独秀文存』p.29、安徽人民出版社 1987。

（7）『熱風』p.19、人民文学出版社 1973。

（8）同上。

（9）「中国新文学大系・建設理論集導言」、趙家璧主編『中国新文学大系』vol.1 p.30。

（10）『美学』vol.1 p.241、商務印書館 1979。

（11）『美学』vol.2 p.77、商務印書館 1979。

（12）Ｅ・Ｍ・フォースター「プルースト」、『英国作家論文学』p.504、三聯書店 1985。

（13）徐葆耕『西洋文学・心霊的歴史』p.145、精華大学出版社 1990。

（14）『周作人文類編・本色』p.46、湖南文芸出版社 1998。

（15）『胡適全集』vol.1 p.692、安徽教育出版社 2003。

（16）「文化偏至論」、『墳』p.35、人民文学出版社 1973。

（17）「摩羅詩力説」、同上、p.59。

（18）同上、p.88。

（19）同上、p.59。

（20）同上、p.67。

（21）胡明『胡適伝論』上巻、p.371、人民文学出版社 1996、参照。

（22）『胡適全集』vol.1 p.657、安徽教育出版社 2003。

（23）「『中国新文学大系・小説二集』序」、『且介亭雑文二集』p.19、人民文学出版社 1973。

（24）「我們現在怎樣做父親」、『墳』p.106、人民文学出版社 1973。

（25）同上、p.112。

（26）同上、p.113。

（27）王滬寧『当代中国村落家族文化』p.46、上海人民出版社 1991。

（28）同上、p.45。

（29）『論語・学而』。

（30）『孟子・尽心上』。

（31）李大釗「由経済上解釈中国近代思想変動的原因」、『李大釗文集』p.178、人民出版社 1984。
（32）「文学革命論」、『独秀文存』p.95、安徽人民出版社 1987。
（33）「吾人最后之覚悟」、『青年雑誌』vol.1 No.6、『独秀文存』p.41、安徽人民出版社 1987。
（34）「本志罪案之答辯書」、『新青年』vol.6 No.1、『独秀文存』p.243、同上。
（35）「写在‘墳’後面」、『墳』p.235、人民文学出版社 1973。
（36）「在現代中国的孔夫子」、『且介亭雑文二集』p.81、人民文学出版社 1973。
（37）同上、p.84。
（38）「致蕭軍」、『魯迅書信集』下巻、p.804 ～ 805、人民文学出版社 1976。
（39）『新青年』vol.6 No.6。
（40）同上。
（41）「『呉虞文集』序」、『胡適全集』vol.1 p.763、安徽教育出版社 2003。
（42）「全面西洋化」は、陳序経『中国文化的出路』に最も早く見える。書中に述べる。「西洋文化は今日にあっては、世界文化そのものである。我々はこの世界に生きてそれで終わりではいけないのであって、もしも必要ならば、この趨勢にあわせようとするのでなければ、手をこまねいて死を待つより他ないのである。」（『中国文化的出路』p.101 ～ 102、商務印書館 1934）書中で結論付けて言っている。「我々は全面西洋化を求めざるを得ない」。胡適は陳序経の「全面西洋化論」に賛成している。彼の 1929 年の「今日の中国文化の衝突」の中に「全面西洋化」が現れている。彼は 1935 年に『充分な世界化と全面西洋化』の中でまた自分はもともと「全面西洋化」とは折衷を目標にして言ったのであって、その真意は「充分な世界化」である、と言っている。
（43）「敬告青年」、『独秀文存』p.5 ～ 6、安徽人民出版社 1987。
（44）『今日中国的文化衝突』。
（45）『試評所謂「中国本位的文化建設」』、『胡適全集』vol.4 p.580、安徽人民出版社 2003。
（46）同上、p.581。
（47）「老調子已経唱完」、『集外集拾遺』p.185、人民文学出版社 1973。
（48）『両地書』、p.16、人民文学出版社 1973。「随感録三十八」、『熱風』p.21、人民文学出版社 1973。
（49）「随感録三十八」、『熱風』p.21、人民文学出版社 1973。
（50）「老調子已経唱完」、『集外集拾遺』p.183 ～ 184、人民文学出版社 1973。
（51）「随感録四十八」、『熱風』p.40、人民文学出版社 1973。
（52）「随感録五十四」、同上、p.47。
（53）「再論雷峰塔的倒掉」、『墳』p.161、人民文学出版社 1973。

（54）「再論雷峰塔的倒掉」、『墳』p.58、人民文学出版社 1973。

（55）「習慣與改革」、『二心集』p.27、人民文学出版社 1973。

（56）同上、p.27。

（57）同上、p.27。

（58）「黄花節的雑感」、『而已集』p.4、人民文学出版社 1973。

（59）『梁漱溟全集』vol.1 p.539、山東人民出版社 1989。

（60）『胡適全集』vol.1 p.612、安徽教育出版社 2003。

（61）同上、p.614。

（62）同上、p.614。

（63）同上、p.615。

（64）『中国新文学大系・建設理論集〈導言〉』、趙家璧主編『中国新文学大系』vol.1 p.29、上海良友図書印刷公司 1935。

（65）「文学概論講義」、『老舎文集』vol.15 p.105、人民文学出版社 1990。

（66）「林語堂自伝」、『林語堂名著全集』vol.10 p.30、東北師範大学出版社 1994。

（67）「懐念井上靖先生」、『産経新聞』1991 年 3 月 6 日、『巴金全集』vol.19 p.437、人民文学出版社 1993。

（68）同上。

（69）『林語堂名著全集』vol.10 p.80、東北師範大学出版社 1994。

（70）「『東西文化及其哲学』自序」、『梁漱溟全集』vol.1 p.544、山東人民出版社 1989。

（71）「中国民族自救運動之最后覚悟」、『梁漱溟全集』vol.5 p.109 ～ 110、山東人民出版社 1992。

（72）「中国文化要義」、『梁漱溟全集』vol.3 p.105、山東人民出版社 1992。

（73）『東西文化及其哲学』、第 4 章。

（74）「中国文化要義」、『梁漱溟全集』vol.3 p.236、山東人民出版社 1990。

（75）呉宓「論新文化運動」、『学衡』1992 年 4 月第 4 期、『国故新知論——学衡派文化論著輯要』p.82、中国広播電視出版社 1995。

（76）同上、p.89。

（77）同上、p.78。

（78）洪峻峰「胡適‘五四文芸復興’説発微」、『厦門大学学報』（哲社版）1995 年第 3 期。

（79）林毓生『中国伝統的創造性転化』p.5、三聯書店 1988。

第一章　「新文化運動」における胡適

胡適《フーシー》（こてき 1891 ～ 1962）の『文学改良芻議』（1927 年 7 月）なる一文こそ「文学革命」の蜂起の作であり、陳独秀の『文学革命論』とともに「文学革命」の発端をなしている。

胡適は文学形式の革命を比較的重要視していた。彼はこう考えていた。「歴史的意味における‘文学革命’はまったく文学の手段の革命なのである[1]」。彼はまた「単に白話を用いるだけでは新文学とすることはできない」、「新文学にはぜひとも新しい思想と精神が必要なのである[2]」という点に注意を払っている。『芻議』が提起した文学改良の「八事（八条件）」とは、一、言葉に内容がなければならない。二、古人を模倣しない。三、文法を重んじるべきである。四、無病の呻吟をしない。五、陳腐な修辞は努めて排除する。六、典故を用いない。七、対句にこだわらない。八、俗語俗字を避けない。であり、そしてそのすぐ後、彼がこれに続いて発表した『建設的文学革命論』の中で、この論を、順を追ってきちんと説明した「八不主義」は、その提唱する言語革命と文章の風格革命とは、そのまま思想革命の表れなのである。

胡適の文学革命に対する見解は明らかに改良、漸進という特徴を有していた。これは陳独秀の急進主義とは明白な違いである。陳独秀が『文学革命論』において提出した「三大主義」──曰く一、修辞に凝りすぎた、阿諛追従《あゆついしょう》の貴族文学を打倒し、平易で思いのたけを述べた国民文学を建設すること。曰く二、陳腐で大げさな古典文学を打倒し、生き生きとした真実味のある写実文学を建設すること。曰く三、遠まわしで分かりにくい晦渋な山林文学を打倒し、明瞭で誰にも分かる社会文学を建設する──これらは矛先を封建文学に向け、かつ民主主義、現実主義の旗をかかげたのであった。漸進と急進の観念に相伴い、胡適と陳独秀は文学革命を推進するについての方法の上でも明らかな違いを残しており、そのために論争を行っている。胡適の採ったのは研究的方法であり、実験的努力であった。「八事」と「三大主義」に関しては、彼は次のように考えていた。「このことの是非は、一朝一夕に決めることのできるものではなく、また一人二人で決めることのできるものでもない。国中の人士が冷静に落ち着いて我等と力をあわせてこの問題をお考え下さることを切に願う。議論を尽くせば是非はおのずと明らかになる。我等は革命の旗を掲げた以上、しり込みするわけにはいかないが、しかしながらまた我等の主張するところを必ず是として、他人がこれをただすのを入れようとしないわけでは決してない[3]」と。彼の『嘗試集』（1920年3月）こそ白話詩についての試みと提唱であり、新詩の最初の個人詩集（別集）として、中国の自由体新詩の創始の作なのである。一方、陳独秀はこれに対しては、木っ端微塵に粉砕する式の革命的姿勢を表している。彼はきっぱりと声を大にしてこういっている。「中国文学を改良するには、白話を文学の正統とするという説は、その是非は明白であって、反対者があれこれ言う余地は絶対になく、間違いなく我等の主張するところが絶対の是であり、他人による修正は受け入れない[4]」。胡適と陳独秀の諸々の違いは、二人がそれぞれ受けた影響の源の違いを具体的に表している。胡適が受容したのはアメリカの哲学者デューイの実験主義（実用主義）哲学であった。彼の文学改良の主張はすなわち実験主義哲学の文学革命に対するひとつの実験的応用であったのだ。対して陳独秀が早い時期に受けたのはフランスブルジョア階級の革命理論で、彼の文学革命の主張はその急進的民主主義思想の表れなのである。

同じく「新文化運動」の指導者として、胡適と陳独秀はともに西洋の個人本位の文化を以って中国固有の家族本位の文化に替えることを主張した。

胡適は1918年6月『新青年』の「イプセン特集号」に論文『易卜生主義（イプセン主義）』を発表し、イプセンの劇作のテーマを全面的に論評紹介し、「イプセンは家庭社会の偽りなきありようをことごとく描き出し、見る人を感動させ、見る人に我々の家庭社会はなんとかくも暗黒で腐敗していたのかと感じさせ、見る人に家庭社会は本当に維新革命をせざるを得ないと思わせる——これこそ‘イプセン主義’である」と、考えをのべている。論文はイプセンの一種の「完全で積極的な主張」、すなわち「個人は天賦の資質を十分に伸ばすべきであり、自己の個性を十分に発達させなければならない」とする主張を重点的に紹介している。胡適は身をもって体験し実行することに努め、イプセン主義を宣伝する熱い潮流の中、中国現代劇史上最初の白話一幕劇『終身大事（結婚問題）』（1919年『新青年』6巻3号）を創作した。『終身大事』はイプセンの『人形の家』の模倣の痕跡を帯びつつも、封建的家父長制度の腐敗、後進性を暴き、青年男女が旧式の婚姻家庭の桎梏を打ち破って、愛情のある結婚を勝ち取る自主的過程を反映させている。『嘗試集』も愛情を謳歌し、自由を希求し、明るく進取的な個性解放の精神に満ち溢れている。『終身大事』と『嘗試集』はともに個性解放を立脚点とする新文化運動の大きな潮流の中に有機的に融けあってひとつになっている。

胡適と「新文化運動」の他の提唱者たちは、個人主義を核心とする西洋近代思想を導入するとともに、伝統文化に対する反逆思想をも導入した。胡適は1919年11月論文『新思潮的意義（新思潮の意義）』の中で述べている。「新思潮の根本的意義はただひとつの新しい態度に他ならない。この新しい態度は‘批判的態度’といってよい」。「批判的態度」とは習俗的に伝えられてきた風俗制度に対して、「この制度は現在なお存在する価値があるのか？」と問わんとすること、「古代から残し伝えられてきた聖賢の遺訓に対して、‘この言葉は今日においてもなお間違っていないか？’と問わんとする」こと、「社会上曖昧なまま公認されてきた行為や信仰に対しても、‘みんなが認めることは、間違っていないのか？’と問わんとする」ことを含んでいる。胡適はここで指摘している。ニーチェの「一切の価値を新たに定めなおす」というのは「批判的態度の最良の説明なのである」と。胡適が提唱した「イプセン主義」とは他でもなく現実社会の法律、道徳、宗教に対して反逆する個人主義なのである。

胡適はイプセン、ニーチェの反逆の手段を借りて中国数千年の文化的伝統を攻撃するために用いた。彼は『我的岐路（私の岐路）』（1919）の中でこう書いている。「我々はこの二千年の思想文芸が造り上げた悪果を決して忘れてはならない。今日の悪政を打倒するには、みんなに努力を求めねばならない。しかしながら悪政の親先祖――二千年の文芸の中に巣くう‘幽霊’どもを倒そうと思えばみんなに更なる努力を求めないといけないのである[5]」。

胡適は伝統文化を攻撃したがその矛先が狙い定めたのは家族文化からそれを出発点とする儒学にまで及んだ。胡適は考えた、「西洋人の個人主義は個人を単位としているが、わが国の個人主義のほうは家族を単位とする……西洋の個人主義は一種の独立した人格、自助の能力を養成するがごとくであるが、わが国の‘家族的個人主義’のごときは、外には私利を求め、内には依存を求めるのであり、私はそれがむこうよりいいのを見たためしがない[6]」。胡適は『我的児子（わが息子）』という詩およびこの詩についての返信の中で、「孝行息子」の概念を鋭く攻撃し、「息子は父母に孝養を尽くす」ことを一つの「信条[7]」として列挙することにあくまで不賛成であった。胡適は1921年、熱い思いで『呉虞文録』に序を書き、呉虞の孔教に対する批判を支持し、呉虞は四川省でただ一人の‘孔家店（儒教）’を打ち倒すあっぱれな英雄であると称え、かつ声を大にして激しく叫んでいる。「正に二千年にわたって人を食ってきた礼教法制がすべて孔丘の看板をかけてきたのだから、この孔丘の看板――老舗であれ、まがい物であれ――は引きずり下ろして、打ち砕き、焼いてしまわねばならないのだ[8]」と。

胡適は西洋を参考にし、西洋近代文明を近代化と同一視し、中国の伝統文化を「旧文化」、「老文化」と呼び、時代遅れのものとみなした。彼のやったことは、すなわち中国文化を辛辣に批判し、中国文化に対する如何なる肯定をも全部批判し、いわゆる「世界文化」の抱擁を完全に受け入れるということであった。彼は1929年にこういっている。「新文化運動の根本的意義は中国の旧文化が現代の環境に合わないことを認め、世界の新文明を十分に受容することを提唱したことである[(9)]」と。彼は1935年にまたこう述べている。「向こうの世界の文化をわれわれの古い文化と極力自由に触れ合わせ、自由に磨き合わせ、その活力鋭気を借りて我々の古い文化の惰性と無気力をぶっとばすのだ[(10)]」。また、「我々の祖先の罪業はとても深い」と語り、我々五千年の精神文明は「全てものの役に立たないこけおどしである[(11)]」といっている。胡適は典型的な西洋文化中心論者というべきである。彼は1929年に『今日中国的文化冲突（今日の中国の文化衝突）』なる一文の中で、国民の中国西洋の文化に関する三派の主張について、憚ることなくズバリと「全面西洋化」に賛成を表明している。1935年に彼はわざわざ『充分世界化与全盤西化（十分な世界化と全面西洋化）』なる一文を書いて「全面西洋化」を「十分な世界化」に修正している。しかしながら、「十分な世界化」と「全面西洋化」の二者間には胡適の気を配った「量的」な違いはあるとはいえ、その実質は同じである。当該の文章の中で、胡適が「十分な世界化」の持つ意味を詳しく説明している時でさえも、「十分西洋化する」ならびに「根本的西洋化」という概念をなお使用しているのである。しかも根本から西洋文化を以って民族文化に替えるというのは正に「全面的西洋化」の本質なのである。

「全面西洋化」は「新文化運動」の提唱者たちの共有の文化思想であった。陳独秀は『東西民族根本思想之差異（東西民族の根本思想の差異）』（1915）という文章の中で、東方民族は「家族を本位とする」ことを真っ先に指摘し、同時に歯に衣を着せずこういっている。東洋民族は「善果を招く善因を招じたければ、それは個人主義本位を以って家族主義本位に変えることにあるのである[(12)]」。陳独秀はさらにまた腐敗勢力を木っ端微塵に粉砕する式の革命スタイルで断言している。「もし仮に旧来の孔教を是とするなら、新参の欧化は非とせざるを得ない。新旧の間には、調和両存の余地など絶対にないのである。我等はただその一つを採るに任せることができるのみだ[(13)]」と。

「新儒家」のリーダー梁漱溟は東西文化の比較研究を通して、東洋文化は芸術、理性を重んじ、西洋文化は科学、理知を重んじると考えた[14]。そして「理性は生命そのものであり、体である。理知は生命の道具であり、用いるものである[15]」。彼は、儒学は理性を具えているが宗教的性質ではないと認め、孔子は直覚に任せたのであり、「仁」とはすなわち直覚に他ならず[16]、儒家哲学はまた人類の「早い時期における理性の開眼[17]」に違いなかったのだと認識している。彼の考えによれば、中国・西洋の文化の衝突、融合の際に、我々中国人はこのような人生哲学を取り戻してこそ、初めて本当に西洋の科学的、民主的精神を吸収できるのだ[18]。民族文化の伝統の中の「生きているもの」を新たに発見し、これに対して丹念な現代的解釈を行い、あわせてこれを基にして、世界の各民族の文化の中から我々に適用できる成分を吸収し、それによって文化の復興を実現することであった。これが梁漱溟および「新儒家」たちの中国文化本位論者としての基本的品格なのであった。このことは必然的に「新文化運動」と対峙をなす。梁漱溟はかつてずばりと指摘して、「陳独秀はすでに中国固有の精神を離れてしまったのだ[19]」といっている。梁漱溟の『東西文化及其哲学（東西文化およびその哲学）』、『答胡適評〈東西文化及其哲学〉（胡適の〈東西文化およびその哲学〉論評に答えて）』（1923）、『批評胡適之先生的人生態度并述我自己的人生態度（胡適之先生の人生態度を批評し併せて私自身の人生態度を述べる）』（1923）と胡適の『中国哲学史大綱』『読梁漱溟先生的〈東西文化及其哲学〉（梁漱溟先生の〈東西文化およびその哲学〉を読む）』（1923）などにおける論争は、その実質は「中国本位文化論」と「全面西洋化論」との争いそのものであった。1935 年 1 月 10 日薩孟武、何炳松《ホービンソン》など 10 名の教授たちは『中国本位的文化建設宣言（中国本位の文化建設宣言）』を発表し、「中国を文化の領域の中で台頭させ、中国の政治、社会そして思想に中国的特徴を備えさせたいのであれば、ぜひとも中国本位の文化建設に従わねばならない[20]」という意見を提出した。胡適は同年 3 月 30 日に『試評所謂「中国本位的文化建設」（試みにいわゆる「中国本位の文化建設」を論評す）』

という文章を作っている。文章は非難して述べている。「十教授たちは口をそろえてかの‘中国本位’を手放すに忍びなしの一点張りである。」、「固有の文化に対して、‘そのかすを除去して、その精華を残す’と彼等は主張し、世界の新文化に対しては、‘長所を採って短所を捨て、よいところを選んでそれに従う’と主張する。これはすべて最も世間受けする折衷論調である[21]」。「中国本位の文化建設」に関しての論争は、梁漱溟、胡適の12年前の論争と実質はほぼ同じであった。しかも梁漱溟は1935年5月に『対〈中国本意的文化建設宣言〉之我見（〈中国本位の文化建設宣言〉に対する私見）』を発表しており、論争の双方に対していたって寛容であったが、その態度のほうはまことに鮮明であった。彼は指摘している。「たとえば胡適先生等のごとく、この宣言は保守的色合いを免れ得ないと考えている人もいるが、私は決してそのようには思わない」。梁漱溟は中国本位の文化建設に対して明確に「賛成」を表明し[22]、「10名の先生方の宣言はあるいは中華民族の自覚の一種の表現かもしれない。この種の自覚と自信は中国本位の文化を建設する重要な条件なのである」と考えている[23]。

20世紀初頭のこの中国と西洋の文化をめぐる大論争にあって、胡適とその他の「新文化運動」の提唱者は極端な形で思想を表現した。これは民族文化のニヒリズムであって、「全面西洋化」論の特徴であった。胡適はその『基督教与中国文化（キリスト教と中国文化）』と題する「未刊稿」の中でかつて中国文化は「思想がとても凡庸で、極端に走らないのである」と批判している。『独立評論』第142号「編集後記」の中で、彼はまたいっている。「我々は死に物狂いで極端に走ることも厭わない、文化の惰性はおのずから我々を折衷調和のほうへ引っ張っていくものなのだから」。

対して梁漱溟のほうはその『郷村建設理論』の一節「中西精神の相違」の中で、極端に走らないのはまさに中国人が行動方式の点で西洋とは異なるところがあるということだと肯定的に指摘している[24]。

梁漱溟を代表とする中国本位文化論者と比べると、胡適を代表とする全面西洋化論者は儒学に対する学理的分析、研究を欠き、多くは情緒的否定である。つまり儒学の「内面哲学」であるという特徴にいまだ重きを置いておらず、儒学の外在的側面に重きを置いており、いまだ儒学を中国社会の構造の中において歴史的、動態的研究ができておらず、たとえば往々にして八股文、纏足、アヘン、蓄妾等々の現実の制度、世俗の形式の問題を、その原因を儒学本来の学説のせいにしてしまっているのである。

「全面西洋化」は胡適の思想に幾分の混乱をもたらし、かつこの人に客観性を失わせる嫌いがあった。同一の文化精神を、もしそれがよくないといえば、中国特有とし、もしそれがよいといえば、世界共有とするのである。胡適は『再論信心与反省（信念と反省再論）』（1924）の中で、「忠孝仁愛信義穏和等々は決して‘わが民族を結びつけかつ向上に導く固有の文化などではなく’、それらは人類共有のいくつかの理想に過ぎない(25)」、といっているし、『読梁漱溟先生的〈東西文化及其哲学〉』の中ではこう語っている。「かの‘調和して中庸を保つ’、‘どのような境遇にも安んじる’態度に至っては、さらにどの国の文化的特性ともいえないのである。こういった境地はすなわち世界各種民族の常識の中の一種の理想的境地であって、一民族或いは一国家に限るものでは断じてない」ともいっている。

「全面西洋化」論は実際には民族文化絶滅論である。胡適はかつて『信心与反省（信念と反省）』の中で、「我々の固有の文化というのは実際のところはなはだ貧弱で、‘大変豊か’などという夢物語はできるものではない」といっている。また『今日中国的文化衝突（今日の中国における文化の衝突）』の中ではこういっている、「文明というものはしかしながらそれがきわめて光輝を放ち壮大であることによって必然的につねに保守的である人民大衆に影響するのである……したがって、一国家の思想家、指導者はその伝統的価値基準が失われることを心配することなど決してないのである」と。

「全面西洋化論」はその影響の出どころという面においてはよりどころを探し当てることができない。ニーチェはキリスト教文明に対して徹底した反逆を食らわせたが、「全面西洋化論」はこのモデルに照らして儒家文化に反逆したものの、理性を宗教と一緒くたにし、内在的自覚を外在的規律とを一緒くたにし、快楽的なヒューマニズムを禁欲主義と一緒くたにして論じている。いわんや、ニーチェの理想としたお手本は古代ギリシャの悲劇精神であった。彼はキリスト教の伝統、ヨーロッパ現代文明を攻撃したが、それはキリスト教の誕生によって断たれた古代ギリシャ文化の橋を新たにつなげるためであった。「全面西洋化論」の方はそれにたいして中国の人文の伝統と断絶してしまったのである。イプセンの劇作は「社会問題劇」であって、伝統批判とは無関係である。『幽霊』の中の「遺伝」は決して先祖からの伝統ではなく、「父親のだらしなさ」なのである。『野鴨』を通して、我々は見ることができる。イプセンの描いた民衆の上にふんぞり返っている個人主義者は、性格は民族的だが、「スカンディナビアの個人主義」に属するのである。ここで、イプセンはそれを一種の「民族病」、一種の「急性正義熱狂症」だと自嘲しているのである[26]。

幸いなことに胡適は終生「科学的方法」を唱え、陳独秀のように感情的にならず、「建設」を重視し、陳独秀のように「破壊」に意を用いなかった。こうしたことが、彼に後日、中華民族のゆゆしき混乱、危機の時代に、かなり高い独立の意思と憂患の意識を表し、不滅の業績を打ち立てさせ、独特の精神遺産を残させることとなったのである。

注

（1）「逼上梁山」、『東方雑誌』vol.31 No.1、1934年1月1日；『胡適全集』vol.18、p.108、安徽教育出版社 2003。

（2）同上、p.121。

（3）「寄陳独秀」、『胡適全集』vol.1、p.26、安徽教育出版社 2003。

（4）陳独秀「答書」、同上 p.29。

（5）「我的岐路」、『胡適全集』vol.2、p.476、安徽教育出版社 2003。

（6）「留学日記」（1914年6月7日）、『胡適全集』vol.27、p.329、安徽教育出版社 2003。

（7）『胡適全集』vol.1、p.657、安徽教育出版社 2003。

（8）『呉虞文録序』、同上 p.763。

（9）『新文化運動與国民党』、『胡適全集』vol.21、p.440、安徽教育出版社 2003。

（10）『試評所謂「中国本位的文化建設」』、『胡適全集』vol.4、p.583、安徽教育出版社 2003。

（11）『信心與反省』、同上 p.503、505。

（12）陳独秀『東西民族根本思想之差異』、『新青年』vol.1 No.4。『独秀文存』、p.29、『胡適全集』vol.4、p.583、安徽人民出版社 1987。

（13）陳独秀『答佩剣青年』、『独秀文存』、p.660、安徽人民出版社 1987。

（14）梁漱溟『東西文化及其哲学』第 2 章、『中国文化要義』第 7 章参照。

（15）梁漱溟『几個問題的討論』、艾愷『最後的儒家』、p.191、江蘇人民出版社 1995、より引用。

（16）梁漱溟『東西文化及其哲学』第 4 章。

（17）『梁漱溟全集』vol.3、p.236、山東人民出版社 1990。

（18）『梁漱溟全集』vol.1、p.539、山東人民出版社 1989。

（19）『梁漱溟全集』vol.2、p.274、山東人民出版社 1989。

（20）『文化建設』月刊、1935 年第 1 巻第 4 期。

（21）『胡適全集』vol.4、p.580、安徽教育出版社 2003。

（22）『梁漱溟全集』vol.5、p.694、山東人民出版社 1992。

（23）同上、p.696。

（24）『梁漱溟全集』vol.2、p.261、山東人民出版社 1989。

（25）『胡適全集』vol.4、p.511、安徽教育出版社 2003。

（26）イプセン『野鴨』第 3 幕。

第二章　魯迅の小説

第一節 「狂人」の急所は「反逆」にあり

魯迅《ルーシュン》（ろじん）の小説は「新文化運動」が文学として現われたものである。その最も重要な主題は西洋より取り入れた「個人主義」を体現することと、それと大きく異なる東洋的な社会意識形態（イデオロギー）に属する中国人の「国民性」を批判することであった。

『狂人日記』（1918）は、「革命」の視点から見れば、反「封建」であった。この視点は、「思想革命」をおのが務めとした「新文化運動」から、「プロレタリア文化」を特質となす体制文化にいたるまで、中国20世紀思想界に半世紀ものあいだ威力を振るい、ある時は思想界を占領したことさえあった。

今日、我々は階級闘争や階級中心文化の誤った道から歩み出でて、新しくて、中華民族復興に符合するような民族文化的な視点で『狂人日記』を解析しようと思う。それで単刀直入に言うならば、それはまず家族制度を批判するものであり、反儒学的であり、数千年の中華文明史を否定するものであった。

『狂人日記』は、趙貴翁《ヂャオグイウォン》から「大哥《ダーゴー》（兄貴）」にいたるまでの誰もが人を食いたいと思っているさまを描く。狂人が、「妹は兄貴に食われてしまった」と思い、「おれは知らぬ間に、妹の肉を食わせられなかったとは言えぬ」とさえ思うのは、家庭の倫理が「食人」の倫理であることを暗示する。魯迅の創作の主旨は「家族制度と礼教の弊害を暴露する[1]」ことにあった。

『狂人日記』は、「新文化運動」が第一に目指したものを体現している。「新文化運動」の提唱者たちは、まず矛先を中国の家族制度に向け、それによって中国の家族文化を打ち砕いた。陳独秀《チェンドゥーシウ》（ちんどくしゅう）は『東西民族根本思想之差異（東西民族の根本思想の差異）』『孔子之道与現代生活（孔子の道と近代生活）』などの論文で、胡適《フーシー》（こせき）は若い頃のアメリカ留学時期の論文と『我的児子（わが息子）』という詩の中で、ともに中国の家族制度を糾弾している。魯迅も、中国の家庭倫理は「ただひたすら幼い者弱い者を痛めつける仕組みである」と糾弾している(2)。

『狂人日記』は、中国の家族制度を批判すると同時に、西洋の「個人主義」の導入と提唱を始めた。早くは1907年に、魯迅は『文化偏至論（文化偏向論）』を執筆し、国民が伝統文化の薫陶の下で「個人主義」に対して持っている偏見を矯正するために、ニーチェを代表とする「個人主義」哲学者を紹介し、ニーチェを「個人主義の最高の英雄である」と称賛し、ニーチェの「超人」哲学を高く評価し、併せてその学説の影響の下で、中国では「物質を排して、精神を重んじ、個人を尊重して、多数を排斥すべきである」と提唱した。同年、魯迅はさらに『摩羅詩力説（悪魔主義の詩について）』を執筆して、バイロンを代表とする「摩羅《モールオ》（悪魔）」詩派を紹介し、バイロンの作品は伝統的価値感を徹底的に転倒させるものであると称賛した。1918年には『随感録三十八』において、魯迅はまた「衆数（多数）」を「庸衆（凡庸な衆人）」といい、天才である「個人」が「庸衆」に激しく戦いを挑むよう主張した。『狂人日記』は、まさしく中国新文学において「個人」があげた初めての「吶喊（叫び声）」であり、「狂人」の形象は中国新文学における「個人主義」の初めての人物であるということができる。「狂人」のあとに続いて、『長明灯（常夜灯）』の「瘋子《フォンヅ》（きちがい）」、『孤独者』の「異類《イーレイ》」は、ともに社会や「庸衆」と対立する個人主義者なのである。魯迅が造形した「狂人」は、ニーチェの心に抱く「超人」の、バイロンの描く「悪魔」の中国における再製であった。ニーチェは自ら狂人であると誇る。彼の哲学は、人類が数千年にわたり保ってきた伝統的価値を新たに評価し直そうとするものである。彼から見れば、伝統的な価値における善とは実際は悪であり、「超人」が代表する価値──悪こそが真正な善であるのだ。バイロンの『カイン』は、人類最初の罪人を真理の追求者として描き、伝統的観念における悪魔であるルシファーを真理の化身として描き、伝統に対する徹底的な懐疑と反逆を表現した。「狂人」を中国に導入する、その目的は中国の伝統文化に対して徹底的な懐疑と反逆をもたらすことにあった。

狂人は、中国の家族制度を糾弾すると同時に、家庭倫理から発展した社会倫理をも糾弾し、「仁義道徳」を「人を食うこと」と見做し、儒学の核心を否定し、中華文明史を否定した。魯迅は、歴史における中華文明を全く肯定しようとせず、歴史における「太平盛世（太平の世）」を否定する。いわゆる「太平の世」とは「しばらくは安心して奴隷になれる時代(3)」であると考えている。「いわゆる中国の文明とは、実際は裕福な者に人肉を供するためにしつらえた宴席にすぎない。いわゆる中国とは、実際はこの人肉宴席をしつらえる厨房にすぎない(4)」という。魯迅がしようとしたのは、「これらの食人者を掃蕩し、この宴席をひっくり返し、この厨房を打ち壊す(5)」ことであった。

魯迅は中国二十世紀「思想革命」、「文化革命」の先駆者であり、「狂人」の形象はすなわち「文化革命」のリーダーであった。魯迅はそれを「先覚者」、「精神界の戦士」と称した。魯迅の眼中の理想的な「リーダー」、もしくは「リーダー」たる魯迅が定めた使命とは、ちょうど「戦士」のように「慈善家、学者、文士、年長者、若者、風流人、君子……」に対して、「学問、道徳、国粋、民意、論理、公義、東方文明……」に対して、「太平」に対して投槍を構えて立ち向かうことであった(6)。

魯迅および「新文化運動」全体の中華伝統文化に対する反逆は、ある種の模倣行為である。魯迅は、外国の反逆的思想家、文学者を大量に紹介しているため、その中に魯迅が外部から受けた影響の淵源を見出すことができる。しかし、研究してみると、これらの思想家、文学者を中華伝統文化に反逆するための拠り所とすることはとても難しい。

魯迅および「新文化運動」が伝統文化に反逆するのに頼みとした重要な

思想上の武器は「進化論」であった。魯迅が中国の家庭倫理および儒学全体を糾弾するのに拠り所としたのは「生物学的真理」であった。彼は公言した。「孔丘や関羽を崇拝するより、ダーウィンやイプセンを崇拝する方がいい[7]」と。魯迅と「新文化運動」の提唱者は、文化的、社会心理的な民族の特徴とそして精神面で受継がれている現象を軽視し、社会と自然界とを、人文発展の法則と生物発展の法則とを、いっしょくたにして論じ、西欧近世のほとんどすべての方面のものを「新しい」ものと見做し、中国の昔から今日まで延々と続くものはすべてを「古い」ものと見做し、その上西欧文化をもって中国の伝統文化に取って代えようと主張した。

まぎれもなく、イプセンは個人主義を提唱した。彼は新しい社会的理想を打ち立てたが、それは、個人を打ち立てることで築き上げたのである。彼の描くところでは、多くの人が常に間違っており、しかも最も力のある人間が最も孤立した人間であり、なんと「人民の敵」なのである。彼は、一切の現存する制度を破壊することを時代の偉大なる任務であると思っている。このことは魯迅に肯定された[8]。『薬』は、華老栓《ホアラオシュアン》を代表とする「庸衆」の愚昧さ――愚昧なあまり「食人」に関わってしまうこと――を丹念に描いており、革命者の孤独や悲哀――「人民の敵」の孤独や悲哀――を表現している。『薬』や『風波』はいずれも「思想革命」の宣言であり、「啓蒙」の宣言である。しかし、イプセンが身を投じた「破壊」は伝統への反逆を意味しない。克己や受難、そして犠牲精神が一貫してずっとイプセンの称賛を受けるのである。キリスト教の根本教義はイプセンが精神的に追い求めたものでもある。戯曲『皇帝とガリラヤ人』は、キリスト教が皇帝たちの恩寵を受けることで本源から遠く離れてしまったことを描いている。キリスト教徒たちも意気消沈してゆき、彼らは苦難を受け、殉教者の血涙の中で洗礼を受けることでしか、復活を実現することができない。キリスト教は信徒たちを犠牲に駆り立てることでしか、真正な宗教にも生命力をもつ宗教にもなりえないのである。戯曲『棟梁ソルネス』で、イプセンが関心を持ったのは宗教精神をもった戯曲をこれからも創作しつづけることができるかどうかということであった。

レフ・トルストイは、常にイプセンと並んで、現存する制度を破壊した人物[9]として、或いは、「偶像を破壊した」人物[10]として、魯迅から称賛された人物であるが、しかしながら、トルストイを魯迅の伝統への反逆の拠り所とするのはより難しい。魯迅は決してトルストイの思想の真髄を理解していなかった。彼の伝統への反逆は、実はトルストイの思想とは全く相反するものである。

トルストイは伝統を最も尊重していたのであった。

トルストイという精神の貴族は、いかなる集団にも参加せず、流行していたいかなる思潮にも屈することなく、むしろ反対に、彼自身は常に「いかなる外部の、流行病のような圧力にも知らず知らずのうちに反対している[11]」といっている。ロシアの上流社会がこぞって奴隷のようにフランスを崇拝する声を上げていた中で、トルストイはロシア精神を高く評価していた。彼はロシアの農民たちの中からロシア精神を発掘し、また、自ら愛してやまない貴族たちの形象にロシア精神を体現した。彼の作品で貴族と人民の間を仲むつまじく結びつける絆はロシア精神にある。『戦争と平和』では、この絆によってロシアは1812年の民族の危機を乗り越えることができたことを描き、『アンナ・カレーニナ』では、改革に直面し、新たな危機を乗り越えるには新たな絆が必要であることを描いている。社会の構成員が仲むつまじく、ひとつになることがトルストイの理想であった。彼はこの道徳観を世に説き、そうすることで西欧からロシアに流れ込む「個人主義」を阻止しようとした。魯迅は中国の内憂外患の秋《とき》に、いわゆる「世界主義」の輝く光に呼応して、「多くの人が恐れているのは、“中国人”という名称が消滅してしまうことであるが、私が恐れているのは、中国人が“世界人”からはじき出されてしまうことである[12]」といっている。彼は中国人が「これまで少し尊大であった。──ただ惜しむらくは、“個人の尊大さ”はなくて、どれも“群を成した愛国的な尊大さ”であることだ[13]」と批判している。民族の伝統、集団意識、愛国意識はどれも魯迅が辛辣に嘲笑し諷刺する対象であり、西欧の極端な個人主義の思潮が、魯迅によって中国改造のための神通力を帯びた法具に祭り上げられてしまった。このことは中華民族が自信や求心力を形成するのに有害であった──だが、当時はまさにこれらを形成することが必要であったのだ。「新儒家」のリーダー梁《リアン》漱《シュー》溟《ミン》は当時これに対して批判していっている。「中国社会はまとまりのなさに苦しんでいる。それを救う手立ては団結し自らを組織するところにある。しかしながらこの数十年来、外国から持ち込まれるものは、まさに求められるものと矛盾を生じている──個人主義に基づきもたらされる分離的で気ままな風潮などは……ちょうど団結を求める傾向と相反している。例えば、集団を結束するものは、構成員が集団に対してもつある種の“求心力”である。中国社会が必要としているものはまさしくこれである。だが、西洋からの時流が入ってくると、逆に我々の“遠心力”が増加されてしまった[14]」と。

トルストイは、国家により運営されていた教会を含めて、当時のロシアの専制的国家組織を徹底的に批判した。それはまさにキリスト教の根本教義を広く伝えるためであった。彼は自発的に使徒の使命を引き受け、『福音書』の真髄を解釈した。宗教の福音に対する徹底的な研究はトルストイの創作動機の一つである。彼は東方哲学を用いてキリスト教の根本教義の充実をはかった。とりわけ老子の学説は彼の「内心の宗教」に哲学的基礎を提供した。彼は、孔子と孟子が彼に与えた影響は「非常に深く」、老子が彼に与えた影響は「強烈[15]」で、「もし孔子と老子が存在しなかったら、『福音書』は不完全なものとなっていただろう。だが、『福音書』が存在しなくても孔子は何も損なわれることはなかっただろう[16]」と考えていた。

トルストイは道徳の継承性を重視した。彼の「模索する主人公」の集大成であるレーヴィンが先祖の残した物質的な財産と精神的な財産を重んじたことは、トルストイが強力な決心をもって伝統的な道徳の消滅を防ぎ止めようとしたことを代表している。トルストイは歴史を断ち切ることに反対し、歴史的に価値のあるものを尊重するよう主張した。レーヴィンはトルストイの次のような意識を表現している。「自らの制度の中で、何が重要なのか、意義があるのかを認識して、どのようにしてそれらのものを尊重するかを理解している民族にしか前途はない——そのような民族だけが、本当の意味で歴史を持つ民族となる資格があるのだ(17)」。

もし私に引用されたくないとか、一部をもって全体に代えないでほしいというのなら、魯迅はトルストイから民族の文化伝統を尊重し、民族の歴史を尊重する手引きとなるものを見つけるべきであった。

魯迅による伝統への反逆は、ニーチェの支えによるところが最も大きい。ニーチェはキリスト教文化を糾弾し、欧州近代文明を批判した。魯迅および「新文化運動」はこのモデルを参照して儒家文化を批判した。全般的に見ても、この批判運動においては、儒学に対する分析や研究が不足していることが表面化したり、儒学の「内心哲学」的な特徴を見ないまま、理性を宗教と混同して語ったり、内在的な自覚を外在的な戒律と混同して語ったり、人生を楽しむ人文精神を禁欲主義と混同して語ったりしていた。その上、ニーチェの理想のオリジナルは古代ギリシア悲劇の精神——なかでもディオニュソス精神——である。彼がキリスト教の伝統や欧州の現代文明を攻撃したのは、キリスト教が誕生したため破壊された古代ギリシア文化への橋を新たに架け直すためであった。だが、魯迅と「新文化運動」が行ったのは、中国の人文的伝統と断裂することであった。その重要なところは、ニーチェが内心では欧州文化の源を尊重していたのに対して、魯迅は中国文化を徹底的に否定したことにあった。「中国の文化など、いったいどこにあるのか私には全くわからない(18)」と彼はいっている。

第二節　阿Q——中国人への肖像画

『狂人日記』がヨーロッパから取り入れた個人主義を描いたものであるのなら、『阿Q正伝』は「国民の弱点をさらけ出したもの(19)」である。狂人の人物像は魯迅の理想であり、また魯迅の自画像でもあり、「‘独異’（特異なもの）[20]」に属する。一方、阿Qはそれと対立する「‘庸衆’[21]（一般人）」であり、魯迅が殊更に批判した弱点だらけの「‘国人’（自国民）」であり、魯迅が描き出した「醜い中国人」であった。

魯迅の描く阿Qは、司馬長風《スーマーチャンフォン》が理解したような「一人の人物[22]」ではない。彼は一人の特定な存在ではない。彼には苗字も必要ない。小説中の「未庄」および「城内」（市内）で罪人の引き回しを蟻のように見ている人々はすべて阿Qである。『狂人日記』や『阿Q正伝』を伝統的リアリズム小説として分析してはいけない。茅盾《マオドゥン》は1923年『読〈吶喊〉』で、魯迅の小説は「表面には現われず内に秘められた含み」と「ほのかな象徴主義的色彩」を持っていると指摘している。魯迅の小説の登場人物は大部分が象徴である。狂人は、ニーチェ式の西洋個人主義者の象徴であり、阿Qは魯迅の暗い瞳に映った中国人の象徴である。「阿Q顔」は魯迅が我々中国人に送った一枚の肖像画なのである。

魯迅がさらけ出した阿Qの弱点は、単に自国民の性格の中にあるマイナス面を描いているところにだけ存在するのでもなく、また単に中華民族が特定の過去のある時期に形成された病的な心理を具体的に明るみにさらして、「国家がこの百年来度々受けてきた列強による侮辱がもたらした惨状[23]」を諷刺しているところに存在するのでもない。たしかに、魯迅が『阿Q正伝』を書いた時には、中国は近代の七、八十年の間に、アヘン戦争、中日甲午戦争（日清戦争）、八カ国連合軍による侵略など、この上ない屈辱を相次いで受けており、魯迅は度重なる失敗に直面して、自国民の間に無感覚とぐうたらな無気力が普遍的に存在することを目の当たりにしていた。しかし、現実問題を民族の文化的な伝統のせいにしたことこそ、魯迅をして「文化革命のリーダー」たらしめた重要な資質なのである。

『狂人日記』の「先覚者」は、現実の中から覚醒するだけでなく、歴史の中からも覚醒して、数千年の文明史を「食人」の歴史であると認識しなければならない。

『阿Q正伝』は、阿Qの持つ、自らを欺き人をも欺くところ、体面を重んじるところ、自己陶酔するところ、むやみに尊大ぶるところを特徴とする「精神勝利法」、そして奴隷性、弱いものをいじめ強いものにへつらうところ、機に乗じてうまく立ち回ろうとするところ、他人の不幸を喜ぶところ、ずる賢く残忍であるところ、無感覚無感動で愚昧なところなどの諸々の欠点をさらけ出した。それは「自国民の精神」──魯迅及び同時代の中国人留日学生たちは、日本語の「国民性」という語を借用して使っていた──を明らかにする意図があった[24]。国民性とはもともと一国あるいは一民族全体が共有する文化的な心理である。魯迅の作品では、中華民族の精神はすなわち阿Q精神であり、中国の国民の容貌はすなわち「阿Q顔」であった。魯迅は「醜い中国人」の精神を描く作家であった。

魯迅は彼の終生の目標──中国の伝統文化を批判すること──から一刻も離れることがなかった。彼が中国の「国民性」を描く時、筆の向かう先はいつも伝統であった。「国民性」は本来は「根性（持って生まれた性質）」という意味合いも持っている。魯迅は、「聖道（聖人の道）」や「聖人」と儒学の経典が国民性の病根の所在であると認識していた。『阿Q正伝』は、阿Q精神を「先祖伝来の宝物」であると描き、阿Qの思想を「その実、一から十まで聖賢の経伝に合致する」と描く。『阿Q正伝』と『狂人日記』の同工異曲の点は、儒学を主体とする中国伝統文化を糾弾しているところにある。現実の問題を伝統のせいにするという、民族的な虚無を特質とするこの種の過激な文学運動は、魯迅によって極限まで推し進められた。そして、この文学上の脈絡は、時に隠れ時に現われながら二十世紀中国の歴史の半分以上に存在したのである。

民族の伝統文化を否定することは、しばしば別の文化を座標とし、視角とすることがある。魯迅の小説が属する「新文化運動」からいえば、西洋文化の立場に立って中国の伝統文化を否定することであった。『狂人日記』は、西洋の個人中心の文化をもって東方の倫理中心文化を糾弾するものであった。『阿Q正伝』は、「狂人」のような理想的な主人公は正面切って出現しないが、しかし作者が持つ視角は内部に密かに存在している。魯迅はアメリカ人宣教師スミスの『中国人的気質（中国人の性格）』（1894年）の影響を受け、スミスの「中国人に現在最も欠けている品性は、惻隠の心（哀れみの心）や同情心であり」、「体面にこだわることは中国人の特性のひとつである」という見解に賛同した。阿Qおよび未庄のすべての人たちは、惻隠の心など少しも持ってはいないし、阿Qが革命の中で生殺与奪の大権を握る実力者になることを夢想した時に、第一にとっちめてやろうと思ったのはなんと小Dであった。彼の「精神勝利法」は、実際は事実を隠し嘘つき騙すことで自らの憐れな境遇を覆い隠し、自らの体面が傷つかぬように保つことに過ぎない。未庄の人々が辱めれば辱めるほど、彼は体面を求めるのであった。役所に連れて行かれ審問を受け判決を下されて、自らの生死を決定する供述書に署名をする時にさえ、彼は人に笑われるのをひどく恐れて、まんまるく円を描かなければ彼の「行状」に汚点をもたらしてしまうと思い、そうならぬように、まんまるに描こうと決意する。その後、彼は円をカボチャの種のような形に描いてしまった自分を爺爺（おじいさん）の代にまで押し上げ、「俺の孫の世代になればまんまるい円を描くことができるさ」と自分を慰めて、体面を保ったのであった。たとえ市中引き回し、見せしめ、刑場に連行される途中であっても、彼は群衆を見、特に呉媽《ウーマー》の顔を見、「師匠なくともみずから解る」の決まり文句をいいかけると、群衆から喝采を浴び、最終的に体面を保ち、人生最大の失敗に自らを欺き人をも欺く「栄誉」を添えたのである。未庄の人間にせよ、見せしめの引き回しを見る群衆にせよ、どちらにも惻隠の心などは少しもない。彼らは結局、見ることができたのは銃殺であって斬首ではなかったし、聞くことができたのは途中までの決まり文句で歌のひとつでもなかったので、「大部分の人が満足しなかった」のである。『阿Q正伝』はアメリカ人宣教師の見識の図解と違わないのである。

すでに1933年になっていたが、魯迅は、「人々に重んじられない児童画」の中で見出していた。すなわち「イギリスは落ち着いている、ドイツは豪快で、ロシアは豊かで、フランスは見目美しく、日本は利口である。いずれにも中国のような疲労困憊した気配は少しもない[25]」と。魯迅が受け入れたのは宣教師の見識であったため、当然八カ国連合軍の侵略を忘却し、日本による中国東北の占領に見て見ぬふりをし、「西洋社会は平和のために戦争を求める[26]」と杜亜泉《ドゥーヤーチュエン》が1916年に指摘したように、彼らの国民性のもうひとつの面——好戦的な一面——を見過ごしてしまっていた。そしてその後すぐに日本が中国を大挙して侵犯したことは、この「忘却」に対して痛棒を加えるだけにとどまらなかった。魯迅は中国人民全体の民族感情と通じ合っていたのではなかった。彼は民族全体を代表して我々の民族の敵に向かうのではなく、当時の国内の権力の中心に向かって「勇猛果敢に突撃した」のであった。

魯迅の小説は、新文化運動における文学表現として、二十世紀初頭の中国と西洋の文化大論争へと自覚的に参与したのであった。

論争では、社会構造という焦点において、新文化運動は西洋の個人主義を導入することを主張し、中国の社会構造を倫理中心から個人中心へと変革させようと努めたのである。『狂人日記』はこの主題を具体的に表現したものである。

文化中心という焦点においては、新文化運動は、西洋の知性文化をもって東方の悟性文化を否定し、「反逆」を主とし「破壊」を重んじるヨーロッパ十九世紀末の思潮を中国に導入し、「穏健」を主とし「建設」を重んじる儒家思想に取って代えようと努めたのである。『阿Q正伝』はこの主題を体現したものである。この論争の中で、魯迅が依拠したのは、東西文化の異なる特徴を分析し、民族文化の根本に立脚して、西洋文化の中から我々にとって有用なものを汲み取り、伝統文化を近代へと向けて発展させようとするような、人類が共有する人文精神ではなく、西洋中心論の観点に立ち、根本から中国の伝統文化を否定したのであった。『阿Q正伝』は、中国の「国民性」——すなわち「民族性」——を醜いものに描いた。新文化運動は「近代以来の洪秀全《ホンシウチュエン》、譚嗣同《タンスートン》、章太炎《ヂャンタイイエン》の異端精神を継承している[27]」と研究者は認識している。魯迅はこの運動のリーダーとして、伝統に対してさらに徹底的に否定を行った。魯迅の文化思想は「文化革命」思想に属する。中国の伝統文化に対して急進的な革命の方法を採用して、「'二重思想' を根こそぎ引っこ抜いてしまう[28]」よう彼は主張した。彼は「革新的な破壊者[29]」に呼びかけ、「破壊なくして新たな建設はなし[30]」と考えていた。彼はさらに、レーニンの「風俗」と「習慣」をともに「文化」に内包させ、ひっくるめて改革を行うという考え方[31]を称賛し、ひいては「革命には終わりがない[32]」とさえ考えていた。

この中国と西洋文化の大論争のなかで、新儒家のリーダー梁漱溟は、東西文化の比較研究を通して、東西文化の二つの方向性を分析し、中華中心的な文化理論を打ち立てた。西洋文化は理知を重んじ、東方文化は理性を重んじる、また西洋の人生では知識を重んじ、功利を重んじ、理知的な計算を求められるが、東方文化は悟性（悟り）的な特徴を持ち、孔子は直覚に任せ、仁はすなわち直覚であるとした[33]。その上、「仁であるには静寂の意味を知らなければならない」、「鋭敏な直覚は常に気持ちが落ち着いている時に生じる[34]」と彼は考えた。梁漱溟は東西文化を歴史の発展の中に置き、動態的な研究を行った。西洋は、古代ローマ後期から近代まで、禁欲と放縦の両極端に揺れ動いたが、一方儒学は、人の内在的な自覚であり、外在的な戒律ではない。中国文化は調和と中立をもってその根本精神とする。そのため、中国人は「ちょうど最も偏りが少なく、ちょうど中間に位置している[35]」のである。魯迅および「新文化運動」の提唱者たちは、民族の伝統文化についてはこのような内在的な分析を行わず、徹底的な否定の立場をとり、民族文化の特徴を落後的、保守的であると断罪し、東洋的な気質をもつ民族の性質を「悪しき国民性」であると規定した。この種の徹底した民族文化虚無論の結果、もたらされたものは、必然的に民族の自信喪失であった。

確かに、中華文明からすれば、この内部からの挑戦は外部からのものよりもさらに深刻なものであった。しかしながら、儒学的理性の特徴は深々とその根を国民の中に下ろしており、しかも代々受け継がれ、連綿と続いて絶えることはなかった。魯迅はこの精神が受け継がれる現象を目にしても、それを理解しようとはせずに、逆に自己の医学的知識を運用して、精神面での継承を生理面での遺伝であると解釈した。彼は『随感録三十八』で、中国では「ぼんやりした祖先がぼんやりした子孫を産む。まさに遺伝の定理である。民族の気質が形作られると、それが良かろうが悪かろうが改めるのは容易ではない……血管中のぼんやりの分子が害を及ぼさないとは保証しがたい……」と書いている。ここに魯迅の悲観主義の根本がある。彼は、阿Ｑの「精神勝利法」や閏土《ルントゥー》の無感覚……など、彼がさらけ出した中国人の国民性のすべての「欠点」を「痼疾《こしつ》（長く治らぬ病）」と書いている。民族文化、国民性に対する虚無感が魯迅を民族主義と絶縁させた。彼は冷たく凝固した外部からの視点で客体のように「中国人」を絶えず観察した。中国の全てが、現実と過去、現代人と祖先、一般人と先賢、漢字、旧暦、長城、そして中国人の「愛国」や忍耐、「眠れる獅子」と称されることまでをも含めて、全てが魯迅の諷刺の対象となった。そのため、彼が中国の若者に中国の書物をあまり読まぬか全く読むなと勧めた時、見知らぬひとりの中国人青年が彼に手紙を書いて、「中国から出て行ってくれ」と求めたことがあった。

魯迅が追い求めたのは、大衆とは異なることであった。これは彼が青年期に立てた人格面での理想であった。彼はイプセンを崇拝した。彼はイプセンの『民衆の敵』に出てくる主人公の医者のように、「真理」を堅く守るため「人々に受け入れられない[36]」。彼は三十年間一日の如く中国の伝統文化と民族性を批判した。『吶喊』『彷徨』の基本的な主題は、儒家文化が中国人の精神に対しておよぼした束縛と害毒である。『故事新編』（1922～1935）にいたっては、より単刀直入に中国古代の聖賢たちを「さらしもの」にし、孔子、老子、荘子を小人物に描き、人目をひくように見せ物にした。たとえ新文化運動が退潮期をむかえその陣営が分裂して、自らも憂鬱で、絶望を経験し、さらに「階級論者」になってからでも、魯迅の民族文化に対する批判は依然として衰えることはなかった。

1930年に彼は「驕りとへつらいが絡み合っているのが、没落した古い歴史を持つ国の人民の精神的特徴である[37]」といっている。

1934年に、彼は「中国人が‘面子（メンツ・体面）’を求めるのは構わないことだが、惜しむらくはこの‘面子’が‘円機活法（明代の作詩用の辞書）’で、ころころと変化して、結果的に‘不要臉（恥知らず）’と一緒くたになってしまった[38]」と、少しも容赦することなく罵倒している。

この世を去る年になっても彼はまだ「日本の国民性は確かにすばらしい」と盛んに褒め称えている[39]。

魯迅と中国の「国民性」との矛盾と衝突は、魯迅が持つ文化急進主義や「文化革命」思想と、中国人の身に深く根づいた「穏健主義」との矛盾と衝突なのである。魯迅は西洋から「文化革命」という処方を「持ってきて」、中国の民族文化の「命」を「革《あらた》め」ようとしたが、この「革命」の対象は文化的な遺伝子を自ら持っていたのである。儒家文化はきわめて理性的な文化である。中華民族は文化急進主義の土壌を持ってはいない。魯迅および新文化運動全体が手を振り上げて叫んでも、中国人はどうしても応じようとはしなかった。魯迅は反対の視点からこの現実を見た。『長明灯』は、「庸衆（普通の人々）」の「精神界の戦士」に対する──「子供」の「瘋子（精神障害者）」に対するのを含めて──嘲弄と包囲攻撃を描いている。魯迅はかつて、中国人の性質は常に調和と折衷を好み……より激烈な主張をすることはない[40]、と批判したことがあった。実はこれがまさしく中国文化の特徴であった。単純に否定するべきではなく、それを尊重し、研究し、発展させるべきであったのだ。

魯迅は自分の小説の創作について、「手本としたのはだいたい外国の作家であった[41]」といっている。しかし、外国の作家は──魯迅が影響を受けた作家も含めて、自らの民族のいわゆる「国民性」や「民族性」を批判したりはしていない。魯迅が生涯を通して行った仕事は、すなわち中国の「国民性」を批判することであったが、外国の著名な作家の中にその根拠を探し当てることはできない。

魯迅はかつて、ドストエフスキーは「人の魂の偉大なる審問者[42]」であるとしきりに称賛したことがあった。彼はドストエフスキーのごとく、病的な社会の不幸な人々に多く取材し、主人公の心理活動の描写を通して、人々の魂が如何に病んでいるかを明らかにして示した。しかしながらドストエフスキーの描く病んだ魂には、まぎれもなくニーチェの極端な個人主義哲学の萌芽が存在している。そして、それに救済を与えることができるのは、まぎれもなくロシアの人民なのである。ドストエフスキーがロシア人の性格を明らかにして示した意義は、人間を発見し、人間を重んじ——人民が持つ信仰を重んじ——信仰の輝きで全ての「地下室」と「地下生活者」を照らし出したことにある。

レフ・トルストイが描く十分な教養のある理想的な主人公は、精神が危機に陥った時には、正規の教育を受けたことのない「実直な無学の人」に常に助けを求める。このことは、深遠な宗教が労働人民の中に存在していることを明確に示すものである。労働人民の生活と宗教が非常に緊密に結合しているために、彼らの生活の全てが生命に意義を与えている。それはつまり宗教信仰に対する肯定である。このように、世の中の気風がどんどん悪くなる時代にトルストイは篤く宗教を信じるロシアの農民に希望を見出したのだ。農民のつつましい宗教感情は人類最高の信仰であり、貴族やロシア全体が、この自然の天性と完全に符合する「人民の信仰」に帰依しなければ救いを得ることができないと彼は考えた。この篤い信仰がすなわちロシアの「国民性」であり、「民族性」であり、つまり「ロシアの魂」であるのだ。トルストイは自らの全ての創作をもって民族の魂を発掘し、表現し、描き出した。トルストイはそれでこそ「民族の魂」と呼ぶに値するのだ。文字も読めず、全く無学な農民の宗教信仰は、世間に広く伝わり、物語や格言の中の遺訓に反映することで代々受け継がれてゆくことにトルストイは気が付いた。トルストイの描く理想的な主人公は物事の根源を忘れたりはしない。彼らは伝統を守り従い、祖先と繋がり、多くの人民大衆と団結するのである。

イプセンの『民衆の敵』は、真理を堅く守り孤立無援な人間が強く団結した大多数の人間に対して戦いを挑むさまを描いて、「高貴なる原則」を表現している。それは、魯迅の「独異」や「庸衆に対して戦いを挑む[43]」といった極端な個人主義思想、および「国民性」を批判するという終生の創作主題に根拠を与えているように思われる。魯迅も『幽霊』からは「遺伝の恐ろしさ[44]」を発見した。しかしイプセンが書いたのは「社会問題劇」であり、伝統や「国民性」を批判することとは関係がない。『幽霊』の中の「遺伝」は、魯迅が指摘したような祖先や、儒家文化のような伝統に由来するものでは決してなく、「父親の品行の悪さ」である。イプセンの『民衆の敵』のあと創作した『野鴨』を通して我々が気付くのは、イプセンの描く衆人の上に君臨する正義の士は、性格は民族的であり、「スカンジナビアの個人主義」に属しているということである。この中でイプセンは、一種の「民族病[45]」とか、「急性の正義熱狂症[46]」であると自嘲している。

魯迅がイプセンや上述のロシアの中心的な作家たちから見出すべきであったものは、民族の文化伝統や民族性の典範を尊重することであった。

注

（1）『中国新文学大系・小説二集序』、『且介亭雑文二集』p.19、人民文学出版社 1973。
（2）「我們現在怎様做父親」、『墳』p.112、人民文学出版社 1973。
（3）「灯下漫筆」、同上 p.176。
（4）同上 p.180。
（5）同上 p.181。
（6）「這様的戦士」、『野草』p.52 〜 53、人民文学出版社 1973。
（7）「随感録四十六」、『熱風』p.37、人民文学出版社 1973。
（8）「再論雷峰塔的倒掉」、『墳』p.158、人民文学出版社 1973。
（9）同上 p.158。
（10）「随感録四十六」、『熱風』p.37、人民文学出版社 1973。

(11) 莫徳『托爾斯泰伝』p.238、北京十月文芸出版社 1984。
(12)「随感録三十六」、『熱風』p.16、人民文学出版社 1973。
(13)「随感録三十八」、同上 p.19。
(14)「郷村建設理論」、『梁漱溟全集』vol.2 p.206、山東人民出版社 1989。
(15)「給我留下印象的作品」、『列夫・托爾斯泰文集』vol.16 p.258、人民文学出版社 1992。
(16) 1884 年 3 月 29 日「日記」、『列夫・托爾斯泰文集』vol.17 p.127 ～ 128、人民文学出版社 1991。
(17)『安娜・卡列尼娜』p.362、人民文学出版社 1956。
(18)「老調子已経唱完」、『集外集拾遺』p.185、人民文学出版社 1973。
(19)「再談保留」、『偽自由書』p.119、人民文学出版社 1973。
(20)「随感録三十八」、『熱風』p.19、人民文学出版社 1973。
(21) 同上 p.19。
(22) 司馬長風『中国新文学史』上巻、p.111、香港昭明出版社 1980。
(23) 夏志清『中国現代小説史』p.71、台湾伝記文学出版社 1979。
(24)「俄文訳本『阿 Q 正伝』序及著者自序伝略」、『集外集』p.69、人民文学出版社 1973。
(25)「上海的児童」、『南腔北調集』p.128、人民文学出版 1973。
(26) 杜亜泉『静的文明与動的文明』、『東方雑誌』vol.13 No.10。
(27) 馮天瑜、何暁明、周積明『中華文明史』p.1047、上海人民出版社 1990。
(28)「随感録五十四」、『熱風』p.47、人民文学出版社 1973。
(29)「再論雷峰塔的倒掉」、『墳』p.161、人民文学出版社 1973。
(30) 同上 p.158。
(31)「習慣与改革」、『二心集』p.27、人民文学出版社 1973。
(32)「黄花節的雑感」、『而已集』p.4、人民文学出版社 1973。
(33)「東西文化及其哲学」、『梁漱溟全集』vol.1 p.453、山東人民出版社 1989。
(34) 同上 p.455。
(35)「郷村建設理論」、『梁漱溟全集』vol.2、p.261、山東人民出版社 1989。
(36)「文化偏至論」、『墳』p.38、人民文学出版社 1973。
(37)「'現代電影与有産階級' 訳者附記」、『二心集』p.200、人民文学出版社 1973。
(38)「説 '面子'」、『且介亭雑文』p.102、人民文学出版社 1973。
(39)「致尤炳圻」(1936 年 3 月 4 日)、『魯迅書信集』下巻、p.1064、人民文学出版社 1976。
(40)「無声的中国」、『三閑集』p.8、人民文学出版社 1973。
(41)「致董永舒」(1933 年 8 月 13 日)、『魯迅書信集』上巻、p.398、人民文学出版社 1976。

（42）「〈窮人〉小引」、『集外集』p.86、人民文学出版社 1973。

（43）「随感録三十八」、『熱風』p.9、人民文学出版社 1973。

（44）「我們現在怎様做父親」、『墳』p.107、人民文学出版社 1973。

（45）イプセン『野鴨』3 幕。

（46）同上。

第三章　周作人——人道的個人主義者

周作人《ヂョウヅオレン》（しゅうさくじん）は魯迅と同様、比較的早くから儒学を糾弾していた。魯迅は『写在‘墳’後面（‘墳’の後に記す）』において、「孔孟の書は私は最も早くから読み、最も深く読んだ。しかしながら、私とは関わりがないような気がした(1)」と、自ら語っている。1908年、周作人は猛烈に儒学を糾弾する文章を書き、国家に「最初からやり直す機会」を与えるには、「儒家をどうしても門外に排斥しなければならない(2)」と公言した。「新文化運動」が相次いで「打倒孔家店（儒教を打倒せよ）」と叫ぶ先がけであるということができる。

「新文化運動」の最盛期に、周作人は『人的文学（人間の文学）』（1918）、『平民的文学（庶民の文学）』（1919）、『貴族的与平民的（貴族性と庶民性）』（1922）などの文章を発表し、比較的完結した「人間学」の理論体系を形成した。この体系は生物の進化論を科学的な基礎とし、人間の本質に対して実体論的解釈を施している。すなわち、「動物から進化した人類(3)」であり、いい換えると「つまり人の精神と肉体の二重の生活(4)」である。このような精神と肉体とを二元的に統一させる「人間学」の理論は、人間は生物の一種であり、したがって必然的に一定の生理的欲求をもって生命を維持、発展させる基礎とし、必然的にその他の生物と同様ないくつかの自然的な属性を持っていることを肯定するのみならず、また人間の精神的な追求や、生活を改造するための理性的な力も見出している。それゆえ、「獣性と神性が、一緒になっているのが人間性(5)」なのである。このような近代自然主義的な人間性論の基礎の上に打ち立てられた人道的個人主義は、人間性を束縛する伝統的礼法と人間の欲望が溢れる現世主義に対する排除と拒絶を具体的に現し、個性解放の思想を「文学革命」に注入した。それ故『人的文学』は、胡適によって「当時、文学の内容を改革することに関する一篇の最も重要な宣言」であると褒め称えられた（『中国新文学大系・建設理論集』「導言」)。

周作人が彼の理想とする「人間学」を構想する時に、イギリスの性心理学者エリス（Havelock Ellis）の「生活の芸術」という観念に共鳴している。1924年に周作人はエリスの見解を引用して「生活の芸術は禁欲と放縦の調和の中にだけ存在する(6)」と述べている。周作人は、イギリスの古典的な調和哲学に基礎を置くエリスの考えを受け入れると同時に、「礼の必要性」を発見し、儒家文化の中庸哲学の現代的な意義を発見した。その上、以前の激しい反伝統から伝統へと転じ回帰し、「復興」を文化建設のスローガンとした。「実は、この生活の芸術とは、礼節を守り中庸を重んじる中国ではもともと物珍しい事ではない(7)」とのべている。「中国では千年以上も前に文化が発達しており、一時的に精神と肉体の一致に達した現象もまま見られた(8)」、「中国に今すぐにでも必要なものは、新しい自由と新しい節制をもって中国の新しい文明を建設することである。それはすなわち千年前の旧文明を復興することでもあり、それはすなわち西洋文化の基礎でもあるギリシア文明と一致することでもあった(9)」ともいう。

しかしながら、周作人は「復興」のスローガンをかかげ民族文化の建設に従事することは決してなかった。

周作人の「人の文学」理論には、社会的や民族的な要素は含まれていない。彼は1920年に発表した『新文学的要求（新文学の要求)』という文章の中で、「人の文学」の人間性本位主義を強調するほかに、「この文学は人類のものであり、個人のものではあるが、種族や国家や郷土や家族のものではない(10)」と、提起している。周作人の人道的個人主義は、「新文化運動」の個人本位主義を極致まで発展させているが、社会的要素や民族的な要素は、全く含まれていなかった。

周作人は比較的早くから、いわゆる「思想革命」の理念に対して幻滅を覚えていた。彼は『不討好的思想革命（扱いにくい思想革命)』（1923）の中で、『新青年』グループの境遇について「思想革命を鼓吹する者は孤独な旅人である。多くともせいぜい三、四人の旅の道連れがいるだけだ。荒野で叫び声をあげても、無駄に終わるのか、さもなくば熟睡している人々を驚かしてしまい、こてんぱんに打ちのめされることだろう」と書いている。この論文では文化的暴力主義にも触れて「思想改革を唱えようと思えば、習慣となっている旧道徳に対して必然的に攻撃を加えることになる。それは、我々“礼儀之邦（礼儀の国）”の人間として決して受け入れられるものではない。年をとったものだけではなく、青年の中にも、‘年は若くても、心はすでに老いてしまっている’先生たちが、とても、とても、沢山いて、力一杯反対するだろう」と述べている。ここで、周作人はいわゆる「思想革命」運動自体を振り返って反省するのではなく、なおも伝統的な道徳による『新青年』グループへの処遇に原因を探し求めているのである。彼は「中国は現在、政治的に統一されていないのに、思想道徳は統一されているがために、君が人に働きかけようと思えば、年寄りに若者に、男に女に、南に北に、あらゆる人に目の敵にされて、名教（儒教の道徳）の罪人にされてしまうことを覚悟しなければならないだろう[11]」と書いている。周作人のこの幻滅感は、実際は『新青年』グループの者たちが引き起こした文化暴力運動のもたらした必然的な結果なのである。

エリスの「生活の芸術」の思想は、「啓蒙」の夢が破れた周作人が「享楽的な人生」を選択する理論的な根拠となってしまった。また、中国の伝統文化も彼の遊び事や享楽的な人生にわずかな情趣を提供するに過ぎなかった。

周作人の「人の文学」は、社会や民族につながっていない。周作人から見れば、「人種、国家という区別は、以前は天経地義（天地の大義。正当で変えられない道理）の如く疑う余地のない不動の当然の道理と見なされていたが、今は一種の偶像に過ぎない[12]」のであった。新時代の文学者は、人種とか国家とかいう偶像を打破し、一切の労苦を厭わずに「新しい宗教」――「世界主義（コスモポリタニズム）」――にひれ伏さなければならないと、周作人は主張した。彼は1918年に「人類の運命は一つである。それゆえ私は自分の運命を気にかけなければならないし、また同時に人類共同の運命も気にかけなければならない。ゆえに我々は時代のみを語ることが出来るだけでいいのであって、中国と外国とを、区別してはいけないのである[13]」と書いている。1919年、周作人は宗教にも似た感情を抱いて、日本の作家武者小路実篤が九州の日向で建設していた「新しき村」を訪問し、同年『新青年』に『日本的新村（日本の新しき村）』を発表して、中国の新しき村運動の提唱者になった。これは、「コスモポリタニズム」の気風の先駆けで「コスモポリタン」の風雅といえる。

周作人の「コスモポリタニズム」には、明らかに日本の印が押されている。彼は長期間にわたって、日本文化へ「人類文化」の袈裟を掛けることに力を注いでいる。日本が我が国の東北をすでに占領し、一歩一歩華北に向けて迫り来る情勢下において、周作人は1935年1月に『関於日本語（日本語について）』という文章を書き、中日両国が日清戦争以来の四十年の間、「まだお互いをよく知ろうとする決心がずっとできていない」ことを示して感慨にふけっている。同年5月、周作人は『日本管窺（日本管見）』シリーズを発表しはじめ、自らの15年前の見解を重ねて表明している。「中国にこれまで本当の親日派が全くいなかったのは、中国人の中に日本国民の本当の輝かしい姿を理解する者がまだいないからである」と。あわせて、彼の考える「親日派」を解釈して「日本を愛する者、あるいは日本の友といってもいい」と書いている。「ただお互いに知りあっただけで好意が生まれる」という言葉は、日本の国民性やその文化を理解する「知日派」をもって自任する周作人の強烈な心理を表わしている。周作人は一歩踏み込んで具体的に指摘して、「中国は日本文化を理解するにはとてもよい因縁の“因（直接的条件）”をもっている……しかし“縁（間接的条件）”がよくないのだ。ここ何年にもわたって政治的な衝突が文化交流のきわめて大きな障碍となってしまった」という。そこで彼は人々に「政治的な衝突」を投げ捨てて、ただ「文化交流」だけを語るように求めた[14]。1936年になっても周作人は、中国人に日本軍国主義の「英雄」を「傍らに置いて」、ただ「ともに人類であり、東洋人であることの悲哀[15]」を体得し共感するようにといい、日本の武士道に「武士の情」を発見するべきであるとか、「お互いに酷く殺し合うさなかにあってもなおわずかな情理の発露を見てみよう」とさえもいった[16]。このことは、日本の国民性を理解する「知日派」をもって自任する周作人が、日本文化を理解することによって日本軍国主義への理解に取って代え、日本文化へ屈服することによって日本の侵略者の銃剣への屈服を弁解している、ということを明らかに示している。日本軍が大挙して中国を侵犯し、中国民族が危急存亡に瀕した際に、周作人は「知日派」から「親日派」になったことを明らかに示している。すぐ後に、北京が陥落すると、「親日派」をもって得意になった周作人はついに「附日派（日本追従派）」になってしまい、日本侵略者が彼にあてがった華北政務委員会常務委員兼教育総署督辦のポストに就き、日本の軍帽を頭にかぶり、日本の軍装を身につけ、日本侵略者の「治安強化運動」——すなわち「三光政策（日本軍がとったとされる“焼光［焼き尽くす］”“殺光［殺し尽くす］”“搶光［奪い尽くす］”戦術のこと）」——のために弁舌を振るい、日本侵略者が推し進めたいわゆる「大東亜共栄圏」のために献策した。このことは、国難を解決すべく奔命に疲れながらも、日本ファシズムに勝利した民族戦争で偉大な功績を打ち立てた胡適《フーシー》とは悲しむべき対照をなしたのである。

傀儡政府の教育督辦（監督）に就任してからは、周作人は「生《せい》」と「生《せい》生《せい》（自己の生に執着してこれを生かそうとつとめる）」の道によって、「乱世にかろうじて性命を全うせんとするならば」、甘んじて亡国の民になるよう中国人に忠告した。これは実は、周作人の自然ヒューマニズムに基づく「人道的個人主義」の敵軍に占領された境遇下でのヴァリエーションであった。さらに、1942 年 4 月 26 日、周作人が、張次渓《ヂャンツーシー》編著の『汪精衛先生庚戌蒙難録』に序文を書き「人生は飲食男女（食欲と性欲）に過ぎない」を根拠として、「自らの“乱世に性命を全うする”という活命哲学（命あっての物種という考え方）をさわぎ立てている[17]」と、研究者は指摘している。周作人は長年にわたって家庭の経済状態が逼迫しており、常に借金をしていた。日本侵略者に身を寄せてからは、ようやく住まいの拡充、大々的工事を行い、高価な衣服を身にまとい、使用人の数も増え、美味いものもひとまず食えるようになった。このことも胡適とは悲しむべき対照をなしている。胡適は中国駐米大使に就任中は、全米各地を400回以上講演してまわったが、一度も随行員を伴ったことはなく、自ら鞄を提げてまわり、これは「実際に国の外貨を節約するためである」ともいっていた。彼はさらに中国政府が特に捻出した二万ドルの宣伝費を全額返還しさえもした。彼は自分の講演は「最良の宣伝」であり、彼は職責を尽くしているのであって、国に余分に金を使わせる必要はないと考えていた。

周作人の「豪奢」は官僚の腐敗よりもずっと血腥いものであった。それが吸い取ったのはもはや中国人が額に汗して手に入れた財産だけではなく、その鮮血と生首であった。

周作人の敵への追従行為は、「人道的個人主義」が「救亡（国家・民族を滅亡から救う）」に直面した時の必然的な結果であるだけでなく、「民族主義」と相反する「コスモポリタニズム」が「救亡」に直面し敵の手に落ちた姿でもあった。この敵の手に落ちた姿は、孫中山《スンヂョンシャン》（孫文）のこれに関連する論断の確かさを検証することになった。孫文は『三民主義』で書いている。

> 強盛を誇る国家と力を持った民族はすでに地球全体にその勢力を伸ばしており、いかなる国家、いかなる民族の利益であっても全て彼らによって壟断されている。彼らは永遠にその壟断的な地位を維持しようとして、これ以上弱小民族の復興を認めず、日々「コスモポリタニズム」を鼓吹するため、民族主義の範囲は非常に狭いものになっている。実は彼らの主張する「コスモポリタニズム」とは、すなわち形を変えた帝国主義と形を変えた侵略主義なのである(18)。

中国の自由主義作家には全体的にいって、「コスモポリタニズム」のお決まりのパターンに陥った者はこれまでにいない。たとえば朱自清《ヂューヅーチン》（しゅじせい）は、「五四」期に個人意識に覚醒すると同時に、近代国家の概念も打ち立て、「コスモポリタニズム」とは全く相容れなかった。それゆえ、自由主義は民族の危機に際して民族主義へと昇華したのである。

注

（1）『墳』p.235、人民文学出版社 1973。

（2）「論文章之意義暨其使命因及中国近時論文之失（文章の意義と其の使命を論じ、関連して近時の論文の誤りに言及す）」、『周作人文類編・本色』p.30、湖南文芸出版社 1998。

（3）「人的文学」、同上、p.32。

（4）同上、p.33。

（5）同上、p.33。

（6）周作人「生活之芸術」、『雨中的人生』p.299、湖南文芸出版社 1991。

（7）同上、p.300。

（8）同上、p.298。

（9）同上、p.300。

（10）「新文学的要求」、『周作人文類編・本色』p.46、湖南文芸出版社 1998。

（11）「不討好的思想革命」、『周作人文類編・日本管見』p.231、湖南文芸出版社 1998。

（12）「新文学的要求」、『周作人文類編・本色』p.48 ～ 49、湖南文芸出版社 1998。

（13）「人的文学」、同上、p.39。

（14）「日本管見之三」、『周作人文類編・日本管見』p.41、湖南文芸出版社 1998。

（15）「談日本文化書之二」、同上、p.66。

（16）「日本管窺之三」、同上、p.45。

（17）李景彬「探析周作人的附敵心態」、『青年思想家』（済南）1992 年第 4 期、p.18。

（18）孫文「三民主義」、『中山全書』p.56、国民図書公司 1945。『孫中山選集』下巻、p.629、人民出版社 1956。

第四章　「女神」の時期の郭沫若

郭沫若《グオモールオ》（かくまつじゃく 1892 ～ 1978）は日本への留学以前に、今文経学（漢代の隷書で書かれた経書の研究）の大家である廖平《リアオピン》や康有為《カンヨウウェイ》の孔子「托古改制説（孔子を制度改革者として位置づける主張）」の影響を受け、儒学の内部構造と基本的な性質を理解していた。これは、郭沫若の創作初期の「啓蒙」の主題に強く影響した。

日本留学中、ハイネを導き手に、ゲーテを源泉として、郭沫若はドイツロマン主義文学の影響を深く受けた。「ドイツ文芸勃興の職責を両肩に担った青年ゲーテは、朝日の昇るごとくきらきら輝き、意気揚々と勝利の決意を高らかに歌いつつ、先人の轍の跡も定かならぬその道を歩み出した。“ゲーテ以前に文芸なし”といわれたドイツは、これに伴い一躍にしてヨーロッパ十八世紀の寵児となった[1]」と、彼は称賛している。鄭伯奇《チョンボーチー》は『中国新文学大系・小説三集』「導言」で、「郭沫若はドイツロマン派の影響を最も強く受けている。彼は自然を崇拝し、自我を尊重し、反抗を提唱した。それゆえシラー、ホイットマン、タゴールの影響も受けている。また、新ロマン派と表現派は彼のこのような傾向をより助長している」と書いている。

郭沫若はさらにオランダの哲学者スピノザ（1632～1677）の汎神論の影響も受けている。スピノザの学説では、神は彼岸の存在ではなく、自然と一体に溶け合った実体であり、世上に存在する一切の事物において一定の形式を取って神を表現していないものはないという。これは「五四」の疾風怒濤の時代において、郭沫若の個性解放にある種の哲学的根拠を提供した。

郭沫若は、ゲーテなど西洋の文学者、哲学者の主情主義や自我主義および汎神論を、中国の伝統文化の精神と結合させた。彼は老子とニーチェの思想には根本的に何ら相違がないと考えた。「両人はともに有神論に反抗し、ともに個性の障壁となる既成の道徳に反抗したし、ともに個人を中心において積極的に発展していくことを強く求めた[2]」といっている。彼は孔子にも汎神論と個性解放の先駆者としての気風を見出した。「孔子の人生哲学は、彼の動的で汎神的な宇宙観から出発し、精神の独立自主と人格の自律を高らかに歌っている」。「彼のいわゆる“礼”は、決して形式的な既成の道徳ではなく、彼が指し示しているのは、吾人の本性に内在する道徳律である。カントの言葉を借りていうならば、それはすなわち“良心の最高命令”を指している」。「我々の見る孔子は、カントとゲーテのような偉大なる天才と、非の打ちどころのない人格を兼ね備え、永遠に生命を持つ巨人である。彼は自らの個性を極限まで──幅広さと同様深さにおいても──発展させた[3]」などと、彼は考えた。

郭沫若はさらに孔子とゲーテの二人を「人中的至人（人の中で最も高い徳を備えた人）[4]」であると称し、その個性発展の方式は「球形の発展」であり──「彼の持つ全ての天性の才能は、四方八方に向けて同時に、立体的に発展していった[5]」といっている。郭沫若はさらに荘子とゲーテ、スピノザ、タゴールなどの作品を互いに参照しつつ、その中に近似した思想が存在することを指摘した[6]。

郭沫若は、個性主義を懸け橋にして、東西の文化を連結し、「五四」時代の精神に富んだ一種の開放的な個人主義を形成した。周作人式の西洋近代自然ヒューマニズムの基礎の上に打ち立てられた「人間中心的な個人主義」は、精神と肉体の一致を強調し、「個人性（個の人間性、個人の人間性）」の至高無上を肯定したが、一方、郭沫若による東西の人文精神の伝統の上に打ち立てられた開放的な個人主義は、個性解放や人格の独立に強烈な自己拡張と自己実現といった精神的特徴を賦与することになった。

新詩集『女神』（1918～1921）は、突然噴き上がるインスピレーションと激しく高ぶる感情をもって、詩人のこの開放的な個人主義を如実に表現している。

『女神』は、「ウェルテル」のような主情主義によって、詩人の主観世界を赤裸々に露出させている。それはちょうど、「詩の主要な成分は常に“自己表現”でなければならないと思われる」と、詩人が当時語っているとおりであった(7)。『我是個偶像崇拝者（私は偶像崇拝者である）』（1921）では、詩人は一気に二十数個の「崇拝」を叫ぶ。宇宙の万物を崇拝し、人の世の千変万化を崇拝し、そしてこれら全ての崇拝が最終的に「私を崇拝する」に集約される──高くそびえ立つインスピレーションが、自己肯定や自己拡張の意識を集約しているのである。そしてこの意識を後押しするものが、特色ある個人主義哲学なのである。この個人主義の哲学により述べられるのは次のことである。

一切の自然は神の現れに過ぎない。自己も神の現れに過ぎない。私はすなわち神であり、一切の自然は自己の現れである(8)。

そして、『女神』はこの個人主義哲学の文学としての表現なのである。『天狗』（1920）では、発狂しそうに吐き出している。

私は飛ぶように走る、
私は狂ったように叫ぶ、
私は燃焼する。
……
私は私である！
私の私ははじけてしまいそうだ！

詩人は自らを「天狗（てんぐ。史記・天官書に記されている流星）」になぞらえて、太陽、月、星、宇宙を呑み込むほどの力を誇り、かつ自らを全宇宙のエネルギーの総量に化してしまう。「天狗」は、神と合体し、無限に拡張する自己の象徴となった。

ゲーテは郭沫若の尊崇する「人中的至人（人の中の聖人）」として、そもそも「ウェルテル」で留まっていたのではない。「ファウストの難題」が探求したのは、如何に個人の欲望の追求と、社会的な義務とを高いレベルの意味合いで調和させるかということであり、「ファウストの精神」とは、社会事業のために献身する中で自己実現し、個人と社会との調和の実現に対して持っている楽観的な精神のことである。郭沫若が受容した西洋の人文的な伝統の上に打ち立てられた個人主義は、西洋近世の極端な個人主義ではない。孔子の儒学、中国の伝統文化の精神は、郭沫若の個人主義により濃厚な憂患意識と社会的な使命感を与えた。「儒家思想は個性を中心として、自我の範囲の全円を国へ、世界へと発展させるものである。いわゆる“修身、斉家、治国、平天下”というものは、動的で進取的であることはいうまでもないことである。また、道家の思想も決して進取的でないというのではない[9]」と彼はいっている。それゆえ、五四時期の郭沫若が高らかに歌った自己肯定や自己表現や自己拡張は、実際は自己浄化、自己革新の過程であったし、「自己的な小我を人類的な大我にまで押し広げていく」過程であった[10]。高らかに歌われたのは自己と社会の全く新しい意味での調和であり、自己実現と社会、国家的な実現との「二にして一（二者合一）[11]」であった。民族の新生を実現していく中で自己の新生も実現する、これが五四の時代精神の意味するところであり、郭沫若の開放的な個人主義の意味するところでもある。

郭沫若は、『新青年』を陣地とした「新文化運動」の主流のように、全面的に西洋19世紀末の極端な個人主義を導入したりすることもなく、中国の伝統文化も否定しなかった。「新文化運動」が巻き起こした、世を蔽う「打倒孔家店（儒教を打倒せよ）」の叫び声のなかで、彼は公然と孔子を尊ぶ立場を明確にし、敢えて挑戦に応じるという姿勢で世人に宣言した。「我々は孔子を崇拝する。我々の時代の誤りを犯した人々には、彼らの好きなようにさせておこう。我々はそれでも孔子を崇拝する……[12]」と。

郭沫若は『新青年』には属さなかったし、「新文化運動」──『新青年』を中心とした「新文化運動」にも属さなかった。

郭沫若は中国伝統文化をきわめて尊崇し虚無的ではなかったため、中国と西洋の文化が衝突し合流する中で、彼は「我々固有の文化精神を呼び醒まし、ヨーロッパの純粋科学の美味い乳を吸わなければならない[13]」と主張した。「ヨーロッパの芸術は中世の悠久たる迷夢を経て、彼らの覚醒は我々よりも4、5世紀早い」と、彼は考えていた。しかし、我々中華民族は「本来、優美な民族の一つであった」が、しかし「我々の民族精神は今や極限まで消沈しきってしまっている」とも考えた。彼の意識した「啓蒙」の使命とは、「我々は固有の創造精神を回復しなければならない。我々は古代の精華を研究し、古人の遺産を吸収しなければならない。そうすることで先人の跡を引き継ぎ、将来の道を開いていく[14]」ことであり、自国の民を呼び覚ますことであった。この種の文化観は、「新儒家」の中華中心理論と非常に似通っている。彼らの「新たな文化観」は、中国の伝統文化を現代に復興することであり、「新文化運動」式のいわゆる西洋文化の中国での「復興」ではない。郭沫若はかつて次のようにいっている。

> 「五四」運動がはじまった年は、個人に鬱積したものや、民族に鬱積したものが、その時に噴火口を探し出し、また噴火の方式を探し出した。私はその時もうすこしでおかしくなるところだった[15]。

「天狗」のような狂乱は、すなわち個人や民族に鬱積したものが火山の爆発のように吐露されたものであった。『女神』はすなわち、個人や民族の鬱積と新生に対する「火山の爆発のような内発的な情感[16]」であった。聞《ウェン》一《イー》多《ドゥオ》は『女神之時代精神』で書いている。「もし新詩を語るのなら、郭沫若君の詩こそ新しいというに値する。芸術的に彼の作品は旧来の詩歌と最も隔たっているというだけでなく、一番肝心なことは、彼の精神が完全に時代の精神──20世紀の時代の精神──であるということだ。文芸作品は時代の申し子であるという人がいる。『女神』は全く時代の生き写しというだけのことはある[17]」と。聞一多はその上『女神』は、「人々の心中の熱情を叫び出しただけでなく、人々の心中の最も神聖な熱情を叫び出している[18]」と考えた。

20世紀初頭の東西文化の大論戦の中で、郭沫若は東方文明を「静的な文明」ということに同意しなかった。彼は、儒家思想や道家思想はともに能動的で、進取的であると考えていた。「老子にせよ、孔子にせよ、あるいは彼ら以前の原始的な思想にせよ、我々は二つの心の奥底からの声を耳にすることができる——一切の存在を動的な実在の具現物と見なせ！——一切の企てを自我の完成から発展させよ！[19]」と、彼はいっている。『女神』を貫いている強烈な反抗精神と創造精神は、ちょうど詩人が尊崇する中国の伝統文化における「天行健、君子以自強不息（天体の運行は健やかで息まず、君子はこの健やかさにのっとり自らつとめはげむ努力を怠らない）『易・象上伝』」という精神の覚醒である。このことが『女神』に啓蒙的な主題を与えることとなり、その特徴は「彼女は旧世界を暴露し、呪詛するだけでなく、旧世界の壊滅と新世界の誕生を讃美する歌を情熱的に歌い上げている」点にある。彼女は「五四」新文学の疾風怒濤運動の特徴を体現している。『女神』は「新文化運動」には属していないが、「五四」運動には属しているのである。

『女神之再生』（1921）では、渾沌として無秩序な宇宙をもって人々がみな沈黙する暗黒の現実を象徴し、残酷な宇宙での激戦をもって軍閥の混戦を象徴し、女神たちが創造する芳しい境地をもって春うららかな「美しい中国[20]」を象徴している。詩の全体は「新しくできた太陽」を喜び迎える声のさなかに終結する。

「創造」の激情は『女神』に響き渡っている。

『鳳凰涅槃』（1920）は、鳳凰の「香木を集めてわが身を焼き、その灰より復活した」物語を用いて、古い中国および詩人の古い自我の壊滅と、新しい中国および詩人の新しい自我の誕生を象徴的に表現している。その中で「鳳歌」と「凰歌」では、鳳凰がわが身を焼く前の歌を描く。前者は「天の問い（『楚辞』「天問」）」形式の悲歌であり、古い中国の不気味さ、悲惨さを描いて、鳳の強くて勇猛な反抗的性格を表現している。一方、後者は物悲しく意気消沈した涙の訴えをもって、暗黒の現実に向けて血涙を流しながら告発している。彼らは五百年来深く眠り、衰えすたれた死骸のような生活を呪詛している。彼らの悲しみは頂点に達し、わが身を焼くことを決心して、烈火をもって古い世界を焼き尽くし、自らの道連れとする。「鳳凰同歌（鳳凰とともに歌う）」では次のように歌っている。

ああ！
火の光がきらきら輝き！
香木の焼ける匂いが盛んになってきた！
時がやってきたのだ！
死期がやってきたのだ！
わが身の外の一切よ！
わが身の内の一切よ！
一切の一切よ！
いざ！　いざ！

勇敢にも古い自我を古い世界と道連れにともに滅亡させるというのは、「五四」時期の火山の爆発のような反抗精神の写し絵である。「群鳥の歌」では、凡庸な鳥たちの浅薄でみすぼらしいパフォーマンスを通じて、鳳凰の自らを焼く行為の雄壮さを際立たせている。

「火中の鳳凰」の伝説は、反抗と創造、壊滅と新生が密接に繋がりあった哲理と、次々と生まれて止むことのない楽観精神とを内に含んでいる。詩篇では、雄鶏がついに暁を告げ、死んでしまった光明が再生し、死んでしまった宇宙が再生し、火中の鳳凰は自らの灰燼の中から再生するさまを描いている。『鳳凰更生歌（鳳凰再生の歌）』では、洋洋として豪放な筆致で大いなる喜びの情景を誇張して描く。

我々は再生した。
我々は再生した。
一切の一が、再生した。
一の一切が、再生した。
我々はすなわち彼であり、彼らはすなわち私である。
私の中にも君がいて、君の中にも私がいる。
私はすなわち君である。
君はすなわち私である。
火はすなわち凰である。
鳳はすなわち火である。
空高く舞い上がれ！ 空高く舞い上がれ！
楽しく歌え！ 楽しく歌え！

烈火の洗礼を経て再生した新しい世界は、調和のとれた世界であった。大いなる調和は大いなる喜びの内包である。『鳳凰涅槃』は、自己と国家が新たに生まれ変わることができたことを歌い、調和の取れた理想的な境地を実現した。

『金字塔』（1921）では、ナイル川のほとりの三つの四角錐状の建築物に対する称賛を通じて、四方をあまねく照らす丸くて大きな太陽を讃え、人類の知恵と文明を讃えた。『筆立山頭展望（筆立山上展望）』（1920）では、人類の現代機械文明をことのほか賛美し、汽船を「二十世紀の名花、近代文明の厳母」であると誉め称えた。『匪徒頌（匪賊頌）』（1919）は、日本のジャーナリズムによる中国の若者への誹謗に対して作られた。彼らが「五四」運動以降の中国の学生を「学匪」と呼んだことに対して、詩人は身体を怒りに震わせてこの詩を書き、古今東西、革新的な働きをなした「真正なる無頼漢」たちへ心からの称賛を送った。『晨安（おはよう）』（1920）では、「千載一遇の曙光」の中、詩人は「若い祖国」、「新しく生まれた同胞」に向かって、人類の芸術の巨匠、大自然の傑作に向かって、一気に二十数回も「おはよう」と叫んでいる。『黄浦江口（黄浦江の河口)』（1921）では「平和な郷土」、「父母の邦」を讃えている。『炉中煤（炉の中の石炭)』（1920）は、詩人が「五四」以降進取の気風に富んだ祖国に向けて情愛深く歌った恋歌であり、新しく生まれた自分が新しく生まれた祖国を想い慕いながら歌った歌であった。

ああ、私の若くて可愛いひとよ！
私はこの世界に再び光明が戻って以来、
私はいつも私の故郷を思い慕っている。
私は心から愛する人のために
燃えてこの姿になっている！

『女神』が歌ったのは時代精神であった。「女神の時期」の郭沫若は、彼が「自伝」で書いているように、「その頃は私にはまだ階級意識はなく、私にはただ民族意識しかなかった[21]」のである。

注

（1）「少年維特之煩悩（若きウエルテルの悩み）序」、『郭沫若全集・文学編』vol.15 p.316、人民文学出版社 1990。

（2）「論中徳文化書（中国とドイツの文化を論じるの書)」、同上、p.157。

（3）「中国文化之伝統精神」、『郭沫若全集・歴史編』vol.3 p.259、人民文学出版社 1984。

（4）「三葉集・致宗白華（1920 年 1 月 18 日)」、『郭沫若全集・文学編』vol.15 p.22、人民文学出版社 1990。

（5）同上、p.19。

（6）「学生時代・創造十年」、『郭沫若全集・文学編』vol.12 p.66 〜 67、人民文学出版社 1992。

（7）「三葉集・致宗白華（1920 年 3 月 30 日)」、『郭沫若全集・文学編』vol.15 p.119、人民文学出版社 1990。

（8）「少年維特之煩悩序」、同上、p.311。

(9)「論中徳文化書」、同上、p.149 ～ 150。
(10)「波斯詩人莪默伽亜謨(ペルシャの詩人ウマル・ハイヤーム)」、同上、p.297。
(11)「中国文化之伝統精神」、『郭沫若全集・歴史編』vol.3 p.262、人民文学出版社 1984。
(12) 同上、p.259。
(13)「論中徳文化書」、『郭沫若全集・文学編』vol.15 p.157、人民文学出版社 1990。
(14)「一個宣言」、同上、p.222。
(15)「沸羹集序我的詩」、『郭沫若全集・文学編』vol.19 p.408、人民文学出版社 1992。
(16) 同上、p.408。
(17)『聞一多詩文選集』p.158、人民文学出版社 1957。
(18) 同上、p.166。
(19)「中国文化之伝統精神」、『郭沫若全集・歴史編』vol.3 p.262、人民文学出版社 1984。
(20)「学生時代・創造十年」、『郭沫若全集・文学編』vol.12 p.80、人民文学出版社 1992。
(21) 同上、p.89。

第五章　「五四の人」冰心、蘇雪林

第一節　冰心

冰心《ビンシン》（謝冰心しゃひょうしん1900～1999）が幼い頃より父親から受容した愛国的感情は、「五四」運動の中で激しくかき立てられ、文学創作の生涯を始めることとなった。

冰心は、中国の内憂外患の現実に関心を持ち、人生を改造し、社会を改造することをもって主旨とする「問題小説」を創作すること、それは「文学研究会」の「人生のため」の芸術的主張とも合致したからである。『斯人独憔悴（この人独り憔悴す）』（1919年10月）は、五四運動を直接に描写することで強烈な時代精神を発散している。穎銘《インミン》、穎石《インシー》兄弟は、南京で学生愛国運動に参加したが、家に戻ると父親に厳しく咎められ、家に押しとどめられてしまった。作品は、五四時代に形成されたばかりの新しい国民気質と、ひざを屈して降伏してしまう植民地的性格との矛盾を、「父と子」の衝突という構造のなかに組み入れ、父と子の衝突に対する描写を通して、愛国的心情を持つ進歩的な青年の世代が封建的で独断的な家長の圧制の下で苦悶し、「憔悴する」さまを描き出している。反帝国主義的愛国精神と個性解放思想とを共にきらめかせながら、『去国（国を去る）』（1919年11月）では、アメリカに留学した学生である英士《インシー》が、学問を修めて帰国し国に報いんとする情熱を全身にたぎらせているさまを描いている。「中国はすでに民国になっている。共和政の程度はまだまだ未熟であるものの、袁 世凱《ユエンシーカイ》（えんせいがい）が皇帝になろうとして失敗に終わり、宣統帝が復辟しようとしてまた失敗に終わったと新聞でいっているのを見る限りにおいては、民衆の気勢にはかなり希望が持てることが判る。私のような青年と、眼前の青年時代のような大いに活動する余地のある中国という状況は、

‘英雄が時勢を作り、時勢が時代を作る’という言葉とぴったり合致している。私がひとりの青年であることはなんと幸福なことか、また、青年のような中国に生まれたことはなんと幸福なことか」と、彼は思っていた。小説は、英士の身に体現された「五四」の時代精神と現実社会との矛盾をはっきりと示しており、英士は国に報いようにも、全く手立てがなかった。彼に残されていたのは「国を去る」道だけであった。この時、彼は苦しげに「憐れなことになってしまった！　わが初志は決してこんなはずではなかった。祖国よ！　私、英士がおまえを捨て去ったのではなく、すなわちおまえが私、英士を捨て去ったのだ！」と語る。「五四」時代の青年が社会を改造しようとして失敗する激しい痛みを描写していて、これはまさしく冰心の「問題小説」が社会改造の主旨を持つことを強烈に表わしている。このことについて、冰心はかつて、「私が小説を書く目的は、社会を感化したいからである。古い社会と古い家庭の好ましくない現状を全力で描き出し、読む人に何かを感じさせてこそ、改良に向かわしめることができるのだ[1]」とのべている。このほかに、さらに冰心は短篇小説『秋風秋雨愁煞人（秋風秋雨人を愁殺す）』（1919）、『莊鴻的姊姊（莊鴻の姉）』（1920）、『最後的安息（最後の安らぎ）』（1920）、『是誰断送了你（誰があなたを殺したのか）』（1920）など、わりと早くに比較的豊かな──女性解放を含んだ──個性解放の主題を形成していた。

冰心は、タゴールとレフ・トルストイの作品から「小説がもつ哲学的な」芸術美学を理解し[2]、自らの創作に自らの哲学を打ち立てようと決心した。タゴールの詩の中の、神や大自然、生命、不朽の愛から構成される愛の哲学は、「善」と「悪」を感じ取りやすい冰心に、彼女自身の思想とタゴールの思想が「‘梵（インドのバラモン教における宇宙の最高真理。ブラフマン）’の中で一体化した[3]」と思うにいたらせた。

冰心は「愛の哲学」でもって人生、社会、世界の様々な問題を究極的に解決できると考えた。短篇小説『両個家庭（二つの家庭）』（1919年9月）では、対照的な意味を持つ二つの家庭に対する描写を通じて、「愛」を主要な特徴とする理性的な新しい女性に対する賛美と、放任的な個性解放観念に対する批判を表現している。短篇小説『世界上有的是快楽……光明（世界にあるのは楽しみと……光明だ）』（1920）では、青年主人公凌瑜《リンユー》が「五四」運動の呼びかけに応じて、「自分のことばかり考え、他人を顧みない」人生哲学に別れを告げ、その代わりに「天下の興亡については、国民の一人ひとりにその責任がある」という憂国の意識をもって、各地を奔走し、国家国民の精神を喚起して外国からの侮りと圧迫に抵抗すべく力を尽くすさまを描き出している。しかしながら、学生による愛国行為は当局の鎮圧を受け、内憂外患の思いはますます深刻になっていった。凌瑜とすべての熱血たぎる青年たちは、国に報いようにも、手立てのない事に気がつき、苦悶の中に陥って抜け出すことができなくなってしまう。彼が海辺にたたずみ、海に身投げして自殺しようとしていると、突然背後から子供の声が聞こえてきた。二人の美しい子供が砂浜で優美で感動的な歌をうたっており、彼に向かってにっこりと微笑みかけてきた。二人の子供は凌瑜の苦しそうな表情をみて、純潔な心で彼に向かって慰めの言葉をかけて「お兄さん！　世界には光のさすところもありますし、楽しいところもありますよ。どうかご自身で探しに行ってください！　そんな暗くて惨めな道を歩いてはいけません」といった。冰心は「童心」を、「童心」のように純潔な愛を、哲学とし、信仰として、凌瑜の苦悶を取り除き、彼を死の淵から救い、その内心に厳粛な感情を立ちのぼらせた。『超人』（1921年4月）の主人公何《ホー》彬《ビン》は「五四」退潮後の悲観主義者であり、現実の暗闇と理想の壊滅のせいで、心に深く失望を抱くようになった。彼はニーチェの「超人」哲学を信奉し、人と人は「互いに繋がりあうよりは、互いに見捨てあった方がいいのだ」と考えており、ニーチェのいう「愛と憐憫はともに悪である」という見解に賛同していた。そこで彼は世を厭い、世を恨み、「冷淡な心を持つ青年」になっていた。しかしながら、貧しい家庭の児童、禄児《ルーアル》が夜に病にうなされているさまは彼に憐憫の情を起こさせ、また子供の頃の記憶を思い出させた。慈愛に満ちた母親、庭に咲く花、空の星たち……、なかでも何彬が病に倒れた時に彼を看護してくれた白衣の女性は、慈愛に満ちた母親がそばに来てくれたかのような思いにさせてくれた。とりわけ、何彬の助けによって健康を取り戻した禄児が送ってきた、花と「母の愛」をたたえる手紙は何彬の魂を揺るがし、冷たい心の持ち主であると人に思われていた彼もついに顔を涙で濡らすことになる。「君のいうとおりだ！　世界中の母親たちはみんな仲良しの友達なんだ。世界中の子供たちはみんな仲良しの友達なんだ。みんな互いにつながり合って、簡単に互いを見捨ててはいけないんだ」と彼はいった。この小説では、「愛の哲学」が「超人哲学」に打ち勝ち、「恨み」に打ち勝つという主題を表現している。短篇小説『煩悶（悩む）』（1922 年 1 月）、『最後的使者（最後の使者）』（1921 年 11 月）、『遺書』（1922 年 6 月）、『愛的実現（愛の実現）』（1921 年 7 月）などを貫いているのも「愛の哲学」である。

冰心の哲学的な詩集『繁星（無数の星）』（1921）、『春水（春の水）』（1922）も「愛の哲学」のうたであり、子供時代、母の愛、自然をうたっている。冰心は、『飛鳥集』を代表とするタゴールの哲学的な短詩の影響を受けて、事物に仮託して道理を諭したり、風景を借りて感情を述べるという方法を用いる一方で、中国古典詩詞の詩境や修辞を継承し、「冰心体」の哲学的小詩を作り出した。『春水』の第 105 番目では、「造物者よ――／もし永遠の生命のなかで／ただ一度だけ楽しみを極める許しが得られるのならば／私は心から求めたい／ ‘私が母の胸に抱かれて、母は小舟に乗り、小舟は月の明るい海をゆくことを’ 」とある。これは「冰心体」の愛の哲学の手本となる作品ということができよう。

冰心は、タゴールの作品に浸透している「悠久のすぐれた文化を持った自らの国を強く愛し、この国の平和を愛し民主を愛する労働する人民を強く愛し、この国の雄々しく美しい山河を強く愛する(4)」という民族精神の影響を強く受けて、自らが幼時より培った愛国的な感情に文化的な裏付けを与えた。アメリカ滞在期の散文集『寄小読者（小さい読者に送る）』では、書簡形式でもって異邦に暮らす郷愁を表現し、母の愛、子供の心、大自然に対する礼賛の中に故国を懐かしむ気持ちを注ぎ込んだ。「ほんとうに北京は、中国はどうなったのかしら。どうして国内にいた頃は、これまでこんなに関心を持つことがなかったのだろう(5)」、「北京が何もなしになったとしても、それでも私の愛がある。私の愛があれば、すべてがあることになる！　灰色の城壁の中に、私が最も愛しているすべての人たちが住んでいる。舞い上がる土ぼこりよ、いつになったら私に私の故郷のにおいを嗅がせてくれるのだろうか……(6)」と、彼女は書いている。『寄小読者』が表現しているのは、聞一多《ウェンイードゥオ》の『憶菊（菊を憶う）』、蘇雪林《スーシュエリン》の『棘心（イバラの芯）』のような民族文化意識であり、このことは、当時流行していた民族虚無思潮と強烈な対照をなしている。冰心の創作の中の「五四」の時代精神は、人類普遍の人文精神の上に建てられたきわめて理性的な個性解放思想であり、したがって極端な個人主義思潮に対しては、婉曲ながらも断固とした拒絶を表明している、ということができる。

アメリカ滞在期に創作した短篇小説『悟（さとる）』（1924年1月）で繰り広げられるのは、二つの行動哲学の対話である。小説の主人公鐘梧《ヂョンウー》は五歳で母を亡くし、十三歳で父を亡くし、働きながら学び、苦労を嘗め尽くしたが、少しも愛を味わったことはなく、そのことが彼の厭世哲学を形作っていた。鐘梧と小説『超人』の何彬とは、同族の兄弟ということができよう。しかし、鐘梧の性格の背景にある集団闘争的な特徴がよりはっきりしている。鐘梧の目に映るのは、「結局は無間地獄の世界なのだ！　どれだけの若者が続々とふり下ろされる刀剣によってその胸を突き刺され、血みどろになりながら発するいまわのうめき声が地上に溢れていることか」ということであった。そこで彼はいう、「人類に提起する、私はどれだけの血涙を流さねばならないのだろうか！制度は定まり、階級は深まり、エゴイズムがさまざまな低劣な手段を厭わず、個人も集団も国家も、この目的に向けて力の限り奔走している。さまざまな虚偽や、さまざまな残忍さが、“面と向かっては真心を尽くすかのごとくであるが陰では笑い、時と場合で言葉や態度をがらりと変えて”、互助だの、同情だのと、こんな一切合切など私にはとっくにお見通しなんだぞ！」という。一方、小説のもうひとりの主人公星如《シンルー》は、小説の示す時間の中で、すでに厭世主義の中から「悟り」を実現していた。鐘梧の目に映る社会のあらゆるエゴは、「ともに愛の無いことに由来するのだと、彼は考えていた。そこで、この世界では、「一切はただ“愛”のために」と悟るにいたった。「君と血涙を流しながら、愛の旗を肩に担い、‘面と向かっては真心を尽くすかのごとくであるが陰では笑い、時と場合で言葉や態度をがらりと変える’人類を導いて、荊の生い茂る人生の道を、天地開闢の最初の段階まで歩いて戻ろう！」と、彼は鐘梧に伝えた。星如の形象は、階級闘争の哲学が流行していた環境においても冰心が東方文化の特徴を持った「愛の哲学」を堅く守ろうとした姿を仮託したものである。短篇小説『六一姉（リュウイー姉さん)』（1924年3月）は、子供の頃の生活を追想する中で、作家が金髪碧眼の西洋女性の中に身を置きつつ、東洋的な性格の特徴を持ちつづけている中国の普通の田舎の女性に対する遥かなる回想を表わしている。

詩歌『我愛、帰来吧、我愛（愛している、帰って来なさい、愛している)』(1928年5月)、『我曽（私はかつて)』（1929年4月）などは、聞一多の『死水(たまり水)』と似ており、現実感が増強され、作家が帰国後「荒廃しきった」祖国に直面して生まれた失望と困惑とそして国や民を憂える心情を表現したものである。短篇小説『分（別れ)』（1931）は、教授の家庭と屠畜業の家にそれぞれ生まれた赤ん坊の口を借りて、作家の勤労大衆に対する同情と、「豚のように喰うだけで働かぬ人」に対する憎悪を描いたものであり、これは深刻な社会的不公平に直面して、作家の正義感が増強されたことを反映したものである。『我們太太的客庁（我々の奥様の客間)』（1933年10月）は、「我々の妻」および彼女を取り巻く知識人たちのたらふく喰うだけで一日中何もしない生活と、精神的な空虚さを描いている。これと対照をなしている『冬児姑娘（お冬さん)』（1933年11月）は、はたらく女性冬児《ドンアル》の勤勉さと、強靱さとそして、社会的強者に恐れず戦いを挑んでいく性格を描いている。これらも、冰心の「愛」をもって社会を改造するという道徳的理想主義を越えるものではない。冰心は終始一貫して階級論を受け入れなかった。「主義は世界を救うことができない、学説も世界を救うことができない[7]」と、彼女は考えていた。茅盾《マオドゥン》は冰心の作品の中に彼女の自由主義的な立場を発見し、「‘過激派’の思想は、彼女は好きではなかったのだ[8]」といい、また彼女は「過激さのない中庸思想[9]」を持っているともいった。冰心は『人格』という文章で、「疵ひとつない自然をもとにして我々の高尚で独立した人格を作ってくださるよう[10]」天に願い求めている。これは「愛の哲学」の階級闘争論に対する婉曲ながらも断固とした拒絶であった。

日本の侵略軍が中国に向けて大挙して侵犯してきた民族的な危機的状況の中で、冰心は随想『二老財（金持ちの若旦那様）』（1935 年 11 月）を書き、民族の英雄豪傑は馬を馳せ武器を手に「民族の敵に決死の戦いを挑むよう[11]」激励した。抗戦期には、彼女は随想『我最尊敬体貼她們（私は最も彼女たちを尊敬し思い遣る）』、『我的同班（私の同級生）』、『我的房東（私の家主）』、『我的朋友的母親（私の友達のお母さん）』、『我的奶娘（私の乳母）』などで、日本の侵略者が中国人民にもたらした苦難を描き、中国女性の忍耐強さを褒めたたえ、民族の高貴な品性と外敵に対して血みどろの戦いを挑む決心と、そして勝利への自信を表現した。これは「母の愛」を核心とする「愛の哲学」をもって社会に向けて批判を発した後、女性の言説でもって侵略者に向けて発した攻撃であった。

注

（1）「我做小説，何曾悲観呢？」1919 年 11 月 11 日『晨報』、『冰心全集』vol.1 p.41、海峡文芸出版社 1994。
（2）「我的文学生活（私の文学生活）」、『冰心全集』vol.3 p.9、海峡文芸出版社 1994。
（3）「遥寄印度哲人泰戈爾」、『冰心全集』vol.1 p.115、海峡文芸出版社 1994。
（4）「吉檀迦利・訳者前記」、『吉檀迦利』p.1 ～ 2、人民文学出版社 1984。
（5）「寄小読者・通訊八」、『冰心全集』vol.2 p.79、海峡文芸出版社 1994。
（6）「寄小読者・通訊二十」、同上、p.216。

（7）「人格」、『冰心全集』vol.1 p.215、海峡文芸出版社 1994。
（8）「冰心論」、『茅盾全集』vol.20 p.154、人民文学出版社 1990。
（9）同上、p.156。
（10）「人格」、『冰心全集』vol.1 p.215、海峡文芸出版社 1994。
（11）蕭鳳『冰心伝』p.220、北京十月文芸出版社 1987。

第二節　蘇雪林

蘇雪林《スーシュエリン》（そせつりん 1897～1999）の散文『緑天（緑の空）』（1927）、長編小説『棘心（イバラの芯）』（1929）は作者の内面の真意を入念に描き、「自我」意識の形成、および「自我」意識に対する堅持をありのままに表現している。そして作家が自己を忠実に描いているとき、それはそのままその時代を描いているのであり、この「五四時代人」を自任する女流作家の内面に生成し、揺れ動いている時代精神を表現しているのである。

散文集第一篇『緑天』は作者が新婚の夫とともに蘇州にいた時期の甘い生活を描いている。その濃厚な情念は、決して直接の心情描写によるのではなく、庭の景物に対する陶酔の中に滲み出ているのである。景物は心象風景となり、景色を写しながらそのまま心理描写をしているのであり、読者に提示しているのは中国古代詩歌の伝統における「視覚の盛宴」なのである。散文集『緑天』では、この結婚の不幸もまた偽りなく描写している。「個人の結婚は一場の悪夢とすることはできないけれども、少なくとも楽しからぬ夢ということはできる。運命が二つのまったく異なる魂を、むりやり一緒にくっつけてしまったのだ。まだ結ばれる前から、二人の感情にはもうすでに亀裂が入っていた」（「自序」）。しかし第一編に描く甘美さも、確かに女流作家の心中の愛情、夢の中の結婚なのであり、「もし二つの絶対的に異なる魂のうちの、一方の魂、生まれながらにして混じりけのないひたむきな‘童心’が夢を描くのが上手で、愛に飢え、時には美しいうそを造り上げて、自分を欺き、自身を慰め、苦杯の中に数滴の蜜のしずくを混ぜ合わせることさえ厭わないのでなかったら、ひょっとしたら最初の2年のうちに、私たちの愛情の網は、とっくにばらばらになって、風に吹かれてどこかへ飛んでいってしまっていたかもしれない」(「自序」)。蘇雪林は自身の結婚のディレンマに陥っていることを述べている。「私たちの婚約は、母親が私に代わって決めたのです。私は私の母を愛していたので、彼をも愛したのです」(『小小銀翅胡蝶故事之一』〔ちっちゃな銀色の蝶の話・その1〕)、そしてこの悲劇の持っている歴史的意味をも指摘している。「一つの民族の中には強壮有為の青年が数多くいるのだが、腐敗した老人たちに押さえつけられて身動きもできなくなっているのだとしたら、これは‘積もり積もった権威’に強いられたために他ならない」(『鴿児的通信(鳩の便り)』)。『緑天』の表現しているのはいまだ婚姻革命の行動を採っていない女流作家の婚姻革命思想で、字句行間ににじみ出ているのは個性解放の精神である。蘇雪林はかつて自ら述べている。「‘五四’以前、‘我(自分)’という語の意味について理解していなかったが、‘五四’以後は、‘我’という語の持っている意味に対して深い認識を持つようになり、‘我’というのは独立した人格と自分自身で運命をつかさどる権利を持たねばならないのだと悟った[1]」と。

『棘心』に関して、蘇雪林は「自序」の中で書いている。「本書の意図は一人の、中国の政治的局面が一変する時代に生まれあわせ、五四思潮をいやというほど受け、後には結局カトリックに帰依したインテリの若い女性を紹介し、彼女の物語の進展を借りて、その時代の家庭、社会、国家および世界の各方面の激動し変化する様子を映し出し、またその時代のインテリの苦悩、希求、願望などの状況を反映させ、さらにはその時代のインテリの恋愛問題に対する解決の仕方、立身出世、出処進退の基準、国を救い世界を救う手立ての選択……を描き出すことにあった」と。プロットに関して言えば、『棘心』は自伝体小説の形式でもって、作者の結婚前のフランス留学期間中の心理のうつろいの跡、心理的境地を偽りなく描いたが、そこには母親に対する愛、異性に対する愛、祖国に対する愛があった。

小説はヒロイン杜醒秋《ドゥーシンチウ》を縦糸に、五四時代を横糸にして、一つの広大な空間的画面を展開している。杜醒秋の個性解放意識は、西洋の近代自然主義の人性論の上に打ち立てられたのではなく、東西両洋の人文主義の伝統の現代的発展なのであり、したがって、彼女が我々に対して繰り広げて見せたのは生物的特徴ではなく、理性的精神であった。杜醒秋は歴史的一体感を持っており、旧礼教に対する批判は根の深いものがあり、彼女はこう見ている。「中国文化は欧米に比べて、遅れることどうして1世紀に止まろうか？　戊戌維新および五四運動のあの二十数年の時期にこそ、本当の脱皮激変の時期に入ったといってよいのである。激変の時代というのはつねに苦しいものであり、この激変の段階に生を得た中国人は、生まれつきその前やその後の時代の人間と比べると、より多く苦しみを受けているのだ。彼等は身をもって旧制度の迫害を受けているため、憎悪の念はかなりに強い……」と。杜醒秋の理性的精神は旧礼教に対して理性的批判を加えると同時に西洋の極端な個人主義に対しても理性的拒絶を与えたところにあり、このため、彼女は後の新時代を自負する青年たちのように、気ままに行くところに任せ、毫も他の束縛を受けることなく、他人の利益を犠牲にして、自己の欲望を満たすことをさえいとわぬというようなことはなかった[2]。杜醒秋の個性解放は、20世紀の新人文主義の特徴を帯びている。彼女は死を以って専制的家父長制度に抗議するという決意で、勉学のため決然として省都へ赴き、「自由がないのなら、死んだほうがましだ」という自由哲学を実行し、そして「放埒であればあるほど自由でなくなる」ということを自覚的に意識するに至り、主体的に自身の自由行為哲学に道徳的旋律を与え、物質的欲望の上に、さらに精神的価値に対する追求を行った。杜醒秋は道義にかなった振る舞いはちょうど真理のようなところがあり、永遠に存在するものなのであると考えた。

同じ留学生の身分として、杜醒秋は郁達夫の『沈淪』の主人公のように弱国の民の心理を備えていたが、しかし彼女はまったく『沈淪』の主人公のような自然主義人性論に基づいた異常な心理は持っておらず、東西両洋の人文思想の伝統の上に打ち立てられた二元的人間性を十分に体現して見せている。杜醒秋は一面では道徳観念がすこぶる強いが、一面ではロマンティックで束縛を嫌う本来の姿も有している。彼女は自分の心の中に「善美なる神」を持っており、同時に「醜悪なる悪魔」も持っていて、両者が拮抗しながら対峙していることをはっきり意識するに到る。

蘇雪林の「個人」に対する見解は胡適と近似しており、一種の健全な個人主義として、ともに個人の意思を存分に発展させていると同時に、また社会的責任をも主体的に受け持っている。『棘心』は燕趙の悲憤慷慨の調べのような筆遣いで、杜醒秋の性格の中の堅固な倫理的力量を描写している。杜醒秋の死んでも省都に勉学にいくという自由意志は、すなわち一種の「上昇」志向であるが――「深遠な学問と卓越した才能の追及、輝かしい円満な人格の創造、文化を促進し人民大衆を利する事業の樹立を含んでいるのである」。彼女がフランスに留学して、フランス文化を学んだのは、やはりそれによって自身の国家に貢献せんがためであった。

杜醒秋は20世紀前半期の中国の内憂外患の深刻な立場を憂慮していた。彼女は軍閥が割拠し、匪賊や悪徳役人の横行する暗黒の現実に対して歯軋りするような告発をしている。

> ああ、中国。血なまぐささに満ちた中国よ。あなたは知っているだろうか、あなた方の子孫の暮らしがどんなものか。年々水害・旱魃がおこり、凶作に見舞われ、人民はもはやよりよい暮らしをするすべもなく、その上悪いことに反乱兵や匪賊に蹂躙されるのである。匪賊はどういった具合で生まれたのか。やはり軍閥の内部抗争によって生まれたんじゃないのか。彼等は権利を奪い、縄張り争いをし、国民の幸福を犠牲にし、中国の国家の命脈を断ち切ることさえいとわない……彼等は数千万人民の血と汗の結晶を独り占めし、青年を教育しようとせず、実業を起こそうとせず、政治を整えようとしないどころか、外国に富を持っていって兵器を買い、兵器を買ったら同胞を惨殺し、内

乱の工作を続ける……

蘇雪林は民族文化に対して尊重と虚無的でない観念を持しており、このため、彼女の当時の中国社会の暗黒面に対する批判には「新文化運動」の急進派および無産階級革命派とは異なるところがあった。彼女は軍閥の割拠する現実を攻撃したが、中国を攻撃したわけではなく、「乱世」を批判し「治世」をアピールした。中国全体にとっていえば、これは一種の建設的ではあるが破壊的ではない批判であった。内憂外患の現実を日の当たりにして、蘇雪林は強烈な国家主義の形をとって自己を表現し、「祖国を持たない」風の「世界主義」の抱擁を受け入れることを拒んだ。杜醒秋は深い思いを込めて述べている。

私は軍閥どもが憎いし、私は中国を愛さざるを得ません。中国には錦のように美しい山河があり、5000年の文化があり、中国からはまた多くの聖賢英雄が出たし、中国には偉大で栄えある史跡があるし、私はかつてその文学の精華を含み味わったし、その先哲の教えに深く迷い込み、その壮麗な歴史に思いをはせてうっとりとしたものです。私の身はここから生まれ出で、私の精神はこれによって醸成されて出来上がり、私の心から愛する母、私の崇敬する先生や友人たちもすべてここに生まれ、ここに住み、ここで泣いたり笑ったりしてきたのですから、私はどうして中国を愛さずにいられましょうか。そうです、そうなんです。康長素《カンチャンスー》（康有為）はいいました、「荘周は夢に蝶になったが、私は本当に国の魂になる」と。中国、愛すべき中国、あなたは元来私の魂なのです。

私は狭義の愛国は主張しませんが、ただ自分の国は愛さないけれども世界は愛することができるなどというのを、私は信じることはできません。我々はまず自分の国を良くすべきで、それから初めて大同主義について語る資格があるのです……

> 私は国を愛していますし、いつまでも国を愛するでしょう。祖国よ、もしもあなたを良くすることができるなら、私は全てを犠牲にしたいと心から思います。私の血、私の肉、私の命をささげることを願ってやみません。

蘇雪林の文化思想は孫文の「三民主義」の体系に属する。『棘心』の表現する健全な個人主義はもはや民族主義と見事に溶け合っている。『棘心』にはすでに民族主義文学の端緒が見える。杜醒秋は民族主義者のさきがけと言うことができる。陳銓《チェンチュエン》（1903～1969）の小説の主人公陸率周《ルーシュアイヂョウ》（『衝突』1929）、許衡山《シュイホンシャン》（『革命的前一幕（革命前の一幕）』1934）は彼女の同族兄弟であり、李鉄崖《リーティエヤー》、薛立群《シュエリーチュン》、王慧英《ワンフイイン》等（『狂飆（つむじ風）』1942）は杜醒秋がもっている民族意識の立体的表現である。

国家主義の立場に基づいて、蘇雪林は1936年11月12日、蔡元培《ツァイユアンペイ》に公開書信『与蔡孑民先生論魯迅書（蔡孑民先生と魯迅を論ずるの書信）』を著し、魯迅の思想は「虚無的悲観的で、かつ中国民族を蔑視しており、根本的に救いようがないとしている[3]」と指摘し、「迫ること最もはなはだしい日本帝国主義に一矢も報いていない[4]」と魯迅を批判した。蘇雪林はまた批判の重点を彼女の憂慮する「魯迅偶像」現象の上に転じた。これは蔡元培に贈る書の中で初めて触れ、同月18日『与胡適之先生論当前文化動態書（胡適之先生と当面の文化の動態を論ずる書信）』の中で論を展開している。蘇雪林はいわゆる「魯迅偶像」現象を批判したが、それは彼女の尊崇する三民主義と階級闘争理論の矛盾であり、彼女の強烈な国家主義者としての当時の「左派」との対立であった。そして1966年魯迅逝去30周年の際に、蘇雪林は一気に27000語の「魯迅伝論」を書き、以前の彼女の「反魯」の文章とをまとめて『魯迅私論』として台湾で出版し、「反魯」をほとんど彼女の半生の事業としている[5]。

蘇雪林が20年代に見せた国家主義の端緒は、30年代後期に立体的表現をとった。彼女は中国の統一を擁護し、当時の「一皿のばらばらの砂のような民衆、それに締まりが無く規律に欠ける国家」という情勢下にあって、現実的国家権力を強め、「内にはそれによって現代化の成功を促し、外には強敵の侵略に抵抗する(6)」ことを望んだ。彼女は当時の世界規模の——特に中国の「左傾」の潮流に反対した。彼女はいっている。「私は民族の自尊心といったものを持っており、中国の問題は中国人自身によって解決せられるべきで、必ずしも時代の潮流の後を追っかけてばたばた走り回ることは無いのだ(7)」と。彼女は無産階級が政権を奪取する革命に反対し、そんな革命は国力の消耗であると考えていた(8)。彼女は胡適の自由主義の立場を尊崇し、現実の政府に対して建設的批判の態度を持ち、「国を督責激励し、間違っても軽々しく反対の言を口にしてはいけない(9)」と主張した。

蘇雪林の国家主義には強烈な民族独立の思想が含まれている。『棘心』の中の杜醒秋の憂患意識の中には、とりもなおさず中国のアヘン戦争以来日増しに深まる帝国主義の侵略に対する憂慮が見られるのである。彼女は帝国主義による侵略に対して反撃を加えることを主張した。「むこうが軍事力の強化に力を入れるなら、こちらも軍事力の強化に力を入れ、向こうが愛国を唱えるなら、こちらも愛国を唱え、もし4億の同胞がそれぞれ中国のために死ぬことに同意するなら、中国はそのとき帝国主義の束縛から脱するであろう」。彼女の軍閥の混戦に対する告発は、やはり中華民族の立場から発したものなのである。彼女の早期の創作は内には腐敗に反対し、外には帝国主義に反対している。この二重のテーマは、階級意識が薄くなればなるほど民族意識は強烈になるという法則を正面から力強く証明している。

1936年の『与胡適之先生論当前文化動態書』のなかで蘇雪林は書いている。「九一八（満州事変）以後、外患は日増しに深くなり、滅亡の禍は、焦眉の急となり、亡国の民になることを肯んぜないものは全て救国の責任を他人まかせにすることを容認してはいけないと感じている」と。抗日戦争が勃発すると、蘇雪林は抗戦に積極的に身を投じた。彼女は伝記文学

『南明英烈伝』（1941）を著し、王翊《ワンイー》、張煌言《ヂャンホアンイエン》、鄭成功《ヂョンチョンゴン》、李定国《リーディングオ》等数百人の抗清復明（清に抵抗し明の復活を図る）の仁愛の志士、張揚《ヂャンヤン》といった抗戦の将士が決然として外国の侮りをくいとめ、命に代えても母国を守ることを誓う決戦精神を描いた。『南明英烈伝』は蘇雪林という学者作家の特質と品格を表しており、奥深い歴史感とダイナミックな思潮の意義を表現している。蘇雪林はこの本の「自序」の中で述べている。

百年この方、中国は立ち遅れた農業社会から、西洋の新興の工業主義国家と交戦するようになり、ややもすれば敗れがちで、かくて外国軽視から外国べったりに転じ、自尊から自卑に変わり、むこうは全て良く、自分は一切合財駄目だと思っている。その上、かの我々を滅ぼしてやろうと言う野心的な国々は、数十年前には、他でもなく中国のさまざまな欠点を極力発掘し、誇張し拡大して、その本国および世界に向けて懸命に宣伝し、全世界の人々にみんな中国民族はもはや独立して生きる資格を失っており、他人の奴隷牛馬となるのがふさわしいと思わせたのであり……現代の一部の無学無能な人は、中国の歴史書を読んだことはなく、中国の学術を研究したことはなく、中華民族というこの老英雄の五千年の感動と涙の奮闘の歴史の偉大さと栄光を知りもしないで、ただいたずらに人の上っ面だけを取り上げて、いささかの根拠も無い“封建”の二文字をあげつらって、軽々に中国固有の一切を抹殺し、青年たちに自分の先祖を憎悪させ、過去の史実を軽視させ、伝統的文化を軽蔑させ……

中華民族は果たして劣っているのであろうか。中国の文化は果たして毫も価値無き物であるのか。私の答えは極めてきっぱりと極めて明確な「否」の一言である。地球上の古い国々に在って……ただ我が中華のみ、一人極東に毅然と聳え立っており、しばしば異民族の陵辱を受けながらも、歴史の血脈はいまだかつて一日として途絶えることは無かった。かくの如く在り得た所以は、当然文化の面で一つの特殊な力を持っているからであり、その力が内から血脈をつなぎとめ、注ぎ込み続けて来たからである。

『南明英烈伝』は「新文化運動」のいわゆる国民の「劣等性」を批判するテーマについて言うなら、その道に反してそれを行っているのであって、民族の性格の「優等性」を掘り起こし、この中華民族を数千年にわたって聳えた立たせてきた精神的伝統によって、国民を激励し、日本侵略者に抵抗しているのである。1941 年、蘇雪林はさらに自身が抗戦以来書き溜めていた戦時経験を描き、日本侵略者に対して怒り非難する文章を集めて『屠龍集』として商務印書館から出版した。蘇雪林は「自序」の中で述べている。「私は断固として信じています。中華民族は決して滅びることはありませんし、侵略者たちの敗北は、運命の定めたものなのです」と。蘇雪林の抗戦作品は、半植民地の中国にはびこっていた民族的ニヒリズムを一掃し、強烈な愛国主義を抗戦時期の「民族主義文学」の中に投入したのである。

蘇雪林は「八・一三」の淞江・上海の戦いで中国の愛国軍民が共通の敵に対して心をひとつにして憤激して立ち向かい、血を浴びて奮戦する悲壮な場面を目の当たりにし、決然と国のために家財をなげうって難を救おうと、自分が十数年の間食べるものも食べずに倹約してきた教師の給料と原稿料で黄金五十両を求め国家の抗戦の大業に献じ、世人の仰ぐところとなり、また後世の鑑ともなったのである。

注

（1）沈暉「蘇雪林素描」による。『緑天雪林』p.54、人民文学出版社 2001。

（2）「棘心」、『蘇雪林文集』p.15、北京燕山出版社 1998。

（3）蘇雪林「與蔡孑民先生論魯迅書」、『奔濤』半月刊 1937 年 vol.1 第 2 期。

（4）同上。

（5）蘇雪林「我論魯迅・自序」、『我論魯迅』p.1、（台湾）愛眉文芸出版社 1966。

（6）「与胡適之先生論当前文化動態書」、同上、p.60。

（7）同上、p.58。

（8）同上、p.60 参照。

（9）同上、p.60 参照。

第六章　張愛玲、銭鍾書の『囲城』

第一節　張愛玲——植民地言語環境下での個性

張愛玲《ヂャンアイリン》（ちょうあいれい　1920～1995）の最初の創作のピークは抗戦中の「孤島」（と呼ばれていた）上海で迎えた。彼女のこの時期の創作の全体的テーマはいわゆる「国民性」の批判であった。張愛玲は「救国」の時代に在って「国民性」批判を堅持した作家であった。これは魯迅が切り拓いたいわゆる国民の劣等性を批判した文学の伝統に対する自覚的継承である。張愛玲は言う。「この伝統は魯迅が死んだとたんに、突如中断を告げられるのだが、実に残念であった。というのは後進の中国の作家たちは、民族の自信を高めるという旗印の下、歩んだのは全て飾り立てた言葉で非を隠す道であって、いいことのみを語り、悪いことは語らない、まことに残念である[1]」と。

魯迅は国民性として具体的に現れた伝統文化の根を批判することに着目したが、張愛玲はその眼差しを民間に転じ、伝統文化が現代の租界地において西洋文化と一緒になって生んだ奇形児を批判した。作品中視野一杯の人間性の奇形、異常性が見える。『沈香屑第一炉香（じん香の粉、最初の香）』（1943年4月）では門を閉ざしてミニ西太后になっている梁《リアン》太太は自分の姪を虐げ、そして性質の純潔な葛薇龍《ゴーウェイロン》は学校で勉強するためにおばの「鬼気迫り来る陰気な世界」に入って行き、道徳の堤防はたちまち享楽の大きなうねりに押しつぶされてしまう。『沈香屑第二炉香（じん香の粉、二番目の香）』（1943年5月）では、イギリス国籍の教授羅傑《ルオジエ》と、美しく穢れ無き中国人女性愫細《スーシー》の結婚の悲劇が古い国家の中での二つの文化的な衝突の悲劇の中に生まれるのである。『金鎖記（金の錠の物語）』（1943年10月）では、貧しい家の娘曹七巧《ツァオチーチアオ》は金銭に対する欲望のために羽振りの良い姜《ジアン》公館（姜家）に嫁ぎ、体の不自由な夫のために自分の青春をともに葬りさることとなり、以後、彼女の欲望と精神は黄金の枷のために縛り付けられ、自ら招いた異常性から、この自己の情欲を押し殺すことを生存の方式としている女は、自分のおなかを痛めた子供の命を損なうことを喜びとする悪魔へと変身する。『金鎖記』は欲望への沈倫を主体とし、人間心理のゆがみを鳥肌がたち、身の毛をよだたせるほど明らかに示して見せるのである。

張愛玲のいわゆる「国民性」を批判することを主旨とする小説はつねに外部の時間から隔てられて、停滞を起こし、まるで孤島のように一つの閉ざされて自足した世界を形成している。『金鎖記』では外部の時間は事実上ないものとされ、あるのはむしろ性格的な時間である。「最初の香」の中の「鬼気迫り来る世界」とは一種の停滞した世界であり、「古代の皇帝の陵墓のような感じがする」のである。『封鎖』（1943年8月）は都会生活を丸ごと封鎖期間内の電車の中に象徴的に収斂させていて、小説の静態化をなしている。張愛玲はいわゆる「国民性」批判という主旨に超時間性という方法を与えたのであるが、それは「時代」に対する強い拒絶であった。これはちょうど1944年2月に書いた2年前の戦いのときの香港についての回想のごとく、香港の戦争とは「かかわりの無きことども[2]」にほとんど完全に限定されている。なぜなら彼女が戦時下の香港で堅く守っていたのは「理解しないでも許されることは、我々は全て理解しない[3]」からに他ならないからである。彼女は自ら述べている。「時代の車は轟々と音を立てて前に進む。我々が車に乗り、通り過ぎていくのは或いは幾筋かの良く見知った街衢《がいく》（大通り）であるにすぎないのかも知れない。だが空を覆う火の手のなかでやはり当然驚き動転していた。我々はただ一瞥したかと思うと飛び去っていく店のショーウィンドウの中に忙しく我々自身のすがたを探すことのみに気をとられていたのは実に残念であった――我々はただ自分の顔だけを見ていたが、青白く、ちっぽけだった。我々のわがままとむなしさ、我々の平然として恥を知らぬ愚かさ――誰もが我々と同じなのだが、しかしながら我々それぞれはみんな孤独なのである[4]」と。そしてこういった「救国」の時代にあってのいわゆる「批判」のテーマを堅守することは、やはり魯迅が「救国」ということを前にしてとった態度そのものなのである。魯迅は1932年11月北平輔仁大学において同年の上海「一・二八事変」に関して自ら講演したときにこういっている。「昨年の東北事変のくわしいことは私は少しも知らないが、考えてみれば上海事変も皆さんきっとやはりそんなにはっきりとは了解されていないことと思う。同じく上海にいたとしても互いに知らないのであって、こちらでは懸命に死を逃れようとしているが、あちらのほうはといえばマージャンをしているものは相も変わらずマージャンをし、ダンスをしているものは相変わらず踊っているのである[5]」。つまりこの講演の中で魯迅は「一・二八」（第一次上海事変）の原因を「国民性」に帰しているのであり、中国の「国民性」を批判するに及んでいるのである。「このような青年が殺されて、みんなは大いに不平を言い、日本人はあまりにも残酷だとする。実はこれはまったく性格が異なるためで、日本人はいたってまじめで、中国人のほうはそんなにまじめでないのだ……[6]」張愛玲が上海の「孤島」で書いた小説は、魯迅の雑文に表されている「救国」の年代におけるいわゆる「国民性」批判の主題と一致するのである。

張愛玲の作品は通常、時代と一定の間隔を保ち、できる限り重大事件とは「かかわりのない事」を書いているが、しかし彼女は「背景」を強調している。彼女は「人間は一つの時代の中に生きるものなのだ[7]」と考えている。彼女の描く男たち女たちの喜びや悲しみは時代と緊密につながってともに在るのであって、彼女はこれらの「かかわりの無い事」でもって彼女の感受した「時代」を構築したのであった。

張愛玲の描いた男たち女たちはみんな自身の運命を支配したいと思いながら逆にみんな運命に支配されてしまう。「第二炉香（二番目の香）」の中の羅傑と愫細は生命の快楽を身をもって味わったばかりだと言うのに、運命は急転直下する。『紅玫瑰与白玫瑰（紅バラと白バラ）』（1944年6月）の中の佟振保《ドンチェンバオ》は一つの「‘対（正しい）’世界」を作り出す決心をし、その世界の中では、彼は「絶対的主人」なのである。しかしながら彼が生活の中で遭遇したのは次から次へとやってくる「不対（正しくない）」なのであった。礼儀作法にかなった女性を、彼は好まず、伝統に合わないものも彼はまた受け入れることができない。彼は他人の視線の中に落ち込んでしまい、どうしても自分自身の主人になることができない。張愛玲の人生に対する受け止め方は、「生命は一着の華美な長着であり、そこには蚤がいっぱいはっており[(8)]」、「長いのは苦しみで短いのが人生[(9)]」なのだ。彼女は自分の描くあらゆる人生の敗北の総和でもって社会的敗北を描き、社会に対する批判を形成したのである。彼女は作品の中で戦時下の香港に関して回想し、自身が砲火を浴びながら『官場現形記（官界現状記）』をむさぼり読んだことに触れている[(10)]が、これこそ「救国」の時代に社会批判に携わることを堅持していた張愛玲自身の状況なのである。これはまた魯迅についての継承でもあった。

魯迅は1932年11月22日、上海の「一・二八事変」に関する講演中、青年に対してやはりまた「社会問題[(11)]」に関心を持つことを講演全体を通じて強調した。このように、魯迅は社会批判というテーマで一切を圧倒する戦時思想を形成したのである。張愛玲は魯迅の戦時思想を継承した。張愛玲の『封鎖』（1943年8月）の「背景」は明らかに戦争であり、それは日本が中国を侵略した戦争であり、中国人民が日本の侵略者に抵抗する戦争であって、すなわちこの“戦乱”が作り出した封鎖のもと、時間と空間を断ち切られた一輌の電車の中で、主人公の男女の抑圧を受けた自然な欲望が却って解き放たれたのであり，戦争が呂宗楨《リュイヴォンチェン》、呉翠遠《ウーツイユエン》に「封鎖」の中で「真の人間」に回復する「喜び」をこれまでになく体験させ、二人は不思議な恋愛感情を引き起こすのである。『傾城之恋（けいせいの恋）』（1943年9月）はさながら「封鎖」に引き続き、戦争と男女の性愛との関係を探究しようとしているようにみえる。傾いた旧家出身の離婚女性白流蘇《バイリウスー》は「わがままな女」に過ぎず、富商の華僑の息子范柳原《ファンリウユエン》も「わがままな男」に過ぎない。二人が戦争以前から始めた知恵と度胸の較べあいのような曖昧な関係が、突如やってきた香港の戦争に救われる。張愛玲は書いている。「香港の陥落が彼女を救った。しかしながらこの道理で解き明かすことのできない世界で、誰に分かろう、何が原因で、何が結果なのか。誰にも分からない、もしかしたら彼女を救おうとしたために、一つの大都市が倒れたのかもしれないことを(12)」と。40年代の張愛玲と30年代の魯迅はともに「外患」を自己の創作の「背景」とした。この「背景」の下、魯迅が強めたのは階級革命のテーマであり、張愛玲が強めたのは「個人的」テーマであった。『傾城之恋』は男女の主人公が「お互いをはっきりとくっきりと見る」所まで書いており、作者はテーマについて抑え切れない思いで強調していっている。

> 彼は一人のわがままな男に過ぎず、彼女は一人のわがままな女に過ぎない。この戦乱の時代に、個人主義者は身の置き所が無いが、しかし一組の平凡な夫婦を入れてくれる場所はいつだってあるのだ(13)。

張愛玲は実は「亡国の恨みを知らず、なお後庭花（音曲名）を歌う」作家に属している（杜甫の七絶、「泊秦淮」。商女不知亡国恨、隔江猶唱〈後庭花〉）。彼女は植民地という言語環境下で「個人的」なことのために提灯持ちをした。彼女は「たとえ‘栄えある殉国’であっても、それがまたどうだというのだ(14)」と公言している。これは同様の言語環境下にあった郁達夫《ユイダーフー》、戴望舒《ダイワンシュー》、朱自清《ヂューヅーチン》等の作品の中に表現された民族主義とは大変大きな隔たりがある。

張愛玲の作品は強烈な「継了《ままこ》」意識をあらわにしている。人と現実が間違った位置関係を構成していて、人々はただ日常の全てが少し間違っていると感じるのみであるが――間違いは恐ろしい程度まできている。人は遺棄された困惑の中にいるというのが、張愛玲の小説全体の雰囲気なのである。『傾城之恋』のヒロイン白流蘇は「継子」意識の典型である。彼女の身にはやはり作者の感情の要素が体現されている。張愛玲はこう書いている。「人は一つの時代の中に生きているが、しかしながらこの時代というやつは影のように沈んでいってしまい、人は自分は捨てられたのだと感じるのである[15]」と。

フランス革命の後に生きたバルザックも、また社会の「継子」意識を持っており、詩趣は失せ、保王党思想とカトリック感情を抱いて七月王政（1830年の七月革命の結果出現し、1848年の二月革命まで存続したフランス王政）のフランスを批判している。張愛玲は自身の高貴な家族が急激な変化の時代に次第に崩壊し、ばらばらになり、失われた者になるのを経験したため、社会の「継子」意識が生まれ、それが作品に骨身にしみるような哀切さをくっきりと表現させているのである。旧式の家庭の日常生活に関する思い出が張愛玲の「生活様式小説」を成し遂げさせたのである。彼女自身が語っているように、「自己の存在を証明し、いささかの偽りも無い、最も基本的なものをつかもうとすれば、古老の記憶の助けを借りざるを得ないのであって、人類があらゆる時代の中で生きてきた記憶は、これは将来を見晴るかすよりさらに明晰で、切実[16]」なのだ。同様に眼差しを過去に向けると、バルザックが安定した要素によって、安定的社会秩序を打ち立てることを主張したのに対して、張愛玲の立場からみれば、「我々が居候になる」将来の「太平の世界」よりも、「乱世」に「各人が自己の平安を手ぢかに求める[17]」方がましなのである。それゆえ彼女は「乱世」──外国が作り出した「乱世」の真空状態を含めて──その乱世に親和しているのである。彼女はいう。「乱世になればなるほど、個性は突出するので、人と人との違いは大変大きいのである[18]」。研究者は「あいにく彼女の気性、天分、出身と最もなじみ最もぴったりなのは崩壊の局面なのである……[19]」と考えている。張愛玲の異常な「治乱」観は、また魯迅とすこぶる似通っているのである。

注

（1）水晶『張愛玲的小説芸術』p.28 より引用、大地出版社 1985；余斌『張愛玲伝』p.72、海南国際新聞出版中心、海南出版社 1993。

（2）「燼余録」、『張愛玲文集』vol.3 p.53、安徽文芸出版社 1992。

（3）同上、p.54。

（4）同上、p.63。

（5）魯迅「今春的両種感想」、『集外集拾遺』p.380、人民文学出版社 1973。

（6）同上、p.381。

（7）「自己的文章」、『張愛玲文集』vol.3 p.174、安徽文芸出版社 1992。

（8）「天才夢」、同上、p.18。

（9）「公寓生活記趣」、同上、p.40。

（10）「燼余録」、同上、p.57。

（11）魯迅「今春的両種感想」、『集外集拾遺』、p.380 ～ 383、人民文学出版社 1973。

（12）「傾城的恋」、『張愛玲文集』vol.2 p.84、安徽文芸出版社 1992。

（13）同上、p.83。

（14）「燼余録」、『張愛玲文集』vol.3 p. 6、安徽文芸出版社 1992。

（15）「自己的文章」、『張愛玲文集』vol.3 p.174、安徽文芸出版社 1992。

（16）同上。

（17）「我看蘇青」、同上、p.238。

（18）同上、p.236。

（19）楊照「在惘惘的威脅中」、『中国時報・人間』台北、1995 年 9 月 11 日、12 日。

第二節　『囲城』――現代のある一群の人々の苦境

『囲城（包囲された都市）』（1946）は「物語体小説」というよりも「生活体小説」といったほうがいいかもしれない。それはフローベールの小説『感情教育』同様、主人公の経歴が多方面の生活の写実を誘発し、一つの完璧な「生活組曲」を作り上げている。

『囲城』もフローベールの小説と同じく主人公が価値を実現できない人生、見込みの無い人生を描いている。方鴻漸《ファンホンジエン》はまずヨーロッパに 4 年間「遊学」したが、学ぶところは無かったにもかかわらず、父親と前妻の父に突っつかれて、金を出して当世風な「米国クライトン大学」の偽博士の証書を手に入れる。小説は方鴻漸が定期客船に乗って帰国するところを筋書きの発端とし、彼がマカオの娘鮑《バオ》小姐の肉感的誘惑を受けるものの、船が香港に着くと今度は彼女がはげ頭の色黒の太った夫の胸の中に飛び込んでいくのをどうすることもできずに眺めながら、自分が侮辱されていると感じるところを描いている。彼は続いて同じ船でフランス留学から帰国する女性、博士蘇文紈《スーウェンワン》小姐と懇意になる。上海上陸後、蘇文紈は方鴻漸に熱を上げるが、しかし一方アメリカ留学のいとこ趙辛楣《ヂャオシンメイ》が自分の目の前で方鴻漸と二人で自分の気を引こうと争うのを見て楽しんでいる。方鴻漸は蘇文紈のやさしく、けがれなき従妹唐暁芙《タンシアオフー》に一目ぼれをするが、しかし、またしても蘇文紈に引き離されてしまう。方鴻漸は仕事はなかなか見つからず、恋愛はうまく行かず、以前から抱いていた留学から帰国後への理想はほとんど消えうせた。蘇文紈と俗物の曹元朗《ツァオユエンラン》との婚約のニュースを新聞で見ると、方鴻漸と趙辛楣は狼狽の中から我に返り、同病相哀れむで、連れ立って上海を離れ、湖南の三閭《サンリュイ》（さんりょ）大学に赴く。小説はこのように方鴻漸の計画と愛情の理想が一つ一つ幻のように消えうせ、そして消えうせるその際にいつも、一縷の望みが生まれるさまを描くのである。方鴻漸が三閭大学で出くわしたのはことごとく文化人の間の派閥闘争であって、大学サイドは「危険思想」を名目に方鴻漸を解任してしまう。そしてこのとき、1年前に方鴻漸一行と連れ立ってともに三閭大学にやってきた若い孫柔嘉《スンロウジア》女士が、知らず知らずの間に方鴻漸を自分の掌中に収めてしまう。これは銭鍾書《チエンヂョンシュー》が短編小説『猫（ねこ）』（1946）の中で解き明かしている愛情学を体現しているのであり、それは、「男の愛を最もよく勝ち取るのは決して美人ではない。我々がびくびくしながらも備えておかねばならないのはむしろ顔立ちは平凡で、中ぐらいの器量の女のほうなのだ」ということである。方鴻漸はこの1年余りで「心境はずいぶん老いた」が、孫柔嘉との婚約のとき心情は相変わらず大変恬淡としたものであった。そして結婚後上海へ帰ると、彼は妻の孫柔嘉とますますよそよそしくなると感じ、二人の間の不一致はますます激しくなり、「家庭は本当に三閭大学と同じく争いの巣なのだ」との思いを深くさせられることさえあった。方鴻漸の境遇はますます悪くなる。作品の末尾で、結婚に失敗した方鴻漸は、すでに重慶国防委員会に入っていた趙辛楣に自分のために重慶で職を何とかしてほしいと再び頼もうと考えるのであって、希望が消える際にまた一縷の望みが芽生えるのである。この希望の結末については、作品の範囲外に属するが、しかし『囲城』全編はすでに、重慶が必ずや新たな「包囲された都市」になるであろうことを描いている。

『囲城』は総体的な象徴的意味を具えており、それは作家の人生、世界に対する見方を具象化しているのである。作品は人物の口を通して英国とフランスの格言を引用し、“囲城”というこの中心的イメージの悲劇的美学の含義について一つ一つ指し示している。それらは同工異曲に物語る、「結婚は金メッキの鳥籠のようなもので、籠の外の鳥は中に入りたがるし、籠の中の鳥は飛び出たがるのである」、また「包囲された砦 fortresse assiegee は、市外の人は突入していきたいと思い、市内の人は逃げ出したいと思うのだ(1)」と。作品全体は方鴻漸の外国留学と帰国、仕事探し、愛情の追求、婚姻家庭の樹立、一つ一つの情熱と希望、それに伴って幻滅と失望へと変化し、運命が彼を駆り立てて一つの“囲城”から別の“囲城”へと追いやる様子を描いている。人生はすなわちひとつながりの“囲城”なのである。

銭鍾書はフローベール同様、人間に対して悲観的、憐憫の心理を持っており、二人はともに人間を「毛の無い二本足の動物(2)」とみなしていた。フローベールはエマ（『ボヴァリー夫人』）が愛情面で一回一回自分のために幻の情景を作り出し、そのたびに欺かれ、そのたびに幻滅の悲しみを嘗め、死に至るまでずっとやはり子爵（夫の患者である侯爵の招待でエマとワルツを踊った子爵）のことを忘れない、この魅惑の力に富んだ幻影を描いた。他方、フローベールはモロー（『感情教育』）の事業と愛情の二つの面での失敗を描いている。フレデリック・モローは意思がふらふらと定まらず、幻想にふける。彼は哲学者になりたいと思いもすれば、文学者、画家になりたいと思いもし、また奇想天外にも議員選に出馬しようとするが、最後は全て水泡に帰してしまう。彼は 4 人の女を愛したことがあり、船上でめぐり合ったアルヌー夫人に対する愛は最も切実であった。しかし、モローは愛情の面においても事業におけるのと同じく軟弱で無力であり、挙句の果てにはただアルヌー夫人が彼に一束の長い髪を切って渡す結末になる。全ての愛情が彼を離れて去ってゆき、ついに一人ぼっちで、彼を訪れる人は誰もいなくなってしまう。銭鍾書もフローベールと同様に客観の原則を貫き、小説中に作家の主観的感情をじかに表すことはせず、自己の影を現しはしなかった。しかし彼等の感情の方は主人公の運命と緊密に結びついて一体となっているのである。それはたとえば楊絳《ヤンジアン》（銭鍾書夫人）が述べるように「フランス 19 世紀の小説『ボヴァリー夫人』の作者フローベールはかつて述べている。‘ボヴァリー夫人は、つまり私なのです’と。それなら、銭鍾書もそっくりそのままいうでしょう、‘方鴻漸は、つまり私なのです’(3)」と。方鴻漸の悲劇の中には作者の感情の要素が注ぎ込まれているのであり、「囲城の心境」は現代社会のある種の人たちが自己を捜し求める過程の中で遭遇する苦境を反映しているのである。

『囲城』もフローベールの小説も、ともに社会批判というテーマを含んでいる。フローベールは主人公の一連の個人的失敗を描いているがそれはまた社会的失敗を描いているのであって、個人の悲劇が精神的に下卑ている現実に向って抗議を発しているのである。『囲城』は方鴻漸を代表とする一群の帰国留学生、教授、学界の人士など文化的エリートによって作り上げられた新儒林の人間模様を描いて、20 世紀上中葉の中国社会に普遍的に存在した中西文化の奇形的ドッキングによって作り出された「中西混合症」をはっきりと示して見せ、反封建半植民地文化に対する批判を形成しているのである。この種の批判は、フローベールの小説と同様、力強い視点を欠き、それにもまして多いのは精神的主体を欠く諷刺、からかい、皮肉のほうである。フローベールは創作の生涯の中でかつて長い時間をかけて自己の精神上の欠乏を意識するに至り、かつそのために苦しんだ。『囲城』とフローベールの小説の拠っている客観主義が体現しているのは冷厳かつ漠然とさえ見える態度であり、探究精神ではないのである。

注

（1）『囲城』p.96、人民文学出版社 1980。

（2）フローベール「ルイス・キャロルへの手紙」、『外国作家談創作経験』（上）p.275、山東人民出版社 1980、銭鍾書『「囲城」序』。

（3）「銭鍾書写『囲城』」、『楊絳作品集』vol.2 p.133、中国社会科学出版社 1993。

中編

社会本位の文学

緒論　多元的に激動する中国現代文学（二）

中国現代文学の社会的テーマは思潮が林立し、創作の立場、創作の方法は多彩な様相を呈しており、相互間の論争は止まることなく、長期にわたる対峙の形勢さえ形作り、多元的に激動する局面を形成している。

プロレタリア革命文学の発生というのは、文学思潮についていえば、先の思想革命運動——換言すれば文化革命運動が、「新文化運動」の退潮期において、プロレタリア革命思潮へ転換したことなのである。この変化は、かなり明確にソヴィエトロシアの文学、西欧左翼文学および日本のプロレタリア文学の影響を受けている。それぞれの文学思潮の背後にはつねにその哲学的根拠が存在する。プロレタリア革命文学のよりどころはマルクス主義である。

蔣《ジアン》光《グアン》慈《ツー》（しょうこうじ）は二十歳頃ソ連へ勉強に行き、新生のソヴィエトおよびソヴィエトロシア文学が、彼の革命思想を導き育てた。彼は『無産階級革命与文化（プロレタリア革命と文化）』（1924）の中で、プロレタリア革命は一面においてはプロレタリア階級政権の樹立であるが、一面においてはまたプロレタリア階級文化の樹立であって、そして自らの手でプロレタリア階級詩人を生み出すのだといっている。またプロレタリア階級革命文学に関して、彼は「当然反個人主義文学であるべきであり」、「その主人公はもちろん群衆であって、個人ではなく」、「その傾向は集団主義でなければならず、個人主義であってはならない[1]」と考えており、沈《シェン》雁《イエン》冰《ビン》（茅《マオ》盾《ドゥン》）は『論無産階級芸術（プロレタリア階級の芸術を論ず）』（1925）なる一文の中において、プロレタリア階級の芸術は「プロレタリア階級精神を中心にして一種の新しい世界（すなわちプロレタリア階級が統治者の地位にいる世界）に適合する芸術を作り出さねばならない」のであって、いわゆる「プロレタリア精神」とは「集団主義的[2]」であるべきで、「知識階級の持っている個人的自由主義は持たない[3]」のでなければならない、と提議している。『女神』の時期に高らかに「自己」をうたっていた郭沫若でさえも、マルクス主義を受け入れて以後は、1923年に『創造週報』に続けざまに文章を発表しはじめ、従前のいわゆる「個性の発展」、いわゆる「自由」は、頭の中で「帳消し」にされてしまい、マルクス、レーニンが彼の意識の中心を占めたのである。彼は1926年『革命与文学（革命と文学）』なる一文において、「個人主義」、「自由主義」を核心とする「ロマン主義文学」はとっくに「反革命文学」になっていると宣告した。魯迅は「新文化運動」の退潮につれて、「彷徨」、「求索」を始め、『傷逝』、『娜拉走後怎様（ノラは家出した後どうなったか）』などの文章の中で、個性主義に対する懐疑を表現した。マルクス主義に接触するや、たちまち同調し、思想は従前の個人主義から階級論に発展し、文化革命からプロレタリア革命に発展したのである。彼は「新文化運動」からプロレタリア革命運動に転換する軌跡を叙述するに当たってこう書いている。「最初文学革命者の要求は人間性の解放であった……おおよそ10年の後、階級意識が目を覚まし始め、進歩的な作家は、全て革命文学者となってしまったのである[4]」と。

個性主義の否定、個人の自由の否定はプロレタリア革命文学に人類の人文主義的な伝統的ヒューマニズムとのきずなを切断してしまったのである。だが、伝統に対する反逆精神は、また、プロレタリア革命文学運動と「新文化運動」を目に見えぬ形で結びつけた。許地山は小説『東野先生』や『解放者』の中で、大変な洞察力をもって極端な個人主義者と革命家とを内部に併せ持つ一人の人間を描いている。ロシア文学の作品も、この種の思潮の変遷を反映している。ドストエフスキーの長編小説『悪霊』は19世紀1860、70年代革命に携わるロシアの「ニヒリズム」を描いているが、これはまさに1840年代の西欧主義を起源とし、ステパンが悪魔スタヴローギンを育てたのである。それはドストエフスキーとツルゲーネフの間の大きな溝となりはっきり表れている。同じく西欧主義者であっても、ルージンは悲劇の英雄として描かれ、ステパンの方はばかげたくだらない人間として描かれている。彼の西欧主義は実はロシアとロシア人民に対する蔑視なのである。

プロレタリア革命文学はマルクスの階級闘争の学説を受容し、それをその文学運動の正面のテーマとした。それはまたこの運動を「新文学運動」とはっきりと結びつけたのであり、すなわち従前の個人の反逆から階級の反逆へ発展させ、「啓蒙」というテーマから「革命」或いは「翻身（抑圧からの解放又は生まれ変わるの意）」というテーマへ発展していったのである。つまり「新文化運動」の影響の源であるルソーの学説が、中国のこの革命思想が社会革命と結びつく機縁になったと言うことになる。中国のこの思想革命運動は、それが従ったのはフランスの急進的な政治文化であり、ルソー式の民主（とりわけその人民主権論）を「庶民主義」に推し進め、それによって直接プロレタリア階級暴力革命の方に引っ張り込んだのである。魯迅は先に「精神世界の戦士」に呼びかけ、思想の啓蒙に力を尽くした。1927年、彼はいっている。「文学、文学、それは最も役に立たないもの、無力な人が口にするものなのだ[(5)]」、「中国の現在の社会情勢からすると、ただ実際の革命戦争しかないのであって、一首の詩では孫伝芳《スンチュアンファン》（そんでんほう 直隷派軍閥の領袖）を脅して逃げ出させることはできないが、一発の大砲なら、たちまち孫伝芳を追っ払うことができるのである[(6)]」と。このとき、彼は未来の世界が「庶民の世界」で未来の文学が「平民文学[(7)]」であるべきことを強く思っているのである。しかる後に「新興の無産者のみにこそ未来がある[(8)]」と改めて確信するのである。葉聖陶《イエションタオ》（ようせいとう 1894～1988）の作品もこの二つのテーマの間の結びつきと転換を体現している。彼の早い時期の「人生のため」の文学の主張は、独立的見解に富み、芸術家は派閥や主義のことばかりに気をまわすべきではないと考えている。彼は直感主義に賛同している。彼は文芸に携わるものは直感、感情、想像をその生命の源泉とするものであり、「ベルグソンはただ直感のみが生命のふれあいのきわどい真相を認識することができると考えたが、私はただ直感的方法のみが文芸家の観察の一切の方法であると考える[9]」といっている。やがて、彼の「人生のため」の主張は、「庶民主義」の色彩を帯びるようになった。彼はいっている。「近代の文芸の中ではロシアのものに最もその民衆の特徴がはっきり現れている。彼等は暴虐の政治、つらい暮らし、陰気で寒い天気に苦しみながら……しかし、想像を絶する苦難の中から光明を希求する方向へと転ずるのであり、他人に対する同情は以前よりさらに深く、自己に対する刻苦精励はさらに厳しくなっており、これこそ‘愛’を魂とする人道主義に他ならない[10]」と。彼は情熱的に「わが農民」を謳歌し、「我々も農民となろう[11]」と表明するのである。『暁行（暁の旅立ち）』（1921）『悲哀的重載（悲しみの重荷）』（1921）等は全て農民を哀れんだ作品である。1923年の『校長』は、高等小学校長の叔雅《シューヤー》が腐敗した社会環境の掣肘《せいちゅう》によって、手も足も出ないさまを描いている。1926年の『抗争』は小学教師郭先生が先頭に立って当局に給料の未払いを抗議するのであるが、堅固な組織を持たないために失敗に終わる。1927年より、葉聖陶の小説のテーマは「集団主義」に踏み込んで行く。『倪煥之《ニーホアンヂー》（げいかんし）』（1928）は社会改造の道筋に対する探索を20年代の「大変革の時代」の激流の中に置いていて、時代感覚が強烈である。小説は小学教師倪煥之が田舎で新しい教育を試そうとするが、地方の保守的な勢力と民衆の抵抗に遭う様子を描く。新教育の試行は頓挫し、彼は「幻想」を捨て、革命家の導きによって、政治闘争の道を歩みだし、大衆運動の大きなうねりの中に身を投じるのである。作品のテーマは「教育による救国」が不可能であるという理由により、社会革命の道に対する選択を表明しているところにある。茅盾は『倪煥之』が「一人の人間──ひとりの革命的性質に富んだプチブル知識分子が、如何に十年来の時代の大波による激動を受けたか、いかにして田舎から都市に、教育への没頭から大衆運動へ、自由主義から集団主義に至ったか──を明確な意見によって表現しようとしている」ことを賞賛している[12]。柔石《ロウシー》（じゅうせき 1902～1931）の『二月』（1929）は、世の乱れを嘆き民を哀れむ人道主義が暗黒・混濁の現実の前では柔弱無力であることを描き、いささかなりともなすところがありたいと望んでいるインテリが社会改造を模索する途上で遭遇した挫折と苦悶を表現している。一方、『為奴隷的母親（奴隷となった母親）』（1930）は、農民の深刻な苦しみを白日の下にさらして、階級的観点から社会に対して強烈な訴えを発し、作者が今まさに「作品の内容と形式を転換しよう」と努力していることを具体的に表現している[13]。

プロレタリア革命文学のテーマは、あらかじめ決まった特徴を具体的な形で示しており、階級闘争こそ作者が読者をそこへ導いて行って必ず出さなければならない結論なのである。蔣光慈の長編小説『咆哮了的大地（吼哮を始めた大地）』（1930）は北伐戦争前後の湖南の農村の激烈な階級闘争を描き、それによって共産党の指導する農民運動の必然性と合理性を表現している。葉紫《イエヅー》（ようし 1910～1939）の短編小説『豊収（豊作）』（1933）およびその続編『火』も、湖南の農民運動の産物である。『豊収』は豊作が災いとなるさまを描いており、民衆の妻子を離散させ、路頭に迷わせることになったのは天災ではなくて、人災であることを克明に描いて見せてくれる。『火』は農民の小作料不払い運動の勃発と、その展開が、点々とした火が集まって野原を焼き尽くす勢いになっていくさまを描いている。作品は炎のように熱い激情を以って、魯迅の唱導した「文学は戦闘である」という左翼文学の風格をはっきり示している[14]。

階級闘争というテーマの先験性は、しばしば作品にテーマと題材の乖離、結論と背景の倒錯をもたらす。丁玲《ディンリン》（ていれい）が1931年秋に書いた中編小説『水』は、その年に中国に起こった16省もの広範囲に及んだ大水害を題材とし、農民革命意識の目覚めを描くために、洪水と取っ組み合う手に汗握る情景を、役所を相手に戦う轟々と沸き返るような闘争シーンに転換している。艾青《アイチン》はベルハーレンの急進的政治文化意識の影響を受け、革命的情熱に「憂鬱」を賦与している。1937年6月30日四川省の災害のために書いた『死地』は、旱魃を描き、数千万の「大地の子」が次々と倒れて死ぬ惨状を描き、これを借りて、詩人は「誰かあの飢餓の火をつけた奴がいる……」と呼びかけている。水害、旱魃などの自然災害の題材を階級闘争のテーマにまで拡大誘導していくと、テーマに力強い拠りどころを失わせ、したがっていかにも突然という感じがして、先験的特徴があらわになってしまい、かつ階級闘争というテーマを絶対化させてしまうことにより、「建設」というテーマは全面的空虚と化してしまうのである。茅盾の『子夜（真夜中）』（1932）『春蚕（はるご）』（1932）などの作品は、その舞台背景は中国の植民地化である。植民地という地位は、世界恐慌の脅威を受けた帝国主義国家に懸命に中国に対して製品のダンピングを行わせ、それによって中国の民族工業の萎縮、破綻を招く事となったのである。これは「救国」という問題なのに、そこから推し拡げて「階級闘争」という結論を導き出してしまっているのである。題材の如何、背景の如何、いつ如何なる時と場所かを問わず、全て「階級闘争」というテーマへと転換せねばならぬとするのである。「転換」は階級本位の文学の構造的特徴である。このことは「階級闘争」学説の外来的特徴をあらわにしている。これについて、胡適、林語堂、徐志摩、老舎等の自由主義作家は、左翼作家と長きにわたる大規模な論争を行っている。レフ・トルストイを代表とするロシアの自由主義作家たちもロシアが階級闘争学説を導入したことに対して重大な疑義を呈している。

プロレタリア階級革命文学はプロレタリア革命に従属するものである。それは作家の創作は必ず「革命的現実主義」の創作方法を遵守せねばならぬと規定し、この種の文学は反封建的で、反ブルジョア階級的で、また「社会的地位を失った」プチブル階級の傾向に反対することを強調し、作家はプロレタリア階級解放闘争の使命を担い、文学事業をプロレタリア階級解放闘争の武器たらしめることを強調するのである。それに対して現実主義の──自然主義を含めての最も重要な品格は「真実」にある。客観世界を偽りなく反映するというのがこの文学思潮の使命と原則である。その真実性は実際の観察と客観的描写の上に打ち立てられている。時として、それは作家に自分の階級的傾向に背くことを求める。「革命的現実主義」

の真実のほうはある階級的視点の下における真実であって、現実主義および自然主義の客観的精神や科学的態度とはまったく異なるのである。これは梁実秋を代表とする自由主義文学と理論上の対峙をなしている。梁実秋は「階級的束縛」を文学の上に加えることに反対し、文学を階級闘争の道具にし、かつ文学自身の価値を否定することに反対した。

プロレタリア階級革命文学の階級闘争のテーマの使命は政権奪取である。それは階級的、政治集団的利益を至高至上のものとみなしている。それは「集団主義」の視点で以って当時の権力の中心を容赦なく否定し、且つこの使命を絶対化し、民族闘争のただ中にあってさえ、やはり階級闘争の使命を履行するのである。プロレタリア革命文学の「救国」というテーマはしばしば「間接抗戦」と表現される。茅盾の『腐蝕（腐食）』（1941）のテーマは国民党を暴き立てることにあり、抗戦という大背景の下で集団闘争に役立つような作品に属している。茅盾の長編小説『霜葉紅似二月花（霜葉は二月の花よりも紅なり）』（1942）では霜葉に象徴される反革命は必然的に凋落し、革命は必ず最終的勝利を勝ち取るという意をもつ。もっぱら抗戦を描いた『鍛錬』（1948）でさえ、強烈なプロレタリア階級革命の視点でもって国民党の「片面抗戦」（軍による抗戦）を暴露しているが、創作の主旨は第三次国内革命戦争の戦略と符合している。張天翼の抗戦のテーマは、階級闘争の視点から抗戦の権力中枢の喜劇的イメージをスケッチしていて、抗戦体制に対して至る所漏れなく加えられた諷刺は、強烈な集団意識を具体的な形に表現している。これは巴金の『抗戦三部曲』の体現している建設的批判の態度とは違うし、また曹禺の戯曲が表現する「蛻変（脱皮）」思想とも違い、老舎等の表現する民族全体の「正面抗戦（軍民総力抗戦）」のテーマとは更に違うのである。プロレタリア階級革命文学の「間接抗戦」というテーマは、中国抗戦文学全体から乖離しているのである。

自由主義作家が自分の社会的テーマを探求、表現する時、文学の自由の精神を堅持し、独立した創作の立場を堅守するのである。彼等の表現する社会思想は多彩な様相を呈しており、無政府主義、好い政府主義、英国式民主、アメリカ式民主、三民主義、民主社会主義……があり、自由主義文学の社会的テーマは、自由な探求、自由な創作の産物であって、プロレタリア革命文学の先験性、既定性などは断じてないのである。梁実秋の芸術理論は中国自由主義文学の芸術哲学を体現している。彼はプロレタリア階級文学は「階級的束縛を文学の上に加えたことに誤りがある。文学を階級闘争の道具にしてしまってそれ自体の価値を否定してしまったことに誤りがある[15]」と批判した。彼は主張する。「文学者の創造は如何なる外部的拘束をも決して受けず、文学者の頭の中には決して固定的観念は含まれず、ある階級のための利益を図るという先入主などは更に含まれない。文学者は永遠にその独立を失うものではない[16]」と。沈《シェン》従《ツォン》文《ウェン》（しんじゅうぶん）は自覚的に作家の創作の独立的立場を堅く守り、「自由主義」の文学運動中における成長発展とその成就を自覚的に意識するに至った。「京派（北京派）」の代表人物として、彼は文学の商業化に反対したのはもちろん、文学が政治の従属物となることにも反対した。彼は1927年以後の中国の文学運動がその当然保持すべき独立を失ったと批判した。彼は「海派（上海派）」文学は「思想浅薄でくだらない」と批判した[17]。彼は1928年以来の上海文壇の文学と政治の結合、文学と商業の結合の現象を、新文学の「堕落」であると称した。彼は1937年に表明している。「私は文芸の自由な発展に賛同するが、それは正に現今の中国にあっては、文芸は政府の審判ともう一つの‘唯我独尊’の趨勢から解放されなければならず、文芸はそうしてこそ、はじめて各方面に生い茂り、繁栄することができるからである[18]」と。また1946年、彼は「政治上の責任者」は文学に干渉してはならず、「文学を一律に文学者に手渡し、文学が太陽の光と空気の下で自由に発展するに任せる[19]」ことを要求した。創作の自由の思想、作家の独立の精神は自由主義文学の前提、基礎なのだ。

社会的テーマについての自由、独立の探求は、自由主義文学に一種の「探求的現実主義」の様相を呈させたが、これは「革命的現実主義」とは異なるものがあった。ロシア文学の「プーシキンの伝統」も、作家の創作の自由、精神の独立という基礎の上に打ち立てられている。フランス文学の批評家、ロシア文学研究の先駆者ヴォギュエ（1848～1910）は、その専門的著作『ロシアの小説』（1886）の中で述べている。「ロシアが古い殻に閉じこもって進歩を求めないことを決して期待してはならない。それはロシアにあっては最もありえないことであるし、またそれが何処かに心を奪われることを希望してもいけないし、ロシアが自身の生活観を何かひとつの学説に帰属させることを期待しては更にいけない[20]」と。探求はロシアの作家が意識するに至った使命であった。彼等はバルザックを代表とする「批判的現実主義」やフローベールを代表とする「客観的現実主義」を超越し、一種の「探求的現実主義」を創造したのである。

中国の現代作家はロシアの19世紀作家同様に民族の深刻な災厄の中にあって、またロシア作家と同様に民族、国家に対する厚い責任感を表現して見せた。中国の現代自由主義作家の社会的テーマは、「理性的個人主義」の基礎の上に発展してきたのである。したがって、それは人文精神、伝統的憂国憂民意識に富み、人民の境遇、民族の運命に対する関心を明確な形で表現している。梁実秋は「文芸にして人生から逃避するというのは、これは文学自身の任務を自ら捨てているのに他ならない」、「文学の内面には思想的中核が無ければならず、それで初めて意味があるのであり、道徳的描写が無ければならず、それで初めて力を持つのである[21]」と考えている。沈従文は自分の作品が、かの理性あふれる「中国の現在の社会の変動に対して幾分かの関心を持ち」、「それぞれそこで民族復興という大業に孤独な思いで携わっている人々」に「ある種の勇気と確信[22]」を与えることができればと望んでいた。許地山《シュイディーシャン》の小説の中には、常に直接或いは間接的に、中国の近現代史の重大な歴史的事件が留めおかれているが、それは作者の憂国憂民の思いを体現しているのである。それはまさに彼が1922年に書いている通りである。「実社会に出て以来、しばしば転変苦難に遭い、四方を流離し、いまだかつて枕を高くして眠ったことが無い[23]」

と。徐志摩《シュイヂーモー》の後期の創作は、現実感が強烈である。社会の喧騒、人生の苦しみを描いて、詩人の内面の苦しみ、焦燥を表現している。彼は自分が詩人として熱い思いを秘めており、時代の悲哀を感受し、時代や人生に疑問を呈することができると意識していた。彼は自身を、天が歌を歌わせている鳥が、血を吐くまで歌うのをやめないのにたとえた。彼は忠実に自己を描写したが、それはそのまま時代――時代の煩悶、時代の悲哀を写していたのであった。老舎もまた、「作家は自身を、大変革の時代の溶鉱炉の火の中に置き、自身を地獄の中においてこそ、大変革の時代の真の深みを身をもって味わうことができるし、そうしてこそ血であり涙である文章を書き上げることができるのである」と主張している。この種の強烈な憂国憂民意識が、中国の作家に深刻な内憂外患を目の前にして、雲や波のように計り知れない現代史のプロセスの中にあって、社会や人生を真剣に考え、民族の生存と復興の道筋を執拗に探求し、豊かで、厚みのある深遠な精神の富を残させたのであった。

自由主義文学の最も重要な特徴はその自由主義的社会思想、およびそれと密接不可分な創作の立場にある。

中国現代史は二つの大きな政治勢力による闘争がその真ん中を貫き通している。しかし自由主義作家たちは自身を如何なる政治集団にも隷属させず、相対的に政治集団を超越し、相対的に独立した立場で自由主義文学を書き、自由主義的社会思想を表現した。

中国現代自由主義文学は中国の自由主義の伝統と一脈相通じるところがある。儒家の経典にこう記載されている。「君子は党せず」(「論語・述而篇」)、「士は道に志す」(「論語・里仁篇」)、「天下に道あれば則ち見《あらわ》れ、道無ければ則ち隠る」(「論語・泰伯篇」)、「窮して義を失わず、達して道を離れず」(「孟子・尽心篇」)……これらは儒家が士という者は政党、集団に従属せず、道統に従い、道を以って自任し、社会、政治に対して批判の使命と権利を行使し、社会全体に対して心を配るべきことを表している。

自由主義作家は二大政治勢力の長期にわたる対立と闘争という政治情勢

下にあって、双方向の批判を行った。この批判は、「集団主義」の立場から出たものではなかったので、したがって建設的批判、有限的批判——自分はそちらを批判するが、決してそちらを打倒するものではないという種類のものと言える。自由と寛容の精神を注ぎ込んでいるのである。自由主義作家は建設的批判を行うとともに、また政治集団の間の和解をも促進していた。これはやはり中国の士大夫階層の伝統的使命に属する性質のものであろう。

胡適は積極的に中国の現代の歩みに参与し、范仲淹のことば霊鳥（不思議な鳥）を引いて自らにたとえ「寧ろ鳴いて死すとも、黙して生きず」といっている。彼は独立した立場を謹しみ深く守り、「不党不偏」の身分を保った。彼は極力現実の権力の中心から置くべき距離を保ち、彼自身は忠告する友、諫言する臣の名分で、政府に対して正々堂々と直諫し、「王者の師」の位置から、自分が意識するに至った国家と民族に対して当然担うべき歴史的責任を果たしたのである。彼は内戦に超然とし、あらゆる重要なポイントで、一つ一つの率直な見解を発表し、調停の働きを果たし、それによって政党間の合作、国家の統一の実現を期した。一つの系統をもつ自由主義の行為哲学を創り上げたのである。林語堂と老舎の追及した「ユーモア」は自由主義の一種の美学形式である。それは「温厚」な品格を内に含み、批判はするがことごとくやっつけてしまうということではないのである。有限の批判、有限の支持として立場を表現するのである。老舎は断言している。「否定的な批判は虚無に等しい」と。この自由主義美学とともにあるのが、二人の作家の自由主義の立場なのである。彼等は「無党無派」の独立した立場を堅く守り、二大政治集団対立の情勢下、自分はそちらを批判しますが、しかし決してそちらを打倒するのではありません。自分はそちらの存在を支持しますが、しかし仲間には入りませんという自由主義の言葉を綴ったのである。巴金《バージン》は長きにわたって「無政府主義」の理想を守った。彼が小説の中で描いた「革命団体」は、多くは「無政府主義」団体であって、政党組織ではなかった。彼は1928年に永遠にあらゆる政党と関係を結ばないと明確に声明している。戴望舒《ダイワンシュー》の詩歌は絶えず「憂鬱」を歌っているが、それはつまりその理想を追い求めながら得られない苦悶を一種の審美的感情に昇華させているのであり、自由主義に対するはっきり迷いの無い選択、自由主義に対する痛みを伴う堅い守りに他ならなかった。彼は各種の社会集団の勢力とは一定の距離を置き、ジードを代表とするフランスの「第三種人」に自己のアイデンティティーを認めた。社会の激烈な闘争の時代に、朱自清は「那里走（どこへ行くのか）」という切実な問題に自身が直面していることにはっきりと気づいていた。彼は自分が革命或いは反革命のいずれにも加わることができないことを明確に認めて、自覚的に超然とした自由主義の立場を選択した。『那里走』はこの立場に関しての直接的表明であり、『荷塘月色（蓮池の月）』のほうは潜在的表現である。

二大政治集団による激烈な闘争に貫かれている中国現代史のプロセスにあって、自由主義を堅守した作家は枚挙に暇が無く、群星のごとくきらめいている。彼等の創作の成果は目にも鮮やかで、力強く中国現代文学を支えていたのである。

自由主義文学の社会的テーマは階級闘争学説を拒み、暴力革命に反対し、そして漸進的社会改造の方法を主張し、社会的自由を提唱し、法治を強調し、合法化された手続の下での権力交代を承認するものとして表現されている。自由主義的社会改造のテーマは、或いは社会建設のテーマともいえるが、左翼文学の革命的テーマと巨大な論争を形作った。そしてこの論争の焦点は階級闘争学説の導入に関してであった。

1919年の「問題と主義」の争いこそ「新文化運動」における漸進主義と急進主義の論争に他ならない。胡適はマルクスの独立した人格と自由追求の精神に対して賞賛しているが、ただし階級闘争学説を盲目的に導入することは主張しないと表明し、もしそうなれば本来ならば助け合うべき二大勢力に敵愾心を生み出し、敵対勢力になり、さらには数多の本来起こるべきでない惨劇を演じるであろうと考えた。胡適は「自覚的改革」をもって暴力革命に替えることを主張した。民主憲政は胡適が終生変えることの無かった政治理念であった。彼は国民党の腐敗を批判し、国民党は党による人治政治（党治）を放棄して、憲政を実行せよと戒めた。彼は両党の間で調停を進め、それによって双方ともに民主の道筋に向かい「世界第四の強国」の地位にふさわしい中国を建設することを図ったのである。林語堂も階級闘争の学説が中国で広まっていることを批判した。彼はプロレタリア階級革命理論によって理解するならば、この種の革命は工業文明が最も発達した、労働者階級がすでに強大である西洋に起こるべきものであるが、中国の現実はそうではないと考えていた。林語堂は中国の社会構造の特徴は固定的階級のないことにあると見ていた。この種の漸進的な文化観念は彼の鮮明な自由主義的社会思想を育て上げた。彼は内戦を批判し、満腔の憂患意識をもって内戦下の中国の惨状を描いた。彼は二大政治勢力が連携し、極端を避け、「民主社会主義」— 林語堂の自由主義理念における「新中国」を建設することを提唱した。徐志摩はそのきわめて学理精神に富んだ散文の中で、階級闘争学説に対して疑義、憂慮の念を呈しているが、これはまた彼の詩歌の憂鬱の情感に深く質感のある基底を与えた。彼は1926年1月に階級闘争学説がその生まれ故郷でうまく受け入れられていないことを指摘した後、またロシアでの異変を描き出している。中国に関して、彼は社会構造についての分析を通して職業の士農工商があるだけで固定した階級は無い事を指摘した。彼は中国の階級闘争の導入という行為は一つのあてにならない学問上の理論に盲従し、幻想の中に階級対立の背景というものを仮設するものであると批判した。彼は中国の青年が階級闘争を軽々しく謳歌してはいけないと戒めている。1927年、彼は階級闘争の大きな潮流に対して深い憂慮を表明している。丁玲が「水」（洪水）について描き、艾青が「火」をアピールしたのとは強烈な対照をなすが、徐志摩が天災と戦乱の中国にあって、目にしたのは無数の人が水に浸かっているさまであり、耳にしたのは極度の飢えの中にあって救いを求める声であった。これは彼の自由主義理念に対する恋慕、堅守の思いを強めた。詩の中にいう「恋愛」、「ケンブリッジ」はともに彼の自由哲学の具象化されたものである。老舎はダンテが地獄に遊んだような悪夢の形式でもって、自身の亡国に対する憂慮を表現し、階級闘争の理論をそのまま引き写した行為に対して、内戦の現実に対して厳しい批判を発している。社会思想上、老舎が受け入れたのはフランスのジャコバン党専制流の暴力革命思想ではなかった。彼はフランス大革命は「人間の野生をすっかり暴露させ、惨殺主義と恐怖の時代を醸成した[24]」と批判した。これはディケンズを代表とするイギリス作家の見解と同じである。『二都物語』の主旨はフランス革命が人々に生み出させた恐怖行動を通じて社会変革を推し進めるという錯覚を除去することにあった。ディケンズのフランス大革命に対する見解は、イギリス社会に普遍的に存在する意識を代表している。フランス大革命の行き過ぎた行為はイギリス人の間に恐怖を生み出し、社会心理上フランス大革命に対する憎悪が存在しつづけ、彼等はほとんどみんなが一致してフランス大革命に反対している。これはイギリスの国情に基づいている。イギリスは「名誉革命」の発祥地であり、社会内部の階級間の関係はすでに鞏固である。老舎はイギリス式の漸進改革路線を賞賛し、イギリスの「強国の秘法」を学ぶことを主張した。彼は李景純《リージンチュン》（『趙子曰』）、李子栄《リーヅーロン》、馬威《マーウェイ》（『二馬』）等一連の強国への道を歩む人物を造形した。許地山も独立した意思により、労働を通して人生を築きあげ、社会を建設する一連の人物像を造形した。自由主義文学のこの「漸進」的人物の系列は、左翼文学の階級闘争を通過することによって自分の社会的地位を変える「急進」的人物と対照をなし、二種類の文学の社会改造というテーマにおける巨大な差異を如実に表している。梁実秋は自由主義の立場から、この差異を前にして、「漸進」の道に肯定を与えているのである。彼はいう。「一人の無産者がもし仮にこの人に甲斐性があるなら、ただひたすら骨惜しみをせずせっせと一生働きさえすれば、多かれ少なかれそれ相応の財産を手にすることができる。これこそがまっとうな生活闘争の手段であるのだ[25]」と。

自由主義文学の漸進主義のテーマは、「新儒家」と符合する。梁漱溟が中国の歴史、社会構造についての研究を通して出し得た結論は、中国は「階級対立」ではなくて「職業分岐」の社会であるということであった[26]。内戦期間中、梁漱溟は外来の階級闘争のモデルを受け入れなかった。彼は「如何なる理由、如何なる名目があろうと国内に対して戦争を起こしていいということは認められない」としていた。彼の考えでは、「中国の抱える問題はもともと何者かに対して革命をするのではなくて、文化を改造し、民族の自助ということであり……[27]」というように、新儒学は中国の自由の伝統を体現しているのである。

社会の漸進的改造に関するテーマは、中国自由主義文学の最も顕著な特徴であり、これによって急進主義的左翼文学とのジャンルの違いを形成しているのである。

自由主義文学の社会的テーマは、ロシアの「プーシキンの伝統」と共鳴しあう。ロシアの作家はプーシキン以来、おおむね一つの階級に属するに止まらず、また一つの政治勢力に属するに止まらないのである。プーシキンは貴族と人民が協調一致し、社会に対して申し分のない永続的な改革を実行することに希望を寄せた。彼はプガチョフに同情したが、しかし彼の事業には賛成しなかった。ゴーゴリが官僚、地主の世界について暴露、譴責したのは道徳的な意味の上でのことであった。彼は革命という手段で社会を改造するつもりはなかったのであり、地主、官吏の道徳的新生に希望を寄せていた。あわせてゴーゴリはまず自分の中に新たな思想を培い、ひとりの新しいタイプの人物を作り出し、創作に転機を生んだ。彼の『友人に与える書信選』（1847）はこの転機を如実に物語っている。彼は『書信選』の中で1848年の欧州革命の遠からぬ到来を予想しているかのようであった。彼はそれによって得られるヨーロッパ文明は代価が大きすぎる――人民の差し出す代価はあまりに大きいと考えていた。彼は自分の努力の限りを尽くしてロシアをこのような災難に遭うのを免れさせようとした。彼は自身の作品でもってロシアに呼びかけた――「それは我々ロシア人のロシアであって、あの大言壮語する愛国主義者たちが我々に見せるロシアでもなく、国外に居留するロシア人が海外から里帰りに持って来るロシアでもなく、我々の中で生まれたロシアなのである[28]」と。これはゴーゴリのフランスの影響との決別、ベリンスキーを代表とする急進革命派との決別を表明している。彼は「ゴーゴリの傾向」を清算して、「プーシキンの伝統」へと回帰したのである。それから直ちに創作した『死せる魂』（第二部）はゴーゴリの理想のロシアが表現されているが、それはすなわち社会のあらゆる領域──政治、経済、宗教、家庭生活が全て調和と安らぎへ向かっている。これはゴーゴリがロシア改造のため、また全世界改造のために差し出した答えであった。ドストエフスキーは暴力革命はただ人類を相互の惨殺と絶滅に導くことしかできないと認識しており、ロシア革命運動はロシア固有のものではない、人為的に西欧から持ってきたものであると考えていた。暴力革命に照準を合わせて、彼は「根底派」の理論を打ち立てた──その中の一つの主要な観点は貴族と人民の連合、社会の調和と安寧の実現ということに他ならなかった。トルストイは粘り強く一筋のロシア化の道を探り続けた。彼は地主も農民と同様出資者の資格で農業経営に参加すべきであると主張した。地主の土地に対する不合理な占有を改め、現存の生産関係を改めることにその主旨をおくこの種の改革は、社会に対して本質的な改革的意義を有する。トルストイの理想とは「人々が豊かで満ち足りていることを以って貧窮に替え、利害の調和と一致を以ってお互いの敵視に代える。一言でいえば、血を流さない革命であるが、しかし最も偉大な革命でもある[29]」というものであった。胡適を代表とする中国の自由主義文学の、トルストイを集大成者とするロシアの“プーシキンの伝統”と共鳴しあうところは、正に社会的テーマにおける自由主義の立場なのである。

プロレタリア階級革命文学はソビエトロシア文学の戦闘性に富む、否定的な血脈を受け入れ、調停を重んじ、建設に重きを置く血脈を疎んじるのである。魯迅は暴露を主調とする『死せる魂』（第一部）は肯定しているが、地主の道徳刷新を描いた『死せる魂』（第二部）に対しては正しいとしないと表明している。レフ・トルストイを「路線破壊者」、「偶像破壊者」であると評価する一方、彼が「出身が貴族で、古い性質を洗いつくせないために、ただ貧民に同情するのみで階級闘争を主張しない(30)」と批判している。プロレタリア階級革命文学は「ゴーゴリの傾向」を受け入れ、「プーシキンの伝統」を拒み、革命へ導く「庶民主義」を受け入れ、調停を説き、建設を重視する自由主義を拒んだのである。

自分自身の特徴という点から見るか、あるいはそれぞれの民族の文学史上の位置から見るかにかかわりなく、中国プロレタリア革命文学はロシア民主主義革命文学に近似しているのに対して、中国自由主義文学のほうは「プーシキンの伝統」に近似しているのである。

注

（1）「関於革命文学」、『蔣光慈全集』vol.4 p.72、上海文芸出版社 1988。
（2）「論無産階級芸術」、『茅盾全集』vol.18 p.507、人民文学出版社 1989。
（3）同上、p.510。
（4）「草鞋脚」（小引）、『且介亭雑文』p.13、人民文学出版社 1973。
（5）「革命時代的文学」、『而已集』p.10、人民文学出版社 1973。
（6）同上、p.17。
（7）同上、p.15。
（8）「二心集・序言」、『二心集』p.3、人民文学出版社 1973。
（9）葉聖陶「文芸談・九」、『葉聖陶論創作』p.19、上海文芸出版社 1982。
（10）葉聖陶「文芸談・二十二」、同上、p.43。
（11）1923 年 1 月『小説月報』vol.14 No.1「巻頭語」。
（12）「読『倪煥之』」、『茅盾全集』vol.19 p.207、人民文学出版社 1991。
（13）「為了忘却的記念」、『南腔北調集』p.57、人民文学出版社 1973。
（14）「葉聖陶『豊収』序」、『且介亭雑文二集』p.5、人民文学出版社 1973。
（15）「文学是有階級性嗎？」、『梁実秋批評文集』p.141、珠海出版社 1998。
（16）「文学與革命」、同上、p.133。
（17）「論〈海派〉」、『沈従文文集』vol.12 p.159、花城出版社、三聯書店香港分店 1984。
（18）沈従文「一封信」、1937 年 2 月 21 日『大公報・文芸』。
（19）「従現実学習」、1946 年 11 月 10 日天津『大公報』、『沈従文文集』vol.10 p.309、

花城出版社、三聯書店香港分店 1984。

（20）『徳・沃蓋』、p.3、中国社会科学出版社 1983。

（21）梁実秋「文学與科学」、『偏見集』、正中書局 1934。

（22）「辺城・題記」、『沈従文文集』vol.6 p.72、花城出版社、三聯書店香港分店 1983。

（23）「『空山霊雨』弁言」、『許地山』p.227、華夏出版社 1997。

（24）「文学概論講義」、『老舎文集』vol.15 p.105、人民文学出版社 1990。

（25）「文学是有階級性的嗎？」、『梁実秋批評文集』、p.139、珠海出版社 1998。

（26）「中国文化要義」、『梁漱溟全集』vol.3 p.156、山東人民出版社 1990。

（27）「郷村建設理論」、同上、p.156。

（28）佐洛図斯基『果戈理伝』p.512 より引用、天津人民出版社 1982。

（29）『安娜・卡列尼娜』、p.499、人民文学出版社 1956。

（30）「‘硬訳’與‘文学的階級性’」、『二心集』p.16、人民文学出版社 1973。

第七章　蒋光慈——中国プロレタリア文学の先駆者

蒋光慈《ジアングアンツー》（しょうこうじ 1901 ～ 1931）は 1921 年ソ連に勉強に赴いた。新生のソビエトおよびソビエトロシア文学は、彼の革命思想を育て上げ、彼は「モスクワは私の親愛なる乳母に変わった」と感じた。彼はソ連留学 3 年の詩作を以て自身の創作人生を開始した。詩集『新夢（新たなる夢）』はソビエトロシアの革命歌の高揚した調べで、十月革命のため、ソビエトのために声を限りに歌い、中国の同胞に向かって、全世界に向かって革命の叫びを発した。『新夢』は中国プロレタリア階級文学の創始の作であり、蒋光慈は中国プロレタリア階級文学の先駆者である。

『新夢』を構成するのは激情——革命的激情、ロマン的激情——である。蒋光慈はこういっている。「私自身はといえばロマン派であるが、およそ革命家もやはりみんなロマン派なのであり、ロマンティックでなくて誰が革命をやるだろうか？[(1)]」と。蒋光慈の革命的ロマンティシズムは主としてソビエトロシア革命文学の影響から来ている。彼は言う。「革命的作家は幸せだ！　革命が彼らにどんなに多くの材料を与えてくれるだろう！革命が彼らにどんなに多くのロマンティシズムを与えてくれるだろう[(2)]」。一方、蒋光慈の「革命」のテーマの中の「反逆」思想にはまたバイロンからの影響も見られる。『新夢』はバイロンに向けて賞賛の声を発している。「あなたは闇の反抗者、あなたは神の不肖の子、あなたは自由の詩人、あなたは強暴な強敵[(3)]」と。そしてまたバイロンを師と仰いでその魂を受け継ぐことを宣言している。「バイロンよ。19 世紀のあなた、20 世紀の私」、「我々はともに被圧迫者の友であり、我々はともに公正と正義を愛する人間なのである。往年尊厳なる貴族院にあって、あなたは機械を打ち壊した労働者を身を挺して守ったが、今日共産化した労働者農民の国において、私は全世界のプロレタリア階級の革命を高らかにうたおう[(4)]」と。蒋光慈は魯迅の後にあって、再びバイロンというこの「悪魔主義の詩人」に対して賞賛の声を発し、かつまた『狂人日記』の個人的反逆を階級的反逆に必然的に発展させたのである。詩集『哀中国（中国をかなしむ）』は急進的な階級闘争を――武装闘争思想を含めて強烈に表現している。

蔣光慈の名で出した中編小説『少年漂泊者』（1926）は小作人汪中《ワンヂョン》の1915年から1924年までの10年間の漂泊の体験を描いているが、それは激烈な社会闘争にともなって、個人的反逆から階級的反逆へと発展していき、ついには大革命の戦場で犠牲になるのである。短編小説集『鴨緑江上』（1926）は民族的、階級的不平に対する反抗の中で、革命者の悲壮な激情を直接表面に出し、同時に、「革命プラス恋愛」の革命的ロマンティシズム小説の図式を初めて明確に示した。中編小説『短褲党（半ズボン党）』（1927）は上海の労働者の第2次武装蜂起のいきさつと失敗を描き、第3次蜂起の勝利の理想的光景をスケッチしてみせている。『短褲党』は「光赤小説（赤裸々な報告文学）」が国民革命の宣伝から集団闘争の宣伝への過渡的なものであることを示している。小説には盛大な集会の場面、訓話、論争が幾度も現れ、スローガンが耳に絶えることがない。これは「ラップ」（ロシアプロレタリア階級作家連盟）の影響の結果である。蔣光慈はかつて「ラップ」の重要メンバーであるリベジンスキーの中編小説『一週間』を翻訳し、「『一週間』は間違いなくプロレタリア文学の傑作とするに愧じない[5]」と賞賛し、かつ「ラップ」の唯物弁証法的創作方法を受容し、革命文学は「紅軍の手中の銃、労働者の手中の機械、農民の手中の鍬と同じく新社会を建設するための道具である[6]」べきだと考えた。『短褲党』は文学を集団闘争の道具としたが、同時にそれはまた公式的で、概念的なスローガン風の文学の標本でもある。

蔣光慈の名で出した中編小説『野祭（野辺の弔い）』（1927年11月）は、革命文学者陳季俠《チェンジーシア》が鄭玉弦《ヂョンユイシエン》の処女美を追い求める反面、心根の「穢れなきこと名月のごとき」だが容貌のほうはありきたりの淑君《シュージュン》に対してはいささかも心を動かされないさまを描く。淑君は求愛の失敗の傷を負いながら発奮して革命書籍を読み、積極的に労働運動に従事する。鄭玉弦はもともと陳季俠の革命文学活動に対してはまったく理解がなかったが、「四・一二」政変（1927 年 4 月 12 日、上海の反革命クーデター）が発生し、危険な位置に身を置いている陳季俠に対して更に距離を置こうとする。苛烈な社会闘争の中で陳季俠は新たな愛情観を確立する。彼は鄭玉弦に対して蔑みを発するとともに、自分の心がまるごと淑君によって占められていることに気付く。この女性革命家が秘密裏に処刑された後、陳季俠は玫瑰酒と生花を買って、彼女のために悲壮な野辺の弔いをとりおこなう。『野祭』はプロレタリア革命の退潮の中で、革命と愛情の関係を探求し、革命と愛情についての選択を表現しているのである。それは革命というテーマを広く流行の三角関係恋愛小説の中に注ぎ込んだのであった。蔣光慈は『野祭』前書の中で触れている。「この拙著はたいして立派な著作ではないけれども、しかし現在流行する恋愛小説の中では、新生面を開いたといっていいであろう」と。蔣光慈は『野祭』と『菊芬（菊の香）』（1928）の二つの中編でもって「革命プラス恋愛」式の小説のモデルを初めて作り出したのである。

長編小説『最後的微笑（最後の微笑）』（1928）はドストエフスキー式の心理描写で、「白色テロ」下における革命下の苦悶、彷徨および熱狂を表現し、『菊芬』同様、暗殺を実行し、それによって報復の目的を達成することを提唱してる。中編小説『麗沙的哀怨（リサの哀怨）』（1929）は十月革命の勝利、新生のソビエトの発展という壮大な背景の下、流亡のロシア貴族の婦人リサの堕落、恨み、悲しみ及び懺悔を描いている。中編小説『冲出雲囲的月亮（雲を破って出た月）』（1929）は革命の退潮の中、女戦士王曼英《ワンマンイン》が大きな迷い、虚無感に陥るが、革命家李尚志《リーシャンチー》の影響を経て、地道な労働運動の中で、身も心も新生を獲得するさまを描く。蔣光慈が受けたのはドストエフスキーの技術的側面の影響であり、主人公の異常心理を描いたのであるが、「精神」的な面ではドストエフスキーとは逆のほうへ向かって走っていったのである。ドストエフスキーは異常心理下での復讐を

「罪」として描き、次いで「罰」──自ら罰し、贖罪し、愛の哲学の導きの下で新生を得るのである。彼が表現したのは社会調和思想であって、暴力に反対し、暴力革命はただ人類を相互の惨殺に導くことしかできないと認識していた。蔣光慈の小説の表現したものは闘争哲学であり、暴力革命であり、階級から解放する思想であった。

長編小説『咆哮了的土地（吼えた土地）』（1930年完成、1932年『田野的風（田野の風）』と改名して出版）は湖南の某所の農村の階級対立と闘争を描き、「土地革命」──「第二次国内革命戦争」の必然性を明示したが、それは『湖南農民運動考察報告』の文学的表現であった。『咆哮了的土地』は『短褲党』式の書面口頭のスローガンを削り、『野祭』式の「恋愛プラス革命」という革命ロマンティシズムのパターンを超越して、厳格な現実主義の方法を運用している。これはまたリベジンスキーの『一週間』の幼稚なところと決別し、転じてファジェーエフの『壊滅』を受け入れた結果である。『咆哮了的土地』は中国の社会主義的現実主義の特徴を豊かに具えた作品というべきであろう。

注

（1）郭沫若「創造十年続編」参照、『郭沫若全集・文学編』vol.12 p.268、人民文学出版社 1992。

（2）「十月革命俄羅斯文学」、『蔣光慈文集』vol.4 p.65、上海文芸出版社 1988。

（3）「懐拝論」、『蔣光慈文集』vol.3 p.362、上海文芸出版社 1985。

（4）同上、p.363。

（5）蔣光慈「異邦與故国」、『蔣光慈文集』vol.2 p.437、上海文芸出版社 1985。

（6）蔣光慈「十月革命與俄羅斯文学」、『蔣光慈文集』vol.4 p.83、上海文芸出版社 1988。

第八章　魯迅の‘雑文’——プロレタリア革命の「匕首《あいくち》」

魯迅《ルーシュン》の‘雑文’（随想、評論）は魯迅の文化革命論者から階級革命論者に至る道程の文学による表現である。

魯迅は1928年からの数年間、「革命文学」のために創造社、太陽社と論争をくりひろげ、文芸理論上のいくつかの問題にかかわった。そのため、相当系統的にマルクス主義の書物を読むことになり、マルクス主義の文芸理論の翻訳、ソビエトプロレタリア革命文学の紹介を通して、マルクス主義者・階級革命論者となっていった。しかしそれより以前に魯迅には中国の歴史や伝統文化および現実についての批判の中で、すでに体系的な文化革命の思想が表現されている——これはプロレタリア革命理論に不可欠な文化思想である。魯迅の前期の文化革命の思想は後期の階級革命の理論に直接つながっていたといってよいだろう。

魯迅が1918年から『新青年』に「随感録」と題して発表を開始し、後に『墳（墓）』『熱風』『華蓋集』『華蓋集続編』に収められた‘雑文’には、「文化革命」（「思想革命」とも称される）のテーマが集中的に表現されている。

魯迅は倫理による調整を重視する伝統的な文化精神を覆《くつがえ》して、階級対立がさほどはっきりしていなかった中国数千年の伝統社会を見極めて、「主人」が「奴隷」を制御する社会、「人を食らう」社会とした。「いわゆる中国の文明とは、実は金持ちの享楽のためにあつらえられた人肉の宴《うたげ》にすぎない。いわゆる中国とは、実はその人肉の宴を手配するための厨房にすぎない[1]」と考え、「公正で正当、穏健で円満かつ平和な、いささかの流弊ももたらさない改革法[2]」に反対して、『新青年』が提唱している「思想革命[3]」を推し進めるよう主張し、「革新をもたらす破壊者[4]」たれと主張し、「破壊なくして新たな建設はあり得ない[5]」と考え、中国の伝統文化に対して革命の方式をとって「‘二重思想’を根こそぎ引き抜く[6]」

と主張して、「こういう人食いどもを掃討し、この宴席をひっくり返し、この厨房をたたき壊すことこそ、今日の青年の使命である！[7]」と指摘した。

「新文化運動」の退潮、隊伍の分化につれて、魯迅はしばらくの間彷徨と探索を余儀なくされたが、その後また「事実の教訓[8]」もあって、マルクス主義理論に出会うとすぐさまそれに共鳴して、思想はそれまでの個人主義から階級論へ発展し、文化革命からプロレタリア革命へと発展をとげた。『而已集』『三閑集』『二心集』『南腔北調集』『花辺文学』等後期の雑文集には、プロレタリア革命のテーマが表現されている。

1928年のある書信の中で、魯迅は文学には階級性があると確信したことを表明して、「すべてが階級を超越した、文章が日月のごとく永久不滅であるというような大文豪の存在など信じられない[9]」とした。『盧梭和胃口（ルソーとその好み）』『文学和出汗（文学と汗をかくこと）』等の文章では、階級論で梁実秋の非階級論、人間性論と論戦を展開した。

階級論者となるにつれて、魯迅はこれまで長い間「新しい社会の出現を待ち望んでいたが、この‘新しい’とは何であるかがわかっていなかった[10]」という問題が解決したと感じ、「この‘新しい’社会の創造者はプロレタリア階級である[11]」ことを知り、「新興のプロレタリアにこそ未来がある[12]」と確信した。

魯迅は自覚して文学を階級闘争に奉仕させ、「プロレタリア革命文学」にアイデンティティーを持ち、それを「プロレタリア階級の解放闘争の一翼[13]」に帰属させた。1930年3月に中国左翼作家聯盟が成立すると、魯迅は発起人に名を列ねるとともにその指導の仕事に参加した。魯迅は当時では、プロレタリア革命の文学運動が中国で「ただ一つの文芸運動[14]」であると考え──プロレタリア革命家として戦う姿を表現した。

魯迅とその属する「プロレタリア革命文学」は「建設」を軽んじ「闘争」を重んじた。魯迅はヒューマニズムを描き、道徳による調節を主張する自由主義文学を拒絶し、否定する。諷刺を主調とするゴーゴリの『死せる魂』第一部を評価して、そこにある諷刺を「涙をためた微笑」と呼んで、その意義は「目に見えぬ悲しみの涙の痕で、その国の人を奮い立たせた[15]」ところにあると指摘した。しかし地主の道徳の更新を描いた『死せる魂』第二部には納得せず、一度ならず「第一部だけで十分だ[16]」と言っている。ドストエフスキーの「貧しく、病にさいなまれる人々」に対する同情は認めるが[17]、ドストエフスキーが探し求めた苦難のなかから信仰に目覚めて救いを得るという道には理解を見せず、『窮人（貧しき人々）』は苦痛を誇張して、「時としては、何の目的があるわけでもなく自分で作り出した犠牲者を苦悩させるためにだけ、その人物をつらい目に遭わせているようなことさえある……[18]」と批判し、ドストエフスキー式の忍従は「おそらくこれもまた絵空事だろう[19]」とする。魯迅はレフ・トルストイを「偶像破壊の大人物[20]」と称賛するが、「トルストイが貴族の出身であり、まさにそのため、昔の本性を洗い流しきれなかったので、貧しい人々に同情するにとどまり、階級闘争を主張することはなかった[21]」と批判している。ソビエト文学についても魯迅はやはり「建設を語るもの」はよしとせず、「戦いを語るもの」に興味を示し、「中国にとってはいまはまだ戦いを語る作品のほうがより重要である[22]」とした。

魯迅の後期の雑文の戦闘性は主として国民党支配との闘争、国民党政権の専制の暴露に表現されている。辛辣犀利な筆調で喜びも怒りもすべて文章となり、はっきりとしたねらいと少しの妥協も許さない姿勢が具現されている。当時は「幾つかの雑感で命を落とすことがある[23]」ことを魯迅はよく知っていたが、『談「激烈」（「過激」を語る」）』『可悪罪（にくむべき罪）』『鏟共大観（鏟《さん》共大観——共産党掃討作戦）』『中国無産階級文学和前駆的血（中国プロレタリア文学と先駆者の血）』『為了忘却的記念（忘却のための記念）』『関於中国的両三件事（中国の二三のことについて）』『写於深夜裏（深夜に書く）』等の中で「若者がいとも簡単に死んでしまうような時代[24]」を容赦なく暴いている。「以前私は人は罪を犯したから銃殺されたり、投獄されたりするのだと思っていた。だが今になってやっと、その中の多くは他人に‘けしからん’と思われてから、そこで初めて罪を犯すことになるのだとわかった[25]」ともいう。

魯迅の雑文の国民党政権に対する批判というテーマは、プロレタリア革命の観点から出ているものである。魯迅はその「匕首《あいくち》」や「投げ槍」に似た雑文と、自分がたずさわっている「プロレタリア文学の事業」をプロレタリア階級の解放闘争の一部分と自覚的に考えていた。魯迅はエンゲルスのミンナ・カウツキー宛ての手紙に書かれているプロレタリア文学の使命に関する「きわめて明確な指示[26]」を受け入れて、現在ある秩序の永久性に疑いを発し、自分および左翼作家が「必至の社会変革をもたらす精神的崩壊に導く重要な勢力[27]」〔劉大傑訳文の引用〕となって、それによってプロレタリア革命に力を尽くすのだとはっきりわかっていた。

魯迅のこのようなプロレタリア革命の観点は、胡適や梁実秋等の自由主義の立場および建設的な批判の態度とは一線を劃するものである。魯迅は『「好政府主義」（よい政府主義）』『「喪家的」「資本家的乏走狗」（「飼い主をなくした」「資本家のくたびれ走狗」）』『知難行難（知るも難《かた》く行うも難し）』『王道詩話』『二丑芸術（付き人役の芸）』『幇閑法発隠（おもねり方の真相）』『従幇忙到扯談（補弼から戯《ざ》れ言《ごと》へ）』『幇忙文学与幇閑文学（補弼の文学と太鼓持ちの文学）』等の中でこの自由主義文学者たちに批判を加えている。『「好政府主義」』では、現状のために「処方箋」を書くという梁実秋のやり方を批判し、とりわけそこに書き並べられた「好政府主義」という「一服の薬」を批判した。『王道詩話』では胡適の「法治」思想を糾弾し、それを伝統的な「仁政」と結びつけて批判した。魯迅は当時の現実的な制度を「虐政[28]」と見なしていた。魯迅と胡適等の違いは「革命派」と「民主派」の違いである。

魯迅が創作をした時代は、中国民族の危機が日ましに増大していた時代である。1931 年の九・一八事変の後、日本の侵略者は中国の東北〔遼寧・吉林・黒竜江の三省と内モンゴル自治区の東部を含む〕を占領し、さらに華北〔河北・山西二省に北京・天津二市を含む〕から中国全土を大挙して侵犯し、中華民族は生死存亡の瀬戸際におかれ、中華民族と日本侵略者との矛盾が最も主要な矛盾となっていた。この内憂外患の時代の魯迅の創作のテーマは階級であって民族ではなく、表現されるのは自覚的な「階級意識」（「草鞋脚」小引〈草鞋の足〉小序 1934）であって、「民族意識」ではない。魯迅は『答文芸新聞社問（文芸出版社の質問に答えて）』『「民族主義文学」的任務和運命（「民族主義文学」の任務と運命）』『沈渣的泛起（よどみのおりの浮き上がり）』『今春的両種感想（今春の感想二つ）』『「友邦驚詫」論（「友邦が不審がる」論）』『戦略関係（戦略の関係で）』『内外（内外）』『「以夷制夷」（「夷をもって夷を制す」）』『「尋開心」（からかい）』『中国人的生命圏（中国人の生命圏）』『天上地下（天上地下）』『文章与題目（文章と題目）』等の文の中で、暴露、批判の矛先を当時の国民党政府にねらい定めて、左翼文学の抗戦〔1937～1945 の「抗日戦争」〕のテーマの「間接的」という特徴を表現したり、あるいは中日両国の間の「国民性」の比較をして、「知日派」の心情を表現した。1931 年 9 月 21 日、魯迅は「日本の東北三省占領の意味」という新聞社の質問に答えて、「日本帝国主義が自分の下僕——中国の軍閥を‘懲らしめて’いるのであり、それはまた中国の民衆を‘懲らしめて’いるのだ。なぜなら中国の民衆もまた軍閥の奴隷だからである[29]」と言って、日本の研究者たちに中国の「新文化運動」の指導者は「日本の満州への侵略の本質を知っている[30]」と感じさせた。1932 年 11 月 22 日、魯迅は北京の補仁大学で講演したが、その年日本侵略軍が上海の侵犯占領を始めた「一・二八」事変に話が及んだとき、「戦争が始まった時、私はちょうどいわゆる前線の真っただ中にいたわけで、たくさんの中国の若者が捕まっていくのに出くわしたのです。捕まってしまったらもう戻ってこられない、生きているのか死んでいるのかさえ誰も知らないし、誰も尋ねようとはしません。」——ここまで話すとその舌鋒は一転して、「こうした状況は今に始まったことではありません。中国ではこれまでも、捕まって連れていかれた若者たちがどうなったかはわかりませんでした[31]」——ここに魯迅の雑文がいかに巧妙に「外戦」（対外戦争。‘内戦’と対をなす）を押し広げて

「内戦」へとしたかが現わされている。まさにある研究者が書いているように、魯迅は「対外闘争のために、国内の暗黒勢力に反対するという目標をいささかも惑乱させてはいない。彼はいつも内部の敵と外部の敵を一緒に被告席に置いて厳しく尋問し、打撃を加え、帝国主義の手先や奴僕を攻撃するほうが、その主人を攻撃するのよりいっそう冷酷無情でありさえした[(32)]」。

1936年6月魯迅を代表者として出された「民族革命戦争の大衆文学」と、民族解放戦争の中での統一戦線思想に基づく「国防文学」との間の二つのスローガンの争いもまた「階級意識」と「民族主義」の争いであった。魯迅は6月10日にこう述べている。「民族革命戦争の大衆文学はプロレタリア革命文学の一つの発展であり、プロレタリア革命文学の現在における真実でより幅の広い内容をもっているのだ[(33)]」と。魯迅がこのスローガンを堅持したのは、統一戦線の中で「プロレタリア階級の指導責任[(34)]」を放棄しない立場を堅持したものである。そのため魯迅は「民族革命戦争の大衆文学」を一つの「総スローガン」として、「総スローガンの下で、さらに臨機応変に具体的なスローガンを出すのであり、たとえば‘国防文学’‘救亡文学’‘抗日文芸’……である[(35)]」とのべ、「階級」を「民族」の上に置き、「救亡」の中に「革命」のテーマを押し広めたのである。

魯迅の初期の文学テーマ—「啓蒙」は「救亡」の時代にも堅持されて、終生貫き通された。1932年11月の前述の講演の中で、魯迅は「一・二八」事変の原因を「国民性」に帰していっている。「このように若者が殺されたことで、人々は憤懣やるかたなく、日本人はとても残酷だと思いました。しかし実はこれは全く気質の違いから来ているのです。日本人は大変真面目で、中国人の方が不真面目すぎるのです。中国では物事はたいてい看板をかければそれで成功ということになります。日本はそうではない。彼らは中国のようにただ芝居をしているだけというのとは違います。日本人は徽章をつけていたり、戦闘服を着ていたりするのを見れば、すぐにこれは本当に抗日をやっている人間だと思い、当然放ってはおけない敵だと考えます。こうして当然ながら不真面目なものと真面目なものとが一所に出くわせば、運の悪いことになるのは必然です[36]」と。魯迅は、民族が危急存亡の際にあった時にも変わらず「国民性」の批判を堅持して、抗日青年は「看板」をかけているだけ、「芝居」をしているだけとして、「知日」の精神構造を表現し、抗戦喜劇を描写する先鞭をつけた。魯迅は中国の民衆が岳飛、文天祥、林則徐を引っぱり出すのを「よどみのおりの浮き上がり[37]」と退けた。1935年、魯迅はそのために一文を書いて、岳飛、文天祥たちを「気骨ある名臣勇将[38]」とたたえるのには賛成しないことを表明している。加えて「階級意識」も強烈で、魯迅は十九路軍を含む中国軍民の日本侵略軍に対する血戦には視線を向けず、胡適等自由主義作家の「直接抗戦」とは、はっきり異なる「間接抗戦」のテーマを表現した。

（附）張天翼、沙汀——決められた観点からの諷刺芸術

張天翼《ヂャンティエンイー》（ちょうてんよく 1906～1985）の小説には、偽りのない世態人情と性格心理が盛られており、しかも自覚的にこれらを国民性を暴露するという創作の主旨のなかに組みこんでいる。彼は三十年代に魯迅文学のテーマの継承を表明した。「我々はいつも阿Qのような人間に出会う。現代中国の作品には『阿Q正伝』を書き換えているものが沢山ある[39]」と。彼の短編小説『包氏父子』（1934）は父親のもつ「息子の出世を願う」想いと、息子の体に染みついている植民地的な雰囲気の中でのお坊ちゃん気質がぶつかり合う悲喜劇を描いている。短編小説『春風』（1936）はディケンズばりの諧謔的なユーモアで、権勢に迎合する社会風潮を諷刺している。

張天翼の小説には強烈な階級意識がある。短編小説『三太爺和桂生（大旦那とグィション）』（1930）は悪辣なボス地主が造反農民を生き埋めにする

という血生臭い犯罪が描かれており、『笑』（1934）では地方の地主や有力者たちが村人を食い物にして悪事の限りを尽くすさまが告発されている。中編小説『清明時節（清明節の頃）』（1935）は封建勢力の凶悪無残な本性が暴きだした。短編小説『二十一个（二十一人）』（1931）と『仇恨（憎しみ）』（1932）は食うか食われるかの階級間の憎悪が表現されている。長編小説『鬼土日記（あの世での日記）』（1931）は怪奇譚風の諷刺の手法で階級的な圧迫と反抗の充満した亡霊社会を描いている。張天翼が階級的観点から国民性を取り出して見せたのは、魯迅文学のテーマに対する自覚的な継承と必然的な発展であり、ディケンズのユーモアの芸術とは全く異なった様相である。ディケンズの諧謔には暖かい思いやりがある。彼は階級間で道徳上の調停を行い、社会問題を暴力におしひろめることを拒否した。老舎はディケンズの影響を受けている。その長編小説『猫城記（猫の国の物語）』（1933）もやはり怪奇譚風の諷刺の手法で猫の街の社会を描いているが、『猫城記』には『鬼土日記』のような階級闘争の思想と民族文化に対する虚無はない。反対に『猫城記』は内戦について、民族文化の被る災厄について深い憂慮を示している。

抗戦については、張天翼は長編小説『洋涇浜奇俠（洋涇浜〔上海の地名〕の剣客）』（1936）の中で、喜劇の手法で東北の一資産家の子弟史兆昌《シーチャオチャン》を描き、「九・一八」の後の東三省〔当時の「満州国」を指す〕を取り戻すため練武の道に励み、「一・二八」の上海での戦争の際には、半尺の長さの短剣を振りかざして、侵犯してくる日本軍に対抗しようとするが、最後は敵の砲火に身を葬る。小説では漫画の形式で「武術救国」「演劇救国」「絶食救国」「募金救国」、そして魔法瓶を販売してさえ救国ができるなどと様々な「救国」行為が諷刺されている。短編小説『歓迎会』（1934）では、強い小国が弱い大国を侵略する時に、弱い大国の中の「愛国の大英雄」が逆に強い小国に命令されて本国民衆の「隠し札」を大勢虐殺するさまが暴露されている。『華威《ホアウェイ》先生』（1938）はスケッチの手法で抗戦権力の中枢の喜劇的人物の輪郭を描き出して、その当時の体制側の思想を諷刺した。

『「新生」』（1938）がスケッチした作家兼芸術家李逸漠《リーイーモー》のすがたは、抗日の烽火によって理智が覚醒され、広い田畑と妻子を浙南の妻の実家に托して、単身大後方〔抗日戦争期の国民党支配下の西南、西北地区〕に行って「私の新たな人生」を始めるが、結局は隠逸文化の遺風の囲いの中にとらわれて、燃えさかる時代に背を向けることになる。張天翼の抗戦のテーマは、抗戦しないのを諷刺することであるが、実のところそこに現れるのは創作主体の抗戦は「不可能だ」と思う潜在意識であり、民族文化に対する虚無からもたらされる民族自己卑下の心理である。作品中至るところに見られる抗戦体制に対する諷刺は、階級闘争の観点から出ており、強烈な集団意識を体現している。そのため巴金の『抗戦三部曲』が体現する建設的な批判の態度とは異なるし、曹禺が演劇で表わした「蛻変」〔変質、曹禺の戯曲作品名〕の思想とも異なる。

沙　汀《シャーディン》（1934～1992）は同郷の艾蕪《アイウー》のように各地を放浪するのではなく、もっぱら故郷四川省西北部の農村の風習民俗を描くことに心を注いだ。沙汀はまた艾蕪のように山野に生きる人々の身体から頑強な生命の意志を掘り起こしてその人間性を賛美するのではなく、もっぱら農村社会の積弊痼疾を描くことに心を注いで、現実に対して諷刺、暴露を加えた。短編小説『丁跛公（足の悪い丁旦那）』（1935）は嘲笑と揶揄の筆調で、苦心を重ねてはい上がってはそのたびに足を踏み外して転げ落ちる田舎役人を描いているが、最後に彼は誘拐され匪賊に右足くるぶしを打ち砕かれ、結局父親のあだ名を受け継いで名実ともに「丁跛公《ディンボーゴン》」となってしまう。短編小説『代理県長（県長代行）』（1936）は民衆の膏血を搾り取る極悪非道な地方官吏の姿を鋭く浮き彫りにしている。県政府の秘書である賀熙《ホーシー》は深刻な災害を被った年に代理県長の職務にあった。これを利用して、十のうち九軒は空き家となり、人が人を食う事件まで発生するという惨状におかれた農民に対して、「やせ犬からもさらに三斤の油を絞りとる」式の搾取を実行する。抗戦期に創作された短編小説『在其香居茶館里（チーシァンジュイ茶館にて)』（1940）は、地方風俗の色合が濃く「茶飲みの茶館でのもめごと仲裁」の形式で、容赦なく抗戦期、国民党支配地区の地方政権の腐敗を暴露している。長編小説『淘金記（金鉱採掘物語)』（1942）は抗戦期の四川省西北部の斗鎮の地方権力を描き、国難に乗じて大儲けする連中の貪欲さと相互の利権の奪い合いを描き、国統区〔国民党統治地区〕社会の痼疾を映し出している。長編小説『困獣記（檻の中の獣の物語)』（1944）は四川のある地方都市で一群の知識分子〔一般には中・高卒業レベル〕が抗戦の時代にじっとしていられず、檻の中でもまだ暴れる獣のような行動に出て当局に拘禁されるさまを描写して、国統区の知識分子の愛国行動を願っても果たせない苦悶を表現した。長編小説『還郷記（帰郷物語)』（1946）が描き出したのは、抗戦期の四川の農村で農民と地主の間の階級矛盾が日ましに先鋭化していく有様と、農民が自発的に抵抗に立ち上がっていく姿を写した絵画である。沙汀は積年の田舎の習俗を描いて、社会の痼疾に対する諷刺、暴露を通して悲劇感を作り出した。沙汀は自覚的に自分が描いた地方の習俗の絵を、外部の集団の視角の中に組み入れた。──前期の作品のアングルにあるのは「第二次国内革命戦争」〔1927年から1937年にかけての国共間の「十年内戦」〕であり、抗戦時期の諷刺、暴露の矛先がねらいさだめたのは当時の権力体制である。抗戦の後はまた「解放戦争」〔第二次大戦終結後の国共内戦〕と密接に歩調を合わせたが、創作のアングルは明らかに狭まり、艾蕪式の自由や林語堂式の独立にも乏しく、したがって結局は民族意識は形成されていない。

注

（1）「灯火漫筆」、『墳』p.180、人民文学出版社 1973。
（2）「這個与那個」、『華蓋集』p.113、人民文学出版社 1973。
（3）「通訊」、同上、p.15。
（4）「再論雷峰塔的倒掉」、『墳』p.161、人民文学出版社 1973。
（5）同上、p.158。
（6）「随感録五十四」、『熱風』p.47、人民文学出版社 1973。

（7）「灯火漫筆」、『墳』p.181、人民文学出版社 1973。
（8）魯迅『二心集』序言。
（9）「文学的階級性」、『三閑集』p.102、人民文学出版社 1973。
（10）「答国際文学社問」、『且介亭雑文』p.11、人民文学出版社 1973。
（11）同上。
（12）「序言」、『二心集』p.3、人民文学出版社 1973。
（13）「対於左翼作家聯盟的意見」、同上、p.38。
（14）「黒暗中国的文芸界的現状」、同上、p.77。
（15）「摩羅詩力説」、『墳』p.47、人民文学出版社 1973。
（16）「死魂霊・第二部残稿訳後記」、『死魂霊』p.384、人民文学出版社 1952。
（17）「窮人・小引」、『集外集』p.86、人民文学出版社 1973。
（18）同上。
（19）「陀思妥耶夫斯基的事」、『且介亭雑文二集』p.163、人民文学出版社 1973。
（20）「随感録四十六」、『熱風』p.37、人民文学出版社 1973。
（21）「‘硬訳’与‘文学的階級性’」、『二心集』p.16、人民文学出版社 1973。
（22）「答国際文学社問」、『且介亭雑文』p.12、人民文学出版社 1973。
（23）「答有恒先生」、『而已集』p.46、人民文学出版社 1973。
（24）「談‘激烈’」、同上、p.60。
（25）「可悪罪」、同上、p.75。
（26）「関於翻訳」、『南腔北調集』p.117、人民文学出版社 1973。
（27）同上。
（28）「王道詩話」、『偽自由書』p.39、人民文学出版社 1973。
（29）「答文芸新聞社問」、『二心集』p.99、人民文学出版社 1973。
（30）〔日〕竹内実「中国的三十年代与魯迅」、楽黛雲編『国外魯迅研究論集』p.159 参照、北京大学出版社 1981。
（31）「今春的両種感想」、『集外集拾遺』p.380、人民文学出版社 1973。
（32）平心『人民文豪魯迅』p.78、上海文芸出版社 1981。
（33）「論現在我們的文学運動」、『且介亭雑文末編』p.101、人民文学出版社 1973。
（34）同上。
（35）同上、p.102。
（36）「今春的両種感想」、『集外集拾遺』p.381、人民文学出版社 1973。
（37）「沈渣的泛起」、『二心集』p.111、人民文学出版社 1973。
（38）「“尋開心”」、『且介亭雑文二集』p.44、人民文学出版社 1973。
（39）張天翼「我怎様写〈清明時節〉的」1936 年 1 月 1 日『文学』月刊 vol.6 No.1 原載、（上海）文学出版社 1936 年版『清明時節』に見ゆ。

第九章　郭沫若の「転換」

郭沫若《グオモールオ》（かくまつじゃく）は1923年5月に『創造週報』第3号に発表した『我們的文学新運動（我々の文学新運動）』のなかで「資本主義に反抗する毒竜」〔「毒竜《ドゥーロン》」は dragon の音訳語にもなる〕を提起し、さらに「文学の中でプロレタリア階級の精神を爆発させなければならない」と述べた。1923年10月『創造週報』第23号に発表した『太戈尓来華的我見（タゴールの来華についての私の見解）』のなかでは「プロレタリア階級」と「ブルジョア階級」は対立しているという思想を述べている。郭沫若は後に自分の思想遍歴に言及した時、1923年『創造週報』を創刊した後に、「以前のいわゆる個性の発展、いわゆる自由、いわゆる表現といった汎神論の思想は、気づかぬうちにいつのまにか精算されていた。以前は意識のすみにあったマルクス、レーニンがいつとはわからぬ間にスピノザ、ゲーテをおしのけて意識の中心を占拠していたのである(1)」と述べている。1924年、郭沫若は日本の経済学者河上肇（1879～1946）のマルクス主義を紹介した著作『社会組織与社会革命（社会組織と社会革命）』を翻訳して、思想に「転換(2)」が起きた。同年8月9日、「私は今や徹底したマルクス主義の信徒となった。マルクス主義は我々の生きているこの時代において唯一の宝筏〔ほうばつ、迷いの海をのりこえ、覚りの彼岸に達せしめる貴重ないかだ〕である(3)」と書いている。

胡適、老舎、巴金等の作家の創作のテーマが「個人」から「社会」へ移行したとき、その変わり方の性格は生成・発展であって前後を分ける明白な境界線はなかった。だが郭沫若では「転換」であって、以前尊崇していた個人主義、無政府主義、汎神論……『女神』も含めて、彼はすべてを「精算(4)」した。彼はタゴールに対して「世界がまだ経済制度の改革が済んでいない今、梵の現実とか、私の尊厳、愛の福音とかはすべて財産と閑のある階級のためのモルヒネや椰子酒〔覚醒効果が得られるものとして〕にしかならない……[5]」といっている。ゲーテについては「ゲーテのような人間は崇拝するに値しない……ゲーテが人を敬服させるのは彼の努力にあるが、彼の業績は実際はたいしたことはない。彼と同国同時代でやや後に出たマルクスと比べたらどうだろうか。それこそ太陽の光の中のホタル一匹といってよい……ワイマール公国の宰相となってからは、彼はおとなしく封建陣営に戻っていった。彼のあの貴族趣味と帝王思想はいささか鼻につく[6]」といっている。

郭沫若の「転換」後の社会をみる思想には厳しい排他性があり、『女神』時代の「開かれた」精神は全くなくなっていた。

国家主義者のいうマルクス主義は「中国の国情にあわない」という議論に反駁するために、また中国でマルクス主義を実行する根拠を探すために、郭沫若は 1925 年 12 月『馬克思進文廟（マルクス孔子廟に入る）』を発表して、マルクスが文廟に赴いて孔子とひとしきり語り合った結果、孔子に二人の理想は「完全に一致している」、「共産社会」と「大同世界」が「期せずして一致している」と思わせる。そこでマルクスは感嘆して言う。「二千年前のこのはるかな東方に、すでにあなたのような老同志がいらっしゃったとは思わなかった。あなたと私の見解は完全に一致している。どうして私の思想があなたのそれと合致しない、あなた方中国の国情に合わない、中国では施行できないなどと誰が言ったのだろうか[7]」。ここで、孔子とマルクスという二つの重大な文化現象の差異ないしは対立が回避される。孔子は社会の各階級間で調停を実行して、それによって和解一致への到達を期すると主張しているが、階級闘争はマルクス主義の重要な構成要素である。郭沫若は詩人の想像で自我の拡張を行い、孔子とマルクスを一緒に「抱擁」させることで、文章に「いくらか遊技的な性質をもたせた[8]」のだが、それはまた彼の「その場凌ぎ」の人生の始まりでもあった[9]。

政治思想の変転にともなって郭沫若の文芸思想にも重大な変転が起こった。『文芸家的覚悟（文芸家の覚醒）』（1926 年 5 月）の中で、「我々が今必要としている文芸は、第四階級（すなわち無産階級——筆者注）の立場に立ってものをいう文芸である。この文芸は形式はリアリズムであり、内容は社会主義なのである[10]」と言い、『革命与文学（革命と文学）』（1926年5月）の中ではまた「我々が求めている革命文学は、その内容と形式ははっきりしている。およそプロレタリア階級に賛成し、同時にロマン主義に反対するのが革命文学である[11]」といっている。詩歌『我想起了陳渉呉広（私は陳渉呉広を思いだした）』（1928）では「労働者の指導のもとの農民暴動」を中国社会の活路であると賞賛し、『黄河与揚子江対話（第二）（黄河と揚子江が対話する）』では当時の中国の「3億2千万以上の貧しい農夫」と「500万人の新興の産業労働者」が「世界の平地全体を分割する」と予言している。こうして郭沫若は理論から創作までプロレタリア革命文学に転換し、徹底してプロレタリア革命の宣伝家となった。彼の『中国古代社会研究』が中国の歴史においてかつて原始社会、奴隷社会、封建社会が存在したといったのもまたマルクス学説が指摘する社会発展の原理に照らしてのことであり、それによって「中国もギリシャ、ローマと同様、マルクスのあの鉄則に対して例外ではない[12]」ことを証明し、またマルクス主義は「決して外来の異物ではなく、広汎な事物に当てはまる真理である[13]」ことも証明している。

『女神』時代の郭沫若の創作は個人を本位とし、その理想は新生の個人と新生の中国との調和であった。階級本位に変転してからは「階級意識[14]」が彼の精神的支柱となり、その理想は「プロレタリア階級を中心として新国家を組織する[15]」ことであった。この理想を実現するには「政府を覆し、政権を奪取[16]」しなければならない。郭沫若は文学者と革命家の資格でこのプロレタリア階級が政権を奪取するという長期の闘争に参加した。この闘争の中で彼は自分を「党の喇叭[17]」と位置づけた。このことは儒教が調停を重んじて闘争精神を軽んじること、儒家が人格を「修平」することからすでに大きく遠ざかっている（「修平」は成語「修斉治平」の略。「修身斉家治国平天下」『大学』による——訳者注）。1938年6月と8月に、国民党政府が「新生活運動」をスタートさせ、「礼儀廉恥」を宣揚し、「尊孔読経」〔孔子をあがめ経書を読む〕を提唱したのに対して、郭沫若は歴史小説『孔夫子吃飯（孔子さんが飯を食う）』と『孟夫子出妻（孟子さんが妻を追い出す）』を書いて孔子孟子を諷刺したが、ユーモラスな筆致の裏にかくされているのは相変わらずの「その場凌ぎ」であった。階級──集団意識が郭沫若の創作を支配していた。

階級本位に転じてからの郭沫若の創作には、階級意識が強くなると民族意識は弱まるという法則がそのまま表れてくる。1923年10月20日から『国家的与超国家的（国家のと超国家のと）』の掲載が始まると、徐々に郭沫若の民族意識の弱まりの綻びがはっきりしてきた。この文章では郭沫若の人格論と社会学論から民族主義が消え、一気に「世界主義」の懐に跳びこんでいる。しかも中国の伝統文化の中にその根拠を探そうとして、こともあろうに儒家の経典の「治国平天下」の「天下」を中国ではなく「世界」であると解釈した。彼は「これまでの我々の伝統的精神の最終的な目的は人類に〈治平〉〔治国平天下〕させることにあり（傍点は著者による）、家国にではない」と言う。経典のまちがった解釈の上にたって誤った結論を出して、「東西各国においては伝統的精神と世界主義は氷炭相容れないものとなっている。しかしわが中国では、我々の伝統的精神がほかならぬ世界主義なのである[18]」とした。このような「超国家」の観念、このような民族主義と対立する世界主義は、民族の危機を目の前に見る郭沫若をして、終始階級を民族の上に置かせ、その終極の目標は「プロレタリア階級を糾合して財産の公有制度を建ち上げげて[19]」、「プロレタリア革命を実行する[20]」ことである。

抗日戦争が勃発し、郭沫若が『女神』時代に表現した「五・四」時代の精神は昇華された。「八・一三」淞滬戦争（上海事変）を身をもって体験し、彼は興のおもむくままに十首近い詩を作って、上海軍民の血みどろの抗戦を報告し、上海の空に轟いた砲音をたとえて「民族復興の祝砲」とした（『民族復興的喜炮』）。郭沫若は郁達夫と同様に、「知日」だが「親日」ではなかった。そして「知日」の優位にたって日本に対して鋭く切り込む分析を進め（たとえば『忠告日本政治家』〈日本の政治家に忠告する〉）、完膚無きまでの暴露を行った（たとえば『日寇残酷心理的解剖』〈日本侵略軍の残酷心理の分析〉）。郭沫若はまた郁達夫と同様に暴露の矛先を日本人の「侵略根性」（『日本的児童』〈日本の児童〉）にあてている。一時期、郭沫若の創作の抗戦テーマは「直接抗戦」であって、国内の統一、全面抗戦の実現を提唱した（『全面抗戦的再認識〈全面抗戦の再認識〉』『記念台児荘〈台児荘を記念する〉』）。抗戦直前でも彼の「国防文学」についての見解は統一抗戦思想の具体的な表れであった（『国防・汚池・煉獄〈国防・汚水池・煉獄〉』『我対於国防文学的意見〈私の国防文学についての意見〉』『蒐苗的検閲〈苗集めの検閲〉』）。郭沫若のこのような抗戦テーマを支えていたのは、彼の中国文化の精神に対する自信から生まれた民族の自信であった。彼は 1937 年 8 月に「我々中華民族は元来平和を好む民族であり、我々の祖先は我々のために四千年の文化を、仁義をもって大本とする文化を創りあげた。この文化を我々は贈り物として日本に与え、日本人を千年も前に原始の境界から抜け出させ、我々と同一レベルにまで到達させた……しかしながら日本人が、凶暴な軍部の統制下にある日本人が我々の贈り物に答えたものは何であったか。文明の破壊である……(21)」と彼は 1938 年 12 月に提起している。「民族を復興するとは我ら中華民族の精神を復興することである(22)」。

しかし郭沫若の抗戦テーマは全体としてはやはり自分の所属する政治勢力の集団の戦略に従っているものである。第二次国共合作の協力の際、郭沫若は全国抗日宣伝工作を主管するという重要な部署に推されて、軍事委員会政治部第三庁庁長の任についた。「抗戦回憶録」となる『洪波曲』にはこの間の経緯が記述されており、蒋介石の実行した「片面抗戦」を暴露して、至る所で自分と蒋介石の「その場凌ぎ」のつきあいを叙述しているが、同時に至る所に表れているのは集団意識である。そこに表われているのは暴露者であって、真の民族主義者ではない。第七章第五節の『国民参政会』では次のように暴露している。

国民党反動派の三一主義——いわゆる「一つの主義、一つの政府、一人の領袖」は第三期の梅毒が脳にきたようなもので、終始つける薬はなかった。「抗戦建国綱領」には別のうたい文句もあって、「国家至上、民族至上、軍事第一、勝利第一、意志の集中、力の集中」と声高に叫んでいるが、実際はこれも衣装をひと揃い取り替えたにすぎない。朕は国家なり、朕は民族なり、故に朕は至上なり。これが「一人の領袖」である。軍事第一、勝利第一、故に軍令は統一されねばならず、政令は統一されねばならぬ。これが「一つの政府」である。意志はわが国民党に集中し、力はわが国民党に集中し、すべてを三民主義を信奉するわが国民党に集中する。これが「一つの主義」である。

暴露者がとったのは非民族主義の観点であった。第二次国共合作の内幕を暴露した『洪波曲（大波の曲）』——第一次国共合作の内幕を暴露した『請看今日之蔣介石（今日の蔣介石を見てくれ）』（1927年3月31日）を含めて、民族主義の欠乏はかくしきれない。これは民族の利益、将来、運命にとってきわめて不利なことである。『洪波曲』にはこのような不利の想いが流露している。第七章第五節にはつづけて次のように書かれている。

敵は中国の内部の団結を最もおそれているのであり、団結はたしかに一つの武器となる。敵が上海に侵攻し南京を脅かしたとき、あの「一人の領袖」はこの武器をほんのちょっとちらつかせてみせた。それが国防参議会である。敵はいまや五方面から進軍して武漢に進攻している。そこで今度はまたこの武器を大げさに振ってみせた。その意味ははっきりしている。敵を脅そうとしたのだ。来るな！

第六章第一節にはさらにこう書かれている。

> 民衆が言っている。国家は危急存亡の関頭に立っている。十年の内戦は敵の大侵略を招いた。もう内戦をしていてはならない。

『洪波曲』の創作とその目的はこの内戦行為にある。

1942年1月24日から2月7日まで『中央日報』副刊に連載された歴史劇『屈原』は、作者が屈原の口を借りて自分の心中の憤懣をはき出したものであり、国民党政府を告発したものである。このように戦国時代に集団の利益を超越して、祖国を強大にし、中国を統一することに力をつくした偉大な愛国主義者屈原は、郭沫若の筆では集団の闘争に力をつくす革命家に置き換えられた。

郭沫若はついに「革命文化の座《ざ》頭《がしら》」となった[23]。

注

（1）「学生時代」『創造十年』、『郭沫若全集』（文学編）vol.12 p.184、人民文学出版社 1992。

（2）「孤鴻――致成仿吾的一封信」、『郭沫若全集』（文学編）vol.16 p.10、人民文学出版社 1989。

（3）同上、p.8。

（4）「離滬之前」、『郭沫若全集』（文学編）vol.13 p.285、人民文学出版社 1992。

（5）「太戈爾来華的我見」、『郭沫若全集』（文学編）vol.15 p.272、人民文学出版社 1990。

（6）「学生時代」『創造十年』、『郭沫若全集』（文学編）vol.12 p.78、人民文学出版社 1992。

（7）「馬克思進文廟」、『郭沫若全集』（文学編）vol.10 p.167 ～ 168、人民文学出版社 1985。

（8）郭沫若「討論〈馬克思進文廟〉」、1026年1月26日『洪水』1巻9期。

（9）郭沫若の語、石湾「郭沫若与陳明遠」に見える。丁東編『反思郭沫若』p.343、作家出版社 1998。

（10）「文芸家的覚悟」、『郭沫若全集』（文学編）vol.16 p.31、人民文学出版社 1989。

（11）「革命与文学」、同上、p.41。

（12）「駁〈実庵字説〉」、『郭沫若全集』（歴史編）vol.3 p.241、人民文学出版社 1984。

（13）「跨着東海」、『郭沫若全集』（文学編）vol.13 p.331、人民文学出版社 1992。

(14)「関於詩的問題」、『郭沫若全集』(文学編) vol.16 p.176、人民文学出版社 1989。
(15)「新国家的創造」、1926 年 1 月『洪水』vol.1 No.8。「不読書好求甚解」、『郭沫若全集』(文学編) vol.18 p.33、人民文学出版社 1992。
(16)「社会革命的時機」、1926 年 2 月『洪水』vol.1 No.10、11 合刊。孫党伯『郭沫若評伝』p.244、人民文学出版社 1987。1958 年『向自由王国的飛躍』と改題し、さらに「団結力量以攫取政権」と改める。『郭沫若全集』(文学編) vol.18 p.47、人民文学出版社 1992。
(17) 孫党伯『郭沫若評伝』p.354 に見える。人民文学出版社 1987。
(18)『郭沫若全集』(文学編) vol.15 p.184、人民文学出版社 1990。
(19)「不読書好求甚解」、『郭沫若全集』(文学編) vol.18 p.36、人民文学出版社 1992。
(20) 同上、p.38。
(21)「我們為什麽抗戦」、『郭沫若全集』(文学編) vol.18 p.129、人民文学出版社 1992。
(22)「復興民族的真諦」、同上、p.280。
(23) 周恩来の語、『反思郭沫若』p.282 に見える。作家出版社 1998。

第十章　茅盾―― 一生の矛盾

茅盾《マオドゥン》（ぼうじゅん 1896 ～ 1981）は「五四」運動後の中国新文学の建設、発展の時期に、欧米文学の写実主義、自然主義、表象主義、新理想主義等の思潮を相次いで国内に紹介し、この西洋文学発展の道程に沿って「順次やっていく」ようにと主張した。そしてソビエト文学を範として、第一次国内革命戦争期（1924 ～ 1927 年、国・共協力して帝国主義・軍閥と戦った内戦――訳者注）の「革命的リアリズム」の文学観を形成したのが茅盾であり、また茅盾が中国の新文学に推薦したリアリズムの帰結点であった。茅盾の「革命的リアリズム」の文学観はその創作に、創作とリアリズムの創作方法の間に、さらには彼の作家としての人生に運命づけられた矛盾をもたらした。『幻滅』の原稿を『小説月報』編集部に送付したとき、彼ははじめペンネームを「矛盾」と書いたが、これはそのときの彼の心理、作家自身の意識した心理、意識した個人の存在と現実世界との関係を体現していたものであった。そして「革命的リアリズム」がもたらした上述のような矛盾は、彼自身の矛盾であり、自身では気づきようのない矛盾であった。彼は別の観点から主体と客体の関係を見ることができなくなっていた。

茅盾は 1925 年彼が遵守し唱道してきた「革命的リアリズム」を「プロレタリア芸術(1)」と命名している。この「階級」の芸術に身を捧げたとき、彼は冷静にロマン・ロランの芸術理論との衝突に気づいた。彼は決然としてロマン・ロランの「民衆芸術」の理論を否定する。「我々のこの世界で、‘全民衆’ などとはなんというナンセンスな名詞であろうか。我々の目に入るのはこちらの階級でなければあちらの階級であり、階級の区別のない全民衆などというものはどこにもありはしない(2)」といった。しかし茅盾は彼が唱道した「リアリズム」と、「写実主義」から始まり自分が次々に紹介してきたもろもろの欧米文学思潮とが衝突することにまだ気づいていなかった。

19 世紀初頭に起こったリアリズムからロマン・ロランが提唱した新理想主義に至るまで、さらには後発の実存主義、不条理劇等の現代主義思潮も含めて、一つの階級の専属であったものは一つもない。たしかにフランスの初期リアリズム作家たちの階級観念は比較的強烈であった。スタンダールはブルジョア階級の立場に立って、批判の矛先を貴族に向けた。バルザックは勢力を増しつつあったブルジョア階級を暴露することに専念したし、パラダイスを失ったばかりの貴族に対しては同情を寄せた。しかしこのような政治的傾向というものはただ作家個人の行為でしかない。リアリズムは文学思潮としてどれか一つの階級にくくりつけられたということはない。おなじく初期リアリズムの作家であったプーシキンが、19 世紀ロシア文学のために切りひらいた「プーシキン伝統」の特徴は、ロシア作家の大部分がそれぞれ一つの階級、一つの社会集団に属していただけではなく、全ロシアに従属していたところにある。彼らは民族と国家に対して強い責任感をもっており、執着してロシア化の道を探し求めた。強烈な「ゴーゴリ的傾向」をもっている『死せる魂』（第一部）でさえ、農民階級の観点から書かれたものではない。ゴーゴリは地主に対して諷刺を投げつけているが、同時にまた彼らの腐敗、堕落に対してある程度の同情と哀惜の念を抱いていた。ゴーゴリは彼らを全くの悪者としては描かず、彼らを人として、ロシア大家族の一員として見ている。暴露の中にも憂国憂民の涙をふりかけている。しかし茅盾は「リアリズム」に一つの階級のもの、政治的なものという属性をつけ加え、文学はある一つの階級、その現実政治に奉仕するものでなければならないとしたのであり、これはまぎれもなく「リアリズム」からの離反である。

同時にまた茅盾の創りだしたこの「リアリズム」は、彼がそれまで提唱してきた「人生のための」芸術という主張からも背離している。「人生のため」の芸術という主張は実際上はロマン・ロランの「民衆芸術」の理論と精神的に相通ずるものである。茅盾は 1923 年「人生のため」の芸術という主張を説明した際こう言っている。「文学は人の心をはげますという積極性を持っている。とりわけ我々のこの時代にあっては、文学が民衆を呼び覚まし、彼らに力を与えるという大きな責任を背負うことができるように期待している[(3)]」と。

「リアリズム」──「自然主義」を含めてその最も重要な特徴は「真実」にある。いつわりなく客観世界を映しだすことはこの文学思潮の使命であり原則である。この使命を履行するために、バルザックは自己の階級的傾向に違反してまで、彼の愛する貴族階級の必然的衰亡の趨勢を描写した。「リアリズム」の原則が階級観念の上に座しているのであり、偉大なリアリズム作家の列の中にはこの「真実性」の原則に違反するものは一人もいなかったと言ってよいだろう。茅盾は1922年国内に西洋のこの文学思潮を紹介したとき、最も重要だとしたのはまさにその「客観描写と実地観察」の方法であった。しかし茅盾が1925年になって唱道し始めた「リアリズム」では、階級的、政治的属性がその最高原則となっている。このような文学はそれが属している階級の観点で、その階級の「魂の偉大さ」、およびその階級が「背負っている巨大な使命」を描かねばならない。「自己の歴史的使命を達成するため」には「武力に訴えるのもやむを得ない[(4)]」ことも含めてである。その階級の政権奪取の必然性を描き、その階級の武装闘争を頌歌することがこの文学の最高原則である。このような「真実」はバルザックに代表される「リアリズム」の「真実」とは明白に異なる。リアリズム文学の「必然性」とは「客観描写と実地観察」の中から生まれ、時としては作家に自分の階級的傾向に違反するように求めることがある。しかし茅盾の提唱した「リアリズム」が表現しようとする「必然性」は、すでに規定されているものであって、一つの階級、一つの集団の観点からする「必然性」である。茅盾は「革命的リアリズム」文学が表現すべきは、人々の「集団の活力」がどのように時代を新しい方向に推し進めたかであり、「言い換えればどのように歴史をせきたてて必然の新時代に入らせたかであり、さらに言い換えればどのように人々の集団活動によって歴史の必然をより早く実現するかである[5]」という。

茅盾のいくつかの代表作はすべてこのように早くから規定されていた「必然性」の敷衍であり絵解きである。

『子夜（真夜中）』（1932）をつらぬくストーリーの本筋は呉蓀甫《ウースンフー》と趙伯韜《チャオポータオ》の間の矛盾、闘争であるが、これにくりこませて革命勢力が勢いよく発展していく状況が虚実ないまぜに描かれている。主筋で呉蓀甫の知謀にたけた人物像を描けば描くほど彼が代表する民族資本家階級と民族発展の道が悲劇に運命づけられていることがあきらかになっていく。作品の結末で呉蓀甫が失敗に終わるのが描かれるが、故意ではないように見えて実は頃合いよく別の「集団の活動」が日ましに強大になっていくのをリークして、読者に作者と同じ判断ないしは結論を提供するのである。このような「集団の活動」がなければ歴史を促して新時代へ進ませることはできない、このような「集団の活動」があってこそ「歴史の必然」を早期に実現しうると読者に信じこませるのである。批評家も指摘するように「『子夜』にはどこか宣伝パンフのようなところがあり」、「なにかの政治課題の絵解き[6]」に近い。

『林家舖子（林商店）』（1932 年 6 月）から『春蚕（はるご）』（1932 年 11 月）『秋収（秋の収穫）』（1933 年 1 月）『残冬（晩冬）』（1933 年 2 月）（いわゆる「農村三部曲」）までは、『子夜』の中ではまだ幕のかげにかくれていた「集団の活動」を表舞台に移らせる過程であり、「革命」を本筋に昇格させる過程である。

『林家舖子』で小説の絶対的中心の位置におかれる主人公の林の旦那と『子夜』の呉蓀甫との共通点は、彼もまた頭がよく有能で、経営に熱心であることであり、林《リン》商店の倒産も当時の歴史的条件の下におかれた中国商工業の運命を表現している。似通った運命の二人の主人公は同じ歴史的背景の下におかれているが、『林家舖子』の矛先は国内により多く向けられている。『子夜』は呉蓀甫敗北の運命の歴史的背景を描くが、その主要なトーンは中国の植民地化である。植民地という位置は、世界経済の危機に威嚇された帝国主義国家の必死の対中国製品ダンピングを受けることになるのであり、中国の民族工業は萎縮と破綻に追い込まれる。これについて呉蓀甫が慨嘆して言っている。「国家が国家らしく、政府が政府らしくありさえすれば、中国の工業には必ず希望がある」と。『子夜』が読者から敬遠されるのは、深刻な「救亡」〔国を滅亡から救う。「救国」ともいう〕の問題を描きながら、読者に与えられるのは「翻身」〔生まれ変わる。抑圧されていた者が解放されて立ち上がる〕という解決であるところから来ている。『子夜』がおしひろげる「必然性」は現実的根拠に乏しい。『林家舗子』の背景はあきらかに1932年の「一・二八」上海戦争前後の動乱の年月である。「一・二八」の後、茅盾は故郷烏鎮《ウーヂェン》にかえり、帝国主義経済侵略の魔の手がすでに中国の都市農村経済を破産の域に追いやり、帝国主義軍事侵略の砲火が都市農村経済の崩壊を加速させているのを目のあたりにした。にもかかわらず『林家舗子』では、林の旦那が上海戦争勃発後にこうむった一連の打撃は、国民党の「党機関」に前後併せて600元をゆすりとられたこと、国民党政府当局の卜《ブー》局長が彼の娘を強引に妾にしようとしたこと、さらに「党機関」が彼が逃亡するおそれがあるという口実を設けて公然と彼を拘留したこと……などである。「一・二八」戦争はただの背景でしかない。小説がこの背景の下で林家舗子の倒産の「必然」を描く時に、その矛先は主として国民党の地方当局を暴くことに向けられている。背景は外に向かい、主題は内に向かうのでは、『林家舗子』が『子夜』よりも読者から敬遠されるのがいっそうはっきりしてくる。そこには茅盾の階級意識、集団意識が具現されている。このような意識は『林家舗子』と「農村三部曲」を縦貫しており、『林家舗子』からは「三部曲」の「序曲」の匂いをかぎとることができる。

『春蚕』も「一・二八」戦争を背景としているが、その背景を登場人物の置かれた境遇に具現している。戦争の影響、外国商品の洪水によって、通宝爺《トンバオ》さんの村の人々は、一月余の辛労の末にこの何年かは珍しく蚕業の豊作に恵まれたが、しかし結局は裕福にはなれずいっそう貧乏になっている。『春蚕』が敷衍する結論は、中国の農民は耕作以外で活路を探さなければならないということであった。『春蚕』はその「活路」が何であるかをまだ書いていないし、新しい「集団」や「集団の活動」も書いていない。しかし、集団の構成員——阿多《アードゥオ》はすでに登場している。阿多の人物像は、茅盾が中国農民、さらには中国に提供する「翻身」の道が通宝爺さん式の勤労倹約の経営ではないことを明らかにしている。阿多は「勤勉倹約に頼っているだけではたとえ腰がくだけるまで働いても翻身できない」と考えている。

『秋収』『残冬』は「豊作貧乏」が農民の反抗を引き起こし、阿多が自然発生的な農民暴動の先導者となるさまを描いた。阿多の人物像および彼に代表される集団と集団の活動は、「三部曲」の最後の一編でようやく完全にはっきりする。そしてこれこそが茅盾が 1925 年に提唱した文学が表現すべき「集団の活動」、すなわちプロレタリア階級が政権を奪取する革命運動である。『秋収』は正面からこの運動を描いている。この運動はすでにプロレタリア階級とその政党の第二次国内革命戦争におけるテーマ、すなわち「土地革命」となっていた。『子夜』から『残冬』まで、そこで提供されるのはすべてこのような解決であり、これは一つのテーマが隠蔽から端的な表現に移っていく過程にすぎないのである。

『子夜』から『秋収』までの隠蔽性は、茅盾が西洋リアリズム、特に自然主義の手法を参考にしたものである。茅盾は自然主義の「客観描写と実地観察」の方法を用いて、自分が直接観察して得たものを使って買弁金融資本家と工業資本家を描いただけでなく、さらに他人から聞いたこと——すなわち間接資料を使って農民運動や労働者の闘争を描いて『子夜』を創作した。その点では創造社や太陽社の標語をスローガン化したプロレタリア階級革命文学作品とは異なっている。しかし作家の創作意図および作家が従う「革命的リアリズム」の創作方法は『子夜』などの作品を、テーマが創作以前にすでに決定していたものにしたのである。このような初めから決まっているテーマの下での「客観描写と実地観察」ではすでにゾラのような客観主義と科学的態度は失われている。

茅盾は自分が受けた文学的影響で最も重要なのはゾラからのものではなく、レフ・トルストイからと考えていた。彼は1928年に書いている。「私はゾラが好きだ……しかし自分で小説を書こうとしたとき、私はトルストイの方により近くなっていた[7]」と。1962年に彼はまたこうも書いている。「私はバルザックの作品もかなり読んだが、トルストイの方がずっと好きだ[8]」と。晩年になるまでずっと、茅盾はトルストイというこの「天才的芸術家」をしのんでいる。

茅盾はゾラ一派の作家たちのように、小説にしたいから人生を経験するのではなく、トルストイが人生を経験してからそれを小説にしたように、「動乱中国の最も複雑な人生の一幕を経験して[9]」から創作を始めたのである。

中篇『幻滅』『動揺』『追求』で構成される『蝕（侵蝕）』（1927〜1928）は、茅盾が大革命〔第一次国内革命戦争、「北伐」〕──「四・一二」事変〔1927年4月の蔣介石によるクーデター〕も含めた経験をもとに創った作品である。『蝕』には客観的にうそいつわりなく多くの青年知識分子の大革命前後の生活経歴と精神状態が現されており、そこには苦痛、困惑、失望、そして革命に対する反省、暴力革命に対する懐疑があり、作者は革命に失敗して自身に生じた意気消沈の幻滅や極度の悲観の情緒をも残らずさらけ出して書いている。『蝕』はまだ「革命的リアリズム」に従っておらず、生硬に作品に「活路」を書き加えることはしていない。『蝕』は作家が気づいた深刻な「矛盾」を表現している。

茅盾はゾラ一派のような「過度に客観を重んじた描写」、現実に対して「過度に批判を重んじて主観を加えない見方[10]」にも賛成していない。そのためトルストイのようなリアリズムを賞賛し、「重視しているのは実際にはもはや客観的描写ではなく、主観的理想的な人物を客観的描写の場において、作者の主義を示すことだ[11]」とする。茅盾はトルストイのリアリズムを「主義の写実主義[12]」と称している。

しかし『子夜』から、茅盾の創作はトルストイのリアリズムからは遠く離れていった。

たしかにトルストイは生活に対して傍観者の態度をとらない。彼はいつも自分の思想で著書全体を制御している。自分の思想を表現するために彼は一連の理想の主人公を描き出した。しかしこれらの主人公の思想と行動は、茅盾の筆先のそれのように一つの階級あるいは集団に属しているのではなく、全ロシアに属している。彼らに共通する特徴は誰もがロシア魂を備えていることにある。トルストイの筆から生まれる貴族と人民が仲良く暮らせるための絆はロシア魂にある。トルストイはこの絆をよりどころにして統一されたロシアを作りだし、それによって民族の危機を一つ一つ乗り切っていくことに希望を寄せている。トルストイは民族の前途、民族の運命を至上最高のものとみなした。彼がロシアのために提供した「活路」は、社会全体の一致協調であって、階級の翻身――ある階級が政権を奪い取る革命ではない。

『腐蝕』にはさらに強烈にプロレタリア革命文学の特質が現われている。これは1941年に創作されたが、時あたかも日本の侵略者が大挙侵犯して、中華民族が最大の危機にあった時期である。『腐蝕』のテーマはもうひとつの政治勢力を暴き出して、抗戦という大きな背景のもとで集団の闘争に奉仕した作品である。『腐蝕』には茅盾というこのプロレタリア革命作家が永遠に階級の未来、利益を至上最高のものと考えるということが表明されている。そのため彼の創作には「革命」のテーマが常にあるが、「救亡」のテーマはきわめて薄弱なものとなった。1942年に創作された『霜葉紅似二月花（霜葉は二月の花よりも紅なり）』では新文化運動以来の社会階級、政治、思想の大変動が描かれ、霜葉に象徴されるニセ左派、反革命の必然的な凋落と、革命が必然的に最後の勝利をかちとることが暗示されている。ある意味で『霜葉紅似二月花』は『蝕』に対する修正であり、それをもう一度革命小説に書きなおしたものと見てよいだろう。1948年に完成した、専ら八年抗戦〔日中戦争は1937年7月～1945年8月――訳者注〕を全面的に描いた『鍛錬』でさえ、抗戦権力の中枢が実行した「片面抗戦」を暴き、強烈なプロレタリア革命の観点で抗戦を描写し、「対外戦」を敷延して「内戦」とし、「救亡」を敷延して「翻身」としている。抗戦を描いた『鍛錬』だが、その主旨は第三次国内革命戦争〔日本降伏後の1945年～1949年の共産党軍と国民党軍の戦争。中華人民共和国の成立に至る――訳者注〕、すなわち「人民解放戦争」のそれと一致している。

『子夜』から『鍛錬』まではいずれもプロレタリア革命運動――それもこの運動の主流と完全に一致する作品である。これは観点が同じで、内容まで完全に重なっている創作であり、プロレタリア階級革命家の創作である。作家と彼が賛美する「集団の活動」は一体のものであり、創作には「時間を経た効果」はいささかもなく、許地山が革命を描いたときにも維持していた自由主義の立場もなく、丁玲《ディンリン》の『在医院中（病院にて）』『三八節有感（国際婦人デーの感想）』に表現されているような相対的な独立性さえなくなっている。

茅盾は建国後、ありたけの熱意をこめて社会主義文化・芸術事業に力を注ぎ、若年の時革命に参加してあこがれた理想世界――ソビエト政権下の「芸術の自由な発展」の実現を期した。しかしこの理想は現実との矛盾からは逃れようのないものであった。そしてそれはまた自身では気づくすべのないことであった。なぜなら彼が愛した宋詩の詩句のように彼はずっと「ただその山中にいたからである。」〔不識廬山真面目　只縁身在此山中　廬山の本当の姿を知らないのはこの山中に身をよせているから、……蘇軾『題西林壁』詩による――訳者注〕彼は大量の文芸評論を書いて、多くの建設的な見解を提示しているが、結局は技巧に属するものであって、思想ではない。枝葉のものであって主体ではない。局部的なことであって、全局的な意義にまで発展していない。彼には趙樹理《ヂャオシューリー》のように極左路線を暴露する作品を書く憂患意識はなく、またゴーリキーのような独立性をもって「経典の教えに背く」式の「時宜に合わない思想」を発表することもなかった。

茅盾とトルストイの間では社会思想および各々の民族のために提供した

活路が全く異なっているが、その重要な原因はその「思想」と「活路」を獲得する方法が全く異なっていたことにある。トルストイはいかなる学説もとりこむことはなく、いかなる巨匠の後塵を拝することもなく、また流行中のいかなる思潮にも追従することなく、いかなる社会改造のモデルも模倣することはなかった。彼は自ら農業改革を実践し、倦むことなく一筋のロシア化という道を探し求めた。彼が作り出した理想の主人公はまたすべて「探索された主人公」である。トルストイのリアリズムは「探索されたリアリズム」である。一方茅盾は 1919 年の末から階級闘争学説に接しはじめ、ほどなくそれへの確信を表明した。1925 年に初期ソビエト文学をまねて「プロレタリア階級の芸術」を提唱したが、これらはみな中国で実践するにはまだ拠り所がなかった時期に確立したものである。それが法典とされ実行された半世紀余の間に、それに発展、修正を加えることは許されず、「中国化」の過程は欠落していたので、長期間にわたって教条主義に支配されてしまった。茅盾の一生の矛盾は教条主義の悲劇である。1978 年、真理基準についての大討論の中で、茅盾は『作家如何理解実践是検験真理的惟一標準（作家が実践をいかに理解するかが真理を検証する唯一の規準である）』を発表したが、それはすでに彼が世を去る三年前のことであった。

注

（1）「論無産階級芸術」、『茅盾全集』vol.18 p.501、人民文学出版社 1989。
（2）同上。
（3）「“大転変時期”　何時来呢？」、同上、p.414。
（4）「論無産階級芸術」、同上、p.509。
（5）「読〈倪煥之〉」、『茅盾全集』vol.19 p.210、人民文学出版社 1991。
（6）藍棣之『現代文学経典：症候式分析』p.160、清華大学出版社 1998 年版　）
（7）「従牯嶺到東京」、『茅盾全集』vol.19 p.176、人民文学出版社 1991。
（8）「給荘鐘慶信」。「永不消失的懐念」、『新文学史料』1981 年 3 期に見える。
（9）「従牯嶺到東京」、『茅盾全集』vol.19 p.176 ～ 177、人民文学出版社 1991。
（10）「文学上的古典主義、浪漫主義和写実主義」、『学生雑誌』1920 年 8 月 7 巻 9 期。

『茅盾全集』vol.32 p.200、人民文学出版社 2001。

（11）同上、p.196。

（12）同上、p.196。

第十一章　丁玲・艾青

第一節　丁玲──個性の解放と社会の解放との狭間で

丁玲《ディンリン》（ていれい 1904 ～ 1986）は短編小説『夢珂』（1927）、『莎菲女士的日記（ソフィー女士の日記）』（1928）で表現した強烈なフェミニズムをテーマに文壇にデビューした。作品は率直な心理描写で、自主、平等を追求する女性が体験した精神の悲劇を表現している。夢珂《モンコー》と莎菲《シャーフェイ》は時代の激流に翻弄されながらすでに家庭を出た「ノラ」であり、解放された女性として社会に出て人生を選択する。しかし、夢珂が出会ったのは恋の場で「うそつきでみだらな男たち」であった。ソフィーの境遇は、彼女に誠実だった葦弟《ウェイディー》は、思想もなく意気地もない凡庸な男だった。容姿に心を奪われた凌吉士《リンジーシー》はというと、外国かぶれの俗物商人であった。彼女はこの社会では自分が欲しいものならなんでも獲得でき、自分の衝動、自分の欲望を欲しいままにすることなどありえないと感じている。彼女が理想の愛を求めたあげく、背負い込んだのは「意地っ張り」とか「変わり者」といった類の非難であった。そこで丁玲は自我描写の要素をもった女性叙事者の観点から、ヒロインの苦痛や感傷の心理を描いたのである。丁玲はかつてこう述べている。「私ははじめは批判的観点からものを書いたのではない。ただ心の内に何か衝動、欲望が有っただけなのだ(1)」と。社会との抗争、これがこのヒロインたちの生存方式の実質であった。社会を語る言葉は丁玲が女性を語るアングルの作品の重要な特徴となっている。丁玲は次のように述べている。「あの頃私はどうして小説を書いたのだろうか。私は、寂しいし、社会には不満だし、自分の生活に活路が見出せない……そこで筆をとって、自分に代わってこの社会に分析を加えようとしたのだと思う。あの頃の私は何かというとすぐに不平をいう人間だったから、『在黒暗中

(暗闇の中で)』で無意識のうちに感傷にひたってしまった[2]」と。

丁玲と蔣光慈はどちらも社会に反抗する言葉を述べている。蔣光慈は貧困層出身の「若者の漂泊者」に叙述のアングルを向けているが、丁玲は「漂泊」する女性に叙述のアングルを向けている。

丁玲が1930年の初頭に完成した長編小説『韋護』は、奔放な女性麗嘉《リージア》と理想の恋人——革命家韋護《ウェイフー》との出会いを描いている。小説は細やかなタッチで二人の同棲生活を描いている。そのため韋護は革命がおろそかになってしまう。恋愛と革命の矛盾が韋護の眼の前にひろげられ、「動揺の許されない仕事の上に立ちながら、同時に自分の生命の自然な要求の上にも立っている」。ひとしきりの思想闘争を経て、韋護は結局麗嘉のもとを去り、組織の派遣要請を受けて広東に旅立った。革命は麗嘉にも影響を及ぼし、いっときの苦しみの後、彼女も奮い立って、社会のためになにかをしようと決心する。丁玲はかつて『韋護』のためにひどく「懊悩」し、この小説が「ただの低俗な物語にすぎない」こと、「恋愛と革命の衝突という丸見えの落とし穴にはまってしまった[3]」ことに気づいた。丁玲の『韋護』は所詮蔣光慈の『野祭』とは異なっている。蔣光慈の小説は革命家を叙述のアングルに入れて、革命は「漂泊する若者」たちの「生命の自然な必然」となっており、このような革命家の自我の描写を流行の恋愛小説形式の中に置いて、「革命プラス恋愛」のモデルを創出した。丁玲の小説は奔放な女性を叙述のアングルに入れているのである。『韋護』では麗嘉の奔放で開放的、穏和で無邪気等々の多重性格が描かれ、筆致は細やかであり、人物には豊かなイメージがある。しかし韋護はショパン、ツルゲーネフ、モスクワ等のレッテルで表示され、その内在の精神世界はまだ表に現れてこない。これは実は「恋愛プラス革命」小説なのである。1930年夏に書かれた『一九三零年春上海』「その一」「その二」の中編小説二篇も、恋愛至上の観念と革命思潮の衝突が描かれているが、「恋愛プラス革命」のモデルで恋愛を革命に従属させており、そのため感傷と病的状況から脱している。作品は力を込めて革命家、左翼文化人像を再現しているが、しかしそこに現れているのは依然として革命のために奔走する人の影であって、内なる激情はない。丁玲作品の底に隠されているのは「愛情のロマン」であるが、蒋光慈の小説が描くのは「革命のロマン」である。

丁玲が1931年の夏に書いた短編小説『田家沖』は農民の革命意識を育てる作品である。中編小説『水』(1931年秋)は農民を暴動にたちあがらせる作品である。『水』は1931年に中国で発生した、十六省の広範囲に及ぶ大水害を題材に、農民の革命意識の覚醒を描き、洪水と格闘する手に汗握る場面を、官府と闘争する怒濤の場面に転成している。『水』はプロレタリア革命の観点でプロレタリア革命を描いた作品である。個性の描写は消えて、取って代わるのは階級の言葉である。茅盾は『水』の文学思潮としての意義は「丁玲個人においてか、あるいは文壇全体においてかを問わず、これは過去の‘革命と恋愛’の公式がすでに精算されたことを示している(4)」と評した。『水』は左翼文学の模範である。『水』が発表された後の1931年11月に「左聯」の執行委員会は『中国無産階級革命文学的新任務(中国プロレタリア革命文学の新任務)』の決議を採択して、「作家は中国の現実の社会生活の中の広汎な題材に、とりわけ直面している新任務を最もよくはたすことのできる題材に目を向けなければならない……今やあの‘身辺の瑣事’の、プチブル知識分子式の‘革命の興奮と幻滅’、‘恋愛と革命の衝突’の類の型にはまった観念の虚偽の題材を抛り捨てなければならない」、さらに「プロレタリア階級の視点、プロレタリア階級の世界観から観察し、描写しなければならない」と指示した。『水』の後、丁玲は同様の観点で短編小説『法網(法の網)』(1932)『奔(走る)』(1933)等を創作し、「愛情の理想主義」の叙述から「革命の理想主義」への転化、「啓蒙」のテーマから「翻身」のテーマへの転化を完了した。しかし、丁玲は同一の観点で「革命」を描いていて、「革命」は彼女の小説の中で依然として外在のテーマであって内在の表現ではなく、読むものにテーマが先にあって後から材料を探して物語を編んだと感じさせる。こうして人物は深い内面世界をもたないし個性もなく、作品の描写はどうしても場面と人々の集合に偏って、農民たちの情緒はいつも集合の中でてんでにがなり立てることで表現される。

『水』は中国の世紀に一度の大水害から「革命」のテーマに変移させたが、これをテーマとするには根拠に欠けるが、そこから作者の強烈な階級的功利主義が見て取れる。

このような強烈な階級意識は、中編小説『多事之秋（多難なとき）』（1931年冬）ではさらにはっきりと表現されている。『多事之秋』は九・一八事変の上海における反響を描き、「外戦（外国との戦）」を「内戦」に進展変化させ、「集団」闘争のスローガンで紙面を満たした。作品は左翼民衆の口からありったけの汚い言葉が発せられるのを闘争的な表現と勘違いしているし、政府側による孫中山の「遺嘱」〔孫文が死の直前にのこした遺言宣言――訳者注〕を記念して学習するという軍事訓練行動に糾弾まで加えており、凝り固まった階級意識が容易に見て取れる。短編小説『一顆没有出膛的槍弾（発射されなかった銃弾）』（1937年4月）、『我在霞村的時候（霞村にいた時）』（1941年）も抗戦に題材をとっているが、奇抜なストーリーで「外戦」を敷衍して「内戦」にしている。

『韋護』のような「恋愛プラス革命」小説の中の「愛情のロマン」と「革命のロマン」の対比に続き、『水』から始まった階級本位小説は、農村の無産者を座標として対比を行うものである。『水』は農民たちが険悪な情勢に直面して内部に思想闘争が生まれ、当初皆から選ばれたリーダーたち――「大半はもともと資産があり、文字が読め、この村ではボス的存在であったものたち」――を見限って、普段は人からばかにされていた雇農（小作農）たちを信頼しはじめる。短編小説『入伍（入隊）』（1940）は革命の部隊の中のまだ思想改造を終えていないプチブル知識分子が、たえず農民出身の兵士という鏡の中に自己の魂の不潔さを映しみることを描いている。これは丁玲が提唱した「大衆を主人公とする」小説である。小説に貫かれているのは階級分析の方法であるが、その「大衆」という主人公の精神世界に歩み寄ることはない。

『我在霞村的時候』は『莎菲女士的日記』を受け継ぐものである。女主人公貞貞《ヂェンヂェン》は個性の解放された女性であり、製粉所の若い店員夏大宝《シアダーバオ》を熱愛して、米屋の若旦那の後妻になることを拒んだので、村の中の愚昧で後れた輿論の非難にさらされ、決然として村を出て行こうとする。そのときさらに大きな悲劇が起こった。日本軍が霞村を掃討し、貞貞は拉致されて狂気じみた蹂躙を受けたのだ。しかし彼女は運命に押しつぶされるどころか、逆に忍耐強く生きることの意味を探し求める。自分から抗日部隊に連絡をつけ、自身の特殊な立場を利用して敵の巣窟に出入し、味方に情報をもたらすことで侵略者に復讐する。貞貞は作者が短編小説『新的信念（新しい信念）』（1939）で描いた日本兵に強姦された老女が、苦痛に耐えて断固抗戦の信念を固めていく過程を完成させたものである。作品はこのような人物を背景にして、貞貞が病気をもって霞村に戻って新しい生活を始めようとしたときに、彼女を迎えたのが新たな精神的重圧であったことを目をそらさずに描いており、それによって新しいテーマを開拓した。村人たちは「彼女を嫌い、かつさげすんだ」。「ことにあの女たちは、貞貞が来てはじめて自分を尊いと思えるようになり、はじめて自分の純潔を発見した。自分は敵に強姦されていないということで自らを誇ったのである」。作品はこのどこにでもあるおくれた愚昧な精神現象に対する憂慮を表現して、国民の魂に対する改造の実行を期待した。短編小説『在医院中（病院にて）』（1941）と雑文（雑感文）『我們需要雑文（我々には雑文が必要だ）』（1941）、『三八節有感（国際婦人デーの感想）』（1942）等もあわせて、いずれも独立した個性意識と集合としての大衆との衝突を映して、生活の中のおくれた現象に鍼を打ち、革命の体内にある弱点を批判する。そして丁玲というこの個性解放論者から階級論者に、「啓蒙」のテーマの表現から「革命」のテーマの表現に変わった作家の、「啓蒙」に対する新たな自覚、「革命」に対するロマンチシズムの描写によって、個性独立の意識の実現を階級革命に託したのである。『在医院中』の結末にあるように「新しい生活が始まろうとしているが、しかしまた新しい苦難もある。人はいくら試練を重ねても融け去ることなくてこそ本当に役立つものとなるのだ。人は艱苦の中で成長する」。

長編小説『太陽照在桑乾河上（太陽は桑乾河に輝く）』（1948）は中国農村の大変動を反映する中で、農民の文化心理をきめ細かく描き出し、社会の政治経済革命の中で人の精神世界の革命を実現する。この小説は周立波《ヂョウリーボー》（1908 ～ 1979）の長編小説『暴風驟雨』（1948）とはそれぞれに異なった風格をみせている。『暴風驟雨』はショーロホフの『被開墾的処女地（開かれた処女地）』の影響をうけて、土地改革運動が農村にもたらした『湖南農民運動考察報告（湖南農民運動視察報告）』〔『毛沢東選集』（第一巻）――訳者注〕の提唱した「暴風驟雨」のように激しい闘争を描き、所有制度の改革に武装闘争という性格を付与した。同じく土地改革を描いた二編の小説は、同一の既定の理論に従うことを既定のテーマとする作品であり、創作主体が自我をおさえ、個性を消したことで、創作主体の独立性もなくしてしまった。したがって二つの作品の芸術生命は、社会運動の生命と同列にみなすほかはない。

注

（1）丁玲「我的創作経験」、1932 年 12 月『中華日報・文化批判』vol.1、2 期。『丁玲文集』vol.5 p.383、湖南人民出版社 1984。

（2）丁玲「我的創作生活」、『創作的経験』天馬書店 1933 年版。『丁玲文集』vol.5 p.381、湖南人民出版社 1984 所収。

（3）同上。

（4）茅盾「女作家丁玲」、1933 年 6 月 19 日『中国論壇』vol.2、7 期。『茅盾全集』vol.19 p.436 ～ 437、人民文学出版社 1991。

第二節　艾青――革命家と芸術家との狭間で

艾青《アイチン》（がいせい 1910～1996）はフランス留学の間に、その社会観念でフランス民族の急進的な政治文化の伝統の影響を受けた。同時にまたフランス民族からの人種差別も体験して、フランスの作家バルビュスによって創立された「世界反帝大同盟」に加入した。そのため艾青のその後の創作は「革命」と「救亡」という二大テーマの変奏を奏でることになった。

1932 年「一・二八」事変の当日、艾青はマルセイユ港を発って帰国の途につき、上海で「中国左翼美術家聯盟」に加入して左翼文学芸術運動に従事した。これはフランスの急進的な政治文化の影響の現れである。『大《ダー》堰河《イエンホー》――我的保姆（ダーイェンホー〔乳母の渾名〕――わたしの乳母）』（1933 年 1 月）には階級革命への想いが現れている。『葦笛』（1933 年 3 月）にはフランスの 1789 年式の革命への激しい感情が強烈に表現されている。艾青の詩歌には「土地」――人民のおかれた境遇への同情と、「太陽」――生命への賛歌が響き渡っており、反抗と闘争への呼びかけ、渇望が暗示されている。『煤的対話（石炭の対話）』（1937 年春）にはこう書かれている。「おまえはいつから沈黙したのだ？／恐竜が森を支配していたころから／地殻がはじめて震動したころから／おまえはもう深過ぎた恨みのなかに死んでいたのか？／死ぬ？いや、ちがう、私はまだ生きている――／どうか私に火をくれ！　火をくれ！」。『笑』（1937 年 5 月）は「二十世紀の激しい炎」の中で、勇んで「燃焼し」、「格闘し」、「命を捧げる」と誓いの言葉を発している。艾青は幼い頃から大堰河の懐で母親の愛にも似た人民のいつくしみを味わい、また「農民の憂鬱」を感じ取り、「都市」と「農村」が対立するという潜在意識を培ってきた。フランスにいた期間は、懸命に生き方を探し求め、さらにいかに人生を表現するか、自分が感じた「都市」と「農村」の「諸相」を表現するかを探し求めていた最中の時期であり、自然にベルギーの詩人エミール・ベルハーレン（1855 ～ 1916）の影響を受けて、それをその後の自分の長い創作の生涯貫き通した。艾青自らが語っている。

「私が最も愛し、より深く影響を受けたのはベルギーの大詩人ベルハーレンの詩である。それは資本主義世界の大都市のはてしない膨張と、広大な農村の破滅に瀕するさまを深く掘り下げて取り出して見せてくれる[(1)]」、「私の詩の手法のいくつかはあきらかにベルハーレンから学んだものである。――この詩人が近代のヨーロッパの全貌をどんなに深く広く描き、『神曲』のような大きな構成で都市と農村の盛衰の諸相を描き出しているか、私は終始最高の敬慕の念を捧げてきた。彼の未来世界をうらやむ気持ちと人類の幸福な彼岸へのいちずな期待は、いっそうこの艱難に満ちた世紀の詩人たちに先知者の声として公認されるべきである[(2)]」と。艾青の詩の中の「憂鬱」はベルハーレンのそれと同様に、急進的な政治文化観念の表現である。艾青はこう述べている。「ベルハーレンの詩に描かれている都市の勃興、農村の衰退等の情況は、当時の我が国の状況と似ているところがある。彼の詩はマルクスの分析したところに合致している[(3)]」。艾青は「憂鬱」に革命の情緒を付与した。「この時代に生きる忠実な魂を憂鬱でなくするのは、泥色をした夢の中でのたうつ農夫を憂鬱でなくさせるのと同じで、等しく無邪気に属するぜいたくな望みというものであろう[(4)]」という。そして「詩人と革命家は同じく時世を憂うる者であり、しかも彼らはまた同じくこの時世を憂うる思想を行動に変える人たちである――大きな時代がやってくるときはいつも、彼らは必ず兄弟のように手を携えてやってくる[(5)]」といっている。『死地――為川災而作（死地――水害のために作る）』（1937年6月30日）は干ばつを描き、数千万の「大地の子」が次々と倒れ死んでいく惨状を描いているが、その状況にかぶせて、詩人は呼びかける。「誰かがあの飢餓の火をつけた……」と自然災害から革命の情緒を引き出している。

日本侵略軍の欲しいままの大挙侵犯と中国軍民の奮起抵抗が艾青の民族主義の激情を呼び起こし、その詩作には「救亡」のテーマが突出する。『復活的土地（よみがえる土地）』（1937年7月6日）では詩人の「かつての日々の憂鬱」が払いのけられ、希望が詩人の心によみがえる。そして予言していう。「我らのかつて死んだ大地は、／輝く大空のもとに／すでに復活した！／──苦難もいまは記憶となり／その暖かい胸に／新たにうずまき流れるのは／戦闘者の血液であろう」と。──予言は次の日ただちに検証された〔7 月 7 日、盧溝《ルーゴウ》橋で日中全面戦争の開始〕が、それはまた艾青の詩歌の「救亡」のテーマが力強く爆発することを予告していた。『他起来了（彼は立ち上がった）』（1937 年 10 月 12 日）には荘重なイメージと深遠な寓意があり、屈辱と深淵の縁からすっくと立ち上がった「彼」は、植民地の境遇から目覚めて奮起抗戦する中華民族を象徴しており、「敵の死亡から／自己の生存を奪い返す」だろう。『雪落在中国的土地上（雪は中国の大地に降る）』（1937 年 12 月 28 日）では「農民の後裔」の立場から、野蛮な侵略者の魔の手に落ちた中国人民の深刻な苦難を描いているが、そこにまた「憂鬱」が現れる──「中国の路は／なんというけわしさ／なんという泥濘か」──そして『北方』（1938 年 2 月）、『我愛這土地（我はこの地を愛す）』（1938 年 11 月）などの詩の中でそれがいっそう強められている。艾青の抗戦詩の中の「憂鬱」には、鮮明な民族主義が内包されている。艾青はフランスの左翼作家バルビュスやロマン・ロランのように、一方では階級革命に賛成しながらも一方では帝国主義戦争に反対している。彼は『詩与時代（詩と時代）』（1939 年 7 月）の中でこう書いている。「抗戦は今日の中国、今日の世界において、それに対する詩人の態度の如何を問わず、誰にとっても最大の事件である。もし詩人がまだ感覚を失っていなければ、目にするものすべてが人の心を痛ましめるこの事件の存在を隠すことはできない」と。この時期の艾青は時代と民族の代弁者をもって自任しており、バルビュス、ロマン・ロランと同様にある程度作家の独立性を保持していた。

1942 年 3 月 11 日、艾青は『解放日報』に『了解作家、尊重作家（作家を理解し、作家を尊重せよ）』という文を発表して、現実の中にひそむ暗黒を暴露するのは作家の正当な権利であると考え、「作家は自由な創作以外は、他に何の特権も求めない。彼らが生命を賭して民主政治を擁護する理由の一つは、民主政治が彼らの芸術創作の独立の精神を保障できるからである」とした。同年5月15日の『解放日報』には『我対於目前文芸上幾個問題的意見（当面する文学芸術上のいくつかの問題に対する意見）』を発表し、文学芸術は政治に従属するという前提のもとで、「文学芸術は政治の付属物もしくは政治の蓄音機やラジオではない」と自分の立場を表明している。しかし延安の整風と王実味《ワンシーウェイ》批判の運動が残酷なものになっていくと、艾青は自分本来の一定の独立性をもっていた立場を完全に放棄して、完全に権力の中枢に帰服した。6月16日の王実味批判大会では『現実不容許歪曲（現実は歪曲を許さない）』と題する長篇の発言をしてこう述べている。「この全国の人民が関心を持ち、希望を寄せている延安が、全中国と全世界の進歩的人士が愛護している延安――陝甘寧辺区〔陝西・甘粛・寧夏辺区。「長征」後中心根拠地となり、延安に中共中央がおかれた――訳者注〕が、仮に本当に王実味が書いたとおりそのままであるなら、それには存在する価値、存在する可能性があるのだろうか。この根拠地が本当に「不潔」で「暗黒」で「醜悪」であるとしたら、それでは、中国の抗戦に未来があるだろうか。中国の革命に未来があるだろうか」。

艾青の詩人としての芸術生命に深刻なダメージを与えたのは、彼がさらにこういっていることである。「王実味の文章には至る所に「愛」、「暖かさ」、「純潔」、「光明」、「神聖」、「情熱」、「勇敢」、「美しさと暖かさ」、「理性と良心……」とかいった言葉が漂っている。こういう抽象的で美しい名詞が彼の文章に漂っているのはまるで虹彩のような油の光がぽつぽつと暗渠の水に浮かんでいるのを見るようだ[6]」。これは艾青が事実上詩人としての自分を否定し、したがって芸術の独立に背いてしまったことを意味している。不幸なことに、これは艾青が詩壇に頭角を現したばかりの時にすでに杜《ドゥー》衡《ホン》によって見抜かれていた。杜衡は1936年に『読「大堰河」（「ダーイェンホー」を読んで）』の中で書いている。

> その二人の艾青とは、一人は暴動を起こす革命家であり、一人は耽美主義の芸術家である。二人はもともとは手を携えてともに行く友だ

ち同士であった。彼らが同じところから、すなわち世界に対する憎悪と軽蔑から出発していた故である。だがこの二人の友だちは結局は互いに相手をゆるせなくなる……だから詩人艾青を理解しようとしても、少なくとも普通の人にとっては、それはたやすいことではないようだ。私は彼がどちらの側からも許してもらえなくなるのではないかと危惧している(7)。

注

（1）艾青「在汽笛的長鳴声中」（『艾青詩選』自序）、『艾青全集』vol.3 p.390、花山文芸出版社 1994。

（2）艾青「為了勝利――三年来創作的一個報告」、原載『抗戦文芸』vol.7、1 期（1941 年 1 月）、『艾青全集』vol.3 p.124、花山文芸出版社 1994。

（3）周紅興「用色彩譜写美的歌声――訪詩人艾青」、『鴨緑江』1981 年第 11 期。

（4）「詩論・服役・二十二」、『艾青全集』vol.3 p.43、花山文芸出版社 1994。

（5）同上、p.44。

（6）艾青「現実不容許歪曲」、『解放日報』1942 年 6 月 24 日。

（7）杜衡「読『大堰河』」、『新詩』vol.1、6 期。『中国当代文学研究資料・艾青専集』p.426、江蘇人民出版社 1982。

第十二章　聞一多——国家主義から共産主義へ

聞一多《ウェンイードゥオ》（ぶんいった 1899 ～ 1946）は、「国を滅亡から救う」という強烈なテーマによって詩歌の創作を開始した。これは“五四”時期の精神を体現するものである。

聞一多は「五四」運動に身を投じた。彼は当時次のように感じていた。「国家はここに至って、神も人も不満をかこち、強権あって、公理のない」、「売国奴は悪辣の極み、やりたい放題にのさばっている」、「学生が力を出さずして、誰をあてにすることができようか」、「今この時にあたって、犠牲をはらえずに愛国を語る資格があろうか[(1)]」。彼はこのように言う。「詩人の主要な天分は“愛”であり、彼の祖国を愛し、彼の人民を愛することである[(2)]」と。これは彼の芸術思想の表明であり、また彼の詩歌のテーマの表出でもある。詩集『紅燭（赤い蠟燭）』（1923）の冒頭の、同名の序詩は、燃焼する赤い蠟燭の形象によって詩人の使命を宣言している。世人の夢を焼き滅ぼし、世人の血を沸きたたせ、彼らの魂を救い、彼らの監獄を打ち壊すのだ、と、作者特有のあたかも燃焼する赤い蠟燭のような熱情と光明追求の精神を表現した。

聞一多は 1922 年 8 月から 1925 年 5 月までのアメリカ留学生活の中で、彼の詩歌のテーマの方向性と厚みを形成した。異なる文化との衝突が彼の愛国の情を高めた。彼はアメリカを嫌った。彼は民主の看板を透かしてアメリカの至るところに存在する種族蔑視を見てとり、先進的な物質文明の裏側にある征服者の物言いを見抜き、祖国と、その五千年の歴史文化に対する誇りと懐かしさを意識した。彼は父母への手紙にこう書いている。「ああ、我らは輝かしい中華の子孫として五千年の政治宗教、礼儀と習俗、文学、美術を有している。殺人略奪の具である機械の製造に、熟達していないことを除いて、いかなる点で彼らに遅れをとっているというのか、蔑視され、蹂躙されるのを容認することは断じてできない！[3]」。これは聞一多が絵画を放棄し、文学を学び、愛国詩人となった契機である。熊仏《シオンフォー》西《シー》（ゆうふつせい）はこのことを次のように回想している。「私たちがアメリカで学んでいたとき、君は国事に対して切実な関心を寄せ、当時の軍閥に対して激しい憎しみを口にしていた。君が学んでいたのは絵画であったが、色彩と線に頼るばかりでは、君の思想と感情を表現しきれない——君の祖国と人民に対する火のような熱愛を伝えきれない、と感じたのだ！そこで、君は文学へ転向した[4]」と。『孤雁』（1922 年 8 月）はアメリカで感じていた思いを表出している。詩人は漂白の孤雁に自らを喩え、太平洋の彼岸で目にしたものは結局のところ「ああ！　そこは大鷹の領土——その凶暴な覇王よ！／その鋭利な爪で、／自然本来の面目を掻き破り／財力の巣を建ちあげた。／そこにあるのは鉄筋鉄骨の機械ばかり、／弱者の鮮血をたらふく食らい、／罪深い黒煙を吐き出す……」『太陽吟（太陽を歌う）』（1922 年 9 月）は祖国への熱い思いから、太陽に憧れ、奇妙な想像を生み出す。「太陽よ——超スピードの金の鳥——太陽！／僕を乗せて毎日地球を一周してくれるなら／毎日ぼくの家郷を眺めることができるのに！／／太陽よ、ビルディングの角の新生の太陽！／たったいま我々の東方から来たのではないのか？／僕の家郷は今この時つつがなく変わりはないか？」『憶菊（菊を憶う）』（1922 年 10 月）は詩人の崇拝する李商隠、陸游の愛国の情と象徴的手法を表し、英国詩人キーツの感覚主義、アメリカの詩人フレッチャーのイマジズム（心象主義）の影響を受けて、詩中の菊の花のイメージは中華民族の精神文化を蔵し、「祖国の花」と「花の祖国」とが一つに溶け合う。詩人はこの「歴史があり」「風俗がある」四千年の貴い中国の名花に酔いしれて詠い、物と我が一体となる境地、『女神』のように、「二つが一つになる」境地を実現した。「ああ！　詩人の花よ！　私はお前を思うと、／私の心もほどなく咲く花となって／お前と同じように燦然と輝くのだ。私はお前と私の家郷を思い起こす、／私たちの厳粛な輝かしい祖国、／私の希望の花もお前と同じように咲く」と詠う。そして主旋律である──「私は祖国の花を賛美する！／花の如き祖国を賛美する！」この詩句を末尾で再び歌い上げるとき、詩人はあたかも狂気の状態にあるようにみえる。

聞一多の詩歌は創作主体の激情によって構成される。この激情は現実感に富んでもいる。『七子之歌（息子七人の歌）』（1925年4月）は列強に占領されたマカオ、香港、台湾、威海衛、広州湾、九龍、旅順と大連を息子になぞらえ「中華の七人の息子」の悲痛を訴え、「各一章ずつを歌にして、よるべない貧しさを述べ、祖国の哀しみを心に抱き」、「七子」の祖国の懐に帰りたいという切実な願いを叫び、毎章の末尾は「母さん！　僕は帰るよ、母さん」とくりかえす復唱によって、中華民族すべての人々の百余年来の心の声を歌いあげている。

聞一多は特に『七子之歌』を含む七編の詩作について「国家主義の叫び」であるといっている(5)。

聞一多のアメリカでの見聞と体験は、彼の民族的自尊心をさらに強烈なものにした。彼は声高に世界主義を語っておらず、階級闘争を提唱してもいない。彼は現代国家がいかにあるべきかという観念を作り上げたのである。彼の詩作『一個観念』はぼんやりとした方法でこの観念を表現する。「親しいと感じる、小さな火、／あるかなきかの呼び声、お前はなに？」朱自清が言うように、聞一多が愛するのは「欠けるところのない理想的な中国(6)」なのである。聞一多は平和的なやり方による国家の改造を主張した。彼が中国人の伝統を尊重したのは、それが民族の誇りを奮い立たせ、帝国主義の侵略に抵抗することができると考えたからである。羅隆基《ルオロンジー》、梁実秋《リアンシーチウ》、呉文藻《ウーウェンヅァオ》、顧毓琇《グーユイシウ》と在米清華学生を中核として「大江《ダージアン》学会」（大江は長江を指す）をたちあげ、19世紀のマッツィーニの創立した「青年イタリア党」がかつて「国家主義」（Nationalism）の旗印をうちたてたのを参考に、「大江的国家主義（長江国家主義）」を提言し主張した。その主旨は「内に対しては改造運動を実行し、外に対しては、列強の侵略に反対する」ことであり、当時直面していた主要な任務については、「わけても列強の侵略に反対し、人民の気勢を鼓舞する[7]」ことであった。また聞一多は、「大江的国家主義」の中の「中華文化的国家主義」（Cultural Nationalism）をとりわけ重要視した。彼はかってこの点についての最初の考えをこう述べている。「わが国の前途にある危険は、政治的に征服されるのみでなく、経済的且つ文化的に征服されることを憂慮せねばならない。文化的に征服されることの災いは多方面の征服の百千倍にもまさる。災いを双葉のうちに摘み取ることは、我々の肩にかかっている！[8]」と。

この時期、聞一多は中華本位の文化という観念をもつようになった。彼は1923年にこう記している。「私がアメリカに一年多く住めば、西洋文明を憎むことは百倍にもなる。私はイエスを二度と信仰しない。‘大いなるかな孔子’まことの聖人よ！[9]」この文化観念に基づいた「中華文化の国家主義」の立場は、彼が「国家主義と共産主義」の激烈な闘争をはっきり意識するに至って、彼に確固として前者の立場に立たせたものである。彼は1926年にこう記している。「国内の赤禍が猛威を振るっているこのとき、我々国家主義者の責任はことのほか重大である[10]」と。「国家主義者の叫び」とする七編の詩作は詩人の「中華文化の国家」への熱烈な感情を表現したものである。

その中の『長城下之哀歌（長城のもとでうたう哀歌）』（1923年2月）は数千言の長さに及び、一詩人が長城前で悲憤のあまり死んでしまう歌詞であって、詩人はこの詩が「すでに死んでしまった東方文化を悲しむ、私の熱い涙の結晶[11]」であるという。詩歌は情熱的に長城を讃えて「ああ！五千年の文化の記念碑よ！　偉大な民族の偉大な標識」といい、それと同時に、遅れた中国を痛切に悲しみ嘆き、植民地文化の境遇であることを悲しみ嘆くのである。

『洗衣歌（洗濯の歌）』（1925年1月）は洗濯を生業とする一人の華僑の語りを通して、人種差別への憤りを表現した。望郷の涙によってアメリカで弱小民族が受ける侮辱を洗い流す。長詩『南海之神――中山先生頌』（1925年3月）は孫中山先生の逝去の報を受け、この民族主義の先駆に捧げる頌歌を幾晩もかけて書いたものである。作品は孫中山先生と中華民族の歴史、億万の中国人民を一つに溶け込ませ、この先駆者を称揚することによって民族の自信を喚起する。「あなたは四億の漢民族の力の結晶。／我々をしてあなたの中に中華の昨日の偉大さを見、／あなたのなかに中華の明日の光栄を望み見させてほしい」。『醒啊！（目覚めよ！）』（1925年6月）は「五卅（5月30日の事件）」反帝愛国運動に励まされて書き上げたもので、作品は漢満蒙回藏の五大民族および「民衆」の口調で帝国主義に対する反抗を叫ぶ。詩は残忍この上ない虎や豹、山犬や狼が神州の大地を踏みにじっていることを告発し、「熟睡する獅子」に早く目を覚ませと呼びかける。詩人は付記の中で、「これらは長年国外にあって、帝国主義からの抑圧を受け尽くした不平の叫びである」、「帝国主義が上海で惨劇を演じているまさにこのとき」、自分の詩が「同胞に敵愾心をまき起こし、気勢を一層高めることを希望する[12]」と述べる。そして『愛国之心（愛国の心）』（1925年6月）と『我是中国人（私は中国人である）』（1925年7月）は祖国のためを思う震えるような心を直接的に述べたものである。前者は自分の心は祖国を思うことで占められていると述べ、後者は中華民族の広々とした国土、悠久の歴史と輝かしい文化を誇らかに描き、自らの中国文化の精髄によって養われた心の扉を開け放つ。

『発現（発見）』は聞一多が1925年5月末、3年間離れていた祖国に帰り、あふれんばかりの期待から完全な失望への心情を表現している。詩にこう記す。「帰ったよ、私は一声叫ぶ、そういうそばから血涙があふれだす、／‘これは私の中華ではない、ちがう、ちがう！’／……私は帰って来たが、ひょっとして空しい喜びなのか。／私は悪い夢を見ていて、そこが君なのか？」と。ここから、聞一多の詩歌は社会憂慮の度を強め、現実感が増す。彼の詩歌は新しいテーマへと踏み込んでいった。

これより以前、アメリカ滞在時期の創作では、主旋律は愛国主義である。『憶菊（菊を憶う）』に代表されるアメリカ滞在前期の詩歌は、主として故郷への思いに、国を愛する気持ちを託した。『七子之歌』を代表とする後期の作に表されているのは反帝国主義の叫びである。『発現』に始まる帰国後の詩作のテーマは社会批判である。『天安門』（1926年3月）は、人力車夫の視点によって封建軍閥が引き起こした「三・一八」虐殺事件を暴き出している。頭のない死体が小さな旗を振っている、やっと十歳かそこらの生徒が軍隊と警察の発砲で頭を打ちぬかれている……聞一多の詩歌には下層人民の生活の悲惨な画像が一枚また一枚と出現し、広範な人民の境遇に対する詩人の深い思いやりが表現されている。『荒村（荒れはてた村）』（1926）は戦乱で追われて農民は四方に逃げ、もともと桃花の園となるべき村々には「人煙が見えない」。詩人は農民に対する同情と、内戦に対する告発を繰り返し訴える。「この光景はなんと異様で無残なことだろう！」、『春光』（1926）は明るい春の光の中で路地を物乞いして歩く乞食を描き、人と自然のコントラストによって社会に対する強烈な批判を表現している。

そして『死水（たまり水）』（1926年4月）は、中国社会のたまり水のような現実に対する詩人の激しい憤り、絶望が充分に表現され、醒めた現実感と強烈な批判精神を体現している。『死水』の時期、聞一多は杜甫の憂憤の心情、「生命を削っても人を驚かす詩句を求めた」詩芸、韓愈の文学革新精神の影響、またイギリス・アメリカ近代詩人ハーディ、ハウスマン等の感化を受け、新詩格律化の主張を提起し、「三美詩歌」理論をうち立てた。彼はこう考えるのである。「詩の実力は音楽美（リズム）、絵画美（詞藻）を包括するのみでなく、その上に建築美（節の均整と句の均斉）がある[13]」。『死水』は「三美」理論による模範であり、詩人の理想中の「中西芸術が結合した後に生まれた子[14]」なのだ。「死水」にいう。

這是｜一溝｜絶望的｜死水,
這里｜断不是｜美的｜所在,
不如｜譲給｜醜悪｜来開墾,
看他｜造出個｜什麼｜世界。

これは｜溝《みぞ》にあふれる｜絶望の｜たまり水、
これは｜断じて｜美の｜所在にあらず、
醜悪に｜道をあけ｜開墾させるに｜如くはない、
見てみろ｜それが｜どんな世界を｜造るのか。

この詩では──詩全篇を通じ、毎行、三つの「二つの文字」と一つの「三つの文字」により構成されている。抑揚とめりはりが利いて、朗々と声に出すことができ、詩中画あり、形象は生き生きと、形式は整然とし、建築美に富んでいる。憤激の呪詛の中に、新生への希望が見えている。朱自清は評している。「これは‘悪の花’を称揚するものではなく、いっそ‘醜悪’をもっと早く‘満ち溢れ’させ、その‘絶望’の中にこそ希望がある[15]」と。

『一句話（一言）』（1925年6月）はリズムに調和があり、言葉がよく練られ含蓄があり、結構は整然として、情趣に富み、曲がりくねった繰り返しの美を感じさせる。「私たちの中国」の繰り返しは、詩人──そしてすべての中国人民の心中に鬱積した民族主義の感情を爆発させている。

「大江的国家主義」は聞一多に長い期間にわたり、「民族主義」の理念を抱かせた。国内の政治闘争でも、超然とした立場を保持し、独立した作家としての地位によって民族主義的見解を発表した。「九一八」事変（満州事変）で、彼は青島大学で学生義勇軍を組織することを主張し、学生が抗日に従軍することを支持した。「一二・九」（1935年12月9日冀東自治政府反対の示威運動。北京の学生による──訳者注）運動中、彼は学生の愛国の熱意に共感をよせたが、過激な行動への支持はしなかった。彼は清華大学の大多数の教授と同様に学生の授業ボイコット、試験ボイコットに反対した。西安事変に対して、彼は清華大学の教授たちとほぼ一致して反対の態度を保持し、また、宣言を起草する七人委員会のメンバーに推挙された。『清華大学教授会為張学良叛変事宣言（張学良による反乱事件に対する清華大学教授会の宣言）』はこう述べる。「今回の西安事件は、思いもよらない出来事で、広範囲の人々を驚愕させた。同人等は、学校に勤務し、政治に対して本来無党派で、国家の隆盛、民族の幸福を日夜望んでいる。もし中国民族が自由平等の域に到達することを可能にする者がいるなら、わが国民はみな擁護しなければならないと考える。また、現在外交闘争に対して全国一致して政府の全体計画の下に、心を同じくして協力してこそ功を奏すると考える。もし四分五裂して抗戦を大言壮語するなら、敵をひそかに喜ばせるだけだと考える。ちょうどこの数ヶ月来やっと統一が行われたばかりで、国際的な印象に変化が見られ、外国の侵略を食い止めるに著しい効果が見え、ようやく国家の命運を徐々に打開し、民族の危機を徐々に回避することが期待できる。予想外にも突然事件が起き、全国が再び混乱に陥るなら、国外の禍に長期にわたり抵抗してきた勢力、凍える前線の将兵の心にとって、これにすぐる悲しみはない。統一の局面を成り立たせるのは甚だ難しく、壊すのは容易である。辛亥から今まで二十余年、始めて今日の局面ができたのであり、この局面が壊れてしまえば、世界の大勢は決して我々に再び統一の機会をもたせることはないだろう。同人等は張学良の今回の反乱が、偽の抗日の美名のもとに、実際に亡国の禍を招き、統一を破壊したのであり、著しい罪悪は明白であり、わが国人民はこぞって遺棄すべきであり、国民政府に打電して迅速な討伐を要請するほか、引き続き全国の人士が一致して国家の幸せを主張するように望む[16]」。この間、聞一多は教室で次のように語っている。「国家は誰のものか？　あなたがた自身のものではないか？」、「国家の元首をさえ武力で脅迫できるとは、本当にでたらめだ！　兵士を引き連れた一人の軍人が軍隊の武力クーデターであると称することができるとは！　これでも国家と言えるであろうか？[17]」。伝記作家のいうように、これらの言葉から聞一多が「蔣介石を中国統一の象徴と見ていた[18]」ことが見て取れるのであり「その出発点は国家と民族の安危にかかっている[19]」のであり、正にその理由のゆえに、聞一多は西安事件が平和的に解決したことを望外の喜びとし、中国共産党の大局を顧みるやりかたに賞賛を表明した[20]。これらは、みな「大江的国家主義」

の残光であり、「理想的な無欠の中国」の理念が再度現れたのである。

抗戦が深化し、長く続くにつれ、1943年に至って、聞一多の見るところでは、国家の失ったものはますます多くなり、汚職官吏、悪徳商人は国家の困難に乗じて大儲けをし、おびただしい人々が飢えと寒さに苦しみ、彼の闘争の矛先は国内に向けられ、最高権力の中枢に向けられた。これとともに、彼の十余年間の中国文化研究は中国文化の負の面に向けられた。彼は1943年にこう記している。「十余年の古籍に埋もれた生活を経て、私は理解し、我々という民族、この文化の病状をはっきり認識するようになった……[21]」と。この時、彼はウェールズ（英）が「儒家、道家、土匪」を同列と結論づけたことを擁護し感謝して、その上で「もし‘儒家、道家、土匪’を‘儒家、道家、墨家’、あるいは‘泥棒、詐欺師、土匪’と呼び変えても氏の原意を損なわないばかりか、強めるくらいである……[22]」と認めている。彼は「中庸」が利害の損得の計算にすぎず、かつ「‘中庸’の庸の字は‘附庸（属国、従属物）’の庸の字であり、換言すれば‘中庸’は即ち中層あるいは中間の傭ではないか[23]」と疑い、「‘無為にして為さざるなし’も、つまりはこういうのと同じである。取らないものはなく、奪わないものはない[24]」と。そこで、以前の「中華文化的国家主義」論者は民族文化虚無論者、文化革命論者に変わったのである。彼は『従宗教論中西風格（宗教から中西の風格を論ず）』（1944年4月）の中でこう記している。「中国と西洋の風格の比較とは？　お前は何をもって人様と比べるのか？　それだけの資格があるのか？　お前には一式のうるわしい名詞があるにしても、やはりその微小さ、凡庸さ、臆病さ、虚偽を覆い隠すことはできず、お前のけちな算段、人目をくらましてこそこそするさま、私利私欲、そして一切の醜態を覆い隠すことはできない。お前の孝悌忠信、礼儀廉恥、そして古聖先賢のどのような哲学も嘔吐をもようさせる，私はすべて見抜いているのだ！　お前には魂がなく、上帝の国家なく、国家観念のかけらなく、何が愛であるかを知らない性不能者（だから、何が恨みであるかも知らない）、お前には同情がなく、真理の観念もない。しかしながらお前は悪知恵があって、繁殖力が旺盛だ。悪知恵があるゆえに、こそ泥を働き、──私利を計り不正を働き、買いだめ投機をする。繁殖力が旺盛なゆえに、何千何万というお前の同類を全て同じ色のぼろ綿入れに混入し、番号をつけて並べ、彼らの血をすっかり吸って、彼らを餓死させ、病死させる……これがお前の流儀であり、お前の仁義道徳だ！　お前は何をもって人様と比べるのだ！[25]」。彼は1944年「五四」の時期、「今こそいっそう」「孔商店を打ち倒せ[26]」と呼びかけた。聞一多のこの時期の中国伝統文化に対する、特にその主要部分である儒家文化に対する徹底した否定は、世俗形式に対する否定に起因し、情緒の支配を受けたことに起因するが、結局のところ、彼に詩人として、超然たる独立の地位を放棄させ、1944年8月初めにこう宣言させた。「今ただ一つの道──革命があるだけで！[27]」あらゆる重大問題で郭沫若の20年前のような「転換」が起こったのだ。1945年に彼はいっている。「我々はずっと愛国、愛国といい、愛の国家はつまるところどのようなものか、自分でさえはっきりせず、一つの‘ユートピア’の影にすぎなかったが、これらの本を読んで（「新民主主義論」等を指す──著者）、中国の前途に少しずつ確信をもつようになった。そこで‘最低綱領’があり、そのほか‘最高綱領’があることがわかり、当面最低綱領をたたかい取ること、将来なお一歩一歩最高綱領に到達しなければならないのであり、その時が、‘世界大同’なのだ！[28]」と。なおこうもいう。「いま私は国家主義は反動であり、愛国とはただ新民主主義の国を愛することであるとわかった。今は新民主主義のために奮闘し、将来は社会主義、共産主義のために奮闘するのだ[29]」。このように、聞一多は「古文献と古代文学を研究する学者から努力してマルクスレーニン主義、毛沢東著作を学習する‘小学生’へと、変わり、一人の民主主義者から共産主義の理想を有する革命家へと変わった[30]」。また、それとともに超然とした著作の立場を放棄して、人文介入方式も放棄し、現実政治に参画した。彼は1943年秘密裏に中国共産党の直接指導による秘密組織「西南文化研究会」に参加した。1945年春、地下党活動に加わり、「すでに党の直接指導下で工作をすすめ[31]」、共産党綱領の第三次国内革命戦争に身を投じた。1946年7月15日、彼は「最後の講演」の中でいった。「我々はいつも李公樸先生（愛国の士、1946年国民党に殺害された――訳者注）のように前脚で表門をまたいで踏み出したら、後ろ脚で表門をまたぐことはないのだ！」不幸にも、その日彼は帰途、国民党特務に暗殺され、激烈で残酷な国内政治闘争の犠牲となった。

注

（1）「致父母親」（1919年5月17日）、『聞一多全集』vol.12 p.18、湖北人民出版社1993。

（2）熊仏西「悼聞一多先生――詩人、学者、民主的鼓手」、『聞一多研究資料』p.384、北岳文芸出版社1986より引く。

（3）「致父母親」（1922年8月）、『聞一多全集』vol.12 p.50、湖北人民出版社1993。

（4）熊仏西「悼聞一多先生――詩人、学者、民主的鼓手」、『聞一多研究資料』p.383～384より引く。

（5）「致梁実秋」（1925年3月）、『聞一多全集』vol.12 p.220、湖北人民出版社1993。

（6）「愛国詩」、『朱自清詩文選集』p.184、人民文学出版社1955。

（7）「大江会章程」、『大江季刊』vol.1 No.2、1925年11月15日。

（8）「致梁実秋」（1925年3月）、『聞一多全集』vol.12 p.215、湖北人民出版社1993。

（9）「致家人」1923年11月、同上、p.194～195。

（10）「致梁実秋」（1926年1月23日）、同上、p.229。

（11）「致梁実秋」（1923年3月8日）、同上、p.149。

（12）『現代評論』vol.2 No.29、1925年6月27日原載、『聞一多全集』vol.1 p.221。

（13）「詩的格律」、『聞一多全集』vol.2 p.141、湖北人民出版社1993。

（14）「〈女神〉之地方色彩」、同上、p.118。

（15）「聞一多全集序」、『朱自清詩文選集』p.261、人民文学出版社1955。

（16）『清華大学校刊』、1936年12月16日。

（17）張春風「聞一多先生二三事」、『宇宙風』vol.147、148合刊、1947年3月1日。

（18）聞黎明『聞一多伝』p.154、人民出版社1992。

（19）同上。

（20）同上、王康『聞一多伝』p.174、湖北人民出版社1979を参照。

（21）「致藏克家」（1943年11月25日）、『聞一多全集』vol.12 p.380、湖北人民出版社1993。

（22）「関于儒・道・土匪」、『聞一多全集』vol.2 p.377 ～ 378、湖北人民出版社 1993。
（23）「什麼是儒家」、同上、p.399。
（24）「関于儒・道・土匪」、同上、p.378。
（25）「従宗教論中西風格」、同上、p.364 ～ 365。
（26）「五四歴史座談」、同上、p.367。
（27）「聞一多先生年譜」（季鎮淮）、『聞一多全集』vol.12 p.511、湖北人民出版社 1993。
（28）和善周「千古英烈 万世師表」、『聞一多研究資料』p.204、北岳文芸出版社 1986 年。
（29）李凌「愛国主義——聞一多思想発展的主旋律」、『清華大学学報・哲学版』、1996 年第 4 期、p.67。
（30）何善周「千古英烈 万世師表」、『聞一多研究資料』p.204、北岳文芸出版社 1986。
（31）同上、p.212。

第十三章　胡適の社会観の主題

「新文化運動」の中で、「啓蒙」のスローガンのもとに、胡適が提唱した「個人主義」は一種の「健全な個人主義」であり、責任ある個人主義である。胡適の理解するイプセンの個性の自由の思想の意味するところは、ただ単に、したい放題の極端な個人主義という、一つの意味においてではなく、二重の意味においてなのである。胡適はこのように述べている。「個人の個性を発展させるということには、どうしても二つの条件がなくてはならない。第一に、個人に自由な意志をもたせなくてはならない。第二に、個人に責任をとらせ、責任を負わせねばならない(1)」と。また「家庭がそうであるように、社会国家も、それと同じである。自治的社会、共和的国家は、個人が自由に選択する権利をもたねばならないだけでなく、自分の行為に対しても責任を負わなければならないのである(2)」といっている。

こういった自由の見方、責任の考え方の、存在主義の行為哲学は、変化の激しい、災難の深刻な、中国現代史の過程で、胡適に中国知識人の憂患の伝統を自覚的に継承させ、「天下を治めることを自分の任務とし」、積極的に社会改造の過程に参画させたのである。

胡適の参画の方式も、憂患の伝統と同じ流れをくむものである。彼は現実の権力の中心と必要な距離を保ち、忠言をもって直諫することのできる身分、政府に対して率直に直諫する「帝王の師」の位置に身を置いて、自ら考えるに至った国家、民族に対して負うべき歴史的責任の履行に全力を尽くした。この参画方式は「自由」が含んでいる二重の意味を体現し、「自由」と「責任」が密接不可分であることを体現している。胡適は九百年余り前の范仲淹の『霊烏賦（不思議な烏の歌）』中の名句を「古代の哲人が自由を求めてたたかった重要文献」、「中国の一人の政治家が言論の自由を勝ち取った宣言」として称賛している。彼は『霊烏賦』中の名句「鳴きて死すとも、黙して生きず」はアメリカの開国前期自由を争った名言「自由ならざれば、むしろ死するに如かず」より七百四十年早いと称賛している。胡適は次のように考えて、「中国のこれまでの知識人の最も進歩的な伝統から見るなら、言論の自由、直諫の自由は一種の‘天からの’責任であり、それゆえ‘鳴きて死すとも、黙して生きず’というのである。国家と政府の立場から見ると、言論の自由は、人々を励まして‘いまだ形をなさざるを憂え、いまだ盛んならざるを恐る’との正論危言をいわせ、小人どもが口々恩徳を称揚し、太平の世を鼓吹するたわごとにとって代わらすことができるのだ(3)」といっている。

この自由哲学、憂患意識は、胡適に独立した知識人の地位を保持することに全力を尽くさせ、中国現代史上、政党闘争を主要な形式として、長期の矛盾、衝突、混乱の中で、政党や内戦から超然として、政党間を調停する役割を発揮し、政党間の合作、国家の平和と統一の実現を期した。1933年、汪精衛は胡適に官界に出て、国民党に参加してほしいと頼んだ。胡適は即座に拒絶した。彼はこういった。「私がこの独立した地位を保ちたいと思う理由は、決して虚名を追うものではなく、また名誉を重んじて言動を慎重にしようとするのでもなく、本当のところ、不偏不党の身であることにより、重大な局面に際して、あるいは国家のために強力な、偏りのない、公平な話ができるのではないか、と思うからだ(4)」と。抗戦に勝利して、彼が夢にまで願った民主立憲政治の実現を切望し、両党の再度の軍事衝突及び全面内戦には明確に反対した。儒家の経典が規定した──「君子は党せず」(『論語・述而』)、「士、道に志す」(『論語・里仁』)、「志を尊ぶ」(『孟子・尽心上』)等の如く、中国官僚、上流知識人階層の独立の品格を示したのである。

胡適が社会の歴史の過程に参画して、独立の地位を保持したことは、また「新文化運動」の個性解放の思想を堅持し、科学と民主の精神を堅持したことでもある。胡適は「新文化運動」退潮後に落伍することのなかった一人である。彼は人間に対する楽観主義者であり、社会に対する楽観主義者でもある。彼は固くこう信じていた。「世界を救うのは不可能なことではない。そうかといって、我々が手を合わせて頭を挙げると望みが達せられるというものでもない。世界を救うことはできる、しかし、我々各人が力を尽くすことがどうしても必要だ。我々が一分の力を尽くせば、世界を救うことが一分早まる。世界は、ほんの少し、一滴、一分、一ミリの成長なのだ。しかし、このほんの少し、一滴、一分、一ミリは、すべてあなたと私と彼の努力と貢献にかかっている(5)」。責任と信念に対して彼は宗教と同様の感情を抱いている。彼はこう述べる。「私のこの現在の‘卑小なる私’は、永遠にして不朽の‘大いなる私’の無窮の過去に対して、重大な責任を負わなくてはならない。永遠にして不朽の‘大いなる私’の無窮の未来に対しても、重大な責任を負わなくてはならない。私は、いかにして現在の‘卑小なる私’を活用して、‘大いなる私’の無窮の過去を裏切らずにいられるようにすべきか。また‘大いなる私’の無窮の未来に災いを残さずにいられるようにすべきなのか？　しばしば考えなくてはならない(6)」と。

この社会進化論思想と実験主義の方法が胡適の社会改造における自由主義の立場を築いたのである。

1919 年 7 月 20 日、胡適は『多研究些問題、少談些主義（問題をより多く研究し、より少なく主義を語ろう）』（『毎週評論』31 号）を発表し、その中でこう指摘している。「耳ざわりのよい‘主義’をむだに論じることは極めて容易なことで、八っさん熊さんにもできることであり、オウムや蓄音機にもできることだ」、「よそから輸入した‘主義’を無駄に論じるのは、何の役にも立たない」と。ここで胡適は自己の主張を提出する。「多く問題を研究して、‘主義’を論じるのを減らせ！(7)」続けて、またさらに付け加えて『三論問題与主義（三たび問題と主義を論ず）』（『毎週評論』36 号）と『四論問題与主義（四たび問題と主義を論ず）』（『毎週評論』37 号）を発表し、胡適と陳独秀、李大釗等との考えの違いを示した。胡適はマルクスの独立した人格と自由を追求する精神に対して賞賛を与えていたとはいえ、しかし

「実地に現在の我々社会の必要なことを研究しない」という前提の下で、「その時代のその地の」学説、わけても階級闘争の学説を輸入することを主張しなかった。胡適はこう記す。

　階級戦争説が有産階級と無産階級が並立できないわけを指摘することは、社会主義運動史と労働党の発展史上もとより極めて重要である。しかし、この学説は「階級の自覚」を明らかにするという方面に偏りすぎ、無意識に一種の階級的な敵視を作り上げ、労働者に資本家は並び立つことのできない仇であると認定させ、かつ多くの資本家には労働が真に一種の敵であると思わせもする。こういった敵視の結果、社会で本来互いに助け合わなければならない、そしてまた互いに助け合うことのできる二大勢力を、二つの対峙する敵営とさせ、建設した多くの救済方法は不可能となり、歴史上多くの必要のない惨劇を演じさせることになる(8)。

「問題と主義」に関する論争は、「新文化運動」中の改革派と革命派、漸進主義と急進主義の間の論争である。それは「新文化運動」の分化を示すものである。

胡適はその後二十年代に陳独秀、李大釗からはなれて独自の道を歩むようになるが、その分岐の焦点は、自由主義の立場を保持する胡適が、平和的改革を主張し、暴力革命による中国問題の解決に反対したことにある。

1930年4月、胡適は『我們走那条路（我々の行く道）』（『新月』2巻10号）を発表し、こう指摘している。「武力暴動は革命の方法の一種であるにすぎないのだが、混乱の中国においては革命する唯一の方法となってしまい、そこでお前が俺をやっつけるのを革命するといい、私がお前をやっつけるのも革命するということになった。負けた人間は武力を準備して再度の革命を謀るのみであり、勝利した人間も常に武力で他人が革命するのを防止できるよう準備するのみである……彼らが勝利の局面を握っているとき、最も恐れるのは他人が革命することだ。そこで、自らを‘革命的’と称し、反対する人間をみな‘反革命’と呼ぶのである」と。胡適は感慨をこめてこういっている。「我々の認識は、今日のいわゆる‘革命’は、全くのところ‘天下のどれほどの罪悪もお前のせいであるという名の下に行うのである’。武力をもって武力に替えるなら、この分隊の軍人を用いてあの分隊の軍人に替えたり、この盲目的な勢力をあの盲目的な勢力に替えたりすることで、これを真の革命であるということはできない。少なくともこの革命はそれほどの意味がなく、それほどの価値がない。その結果兵士は盗賊に変り、盗賊は兵士に変り、兵士はまた盗賊になり、兵士と盗賊の世界ができ上がるだけだ。国家にいかなる利益があるだろうか？　人民にいかなる利益があるだろうか？(9)」、胡適は結論して、「我々は自覚した改革をもって、盲動的ないわゆる‘革命’に取って替えなくてはならない(10)」といっている。

急進派の代表人物として、陳独秀の「新文化運動」の期間における社会観は、個人を中心としてうち建てられた民主主義（「民治主義」と呼ぶ）であった。彼はいう。「世の中の生活のすみずみまで、ほとんど一箇所も民治主義の旗を立てないところはない(11)」と。マルクス主義の思想を受け入れてのち、彼は民主主義を否定し階級闘争論者となった。彼はいう。「民主主義とは何か？　資本階級が以前、それによって封建制度を倒した武器にほかならない。現在はそれによって世人を騙して政権を独り占めにするペテンである」と。彼はこう認識する。「資本と労働の二つの階級が消滅しない限り、彼ら二つの階級の感情と利害は全く異なるのだから、どこから全民意を探すのか？　全国民がみな資本家になるか、あるいはみな労働者になるかして、はじめて全民意というものが真に存在するのであり、そうでないならどんな国家においても、階級の考え党派の考えがあるだけで、全民意というものは絶対にない(12)」。

胡適と陳独秀に代表される二種の社会思潮は、それぞれにどちらも西洋の影響を受けているとはいえ、胡適の平和的な改革思想は、自覚するとしないにかかわらず建設を主張し、仲裁を重んじる儒家文化の伝統と同じ流れをくみ、且つ「新儒家」の領袖梁漱溟の関連の思想と行き着くところは同じである。中国国内戦争時期、梁漱溟も外来の階級革命のモデルを受け入れることを拒絶した。彼はこう考えた。「中国問題の根本は、誰かに対して革命するのではなく、文化を改造し、民族が自ら救済するのだ[13]」と。そのため、梁漱溟は『我們走那条路』を読んだ後、即刻『敬以請教胡適之先生（胡適之先生を敬い教えを乞う）』を書き、読後「うれしさこの上ない[14]」こと、胡適の“改革”と“革命”についての態度に「完全に同意する[15]」と表明した。

梁漱溟は上記の文で、胡適が『我們走那条路』中で一掃し、打倒しなければならないときめた「五つの大仇敵」論──即ち貧困、疾病、愚昧、横領や着服、そして攪乱（これがすなわち胡適の「五鬼中華を騒がす」論の始まりである）──この中に帝国主義が加えられていないことを胡適に問いただしている。梁漱溟はこう分析する。「疾病と貧困はいずれも貧困のためであり、横領・着服は世の中の乱れと関係がある。貧困は直接的に帝国主義の経済侵略によるものであり、世の中の乱れは帝国主義が軍閥を操っていることに起因しており、故に帝国主義はまことに病根なのである[16]」と。梁漱溟は当時中国社会の各層──革命的知識人を含む──に反帝の波が高まっていることに賛同し、当時の中国の問題が「国際資本帝国主義の侵略と圧迫にあり」、問題の解決は「不平等条約の桎梏と束縛を取り除く」ことであると認識していた。梁漱溟は、この問題で胡適は「革命の非難者」ではあるが、「革命家の枠から出ている[17]」とさえ認めている。そして胡適は答えてこういっている。「アヘンはもとより外国から入ってきたが、アヘンを吸う者はいったい誰なのか？　なぜ世界の進歩した民族はいずれもこの害を被ることなく、わが神州民族に集中しているのか？[18]」と。

胡適と梁漱溟のこの論争は、これ以前の二人の東洋、西洋文化の論争と、深刻な内在的関連がある。ここに至って我々は半植民地の中国において、胡適は国内問題に注目したのみで、西洋列強の侵略的本性が見えていなかったことが見てとれる。胡適は以前の民族文化絶滅論者から、国家主権──経済絶滅論者へと発展したのである。

幸い胡適は建設を重んじた。彼の「五鬼中華を騒がす」論の初心は「自覚的改革」を通して、帝国主義の侵害を免れる、すなわち「帝国主義に抵抗する見地から、まずこの五大仇敵を一掃しなくてはならない(19)」というものであった。

二十年代初め、胡適は「無政府主義」の中国での広がりに対処して、こう提起している。「我々は現在無政府について、勝手なおしゃべりをしてはならない。我々は有政府主義を語るべきであり、よい政府主義を語るべきである！(20)」。胡適が1922年5月13日発表後に称されるようになった「よい政府主義」の『我們的政治主張（我々の政治主張）』は、蔡元培、梁漱溟、李大釗、胡適など16人の署名を付した公開宣言の形式で14日に『努力周刊』に発表され、その核心は「‘立憲政治の政府’を要求する(21)」ことであった。民主憲政を打ち立てることは胡適の終始変わらない政治理念であった。彼の意識した「帝王の師」の歴史的責任は、政権を握る国民党政権の構造形式と政策決定方法を注視し、彼の政治理念に基づき、時機を失しないで、国民党に民主憲政の治国へ向かう大道を指し示すことであった。彼は『税制改革的大路（政治制度改革の大道）』（1935）の一文中で、国民党一党の専制統治であれば、いわゆる「党治」の腐敗は必然であることを第一に指摘している。彼はこう記す。「今日の党治の腐敗は、その大部分は合法的な政敵の監督がないことによる」。彼は考えた。「一つあるいは多くの競争する政党を樹立することが、国民党自身を改良する最も良い方法である」と。彼は国民党に対して「党治を捨て」、民主制度をうち立て、立憲政治を実行するように戒めた。同時に、胡適はさらに蔣介石に「法の遵守と憲法擁護」を説いた。このことは、自由主義の立場に基づく、建設的な批判精神を体現したものである。

中国現代史上長期の激烈な紛争の中にあって、胡適は主として党派意識でなく、自己の政治理念に基づいて、二大政治勢力に対して度重なる価値判断を行った。あらゆる重要な正念場で、彼が一つ一つ率直な見解を発表したことは、一党一階級でなく統一した中華民族の前途のために責任を負い、「社会国家に替わって活路を考える[22]」ことにあった。抗戦が勝利し、胡適は中国が滅亡に瀕した国家から、一躍世界第四位の強国の地位になったことを貴いこととし、国家の統一実現のために多方面にわたって働いた。彼はこの間『独立評論』に大量の政論を発表し、蔣介石に政治改革を実行し、共産党を受け入れ、民主政体をうちたてるよう説いた。一方では、彼は 1945 年 8 月 24 日ニューヨークにおいて毛沢東に電報を打ち、厳粛に且つ心から懇請した。「中共の領袖の諸先生、今は世界情勢を詳しく観察し、中国の前途を重んじ、過去を忘れることに努め、将来を遠望し、決心をして武力を放棄し、中国のために武力に頼らない、第二の大政党をうちたてる準備をおこなってほしい」と。1947 年 7 月 5 日、即ち全面内戦が勃発した翌日、胡適は「二つの異なる政党」と題して談話を発表した（7 月 6 日『申報』）。7 月 20 日これに基づき「二つの根本から異なる政党」を書き上げ、対立した両党のために最後の調停を行い、それによって双方が共に民主の道を歩み、戦後の中国を「世界第四の強国」の地位とするにふさわしい建設を行うよう図った。この国家の統一、民族和解と社会建設に力を注いだ思想と品格は、集団闘争の激烈な中国現代歴史の過程で、梁漱溟のように中国古来の読書人の伝統と使命を遵守していた胡適をして一種の現代中国の自由主義の社会改造思想、及び自由主義の行為哲学をうち立てさせたのである。

注

（1）「易卜生主義」、『胡適全集』vol.1、p.614、安徽教育出版社 2003。

（2）同上、p.615。

（3）胡適「‘寧鳴而死、不默而生’——九百年前范仲淹争自由的名言」、『胡適全集』vol.22、p.782、安徽教育出版社 2003。

（4）「致王精衛函」（1933 年 4 月 8 日）、『胡適全集』vol.24、p.161、安徽教育出版社 2003。

（5）「実験主義」、『胡適全集』vol.1、p.299、安徽教育出版社 2003。

（6）「不朽――我的宗教」、同上、p.667 ～ 668。

（7）「問題与主義」、同上、p.324。

（8）「四論問題与主義」、同上、p.358。

（9）「我們走那条路」、『胡適全集』vol.4、p.465、安徽教育出版社 2003。

（10）同上、p.469。

（11）「実行民治的基礎」、『独秀文存』p.251、安徽人民出版社 1987。

（12）「民主党与共産党」、同上、p.603。

（13）「郷村建設理論」、『梁漱溟全集』vol.2、p.453、山東人民出版社 1989。

（14）『梁漱溟全集』vol.5、p.33、山東人民出版社 1992。

（15）同上、p.41。

（16）同上、p.38。

（17）同上、p.36。

（18）「答梁漱溟先生」、『胡適全集』vol.4、p.484、安徽教育出版社 2003。

（19）「我們走那条路」、同上、p.458。

（20）「日記」（1921 年 6 月 18 日）、『胡適全集』vol.29、p.313、安徽教育出版社 2003。

（21）「我們的政治主張」、『胡適全集』vol.2、p.422、安徽教育出版社 2003。

（22）「我們走那条路」、『胡適全集』vol.4、p.470、安徽教育出版社 2003。

第十四章　許地山――仏の目で世の中を見る

許地山《シュイディーシャン》（きょちざん 1893～1941）は台湾の愛国志士の家に生まれた。両親は熱心な仏教徒であった。1894年甲午戦争（日清戦争）が起こり、台湾が日本に占拠されると、一家は中国大陸福建省龍渓に移住した。幼時彼は私塾で経書や史書を学んだ。中学を卒業後、相前後して福建とビルマの仰光華僑学校で教鞭をとった。1917年燕京大学に合格した。1919年「五四」運動に積極的に参加する。1921年「文学研究会」の発起人として成立に加わり、同年短編小説『命命鳥（みょうみょう鳥、仏教伝説の鳥）』『商人婦（商人の妻）』『換巣鸞鳳（巣を換えた鸞《らん》と鳳《ほう》）』『黄昏後』などを発表した。これらの中国新文学初期の創作には「西洋思潮」の影響もなく東方文化についての虚無概念もない。それは東方文化の近代的発展である。

『命命鳥』の名門家庭出身の加陵《ジアリン》と滑稽劇役者の娘敏明《ミンミン》は、幼少のころから仏教系学校の同窓生である。青春期になると二人の想いあう心情は次第に深まり、「互いに離れがたい」と思うようになる。二人の心の奥から生まれた愛情と婚姻が家長の愚かさと偏見による反対にあうと、二人は決然として家を出る。林の中の枝に止まる一対の美しい命命鳥に感じるところがあって、二人は極めて楽しげに水に入り心中をとげる。「新婚の男女が手をとりあい寝室に入るように思いのまま、少しもひるむようすがなかった」。『商人婦』の惜官《シーグアン》は賭博で金をすってしまった夫のために旅費を工面し、南洋で生計を立てるように送り出す。十年後、彼女は約束どおり共に暮らそうと南洋を訪れると、意外にも夫は金持ちの商人になり、新しい妻もいて、惜官を騙してインド商人に売りわたした。その商人が死ぬと、彼女は正妻の虐待に耐えかね、隣家のバラモン教信者の婦人の助けを得て、家から逃げ出した。その婦人の姉の家に身を寄せるべく赴く途中、惜官は明けの明星を見つめて瞑想する。彼女は前夫が彼女に対して良くしてくれたことを思うと、彼に売られたことは彼女自身にも原因があると感じた。彼女は「精神を集中して」考え、「自立した生活」をしようと決意し、他人を頼り身を寄せるのをやめる。明けの明星に向かっていると、彼女はよろこびに心がはずみ、明けの明星が心の永遠の啓示を与えてくれたことに感謝した。彼女は女学校に入って勉強し、農村の教師になった。彼女は再び前夫を訪ねれば、彼が悔い改めるであろうと考えた。しかし、前夫は妻を売ったため当地の華人に相手にされず、商店は倒産、行方不明であった。惜官は世の中の悲しみをなめ尽くしたが、彼女はこう感じた。「世の中のことすべて、そもそも苦だの楽だの区別はない。自分がやってみれば苦しいけれど、追憶している時はたのしいものだ。そのときは苦しくても、後になって思い返せばたのしみなもの……長い別れ、売られたこと、逃亡、すべてそこには楽しさが潜んでいる[(1)]」と。許地山のこれらの主人公が「自我」意識に目覚め、それを作り上げたのは、ヨーロッパの近世思潮の影響ではなく、仏教文化によって培われたものであると描かれる。小説では花や石や雲や鳥、太陽や月や星や時など仏教のイメージを用いて、主人公が長い間に形作った仏教理論の素養が、これらの具体的な暗示のもと、南禅の「頓悟」（一瞬に悟る）のように瞬間的にはっきり見える禅の心を表現している。許地山の小説は仏教の人文精神のもと、奇怪な様相と異国情緒あふれる独特の風格で、中国現代文学の個人主義思潮に合流した。

依拠する理論の違いから、許地山の小説の個性開放のテーマは「新文化運動」のような絶対的な意義をもたず、いずれも相対的な意義においてである。『換巣鸞鳳』では清朝末年、陽江の県知事は娘の和鸞《ホールアン》を祖先に功績のあった軽車都尉（兵車武官）啓禎《チーヂェン》と婚約させたいと思っているが、和鸞はかつて受刑者であった過去を持つ、兵営の分隊長の祖鳳《ズーフォン》を愛していた。恋する二人は夜中に駆け落ちし、山中で山賊になる。だが和鸞はそれが目的であったのではなく、彼女が期待したのは祖鳳が「努力し向上してちょっとした官職につき、国家のために頑張る」ことであった。『綴網労蛛（網を張る蜘蛛）』（1922）の女主人公尚潔《シャンジエ》は、世間の人々が「浮気女」

であるといいふらし、見識のない夫は彼女に怒りをぶつける。彼女は気にもせず、弁解もしない。「同じ一つの事に、必ず違った評価が生まれる」と彼女は考える。彼女は独自の人生観を確立している。「他人がどのように私を批評しようと、夫がどのように私を疑おうと、自分に恥じることなく、天の星にも地中の虫けらにも顔向けできるように願うだけ」と彼女はいう。ちょうどこのころ、彼女が慈悲心から傷ついた盗賊を助けると、夫はそれを彼女が道にはずれている証しと考え、残忍にも彼女を刺す。彼女はそれを少しも恨まず、家の財産を争うこともなく、身一つで土華島に行き一人で生活する。真珠を採る者から啓発を受け、苦難を経験するうちに実存主義の哲学を悟る。「人生とは海中で真珠を採るのと同じように、何を収穫するか、どのくらい収穫するか、それは自分の権限外のこと、しかし自分は毎日どうしても生活しなければならない、これはなすべき義務である」と彼女は考えた。彼女は「耕作することを追求する」という行動哲学のもと、島で責任感をもち、気高く威厳のあるくらしをしていた。夫がたとえキリスト教神父の感化によって、自らの悪い行いについて過ちを悟り、尚潔を理解するようになっても、彼女は相変わらず泰然として対処した。彼女は他人の眼からではなく、心の中の哲学によって生活するのである。「私のすることはそもそも人に知ってもらいたくないし、人から憐れんでもらったりほめてもらうためでもない[2]」と彼女はいう。夫は自分から檳榔嶼（ペナン）に償いをしに行こうとするが、彼女は引き留めもしない。彼女は人生の本来の意義にもとずいて生活する。小説の終わりに彼女はいう。「私は蜘蛛みたい、運命が私の網……いつ破れるのか、どんな破れかたをするのかも分からない。いったん破れても、しばらく安全に隠れている。チャンスがくるとまた完全な網を張るのだ」と。

許地山の小説の深い哲学的味わいはインド文学より得たものが大きく、それは哲学、宗教、文学の三者を一つにまとめている。小説の中のごく普通の多くの人々は、表面は「柔弱」であるが、内にもつ意志を奪うことはできない。彼らは「無我」「虚心」の境地を求め、仏教の本質に何とかして近づきたいと思う。これは許地山が作りだした理想の「真の人類」「文化をもつ真の人」である。彼らは「物にたいして貪り求めることなく、人と意地を張りとおして争うことなく[3]」、彼らは楽しげに憂いを忘れて人生の真の意義を追求する。これは「偉大な民族を作り上げる条件」であると許地山は考えた。彼はいう。「人類の運命は限定されているが、その限られた範囲内で向上する意志を当然もつべきである。いわゆる向上とは全治全能を求める思いであり、出来るか出来ないかはさて措き、人は努力して追求するべきである[4]」と。これは東洋的特色の濃い積極的かつ前向きな価値観である。上は儒家の教えを受けつぎ、下は現代実存主義哲学を述べる。許地山の小説の意味は深い内容を含んでいる。評論家が指摘するように「許地山の、人生の深い道理を述べる小説の長所は論理的思考の正確さにあるのでなく、情感の真実味にある[5]」のだ。

中国近現代の重大な歴史的事件は、直接または間接的にしばしば許地山の小説に投影されている。あるものは小説の背景となり、あるものは主人公の人生のテーマとなり、あるものはストーリー展開の契機となり、作者の憂国の情を体現している。まさに1922年許地山は書いている。「世の中に出て以来、しばしば事変災難に遭い、あちこちに離散し、安心して寝たことがない[6]」と。『黄昏後』で描かれる夫の亡妻への思いの内実は、甲午戦（日清戦争）の海戦中、戦いに敗れたことによって湧きおこった恥辱感である。主人公の関懐《グアンホアイ》は、海戦中、鄧《ドン》大人の呼びかけに応じて軍艦内の通訳として戦地に赴く途中、鄧大人が威海衛で戦死したとの報に接する。彼は中国の失敗に深い恥辱を感じ、親しい友を避け、それ以上の種々の恥ずべきニュースの刺激を受けずにすむよう、単身孤島に住もうと決意する。五年もしないうちに、この湾もフランスに占領され、妻は出産を前にして、租借条約への署名がなされたとの報を聞いて病に倒れ、産後一日もしないで死ぬ。関懐は二人の娘を育て、再婚しないことを誓う。彼の心の中では、山《シャン》という姓の亡妻は、実は死んではいず、恥を蒙った土地に身を隠しているのだった。彼は円錐形のものを見るとすぐ山を思い、彼女のことを思った。彼女は、いつでもどこにでもいた。小説は個人の感情と国を挙げての恨みとを一つに融合し、恥を蒙った女性は恥を蒙った土地の象徴とみなしている。『玉官』も日清戦争の恥辱をあつかった小説である。小説の女主人公玉官《ユイグアン》は日清の海戦で戦死した兵士の未亡人である。作品は主人公の人生を歴史の変遷の中におき、社会の激動や文化の衝突等、すべてをヒューマニズムの視角によって叙述している。叙述の中心を占めるのは、農民運動の高まりと暴力革命の進行である。許地山は厳正なマルクス主義理論を、ごろつきの李糞掃《リーフェンサオ》に「一区切りずつそのまま言わせる」が、それを耳にした玉官に「これは恐らく別の外国の宗教ではないか」と感じさせる(7)。また玉官は一途に新しいことを追うのでなく、盲目的に受け入れもせず、中国と西欧の二つの文化の中で、それぞれの文化的価値を吸収し、絶えず人生について悟りながら生きる。だからいつも凶を吉に変え、棘の道を平坦な道にすることができ、修業の結果この世の悟りを得る。許地山は最も早く個人や家庭の挫折と国難を一つに合わせ、「自我」のテーマと「民族」のテーマとを貫きつないだ。鄭振鐸《ヂョンヂェンドゥオ》（ていしんたく）は『許地山選集・序』（人民文学出版社 1958 年出版）の中でこう記す。「‘五四’ 時期の許地山は ‘我々のように世の中に出てきたばかりの学生たちに比べ、ずっと老成しているように見えた’」と。抗日戦争の勃発後、許地山は中国人民の抗戦は「文化的人間」と「動物的人間」の戦争であり、故に「人道」が「畜生道」を制すると考えた(8)。彼は、『危巣墜簡（きそうついかん。高い枝の巣、沙漠にうもれる竹簡や木簡——危難の中の意）』で、日本の侵略が中国人民にもたらした災難を訴えた。「簡已墜」（簡は已に墜《お》つ）というような痛切な悲しみ、「巣亦危」（巣もまた危うし）というような憂慮には、民族の重大な災難を目の前にして、作家の心を焼かれるような憂いが滲み出ている。同時に、作品は鄭成功式の民族の英雄にむかって国家の危機を救ってくれるよう、切実に呼びかけている。『鉄魚底鰓（鉄の魚の鰓《えら》——潜水艇の話）』（1940）では、中国人民の心の底にある民族主義の心情や、抗戦中に形成された近代国家観を描いた。雷《レイ》先生は潜水艇の新技術を発明し、誠実な愛国の情を抱いて外国商社のドック勤めを辞め、日本侵略者の侵攻に際して新技術をもって祖国に貢献したいと考える。しかし、彼は多方面に奔走するが、祖国に報いる道はなく、難を逃れる途中手を滑らして設計図を海中に落としてしまう。彼も即座に海に飛び込み命を捧げ、国難を除こうとする精神を表している。

『鉄魚底鰓』は老科学者が祖国のために尽力しようとしても、それを妨げるさまざまの障害を暴いている。造船所を支配する閨閥関係、研究所をとりしきる派閥、当局内で売国行為によって個人の営利をはかる「石敬《シージン》堂《タン》」……作品は社会批判の色あいを強めている。これは、許地山の小説がもつ堅実な写実的な品格である。『街頭巷尾的倫理（大通りから横町まで町中の倫理)』では、市民、囚人、物乞い、流浪者、無産者、軍人眷属、警察によって構成されている町の社会での、ほとんど倫理観を失い、少しの正義感も同情心もない、低劣な世態風習を暴いた。許地山は国民の性格の中にある弱点と社会の悪弊を批判したが、その意図は、「本性を育て上げる」ことによって、性格の中の「動物的」属性を克服し、「文化をもつ人間」に発展させ、さらには「文化をもつ民族」へ至らしめることであった。『春桃』（1934）はこうした人格改造の社会思想を表わした。作品は戦乱の中の人生を描いている。春桃《チュンタオ》は嫁入りの日に匪賊になった兵隊に襲われ、夫妻は離散する。彼女は北京に流れつき、ひとまず外国人の家の使用人になるが、この家での獣の檻からにおってくるような生臭さになじむことができずに去る。行き詰まって、紙くずを拾ってマッチに替え生計をたてた。始めは苦労するが、のちにだんだんにうまくいくようになり、苦難を共にした劉向高《リウシアンガオ》を受け入れ、二人は心を合わせ働き、ささやかながら力一杯働いて、苦しい中にも楽しい生活ができるようになった。その後、彼女は思いもかけず、前夫李茂《リーマオ》に遇う。彼は義勇軍に入ったが、敵との戦いで負傷し身体障害者になっていた。春桃は彼のことを忘れず嫌わず、連れて帰り一緒に住み、「三人で会社をおこそう」と主張し、各人ができることをし、励ましあい、戦乱が与えた重荷を背負いながらも、社会が彼らにもたらした困難を克服し、欠けているところがあっても完全な、不正常であっても正常な人生を築いた。彼らは知識では劣るが意志があった。許地山の人格論によれば「知識は決して意志にまさることはない」のであり、「意志は知識よりも上にあるべき[9]」なのだ。春桃は意志の力で苦難に勝った。彼女はいう。「苦難にぶつからない人がいるかね？　苦しくとも何とかして生きようと考えなければならないんだよ。閻魔殿の前では、まさか笑顔がみられないとでもいうの？」と。春桃の生きる意志は、どんな思潮や学説から生まれたものでもなく、「春桃は闘争に勇敢に立ちあがるねえさんではなく、もとより碧眼にひげづらの学生でもない」。彼女はただ生きたいだけだ。彼女はこういう。「私たち三人でこうして暮らしていって、いけないのかね？」と。

春桃ら三人の生きる意志のありようの意義は、その独立性のなかにある。春桃は彼ら三人の生き方が世俗的習わしや道徳にもとるところがあっても、弱気を起こさない。彼女は向高にむかって、「私たちのことは、誰も邪魔することはできない」という。彼ら三人の独立の意志は戦乱の中彼らを生き延びさせただけでなく、正しく生きさせ、迷路に陥らせることはなかった。彼らには素朴な価値観があり、隠れた「選択」能力があって、そのため気づかぬうちに拒否したり、しっかり守ったりするのだ。梁《リアン》実《シー》秋《チウ》はちょうどこの混乱の時代にこう言明している。「資産のない者でも向上心のある者なら、苦労してまじめに一生働きさえすれば、いくらかなりとも必ずそれなりの資産を得るであろう。それでこそ正当な生活の戦いの手段といえる[10]」と。『春桃』は梁実秋の自由主義理論に一枚の具体的な絵を提供した。許地山の社会思想は自由主義である。

許地山の創作には社会批判をテーマとするものがあるが、それは革命とつながっているわけではない。ここにおける「革命」は、常に革命とは別の観点から描かれる。『女児心（娘の心）』は辛亥革命をバックにして、満州貴族の父と娘の離散を描き、娘が父を捜す話であるが、主人公が遭遇する事件によって辛亥革命および革命後の社会の現実を映し出す。小説は広州の町のあちらこちらで「満人を皆殺しにする」との噂が広まっていることを描く。暴動が起きるや満州貴族の烏《ウー》大人は忠誠を尽くす証しとして、家族全員を殺すが、娘の麟趾《リンヂー》は偶然幸いにも難を免れる。彼女は世間を流れ歩き、芸人と仲間になる。土匪に捉えられたり、土豪に拉致されたりするが、彼女は父がまだ死んではいないと信じ、父を捜そうと決心する。このことは読む者に深い感動を与える。作品は辛亥革命中の人種的偏見およびそれに続く混乱の世相を批判している。

『換巣鸞鳳』では、和鸞が祖鳳との間の身分の差を少しも気にかけず、祖鳳を見送ってこう歌う。「君よ貧しさゆえに憂いを増すなかれ。多くの古人も、貧しく卑しい身分の出なのだから」。祖鳳は革命軍に加わるのだが、しかしながら、辛亥の後解散してしまったので、祖鳳は再び山に入り、見境もなく役人を殺したり、商人からは略奪し、華僑を人質に取り、殺人略奪をした。彼が奪い持ち帰った宝飾品を自慢げに和鸞に与えたとき、和鸞は特に心を動かす様子もなかった。彼女は書籍を何冊か持ち帰ってほしかったのだ。彼女は彼のしてきた行為を知るに及んで、彼が彼女の望みとくいちがった方向に進んでいると感じた。彼女は彼のやったことは「強盗に類する行為だ」と糾弾する。作品は階級革命の視点からではなく、階級を超越した人文的価値観によって、辛亥年間の歴史舞台に現れた各種の社会の力量を考え合わせ、貴族にも平民にも善人と悪人がいることを明らかにし、階級革命理論に対する解消を構成した。小説の筋は曲折に富み、伝奇的色彩が豊富で、混乱の絶え間のない歴史の過程に対する作家の切実な関心、感じ方を表わしている。

『東野先生』（1932）では正面きって自由主義の価値体系をうち立てた。東野夢鹿《ドンイエモンルー》は日本留学から帰国しても、少しも外国かぶれしたところがなく、小学校教員の職に黙々として励む。彼の行為哲学は近世個人主義ではなく、社会思想も過激な革命を拒絶する。社会政治の理想は「暴動」によって実現することはできず、不合理な制度が頼みとする旧思想や旧習慣に対して「理を説いてわからせ、誤りを除いて正しいところに戻す[11]」べきであると考えた。彼は「市党部」（市の国民党機関）の活動に参加することを拒否した。そこではおしゃべりばかりで実行がないと考えたからである。彼は教師を一生の仕事とし、それによって社会の進歩に尽くした。東野先生と対照的なのは東野夫人志能《ヂーノン》と一緒にフランスから帰国したばかりの卓《ヂュオ》先生である。卓先生は個人主義哲学と「革命の使命」を身につけて広州へ帰ると、前もって画策した「大暴動」の前夜――彼が自ら意識した生命の終わりの前夜に、志能に対して彼と「ひと時の快楽もつこと」を求めるのであるが、作品では個性の「暴動」思想と社会の「暴動」思想とを一つの性格として描き、一つの形象を作り上げた。志能は彼女が身を置く優勢な視点によって、東野夢鹿と卓斐立《ヂュオフェイリー》との対比をいっそう強く感じるようになった。彼女はかつて夫を誤解していたことを悔い、彼の怪異な風貌を通して、彼の性情、学問、道徳に敬服した。帰国以来彼への尊敬の念は日ごとに強まり、自らのこれまでのことが非常に悔やまれた。このことは外からの圧力によるものでなく、内なる責任感が次第に強まったのである。志能は自身の変化を意識するに至った。彼女は卓斐立にいう。「あなたの生活の理想は享楽を追い求めること、私にとっては人として（いかにあるべきか）ということ……以前私が見ていたのは自分でした。今私は見聞を広め、自分以外の人が見えるようになったの」と。志能はしたい放題の個人主義の考えに別れを告げると同時に、暴力革命にも別れを告げた。彼女は卓斐立に対して「私たちのこれまでの社会のため個人のための計画は、どちらもとても愚かで、理由がないと思うの、やはりやめましょう」と表明する。

『東野先生』は許地山の多数の作品と同様に留学生を題材とした小説である。東野夢鹿は日本から帰国し、植民地あるいは半植民地の境遇に直面するが、その状況のもとでなお民族の精神の独立を主張する。彼は赤の他人が武力で土地を要求し、あるいは経済侵略するなら、それは物質的に征服されるだけのことであって、もし「自分が精神の上で、他人に屈服するなら、それでも一つの民族といえるであろうか[12]」と考えるのである。

許地山の文化思想は、中華を本位として中国と西洋の結合したものである。彼の肯定する「文化的民族」とは「もし民族自身の生活の理想と経験によって彼の生命を保ち、また彼の民族の長所を取り入れて、彼の生活を改善することができるなら、それこそ成果であり、向上することができる。このような民族の特徴は、自覚し、自給し、自衛する民族である[13]」。雷《レイ》先生(『鉄魚底鰓』)、東野先生(『東野先生』)等はいずれも作家の文化思想を具体的に現している。許地山が否定する「文化民族」の特徴は「他民族と接触するや、自らの一切を滅ぼし、自らを忘れ果て、自らを軽んじ、その結果は滅亡の運命をたどる[14]」というものである。卓斐立はこのような植民地性格の見本である。彼は民族文化に対する虚無論者である。彼は志能が帰国後だんだんに東野を聖人同様に称賛するようになったと感じると、彼は聖人とは実のところ気狂いであって、学問も普通の人間には必要でなく、道徳はさらに何ら守るべき基準はないと思った。小説は、この極端な個人主義者が国外で秘密の政治活動に従事し、使命を帯びて帰国し暴動を画策するが、暴動は失敗し、天字埠頭の刑場で処刑されたことを描く。彼とそのほかの処刑された「同志たち」の死体は、「まるで屠殺された羊や豚が、毛を削ぎ取られ屠殺業者の門の外に転がしてあるのと同じだった」。さらに悲しむべきことに、これらの死者に対して、見物人たちが、嘲り笑ったり、あれこれ論じたり、悪しざまにののしったが、「しかし、頭を垂れて憐憫の情を起こす者は、一人としていなかっただろう」と、暴力革命に対して否定的態度を示している。志能は結局卓斐立のような革命家にはならなかった。彼女の行為は革命家に対して一つの証拠を提供したのである。革命家は「資産のある人々には革命は行えない[15]」と考えた。しかし、自由主義理論では「我々は充分に資産制度の弊害を認めるが、しかし、文明を擁護しようとするなら資産を擁護しなければならない[16]」と認めている。

志能は秘密の革命団体から離脱はしたが、当局の革命者に対する迫害には反対であった。東野先生は暴力革命には不賛成だが、黄花崗《ホアンホアガン》(1911年4

月 27 日、広州における中国革命同盟会の武装蜂起）烈士の遺児を心をこめて養育した。今回彼はまた、誤って志能の遺体と伝えられて、遺体を納棺するため、天字埠頭に駆けつけ、すべての死体を一つ一つきれいに並べ、白い布をかぶせた。二種類の暴力を超越したところに、この作品の自由主義の特徴がある。『東野先生』は東、西の文化大論争の文脈の中にあって、責任感によって個人主義を超越し、同情心によって暴力を超越し、啓蒙主義、漸進主義、民族主義を一体化した作品である。

『解放者』の主人公陳邦秀《チェンバンシウ》はもともと身寄りのない娘で、七歳で売られてアヘン常習女の下女にされ、その虐待に耐えかねていたのを、幸いにも隣家の方《ファン》家の少爺《シャオイエ》（坊ちゃん）に救い出され、のちに師範学校に学び教員になる。革命が怒濤のように湧き起こると、彼女は党務に従事し、社会の「解放」を追求する。『東野先生』の主要な主人公は自由主義者の東野夢鹿であり、革命家卓斐立は彼と対比されている。『解放者』は革命家を舞台の中心へと押し上げ、作品の思潮上の意義は自由主義の視角から革命を描いたことにある。

陳邦秀と方少爺の間は、方少爺が幼年時に陳邦秀に救いの手を差し伸べたことから、この「縁」が二人の運命を神秘的に支配し、作品の全体を貫いている。小説は比較的長い時間の幅で、次々と重要な歴史事件、たくさんな社会の場景、そして複雑なもめごとが、高度に凝縮された雰囲気をもたらしている。物語の筋書きは予測がつけがたく、変幻極まりない時代の空気と一致している。

邦秀は当時方少爺に救われ逃げのびた後、方家の主人である大旦那が、倍以上の金を使って身売り証文を買い戻し、彼女はやっと自由の身となることができた。だが方家の大旦那は辛亥前には県の長官職にあり、公正な事の処理を行っていたので、土地の悪徳有力者やごろつきに憎まれ、辛亥革命の勢いが高まると、彼らは正義にもどすという旗をかかげ、反清に名を借りて、方家の大旦那を牛に見立て、鼻に縄を通し、身体には汚職官吏の罪状を掛け、一家全員を引き回した後、彼らを殺害した。これは『女児心』と同じように、辛亥革命中の盲目的な行為を批判し、「乱世」を批判している。許地山は、「混乱の世では、人はほんとうに畜生に変わり得る[17]」と、痛切に感じていたのである。方少爺は幸い難を逃れ、あちらこちらを流れ歩き、やむなく警官になった――そのことによって、彼は長いこと捜していた邦秀の足跡を「偵察」する（探り調べる）ことができ、また比較的有利な視角によって「解放者」たちのすることなすことを「偵察」することもできた。許地山は小説のために一つの「外角度」を設けた。一定の意味において、これは作家の角度でもあり、意識の比較的進んでいる角度である。

方少爺は紹慈《シャオツー》という名の警官の身分で、窓越しに邦秀自身が口述する、夫世雄《シーシオン》のすることなすことのありさまに耳を傾ける。――これもまた進んだ、信ずべき角度である。彼女の話すところによると、世雄が陸軍学校にいるときは、まだ「今」ほどでたらめなことはなかったので、彼の悪辣さに気がつかなかった。軍隊に来てからの世雄について「粗暴な性質はますますひどくなり、二言三言話して気に入らないと、手を出し、殴るわ蹴るわ悪口雑言、あらゆるひどいことをする。さらに重大な事業がまだやり終わらない状況であり、そうでなければ私は何度も自分の生命を絶ちたいと真実思った。幸い彼はいつも軍隊にいて,家に帰ることは多くなかった。ただ彼が家に帰るのは、いつも戦に負けて逃げ帰って来るのであり、彼は一度だって勝ち戦をしたことはない。恵州を攻めて脱走兵となり、韶州を攻めて脱走兵となり、南雄を攻めて、また脱走兵になった。彼は財に臨めば必ず得、功に臨めば必ずその場に居る、そういう人間なのに、戦に臨んで逃げなかったことはない。後に、人々は彼の能力を知り、軍官にはなれず、長い間家でぶらぶらすごしていた。そのとき、私は党の中である程度の地位についており、彼は私に自分を紹介してくれるよう懇願し、また、同志たちに現在の仕事をやらせてほしいと頼み込んだ」と述べている。作品はここで「投機家」の世雄が革命団体にもぐりこみ、同志たちがみな彼に「騙され」、そのため彼に重要な権力を握らせることになった現実を描き、なお且つ独特な角度から、邦秀の境遇について痛切な憂慮を表現する。作品には「羊の群れ」、「羊の仔」などの宗教的意味合いに富んだ「子羊」のイメージが随時現われ、それは絶えず強められて、さらに紹慈のふくらむ意識の流れを通して、邦秀、世雄などと象徴的な関係をうちたてるのである。

小説は紹慈が、窓越しに聞いたことを「偵察」に行く道すがら、「彼は三里河まで来ると、ちょうど一群の羊が道をふさいでいるのに行きあった……」と書き、彼は生まれたばかりの羊の仔を買い、幼年時代に邦秀とつがいの小兎と遊びながら、彼女が小羊だともっと面白いのにと言ったことを思い出す情景を書き……彼が何気なく新聞紙上で女教員の陳邦秀が捕らえられ、党の領袖は逃げているというニュースを目にしたことを書く。この過去、現在、未来のたくさんの時間の意識の流れの中で、形而上の地位にあるのは、やはり以前「城門のトンネルで見た、老いた羊に率いられ行きどまりの道に連れて行かれるあの羊の群れ」の憐れな光景がなせる哲理性の思考である。「生活の中で、みな他人に頼りきって、一人二人の領袖のあとについて、めくらめっぽうに走って、幸運なら生きるし、不運なら死んでしまうのだ[18]」と述べる。作品はこういった思考に続き、またしても一幅のもの寂しい光景を呈示する。それは仏の眼から見る災難の予兆である。

> いつの間にかまた村の外の道に来て、紹慈はロバから下り、柿の木の園に歩み入る。村道では白いラバがまっすぐに頭を上げて大空の変幻きわまりない薄雲を望み見ているようだ。門垣の傍らの茶色の犬は目を閉じて、つる草の中で悲しげに鳴く虫の声を味わっているようだ。樹上の柿は夕焼けに映え、格別輝いて見える。紹慈の雄ロバは思いのままに草原に食料を捜しに行く。彼自身は片手で羊の仔を抱え、片手で乳の瓶を持ち、樹下に座ってゆっくり乳を与える。人も家畜も疲れが少し癒えると、彼はまた家畜にまたがり、その場から離れた。たち

まち十数里の道を来た。そのとき夕陽はまだ山の頂にかかって、地上の人影が長くのびて冥土からの使者よりももっと恐ろしかった。

ここで、柿の園、白いラバ、薄雲等の物象によって構成される世界は、その本質はこの世でなく、心の世界──紹慈の心の世界である。『解放者』は邦秀などの形象において示されている「描写」を主題とする以外に、そのほか紹慈によって形象化される「抒情」を主題としている。この「抒情」の主題は、直接内心の言葉に訴えることをせず、理性や現実を多くは語らず、ただ花、石、雲、鳥……仏教に関する物事を語り、提示するだけである。『解放者』は許地山が哲学と宗教を文学に融合させた模範的作品である。紹慈の形象によって表出されているのは、衆生を済度する「大いなる心」である。

小説は紹慈が仏教寺院である大悲院でもう一度窓越しに耳を傾けるうちに、新聞が報じた、世雄の率いる暴力革命行動が失敗したその内幕を「偵察」できたことを描いている。世雄は依然として功績がないときはその場に居らず、戦いがなければ逃げないという態度は変わらず、なお且つ自己の逃亡を「何人かの同志」の逮捕の上に築き、とりわけ大難が降りかかると、邦秀を彼に替わって難に赴かせ、そのおかげで彼は機に乗じて逃げのびた。「内幕」中の「内幕」は、世雄のようなリーダー間で、誰が領袖になるかを争って、「内戦」中の「内戦」が生じていた。

『解放者』は集団の立場を超越した視角によって革命を描き、「解放者」が捜し求める道に対する疑念、および「解放者」の境遇に対する憂慮も表現した。

『解放者』は許地山のどの派にも属さない作家としての品格を具体的な形で示した。彼は『解放者・序文』の中で、作家の職責について次のようでなければならないという。「彼は派閥の別なしに、ただ薄暗い環境にいる人々のために明るい灯となり、ひどく病気を恐がる人のために薬の処方を求め、心に煩悶のある人のために苦悩を解いてあげられるよう、願うのみである[19]」。『解放者』は許地山の、社会のために探求する処方箋を漏らしている。それはここにあるすべての身分の隠匿や変異状態、そして紹慈がおこなったような救助や、捜索や、救出や、一身の犠牲など、一連の義挙を終わらせ、人生の早い時期の情感や志を変えずにいること。こうして乱世に別れを告げ、治世を恢復し、『解放者』の「生死は大体自分の思う通りにならず、自ら知ることができない[20]」という境遇を克服するのだ。これは一筋の漸進的な道である。

注

（1）「商人婦」、『許地山選集』上、p.135、人民文学出版社 1958。

（2）「綴網労蛛」、同上、p.198。

（3）「‘七七’感言」、『許地山』p.358、華夏出版社 1997。

（4）「造成偉大民族的条件」、同上、p.345。

（5）陳平原「許地山：飲過恒河聖水的奇人（ガンジス川の聖水を飲んだ奇人）」、曽逸主編『走向世界文学』p.106、湖南文芸出版社 1986。

（6）「‘空山霊雨’弁言」、『許地山』p.227、華夏出版社 1997。

（7）『許地山小説経典全集』p.252、時代文芸出版 2003。

（8）「‘七七’感言」、『許地山』p.358、華夏出版社 1997。

（9）同上、p.359。

（10）「文学是有階級性的嗎？」、『梁実秋批評文集』p.139、珠海出版社 1998。

（11）「東野先生」、『許地山選集』下、p.8、人民文学出版社 1958。

（12）同上、p.82。

（13）「造成偉大民族的条件」、『許地山』p.338 ～ 339、華夏出版社 1997。

（14）同上、p.399。

（15）「東野先生」、『許地山選集』下、p.112、人民文学出版社 1958。

（16）「文学是有階級性的嗎？」、『梁実秋批評文集』p.139、珠海出版社 1998。

（17）「危巣墜簡」、『許地山選集』下、p.162、人民文学出版社 1958。

（18）「解放者」、同上、p.47。

（19）『許地山文集』下 p.610、新華出版社 1998。

（20）「解放者」、『許地山選集』p.47、人民文学出版社 1958。

第十五章　徐志摩——自由主義の堅持と追求

徐志摩《シュイヂーモー》（1896～1931）は、1921年の春にケンブリッジ大学のキングス・カレッジに入学して、興味の対象を政治学から文学へ移した。1922年10月に帰国し、翌年3月には「新月社」を組織した。この期間に、彼はイギリスの詩人バイロン、シェリー、キーツなどの影響を受け、個人の自由を追求し、人道主義を提唱し、理想主義に満ちた詩作をした。その重要なテーマは恋愛への賛歌だった。

ケンブリッジの文化的雰囲気と、ある美しい少女に寄せた恋心によって、浪漫的で自由な徐志摩の青春の活力が誘発されたのである。徐志摩において恋愛および婚姻の自由とは「良心の安寧」、「人格の自由」、「魂の救済」を示すものであった。詩の創作はまさに、茫洋とした人海から魂の伴侶を見つけ出すことだった。そこには初恋の美しい気持ち、愛を求める焦り、愛への心楽しい憧れ、および愛を失った苦しみがある。『情死』（1922）はバラを恋人に喩え、愛への耽溺を表現している。「バラよ！　おまえが砕け散ろうがかまうものか。お前を愛している！」。『雪花的快楽（楽しき雪）』（1924）では、ある青年の愛への執拗な追及、および愛を手に入れた甘美と喜びを細やかに描いている。徐志摩は、詩とは恋人のために書くものであり、それ故に精緻で美しいと考えていた。彼は優美で奥深い詩の境地の創造に力を尽くした。『雪花的快楽』では、激しい恋をしている自分を、不思議なことに「雪花（雪片）」に変身させ、中空に美しく舞い、正確に誤ることなく「あの美しく清らかな住処」まで飛んでいき、一心に恋人があいびきにやって来るのを待ちうけ、彼女の「朱砂（鮮紅色）の唇の香り」を吸い、彼女の「あえかな波のような胸」に溶けいる。詩は「雪花」というイメージに人格を与え、人と物がひとつになり、情念と風景が溶けあい、魂の深みから発せられた心に触れる言葉で、詩人のケンブリッジによって育まれた薔薇色の夢の境地を描き、愛と人生の真夏の夜のような喜びを述べている。これは徐志摩の「単純な信仰」のたまものであり、生の意識の覚醒の表現でもある—これは「五四」の個性開放の思潮に属する。『我有一個恋愛（わたしにはある愛がある）』（1925）では、まるで酔ったように愛を詠嘆し、人生を詠嘆し、理想を詠嘆している。全詩六節は、ほとんど毎行が三文字でひとかたまりになったものが組み合わされて構成され、ひとつの韻で貫かれ、耳に快く、徐志摩が詩における音楽性の確立に力を尽くしたことが現れている。

徐志摩の詩が表現している個性の解放という思想は、社会と習慣に対する反逆精神を極めて強く備えており、このためにバイロンと共鳴したのである。バイロンが創りあげた一連の「バイロン式英雄」はみな反逆の英雄である。『海賊』の中のコンラッドは世間を敵として、メドラへの愛に執着する—彼は社会を憎んでいるため、すべての愛をメドラ一人に託するしかないのだ。『海賊』はこのような相反する心理を描いている。「私のお前への愛は人々への憎しみなのだ／なぜなら人類を愛すようになったら、おまえだけを愛することができなくなるから」。徐志摩は1924年4月に『小説月報』第15巻第4号の『バイロン特集号』に3篇の作品を発表した。バイロンの『海賊』の一部翻訳と、『拝倫（バイロン）』という論文と、自身の作品『詩一首』である。論文中では、徐志摩はバイロンの反逆精神と世俗を見下す精神を褒め称え、バイロンを「美しい悪魔、栄光に包まれた反逆児」とあがめている。徐志摩が謳いあげた愛は、バイロンが愛した「メドラ」と同じく、ひとつの象徴であり、ひとつの非凡な理想である。徐志摩もバイロンのように、世間をあっと言わせるような多くの行動、詩作をした。『詩一首』（またの名を『去罷（去れ）』）では、詩人が自らを喜んで大海のなかに放逐し、風と波の打擲《ちょうちゃく》に身をまかせるさまを表現しており、行間にバイロン式の反逆精神があふれている。「……去れ！夢の世界よ、去れ！／幻想にすぎぬ玉杯を打ち砕こう。／去れ！夢の世界よ、去れ！／わたしは山風と波濤の祝福を笑って受けよう」。『這是一個懦怯的世界（これは怯懦な世界だ）』（1925）もバイロン精神に満ち溢れている。詩の冒頭では、世俗を憤る筆致で「怯懦な世界」の輪郭を描き出している。「これは怯懦な世界だ。／恋愛を容れない、恋愛を容れない！」。ここでは「恋愛」はすでに一つのイメージにまで昇華されており、あらゆる理想――自由、調和、美……を凝集している。「怯懦な世界」はこのすべてを欠いており、なかでも一番重要なのは「自由」を欠いていることだ。詩では、反逆する勇気があり、また理想を追求する勇気のあるバイロン式の英雄精神を表現している。「この世界を捨てよ！／われらの恋愛に殉じよ！／……わたしとともに行こう、／わたしは君の手をとって、／檻から逃げ出し、われらの自由を取り戻すのだ！」そして、詩が描写した理想世界は、やはり「海賊」の世界だった。「人の世はすでにわたしたちの背後に沈んだ。――／見よ、どこまでも続く大海ではないか？／どこまでも続く大海、／どこまでも続く大海、／限りない自由、わたしと君と恋愛！」詩は最後の一節で、憧れに満ちた筆致で詩人の心中の理想世界を描いている。その世界では、愛は自由、美とひとつのものである。「わたしの指さす先をごらん、／あの空の果ての小さな星の青さ――／あれは島だ、島には青い草が生え、／きれいな花、美しい獣や鳥がいる。／はやくこのちいさな早舟に乗って、／あの理想の天の庭に行こう――／恋愛、喜び、自由――人の世に別れを告げて、永遠に！」。ここでは徐志摩の詩における主題の多様性が表れている。胡適《フーシー》は徐志摩の詩の主題を三文字で概括した。「ひとつは愛、ひとつは自由、ひとつは美[1]」。そしてこの三文字の深層の意味は、その文字が世俗社会に対する徹底した反逆を包含していることにある。

徐志摩はバイロンのように、創作中に重大な社会的主題があり、社会の歴史的進展に対する強い関心を表現した。徐志摩は1917年の秋に北京大学に入学して政治学を修め、1918年8月にアメリカに留学し、中国のハミルトン（アメリカの政治家、ワシントン大統領のもとで財務長官を任じた）となるという志を立てた。熟考を経たのち、徐志摩はアメリカの「情緒的民主政治（Sentimental democracy）に賛同しなかった。彼の政治的理想はイギリス式の民主制度だった。彼は散文『政治生活与王家三阿嫂（政治生活と王家の三婦人）』（1923）でこう述べている。「わたしが始めてアメリカからイギリスへ渡ったときの、もっとも浅薄な感想は、イギリスには国王というものがいるが、その実彼らが実現した民主政治の状況は、大声で民主を叫んでいるアメリカ人よりもはるか上にあるということだった――イギリス人自身はこれを奇とはしないけれど[(2)]」。彼はイギリス人を褒め称えて、こう述べている。「イギリス人は〈自由〉であるが、急進的ではない――自由であるからこそ、急進的ではないのだ。このため歴史上でも（大陸諸国のような）流血ざたの痕跡がない……[(3)]」。徐志摩はバイロンの自由精神を受けいれ、バイロンと同じように政治への情熱を抱いたが、バイロンの急進主義には賛同しなかったのである。

徐志摩はロバート・オウエンの学説に強い影響を受け、空想的社会主義を信奉し、人道主義の立場から、軍閥が割拠して、人々が安心して暮らせない暗い現実を批判した。散文『就是打破頭，也還要保持我霊魂的自由（頭を打ち割られようとも、魂の自由は守りたい）』（1923）では北京大学学長、蔡《ツアイ》元《ユエン》培《ペイ》の北洋軍閥には協力しないという立場に対して、支持を表明し、その独立した人格を賞賛し、「卑劣で一時逃れの社会政治」に対して鋭い批判を行った。詩『先生！　先生！（旦那さま！　旦那さま！）』（1923）では、単《ひとえ》の着物しか着ていない物乞いの娘と、立派な毛皮の帽子をかぶり車に乗った紳士とを鮮明に対比することで、また「旦那さま……旦那さま……旦那さま……」という苦しげな哀れみを求める声で、社会に対する強い不満を示し、餓えと寒さに苦しむ人々への深い同情を表した。この創作時期には、徐志摩の作品は暗い社会を呪詛しているが、「絶望しているわけではなく、また悲観しているのでもない[(4)]」。作品の内側にはなお希望があり、散文『落葉』の結語では重々しく「永遠に積極的に進取する」と宣言し、組詩『毒薬』、『白旗』、『嬰児』（1924）では「人道を侵犯し」、「光明を踏みにじる」暗黒の社会を呪詛すると同時に、「かぐわしい嬰児」、「未来の光明」の誕生に対して天使のような賛美を表している。『梅雪争春――

紀念三一八（梅雪春を争う――三・一八事件〈1926年3月18日、北京において発生した反軍閥・反帝国主義デモ運動に対する弾圧事件〉を記念して）』（1926年3月末）では、雪を軍閥政府の罪業に喩え、梅を烈士に喩えて、大雪の残忍さによって春の梅の力強さを際立たせている。

徐詩摩の創作に見られる社会批判の主題は、決して革命という主題に変化していくことはなかった。彼の創作人生にともない、中国では革命が嵐のような勢いで盛り上がり、発展途上の階級闘争が彼を悩ませた。自身の政治理想を選択するときになって、徐志摩と聞一多《ウェンイードゥオ》は、「新月社」の双璧として理想主義者の気概を示したが、徐志摩は聞一多とは異なり感性ではなく、学理に依拠していた。

徐志摩は散文『列寧忌日――談革命（レーニンの命日に――革命について）』（1926年1月21日）で、階級闘争学説に対して疑問を提示している。彼ははじめに、マルクスの無産階級革命学説が最後の闘争は無産階級の側に属することを予言したことを指摘し、「しかし、少なくともここ百年近く（その後のことは分からない）を見るに、マルクスの時代にもっとも工業化された国ですら、彼の予言――資本が集中し、中産階級が消滅するであろう――は的中していない。いや、資本が集中するのはおのずから集中するのであり、資本が分散するのはおのずから分散するのである。さらに、中産階級の勢力、政治的なもの、社会的なもの、果ては道徳的なものまでも、消滅しなかったばかりか、より強固なものになっている(5)」。階級闘争学説のその故郷での不遇を指摘したあとに、彼はさらにそのロシアでの変異を描き出して見せた。「ロシア革命が成功した原因はもとよりたくさんあるが、この中産階級が存在しなかったという事実は、もちろん主な原因のひとつである。そのためロシア革命は相当の成功をおさめがたが、マルクスの学説が予測した革命であるとは言えない。なぜなら、ロシアの階級分化は工業化の結果ではなく、従って純粋な経済的階級ではないからだ(6)」。中国で実行された場合について彼の文章はこう述べている「中国にいたっては、誰も否認しないと思うが、階級の絶対性など今さら問題にもならないのだ。われわれには士農工商という職業的な階級があるだけで、固定性もない。労働者の子弟で官僚になるものがいたり、農家の者で商人になるものがいたりして、その間は行き来が可能であるばかりか、これまで行き来が中断したこともないのだ[(7)]」。

階級闘争学説に対する態度の選択において、徐志摩には左翼作家のような先験性はなかったが、より国情を重視し、中国の社会構造の分析を重視して、学理的な方法を用いてこの重大な選択を行った。19 世紀ロシアの自由主義作家、ゴーゴリからドストエフスキー、レフ・トルストイにいたるまでが、西ヨーロッパの階級闘争の残酷な代価を語ることで、ロシア人民に警告したのと同じように、徐志摩が 20 世紀にロシアで発生した武力革命のなかに見たものも、やはりもっとも痛ましい面だった。彼はこれで、中国に階級闘争を導入しようとする行為は、「完全には信頼できない学理に盲従する」ものであり、「幻想の中で」階級闘争の「背景を仮設する[(8)]」ものであると批判した。さらに、中国の若者に階級闘争を「軽率に謳歌してはならない」と警告し、「これは遊びではない。にぎやかなうちに、水や火をもてあそび、小さな騒ぎを起こすのは構わないが、それとは違うのだ[(9)]」と述べた。

時を隔てずに、徐志摩はこう述べた。「うけあってもいい。ロシアが耐えている痛みは、たとえそのうちの幾分かにしても、将来我々の頭の上にやって来るにちがいない[(10)]」。彼は発展途上の階級闘争の潮流に対して、徹底的に批判する態度をとったのである。彼はこう述べている。「中国のかつての世代には、こんなものはまったくなかった。だから今悪魔が勢いを得たのだ。昔はまだ、平和と秩序を享受できる場所があった。しかしひとたびこの影響を受けると、そこはすぐさま憎しみに満たされてしまうのである[(11)]」。

激しい政治闘争のなかで、徐志摩は自由主義の立場を守り、作家の独立した地位を守った。彼が感じ取ったのは、階級闘争の潮流が自由主義者にもたらした衝撃だった。彼はこう述べている。「知識界の人士たちは、スローガンの氾濫や暴徒による運動の荒浪に直面して、方策も能力もなくしてしまった。あらゆる価値がひっくり返され、あらゆる尺度が変わった。理性を打倒せよ！　英知を打倒せよ！　独立して思考する勇気のある者を打倒せよ！　このような場所は我々が暮らすには適さないのだ[12]」。

1926年から1931年の創作後期には、徐志摩の作品はリアリティが強くなり、表現したのは失望、苦悶、哀愁である。『猛虎集・序』では、「いたる所の天災や凶作と、現在存在する、及び潜伏している更に大きな騒乱が押し寄せる」中国で、彼が目にするのは、「幾千万もの人が大水の中に身体を浸している」という惨状であり、耳にするのは「何千何万もの人が極度の飢えの中で助けを求める」声であり、彼は「たまらない、たまらない」と苦悶する。詩『西窓』（1926年夏）では、社会の喧騒、人生の苦しみを描写し、詩人の心のうちの焦燥を表現した。『秋虫』（1927年）では、社会に向け、聞一多の『死水』のような憤激の呪詛を発した。「彼のこの先のみじめな行く末を聞くがいい──豚になり、蛆になり、蛙になり、犬になり……/ やがて、太陽は恥じて顔を隠し、/ 月は欠けたらもはや二度と満ちようとはしない……」。『秋虫』では「人道」が「絶え」かけている世界を呪詛し、社会に向けて警鐘を鳴らしている。『俘虜頌』（1927年秋）では、もともと神聖で静かな孔子廟の前、秦淮河のほとりなのに、負傷して血を流している俘虜の一団が立っている。彼らの顔の傷はまるで「バラ」のように鮮やかで、口や鼻の傷はまるで「山から流れ出る水」のように生々しく出血し、頭部の傷はまるで「牡丹」のように大きいと描写をし、そして「俘虜」への哀れみのなかにも怒りの諷刺を含ませる。「……その俘虜は / 命をかけながらそれが誰のためなのかも知らず、/ 人を殺す凶器をひっさげ、/ 人を殺す悪計をもち、/ 日がまだ明けないうちに、だまりこくって、/ 長江を望む濃霧の中をこそこそと渡っていく。/…… どうして持つようになったのか、こんな‘怖いものなし’の精神を？ / 男子たるもの死を恐れないということなのか？──/ 一人のでたらめのために、/ 何元かの報奨金のために、/ こんな悪魔の領域に入りこみ、/ 身体を捧げ、烏龍山のふもとで塵あくたに変わろうというのか？」。詩は自由主義の立場で、「俘虜」の盲目と愚かしさを皮肉ることによって、内戦に対する強い批判を形成している。これは許地山《シュイディーシャン》が、『解放者』などの作品で表現した創作態度と共通しており、階級闘争を唱導する『水』（丁玲《ディンリン》）や『死地——為水災而作（死地——水害のために作る）』（艾青《アイチン》）とは明らかに異なる。『我不知道風是在哪一個方向吹（風はどこに向かって吹いているのだろう）』（1928 年初春）では、記憶の中の希望と、現実の失望とを描写しているが、重心は現実のでたらめさと、詩人の戸惑いと悲しみを表現することにかけられている。散文『秋声』（1929 年秋）では、現実社会に対して系統立った批判を行い、かなり完全に作家の自由主義の立場を表現している。文中ではこう述べている。「われわれはみな内輪の者なのだから、ごまかす必要はないし、実際にごまかしようもないと思う。ここにはいかなる人間性の表現もないのだ、醜悪と、下劣と、暗黒の他には。なんと醜いのだろう。われわれの火のように熱い胸には愛があるが、愛せない。下劣すぎるのだ。われわれには信仰心があるが、信仰できない。暗すぎるのだ。われわれは希望を抱きたいが、抱きようがない。太陽が天狗に食われてしまったからだ。われわれは果てしのない暗黒の中で沈黙するしかない、永遠に沈黙するしかない！[13]」ともいい、文の中で現実社会の「第一に明らかな症状は混乱である」と指摘している。「これまではっきりと見えたことのない目標のために、文人は政客となり、科学の研究者は科学とは関係のない官僚となり、学生は学問の探究を放棄し、労働者は野心家の犠牲となっている[14]」ともいう。徐志摩がここで述べたのは、現代中国——特に知識分子個人の独立意識の消滅に対して抱いている憂慮であり、これが『秋虫』の呪詛の背景となっている。『秋声』は、第二の症状として「異常な状態」のことを指摘している。「何が人類社会の常態なのか？　人類とは感情の結合である。いくら奇をてらう思想家が、人は互いに殺し合い、傷つけあうものだ、とか、人が団結するのは恐れの本能に基づくものだとか、われわれに主張しても、また、秩序がレールに乗っているような社会でもわれわれが悪質な表現を目にしうるからと言っても、われわれはやはり、社会の綱紀（規律や秩序）は人々の積極的な感情によって維持されていると信じる。つまり常態の社会の天秤においては、情愛の重さは必ず憎しみの重さよりも大きいし、助け合いの精神は必ず傷つけあい殺しあう現象よりも大きいのだ。しかし、社会に指導的使命を負う思想的中心がなくなった状況下では、さまざまな奇妙で異常な現象がすべて起こりうるのである」と。これは階級闘争に対する憂慮であり、『俘虜頌』のよりどころを提供している。文章の中で指摘する第三の症状は、「一切の基準が転覆」して「精神生活の破綻」をもたらすことである。これも前述の『我不知道風是在哪一個方向吹（風はどこに向かって吹いているのだろう）』の根元であると見なすことができる。

同じく階級闘争の潮流に対して批判的な態度をとった作家であるが、徐志摩は胡適とは異なり、胡適のように自分に「王者の師」という使命を立て、実験的な方法を用いて、民主政治の建設に尽力し、民主主義者の立場を守ったのではない。徐志摩は聞一多とも異なり、聞一多のようにはじめ「国家主義」を選びながら、のちに階級革命に転向したのでもない。徐志摩は個人的自由主義を守ったのである。彼は言う、「わたしは教訓をたれることのできない個人主義者だ(15)」。これについて彼はこう説明している。「これは決して高尚なことを言っているのではない。ただ、わたしは個人しか知らないし、個人しか見分けられないし、個人しか信じられないということを言っているに過ぎない。わたしはデモクラシーの意味は、普遍的な個人主義のことでしかないと信じている。それぞれの自覚的な意識と自覚的な努力のなかに、純粋なデモクラシー精神が内包されているのだ(16)」。彼は絶え間なく自己を表現した。彼は常に「詩を書くことは悪いことではない、少なくとも魂がそこで格闘しており、まだ息絶えてはいないことを証明している(17)」し、詩人がすでに「血だらけの頭」になっていても、まだ「頭を下げないでいられる(18)」ことを証明していると感じていた。彼は、詩作とは自己を救済し、「方向をはっきりと見分け、これ以上道を誤らない[19]」ためのものであると感じていたのだ。徐志摩は理性的な個人主義者である。彼は自身が詩人として持っているものは「いくつかの空中楼閣をのぞけば、せいぜい一片の熱い心だけにすぎない」がそれによって「時代の悲哀[20]」を感じ取ることができると意識していた。彼は「時代と人生の問題[21]」に注目しており、「人の煩悶だってなんの理由もなしに起こるものではない」と述べ、彼はこれを「時代の煩悶[22]」と呼んだ。徐志摩は忠実に自分のことを書いたが、これはとりもなおさず時代を——「時代の煩悶」や「時代の悲哀」を書いているのである。

徐志摩の個人化された創作活動は、自己救済——精神の復活をも含む——を実現させた。彼は自分をキリスト教の讃美歌の鳥に喩え、鳥は「血を吐くまで歌い続ける」、「歌には鳥だけが知っている別世界の喜びがあり、鳥だけが知っている悲哀と痛みの鮮やかさがある[23]」という。詩『再別康橋（再びさらば、ケンブリッジ）』（1928年11月）では、詩人の理想が滅びていないことを表現した。詩人はこう言っている。「わたしの目はケンブリッジに開かれたもの、わたしの知識欲はケンブリッジに触発されたもの、わたしの自我の意識はケンブリッジが芽生えさせたものだ[24]」。彼は前後してケンブリッジのために四篇の頌歌を書いた。『再別康橋』では、詩人がケンブリッジに別れを告げたときの、恋々と別れがたい深い思いを表現している。はじめの一節では、——「静かに去っていこう、/ちょうど静かにやって来たように。/静かに手を振ろう、/西の空に浮かぶ雲に別れを告げよう」とケンブリッジの雰囲気にふさわしく、優美に、静かに、ケンブリッジに対する深情を描き出している。続けて、詩は新奇な比喩でケンブリッジの自然の景観を描写している。「夕日のなかの花嫁」という比喩で「河畔の金色に輝く柳」を描き、花や草や樹木に人の感情を吹き込み、「浮き草の間にもみつぶされた」虹という比喩で楡の木かげになった池の淵の色とりどりの水の美しさを形容している。詩人は「自分をあえて一本の水草にして」、ケンブリッジの柔らかな波間にたゆたい、また、人の感情を自然に溶けこませて、ケンブリッジの雰囲気との交流融合を表現している。夢の世界のテムズ川は、星の瞬きに満ち、歌に満ちている。しかし現実のテムズ川は、再び沈黙のなかに閉ざされてしまった。最後の一節は冒頭と呼応している。「静かに去っていこう、/ちょうど静かにやってきたように。/私は袖を横に振り、/一片の雲も連れては行けないのだから」。またはじめに戻って繰り返し、深い感銘を与えるのだ。『再別康橋』は、イギリスの詩からとった韻律形式で、ケンブリッジへのなつかしさと、自由主義の政治の理想に対する堅持を表現したものである。1931年の6月前に創作された『闊的海（広い海）』では、次のように超然と歌い上げている，「広い海も果てしのない空もいらない、/巨大な凧を飛ばし/空に高くあげて四方の風をなぶりたいなどと思わない/私には一分間あればいい/一筋の光さえあればいい/一筋の隙間さえあればいいのだ――」と。詩のなかで彼は個人自由主義の人生の旋律を、暗黒の中の光明の旋律を響き渡らせた。『闊的海』の理想主義は、研究者が言うように、「詩の中の‘暗い部屋’は、社会の暗闇と抑圧を表現している。‘子ども’というイメージは、人類の生命の活力を象徴し、‘這いつくばる’という表現は、人類の生存の状態を映している。ひとたび‘子ども’が、立ちあがることができたときには、人類の希望がただちに実現する[25]」のである。

徐志摩の作家としての人生は、まさに彼が喩えた「血を吐く」鳥のようだった。彼は自らこう述べている。「詩人もまたおろかな鳥だ。彼は柔らかな心臓を薔薇の棘に押し当て、口では休みなく星や月の輝きと人類の希望を歌う。白い花びらが心臓から滴った血で真紅に染まるまで口を閉じようとはしない。彼の苦しみと悦びは渾然とひとつになる[26]」と。徐志摩の「苦しみ」と「喜び」はみな自由主義への表現である。彼は苦しみのうちに自由主義を守り、喜びのうちに自由主義を追求したのである。

注

（1）胡適之「志摩を追悼する」、『新月』vol.4 1期、1932年1月。邵華強編『徐志摩研究資料』p.298、陝西人民出版社 1988。

（2）「政治生活与王家三阿嫂」、『徐志摩全集・志摩文集乙集』p.207、商務印書館香港分館 1983。
（3）同上、p.207。
（4）「秋声」（暨南大学講稿）、『徐志摩全集補篇・志摩散文集』p.417、商務印書館香港分館 1992。
（5）「列宁忌日——談革命」、『徐志摩全集・志摩文集乙集』p.223、商務印書館香港分館 1983。
（6）同上、p.224。
（7）同上、p.224。
（8）同上、p.225 〜 226。
（9）同上、p.228。
（10）「致恩厚之」、梁錫華訳注『徐志摩英文書信』、『新文学史料』1982 年第 3 期。
（11）同上。
（12）同上。
（13）「秋声」（暨南大学講稿）、『徐志摩全集補編・志摩散文集』p.418、商務印書館香港分館 1992。『徐志摩全集』vol.3 p.306、広西民族出版社 1991 参照。
（14）同上、p.423。
（15）「列宁忌日——談革命」、『徐志摩全集・志摩文集乙集』p.226、商務印書館香港分館 1983。
（16）同上、p.226。
（17）「猛虎集序」、『徐志摩全集・志摩文集丙集』p.143、商務印書館香港分館 1983。
（18）同上、p.143。
（19）同上、p.143。
（20）「秋声」（暨南大学講稿）、『徐志摩全集補編・志摩散文集』p.419、商務印書館香港分館 1992。
（21）同上、p.419。
（22）同上、p.420。
（23）「猛虎集序」、『徐志摩全集・志摩文集丙集』p.144、商務印書館香港分館 1983。
（24）「吸煙与文化」、『徐志摩全集・志摩文集丁集』p.132、商務印書館香港分館 1983。
（25）王偉「徐志摩論」、『安徽教育学院学報（社科版）』、1996 年第 2 期。
（26）「猛虎集序」、『徐志摩全集・志摩文集丙集』p.144、商務印書館香港分館 1983。

第十六章　梁実秋 ―自由主義の芸術哲学

梁実秋の文芸思想は激しい論争の中で世に問われた。この論争は中国現代文学の発展の道のりをかなり全体にわたって貫いており、顕著な思想的な意義に富んでいる。「郷願（俗人の人気を集める偽善者）」式の示談ですまそうとはせず、また適当なところで喧嘩両成敗にしようともせず、東洋と西洋に共通する人文的視点からひとつの文学の史実をあらためて叙述しなおし、内包する現代的意義を説明しようとした。

自由主義文学理論の形成

梁《リアン》実秋《シーチウ》（りょうじつしゅう 1903～1987）は早い時期から「新文化運動」の影響を受けており、反伝統のカラーがある。1921年に書かれた『草児評論』はこういったカラーを体現している。彼は後になって、回想してこう述べている。「わたしもまた、いわゆる‘新思潮’に小脇に抱えられて連れ去られた一人だ(1)」。

1923年9月、梁実秋はアメリカに着いた。彼の感想は、人が、あるいは国家が、自由を失ったときに初めて自由の尊さを知り、平等な待遇が受けられないときに初めて平等の重要さを実感するということだった。若い学生がアメリカに着くと、極めて少数の者は判断力をなくして、気が違ったように外国に媚びへつらい、祖国のことを忘れてしまうが、多くは熱烈な愛国心を抱く。1924年6月、梁実秋、羅隆基《ルオロンジー》、潘光旦《パングワンダン》、呉文藻《ウーウェンヅァオ》、顧《グー》毓琇《ユィシウ》らによって発起設立された、在米の清華大学学生を中心とする「大江会」が「国家主義」を提唱した。愛国主義に駆り立てられたのである。『大江季刊・発刊辞（大江季刊・発刊の辞）』で、彼らは「大江の国家主義」を以下の三つの面での自由であると定義づけた。「中華人民は中華政治の自由な発展を謀り、中華人民は中華経済の自由な選択を謀り、中華人民は中華文化の自由な発展を謀る」。これは「大江の国家主義」が心情的には愛国主義であり、社会思想的にはヨーロッパの近代自由主義であるということを、十分に表している。『自由評論』が「大江会」について、「文化の根源と根本思想の傾向から見ると、彼らは相変わらず英米のリベラリストに属しているだけではなく、その国家主義の主張も相変わらず英米の近代自由主義精神を内実としている」と述べたように、自由主義は梁実秋が生涯にわたって追求し守り続けた理念となった。

梁実秋は1924年から1925年にかけてハーバード大学で学んだとき、バビット（Irving Babbitt 1865～1932）に師事して「十六世紀以降の文学批評」を学び、ならびにバビットの『文学とアメリカの大学』『ルソーとロマンティシズム』『ニューラオコオン』『フランス近代批評の巨匠』『民主とリーダーシップ』などの著作を系統的に精読し、これらは梁実秋に根本的な影響を与えた。このことには、林語堂《リンユィタン》がパール・バックの『大地』の影響を受けたのと共通するところがある。この二つの影響関係が共通して示唆するのは、東西の文化どちらにも、人文主義の価値体系が存在するということだ。人類共同の人文主義の伝統を継承、発揚し、極端な個人主義として現れた西洋の近代思潮を牽制して均衡を取り、「新文化運動」の持つ民族文化の虚無的なカラーを反省した。人文主義の伝統とは現代自由主義の重要な拠りどころである。バビットの父親は浙江省寧波で育った。このためバビットは中国を比較的よく理解していた。彼は中国の伝統文化に強い興味と思い入れがあり、儒家、道家の経典に通暁していた。バビットはヨーロッパの古代人文主義を唱導、発揚し、ならびに中国の伝統文化主に儒学——のなかに人文主義の体系を見つけ出した。彼は孔子とイエス・キリスト、釈迦、アリストテレスを自分の四つの大きな思想的支柱とした。『民主とリーダーシップ』の中でこう述べている。「孔子は終始ひとりの人文主義者だった」、「孔子の主な関心は、彼岸の世界にはなく、この世界においてわれわれはどうすればもっとも円満で、調和のとれた暮らしができるかという術にあった。孔子は、それは均衡のとれた、中庸の生活を送ることだと考えていた。そこでわたしたちは、極東の孔子の伝統と、西洋のアリストテレスの伝統には多くの一致するところがあることを見て取ることができる」。だが、アリストテレスは「学問知識の第一人者」であり、孔子は「道徳的意志の完全な人」である。「わたしが中国文化がほかの国より優れていると考える点として、主なものは、中国の古今の官吏は腐敗しているが、中国の立国の土台は道徳にあるということだ[(2)]」とバビットはいう。バビットは精神現象に着眼し、第一次世界大戦後にヨーロッパが直面した社会危機、精神危機は、ベーコンに代表される科学万能主義と、ルソーに代表される自然人間性論が氾濫した結果であると考えた。バビットは古代の人文精神を復活させて、現代社会の欲望の氾濫、道徳の喪失の克服を望んだ。彼が打ち立てた「新人文主義」の核心は、古代人文主義の善悪二元人間性論である。彼は『文学とアメリカの大学』でこう述べている。「古代ギリシャから始まって、人文主義の目的は極端なことを努めて避けることである。いかなる人も節制し、均衡のとれた生活を送ろうとすれば、自分にある種の厳しい規律の束縛を受けさせる必要があることに、すぐ気がつくであろう。彼の生活態度は必然的に二元的になるであろう。二元的とは、つまり彼はひとつの体に、抑制を加えることのできる‘自己’と抑制される必要のあるもうひとつの‘自己’があることを、認めなくてはならないということだ」と。こういった理性が欲望に加える「内在的抑制」が、すなわち自己抑制であり、「新人文主義」の核心である。バビットは「新人文主義」で、ルソーが唱導した「自然人間性論」を批判し、これが人文精神と伝統的「規律」を崩壊に向かわせたと考えている。バビットの「新人文主義」は、ホメロスの叙事詩から、『神曲』、『ハムレット』を経て、『ファウスト』等にいたる古典作品を貫くヨーロッパ文化の人文的主体を体現している。しかし、「自然人間性論」はヨーロッパの近代思想の理論的よりどころである。学衡派の呉宓《ウーミー》らは、バビットの学説に基づいて、「新文化運動」を木を見て森を見ないものだとし、ヨーロッパの近代思想をヨーロッパ文化全体であるとみなし、一面的にしか理解、受容していないと批判している。梁実秋はバビットの「新人文主義」に基づいて、「新文化運動」および無産階級革命文学と全面的な論争を展開した。論争中に、「新人文主義」を中国に適応させ、かなり系統だった自由主義理論体系を打ち立てたのである。

「新文化運動」に対する反省

梁実秋は初めに、バビットのヨーロッパ近代思想批判を参考にして、経験したばかりの「新文化運動」を振り返った。彼がアメリカで完成させた最初の論文『現代中国文学之浪漫的趨勢（現代中国の浪漫主義の趨勢）』（1926年2月）の趣旨は、「新文化運動」を批判することにあった。文章はこの「運動」には「浪漫主義」の傾向があると指摘している。バビットが「浪漫主義」と呼んだものは、その発生の地ヨーロッパでの本来の意味であり、ルソー以降のヨーロッパ近代のさまざまな文学思想が含まれており、当然バルザックに代表されるフランスの早期写実主義も含まれている。バビットは『ルソーと浪漫主義』の「序文」のなかで、バルザックを批判して、理想主義を「奇妙なことに、ひとつひとつひっくり返し」、「人間性の愛すべき面を誇張するのではなく、人間性の醜いものを誇張している」と述べた。梁実秋が「浪漫主義」と呼んだものも、「新文学運動」全体の思想的特徴を指して言っているのだ。梁実秋は「新文学運動」の要害は、「外国の文学観念を中国に輸入し」、「第一歩は中国固有の基準を打倒しようとしたが、実際には打倒できなかった。第二歩は新しい基準を作ろうとしたが、実際にはいわゆる新基準とは外国の基準のことであり、しかもこの基準も作れなかった」のだと指摘している。このため、梁実秋は「‘浪漫主義’者の唯一の基準とはすなわち‘無基準’のことである」と考えた。彼の結論は、「新文学運動とは、全体を見るに、‘浪漫主義的な混乱’だった(3)」のである。

梁実秋は、「新文化運動」は伝統を否定し、ひたすら西欧を模倣したと批判した。東西文化大論争のなかで、彼は中国の伝統文化の精神を肯定した。これはバビットの「新人文主義」の有機的構造から恩恵を受けた。梁実秋はバビットを「中国と西洋の最上の英知に通暁している[(4)]」と理解していた。彼はバビットから多くの影響を受け入れた。彼は「人間」に対する研究において、「バビットの思想とわれわれ儒家思想は極めて接近している[(5)]」と考えていた。彼はバビットの理想は、「中庸」であると考え、二元人間性論が強調しているのは理知による欲望の抑制であり、これが「われわれ儒家の説く‘克己復礼’とよく合致するようだ[(6)]」と考えた。梁実秋と林語堂はほぼ同時に「離経叛道（経を離れ、道にはむかう）」の中から覚醒し、一心に中国の古代経典を研究し、伝統文化を学んだ。梁実秋はいっている。「わたしは‘古典を学んで育った’のではない、私は教科書を学んで育ち、三十数歳になってから、やっと発奮して古典を読み始めた」、「経典を学ぶのは重要なことだ。およそ知識人たるもの、どの学問を専門に研究するにしても、経書に対してある程度の理解がなければならない。なぜなら、これは中国の伝統的文化の最も基本的な部分であるからだ[(7)]」と。中国の文化精神に対する再発見と発揚は、梁実秋が自由主義文芸思想を打ち立て、展開させたきっかけだった。この現象によっても、人文主義の伝統がすなわち現代自由主義の形成の文化的基因であることははっきり示されている。梁実秋は自身の反省を中国現代社会、現代文学にまでおしひろげた。彼は残念そうに述べている。「儒家の倫理学説は、私は今でも概ねたいしたものだと思っている。残念なことに、われわれ民族はまだ存分には儒家の倫理を発揮していない[(8)]」、「中国の儒家思想は、西洋の人間本位主義に極めて近い。孔子の哲学とアリストテレスの論理学は期せずして一致するところがかなり多く、もしわれわれが今、人間本位主義の文学観をとれば、中国の近ごろの文学の弊を補うことができ、しかも数千年の儒家の伝統思想の背景にもとることはないのだ[(9)]」と。「新文化運動」に伴った「打倒孔家店（孔商店を打倒せよ）」という風潮が去ってから、梁実秋はかなり早くに学理から出発して、儒学に現代的な解釈を行った。彼は「新文化運動」を批判して、外来の影響を受け、「いたるところで拡張を要求し、開放を要求し、自由を要求している[10]」と述べ、浪漫主義者を批判して、「基準、秩序、理性，節制の精神までも、いっせいに破壊してしまった」、「その結果は行き過ぎたもので、有害なものだった[11]」と述べて浪漫主義の運動を批判した。「新文化運動」が「無基準」のせいで生みだした「浪漫主義的混乱」——つまり「行き過ぎた放縦な混乱」を救うために、梁実秋はバビットを参考にして、「文学の規律[12]」を世に問うたのである。

梁実秋が強調した「文学の規律」の内容とは、文学は「理性の抑制に反してはならない」ということだ。彼は述べている。「理性の抑制のもとでの人生は、健全で、正常で、普遍的である。こういった状態のもとで表れる人間性もまた、もっとも標準的なものである。この基準のもとで創作された文学こそが永遠の価値のある文学である[13]」。

梁実秋はバビットに学び、中国の「新文化運動」に影響した一つの源——ルソーの「自然人間性論」をしきりに批判した。彼は次のようにいう。「ルソーは壇上から‘自然に帰れ！’と呼びかけた。この呼びかけは全ヨーロッパを揺るがした。どよめきは百年以上も休みなく煽動しつづけ、転々と伝わって現代中国の文学においてもこだまが生じるにいたっている[14]」。「感情主義（Emotionalism）はロマン主義の真髄である。ルソーほど感情が豊かで、感情に駆り立てられやすい者はいない。ルソー個人の行為は、いたるところで感情的になってのことで、すべての虚偽、軽薄、暴力、激情、酷薄は、すべての点で感情が決壊したためのものである。彼の懺悔録を読んでみれば、この中の主人公は終始熱病を患っており、誇大妄想、被害妄想、色情狂……一切の感情過多の病を患っていると感じられるだろう[15]」と。だから中国現代文学史上では、梁実秋、老舎等の自由主義作家たちはルソーの「自然人間性論」を拒絶する立場を取ったのである。

梁実秋は「新人文主義」の力を借りて、中国の「新文学運動」を全面的に批判し、一定の意味において、「新文学運動」と理論上の対立関係を構築した。これは「人間性論」と個人主義の対立であり、理性的な個人主義と絶対的な個人主義の対立である。このため、魯迅《ルーシュン》は『盧梭和胃口（ルソーと食欲)』(1927年12月21日）を書き、郁達夫《ユィダーフー》は『盧梭伝（ルソー伝)』(1928年1月)、『盧梭的思想和他的創作（ルソーの思想と創作)』(1928年2月）等を書いて、梁実秋と論争した。これに対して、胡適の「健全な」責任ある個人主義概念や、冰心《ピンシン》の『超人』(1920)、許地山の『換巣鸞鳳（巣を換えた鸞《らん》と鳳《ほう》)』(1921)、老舎《ラオショー》の『老張的哲学（張さんの哲学)』(1925)、『趙子曰《ヂャオズーユエ》（ちょうしえつ)』(1927)、陳銓《チェンチュエン》の『衝突』(1929)、蘇雪林《スーシュエリン》『棘心（イバラの芯)』(1929）等の作品は、絶対的な個人主義への批判、および理性的個人主義的な行動を哲学的に表現したもので、梁実秋の理論への意識的もしくは無意識的な支持となった。

無産階級革命文学との論争

梁実秋が「新文学運動」を批判するときに使用した武器は、「人間性論」である。彼はロマン主義者が自我を膨張（「拡張」）させ、「人間性の中心から逸脱している[16]」と批判した。彼は「文学は人間性から発し、人間性に基づき、人間性に終わる[17]」と考えた。「人間性論」は梁実秋の新人文主義文芸思想の核心である。梁実秋は善悪二元の人間性論と「新文学運動」の「自然人間性論」との論争で、さらに重大な論争──社会改造方法に関する論争、政治的立場に関する論争に発展させた。「二元的人間性論」は個の「内在的抑制を通して、社会の穏健的発展の実現を主張した。「二元的人間性論」は、人間の善良な自然の天性と不合理な社会環境との対立が、必然的に現存の秩序を覆すという革命色の強い結論を導くと主張した。このため、『盧梭和胃口（ルソーと食欲)』を書いてからたったの二日で、魯迅はさらに『文学と発汗（文学と発汗)』を書いた。一か月あまりのち、また『擬預言（預言を擬す)』を書き、梁実秋の「人間性論」を批判するに及んで、「階級論争」の端緒がだんだんと相貌をあらわし、党派政治についても筆が及んだ。

梁実秋は自ら語っている。「わたしはデモクラシーにあこがれているが、民衆の暴力は好まない。英雄を崇拝しているが、専制独裁は好まない。自由をひどく愛しているが、法に背き規律を乱すのは好まない(18)」と。このような社会漸進主義の形成には、文化思想上の原因のほかに、彼が恵まれた環境で「五四」を経験したことにもよる。彼はかつて積極的な態度で「五四」運動の奔流に身を投じ、清華大学の学生運動の中心人物になった。彼は「五四」運動の中で現れた中国人、特に若者のある種の意識の覚醒が、そこから中国固有の価値体系に対する衝撃を構成したと理解した。しかしこの運動のピークにおいて、彼は冷静な目で「民衆運動」を見て、「群集心理」を間近で観察した。彼が当時抱いた感想とは、みなはただ憤怒を抱いているだけで、誰に向かって吐き出していいのか分からず、政府の無能を憎み、官吏の売国を憎み、この憎しみを街頭で酔っ払ったように、狂ったように吐き出すことしかできず、奔流の中には冷静さを保っている者はいないというものだった。彼は「民衆運動」も一度は一点に集まったことがあるのを理解していた。章宗祥《ヂャンヅォンシアン》の息子とそのルームメイトのことである。清華大学の学生運動が起きたあと、この息子は父親が「売国奴」とされ、衆矢の的となったために、察しよく逃げ出した。しかし多くの学生は彼を許さず、「私の」寝室に押入り、彼の寝台を引っかきまわし、衣装箱の中のものを部屋中にばら撒いた。梁実秋は帰ってきてこれを見ると、非常に反感をもった。特にこの同級生がしばらくして病気になって死んだために、梁実秋はさらに理性的に「民衆運動」を見るようになった。彼は「群集心理」は恐ろしいもので、組織の力も濫用すればやはりおそろしいものだと考えた。数が多くて勢いが強いときは、往々にして理性を欠く。彼は「五四運動」に対して、自分の行動、思想を反省し始めた。このために彼は、後日の社会紛争のなかで、「穏健なまっすぐに続く道」を堅持する道を選択した。

梁実秋が参与した二つ目の論争は、彼と「新文学運動」の続きだった。魯迅が、「はじめは、文学革命家の要求は人間性の解放だった。彼らは古い既存の法律を掃討しさえすれば、残るのは本来の人間と、良い社会だと考えていた。このため保守主義者の弾圧と計略に遭った。およそ十年ののち、階級意識が目覚め、先進的な作家はみな革命文学家になった(19)」と言ったように二十年代末、三十年代初めに発生したこの論争は、梁実秋を代表とし、「人間性論」を武器とする自由主義文学と、魯迅を代表とし、「階級論」を武器とする無産階級革命文学との論争である。

梁実秋は、イギリスの歴史学者カーライルの影響を受け、社会階層間の断層の道徳による調停の実行を主張し、階級闘争と階級間の「報復」の実行に反対した。彼は次のようにいう。「一人の無産階級の者がいるとして、彼にもしも能力があれば、ひたすら懸命に誠実に生涯働けば、多かれ少なかれ、ある程度の資産を手に入れることができるはずだ。これでこそ正当な生活闘争の手段である」、さらに「無産階級の者には階級意識などない。何人かの同情心に富みすぎ、しかも偏った急進的な態度を取る指導者が、この階級観念を伝授したのだ。階級の観念は無産階級の団結を促すものであり、無産階級の闘争意欲を激発するものである……無産階級が連合すると、彼らは一つの階級になり、彼らが組織を持つようになると、彼らはひとつの集団になる。そこで彼らは常軌を逸脱して一躍政権と財政権を奪取し、一躍統治階級となる。彼らは報復がしたいのだ！　彼らの唯一の報復の手段は、多数の勢いづいた民衆に依拠することである。‘多数’、‘群集’、‘集団’、これらが無産階級の暴動の武器である(20)」と。彼は無産階級革命を否定し、無産階級革命に奉仕する無産階級文学を否定した。彼は無産階級文学は、「階級意識全体を全力で鼓舞する」のであり、「文学の形式を宣伝の道具とする」ものであって、これは、「無産階級文学には、根本的に理論的根拠がないことを露呈するに十分である(21)」と述べた。彼は無産階級文学を、「誤りは階級の束縛を文学の上に加えたことにある。誤りは文学を階級闘争の道具として、それ自身の価値を否定していることにある[22]」と批判している。彼は「無産階級文学」は「成立しない名詞[23]」であると述べた。

梁実秋は、文学とはもっとも根本的な人間性を表現する芸術であり、「文学には階級性はない[24]」、文学作品の誕生は「なおさら階級観念とは無関係である[25]」、このため「文学者の創作活動はどんな外在的拘束も受けないし、文学者の目には決まった階級観念は含まれず、ましてやあるひとつの階級のために利益を図ろうという先入観念は含まれない。文学者は永遠に独立を失わないのだ[26]」と考えた。ちょうど階級闘争が隆盛を極めたとき、梁実秋はこう宣言している。「本当の文学者は人類の寄生虫ではない。貴族や資本家を雇い主と認めることはないし、無産階級を雇い主と認めることもない[27]」。三十年代の中国の激しい「内戦」という状況下で梁実秋がとったのは、自由主義という立場だったのである。彼は超然として二大政治勢力の上に立ち、双方ともが持つべき権利と自由を肯定し、そのどちらか一方に、致命的な攻撃も、あるいは無条件の賛同もしなかった。彼はそのときそのときに国民政府を批判した。『我們要公道！（われわれは公正でなければならない！）』でこう指摘している。「政治においてもっとも公正でないのは、一党独裁であり」、「経済において公正でない状態はもっと明らかである。少数の資本家および官僚（官僚資本家は中国の特産である！）が贅沢三昧の暮らしをしているのに、大多数の民衆が送っているのは非人間的な生活である。貧富の格差が激しく、実に不公平である」と。彼は民主、自由の理念で国民党を批判した。『算旧賬与開新賬（古い帳簿を清算して、新しい帳簿を作ろう）』（1935）の中で、彼は指摘した。「国民党が政権を執って以来、もっとも知識人を恐れさせ不安にさせたものは、その思想、言論の自由に対する取締りと干渉であり、その計画の巧妙さ、推進規模の大きさ、手段の厳しさは、すべて北洋軍閥の統治時代の所業をはるかに超えている[28]」。この文章は国民党当局に、国民党以外の党の組織を解禁し、政治を国民に返し、法治を実施するように訴えかけている。彼は共産党が存在することの自由とその価値を肯定、支持し、国民党の圧制と弾圧を糾弾した。彼の考えは「共産主義は理論上大部分は合理的である。現実にも多くの部分が一般の思慮のある人々に受け入れられている」、「共産党に入ることは犯罪ではない。共産主義を信奉することは犯罪ではない。共産党の団体を組織し、共産主義を宣伝するのもまた犯罪ではない。なぜなら武力による攪乱は行っていないからだ[(29)]」というものだった。梁実秋は胡適らの自由主義知識人と同様に、野党の地位にある政治勢力の合法的存在を支持していたが、武力革命には賛成しなかった。これもまた自由主義の立場の表れである。なぜなら「典型的な自由主義者は、現状の合理性を承認する傾向にあるからだ。彼は往々にして現存の社会、政治、経済制度の存在が合理的であることを前提とし、現存のものを承認するという土台の上で、現実を改革するのだ[(30)]」。これは客観的にも主観的にも、武力による政権奪取を方略とする無産階級革命の利益にはならない。このため、魯迅を代表とする無産階級文学による批判に遭った。魯迅は梁実秋を「ごくつぶし」、「資本家の役立たずの走狗」と批判した。

梁実秋は、かなり系統だった自由主義文芸思想で、胡適、林語堂、徐志摩、老舎らとともに、多種多様な自由主義文学思潮を構築した。彼の文芸思想は、中国現代自由主義文学の芸術思想を具現している。こういった芸術思想は近代性を有し、中国文学の自由への道と民族の繁栄、富強の道にも通ずるものであった。

民族主義的主題の衰微

梁実秋の文芸思想は、存分に語ることはできないし、語るだけでは不足である。中国現代文学の歴史の進展の中で、彼はある主題を否定したが、胡適ら上述した自由主義文学者たちのように、時運に乗って、時代の要求する主題、近代性に富んだ主題を創造することはできなかった。梁実秋の文学思想は「時代」に関する要素に欠けており、民族の「煉獄」と「新生」の過程において、比較的理性的で明晰な近代国家観念を持っていたが、それに相応する文学の主題を体現することはできなかった。彼はこう考えている。「文学批評の意義は、ある時代のある国の文学の基準を説明することにはなく、時代と地域の制限を超えて、普遍的な文学の基準を作り、しかる後に、ある時代のある国の文学の味わいがこの基準にかなっているか、あるいは反しているかを説明することにある[31]」。それ故、彼はこう断言している。「一つの作品にはその精髄というものがあり、また作品に付属する‘時代精神’と‘地方色’もある。この精髄とはつまり人間性の描写であり、その他付属するものはさして重要ではない」（『古典文学的意義（古典文学の意義）』）。1938年12月1日、梁実秋は続けて、『中央日報』「平明」副刊を編集し、『編者的話（編者の言葉）』の中でこう書いている。「現在抗戦がすべてに優先している。そのため筆をとると抗戦を忘れられない人もいる。だが私の意見は少々違っている。われわれは抗戦と関係のある題材をもっとも歓迎するが、抗戦と無関係な題材も、真実でよく書けているかぎり結構であり、抗戦を無理に詰め込む必要はない。中身の空っぽな‘抗戦八股文（形式だけの文章）’にいたっては、誰にとっても益がない」。この言葉は大きな波を引き起こした。左翼作家の羅蓀《ルオスン》、宋之的《ソンヂーディー》、張《ヂャン》天翼《ティエンイー》、巴人《バーレン》らがすぐさま文章を発表し、「梁実秋一味が抗戦と無関係の誤った暴論」を吹聴していると批判した。梁実秋も『答弁』という文章を書いてこれに答えた。この論争は実に「抗戦」という背景下の「内戦」行為である。『雅舍小品』は、台湾文学史研究者の周錦《ヂョウジン》が述べたように、羅蓀等らの批判に対して行った「無言の抵抗」である。その中で、ある詩編は自分の味わった苦しみを、婉曲に細やかに述べている。『雅舍小品』に書かれているのは、作者が抗戦期間中、重慶に身を寄せていたときの心境である。『講価（値段の交渉）』で表現したのは、市場での値段に実体がないことへの感慨である。「どんな国だったら、買い物をするとき、値段を値切らなくてもすむのだろう」。その他人々のいくつかの悪い習慣に対して、穏やかな批判を加え、さまざまな世相に諷刺を加えている詩篇もある。『孩子（子供）』では、一部の父親や母親たる者の子供への溺愛を批判している。『謙譲』では権勢や利益に走る者の処世態度を諷刺しており、貧しい者に対する同情や、高官や高貴の人に対する軽蔑を表現している部分もある。『第六輪（六番目）』では、使用人と主人との間の対立を描いている。『握手』では、高官と高貴な人によく見られる握手に現れる傲慢と虚偽を暴露している。『雅舎小品』は人情と人間性を描き、世情、事理を表現している。その格調は清新、高尚で、超然とした目で浮世の万象を観察しており、作者が称える「生活を芸術として享受する[32]」という人生の美学を体現している。これらには「抗戦八股」のような公式化、概念化の弊害はないが、正面からの「抗戦」の主題もなく、抗戦期間中に大量に生まれた、抗戦の苦しみを描く「受難の散文」や、血気盛んな激情を表現した「怒りの散文」のような民族的主題もないのである。

注

（1）「関於白璧徳先生及其思想」、『梁実秋批評文集』p.212、珠海出版社 1998。
（2）胡先驌訳「白璧徳中西人文教育談」、『学衡』第 3 期、p.6、1922 年 3 月。
（3）「現代文学之浪漫的趨勢」、『梁実秋批評文集』p.39、珠海出版社 1998。
（4）「関于白璧徳先生及其思想」、同上、p.217。
（5）同上、p.215。
（6）同上、p.216。
（7）宋益喬『梁実秋伝』p.197 に見える、北岳文芸出版社 1994。
（8）「現代文学論」、『梁実秋批評文集』p.160、珠海出版社 1998。
（9）同上、p.161。
（10）「現代中国文学之浪漫的趨勢」、同上、p.40。
（11）「文学的紀律」、同上、p.97。
（12）同上、p.98。
（13）同上、p.105。
（14）「現代中国文学之浪漫的趨勢」、同上、p.46 ～ 47。
（15）「文学的紀律」、同上、p.103。
（16）「現代中国文学之浪漫的趨勢」、同上、p.47。
（17）「文学的紀律」、同上、p.105。
（18）「豈有文章驚海内」、陳古善主編『回憶梁実秋』p.3、吉林文史出版社 1992。
（19）魯迅「〈草鞋脚〉少引」、『且介亭雑文』p.13、人民文学出版社 1973。

(20)「文学是有階級性的嗎？」、『梁実秋批評文集』p.139、珠海出版社 1998。

(21) 同上、p.143。

(22) 同上、p.141。

(23)「文学與革命」、同上、p.135。

(24) 同上、p.136。

(25) 同上、p.135。

(26) 同上、p.133。

(27)「文学是有階級性嗎？」、同上、p.143。

(28)『梁実秋文集』vol.7 p.340、鷺江出版社 2002。

(29) 梁実秋「如何対付共産党」、『自由評論』17 期、p.6。

(30) 李強『自由主義』p.25、中国社会科学出版社 1998。

(31)「文学批評辯」、『梁実秋批評文集』p.93、珠海出版社 1998。

(32)「秋室雑文・悼斉如山先生」、『梁実秋散文』vol.1、p.346、中国広播電視出版社 1989。

第十七章　沈従文 ―「湘西」という立場の独立作家

沈従文《シェンツォンウェン》（しんじゅうぶん 1902 ～ 1988）の文学創作の体系は、自分が属する苗族文化伝統への絶えざる恋慕の叙述と、異質な文明への批判との相互参照システムである。

湘西の苗族の生活が、沈従文の創作を貫く主要な内容である。ここでは、沈従文は深い思いを抱いて、故郷の平凡な人々の原始的な生命の情熱を賛美、体現し、追憶と幻想を用いて湘西（湖南省西部）の世界を構築している。短編小説『柏子』（1928）の主人公柏子《バイヅー》は水夫であり、長年水の上に漂い、唯一の楽しみは毎月一度船着場の吊脚楼《ディアオジアオロウ》（水上家屋）を守っている妓女の愛人に会い、互いに相手の生命をかきたてあうことだった。中篇小説『龍朱』（1928）の主人公の龍朱《ロンヂュー》はもともと白耳《バイアル》族系（沈従文の作品に出てくる白族とは異なる少数民族。公的に認められていない――訳者注）苗族の王子でありながら、平民の身分とこの民族の歌垣の習俗で自分の思いを表現し、山の娘の愛を勝ちとった。短編小説『月下小景』では恋仲の若い男女が民族の陋習に反抗して、自分が愛していない人と結ばれることを拒否し、自分自身のまるごとすべてを恋人のまるごとすべてと取り替えあうことだけをひたすら願った。すると二人はこの「新しい形のもとで、相手の力を手に入れ、相手の愛を手に入れ、魂をとりかえて、互いに相手の魂を胸の奥深くまでいっぱいに移し込んだ」あと、ともに毒をあおって愛に殉じたのである。

沈従文は自然のままの人間性を賛美し、一種の「自然のままの道徳形式[1]」を賛美した。彼はこういった自然に合致した人間性、自然に合致した道徳こそが、「神意」にも合致していると考えていた。『月下小景』は詩のような言葉で、太陽、月、星の下での若い男女のあいびきを賞賛し、語っている。「若い男女のすることは、いつも自然の神意と一体である[2]」と。

沈従文は湘西の苗族に残っている古代のシャーマニズム文化（巫文化）の伝統を描いたが、これは楚文化の特徴である。研究者はこう指摘している。「沈従文と苗族の血縁関係が、彼の創作の骨格に押された中国南方の楚文化の烙印を決定づけている(3)」と。『月下小景』の若い男女の神意にかなった逢い引きには、まさに楚文化の雰囲気がある。「ずっと遠くから角笛と銅鑼の音が聞こえてきて、農民たちのためにシャーマンがお払いをして神を祭っている場所であろうと、二人はこの楽しげな音のする方向を探し、遠く山すそを見下ろした(4)」。短編小説『山鬼（山の神）』（1927）は屈原の『九歌』の題名を単に継承しているのではなく、また単に山の神に捧げる祭歌であるだけでもない。沈従文は現実の世界と幻想の世界をひとつの炉に溶かしこみ、主人公の顚子《ディエンヅー》兄いは山の神のように愛に狂った状態にある。こういった真でもあり幻でもあり、また俗でもあり仙でもある境地が、作品に濃厚な浪漫的雰囲気を与えている。ちょうど作家がいうところの「湘西の神秘は、民族の特殊性に大きな関係がある。史上、‘楚’の人の幻想的な情緒は、こういった環境の中で必然的に育まれた。だからこそ、感動的な詩歌が生成したのだ。これらを保存したいのであれば、同じくこういった環境が必要である(5)」ということなのだ。

中篇小説『辺城（辺境の町）』（1934）で描かれたのは、まさに楚文化支配のもとでの生活絵巻である。『辺城』の創作動機について、作家はこのようにいったことがある。「わたしがもともと表現したかったのは、‘人生の形式’であり、‘美しく、健全で、自然のままの、人間性に悖らない人生の形式’である。私の主意は、読者をいざなって桃源を旅することにはなく、桃源から酉水を七百里さかのぼったところにある小さな町にある幾人かの愚夫俗人が、平凡な事情や心情から一緒にかかわり合いをもつようになったときに、いだくであろう哀楽に対し、人類‘愛’のため、それぞれの分にふさわしい説明や描写がなされているのだ(6)」。小説中の茶峒《チャードン》という小さな町の美しい自然の風景、素朴な社会的雰囲気、原始的な民族的風俗が主人公の性格を育んだ土壌である。翠翠《ツイツイ》は、渡し舟の上でシャーマンが十二月に願ほどきのときに歌う祭神歌を小さな声で口ずさむ。これは楚文化の遺風を具えた社会の縮図であり、「辺城」中の詩中詩である。祭神歌は歌っている。

神様、神様。ここなる我らをごろうじろ！

みな正直で、年も若く、体に病もない。

大人は酒が飲め、よく働き、よく眠る。

子供はよく育ち、飢えにも耐え、寒さにも耐える。

牝牛はよく畑を耕し、ヤギはよく仔を生み、鶏や鴨はよく卵をかえす。

女たちは子供をよく育て、歌もうまいし、好いた情人を見つけるのもうまい。

……

こういった楚文化の社会的雰囲気が翠翠、儺送《ヌオソン》、天保《ティエンバオ》ら、「辺城の子女」を育てた。翠翠、儺送は山歌で恋心を伝えた。沈従文は『山鬼』でこう語っている。原始的な社会では芸術は比較的高い地位にあり、山歌によって、「導火線のようなものが少女の心の中にある愛のたいまつに火をつけた」。翠翠と儺送はいったん相愛の仲になると、決して心変わりすることはなかった。翠翠は儺送が去ったあとも、やはりひとり渡し場を守り、ただ彼の帰りを待った。儺送も精米所は欲しがらず、心は渡し舟にあった。このような恋愛の方式と生命の意識は、沈従文が表現しようとした「人生の形式」を表している。

『辺城』では丹念に、主人公の翠翠と、母親の翠翠の運命の神秘的な関係を描いている。

翠翠と儺送は、一世代前の翠翠と愛も欲しがり名誉も惜しんだ勇敢な軍人と同じように、同じ「人生の形式」に属している。どちらも『月下小景』の若い男女のように、愛を命とみなし、身をもって愛に殉じることをいとわなかった。

沈従文の小説が表現した「人生の形式」は、その存在する空間において、いつも深刻な矛盾と対立のなかにある。『月下小景』の恋愛悲劇の根源は、民族の旧態依然とした野蛮な風俗にある。つまり、娘は一番目の少年と恋愛をしながら、二番目の少年と結婚するしかなかった。もしこの掟に背くと、娘は残酷な処刑をうけることになる。これは「現在」と「過去」の衝突であり、「時間」上での衝突である。『辺城』の衝突は「空間」的意味においての衝突であり、「現代」的な衝突である。一軒の「新しい精米所」が「辺境の町」に侵入し、作品に憂鬱な調べをもたらし、また主人公の悲劇的運命に「現代」的意味をあたえている。

沈従文は、工業文明を経たあと人類の精神の価値体系が凋落することを憂慮した。これは現代の悲劇意識である。彼はこう言っている。「都会人の生活は忙しすぎ、乱雑にすぎ、耳目に触れる音や光はひどく疲れる。加えて多くは睡眠不足、栄養不足であり、事毎に神経を尖らせ鋭敏であるようだが、実際は性欲と個人の損得以外、ほかの感覚、官能は少しばかり麻痺している。これは決してあなた方の過失ではなく、ただあなた方の不幸であり、あなた方の不幸を作ったのはこの現代社会である(7)」と。文学史家は、沈従文が「現代人の境遇に注目する気持ちは、ワーズワース、イエーツやフォークナー等の西洋の作家と同様に切実である(8)」と指摘している。沈従文は中国の 1920、30 年代の都会の奇形的な人生体験に対して、湘西固有の「人生の形式」に対する詳細な観察を用いた。後者をゆったりしたありのままの状態から発展して自覚的に行為を起こす状態となり、伝統の堅持と外圧に対応する姿勢をあらわにするのである。沈従文は自分を「田舎者」に例えている。彼はこう言っている。「私は本当に田舎者だ。自分のことを田舎者と言うのは、少しもおごり高ぶってのことではないし、卑下してのことでもない。田舎者は例によって、根深く永遠に田舎っぺであるという気性があるし、愛憎と哀楽にはおのずと独特のスタイルがあって、都会人とははっきりと異なっている！(9)」と。こうして作品中では、

「田舎者」と「都会人」の価値観の相互対立システムを出現させている。短編小説『丈夫（夫）』（1930）では「現代文明」の侵入と農村の破綻のために、農民が追い詰められて、娶ったばかりの妻を送り出して船上で売春をさせるさまを描いている。小説は、村で暮らす夫が河船へ妻に会いにきた一日という断面を切り取り、人の生存権、尊厳が女の肉体といっしょに切り売りされる悲しむべき現実を示している。さらに、夫の人格意識がだんだんと目覚めていき、断固として妻を連れて帰郷し、二つの価値体系の対立を展開させている。短編小説『如蕤』（1933）では、ある隊長の庶出の娘如蕤《ルールイ》が、都会の浮ついた人柄の青年紳士たちに追いかけられるのにうんざりし、ただ一人海辺にやってきて、単純で、粗野で田舎気質の青年に夢中になるさまを描き、都市文化の侵食にあって理想的な人間性への憧れを表現している。『辺城』でも、外来文化の衝撃を目の当たりにしての、「辺境の町」固有の文化を堅く守るさまを表現している。

「田舎者」と「都会人」の価値観の対立システムを描くとき、沈従文は道徳と価値の優勢をすべて「田舎者」に与えている。沈従文はさらに私たちに『柏子』と『八駿図』を対比するよう呼びかけている。『柏子』で私たちが目にするのは「田舎者」の生命の情熱の爆発であり、『八駿図』（1934）で目にするのは、「都会人」の傲岸で格好の良いご大層な体躯でも包みかくせない虚偽、横暴と、弱弱しい卑俗な凡庸さであり、沈従文が軽蔑した現代文明という衣冠の下の「宦官[10]」性である。

沈従文は追憶と幻想を用いて「田舎者」の人格の理想と、湘西の精神的故郷を創作によって再現し、自分は自覚して意識的に「ペンで二十世紀の最後の浪漫派の人びとの生命のやりとりの形式をしっかりと残そうとしている[11]」ものであり、それによって人々が「この民族の過去の偉大なところと現在の堕落したところを認識し」、ひょっとして「あるいはまだ彼らに一種の勇気と自信を与えられるかもしれない！[12]」と期待しているのだ。沈従文の創作中のこういった「啓蒙」的主題は老舎の創作の前提に近い。二人はともに、当時の社会で生まれた中国と西洋の両文化のカスを集めたような「中西混合症」を批判した。しかし、老舎は中国の伝統文化の優れた部分を否定しないばかりではなく、積極的に西洋から学び、「儒教と任侠精神を身に兼ねること」や、「儒教と仏教の融合」や、「儒教とキリスト教の融合」という一連の伝統的人文精神を具えた理想的な人格をつくりあげた。これに対して、沈従文の芸術世界における「湘西」について言えば、作中の外部文化は「侵入(13)」してきた勢力として、かたく拒まれている。彼は儒家哲学も、彼がもっともあがめる「人間性」と容易に衝突するもの(14)と考えており、「自分は倫理の美はあまり理解できない(15)」と言っている。彼は全力で「辺境の町」のような文化の及ばない地、文化の及ばない民をもう一度創りあげ、湘西の苗族の「人生の形式」によって中国の伝統と現代の都市との文化的衝突に対応させたのである。こうして、沈従文が構築した「湘西」の世界はかなり強烈な排他性を帯びるようになった。

沈従文の作品中の文化的衝突の背景は、民族問題、いわゆる「苗民問題(16)」である。相対的に弱小である苗族としては、長い間の境遇によって、孤独で苦しい歴史が形成された。沈従文はこの歴史および現状に対して、深い憂慮を抱いている。こういった憂慮を和らげ、苗族の代弁者となり、苗族のためにその持つべき地位を勝ちとることが、沈従文の創作動機のひとつとなった。彼は湘西の苗族の運命を描いた。漢人はその除きがたい障害であり、「漢人は彼らを見ると蛮人として殺戮しようとする(17)」。『従文自伝』（1931）、散文『湘行散記』（1934）、『湘西』（1938）等の作品には、湘西の歴史的変遷に関する記述がある。短編小説『七個野人与最後一個迎春節（七人の田舎者と最後の迎春節）』では命にかけて少数民族の文化伝統を守ろうとする七人の「田舎者」が、漢族政府の統治を拒絶し、ついには政府によって殲滅させられる悲劇を描いている。湘西の少数民族の「改土帰流」（地方の支配者、王侯を廃して、州県道府制に改める政策）という重大な歴史事件に対する抵抗、およびそこから引き起こされた流血の衝突が反映された作品である。作者は小説中の土地の長老の言葉を通して、役所が設置される前後での二つの社会の形態に対して鮮明な比較をし、苗文化のほうが優れているという強い考え方を示している。

苗文化のほうが優れているという考え方もまた、沈従文の湘西小説に共通する主題のひとつである。沈従文はまた小説の形式で、湘西は匪賊の地ではなく、苗族も匪賊ではなく、中国人のなかで「もっとも勤勉で、素朴で、よく働き、公のために力を尽くし法を遵守する、極めて愛すべき善良な公民である[18]」ことを表明した。文化衝突を表す「田舎者」と「都会人」という二つのイメージもまた、歴史的含意を具えており、歴史的事件に対して明確な判断を下している。湘西小説は湘西苗族の「人生の形式」を賛美しているだけでなく、彼らの古くからの境遇に対する強い抗議でもある。沈従文は、統治者は二、三千年もの間征服者を自認してきた心理を捨て、一律平等を求めるべきであると、はっきりと表明した[19]。

湘西の少数民族の土地での生活と外来の現実の制度との矛盾、対立は、長編小説『長河』の直接の主題である。小説は「新生活運動」を国民政府体制の象徴とし、これが辰河《チェンホー》中流の小さい港である呂家坪《リュイジアピン》にまで推進されて来ると、もともと静かだったこの土地の生活に破壊をもたらし、人々の心理と行動に普遍的な反抗を引き起こした様子を描いている。『長河』は『七個野人与最後一個迎春節』とは異なって、「改土帰流」事件で構成された作品ではなく、もっぱら人びとの心理を通して湘西社会の変化という「長河」のような過程を描いている。作品は喜劇的な筆致で 1935 年前後の政治当局が推し進めた「新生活運動」が湘西で引き起こした懐疑、不安、動揺を描写しているが、このような社会心理の由来には実に久しいものがあって、『長河』には歴史的な現実味がある。「都会人」は『辺城』とは異なり、ただ単に外部の文化を代表しているだけではなく、すでに現実の社会体制の象徴となっている。『長河』は国民政府体制を湘西のなかに書きこみ、作中の人々にこれについて考えさせ、議論させたのである。「民国は五族共和をもたらしたが，都会人、都会の出来事は田舎者とはあまりにもかけ離れている[20]」。長い由来のある「苗民問題」は『長河』において、現実の政治体制が苗族に対して行った征服と統治として現れている。「どうして省からまだ兵をよこすんだ？また苗族を大勢殺そうというのか？　苗族は造反したりしない、もう殺しはたくさんだ！[21]」、現実の政治体制にしろ、「新生活運動」にしろ、小説中で人々が直接体験したのは、駐鎮保安隊である。隊長は滕《トン》家からむりやりみかんを一船ぶん買い叩き、さらに「黒中俏《ヘイヂョンチャオ》」の若さと美貌に野心を抱くのだ。保安隊は腐敗した政治の化身である。

『長河』は国民政府の湘西における支配を批判したが、これは「左翼」の視点をもってしたのではない。沈従文は革命には賛同しなかった。彼の筆による「辺城」には階級的対立は存在しない。彼はこう指摘している。「たとえあなたがフランス革命の大流血、ああいった劇的な歴史的場面が中国にもたらされ、再演されると信じているとしても、やはり同時に、この歴史が演じられる前に醸されてきたもの、演じられる前の環境を必ず理解しなくてはならない。中国を進歩させ、人類を進歩させるには、こんなふうに上演させる必要があるのだろうか？このように上演できるだろうか？あなたは歴史をもちだすが、歴史上すべての民族の進歩は、みな大流血という方法をとって演じなくてはならないのだろうか？　……人類の光明はほかの方法では得られないのだろうか？　人類の光明は、理性によってもっと簡単に得られはしないだろうか？[22]」と。『長河』の人々の悲惨な境遇の背景は内戦である。小説では、「民国以来、二十年の間に、沅水《ユエンシュイ》流域では大小の内戦を何十回経ただろうか。多くの人びとが従事する水上の仕事は、内戦の時に船を曳いていかれたり、船を徴用されたり、寄付の割当を強いられたり、強制的に捉えられて徴兵されたりした結果、仕事が全部だめになってしまった[23]」と述べている。小説は、田舎の人たちが、この地を走馬灯のように通り過ぎて行ったさまざまな政治勢力を、ひとつひとつ数え上げるさまを描いたが、これは「集団」の視点で「集団」を批判しているのではなく、「湘西」の視点で「内戦」を批判しているのである。集団の闘争が激しい時代には、沈従文は作家の独立性を守り、「湘西」

の視点で、中華民族の憂国の意識を表現した。

『長河』では、湘西の少数民族の強い抗戦の決心と愛国精神を表し、現実の腐敗した政治と内戦行為がこういった愛国精神の障害となっていることを示した。小説中のみかん農園の主人である滕長順はかなり明確な新しい国家概念を持っている。彼は昔からの『申報』の読者であり、「ここ二十年の変化を目撃、体験し、お上はあまり信じていなかったが、国家は信じていた。お上に対しては、つねに嫌悪と畏敬の念があったが、国家に対してはどうしても少々の「信仰」を持っていた。この信仰と愛は彼の財産と人となりにふさわしく、またここ二十年に得た社会経験にもふさわしかった。彼には単純で誠実な信念があり、国家は戦争をせず、統一できたほうが、結局はずっと良いのだと信じていた。国家は家運と同じように、すべてのことはゆっくりとやって来て、ゆっくりと好転していくものなのだ(24)」。『辺城』では、「過去」への追想と幻想を通して、国民の性格を改造したいと願い、『長河』では、現実の変革を呼びかけ、「明日」を呼びかけた。『長河』が表現した新しい国家観念と、現実を変革しようという思想により、沈従文の創作の「社会」という主題と「救国」という主題が、ここ「湘西」で独特に絡みあっていることが表されている。

注

（1）沈従文「水云」、『沈従文文集』vol.10 p.285、花城出版社、三聯書店香港分店 1984。

（2）「月下小景」、『沈従文文集』vol.5 p.53、花城出版社、三聯書店香港分店 1982。

（3）凌宇「従苗漢文化和中西文化的撞擊看沈従文」、『文芸研究』1986 年第 2 期。

（4）「月下小景」、『沈従文文集』vol.5 p.49、花城出版社、三聯書店香港分店 1982。

（5）「湘西・沅陵的人」、『沈従文文集』vol.9 p.363、花城出版社、三聯書店香港分店 1984。

（6）「〈従文小説習作選〉代序」、『沈従文文集』vol.11 p.45、花城出版社、三聯書店香港分店 1984。

（7）同上、p.44。

（8）夏志清『中国現代小説史』p.211、（台湾）伝記文学出版社 1979。

(９)「〈従文小説習作選〉代序」、『沈従文文集』vol.11 p.43、花城出版社、三聯書店香港分店 1984。
(10)「生命」、同上、p.295。
(11)「水云」、『沈従文文集』vol.10 p.294、花城出版社、三聯書店香港分店 1984。
(12)「〈辺城〉題記」、『沈従文文集』vol.6 p.72、花城出版社、三聯書店香港分店 1983。
(13)「七個野人与最後一個迎春節」、『沈従文文集』vol.8 p.321、花城出版社、三聯書店香港分店 1983。
(14)「中国人的病」、『沈従文文集』vol.12 p.350、花城出版社、三聯書店香港分店 1984。
(15)「従文自伝・女難」、『沈従文文集』vol.9 p.179、花城出版社、三聯書店香港分店 1984。
(16)「苗民問題」、同上、p.413。
(17)「月下小景」、『沈従文文集』vol.5 p.56、花城出版社、三聯書店香港分店 1982。
(18)「苗民問題」、『沈従文文集』vol.9 p.415、花城出版社、三聯書店香港分店 1984。
(19) 同上、p.414。
(20)「長河」、『沈従文文集』vol.7 p.25、花城出版社、三聯書店香港分店 1983。
(21) 同上、p.103。
(22)「廃郵存底・給某作家」、『沈従文文集』vol.17 p.222、北岳文芸出版社 2002。
(23)「長河」、『沈従文文集』vol.7 p.42、花城出版社、三聯書店香港分店 1983。
(24) 同上、p.91。

第十八章　曹禺——演劇美学と社会美学の探究者

曹禺《ツァオユィ》（そうぐう 1910～1996）の、運命悲劇『雷雨』（1934）から生活正劇（本格的近代劇）『北京人』（1940）までの創作過程は、彼の芸術と思想のたゆみない探求の過程である。

『雷雨』の中心場面である周《ヂョウ》家の屋敷の主導的な雰囲気は「蒸し暑さ」、「黴が生えるような」ものであり、「死のにおい」をはなっている。これがすなわち家庭と社会の縮図であり、主人公たちが生存のために頼りとしている「家」であり、人生が対面する「境遇」である。周朴園《ヂョウプーユェン》はここの主人である。「周家の罪悪」は彼の身に集まっている。それはあらゆる権力を用いて暴威をふるい、旧道徳の守護者のように現存の「秩序」を庇護する。

劇中のすべての人は、奴隷根性にあふれた魯貴《ルーグイ》が周朴園に従って、懸命にここの「秩序」を守っている以外は、ほとんどの者が現存の「秩序」にそれぞれのやり方で反抗し、この「家」を脱け出そうとしている。『雷雨』と、巴金が少し前に世に問うた『家』とが表しているのはどちらも、『子夜』のような社会の分析図ではなく、作家と似通った青年の主人公の感性を通して、強烈な情緒を表現している。曹禺は『雷雨・序』の中で、『雷雨』を執筆するときに、「決して何かを正そうとか、諷刺しようとか、攻撃しようとか、はっきりと意識していたわけではない。もしかしたら書き終わるころになって、感情の奔流がわたしを押し流したのかもしれない。わたしは抑圧されてきた憤懣を発散させ、中国の家庭と社会をあしざまにののしったのだ」とのべ、彼は、『雷雨』を書くのは一篇の詩を書くようなものだった[1]と述べている。

『雷雨』は青春への、生命への一篇の頌詩である。繁漪《ファンイー》は若く、美しく、生命の活力に富んでおり、夫の従属物、玩具となっているのに甘んじないので、周朴園に冷遇され、抑圧され、「精神病」とまで見なされている。年中幽閉されて暮らしているため、彼女の生命の活力は重い圧力をかけられ、青春は徐々にすり減らされた。しかし、彼女の原始の野生は、それでも奇形的な形で自分を閉じ込める檻に必死の抵抗をしている。三年前の周萍《ヂョウピン》の到来によって彼女の生命の烈火は再び燃え上がり、このような奇形な関係に、奇妙な道徳的自信を持っている。彼女は出ていきたい。彼女は周家には同調しない。しかし、同時に周萍は継母との「乱倫」に自己嫌悪を生じ、転じて魯四鳳《ルースーフォン》と愛し合うようになる。絶望に陥った繁漪は、「もっとも残酷な愛ともっとも忍びがたい憎しみ」が織りまざったもっとも「雷雨的」な性格[2]を形成することになる。

『雷雨』は魯侍萍《ルーシーピン》という糸口を、繁漪の愛と憎しみの転化を中心とする劇のプロットの中に溶け込ませ、「回想」式の構成を形成し、周家の一世代前の罪悪までさかのぼって、さらにまたひとつの偶然の一致を生じさせ、運命の力を顕示している。繁漪は生への望みを手に入れるために、侍萍に会おうとする。しかし侍萍は、実は周萍の「死んだ」産みの母親だった。三十年前、彼女は使用人の娘として周朴園に見初められた。その後、家柄のつりあった令嬢を娶るために、周家は侍萍を追いつめ、侍萍は生まれて間もない二番目の息子（大海）を抱いて河に身を投げた。助けられたあと、侍萍は大海《ダーハイ》をつれてあちこちをさまよった。その後結婚したが、自ら進んで、千里もはなれた学校に行き女中になった。彼女はしょっちゅう、娘の四鳳にお屋敷に行って「使用人」になってはいけないと戒めていた。しかし、彼女が地方から帰ってみると、思いもよらず自分がまたもや周家の屋敷に帰るはめになり、四鳳もまたよりによってそこで女中になっており、さらには父親違いの兄である周萍若旦那と「まちがい」を犯して、身ごもっていることを発見する。曹禺はギリシャ悲劇の影響を受け、「オイディプス王」の主人公が運命に抵抗しながらも、運命の支配に落ち、一歩一歩罪悪に向かって行くように、『雷雨』の主人公たちは罪悪から抜け出そうとして、逆にさらに重大な罪悪に陥って、だれもこの罪悪の「家」から逃れられないのだ。曹禺は、執拗に運命の謎および生命の意味を探求し、「序幕」と「エピローグ」で観衆を神話の世界へと引き入れたのである。

運命は「雷雨」の力を借りて、その因果応報の法則を実行した。「雷雨」は「情緒」であり、古い生活に対面して生じる「今なぜ太陽は滅びてしまわないのか、わたしはお前とともに滅びよう」という決心である。「雷雨」が訪れる前に、周家の屋敷の客間の時計が止まったが、これは「雷雨」の隠された象徴である。

曹禺はどんな社会潮流にも盲目的に従うということはない。『雷雨』はいまだに出来上がった解決方法を提供していない。周冲《ヂョウチョン》は作家のひとつの視点である。彼は幼稚さは免れないが、作家の平等、人道、調和という斬新な社会理想を体現している。彼は周朴園の労働者への抑圧と報復に反対し、周萍と魯大海との間の極端な行動も拒絶する。『雷雨』には潜在的に「非報復」の思想が流れている。魯侍萍は、はじめ道徳的に正しいという誇り高い自信を持っており、断固としてこう言っていた。「周家のことは済んだこと。わたしたち魯家の者は、永久にあの人たちの話はよしましょう」と。ところがのちに双方の血縁関係が判ったことから、意味深長に、「この帳簿ははっきり勘定がつけられないから、報復も終わりが不可能になってしまったね」という。これは集団闘争を超越し、独立精神を具えた執筆態度をある程度体現している。

『日出（日の出）』（1935）を執筆したとき、曹禺は意図的に『雷雨』の「あまりにも演劇らしい」ところを捨て去り、「断片的な方法を用い」、「複数の人生の些細な出来事を用い」て、半植民地の大都市の「こわして無くなっては不足で困るが、維持するにはもてあます」というような社会の弊害を描いた[3]。この作品はもはや運命悲劇ではなく、写実的な特徴を持つ社会劇である。戯曲では北方のある大都市のある高級ホテルと、ある三流の妓楼の情景を舞台として選び、三十年代中国の奇怪な様相を呈した都市社会と下層社会によって構成される金銭の世界を再現している。ここでは、人々は金銭に駆り立てられ、或は抑圧されて、殺し合い、たけり狂い、もがき苦しみ、呻いている。人々はみな期せずして「家」に憧れ、それでいながら家があるのに帰ることができず、「非家（家にして家にあらず）」の境地に陥っている。小さな子供は、鉄の杭に押しつぶされて死んだ父を間断なく呼び続けている。翠喜《ツイシー》は故郷をはなれて体を売っており、どうしても家に帰ろうとしないが、それは家を養うためなのだ。李石清《リーシーチン》は家に残してきた老人と子供のことを考えるあまり、家に帰るどころではないほどだ。黄省三《ホアンシンサン》は不治の病の身で物乞いをして、何回か十元二角五分ばかりを稼ぐと、これで家の三人の子供は飢え死にすることにはいたらないだろうと思案する。陳白露《チェンバイルー》は知識人の家柄の出身で、もともとは才色兼備で、夢に満ちた清純な娘だった。父親が死んでから経済的な拠りどころを失い、学校を去った。彼女は愛を味わったことがあり、ある詩人と結婚後の天国のような日々を過ごしたが、そのすぐあとの家庭生活の単調さが、彼女の愛情と結婚の理想を破綻させた。彼女は都会に行き、自由を追い求めて、豪奢な生活を送ったが、高級娼婦に身を落とし、金銭の奴隷となってしまった。彼女は自分を売って得た贅沢な生活といううわべの下に、自分を売るのを我慢できない苦しみを隠している。彼女はガラス窓の霜模様とか、春や太陽を賛美し、昔の恋人の方達生《ファンダーション》を引きとめ、小さな子供を助け、過ぎ去った理想を懐かしむ。彼女はその詩人が忘れられない――「死ぬまで忘れられない」。詩人の小説『日出』は「劇中劇」になっている。小説『日出』の名言――「太陽が昇った、暗闇は後に取り残されている。しかし太陽は私たちのものではない、私たちは眠らなくてはならないから」――は戯曲『日出』の含意を凝集している。陳白露は金銭に青春を奪われた。すでに家がありながら帰ることができない。彼女はただ「日出」を未来に残し、自分は「雷雨」となって、かつての夫だった詩人のこの名言を吟じて、「雷雨」のやり方で「家に帰る」ことしかできない。

方達生は離別した詩人の再来であり、作家の創作の視点である。しばしば抑えられずに自分の価値判断を吐露し、公正で平等な社会という理想から、現実に対し強い道徳的焦燥を感じる。「人と人の間はどうしてこんなに残酷なのだ？」と。彼は劇中の人物すべての運命を操る金八《ジンバー》と「ともに滅びる」決意をかため、建築現場の労働者のよいとまけの歌声のなか、日の出を迎える。

『原野』（1937）ではもはや雷雨の重苦しい過程や、日の出の前の長い暗黒を描くのではなく、一つの解決の方法──復讐──を直接描き、「復讐」の概念を舞台の上に持ちこんで、表現をしたのである。客観的世界について再現を追及することはやめ、生活の形而上的追求を丹念に表現しており、これによって『原野』は表現主義の特徴を持つに至った。

『原野』では、「復讐」という概念を仇虎《チョウフー》という人物像に変化させている。劇全体で彼の復讐の前後にわたるすべての心理の過程を表現した。復讐前の心理は、「復讐」という概念についての深刻な論争である。仇虎は焦閻王《ジアオイエンワン》への恨みを抱き、脱獄して復讐に来るが、焦閻王はすでに二年前に死んでいたので、それが仇虎の憤怒を刺激しさらに大きくさせた。「俺の土地を奪った！　俺の家族を傷つけた！　俺たちの家を焼き、貴様は俺たちを匪賊だと誣告して、役所に送り、俺の脚を折らせた。貴様のためにおれはまるまる八年間を牢獄で耐えたんだ。貴様はここに隠れて、年中策を練って俺たちを傷つけた。俺がやっと来てみたら、貴様は首を伸ばして死んでいた。貴様が死ぬとはなんてことだ！」。戯曲では、正義と力はみな仇虎の側に与えられている。しかし焦《ジアオ》家の側にも「復讐」と反対の方向からの弁明をする力がある。焦の母親は仇虎に言う。「白は白、黒は黒だよ。内からの話も外からの話も分かるように話さなくてはね」。「あんたの父さんは酒と博打が好きで、すっからかんになっちまって、あんたの義理の父さんに会いにきたから、あんたの義理の父さんは三倍の金を払ってあんたたちの土地を買ったんだ。あんたの父さんは二倍分の得をしたんだよ」。花金《ホアジン》子《ズ》は仇虎を詰問して言う。「しかし閻王の子供はお前を傷つけていないぞ」。復讐の対象から発せられる反対のことを言う声は、実際は復讐者の内心の葛藤が外在化したものであり、「復讐」という概念は仇虎の心中を戦場として戦いを繰り広げる。仇虎は心中に絶え間なく現れる矛盾のなかで、ためらい、引き延ばしを経た末に、ついに焦大星《ジアオダーシン》と小黒子《シアオヘイズ》を殺害し、復讐の対象の子孫に「復讐」を実行する。アメリカの表現主義の劇作家ユージン・オニール（1888〜1953）の『皇帝ジョーンズ』では、ジョーンズが黒人の逃亡犯から、ある小島の部落の皇帝の玉座にのぼり、最後には土着民の反抗にあって殺されるまでが描かれている。戯曲では、ジョーンズが原始林を追跡される過程で生じた、自分と先祖の生活経験に関する幻覚、恐怖、罪悪感などの複雑な心理と、そのまま崩壊に至った精神状態の表現に力を入れている。曹禺は『皇帝ジョーンズ』の影響を受け、『原野』の第三幕を暗い森林の場面にし、人を殺したあとの仇虎の恐怖、後悔、精神錯乱、自殺に至るまでを描いた。『原野』はオニールの「魂の演劇」の形式で、「復讐」の悲劇を表現したのである。

『原野』では、仇虎と花金子に、生命力と理想への賛美を注いでおり、調和の取れた人と人との関係への憧れを表している。これは『雷雨』、『日出』と同じ流れをくんでいる。周冲が拒絶した「復讐」が、『原野』では主題にまで押し上げられ、人間性と調和の取れた世界を破壊するさまを描き、逆説的に作家の強い憂慮を表現している。そして、人間性への希望を「原野」に託し、自分との格闘を通して調和を再建した。これは曹禺の社会を改造する方法に哲学的含意を具えた思考である。こういった改造の方法は、自由主義のカラーを帯びている。これにより階級闘争を主題とする無産階級文学との顕著な違いが形づくられた。

『蛻変（脱皮）』（1940）は抗日戦争中に書かれ、抗戦を描いている。これは「過去の演劇」と「現在の演劇」の「ウェルメイドプレイ」（「佳構」）を脱ぎ捨て、ただ「現在」の深い意味を掘り下げ、抗戦中の現実生活を深め、民族の前途の哲理的思考にまで至っている。

戯曲では抗戦時期のある野戦病院の描写を通して、国民党の支配下の官僚機構の酔生夢死、私利私欲のための不正、おべんちゃら、勢いに乗じて人を欺くといった腐敗した空気を暴露している。それが民族の抗戦組織を刻一刻と侵食し、破壊しているのだ。しかし、『蛻変』は張天翼《チャンティエンイー》（1909

～1985）の『華威先生』のような左翼文学とは異なり、逆の視点で国民党当局の「消極的抗日」を諷刺している。『蛻変』は民族の視点からこの組織の新しい活力を描いた。丁《ディン》医師は献身的に仕事をした。彼女は熱心な医師で、勇敢に身を捧げる戦士であり、また偉大な母親でもあった。梁《リアン》役人は公正に執務にあたり、情実にとらわれず、心は民族抗戦でいっぱいである。抗戦という溶鉱炉から鍛錬され、民族の美徳に育てられた「中国の新しい官僚」だ。

『雷雨』から『原野』までは、いまだ空疎だった理想が、ここに至っていきいきとした現実となった。『原野』では作家の対内的な「社会」という主題の「非復讐」の観念を表現し、『蛻変』では対外的な「救国」という主題における民族意識を表現している。これは作家に階級闘争の観念が希薄で、民族意識が強いという規律が強く表れている。「非階級闘争」と民族意識はいずれも自由主義の重要な構成物である。『蛻変』は階級、集団を超越し、民族の抗戦意識が古きを脱して新しく変わり活力を得るさまを描いた。作家は「‘蛻変’という言葉について」という文中でこう述べている。「（この）劇のかなめは、やはりわれわれ民族が抗戦のなかで古きを「脱して（蛻）」新しく「変わる（変）」という気概である。この題名がつまりこの劇の主題である[4]」。曹禺の劇作の抗戦という主題は、林語堂の『京華煙雲』や巴金《バージン》の『火』や、老舎の『四世同堂』が表現した中華文化が抗戦という「煉獄」を経て、そこから新しい生命を獲得したという思想と近い。巴金は『蛻変』の中に「大きな希望」を見い出し、「大きな勇気」を得た[5]。

『北京人』（1940）は『蛻変』のすぐ後に創作されたもう一つの近代演劇であり、劇の場面は生活そのもののように単調で、自然である。これは曹禺が傾倒していたチェーホフの散文化された生活を見せる近代劇の風格である。チェーホフはこう考えていた。実生活において「人は一分ごとに決闘したり、首を吊ったり、求愛しているわけではない。また一時間ごと一刻ごとに賢そうなことを話しているのでもない。彼らは大部分の時間、食べたり、飲んだり、異性をひっかけたり、くだらない馬鹿話をしているものだ。だからそれら一切も舞台で表現するべきだ。こういった戯曲を書くべきだ。劇中の人物が行ったり来たり、食事をしたり、おしゃべりをしたり、カード遊びをしたりするような……[6]」。また「舞台上のすべてを生活と同じように複雑にし、同じように単純にするべきだ。人物たちが食事をするときは、ただ食事をするだけだが、食事をしているまさにそのときに、幸運に見舞われる者もいれば、悪運に見舞われる者もいる……[7]」。『北京人』では、北京のある古い家柄の三世代の人々の日常生活を描いた。ここでは、人物たちはお互いに対立した状態ではなく、全員が同じ環境に苦しめられており、生きるために苦悩している。しかし、外からの運命が自然に進行しているなか、執拗、頑なに愛の理想を追求する二つの魂が誕生した。彼女たちはチェーホフの筆による『三人姉妹』のように埋没させられ、滅ぼされる。彼女たちは繁漪とは違っているし、丁医師や、梁公務員とも違って外からの運命に反抗もしない。彼女たちの心のなかには、生命力と理想の追求が流れている。彼女たちは生活の伏流である。このような伏流が、外からの運命のずっと深くにある内在的な運命を構成した。曽《ヅォン》家が代表している古い生活は、まもなく葬られるところであり、現実の「北京人」は原始の「北京人」の不肖の子孫となり、廃物となった。文清《ウェンチン》は曽家の中堅のかなめとして、愫方《スーファン》の希望を背負って一度は家を出たが、飼いならされた鳩のように、再び飛び立つことはできず、瑞貞《ルイヂェン》の不吉な言葉が当たり、劇的に家の中に委縮してしまった。愫方は偶像が破壊されたのを感じ、ついに夢から目覚めた。『北京人』は『三人姉妹』のように、抒情的文体で素芳と瑞貞の行動を描き、新しい「北京人」の人生を追及し、「正劇」に抒情喜劇の特徴を与えた。これは曹禺がさらに広範な視野で、古い生活から新しい生活への「蛻変（脱皮）」を表現したものである。

　ちょうど『北京人』の中の人類学者が、科学的な方法で原始の野生に満ちた北京原人の生存の方式を再現して、新型の人類の誕生を期したように、曹禺は西洋演劇の形式を手本として、中国の新興話劇（新劇）芸術を成熟にまでいたらせると同時に、東方の人文精神に基づいた、調和状態を呈した人格美学と社会美学を、終始ゆるぎなく探求したのである。

注

（1）田本相『曹禺伝』に見える。p.146、北京十月文芸出版社 1988。

（2）「雷雨・序」、『曹禺文集』vol.1 p.214、中国戯劇出版社 1988。

（3）「日出・跋」、同上、p.457。

（4）『曹禺文集』vol.2 p.426、中国戯劇出版社 1989。

（5）巴金「蛻変・後記」。

（6）郭羅傑茨基「回憶契訶夫」、葉爾米洛夫『契訶夫伝』p.410、人民文学出版社 1960 より引用。

（7）阿尔斯「回憶契訶夫」、同上、p.410 より引用。

第十九章　巴金――自由主義の大潮の中の激流

中国現代文学史上の作家達は、ある者は個人主義の世界にとどまり、またある者は階級闘争の岐路で方向を見失ったりした。そんな中で類いなく貴重なのは巴金《バージン》（ぱきん 1904～2005）のような作家で、個人、社会、民族を三位一体に結合して、火のような情熱を以て個性の開放を勝ち取り、その後間髪を入れず再び火と燃える闘志で社会闘争に身をささげ、民族戦争の期間中憤怒の炎を燃やして抗日戦に献身した。これは誠に巴金の鮮明な独立性の表れである。作家としての独立性こそが、巴金の創作を、啓蒙、革命、救国の三大テーマの間を自由自在に遍歴させ、中国現代作家として、その責任を自覚的に果すことを可能にしたのである。

「五四」運動は少年巴金を旧式家庭の高い土塀奥深くから覚醒させて邸外の、広大な「新天地」を発見させた。大邸宅の門を出て、次々に押し寄せるいろいろな社会思潮に触れたのだが、その中で最も彼を信服させたのはロシアの著名な無政府主義の革命家、クロポトキン（1842～1921）の「無政府共産主義」であった。

「無政府共産主義」の特徴の一つは徹底した個性主義である。個人の自由、個性の解放が無政府主義の絶対的自由観、社会革命思想の基点であり、重要な骨組みであった。そしてこれが「新文化運動」に包含される個性開放の思潮と結びつく。巴金の『激流三部曲』（『家』1931、『春』1936～1939、『秋』1939～1940）は、「無政府主義」と「新文化」思潮が合流した結果生まれたものである。

『家』の執筆は「新文化運動」がすでに退潮期に入った後のことであった。巴金は延々10年にも達する時間を費やして『激流三部曲』を書き、「無政府」の理想の堅持を表明したのである。この堅持の姿勢で、彼は「新文化運動」が分化して行く中で、いかなる政治集団にも参加せず、鮮明な独立性を表明した。『激流三部曲』は、ある意味で「新文化運動」の堅持の結果でもあった。

巴金は『激流三部曲』を書いて彼の熟知する旧式家庭という題材を描写すると同時に、彼が経験した個人の覚醒の過程と早期の社会活動を描写した。『激流三部曲』に描かれた「家庭の歴史(1)」は、旧式家庭の崩壊と、いわゆる「新青年」の形成の歴史を含んでいる。巴金は客観的、冷淡に自分の熟知する題材を描写したのではない。彼は激情に満ちた生活をし、激情に満ちて著作をしたのである。彼はみずから述べている。「私は著作をしている時も私自身の愛と恨み、悲哀と渇望を抱いていた(2)」。『激流三部曲』は主観的リアリズムの作品なのである。

巴金は「無政府主義」に包含される徹底的な民主主義を武器として、封建的家族制度の専制、腐敗、統治者の残忍さ、醜悪さを厳しく暴き出し、同時に青春、生命に対する破壊行為――主として青年達の愛情、結婚、幸福に対する破壊行為として表れている状況に、その矛先を向けたのである。この封建制家庭をすっぽりと蔽っているのは死の影である――それは、主として若い女性達の死、鳴鳳《ミンフォン》、梅《メイ》、蕙《ホイ》、瑞珏《ロイチュエ》、倩児《チエンアル》、淑貞《シューチェン》……たちの死である。封建的礼教による若い生命の破壊を告発することが『家』の主要な創作の動機であった。巴金はいう。「私は封建的家庭で育ち、若者が苦しみ、結婚は干渉を受け、自由はなく、理想は実現できないのを目のあたりにして、私は憤懣に耐えられず、考えた。私は復讐せねばならない、若者たちのためにどうしても復讐せねばならない。私が筆を持った時、心中の憤懣が噴き出して文章になり、『家』を書きあげたのです(3)」。

『激流三部曲』の強烈な反封建のテーマは「新文化運動」の影響下の産物であり、「新文化運動」に属するものである。このテーマの形成には作者の心理的要因が働いている。巴金は次のように語っている。「幼少の頃から毎日孔子の書物を暗記し、四書五経を暗記しました。先生に暗誦させられましたが、内容は全然分かりませんでした。ただ丸暗記するだけで何の意味だか全く分かりませんでした。そして、暗誦できないと先生に竹の板で手のひらを叩かれました。段々生長すると家人はいつも孔子の言葉を引いて私たちを説教しました。それで‘君は君にふさわしく、臣は臣にふさわしく、父は父らしく、子は子らしく’ということばに対する反感が生まれました。だから〈新文化運動〉の指導者が〈孔子一門〉を打倒せよと叫ぶのを聞いて大いに喜び、興奮しました(4)」と。『激流三部曲』は専制的家庭の罪悪を告発し、不合理な家庭倫理に反対するものであった。『家』の年若い主人公は父親の圧迫に反抗し、父と子の間がただ単に「上」と「下」の関係でしかないことに反対し、「反孔子」思想を抱いている。この一点からいえば、『家』と『狂人日記』は同じテーマを扱っている。『家』は『狂人日記』の象徴に現実主義の画像を提供したのである。

巴金と魯迅のこのテーマに関して異なっている点をいえば、巴金は儒家本来の学説を特に攻撃したのではなく、現実の制度、世俗的形式に反対したのであって、時によっては反対したのは本来の学説に反している点、即ち「父は父らしからず……」であったりする。だから1984年に日本で作家井上靖が、今書いている小説『孔子』は改めて孔子を肯定し、孔子が家庭倫理を基礎として人間関係の中に理想的な倫理道徳を作り出そうとすることを肯定していると聞いた時、巴金は次のようにいった。『家』を書いた頃「私は若輩」であり、「先生が今いわれたことは考えたこともありませんでした。今は冷静に、客観的に、あらためて孔子を研究せねばならぬと思います」と。そして上海に帰ってから、孔子に関する書物や孔子の書いたものを読んで、「井上先生の小説の中で孔子を再認識したいと思います(5)」と表明した。これは50年の歳月を経た後での巴金の「反省」であり、「新文化運動」に対する反省であり、壮大な世紀的反省である。魯迅との違いは次の点にある。巴金は現実の家族制度の腐敗と統治者の諸々の弱点を「国民性」や「劣等根性」として描かなかった。巴金は民族性に就いては全く悲観しておらず、ただ現実の家族制度が我慢ならないだけだったのだ。だから『激流三部曲』では現実の中での希望を描き、若者世代が「新文化」思想の影響下で個人に目覚め、専制的家庭に反抗する様子を描いた。『家』に登場する覚慧《ジュエホイ》、許倩如《シュイチェンルー》、『春』に登場する覚民《ジュエミン》、琴《チン》、淑《シュー》英《イン》、淑華《シューホア》などは、すべて若き反逆者である。巴金はツルゲーネフの影響を受け、「貴族家庭」の没落を描き、若者世代がその中で成長して行く様子を描いた。『家』は何度も『その前夜』の一部を引用している。中でも「我々は青年だ。片輪ではない。馬鹿でもない。幸福は自分の手で勝ち取らねばならないのだ」のくだりは『家』の青春テーマの一つの拠りどころを垣間見せている。そして「父と子」の衝突が小説のメインテーマになっている。

覚慧は『家』の反逆者第一号である。覚慧の日記の中のくだりが、この反逆者のイメージの創造が、トルストイの『復活』の影響をうけたことを暗示している。彼は「お坊ちゃま」であることを嫌い、使用人の境遇に同情し、さらに召使いの身分の鳴鳳を愛するようになる。このような民主思想、平等観念に立脚した個人主義は、「新文化運動」のなかで「衆愚」を見下した極端な個人主義とは一線を画している。だから覚慧には「新文化運動」に登場する初期の「啓蒙」「戦士」の孤独感はない。

覚慧に代表される青年ヒーロー達は理想的な個人主義者であるだけでなく、理想的な社会主義者である。『家』のなかで、覚慧が行った専制家庭に対する反抗の中でも最も毅然とした行動は、家という座敷牢を跳び出して社会活動に参加することであった。『春』『秋』で、覚慧からの手紙から分かるように、彼は「社会主義者の友人」と一緒に活動し、更には杭州遊覧の名目で秘密の革命集会に参加している。そして覚慧と友人達が組織している団体活動は「人道主義と社会主義的精神」を思想的基礎としており、「無政府主義」団体に属している。無政府主義はすべての圧迫、搾取に反対し、すべての強権、束縛に反対し、人々が互いに愛し合い、助け合うことを主張して、まさに高覚慧のように個性開放を要求し、社会の理想を夢見る若者の幅広い共感を得ていた。『家』に登場する琴とか許倩如には明らかにナロードニキ派革命家の特徴が漂っている。琴は許倩如のことをソフィア・バイコフスカヤと呼びたがる。覚慧はヘルツェンの「民衆の中へ」の主張に従って行動し、ナロードニキの理想を体現している。ナロードニキの理想は「無政府主義」にほかならない。『激流三部曲』は家族制度のみならず社会制度に対しても告発の叫びをあげ、家庭を飛び出して個性解放を求める様子だけでなく、「無政府主義」で社会を組織する試みをも描いている。これは作家巴金の主体的意識と現実の社会思潮のリアルな表現である。

巴金は「無政府共産主義」学説に含まれる、搾取制度を徹底的に打倒し「自由、平等、博愛」の新社会を建設する思想を吸収し、1921 年 4 月『半月』第 17 号に生まれて初めての文章『怎様建設真正自由平等的社会（真に自由平等の社会をいかにして作るか）』を発表して、社会革命の実行、「政府と付属機関の廃止」、「生産の機関とそれが生産する物品は人民全部のものである」、「人は己の能力をつくして、必要とするものを取る」……と呼びかけた。

『革命三部曲』（『滅亡』1927 ～ 28、『新生』1931 ～ 1932、『黎明』—未執筆）と『愛情三部曲』（『霧』1931、『雨』1932、『電』1933）は巴金の「無政府主義」と関連する社会革命の思想を余すところなく表現している。これらの作品に登場する若き革命家たちは個人に目覚めて家を飛び出してから、それぞれ強烈な社会中心思想を体現する。彼らがいやというほど目にするのは社会の専制、暗黒、生死の境目であがいている貧乏人たちであり、それで社会革命事業に身をささげる決心をしたのである。『新生』は始めに李冷《リーロン》が個人主義の制約の中で苦悶する姿を批判的態度で描き、後になって彼が個人主義の殻を破って労働運動に身を投じ、心機一転、敵の残虐行為に直面しても闘志を失わない姿を描いた。彼は犠牲になったが、団体としての生命は脈々と生き続ける。『愛情三部曲』は始めに否定的な筆致で主人公の呉仁民《ウーレンミン》のせせこましい個人主義を描き、彼が愛情を革命より優先させ、かえって愛情が泡沫と化するのを描き、後になって彼が失った恋人の熊智《シオンヂー》君《チュン》に説得されて自己否定の末「再び愛の陶酔を求めず、愛情の悲喜劇に時間を浪費することを止め」、「一切の個人的享楽を捨てて、明るい未来を追求する」姿を描いている。彼は社会革命事業に身を投じ、女性革命家の李佩珠《リーペイチュー》を熱愛するようになって、愛情の観念も革命思想とともに成熟して行く。これは巴金が学んだクロポトキンの思想、即ち社会の利益を私の利益に優先させ、集団の解放の中で個人の解放を実現するという考え方を体現している。愛情と事業の関係を描くに当たって、巴金は今度はツルゲーネフの小説のモデルを導入する。そのため個人の愛情と社会事業の二者の間に驚くほどの一致性が存在する。『愛情三部曲』に登場する青年革命家たちは、それぞれこの権利と義務の二元的対立の悩みを経験し、克服しているのである。彼等は「無政府主義」の社会理想を追求しながら、「無政府主義者」個人としても明るい人生を切り開いているのである。巴金は「無政府主義」に立脚して人類の理想社会に思いを致すと同時に、彼と同世代の人々の青春にも思いを致したのである。『愛情三部曲』は依然として一種の青春小説である。そして青春の理想に輝いている。

巴金は近代無政府主義の郷里であるフランスに赴き無政府理論を研究した時に、フランスブルジョア革命家に関する大量の本を閲読した。フランスブルジョア革命家の献身的精神に彼は敬服した。彼はみずから語っている。「我々は皆フランス大革命の赤子である……(6)」。終生自由奔放な反逆精神の大革命思想の先駆者ルソーが、巴金が小説を書く際の「最初の先生」になった(7)。革命事業のために生命を投げ出した「人民の友」マラーは彼の精神生活上の指導者であり、支柱であった(8)。巴金はフランスの急進的政治思想を受け入れ、社会運動家になる決心をし、群集の力を利用してこの世界を幸福な世界に改造し、将来は苦しめられる者を一人もいなくしたいと考えた(9)。巴金が描く革命家は悪の勢力との闘争の中で犠牲になることを望み、喜んで命を投げ出す。『滅亡』のなかの杜大心《ドゥーダーシン》は重い肺病を患いながら革命事業に全力で取り組み、革命的手段で社会の不正を打破しようとする。彼は憎しみには憎しみで対し、他人の苦痛の上に自分の幸福を築く圧迫者の「滅亡」を祈願し、最初に立ち上がって圧迫に反抗するものは「滅亡」を免れないと予言する。「彼も我もともに滅べ」と毅然たる態度で戒厳司令官を暗殺する行動の中で、勇敢に身をささげる。『電』のなかの敏《ミン》は戦友のかたきを取るために軍閥の旅団長を暗殺する決心をする。生きて帰れないことをはっきり知りながら、正義のため敢然と自己の生命を捧げるのである。

巴金の作品はこれら革命家の勇敢な献身的精神に対し賞賛を惜しまない。このことは巴金の社会革命思想の急進主義的特徴を表している。

同時に、作品の中でこれらの青年革命家たちが勇敢に暗殺、復讐に赴き、惜しげもなく自分の生命を投げ出す様子を描くに当たって、深い悲しみを表現している。『滅亡』の結末で、戒厳司令官はかすり傷も負わず、逆に機に乗じて二十万元の現金をゆすり取り、おかげで彼の妾たちはたんまりと宝石類を手にした一方、杜大心の首は電柱に吊るされて衆目にさらされ日ならずして腐敗する様子を冷酷な筆致で描写している。『電』のなかの敏は暗殺が未遂に終わり、むざむざと命を捨てただけでなく、かえって敵の警戒心を呼び起こして革命団体の闘争計画を混乱させてしまう。これは強大な暗黒勢力を前にした弱小な存在の悲哀、さめた目で運命を意識した者の悲哀であり、巴金自身が意識した「自己の悲哀」である[10]。激情に溢れる巴金は、同時に現実感も十分に持っていた。彼ははっきりと「憎悪」は「愛」の信仰にもとるものであることを認識していた。しかし「革命」は彼にとってまだ模索中で未達成の段階であった。『滅亡』はこの悲哀を苦痛を込めて描いている。

「革命は何時になったら到来するのか。……私はもう我慢できない。……こんなことはすべて不当で、消えてなくなるべきだ。だからもう我慢ならない」。張為群《ヂャンウェイチュン》は突然右手を胸に当てていう。「俺じゃない、これだ。これがもうこれ以上我慢できないんだ」。

杜大心は張為群にいい返す言葉もなく、いい返す気もなかった。彼は何もいえなかった。張為群の悲しみは自分の悲しみであった。彼自身もとっくに我慢できなくなっているのだ[11]。

巴金は涙を流しながら、こうした「悲しみ」を描き、青年革命家たちが当時は「憎しみ」を選択するしかなく、暴力を用いて「我慢ならない生活」をぶっ壊すことを選択するしかないことを描いた──これはとりもなおさず「死」を選択することを意味する。巴金自身は杜大心が暴力的行動に走ることに反対であるが、かといって「彼にやめさせることもできない[(12)]」のである。

巴金は自覚しながら自分の信仰──愛と寛容に背を向け、「憎しみを宣伝し、復讐を宣伝」せざるをえなかった[(13)]。

憎しみを宣伝するのとは反対に、巴金は他方では信仰を持ち、性格も比較的健全な革命青年の群像をも創造している。彼等は常に急進派の人々と論争する。このことは作家自身の思想の中の愛と憎しみ、理想と現実、自信と悲観の間の闘争を反映している。『滅亡』のなかの李冷、李静淑《リージンシュー》兄妹は「愛」の信奉者である。彼等はこのことで杜大心と論争し、愛の力で杜大心を感化し、杜大心の病根──「憎しみ」を癒そうと計る。『新生』では李静淑、李冷が「滅亡」の感化を受けて、集団事業に没頭し人類の進歩を目指す中で、「新生」を勝ち取り、それにより「滅亡」を超越する。杜大心について李静淑はここで一段と理性的に語る。「信仰にそむいたので、あの人はほろびたのよ[(14)]」と。『愛情三部曲』は信仰によって貫かれており、『霧』から『電』にいたるまで一歩一歩信仰の力がフルに展開されている。『霧』のなかでやっと種がまかれ、『雨』のなかで信仰が発芽し、それから電光一閃、信仰が開花する[(15)]。『電』では一つの革命団体が反動的軍閥の残酷な鎮圧の下で反抗し、失敗し、滅亡する様子を描いている。ここでは愛が憎しみを拭い去り、信仰がすべてを支配し、すべてを救済する[(16)]。革命団体は暖かさと友情に満ち、青年たちは革命闘争の幸せと喜びを体得する。そのなかで巴金の心中の理想的人物で「健全な女性に近い」李佩珠は強固な信仰を築き上げ、愛情と革命、個人の生命と団体の事業を見事に両立させる。彼女は「女性の弱さ」という紋切り型から決然として脱却する。ロシアの女性革命家フィグネル（1852～1942）から強固な思想、火の情熱、獅子の勇敢、自己をかえりみぬ献身的精神を学び取る。彼女の前では多くの男性が心から感動して頭を下げ、多くの若い男女が闇夜に輝く明星を見出したのである。

李佩珠のイメージは「精神」で構成され、横糸が不足しているので、血肉に欠けている。もっと不足しているのは現実的なつながりであった。作品中に李佩珠がフィグネルの自伝『回想録』を何日も続けて読むくだりがあるが、まるで革命精神が乗り移ったみたいである。巴金は自身の最も尊敬するフィグネルの自伝を材料にして李佩珠を創造したのである。そこにはツルゲーネフの影響もある。ツルゲーネフの散文詩『在門檻上（敷居にて）』（1878）は革命に忠誠をつらぬき凛として「犠牲」になり「死亡」する一人のロシア娘をたたえている。巴金はこのような死をも恐れぬ革命精神を賞賛し、ツルゲーネフは当時のロシアの女性革命党員を描いただけでなく、彼の時代より以前や以後のロシア女性をも描いたのだと考えた[17]。李佩珠はいわばロシアの女性革命家の影響で生まれた産物で、ツルゲーネフが描いた「ロシア女性」に中国式の名前をつけたものといって良い。巴金はこの「導入」をすることにより、中国の一世代の若者に対し「道しるべの灯明」を提供したのである。

巴金はいっている。「中国の作家の中で、私は多分西洋文学の影響を最も強く受けた作家の一人であろう[18]」と。これは単に方法の面だけでなく、もっと大切なのは社会思想の面である。彼は外国の革命理論をそのまま中国に「導入」して、フランスやロシアの革命家の心理を用いて中国の革命家の群像を創造した。巴金が描いた革命家は杜大心から李佩珠に至るまで、思想上の拠りどころはヨーロッパの暴力革命理論であり、心の中で崇拝しているのは異邦人の「先生」であり、話の中で引き合いに出すのは外国の書物であり、西洋式の「集団」生活を送っている――外来的性質が彼らの最大の特徴である。

中国について――中国の歴史、文化、現実の状況……について巴金は知るところが多くない。まして調査、研究、思索の面はいうまでもない。その結果創作土壌が薄弱で、基礎も脆弱である。そのために作品の社会革命に関する厳粛なテーマと釣り合いが取れず畸形児的な作品になっている。『革命三部曲』と『愛情三部曲』には現実に対する、背景に対する描写がなく、代わりにあるのは一種の情緒、一種の激情――情緒化された激情である。このような激情がヨーロッパ式急進的革命理論に対する徹頭徹尾の崇拝と混ざり合って、一種の「病的な激情」を作り出している。これはツルゲーネフの影響というにとどまらず、ツルゲーネフと同じ欠陥を持っていることである。

ツルゲーネフは二、三十歳ですでに西欧主義者になり、西欧方式でロシアを改造すべしと主張した。彼はフランスに住み、作品を通じてつぎつぎにロシアに向かって西欧の新思潮を代表する人物を送り込んだ。ツルゲーネフは西欧で生まれた思想が先進的で、ロシアのものはすべて遅れていると考えていた。だから彼の作品の主人公の思想は大部分が西欧仕込で、ロシアに帰ると頭角をあらわし、伝道者になって手にたいまつをかかげる。「プーシキンの伝統」を持つロシアの作家の中で、ツルゲーネフほど徹底的に西欧路線を模倣した者は数少ない例外である。レフ・トルストイの主人公はロシアに根を下ろし、執拗に「ロシア化路線」を探求する。ドストエフスキーは、暴力革命理論はロシア固有のものでなく、人為的に西欧から移植したもので、人類がお互いに殺しあう結果を招くだけだと考え、したがって人と人の間に和諧関係を樹立すべしと主張し、ロシア人民の中で生まれた信仰でロシアの大地を照らすべしと主張した。一方、ツルゲーネフの主人公にはロシアの大地に根を下ろした者は稀である。彼の描くロシアの少女は貧血症の「ロシア娘」であり、すべて「ツルゲーネフ家の娘」である。巴金が「精神」の「たて糸」で織り出した革命家のイメージ、及び社会革命小説は、一定の程度で模倣に模倣をしたものである。これでは模倣よりも真実味に欠ける。ツルゲーネフは実際には終始一貫して自由主義の立場を堅持して、ロシアに対し漸進的改造を行うことを主張し、革命的民主主義者が行った急進的革命には全く参加しなかった。彼がロシアのために選んだ「現代の英雄」は『処女地』に登場するソロミンである。ツルゲーネフはソロミンの漸進主義こそがロシアという広大な荒地で且つ肥沃な「処女地」を開拓して美田にすることができる、だからロシアには漸進主義がナロードニキよりも適合すると考えていた。これは急進主義者の巴金は受け入れることを拒否したのである。

巴金は「無政府主義」の理想を堅持して、彼が小説の中で描いた革命団体は、大部分「無政府主義」団体で政党組織ではない。巴金は1928年にはっきりと声明している。「私はいかなる政党とも関係したことはない[19]」。同時に「すべての政党に反対」し、「過去もそうであったし、現在もそうであるし、将来も永遠にそうであろう[20]」と厳かに宣言している。このような理想の堅持と、いかなる形の強権をも断固拒否する態度こそが、巴金が現代中国史の長期にわたる動乱の中で集団闘争に超然として係わり合いをもたず、作家としての独立性を保つことを可能にしたのである。彼はフランス革命の指導者達の急進思想を受け入れたが、階級革命には参加しない。彼は艾青《アイチン》のような悲劇に遭遇しなかった。巴金の一連の社会革命を描いた小説は、青年がいかにして無政府主義の理想にしたがって社会団体生活を立ち上げたかを扱ったもので、青春の理想を実践する小説である。当時流行したプロレタリア文学との相違は顕著である。これはある意味で、ツルゲーネフの自由主義の立場に影響されたことと関係がある。

巴金の創作では社会革命のテーマと抗戦救国のテーマとがほぼ同時に生まれており、両方ともが烈火の如く燃えさかる。1930年に創作の中編小説『死去的太陽（死せる太陽）』は激烈な「五・三〇」反帝愛国運動（1925年に上海で日系紡績労働者のストライキから始まり、ゼネストに発展した──訳者注）を描いたもので、激しい民族主義に満ちている。「抗戦三部曲」と呼ばれる『火』（第1部1940年、第2部1941年、第3部1943年）では、怒りを直接日本の侵略者に向けている。ここには「左翼」文学によく見られる「間接抗戦」──茅盾《マオドゥン》の『腐蝕』、張天翼《ヂャンティエンイー》の『華威先生』のように「内戦」

をもって「対外国戦」に代えることは書かれていない。『火』における抗戦は「直接抗戦」なのである。

『火』は『革命三部曲』、『愛情三部曲』より現実感が強い。この中での主観的感情、思想は現実生活の描写のうえに立脚しており、単なる情緒ではない。

『愛情三部曲』の中の青年革命家が対決するのは手で触れることのできない専制制度であり、暗殺しようと狙う反動的旅団長は全く顔を見せない。『火』の中の中国人全体が向かい合うのは、日本侵略軍の連日の空爆、いたるところ火の海、一家全滅、「どちらを見ても同じような、平凡な悲劇(21)」である。作者が流浪の途上で書いた‘旅途通信’『在轟炸中過的日子(空爆下での生活)』(1938)には、「我々が目にした、首が取れ、手足がちぎれた死体はあまりにも数が多かった(22)」とある。

巴金が信奉する「無政府主義」の理想は、同胞の死、流血、避難を目のあたりにし、日本侵略者のファッショ的専制に直面して反抗の炎が燃え盛り、激しい民族主義へと昇華する。巴金は当時自ら語っている。「私は外国から輸入したアナキズムを信奉していましたが、私はやはり中国人で、私の血管を流れているのは中国人の血です(23)」。「激流」、「革命」、「愛情」は自然に「火」につながって行くのである。

「抗戦三部曲」の『火』では、以前のすべての矛盾、闘争が中華民族の抗日戦争に集約される。『三部曲』を貫くヒロイン馮文淑《フォンウエンシュー》は父親の阻止を振り切り、傷病兵病院の看護婦になり、その後「戦地奉仕団」に参加する。周欣《ヂョウシン》の母親は使用人の老女が抗戦のために給料を寄付する行為に感銘を受け、「私も中国人だ」の自覚を持つにいたる。彼女は昼も夜もなく抗日戦士のために冬着を縫い、娘が前線に行くのを励まして、「私はお前を止めないよ、中国は立ち上がらないといけないんだから」と言う。ここでは「父と子」の対立も解消、変化する。馮文淑の父親はもはや専制的家長ではなく、「敗北主義者」すなわち投降派のイメージで描かれる。巴金は「八・一三」(1937年8月13日、上海で起こった日本軍との戦い。第二次上海事変）一周年の前夜に書いた雑感（短い社会評論文）『失敗主義者（敗北主義者）』のなかで、「敗北主義者」は「中国が最後の勝利をおさめるであろうことを信用せず日本の武装を解除できるとは信じないで中国が武装解除することを切望している[24]」と喝破している。巴金は戦火荒れ狂う中の長期流浪生活で、「戦争は人民を苦しめる。これはいうまでもなく事実である[25]」ことをつぶさに見る。しかし彼はそれ以上に日本の軍国主義者のファシスト的本質を見極め、抗戦に伴なう苦痛は抗戦の決意を動揺させてはならない。何故ならば「戦わなければ人民はもっと苦しむことになる[26]」ことを理解していたからだ。彼は 1939 年に雑感『和平主義者（平和主義者）』のなかで断固として指摘している。「抗戦が中国の唯一の活路である。和平とか中途半端の妥協は自滅への道である[27]」と。馮文淑と父親との衝突は正に抗戦派と投降派との衝突である。馮文淑は「新しい女性」で彼女が個性解放を勝ち取る目的は、民族、国家観念を確立することにある。彼女は大義のために躊躇なく家庭を飛び出し、「戦地奉仕団」に参加し、軍隊に入って働き、胸を張っていう。「国のため、民族のためです[28]」。素貞《スーヂェン》も父親とお妾さんの生活には「国も民族も社会もない[29]」と批判する。一方、素貞のボーイフレンドの劉波《リウボー》は、抗戦活動のため二人が離別する苦痛を甘受する。彼は「個人の幸福は大衆の幸福と、抗戦の勝利とにつながっている」ことを認識し、このご時世には中国人一人一人が犠牲を払わないといけないことを認識している。『火』の第 1 部のテーマは中国人の民族、国家観念の形成である。『火』の主人公はこの戦火燃え盛る歳月を「大いなる時代[30]」と見る。巴金は彼の主人公達を民族存亡の危機の中で、戦火を怒りの炎に変え、自覚的に民族戦争に身を投じさせた。劉波のいうように、不死鳥は火の中で新しい生命を得たのだから「我々も火の中で洗礼を受けるべきなのだ[31]」。

巴金の創作中の個性開放というテーマは、初めから社会のテーマと不可分であり、民族の存亡の危機に民族の命運を最重要とし、民族主義のテーマを鮮明に打ち出し、「個人」、「社会」、「民族」を三位一体に結合した。

「火」が「激流」、「革命」、「愛情」を包容し、超越する。これが巴金の創作の卓越したところである。「反封建」を旗印にしたこの作家は、現代文学史のなかで独立性を特徴とする林語堂《リンユイタン》、老舎《ラオショー》等と民族主義の大潮流で合流したのである。この内在的動因はやはり独立性であった。作家としての独立性が巴金を、戴望舒《ダイワンシュー》と同様に、個人と民族の間に全く介在するものもなく、自己を中華民族に合体させたのである。1938年、侵略者の爆弾と同胞の死体を前にして彼は宣言する。「私は個人の感情を民族解放闘争の戦士の感情の中に溶かし込むのだ[32]」。

「抗戦三部曲」の民族主義的品格は唱導するのが民族の分裂でなく統一であること、讃えている奮戦中の中華民族は統一した中華民族であることにある。『火』は賞賛の筆致で国民党の愛国的将兵の勇敢な抗戦を描いている。ここでは作家と彼の主人公とこれらの将兵は根本的に仲間内関係であり、兄弟のような感情を通わせている。馮文淑が野戦病院で看護するのは前線から担ぎ込まれてくる負傷兵である。彼女は彼等を「弟」と呼び、更には「同志」として扱う。彼女は彼らが民族のために尽力したことに感服する。『火』第1部は更に「中国軍」が上海を撤退した際に、少数の残存部隊が自分達の土地を離れようとせず、血の最後の一滴を流しきって、「黙々と死んで行った」ことを描いている。全体としての国民党とその軍隊に対し、『火』は敵対的でなく客観的な国民的視角から描写を行っている。巴金が力を注いだのはある階級や集団でなく、中華民族全体の勝利であった。1938年8月、巴金は雑感『第一次聴見炮声（初めて砲声を聞く）』の中で述べている。

「八・一三」（第二次上海事変）のあの日、数知れぬ中国人が感動の気持であの“神聖な”砲声を祝った。……この砲声が中国人を一致団結させたといっても過言でない。それ故に当時ある人はこの砲声を“神聖”といったのだ[33]。

巴金の創作では中華民族のすべての抗日の力量は自然に一つにまとまる。巴金の理想は全民族の団結を実現することであった。

『火』の第2部は馮文淑など青年抗日中堅グループが曹明遠《ツァオミンユアン》の指導のもと、「戦地工作団」を組織し、ナロードニキの「民衆の中へ」の主張に従って中国北部の山村で抗日宣伝活動をする様子を描いている。ここでは「無政府主義」の団体生活の痕跡は薄れ、中国の土壌に根ざしたものになっている。作者は青年知識分子を通して中国の伝統的社会構造上の欠陥——団結の欠如、組織の欠落——を分析している。彼等はこの欠陥の克服から手をつけ、農民に最新ニュースを語り、抗戦劇を演じて見せ、ゲリラ戦の意義を宣伝する。小説は人民大衆の中に宿る偉大な力を描いている。銀《イン》妮《ニウ》と母親の二人に団結と犠牲的精神が光り輝く。『火』第3部（別名『田恵世』）は林語堂の兄、林憾廬《リンハンルー》の経歴を素材として、田恵世《ティエンホイシー》という愛国的クリスチャンのイメージを創造し、身分が異なり信仰が異なった人間でも、民族戦争に際しては団結して敵にあたることができることを表現している。田恵世は死にのぞんでも、生き残った人たちが「抗戦の勝利を見届けることができる」と信じている。『火』は中国新文学の「国民性」にまつわる悲観的ムードを一掃し、強烈な民族的自信を表現した。『火』は民衆が組織しはじめ、あたかも「大家庭[34]」のようになるさまを描いている。これは「古い中国が動き始めた[35]」ことを意味している。巴金はこの「巨大な民衆の力」がやがて日本侵略者を葬り去り、「日本の野心家が“支那打倒、一人残らず”と考えても、最後に彼等を墓場に送るのは必ずや“支那人”である[36]」と確信していた。

『火』は「激流」の中の個人理想主義を民族理想主義に発展させた。ここでの理想の激情は一段と現実感を具現している。巴金は当時の一部分の人を批判して、「最後の勝利に対して、ただ信仰あるのみで、何も理解しておらず」、「最後の勝利」を得ることができると信じるのみで、「どのようにして最後の勝利を勝ち取るべきかも知らず、どのようにしたら最後の勝利を得られるのかも解っていない」、「最後の勝利主義者」が存在すると指摘した。巴金の『火』と、彼の抗戦をテーマにした雑感、短編小説『還魂草』等は、「外患」に直面しているという厳しい危機感があり、社会機構と民族文化心理に対する正面からと裏面からの分析、判断があり、どのようにして抗戦を展開するかについての思考があり、現実に対する「内憂」がある。巴金は民衆の中に宿る「偉大な力」に希望を託しながらも、民衆が抗戦に対する積極性を発揮するのを妨げる政治の欠陥に深い憂慮を表明している。それ故、巴金は「抗戦と改革」の同時併行を主張し、国民党当局に「汚職と腐敗を生み出す政治機構」の改革と、「民衆を搾取する仕組み」の廃止を求め、「そうしないと、いくら最後の勝利を語っても、白昼夢を見ているに等しい[(37)]」という。

巴金が民族の抗戦期に形成した思想は、この「反封建」戦士をもって自認する作家が「新儒家」の指導的人物である梁漱溟《リアンシューミン》に近似していることを示している。巴金の抗戦テーマを扱った創作は彼の最も思想性豊かな作品であり、林語堂の『京華煙雲（北京好日）』、老舎の『四世同堂』等の作品とともに、中国文化小説として数えられる。

抗戦勝利の前後に、巴金が創作した中編小説『憩園』（1944）、『第四病室』（1944）及び長編小説『寒夜』（1944～46）は文学史家に「人間三部曲」と呼ばれている。描かれているのは大時代（大変革の時代）の小人物で、小人物を通して大時代が見え、人間社会の喜怒哀楽が民族、国家の苦難を映し出しているからである[(38)]。

「人間三部曲」の共通のテーマは社会批判である。『憩園』では「憩園」と書かれた額の掛かっている屋敷に相前後して住んだ主人公たち（剋社《コーショー》と勁社《ジンショー》）の生活の変遷を通して、先代からの財産を何の苦労もなく相続して起きる悲劇を仮借なく鞭打って描く。『第四病室』では抗戦後期の国民党統治区の窒息しそうに汚濁した空気を、チェーホフの『第六病室』と同じように一病室に濃縮して描いた。『寒夜』は「時間」を抗戦時から抗戦後まで移動させている。

『寒夜』は抗戦勝利の前年に書き始め、勝利の一年後に完成した。そして小説に描かれる現実の時間も抗戦勝利に跨がっている。作品の深い意義は、本来全く異なる二種類の時間を、一つの──ひとつの終わりのない悠久の「時間」として描いたことにある。戦時下、人々は争い、痛めつけられ、期待し、主人公の男女は各々板ばさみの境地に置かれた。汪文宣《ワンウエンシュアン》のそれは生と死、曾樹生《ヅォンシューション》のそれは残るか去るか、である。古いほうの時間が彼らに与えた傷痕は、文宣の善良は「軟弱」となり、本来なら良妻賢母型の樹生は家を出るしかなくなる。二人のかつての「新青年」の理想はもう跡形もない。文宣は悪夢の連鎖に落ち込み、樹生も選択の余地を失い、二人の幸福への志向は正反対の結果を招く。文宣が樹生に優しくすればするほど、樹生は姑の嫉妬を買い、樹生が文宣に尽くせば尽くすほど、「内縁の妻」の屈辱が深まる。まるで不幸が二人の宿命であるかのようだ。そしてその原因は「環境」にあるのである。人々は勝利を待ち望み、「でも、私たちはどうやって勝利すればいいの？」、「こんなに頑張って勝利しても、良い目にあうのはやっぱりあいつらなんだ」と、勝利に対して疑問を呈するが、これは巴金の「内憂」の深まりである。それは前後二つの時間をつないで、一つの時間の中の一つの核にしてしまうのである。

『寒夜』は勝利に荒唐無稽な意味、哲学的意味を賦与した。勝利を祝う爆竹の音の中で、文宣の母は泣いたり笑ったりしながら叫ぶ。「文宣や、死んじゃ駄目、死んじゃ駄目、勝ったんだから死人が出ちゃいけないんだ！」。拠りどころのない「小人物」の期待の中に、「勝利」の巨大なアイロニーが含まれている。文宣は勝利の祝典の当日に死ぬのである。樹生は彼の心の傷を癒しに来ることができず、そのため自分自身の傷口を作ってしまう。二人とも「勝利」の果実を味わうことはなかった。悪夢は現実になり、予言は不幸にして的中した。「勝利から2ヶ月もたつのに、何も良くならない。ことによってはかえって悪くなった」、「勝利はあいつ等の勝利で、私たちの勝利じゃない。私たちは国難で一儲けなどしなかったばかりか、勝利で割を食ったんだ。もっと早く分かってればあの日に勝利の行進に参加するんじゃなかった。……」。「小人物」の失望──絶望と言うべきか、心の中の「傷痕」は心の中の「寒夜」をも含めて、腐敗した現実に対する強烈な抗議である。

「人間三部曲」は巴金の創作の主要テーマを表しており、「抗戦三部曲」の民族抗戦から社会への抗議に変わり、「外患」から「内憂」に変わっている。『寒夜』は勝利の時に体現した哲学が「戦後哲学」、すなわち「勝利者は何も得るところなし」であったことを描いている。これは20世紀の人類の普遍的永久的な不幸な遭遇である。ヘミングウェイの『老人と海』(1952)、ショーロホフの『あるひとの遭遇』(1956) も後にこのことを描いている。このテーマが巴金の現代文学史上の創作の総決算である。『寒夜』は作者がそれ以前に持っていた「激流」を越え、いろいろな思潮に属する人物を長い長い「寒夜」のなかに集合させ、民族の命運に対する冷静な思考を──いかなる集団でもなく中華民族の視角から構成する。巴金は中華民族が一致して外敵を撃退することを唱導し、「内戦」を憂慮した。彼は1946年に語っている。「民族解放の戦争は勝利を収めたが、内戦がまだ拡大中であり、社会の秩序は依然混乱しており、人民の生活は却って苦しくなり、わが民族は真の解放を勝ち取っていない[39]」と。それ故に彼は『寒夜』の最後に評論家の要求に従って、「おお、夜明けだ！」の一句を付け加えることをしなかった。そういったら「つかまって絞首刑にされる」ことを恐れたわけではなく、唯一の理由は、不合理な制度の被害者で、生活に力尽きた人は、息を引き取る時に「夜明けだ」と叫ぶ力も残っていないからである[40]。現代文学史上、巴金の創作は「革命的リアリズム」に属さない。「激流」の様な主観的リアリズム小説は勿論、『寒夜』のような客観的リアリズム小説はなおさらである。巴金はその鮮明な独立性によって自由主義の大いなる潮流の中に合流したのである。

注

（1）巴金「〈家〉初版　后記」、『巴金全集』vol.1、p.435、人民文学出版社 1986。

（2）巴金「〈家〉（十版代序）──給我的表哥」、同上、p.445。

（3）巴金「作家的責任和良心──与木下順二談話」、『日本文学』（長春）1984 年 4 期。
（4）巴金「有朋自遠方来──与井上靖談話』、同上。
（5）同上。
（6）「法国大革命的故事」、『巴金全集』vol.10、p.298、人民文学出版社 1989。、
（7）「探索集・后記」、『巴金全集』vol.16、p.273、人民文学出版社 1991。
（8）「静夜的悲劇」、『巴金全集』vol.13、p.570、人民文学出版社 1990。
（9）「海行雑記・両封信」、『巴金全集』vol.12、p.52 頁人民文学出版社 1989。
（10）「滅亡・序」、『巴金全集』vol.4、p.4、人民文学出版社 1987。
（11）『滅亡』第 13 章。（当時青年革命家たちは、憎しみを選択する以外に、道がなかった。これは暴力と死への道を選択することを意味した。『滅亡』の中の李冷と李静淑兄妹は愛と寛容の信念で、杜大心が憎悪に燃えて、暴力に走るのを止めようと、涙の説得をするのだった。──訳者注）
（12）「滅亡・七版題記」、『巴金全集』vol.4、p.6、人民文学出版社 1987。
（13）「滅亡・序」、同上、p.3。
（14）「新生」、同上、p.203。
（15）「愛情三部曲、作者的自白」、『巴金全集』vol.6、p.469、人民文学出版社 1988。
（16）同上。
（17）「俄羅斯十女傑・緒言」、『巴金全集』vol.21、p.263、人民文学出版社 1993。
（18）「答法国〈世界報〉記者問」、『巴金全集』vol.19、p.498、人民文学出版社 1993。
（19）「答誣我者書」、『平等月刊』1928 年 5 月、『巴金全集』vol.18、p.176、人民文学出版社 1993。
（20）同上、p.180。
（21）「火」（第 1 部）、『巴金全集』vol.7、p.32、人民文学出版社 1988。
（22）『巴金全集』vol.13、p.126、人民文学出版社 1990。
（23）「火」（第 2 部）后記、『巴金全集』vol.7、p.374、人民文学出版社 1988。
（24）『巴金全集』vol.13、p.237、人民文学出版社 1990。
（25）同上。
（26）同上、p.238。
（27）同上、p.263。
（28）「火」（第 1 部）、『巴金全集』vol.7、p.123、人民文学出版社 1988。
（29）同上、p.120。
（30）同上、p.56。
（31）同上、p.96。
（32）「従広州到楽昌」、『巴金全集』vol.13、p.130、人民文学出版社 1990。

（33）『巴金全集』vol.13、p.234 ～ 235、人民文学出版社 1990。

（34）「火」（第 2 部）、『巴金全集』vol.7、p.279、人民文学出版社 1988。

（35）同上、p.210。

（36）「国家主義者」、『巴金全集』vol.13、p.242、人民文学出版社 1990。

（37）「公式主義者」、同上、p.250 ～ 251。

（38）司馬長風『中国新文学史』下巻、p.74、香港昭明出版社 1978。

（39）巴金「魯迅先生十年祭」、『巴金全集』vol.18、p.538、人民文学出版社 1993。

（40）「〈寒夜〉后記」、『巴金全集』vol.8、p.704、人民文学出版社 1989。

第二十章　趙樹理——太行山下の独立作家

趙樹理《ヂャオシューリー》（ちょうじゅり 1906 ～ 1970）は抗日戦争を背景に山西省東南部を舞台に着々と彼独特の作風を創りあげた。

中華民族の危機が深まるにつれて、趙樹理は彼の憂慮のすべてを抗戦に傾けた。長期にわたり「抗戦」が彼の創作の唯一のテーマであった。

一幕劇『打倒漢奸（売国奴を打倒せよ）』（1936 年 12 月）この作品は、民族の危機に直面した村人達の厳粛な人生の選択を迫られた厳しい状況を描いている。うわさでは保官《バオグアン》は天津で何とか委員とやらに出世し、一年に何万も稼いでいる。黒旦《ヘイダン》のほうは「十年も大学に通って、親父は田畑を殆ど手離してしまった」。もともと黒旦は頭もよく能力もあり、保官などが十人でかかっても敵わないくらいなのだ。だのに黒旦は大学を出ると、家にも帰らず仕事にもつかず、「同郷会館でごろごろしている」。衝突は黒旦の家で起きる。黒旦の父親に責められ、黒旦の妻は面子を失い自ら命を絶とうとする。ちょうどその時、黒旦が帰って来た。粗末な長衣だけの黒旦は全身高級服を着込んだ保官の前では、二人の人生の格差は一目瞭然である。一幕劇は尖鋭な衝突の中で、舞台が突然一変する。黒旦と一緒に帰って来た来拴《ライシュアン》が保官の悪行を暴露する。実は保官は日本人のために飛行場を作るのに労働者を募集し、そこからピンはねをしていたのだ。一方黒旦は飢え死にしても日本人のために命を売るようなことはしないと声明する。彼は民族の大義を深く理解している。「外国人に我々の土地を取られたら最後、我々はみんな乞食になるしかないのだ」。一幕劇は群集の「漢奸打倒」の憤激の叫びの中で幕となる。作品は大衆に喜ばれる形式で、緊迫した現実の衝突の中で、億万の中国人の民族意識を復活させた。

歴史劇『韓玉娘（かんぎょくじょう）』（上党梆子《シャンダンバンズ》〔山西省東南部の地方劇〕）は生きるか死ぬかの危険の中、主人公陳鵬挙《チェンポンジュイ》、韓玉娘《ハンユイニアン》の尽忠報国の心意気を表わしている。雑文（社会評論）『大義滅親（大義のためには親子の情も捨てる）』（1941）は、梅愛文《メイアイウェン》が、漢奸になった梅思平《メイスーピン》との親子関係を断絶して、「私は中華民族の娘です」と言明する義挙を「大義滅親」と賞賛し、更に明代末期の民族英雄、鄭成功が父と一緒に祖国にそむこうとせず、二十年も敵と戦った不朽の業績を引き合いに出し、歴史と現実を一つの炉で溶かし、日本侵略者が鄭成功を尊敬し、梅愛文を誹謗することの論理的破綻を暴露し、中華民族のもつ大義を言明した。

趙樹理はいかなる潮流にも盲従せず、いかなる学説も模倣せず、どんな圧力にも屈しなかった。彼が吸収したのは山西省東南部の文化だった。山西省は中華民族発祥の地であり、山西省東南部は夏、殷、周三代の古代王朝の時代には早くも「帝都畿内」に属していたのである。伝統文化はここに深い基盤があり、数千年にわたり発達した農耕文明を創り出した。太行山地域の農民の子として趙樹理は山西省東南の勤勉で実を尊び、義を重んじる文化の精髄を吸収した。彼は「新文化運動」の伝統文化に対する反逆思想と、西欧の個人主義思潮を受け入れず、欧風べったりの「新文学」とは距離をおいていた。1935 年に彼は文芸大衆化の観点を書いて、当面は「文壇《ウェンタン》」（文学者の集まり）を組織する必要はなく、「文攤《ウェンタン》」（文学の多様性）を普及すべきであると主張した。彼は上海の文壇を重視せず、もっと様々な大衆的な歌物語風の脚本を作れば、大衆は銅貨 1 枚か 2 枚で講談を聞き、芝居も見られ手軽に楽しめるではないかと主張した[1]。彼はいろいろな民間文芸の伝統形式を用いて、日本軍による中国人民の虐殺、彼らの宣伝する所謂「親善」とか「共栄」とかといった嘘八百を暴き出した。例えば、物語『毛驢和鞋子（ロバと靴）』（1941）、相声《シアンション》（掛け合い漫才）『一串鬼話（一連のたわごと）』（1941）がそれで、更には中国民衆の侵略者に対する勇敢な闘争を反映したもの、鼓詞《グーツー》（民間芸能、太鼓のリズムに合わせて謡う歌物語）の歌詞『王美雲出嫁（王美雲の嫁入り）』（1941）、雑文『衆志成城（万民一致で国難を克服）』（1941）、抗戦必勝の信念を表現したもの、例えば雑文『火山上跳舞（火山の上でダンスを踊る）』（1941）、韻を踏んだ歌物語『探女

（娘を訪ねて）』などがある。

趙樹理作品の抗戦をテーマとする特徴は「直接抗戦」にある。彼は筆鋒を直接侵略者に向け、左翼主体の作家のように矛先を対立する集団に向けない。例えば沙汀《シャーディン》の『還郷記（帰郷物語）』が描くのは抗戦期の四川農村の農民と地主階級との階級対立が日を追って激しくなり、農民が自発的に反抗する様子を描き、張天翼の『華威先生』は諷刺の矛先を当時の権力の中心に向けている。趙樹理の作品は最初に掲載された雑誌名『中国人』に表される通り、中国人全体の視角から抗戦を描いている。1941 年 8 月 13 日の『中国人』に掲載された日記「教弟（弟に教える）」は、はからずもこの冷徹な視角をのぞかせている。「日記」には次のように書かれている。

> ……弟が使役から帰ってきていうには「‘治安軍’が我が家の騾馬を横取りしたので、‘皇軍’に報告したら、‘皇軍’は私に取り返させてくれた。だから‘皇軍’は理屈がわかり、‘治安軍’は全く話にならない」と。弟は学校もあまり行ってないし、まだ幼いので日本人の悪巧みが理解できない。私は弟にいった。「日本人のやり方はお前をだませても、俺には通用しない。‘治安軍’は日本人が編成して、日本人が訓練したんだ。日本人は八方手を尽くして民衆をいろいろな部隊に編成して悪事を働かせ、その後から自分が顔を出して善人面をするんだよ。つまり最初に他人に命じて犬の真似をさせ、人を噛むように訓練しておいて、後から自分が出て行って犬を叱る。知らない人は犬の怖さだけを見て犬を叱ってくれる人に礼をいう。それだけのことだ」。
>
> 弟はそれを聞いて少し分かり始めた。私は更にいった。「笑い話じゃないんだ。‘治安軍’の大部分は日本人に命令されて悪事を働いているんだ。哀れなものだ。彼らもだまされていることに気が付いたら目を覚ますだろう。中国を滅ぼす悪巧みを実行している日本人だけが、本当に憎むべき奴らなのだ[2]」。

趙樹理の抗戦のテーマはきちんと日本の侵略者に焦点を絞っており、左翼文学の間接抗戦テーマとは異なった特徴を形成している。

趙樹理は民族の伝統的な精神文化を尊重し、厳しい民族的危機に直面して彼は、この精神を強く提唱し、これを民族戦争の中で昇華させ、強い現代性を持たせたのである。1941年3月12日の『中国人』に掲載された『保全忠孝（忠孝維持）』という一文の中で彼は述べている。

> 中華民族は世界で最も忠孝を重んじる民族である。……
>
> 今日中国人は大忠大孝に徹すべし。大忠大孝とは国家に対して忠、民族に対して孝なることである(3)。

趙樹理の創作態度は中華の伝統的精神文化が民族戦争の洗礼をうけて改造され、現代型に転換されたものである。中華伝統文化精神は現代の国家観に通じ、民族主義に通じる。

「民族意識」は趙樹理の抗戦のテーマの中で最高の位置を占めていた。彼は1941年にすでに筆を執って「民族至上」を唱導している(4)。「民族意識」は馬烽《マーフォン》（1922～2004)、西戎《シーロン》（1922～2001）の章回長編小説『呂梁英雄伝』にも十分に表現されている。これは階級意識の強い左翼文学とは大きく異なっている。

趙樹理の抗戦のテーマは全民族的な抗戦を唱導した。アメリカ全土の10万人の華僑同胞が国共両党に電報を打って団結を呼びかけると、彼は雑文『衆志成城（万民一致で国難を克服)』、快板（竹製のカスタネットを鳴らしながら歌う韻をふんだ歌物語り）『新正気歌（新正気の歌)』を書いていう。「遠路はるばるの便り、感動限りなく深し。祖国の命運にたいする華僑同胞の関心に敬服す。彼らの抗戦堅持、団結尊重、民主主義の実行等の正当な主張を、熱血、良心を有する中華民族たるもの全員一致で擁護すべきである」と。趙樹理が抗戦作品の中でほめたたえる祖国とは統一された中国であり、分裂した中国ではない。作品は孫中山（孫文）を賞賛し、辛亥革命、北伐を讃え、国共合作を讃える。彼は『祖国的喜訊（祖国の吉報）』（1941）の中で書いている。「夜ラジオを掛けて延安放送を聞き、重慶放送を聞く。これは毎晩祖国に帰れるのと同じだ」と。彼は発布されたばかりの中共中央の「七七宣言」と国民党指導者の軍民に告げる書を心から歓迎して『祖国的喜訊』と題した[5]。このような集団闘争を超越した民族主義は、ちょうどこの時期に国共間を奔走して民族の団結抗戦に尽力していた「新儒家」の指導者、梁漱溟《リアンシューミン》の思想に近い。二人が主張したのは中国のインテリ階級の憂国の伝統である。

趙樹理は太行山の山間部に根を下ろし山西省東南部の社会変動の感化を受け、思考方式は大局的問題を包含していた。趙樹理から李普《リープー》記者が受けた印象は「独自の思想をもつ人」であった[6]。趙樹理の才能のうち、全体的意義を具備していることが彼の思想の天才的部分であった。

趙樹理の抗戦作品は更に世界の反ファシズム戦線に対する関心を表明している。1943年に発表した打牙牌《ダーヤーパイ》調（歯切れのよい軽口調の語り物）の『鬧元宵（元宵節の賑わい）』（旧暦1月15日。団子を食べ、灯籠見物で、宵の街は人出で賑わう）では冒頭から反ファシズム陣の戦線の成立と発展を歌い上げ、趙樹理の山西省東南部を基点として形成された思想の開放的な特性を体現した。趙樹理の作風はかなり早くから文化領域における普遍的法則、すなわち民族的であればあるほどグローバルであることを証明している。

趙樹理の創作の民族抗戦テーマの裏面には常にある種の社会的テーマがひそんでいる。

そして1943年5月になると短編小説『小二黒結婚（小二黒結婚す）』から始まって、社会的テーマが趙樹理の創作のメインテーマに躍り出る。革命根拠地（抗日戦、国内解放戦争時の根拠地）での「翻身」（生まれ変わる）の過程がこの一時期の小説の背景で、このタイプの小説の先駆け的構成である。同様の背景と構成でありながら、趙樹理の創作は、『太陽照在桑乾河上（太陽は桑乾河に輝く）』や『暴風驟雨』のような「テーマ先行」路線とは異なっている。

趙樹理が書いた「問題小説」が体現したのは、創作主体と社会客体との間の密接な関係であり、権力間の関係ではない。創作の契機も創作主体から来たもので、外部からの指令ではない。趙樹理は語る。「私の作品を私はよく“問題小説”と呼んでいます。どうしてそんな名前で呼ぶのかというと、私の小説はすべて私が下郷工作をしていた時にぶつかった問題で、これらの問題を解決しないと私の工作の進展の妨げになるので、作品に取り上げるべきだと考えたのです[7]」。1943年4月、趙樹理は革命根拠地の左権県の農村で岳冬至《ユエドンチー》という若者の「縊死」事件に遭遇し、調査の結果によれば青年男女の自由恋愛のケースで、新政権下で村長の仮面をかぶった村のボスと、農村に抜きがたく根を張っている封建思想のために迫害されて起きた事件であることが判明し、彼のやるせない憤激をよんだ。そこで岳冬至事件を素材にして短編小説『小二黒結婚』(1943年5月)を書き下ろし、農村の新、旧両勢力間の対立と闘争にスポットライトを当て、小二《シアオアル》黒《ヘイ》と小芹《シアオチン》たちの自主的人生に熱烈な支持を与えたのである。小説が発表されてから、趙樹理はこの作品はまだ現実の中の矛盾を捉え切れていないことを発見した。すなわち、「現村長の父親がその土地の昔からの統治者で、息子に村長をやらせたのは単に名義だけで、実権は依然父親が握っており、他の地主政権と大差なかった[8]」。中編小説『李有才板話(李有才の歌語り)』(1943年10月)は農民が地主と闘う「翻身」を描いている。趙樹理は語る。「私が『李有才板話』を書いた時、当時は深く踏み込んでいない部分もありました。特に狡猾な地主に関しては突っ込みが足りず、章《ヂャン》工作員のような人が多く、楊《ヤン》さんのような人は少なかった。楊さんのような方式を提唱する必要がありました。そこで私はこの小説を書いたのです。この小説には敵との対立があり、人民内部の対立もあります[9]」と。趙樹理の小説のテーマは作家の現実に対する理解、思考に基づいている。彼は繰り返して強調している。「私は大衆工作を行う過程で、どうしても解決せねばならず、かといって簡単に解決できない問題に突き当たると、それらがしばしば書こうとするテーマになってしまいました[10]」。だから「先験」性はない。

趙樹理の小説の「翻身」テーマは革命根拠地の開拓、発展と言う歴史的変遷を描いた長編小説『李家荘的変遷（李家村の変遷）』（1945）以外は、『太陽照在桑乾河上』や『暴風驟雨』のような急進的革命の作品はなく、社会改造を扱っている。それは革命根拠地の背景と関係があり、また趙樹理が山西省東南部で長期間培った文化観念の表れでもある。趙樹理は実を尊び、「問題小説」は「真実を描く」原則を体現している。『李有才板話』の閻恒元《イエンホンユアン》の地主としてのやり口は土地を差し押さえ、減租（地代軽減）政策を実行せず、新政権を手玉に取り、悪質ボスどもを集めて人を縛り上げ、殴りつけ、罰金を巻き上げ、「焼餅《シャオビン》」をたかる……描かれた「翻身」は農民が政策を拠りどころに地主相手に要求闘争を行い、閻恒元に差し押さえた土地を返還させ、取りすぎた地代を償還させ、証拠のある横領金を吐き出させる。小説の題名が闘争方式を表しており、「土地測量」というテーマの快板一曲に最も実質的な意味があることを表している。すなわち、歴史的過程を反映している『李家荘的変遷』もその社会思想は地代軽減、利息引き下げと民主政権の確立であり、短編小説『地板（田畑）』（1944）も減租がらみで地主を相手にくりひろげる要求闘争の話である。趙樹理は「三民主義[11]」に賛同し、彼の思想は民主革命の範疇に属する。彼は文学という形式を通し、民主革命思想を掲げて根拠地の建設に参加した。彼の「翻身」テーマは農民の土地に対する権利と民主的権利の獲得である。このような土地思想と中国の歴史を貫く「王田制」、「均田」、「限田」運動と一本の線でつながっており、梁漱溟理論とも符合する。梁漱溟は土地所有権の取り消しを主張し、「地主を抑制」し、「自耕農を奨励し、小作農を保護すべし」、「土地所有権を振りかざして搾取を行う地主がいなくなるまでやるべし[12]」と主張した。これらの改革と一切の社会の進歩を「改良」により、「暴力」に頼らず実現すべしと主張した[13]。

趙樹理の創作の「翻身」テーマは、ある種の「集団」の話でなく、広大な農民の話である。彼は農民出身の作家であり、彼の創作は終始一貫、えんじゅの老木の下で農民に焦点をあわせた語り口である。丁玲のようなプチブル知識分子出身の左翼作家が、ある時は農民出身の革命戦士の視角からプチブル知識分子の精神の不潔さを見通したかと思うと、今度は特定の個性、意識で大衆集団の愚昧さを批判するのとは訳が違う。趙樹理は既成のモデルに素材を充填して行くのではなく、生活の現実の中でテーマを形成するのである。彼のテーマは正確無比に農民が土地の権利と民主的権利を獲得することに向けられている。彼は文壇から彼に向けられる圧力に泰然と対処し、民間文学の中で生命力のある形式を借用し、文学の口頭性の特徴を重視し、「口で語れる」芸術に仕立て上げた。小説の物語性を重視し、伝統的小説の構成の基礎の上に緻密な改造を加え、根幹のプロットにたくさんの物語をちりばめ、たとえば『李家荘的変遷』の主人公が話す時の「幼いときにおふくろと別れ、大人になるまでの話は長いよ」のような語り口は、筋書きに開放性を与え生活特有の活力を表す。このような聞き易く分かり易い芸術方式で、作家独自の思想を表現していた。

中編小説『邪不圧正（邪は正に勝てず）』（1948 年 10 月）では解放区と国民党軍占領地を跨ぐ多重空間の広がりと、下河村の解放前と解放後の流動的な時間の広がりの中で、土地改革運動の幅広い歴史絵巻が展開する。国民党軍占領区の下河村の大金持ち劉錫元《リウシーユアン》は媒酌人の小旦《シアオダン》を使ってよそ者の開墾者の王聚財《ワンジュイツツァイ》を脅迫し、器量よしの娘の軟英《ルアンイン》を自分の息子の劉忠《リウヂョン》の後妻によこせと強要する。もうこの頃上河村では劉錫元のような悪質ボスは打倒されている。はたして下河村も間もなく解放され、劉錫元は地代軽減運動のショックで死ぬ。本来ならその時点で軟英は婚約を解消して小《シアオ》宝《バオ》と自由結婚ができたはずである。しかるに農民協会主任の小昌《シアオチャン》がドサクサに乗じて軟英に自分の息子の嫁になれと脅迫する。作品は軟英のような運命を新、旧二つの時間を跨がせて新政権の中の「幹部問題」を明示した。

「幹部問題」は趙樹理の問題小説が常に注目する現象である。『李有才板話』はえんじゅの老木の下で育った陳《チェン》小《シアオ》元《ユアン》が村の幹部に昇進してから脱皮、変質していく様子を描いている。『邪不圧正』は土地改革運動中の「先端分子」の問題、「翻身」の過程での問題を取り上げている。小昌は自分が農協の主任であるという立場を悪用して、闘争大会では最前線にしゃしゃり出て劉錫元の口いっぱいに人糞をなすりつけ、山のような問題を突きつけ、その実績でたんまりと「翻身」の分け前にありついた。劉錫元の手先であった小旦は、劉家の没落が見えた途端に、弁が立つのをよいことにありもしない「問題」をでっち上げて「積極分子」にのし上がり、たくさんの食糧と家畜の分配にありついた。貧困層の「翻身」が不徹底だとして、下河村は再び土地改革闘争をはじめたが、今度は「封建制の尻尾切り」対象は精々 5、6 軒しかないのに救済補償を要する貧困家庭は 4、50 軒にものぼった。そこで当初の「積極分子」は自分達の取り分がなくなると見て闘争の拡大化を図り、姑の嫁いじめまで闘争の対象に加えた。多数の中規模農民——開拓農民王聚財も含めて、蓄えた土地、食糧が多いのを人にねたまれて——「尻尾切り」の対象に加えられてしまう。小説は農民の語り口で農村のゴロツキ無産階級の土地改革運動に対する有害な影響を暴き、趙樹理の「翻身」テーマは「ゴロツキ運動」に対する拒否を表明している。これは独自の農民の語り口の勝利であり、「真実を書く」リアリズム原則の勝利である。

趙樹理の「翻身」テーマは強烈な「建設」思想を内包している。歌詞は次のように歌う。

> 抗戦が片付いたらさあ建設だ。国民党と共産党が末永く協力しないと貧困は克服できぬ。
>
> 共産党はでっかい願いを立てたぞ。今は抗戦だけじゃなく、国を立て直すと。
>
> 新中国の建設は大成功、独立民主で繁栄中。民衆は何と幸せ一杯なことよ(14)

趙樹理創の創作の「翻身」テーマの中では、「建設」が重要な意味を持っている。旧文化の改造と新文化の建設が趙樹理の農村社会に対する究極の関心事であった。

『小二黒結婚』冒頭の「劉家峧《リウジアジアオ》にゃ神がかりがお二人いらっしゃる」は人々の長年にわたる精神的負担を喝破している。二諸葛《アルヂューゴー》の「種まきは宜しからず」、三仙姑《サンシエングー》の「ご飯がふやけてしまうよ」という言葉や、この二人が後になって口にする「相性良からず」、「前世の因縁」といった言葉が、遅れた、愚かな、迷信でがんじがらめの旧文化、旧いしきたりが宿命のように主人公の青年男女の頭上にのしかかっていることを如実に示している。小二黒と小芹の自由恋愛と、運命との戦い、幸福の追求は、二つの文化のせめぎあいを体現している。作者が情熱のこもった筆致で描いた自由結婚の実現と、新婚夫婦の寝室に端を発し、立ち聞きで広まった笑い話が、旧い結婚観としきたりがこの古い大地から消滅し、全く新しい結婚観、結婚制度が誕生したことを体現している。

『李有才板話』のなかで新しい土地制度に伴って確立されたのは、新しい民主制度である。『李家荘的変遷』は趙樹理が抗戦勝利の歓喜の中で創作したものである。小説が描いているのは八年抗戦が「あんな李家荘をこんな李家荘に変えたんだ」、「ここの世界はもうあいつ等の天下じゃないんだ」──この世界とは主人公の鉄鎖《ティエスオ》が目指して奮闘した「まともな」世界、民主の世界なのだ。『邪不圧正』は、王聚財家の娘が二度も不本意な結婚を迫られ、新政権の内部にもぐりこんだゴロツキ無産者の「無頼」行為が摘発されてから、王聚財はやっと一言「これで本当に筋が通った世の中になったわい」とつぶやくのである。満腔のうっぷんは解消し、一定の民主的権利は獲得できた。短編小説『孟祥英翻身（孟祥英の解放）』（1949 年 4 月）は女性が如何にして旧い家庭制度、旧いしきたりから解放されて人生の価値を実現したかを描いており、女性の「翻身」テーマが鮮明に表現されている。短編小説『伝家宝（代々伝来の宝）』（1949 年 4 月）は民主革命の進展に伴って、女性が社会進出をし、自主的な人生を築く様子を描いている。文学史家が言うように、『伝家宝』は「民主化の歩みがすべての家庭に及んできた(15)」ことを反映している。

趙樹理の描く「翻身」のテーマ、非破壊、再建設の思想は、儒家文化の伝統と一脈相通ずるものがある。「新儒家」指導者の梁漱溟は20世紀1930年代の階級闘争が日を追って激化した時期に指摘している。「中国の問題の根本は誰を革命するかでなく、文化を改造し、民族を自力で救うことである……(16)」と。趙樹理は文学の形式で旧文化の改造、新文化の建設過程を反映し、革命根拠地の枠組みのもとで根拠地を立ち上げ、新文化を建設した。それにより彼の「翻身」テーマに現代性を持たせたのである。

梁漱溟は1950～1951年の間に語っている。「1940～50年代以前は救国の叫びばかりで、当時、“建国”をいう人はいなかった。ここ10～20年は“建国”は言うが“救国”のことはいわなくなった。実際は終始一貫一つの中国の問題なのに……(17)」と。趙樹理の創作の文化改造、文化建設を扱った「翻身」小説は「救国」だけでなく、「啓蒙」とも不可分なのである。

趙樹理が新、旧勢力のせめぎ合いを描く時、いつも決定的瞬間に「区長」が乗り出して問題を解決する。このような「政府が解決する」パターンには、制度文化の建設のニュアンスが浸透している。趙樹理の作品に充満している楽観的ムードは、楽観的情報はただ「区長」だけが発信するものではなく、新しい文化は民間で重厚な土壌を持っており、すでに農村の新生パワーの内在的要求になっていることに根源がある。

山西省東南部の文化は義を重んじ、趙樹理の描く太行山地区の子女は個人の意志を胸に秘めている。小二黒は父の命令に抵抗し、童養媳《トンヤンシー》（旧社会で他家の女子を引き取り、息子が成長すると結婚させる制度）のことで父と子は何日も口論する。二諸葛は童養媳を何が何でも貰えと迫るが、小二黒はいう。「どうしてもとおっしゃるならお父さんが貰えば。どのみち僕は貰わないから」。小芹はドサクサに乗じてやって来た金旺《ジンワン》に厳しい顔でいう。

「金旺兄さん、今後は話をする時はけじめをはっきりさせましょうよ。あなたも奥さんがいる旦那様でしょう」。趙樹理はありふれた行為を通して太行山間部の子女の自尊自重、義を重んじ利を軽んずる品格を表現している。二妞《アルニウ》(『李家荘的変遷』)は亭主の鉄鎖を県庁に行かせ告訴を続けさせる。彼女は家財を全部売り払ってでも、李如珍《リールーヂェン》と彼の甥に旨い汁は吸わせるものかと思っている。彼女はご先祖が天秤棒一本と、籠一つで当地に来たことを知っており、裁判で負けても天秤一本と籠一つで出てゆくまでのこと、そのほうが義にかなう。閻家山の土地は略奪されて農民は数人しか残っておらず、閻恒元さえ打倒できれば彼ら夫婦はまた数ムーの土地を取り返せると思っている。軟英(『邪不圧正』)は権力を恐れず、死んでも劉忠の嫁にはなるつもりはない。命あれば小宝と世帯を持ちたいと考えている。二度目に農協主任の小昌に自分の息子の小貴《シアオグイ》の嫁になれと脅迫されるに及び、「お上に逆らう」ことを終始恐れていた彼女の父親も堪忍袋の尾が切れ、死に物狂いで反抗する。しかし趙樹理は20歳の娘である軟英が勇敢かつ巧妙に自己の尊厳を保つ模様を描く。彼女は一計を案じ、小貴がまだ14歳で当分は結婚登記ができないことを見て取り、とりあえず承諾した振りをして、土地改革が過ぎた後で改めて筋を通して争う決心を固める。小昌のほうは縁談成功と思い込み一言漏らす。「新郎の年がちょっと若いけどな」と。軟英はわざと笑って答える。「若ければそのうち大きくなりますわ。大きいのが小さくはなれなくても、小さいのはやがて大きくなりますもの」と。貞節で、機転がきいて、ユーモアがあり、自信に満ちて……、豊かな精神世界が紙上に躍動している。

趙樹理は魯迅のように「先覚者」の観点で農民の愚昧、後進性、無気力、同情のなさを描いたり、国民の劣等性をえぐりだしたりするのではなく、農民の観点から農民を描き、「自分」の視角で「自分」を描いた。彼は農民達の「語り部」李有才であり、住み込み小作人出身の「楊《ヤン》同志」である。彼は自分が貧乏でありながら貧乏人を見下す秦《チン》さんを軽蔑し、圧迫者、搾取者の権化である順民《シュンミン》を軽蔑し、農民の自信に溢れた自主的価値観をのびのびと描く。短編小説『福貴』(1946)、『田寡婦看瓜（田家の寡婦の瓜番)』(1945年5月）は全篇農民の名誉挽回の書である。この2篇はともに初めは低く終わりは高く、結末近くまで主人公たちは生きていけないほどの苦痛をなめさせられるが、結末ではそれぞれ豪放な気性を発揮する。福《フー》貴《グイ》はいう。「旦那、わしは腹を立てていってるんじゃねえ。あんたに弁償してくれといってるんじゃねえ。わしをどんな人間だと思ってるのか、あんたから聞きてえんだよ」。秋生《チウション》は牛車一杯のかぼちゃを運びながら田寡婦にいう。「以前は餓鬼どもがかぼちゃを見ただけで喰いたがって大変だった。今年は畑を半ムー分けて貰ったで俺はいったんだ、よし、全部かぼちゃを植えようって。いやはやかぼちゃの奴採れる時はめちゃ採れだ。こんな沢山どうやって喰うかね。……畑にゃまだいっぱいあるだ、あんた食べるなら子供をよこしてかついで帰らせなよ。以前はお前さんのところで散々食べさせて貰っただから」。

趙樹理の作品は人間に対する肯定に満ち、人間の精神、人間の魅力を発散している。これは現代化した人道主義である。このため趙樹理の描く山西省東南部の現実世界は、沈従文が描き出したロマンチックな湖南省西部とは趣を異にする。

農民社会の人文的価値を真っ向から表現する点で、趙樹理はアメリカ人作家賽真珠《サイヂェンヂュー》（パール・バック）(1892～1973）とすこぶる似ている。パール・バックは生まれて3ヶ月目に宣教師である両親に連れられて中国に来て、中国で延べ2、30年生活した。彼女は一生涯中国に心を寄せ、ついには「自分が白人だと全く思わず、たとえ生粋の中国人とはいえないまでも、私の体の中の中国人の部分は少なくない[18]」というにいたる。彼女が一生のうち創作した100冊を越える作品は、大部分が中国を舞台にしている。長編小説『大地』三部作（1931）は中国の伝統的農業社会の生活絵巻である。作品は人類社会共通の人文的視角で中国農村社会の伝統的状態のなかで、農民の持ち前の偉大な力と、彼らが痩せた大地のうえで逞しく生きてきた拠りどころを掘り起こし、かくて中国の農民を「人類の優秀分子」として西欧世界に紹介した。パール・バックはかつて語ったことがある。「中国人口の85パーセントを占める農民は人類の優秀分子だと思います。しかし彼等は字を読めず、人の注意を引かないのは全く人類にとって一大損失だと思います(19)」。パール・バックはゾラの影響を受け、『大地』は公正、客観的な文学的原則で中国の農村社会を描き出した。1938年にパール・バックは『大地』等の作品でノーベル文学賞を受賞した。授賞理由にはつぎの言葉があった。「彼女は純粋な客観性で自己の知識を充実し、彼女の名を世界に知らしめた農民の叙事詩『大地』を我々に提供してくれた」。しかし当然のことながらパール・バックはゾラと完全に同じではない。彼女は趙樹理と同様、対象の表面の極端なマイナス面には興味を示さず、価値のある面に着目して表現した。パール・バックが描いたのは儒教文化が主体の郷土中国であり、展開したのはその安定した生存状態と価値体系である。趙樹理はその状態と体系を動態的に表現したのである。

（附）孫犁――昇華した真善美

孫犁《スンリー》（そんり、1913～2002）の小説は、冀中《ジーヂョン》（きちゅう 河北省）の人民が抗戦の戦火の中で見せた、侵略者を相手に勇敢な血戦を挑む奮闘精神を反映している。短編小説『荷花淀（ハス沼）』（1945）では戦争と家庭の二つの場面を有機的に結合させ、夫婦の感情を民族の大義に昇華している。短編小説『芦花蕩（葦の茂る水辺）』（1945）は脚の速い船を操る船頭が巧みに水上の陣を張り、談笑の間に敵軍を完膚なきまでに打ち破る。短編小説『碑（石碑）』（1946）は1942年に起きた滹沱《フートゥオ》河での激しい戦闘を描き、冀中平原の人民の忠魂に一つの記念碑を建立したものである。孫犁の「白洋《バイヤン》淀《ディエン》（白洋湖）シリーズ」の小説は大規模な虐殺や戦闘の残酷さを取り上げて描写するのでなく、抗戦時代の愛情、夫婦、家庭、軍民等の倫理的人間模様を描写し、その中に秘められた民族の魂を表現した。孫犁は「善良なもの、美しいものはある極致に到達する。ある時代、ある環境下で頂点に達する。私は美しさの極致をこの目で見た。それが抗日戦争だった[20]」。「白洋淀シリーズ」は冀中の人民の身体の中に秘められた民族の魂が民族の生死存亡の瀬戸際にあって、自然に「大勢を知り、楽観主義から献身精神」へとなることを表している[21]。それゆえに、ここには趙樹理の作品のような衝突や現実感はなく、あるのは昇華された真善美で、ロマンチックな雰囲気が満ちている。趙樹理の小説では目まぐるしい社会の動態の中で社会心理の変化を順を追って表現しているのに対し、孫犁の小説は生活の一断面を切り取ってそこにある既成概念にあわせて色をつける。短編小説『嘱咐（嘱言）』（1946）では『荷花淀』に呼応し、妻が毅然として夫を戦場に送り出し、短編小説『蒿児梁』（1949年1月）、『呉召児』（1949年11月）は軍民の親密な感情を表現し、中編小説『村歌』（1949年9月）は「組織を立ち上げる」過程や土地改革再審査の中での農民固有の熱情と無私の精神を表現している。

孔厥《コンジュエ》（1914～1966）、袁静《ユアンジン》（1914～1999）合作の長編小説『新児女英雄伝』（1949年7月）は「白洋淀シリーズ」の人間味と『呂梁英雄伝』（長編小説。馬烽《マーフォン》と西戎《シーロン》合作）の超現実性をミックスして白洋淀の人々の抗戦の偉業を映し出した。

注

（1）董大中『趙樹理年譜』、p.111、北岳文芸出版社 1992。
（2）『趙樹理文集』続編、p.186、工人出版社 1984。
（3）同上、p.128。
（4）同上、p.125。
（5）同上、p.171。
（6）戴光中『趙樹理伝』p.221 より引用、北京十月文芸出版社 1987。
（7）趙樹理「当前創作中的幾個問題」、『火花』1959年6月、『趙樹理文集』vol.4 p.1651、工人出版社 1980。
（8）董均倫「趙樹理怎様処理〈小二黒結婚〉的材料」、『文芸報』1949年10期。
（9）趙樹理「当前創作中的幾個問題」、『火花』1959年6月、『趙樹理文集』vol.4

p.1651、工人出版社 1980。

（10）趙樹理「也算経験」、『人民日報』1949 年 6 月 26 日、『趙樹理文集』vol.4 p.1398、工人出版社 1980。

（11）『趙樹理文集』続編、p.178、工人出版社 1984。

（12）「郷村建設理論」、『梁漱溟全集』vol.2 p.531、山東人民出版社 1989。

（13）同上、p.565。

（14）「鬧元宵」、『趙樹理文集』続編、p.204、工人出版社 1984。

（15）楊義『中国現代小説史』vol.3 p.556、人民文学出版社 1998。

（16）「郷村建設理論」、『梁漱溟全集』vol.2 p.453、山東人民出版社 1989。

（17）「中国建国之路」、『梁漱溟全集』vol.3 p.319、山東人民出版社 1990。

（18）賽真珠（パール・バック）『私的中国世界』p.9、尚営林等訳、湖南文芸出版社 1991。

（19）同上、p.285。

（20）「文学和生活的路」、『孫犁文集』（四）p.392 ～ 393、百花文芸出版社 1982。

（21）「関于〈荷花淀〉的写作」、同上、p.612。

下編

民族主義の文学

緒論　多元的に激動する中国現代文学（三）

中国の自由主義文学が源泉としたのは、人類普遍の人文的伝統である。西欧の人文的伝統は現代までに現代民族、国家観念を確立していた。中国の人文的伝統、士階級の憂国の意識は、初めから個体や集団の利益を超越し民族全体に配慮するものであった。このために中国の自由主義文学は対内的な社会テーマでは政治集団対立の言語環境に直面し、書く文章は階級を超越した社会漸進主義のテーマになり、対外的には半植民地的言語環境に直面し、そこから生まれてくるのは民族主義のテーマであった。社会テーマでは、自由主義の立場に立つ作家達も情感の強さは人により異なるが、全員一致して民族主義テーマを扱った。民族主義は自由主義作家に必須の品格であった。対内的には社会の自由を唱導し、対外的には民族の自主独立を勝ち取らねばならない。自由主義文学は作家の階級意識を薄め、民族意識を強くするという法則を体現している。

民族主義は現代民族国家の観念であり、その先駆的思想家は孫文である。彼が打ち立てた学説「三民主義」は、対内的には現代経済とそれに適合した社会組織機構を確立することを主張し、対外的には「中国の国際的地位の平等、政治的地位の平等と経済的地位の平等を促進し、中国を永久に世界の中で適応生存させることである(1)」。研究者は「三民主義」は「現代民族国家の思想を述べたものである」と考えている(2)。

民族精神は民族主義の核心である。研究者は、「民族主義が作り出す“民族”の概念と民族のイメージは一般的に文化的伝統を拠りどころにする(3)」と指摘している。

孫文の「民族主義」理論は儒教の人文精神を十分に継承している。彼は伝統的人文精神に現代的解釈を与え、現代民族国家の観念に発展させている。だから彼が「民族主義」を説くときは、くり返し民族精神復興と民族主義復興を強調している。

林語堂《リンユイタン》は中国伝統の文化精神を再発見し、早速民族精神復興のテーマを創作し始めた。『吾国与吾民（我が国土・我が国民）』の中で彼は中国古代文明を現代文明に引き入れ、更に東、西文化の間に掛け橋を渡した。『生活的芸術（生活の芸術）』の中では彼は中国と西洋の文化を論じ、自身が「両脚で東西の文化を踏みしめ、ひたすら‘宇宙の文章’を論じる」という創作の主旨を具体的に示している。そして、彼の「両脚」の重心は東に傾斜し始めた。『生活的芸術』の「宇宙文章」の宇宙観は「新儒家」に近く、中華文化本位である。林語堂は東方の内心哲学の特徴を看取し、孔子の「道は人を遠くせず」、「人は能く道を弘む」の考え方に心服し、中国人の行動哲学を心から肯定する。『孔子的智慧（孔子の知恵）』の中で林語堂は孔子思想の現代性を指摘し、孔子思想の中に和諧への路を見出した。林語堂は中国民族精神を再構築した作家である。彼の民族精神テーマは中国自由主義文学の精神哲学を体現している。

民族精神に根ざした中国民族主義は、抗日戦争の「煉獄」のなかで鍛えられて、悲壮な「抗戦」──あるいは「救国」というテーマになった。

蕭紅《シアオホン》（しょうこう 1911 ～ 1942）の『生死場（生死の場）』（1934 年 9 月）は散文のスタイルで九一八（満州事変）前後の東北人民の生活状態を描いている。彼等はまるで動物のようにせわしなく生き、せわしなく死ぬ。日本軍国主義が鉄の蹄で踏み込んでくると、東北人民の生と死は新しい意味合いを持つようになった。彼等は千年来の旧いしきたりに基づいて「救国」を誓う。彼らの胸に宿っていた「国家」倫理が目覚め、「気骨あるものは売国奴にならぬ。日本人の銃剣に死すとも悔いることなし」と悟る。趙《ヂャオ》三《サン》爺さんの国家観念は突然目覚める。彼は「以前は国家とは何か、以前は自分はどこの国の国民なのかを忘れていたのかも知れない」と。今では彼は顔じゅう涙だらけにして自分の中国魂を語る。「わしは以前は売国奴だった。あんたがたが日本の国旗を引き裂くのをよう見られんかったが、わしが墓に入る時がきたら……土饅頭の上に中国の国旗を立ててくれ。わしは中国人だ！　わしには中国の国旗が必要だ。わしは売国奴にはならん。生きとる時は中国人、死んだら中国の鬼になるんだ……」。美しくこまやかな描写の中に、雄渾な力が宿っている。国土は占領され、もともとは自由自在であった生と死、民族の運命が緊密に繋がり合い、潜在的な民族精神は民族国家の観念に昇華する。

蕭軍《シアオジュン》（しょうぐん 1907～1988）の『八月的郷村（八月の郷村）』（1934年10月）はファジューエフの『壊滅』の影響を受けた形跡がある。インテリ出身の蕭明《シアオミン》が農民、職人、軍人、土匪からなる小部隊を率いて人民革命軍に身を投じるところから始まり、それからその東北人民が武装して日本軍、傀儡軍を相手に血戦を挑む。この民族戦争の中で戦士たちの魂は「洗礼」を受ける。敵軍の凌辱から立ち上がった李七嫂《リーチーサオ》、あばたの唐《タン》さんの犠牲は農民の覚醒を映し出している。小説は荒削りの風格で中国民族の魂の不撓不屈さを表している。

「七七事変」（盧溝橋事変）が勃発し、林語堂は自覚的に彼の愛する民族精神を民族抗戦精神に昇華させた。──林語堂はこれを「新民族主義」と考えていた。彼は予言した。「抗戦の洗礼を経て中国伝統文化は自己更新を成し遂げ、中華民族は‘新生’を獲得し、これによって一つの新しい現代国家を作るであろう」と。林語堂のこの民族精神と民族抗戦の相互作用理論は、彼の長編小説『京華煙雲（北京好日）』（1939）に生き生きと描かれている。『京華煙雲』では伝統文化精神は現代国家の観念に通じ、伝統文化が抗戦青年の精神的支柱であることを表明している。長編小説『風声鶴唳（風の音に鶴は鳴く）』（1941。邦訳書名は「嵐の中の木の葉」）は中国が民族戦争の中で新生を獲得する様子を描いている。

老舎は『二馬（馬さん親子）』（1929）から『四世同堂（四世代家族）』（1941～1948）までに作者の視点が西から東へ移る過程を完成した。『二馬』は馬威《マーウェイ》の現代国家観念の培養が主として西洋に学んだ結果であることを描く。後になって老舎はまず自分自身に民族精神を「復興」させ、それで初めて伝統文化を現実の中で復興させられることを発見した。『四世同堂』

は民族戦争の中での民族精神の復興を描いている。冠暁荷《グアンシアオホー》によって代表される投降派の本質は文化の投降である。小説は彼らが中華民族五千年の文化と何の関わりももたず、民族自卑の産物であると述べている。これに反し、祁瑞宣《チールイシュエン》、銭《チエン》詩人と小羊圏《シアオヤンチュアン》胡同（横町）社会の底辺の人たちは、それぞれ自分なりのやり方で抵抗を貫く。その間に彼等を支えるのは古い中華文化である。中華文化が抵抗派に精神的支柱を提供し、抵抗派は中華文化史上の「積極的な証拠[4]」となった。抵抗派の胸中に潜む伝統文化精神は現代国家観念に通じる。

中国の自由主義作家が創作した抗戦テーマの作品の顕著な特徴は「正面抗戦（軍民総力抗戦）」であり、抗戦を主張する「片面戦争（部分抗戦）」ないしは抗戦中にも依然階級闘争にこだわった「間接抗戦」とは一線を画する。いかなる政治勢力であってもその行為が民族独立、統一に役立つなら肯定し、いかなる政治勢力であっても民族独立に有害な集団的行為、「内戦」行為をするのであれば反対した。

林語堂の抗戦テーマは統一中国の抗戦である。政府軍による全面抗戦であろうと、山西省の遊撃隊による抗戦であろうと、同じテーマに入る。このテーマには党派も階級観念もなく、民族意識があるだけである。

抗戦の期間中老舎は更に強調した。「作家は‘無党無派の精神を持ち、心血を国に捧げ’ねばならず」、「共同で救国共存の責任をになうべき[5]」だと。彼は主張した。「文人は互いに軽んぜず、文章は互いにののしらず、文人は手を携えて敵に抵抗し、筆鋒は一斉に外に向けよう」。『四世同堂』は個人本位、階級本位を超越し、民族の命運が最も重要な地位をしめており、「中華民族万歳」が「四世同堂」の上空に響き渡っていた。

郁達夫《ユイダーフー》は人道主義と理想主義に立脚して、プロレタリア文学の観念を確立した。しかし彼は郭沫若のように厳格にある特定の政治勢力に従属したり、ある種の理論規範を遵守するのではなく、独立の立場で自分の感情を表現した。「九一八」事変（満州事変）の勃発とともに、郁達夫の文学の題材はたちどころに強烈な抗日救国に転じた。彼は鋭利な筆鋒をピタリと日本侵略者に向け、民族意識は字句行間にみなぎっている。

民族主義文学の「正面抗戦」テーマの特徴は、明確な方向性に加えて国内の二大勢力の間で自由主義の立場を取り、集団主義の角度からいずれかの勢力を支持したり反対するのではなく、民族主義の立場から民族の独立、自由に役に立つ抗戦行為を支持し、民族抗戦に役立たない「内戦」行為はすべて批判した。民族主義文学は民族独立運動中の自由主義文学であり、自由主義文学の民族主義テーマである。責任ある個人主義人生哲学の基礎の上に打ち立てた非階級、非党派の超然、独立の立場は、胡適に民族主義の危機の瀬戸際で強烈な愛国主義を表明させた。まさに強固な民族主義の立場をもとにして、胡適は最高権力の中心に対して鋭い批判をぶつけた。1933 年 3 月初頭に日本侵略軍は殆ど苦労せず楽々と熱河を占領した。3 月 6 日、胡適は『全国震驚之後（全国が驚愕して後）』なる一文を発表し次のような指摘を行った。「要するに中央政府は今回の事件について少なくとも四つの罪を負う」と。その内第三番目の罪は、「強敵が国境線を圧倒しつつある時に、中央は軍事指導者蔣中正（介石）に北上して陣頭指揮をとらせず、彼が長江流域にとどまり“討匪”（共産党撲滅）工作に従事することを容認したことである。軽重の判断を誤り、国を誤ること甚だしい。「西安事変」（1936 年 12 月蔣介石が抗日統一戦線を主張する張学良等に監禁された事件──訳者注）の平和的解決に関し、林語堂は延安側が事を運ぶに当たって「個人の恩讐を無視し、愛国主義から行動した[7]」ことを賞賛した。

民族主義文学が表現する現代の民族主義国家の観念は、完全な統一中国である。統一を擁護し、分裂に反対することも民族主義文学のテーマの有機的構成である。西安事変が起き、自由主義の一陣営である清華大学の朱自清《チューヅーチン》、聞一多《ウェンイードゥオ》を代表とする作家、教授達は殆ど一致して分裂に反対の態度をとった。彼等は宣言を発表し「統一」を唱導し「分裂してばらばらになること」を避けるべしと主張した。抗戦期に朱自清が創作したテーマは統一した完全な中国の現実と理想を表現することであった。郁達夫は盧溝橋事変中に中華民族が殺しあう「悪現象」が一挙に払拭される新局面を見て、立て続けに文を草し「各党、各派、各系」が誠実に団結し一致して抗日に立ち上がるよう唱導した。『四世同堂』の中の抵抗派たちは南京政府の抗戦宣言に深く勇気付けられた。艾蕪《アイウー》の長編小説『故郷』六部作（1940～1945）では主人公の故郷での経験を通して、大後方（国民党統治地区）奥地の暗黒と数知れぬ農民の苦難を暴き出した。『故郷』と、沙汀《シャーディン》の『淘金記（金鉱採掘物語）』、『困獣記（檻の中の獣の物語）』、『還郷記（帰郷物語）』は、背景、題材、更には主題などの面で極めて似通っている。しかし、艾蕪の小説の社会批判の視角は沙汀のように外部「集団」の視角ではなく、民族の視角である。『故郷』の主人公が体験したのは階級闘争に失敗したが故でなく、報国に失敗したが故の苦痛である。彼は国民党統治の奥地の「抗戦官僚」が派閥闘争に血道を上げている様を批判的な眼光で観察している。作家の胸中にあるのは正に民族的憂慮である。短編小説『秋収（秋の収穫）』は正面からこのような憂慮を表現し、統一抗戦の思想を表現している。小説が反映しているのは抗戦の「煉獄」の中で、新しい気風を打ち立てて実現した軍民団結、一致抗日である。師陀《シートゥオ》（1910～1988）の長編小説『結婚』（1947）は亡国の悲憤を抱いて、被占領区の腐敗、堕落した都会生活を暴露している。趙樹理《ヂャオシューリー》の抗戦テーマが表現するのは「民族至上」である。ここでいう「民族」とは統一した中華民族である。彼は『祖国的喜訊（祖国の吉報）』（1941）で述べている。「夜ラジオをつけて延安放送を聞き、重慶放送を聞く。これができるということは毎晩一回祖国に帰るのに等しい」。彼は中共中央が公表したばかりの「七七宣言」と国民党指導者の軍民に告げる書を心から喜んで「祖国の吉報[8]」と呼んだ。この太行山山村の作家の民族主義的気概をいかんなく表している。民族抗戦テーマを創作する際に自由主義を信じ、—また同時に民族主義の立場に立つ作家達は、いろいろな政治勢力の侵略者に対する抵抗を自分の視野に入れていた。「九一八」（1931年9月18日満州事変）勃発後の東北軍民の抗日、「七七事変」（1937年7月7日盧溝橋事件）後の中国軍隊の対日作戦、「一二八」（1932年1月28日第一次上海事変）、「八一三」（1937年8月13日第二次上海事変）での上海軍民の血みどろの奮戦は、胡適、林語堂、郁達夫、蘇雪林《スーシュエリン》、巴金、朱自清、老舎、陳銓《チェンチュエン》、艾蕪等の作家の創作中にそれぞれ反映されている。これらの作家が胸に抱いたのは、完全な、統一した中華民族の立場であり、それで初めて民族抗戦の新しい気風を反映できたのである。曹禺《ツァオユイ》の現代劇『蛻変（脱皮）』（1940）、陳銓の長編小説『狂飆（つむじ風）』（1941）、巴金の長編小説『火』（1940 ～ 1943）、艾蕪の長編小説『山野』（1940 ～ 1947）等は直接この新しい気風を反映している。

丘東平《チウドンピン》（きゅうとうへい 1910 ～ 1941）の短編小説『第七連（第七中隊）』（1938）、『一個連長的戦闘遭遇（ある中隊長の戦闘体験）』（1938）、長編の一部『茅山下』等は、淞滬《しょうこ》戦争（第二次上海事変）において、新四軍遊撃戦中の愛国軍民と日本侵略者との血戦を描き、中国人民が民族戦争中に見せた受難精神や生命の愉悦を表現し、「七月派」作家の自由な戦闘精神を体現している。路翎《ルーリン》（ろれい 1923 ～ 1994）の長編小説『財主的児女們（富豪の子女達）』（1945 ～ 1948）は民族戦争年代のインテリ青年たちの人生遍歴の苦悩を表現している。

徐訏《シュイシュイ》（じょく 1908 ～ 1980）の長編小説『風蕭蕭（風しょうしょうと）』（1943）は太平洋戦争を背景にして、愛欲生活と間諜生活の葛藤の中で人生と生命の哲理を模索し、愛と憎しみ、生と死の間に強烈な民族意識が浸み出している。王統照《ワントンチャオ》は『山雨』（長編小説、1933）で、北部農村の崩壊といわゆる「農民の自覚」を描いた後、日本の侵略戦争に抗議し、民族抗戦を呼びかけた『泪与翼（涙と翼）』（短編小説、1940）等を創作した。

左翼作家も民族主義文学を創作した。日本侵略軍が大挙して我が物顔で侵攻し、中国軍民は奮起してこれに抵抗、この状況が艾青《アイチン》の民族主義的激情を呼び起こした。彼は自己の詩歌を「中国人民の真の叫びを代表する[9]」ものとするべく誓いを立てた。『他起来了（彼は立ち上がった）』（1937 年 10 月）は、この叫びを反映しており、「彼」は覚醒した民族の象徴である。『雪落在中国的土地上（雪は中国の大地に降る）』（1937 年 12 月）、『北方』（1938 年 2 月）、『我愛這土地（我はこの地を愛す）』（1938 年 11 月）等の詩作は

「農民の憂鬱」の中に鮮明な民族主義を内包している。艾青の認識ではこの抗戦で「中国人民、偉大なる中華民族は自分達の血でこの百年来奴隷にされてきた恥辱を洗い落とす[10]」のである。郭沫若は日本から帰国し、自ら「八一三」淞滬戦争を経験した。彼の民族主義感情が刺激され、興に乗じ十首近い詩歌を創作し、上海軍民の血みどろの抗戦を反映させ、上海上空に響く大砲の轟音を「民族復興の祝砲」に喩えた。田間《ティエンジエン》（でんかん 1916～1985）は抗戦開始と同時に急遽祖国に帰り、神聖な民族戦争に身を投じた。長詩『給戦闘者（戦う者へ）』（1937年12月）は中国人民が共通の敵に立ち向かう意思を反映し、全詩に強烈な民族主義の情熱が溢れている。臧克家《ザンコージア》（1905～2004）の抗戦詩は、祖国の命運に対する懸念と、抗戦に身を捧げる熱意を表現し、彼が吐露するのは民族主義の感情であり、集団意識ではない。しかしこれらの左翼作家の多くは艾青と同様に、かねてからの、趣を異にするもう一つのテーマ――階級闘争のテーマを持つ。「直接抗戦」は左翼文学の抗戦テーマの主体ではなく、主体は「間接抗戦」であり、また別の大政治勢力による「片面抗戦」を暴露することである。たとえば魯迅の雑文『今春的両種感想（今春の二つの感想）』(1932)、郭沫若の抗戦回顧録『洪波曲（大波の曲）』（1948)、茅盾の長編小説『腐蝕（腐食）』(1941)、張天翼の『華威先生』等に扱われている。

中国の自由主義作家が創作した民族主義のテーマと「新文化運動」の唱導者が受け入れた「世界主義」と、プロレタリア革命文学が拠りどころとする「労働者には国境がない」とは互いに対立する。郁達夫は1937年1月に『日本朝野要重新看待中国（日本朝野は中国を見直すべし）』なる一文で現実の中の「国家主義的民族思想と世界主義的共産思想[11]」の対立を指摘して、深刻な民族的危機を前にして、彼は断固として前者を選択し、自由主義的左翼の立場から自由主義的国家主義の立場への転換を実行した。

中国民族主義文学の抗戦テーマは世界の反ファシズム文学の序幕を開け、その重要な有機的構造を形成した。中国作家の抗戦テーマは開かれた視野をはっきりと示し、グローバルな見方を体現した。胡適、林語堂、郁達夫、戴望舒、老舎、趙樹理等は自覚的に中国の抗戦文学を世界反ファシズム文学の一環とみなしていた。中国作家と知識分子は欧州戦場のレジスタンス派と同様に「洗礼」を受け「新生」を勝ち取った。『四世同堂』の抵抗派の人たちはそれぞれ抗戦を境にして人生が前後二つに分かれた。銭詩人は日本占領軍の監獄の中で孤立した個人に訣別し、国家と緊密に結びついた「新人」になる決意を固める。祁瑞宣も抗戦中にはっきりと「国家」を感じるようになり、民族戦争中に自己の役割を見出す。フランス作家ジャン - ポール・サルトルは自分の人生の転回点は世界第二次大戦であるとした。彼は語っている。「……戦争中私は戦前の個人主義と純粋な個人から、社会に顔を向けるようになった……[12]」と。サルトルはレジスタンス作家として、レジスタンス中に「敵に従属せぬ哲学的宣言」である『存在と虚無』（1943）を書き上げ、「絶対的自由観」であるとともに「絶対的責任感」である現代の実存主義哲学を創りあげた。彼の長編三部作『自由への道』は主人公マチウが「第二次大戦」中に個人の狭隘な世界と、個人生活を捨てて決死隊に志願し、英雄と臆病者の間で英雄になる路を選ぶ。一方で中国の自由主義作家は民族戦争中に一連の民族主義テーマを書くと同時に、一連の憂国意識の強い、自由に関する哲学を書いた。

ロシアの自由主義作家は「統一ロシア」に属し、民族戦争テーマを描く時は強烈な民族意識を表現する。ゴーゴリは『死せる魂』第二部に、1812年の偉大なる所以は「全国人民が一人の人間のように身を挺して立ち上がり」、「すべての階層が共通の愛国心で団結したことだ……」といっている。トルストイの『戦争と平和』もロシアが民族精神という紐帯によって1812年の民族危機を乗り切ることができ、世界的な栄誉を勝ち得たことを示している。ロシアの自由主義文学も当然民族主義文学に通じるのである。

レフ・トルストイに代表される自由主義文学は十九世紀ロシア文学の主体である。中国の自由主義文学は、上は人文的伝統を継承し、下は現代自由哲学とつなぎ、源は遠く、流れは長く、中国現代文学の主体を形成している。

注

（1）「三民主義」、『中山全書』p.28、国民図書公司 1945。『孫中山全集』下巻 p.589、人民出版社 1956。

（2）徐迅『民族主義』p.138、中国社会科学出版社 1998。

（3）同上 p.43。

（4）「四世同堂」、『老舍文集』vol.5 p.77、人民文学出版社 1983。

（5）老舍「保衛武漢与文芸工作」、『抗戦文芸』12 期、1938 年 7 月 9 日。

（6）「三年来的文芸運動」、『老舍文集』vol.15 p.419、人民文学出版社 1995。

（7）林語堂「中日戦争之我見」、『中国人』p.370、学林出版社 1994。

（8）『趙樹理文集』続編、p.171、工人出版社 1984。

（9）艾青「為了勝利」、『抗戦文芸』vol.7 1 期、1941 年 1 月。

（10）「艾青詩選・自序」、『艾青詩選』人民文学出版社 1979。

（11）『郁達夫文集』vol.8 p.255、花城出版社、三聯書店香港分店 1983。

（12）「七十歳自画像」、『薩特（サルトル）文集』vol.7 p.413、人民文学出版社 2000。

第二十一章　胡適——「救国」活動において

胡適《フーシー》（こてき 1891 ～ 1962）は、学生および大衆の反帝国主義愛国運動に、理性を以て対応し自らも参与していた人物である。

五四運動が勃発したとき、胡適はちょうど上海で先生であったデューイ（杜威）を迎え、孫中山（孫文）を訪問し会見していた。5 月 7 日、胡適は上海の盛大な国民大会、およびデモに参加し、北京の学生運動を声援した。

1925 年、胡適は『愛国運動与求学（愛国運動と求学）』と言う文章を書き、五四運動と五・三〇運動を「最も価値ある」ものとして称賛し、この 2 回の運動はいずれも「事前に準備された上で起こったもの」ではない。「それは一般の青年や学生の愛国心が、国家の大恥辱に遭遇して、自然に爆発しただけのもの」であり、「愛国という感情が突然ほとばしり出たもの」なのである、としている[(1)]。胡適は口述自伝の中で、五四運動の「政治的効果」を総括して次のようにいっている。「第一は、全国的世論の糾弾のもとで、北京政府は 3 人の有名な親日高級官僚を罷免した。第二は、全国の学生の強烈な抗議、およびパリの中国人留学生の強烈な反対により、パリ講和条約に参加している中国代表団がパリ講和条約にサインできなかった。このため、いわゆる‘山東問題’が、（1921 年召集の）‘ワシントン会議’において改めて再度談判でき、解決につながった[(2)]」と。

1935 年 12 月 9 日、北京大学で大会が開かれたとき、胡適は演壇に上がって発言し、学生の愛国行動を支持した。その後、胡適は『為学生運動進一言（学生運動のためにひと言）』という一文を発表し、「一二・九」（1935 年 12 月 9 日、冀東自治政府反対の抗日デモ）で北京の学生が要請デモをして政府の決定に干渉したことは「天下周知の壮挙である」と称賛した[(3)]。

学生運動を絶えず支持し、称賛すると同時に、胡適はまた絶えず学生に向かって警告を発していた。彼が学生に警告していたのは、「大衆につきしたがって叫ぶ｜べきではない(4)、ということだった。「争乱のさなかでみんなと一緒にむやみに走り回り叫んでも、愛国の責任を尽くすことにはならない(5)」、「帝国主義は素手で打倒できるものではないし、‘英国・日本の強盗ども’は何千万の人々が大声で叫んで呪い殺せるものでもない。救国は大事業なのだ。列をなしてデモ行進し、‘英国・日本の強盗どもを打倒せよ’と大声で叫んでも、救国事業とは認められない(6)」、「この大難の中では、びっくりするようなスローガンもすべて‘空虚無益’である(7)」と述べている。胡適はまた絶えず国を愛する学生たちのために、「大声で叫んでも国は救えない。たとえ大声で叫ぶことが救国運動の一部だとしても、君たちの事業は大声で叫ぶことよりも十倍も百倍も重要なのだということを忘れてはいけない。君たちの事業というのは、自分自身を、見識があり能力のある人材に作り上げていくことなのだ(8)」と指摘している。彼は「一生懸命発展しようと求めること、これこそ君が国家に尽くすべき責任であり、君の救国事業の準備段階なのだ(9)」と考えていた。

胡適は彼独自の民主個人主義の立場で、学生運動に対して方式・方途という側面で上述の警告を発すると同時に、さらに深いレベルで警告を発している。胡適は五四運動の「政治上の成果」を肯定したが、同時に、五四運動は新文化運動に対する「歴史的政治関与」であり、「文化運動を政治運動に転化させたもの(10)」と指摘している。「五・三〇運動」の3ヶ月後、胡適は次のように指摘している。「上海のストライキはもともと英国と日本を相手にしたものだったが、現在では郵政当局、商務印書館、中華書局を相手にするようになっている。北京の学生運動は一変して楊蔭楡《ヤンインユイ》を相手にするためのものとなり、さらに章士釗《チャンシーチャオ》を相手にするように変わったのだ。広州の対英国事件はまったく解決していないのに、広州の街はとっくに共産と反共産の血戦場と化している。3ヶ月におよぶ‘愛国運動’は結局このように様変わりしてしまった！(11)」。「一二・九」運動（1935）が起こるや、胡適は軽々しく流言を信じて授業ボイコットに盲従することは「純潔な青年学生の恥辱である」、また「このような流言を捏造し自分たちの勢力を維持しようとする人間は、純潔な青年運動の罪人である[12]」と指摘している。これは、胡適の社会改造において自由主義的立場からすれば「救国」運動においては、ごく自然な現れである。彼は「救国」と「革命」を区別し、「外戦」と「内戦」とは別物であると見なしている。彼が支持する反帝愛国運動は、国家に対して建設的意義があり、破壊性を具えていないものであるべきなのである。「一二・九」運動後まもなく、彼は次のようにいっている。青年が「人に鼻先を引かれて歩き、独立してへつらわない精神がなければ、せいぜい消極的なボイコットくらいしかできず、積極的な貢献はできない[13]」、「今日の取るに足らぬ小さな事件の発生が、明日は惨殺事件になったなら、それでは報国・救国にまったく利益がないだけでなく、青年たちが自らその責任を放棄し、自ら国家将来の盾ともなる人々を破壊することになる[14]」と。胡適は「自由意思で団体に参加する生活」を強調し、「少人数の支配操作や浅薄な扇動などは、すべてせいぜい人を一時的に騙すことができるだけだ」ということを強調している[15]。これらは、すべて胡適が自由主義の立場で「集団主義」に対して批判したものである。

責任ある個人主義哲学の基礎の上に打ち立てられた非階級・非党派の超然たる独立した立場によって、胡適は民族危機という瀬戸際で、強烈な愛国主義を表現したのだ。彼は中国のものであり、何々党派のものではなかったのだ。彼は中華民族の命運を至高最上のものとして重視していた。彼のすべては、ある一つの集団のためではなく、国家のために責任を負ったのである。

「九・一八事変」(1931年9月18日、満州事変）の後、日本帝国主義は中国に一歩一歩近づいてきた。1933年3月初め、日本軍が長駆して一気に熱河を占領したため、民族的危機が重大な局面に至った。胡適は身を挺して出馬し、「胸襟を披瀝」して、日本は不倶戴天の敵であるという民族の正大な気概を示し、さらに中国人民は最終的には勝利するという堅い信念を示した。彼は1933年3月12日、『日本人応該醒醒了！（日本人は目を覚ますべきだ！)』という文章を書き、日本人に向かって次のように厳しく述べている。即ち、日本の重砲・爆弾に直面しても、中国人は決して屈服することはない、「ない、絶対にない！」、「たとえ日本の暴力がさらに一歩、いや千歩進んだとしても、たとえ日本が半年か1年以内に河北全体を侵略したとしても、たとえ日本が海岸線全体に侵略を推し進め、さらには長江流域の内地奥深くまで侵攻して来たとしても──我々は、中国民族はそれでも屈服しないのだと断言できる。中国民族の排日反日の感情は日ごとに深まっている……」、「たとえ最後の1日になっても、中国の‘18、9世紀の旧式軍隊’が、日本の新式武器によって、もはや軍を編成できないほど破壊されても、決して中国人の排日反日の感情をいささかも減少させることなどありえない」、中国は血の洗礼のもとで日本の「永久の敵」となることしかできないのだ[16]ともいっている。3月27日、胡適はまた『我們可以等候五十年（我々は50年間待つことができる)』という文章を書き、1871年フランスが2省をプロシアに割譲し、48年後にやっと失地回復したことを例に挙げ、全国国民に「犠牲の準備をしよう」、「さらに大きくさらに悲惨な犠牲の準備をしよう」と呼びかけ、同時に「我々の最後の勝利はいささかも疑いのないものだ！」と堅く信じようと訴えた[17]。

当時の日中間の実力差という現状に直面して、胡適は戦争主張の問題において非常に理知的であった。彼は1933年に次のように書いている。「私には自分の良心をごまかしてまで戦争を主張することはできない。これは戦争を主張する人がすべて良心をごまかしているといっているのではなく、ただ私自身の理知と訓練が戦争を主張することを許さないのだ。私はかつて祖国のために命をかけて戦った英雄を心から尊敬している。しかし、私の良心が、自分の筆鋒によって、人がみんな血や肉を使って、最も残酷残忍な現代武器に立ち向かわなくてはならないと、責め立てることを許さないのだ[18]」と。国家・人民が受けている災難と苦しみを軽減するために、胡適は政府当局に「2、3年あるいは1、2年の息抜きをはかろう[19]」と提案し、それによって応戦に必要な準備を完成させようとした。胡適はその後このことについて次のように語っている。「抗戦前、我が国が日本に対して苦しい交渉を続けている6年間（1931～1937）に、私はまた対日戦争に反対する少数派になった[20]」と。胡適がここで「低調（調子を抑制すること）」を唱え、上っ調子な政治宣伝には関わらなかったのはまさに彼の独立性の現れであり、民族的責任感の現れだったのである。胡適はこのことについて次のように書いている。「責任ある言論というものは、冷静に国のために考え、政府のために案を出すことである。'責任ある'という意味は、自分が自分の主張に対して完全に責任を負う……ということである。さらに重要な責任は、国家政府が私の主張を採用したことによって得られたいろいろな結果について、私はすべて道徳上の責任を負わなくてはならないことである[21]」と。その上、胡適は同時に政府当局に対して「きちんと準備してから戦おう」というような迷夢を打破すること、また「計画的な段取りを立てて、避けることのできない苦しい長期戦の準備をしよう」と提案している[22]。

敵が強く自分が弱いという厳しい現状のもとで、胡適は日本の侵略の本性について深くきめ細かい分析を行い、日本の必然的自滅という結末について容赦なく指摘した。そこには中華民族の高度な理性と堅くてゆるぎのない意思が表現されており、いささかの卑屈さも媚びもない。胡適は1934年に次のように書いている。「たとえ人々がみんな、日本の英語圏国家に対する挑戦は狂気の沙汰だといおうと、日本の軍人がこの狂った道を歩まないと保証することはできない。いわんや、ある種の状況のもとで自殺するというのは、もともと日本民族の遺風なのである。もしこのような事態が発生すれば、日本民族は毅然として'切腹'の道を歩むということも、あり得ないことではない」と。それゆえ「我々が最も大きく最も悲惨な壊滅を受けようとしているこの時期にも、我々の強力な隣国が最後には'全民族切腹'という道へと大股な足取りで歩んで行くだろうと信じざるを得ないのだ[23]」という。1935年、胡適は日本人に向けて次のような警告を発している。「私は心を込めて、日本人がこれ以上'中日親善'という言葉を使わないようお願いする。私はこの4年間、日本国民がこの言葉を口にするのを聞くたびに、非常に辛い気持ちになった。同時に日本軍が‘王道’というのを聞いても同じように辛かった。実のところ、私には分からない。明らかに覇道の極みなのに、よりによって王道といっている。明らかに恨みを植えつけておきながら、提携親善などといっているのだ」。胡適は単刀直入に次のようにいっている。「‘武装したこぶし’のもとでは、恨みや憎しみがどんどん深くなるだけで、親善などといえたものではない。武装したこぶしのもとで‘親善’を叫ぶのは、傷つけた上に侮辱を加えるものである」。「私は日本国民に忠告する。もしこの4億人の人口を擁する国家が行き場のない状態に追い込まれたとき、忍ぶに忍べない状況に追い込まれたとき、ついに何をも顧みないで、歯を食いしばって徹底抗戦をする日が来たら、それはまさに追い詰められた者の死をかけた抵抗なのだ。中国の‘焦土政策’を用いて日本の‘焦土政策’に対処するのだ(24)」。

胡適は終始抗日戦争で戦った勇ましい中国人兵士を褒め称えている。彼は一・二八事変（1932年1月28日、第一次上海事変）が収束したばかりの頃出版した『独立評論』創刊号（1932年5月22日）に政論『上海戦事的結束（上海事変の終結）』を発表し、この戦争の意義を論述している。「この事件は我が国民の抵抗力を発見することになり、我が民族の自信を高めることになった……。十九路軍は淞滬（しょうこ、呉淞・上海地区）一帯の30数日に及ぶ血戦で、熱血と愛国心で我が民族に代って無抵抗という特異な恥辱を晴らし、敵を震撼させ、全世界から尊敬され、中国人に一種の新しい生命と新しい希望を感じさせた。血肉の飛び散る激しい戦争が最終的には世界の最精鋭の武器にはかなわなくても、この1ヶ月間の抵抗は我々のこの老いて病んだ民族に、子供に返らせる妙薬を注射したといえる。アヘン戦争以来、90年間、こんなに元気を奮い起させるような興奮剤はこれまでなかった。民族の自信の恢復も、国家の発奮も、この戦争によって精神的な基礎を打ち立てたといえる」と。彼はさらに喜峰口での宋哲元、南天門での徐庭瑤、関麟征、黄傑たちの血みどろの奮戦を称賛している。1933

年5月、傅作義の五十九軍が懐柔において日本軍の飛行機や大砲による侵攻に直面しても陣地を死守したが、このことについて胡適はいっそう敬服し、とくにこの戦役の烈士のために碑文・碑銘を書いている。その後また『大青山墓碑』という詩を書き、深く悲しみと敬意を表し、併せて中国軍隊と人民は最終的には抗戦勝利を勝ち取るという信念を吐露している。「七七事変」(1937年7月7日、盧溝橋事件)後、胡適は「我々は何としても必ず抵抗しなくてはならない[25]」と公開の場で述べた。「八・一三」(1937年8月13日、上海で起こった中日間の戦い)における中国軍隊の上海における抗日砲火、8月14日の中国外交部の厳正なる表明、とりわけこの1ヶ月間の勇敢な抗戦、これらの事柄によって胡適は「意気消沈」の中から徹底的に抜け出した。彼は「この1ヶ月間の戦争は、我々が当時はどうしても余計な心配をしていたことを証明している。この1ヶ月間の戦争は少なくとも対外的には我々中国人が戦えることを示したし、対内的には我々の進んで戦う意思を示した。これは大きな収穫である[26]」といっている。こうして胡適はたちまち彼独特の経歴、豊富な経験、他に類を見ない影響力、そして代えがたい地位によって、国難を払い除く道を歩むことになった。

胡適は中国政府から派遣され、1937年9月8日に南京を離れ、漢口・香港・マニラ・グァム島・ウェーキ島・ミッドウェー島・ホノルル経由で、26日サンフランシスコに到着した。私的身分で欧米に対して訪問遊説を行い、侵略者である日本の横暴を暴露して、欧米民主国家の中国抵抗に対する共感と支持を勝ち取った。この使命は胡適の理念に合致していた。日本の侵略に対処することについて、胡適の理念の基本は、あくまで自分で救済するということであり、「世界の大国が今、中国の何人かの外交官の叫びを聞きつけ、命がけで我々に代って強盗を撃退してくれるなどと妄想してはいけない」というが、しかし、中国の抗日は世界的なファシストの侵略に反対する正義の事業を構成する有機的一部分であり、中国は世界的な正義の勢力の共感と支持を得るべきであると考えていた。11月13日、胡適はニューヨーク外交政策協会で『遠東衝突後面的問題（極東での衝突の背後にある問題）』と題する講演を行い、「国際的混乱は1931年日本が満州を侵略したことから始まっており」、「日本は、国際間で‘第一号の敵’とみなされるべきである」ことを強調し、だからこそ中国の現時点での命がけの奮闘は民主世界全体の共感と支持を得るべきだ、としたのである。その後、胡適はアメリカ各地、さらにカナダ・イギリス・スイスなどを巡回講演し、国難を解消するために奔走した。彼が1937年12月30日に夫人の江冬秀《ジアンドンシウ》に宛てた手紙に書いたように「心の中で、いつも国家の危急、人民の災難が果たしていつ解決するのだろうか、と考えている。私は時々本当に苛立つような思いにかられる。なぜなら10種類もの新聞を読むので、夜寝るのがいつも遅くなり、その上、昼間もまた駆けずり回らなくてはならないからだ」という状況だった。この期間に、胡適はさらに在米中国大使の王正廷と一緒に米国の大統領ルーズベルトを訪ねている。胡適の今回の民間外交の重点は、米国政府と人民に大義と実利を理解させ、彼らが中立のための中立のようなモンロー主義的政策を放棄し、日本に抵抗反撃するため、また世界的規模のファシストに反対する正義の事業のために、歴史的な貢献をするよう勧告することであった。

1938年7月20日、胡適はフランスで蔣介石からの、駐米大使着任要請の電報を受け取った。胡適は再三ためらったが、最終的にはしばらくの間、学問生活を犠牲にしてでも、この危難における任務を受け入れることにした。彼が江冬秀夫人に宛てた手紙には「私は21年間自由人として生きてきて、政府の役人にはならなかった。それは何と自由だったことか。しかし、現在国家がこれほどの状態にまでなり、私まで徴用されてしまったのだから逃れようがない。したがって1年か半年間、大使を勤めないわけにはいかないのだ。私は、この任務を戦争が終わるまで勤めるのであって、戦争が終わったら、元通り教授職に戻ると公言している[27]」と書いた。また、その後の手紙の中では次のようにいっている。「私は国のためにやって来たのだから、少々の苦労はいとわない。私は君に何度も‘青々とした山さえ残しておけば、燃やす薪がないなどという心配はない’といってきた。国が青山なのだから、青山が倒れてしまったら、我々の子子孫孫がみんな奴隷にならざるをえなくなってしまう(28)」。

胡適が駐米中国大使に着任した当初は、まさに国内抗戦がもっとも危急を告げた時期に当たっていたし、また米国の国会が孤立主義（モンロー主義）の気運に覆われていた時期でもあった。胡適は効果的に米国からの借款と商業援助の獲得に関与すると同時に、日米通商条約廃棄の促進に成功した。米国の政府および民間において広範な外交宣伝を行うということは、胡適大使の仕事の中でも重要中の重要な仕事であった。1939年8月10日、『中国抗戦的展望（抗日抗戦の展望）』と題した講演で、胡適は過去25カ月にわたる日中戦争について、「中国の抗戦する力は、私が予想したものをはるかに超えている」、「日本の弱点は、世界各国の想像をはるかに超えている」、「国際的な対中国援助は、我々の多くの人々が期待していたものをはるかに超えている」、「第二次世界大戦がしだいに近づいている」、「人類は、もう一度血と砲火の洗礼を経験した後に、初めて平和な新秩序を獲得できるに違いない」と指摘した。1939年10月30日、『我們還要作戦下去（我々はこれからも戦い続けて行かねばならない）』という講演の中で、中国抗戦の神聖な目標は、民族的侮辱に対する防御戦争の全面的勝利を通して、「独立かつ統一した強力な国家」を建設し、日本が非合法で得た領土と経済利益を廃絶して、極東太平洋地区の国際秩序を打ち立て、恒久平和を擁護して、新たな侵略戦争を防止することであると宣言している。

1941年11月下旬、日本の強力な圧力のもとで、米国は日本が提案した「臨時妥協方案」を受け入れる予定であった。この方案は、日本が中国本土に対してさらに侵攻することを制限していないもので、中国にとっては極めて不利なものであった。胡適は中国政府を代表して米国側に中国の厳正なる立場を表明し、米国政府がこの日本に妥協した「臨時方案」を否定するように促して、日本の日米外交を失敗させ引き揚げさせたのである。これは中国の危機を回避するためだけでなく、日米間の太平洋戦争をすぐにでも始めさせようとするものであった。

1941年12月7日、ルーズベルト大統領が胡適に電話をかけて来て「胡適、たった今報告を受けたところだが、日本の海空軍が真珠湾に猛烈な襲撃を加えている！」といった。日米両軍が太平洋地域で全面的な戦争状態に陥ったのだ。ここ5、6年、とりわけ「七七事変」以来、胡適が意識していた重大使命はここにあった。彼が待ち望んでいたのはこの日だった。彼の評伝作者は、「歴史的真実の変化がついに彼の計画と予測に乗った」。「中国外交史上今回の偉大な勝利から考えると、胡適の抗議に対する功績は、‘百世の後に伝えられても滅せず’と称しても、恐らく過言とはいえないであろう[(29)]」と書いている。

胡適が国難を救うために奔走したことは日本でも「反響」を呼んだ。早くは「一二・九」(1935年、冀東自治政府設立反対）の後、「七七事変」の前、日本人はみんな胡適を「排日の扇動家」、「学生抗日運動の指導者[(30)]」、「日本人の敵[(31)]」と見ていた。1940年10月30日付けの『日本時報』の社説では、胡適が米国で扇動的政治演説を発表して、米国で反日感情を引き起こし、それが日米開戦を導く、と攻撃している。1941年11月5日、アメリカに対して奇襲攻撃を予定しているという御前会議において、東条英機は胡適の米国での外交活動について触れ、米国にきっと影響を与えるだろうと述べている[(32)]。軍国主義侵略者からこのように注目され敵視されていたことは、逆に胡適の愛国主義的な人間像を明らかにうつし出している。

胡適とは反対に、陳独秀は階級意識が強烈だと民族意識が弱まるという法則を示した。陳独秀は日本から追放されたとき書いた文章の中で、中国が列強によって分割されるのは時間の問題であるが、もし植民地的な統治が法律を以て中国を統治できるのなら、中国はたとえ植民地的な統治下に置かれても、だからといって不幸であるとは限らない、といっている[(33)]。また『愛国心与自覚心（愛国心と自覚)』の中でも、「けだし民を安んずる国家は、これを愛するのもよろし、民を踏みにじる国家は、これを愛するものいずこに居るや？」と書いている。

胡適の国際問題に関する見解には、一定の政治思想があり、「民主国家主義」の色彩を帯びている。1920年代初期、胡適は「国際帝国主義の侵略に反抗する」ことを中国の政治目標に掲げることを主張していない。「なぜなら民主主義の革命が成功した後は、政治は軌道に乗り、国際帝国主義の侵略はほとんど自然消滅していると思うからである(34)」という。胡適には「東洋の帝国主義」である日本の侵略の本質しか見えておらず、西洋列強の覇権行為は見えていなかったのである。彼は「西洋」を「民主」「近代化」と同義語とみなし、「私たちは外国の‘資本帝国主義者’に代って、弁護したいわけではありません……私たちは、外国の投資家の希望である中国の平和と統一は、本当に中国人民の希望である平和と統一に劣るものではないことを知らなくてはいけない(35)」と一方的にいっている。こういった「西洋」あるいはいわゆる「西洋式民主」を中心とした西洋観は、外からの「輸入」となり—特に「輸出」されたいわゆる「民主」は、あらゆる行為の口実を提供する。それはまさに胡適自身がいうように、「壊されてばらばらになった中国は、敵に侵略の口実を与えることにしかならず……(36)」なのである。

幸いなことに、胡適の国際問題に関する理念、および国難を救うための奔走の全過程で示されたものは、徹底的な民族主義であったため、指導者を含め与党に対しても、大統領を含め米国に対しても、変わらずに民主主義に基づいた高度な独立性を保持していた。1933年3月初め、日本侵略軍は難なく熱河を侵略した。3月6日、胡適は『全国震驚以後（全国の驚愕以後）』という文章を書き、「要するに、中国政府は今回の事件ついて、少なくとも4つの過ちがあった」と指摘している。その中の3番目の過ちについて「この強敵が国境に迫っている時、中央政府が軍事指導者である蔣介石に北上して陣頭指揮を執るという責任を持たせず、反対に長江流域に留まって匪賊討伐をやることを許容したことは、事の軽重の妥当性を欠き、国を誤らせること浅からず(37)」という。中国大使の身分で、胡適は米国国務長官および大統領に会見し、時々激越な口調を交えて意見を述べ、顔色も声も厳しいものがあった。まさにこういった国家の尊厳を示す意志と気概が、重大な影響力を生んだのである。

注

（1）「愛国運動与求学」、『胡適全集』vol.3、p.820、安徽教育出版社 2003。
（2）唐徳剛訳注「胡適口述自伝」、『胡適全集』vol.18、p.348、安徽教育出版社 2003。
（3）「為学生運動進一言」、天津『大公報』1935 年 12 月 15 日、『胡適全集』vol.22、p.412、安徽教育出版社 2003。
（4）「愛国運動与求学」、『胡適全集』vol.3、p.823、安徽教育出版社 2003。
（5）同上、p.824。
（6）同上、p.822。
（7）「為学生運動進一言」、天津『大公報』1935 年 12 月 15 日、『胡適全集』vol.22、p.414、安徽教育出版社 2003。
（8）「愛国運動与求学」、『胡適全集』vol.3、p.823、安徽教育出版社 2003。
（9）同上、p.823。
（10）唐徳剛訳注「胡適口述自伝」、『胡適全集』、vol.18、p.348、安徽教育出版社 2003。
（11）「愛国運動与求学」、『胡適全集』vol.3、p.822、安徽教育出版社 2003。
（12）「為学生運動進一言」、『胡適全集』vol.22、p.413、安徽教育出版社 2003。
（13）「〈独立評論〉185 号、編集後記」、同上、p.438。
（14）「告北平各大学同学書（北京各大学学生諸君に告げる書）」、『胡適全集』vol.24、p.278、安徽教育出版社 2003。
（15）「為学生運動進一言」、天津『大公報』1935 年 12 月 15 日、『胡適全集』vol.22、p.414、安徽教育出版社 2003。
（16）「日本人応該醒醒了！（日本人は目覚めるべきだ）」、『独立評論』42 号　1933 年 3 月 19 日、『胡適全集』vol.21、p.603、安徽教育出版社 2003。
（17）「我們可以等候五十年（我々は 50 年待つことが出来る）」、『独立評論』44 号　1933 年 4 月 2 日、同上、p.609。
（18）「我的意見也不過如此（私の意見もこんなものに過ぎない）」、『独立評論』46 号　1933 年 4 月 16 日、同上、p.617。
（19）「致王世傑（王世傑へ）」1935 年 6 月 27 日、『胡適全集』vol.24 p.239、安徽教育出版社 2003。

(20) 唐徳剛訳注「胡適口述自伝」、『胡適全集』vol.18 p.227、安徽教育出版社 2003。

(21)「関于〈調整中日関係的先決条件〉(中日関係を調節する先決条件に関して)」、『独立評論』200 号　1936 年 5 月 10 日、『胡適全集』vol.22、p.481、安徽教育出版社 2003。

(22)「愛国運動与求学」、『胡適全集』vol.3、p.823、安徽教育出版社 2003。

(23)「一個民族的自殺(民族の自殺)」、天津『大公報』1934 年 4 月 29 日、『胡適全集』vol.22、p.96、安徽教育出版社 2003。

(24)「敬告日本国民(日本国民に申し上げる)」、『日本評論』1935 年 11 月号、同上、p.382。

(25) 胡適『独立評論、243 号、編集後記』。

(26)「日記」1937 年 9 月 8 日、『胡適全集』vol.32、p.678、安徽教育出版社 2003。

(27)「致江冬秀(江冬秀への書簡)」1938 年 9 月 24 日、『胡適全集』vol.24、p.408、安徽教育出版社 2003。

(28)「致江冬秀(江冬秀への書簡)」1939 年 9 月 21 日、同上、p.465。

(29) 胡明『胡適傳論』p.850、人民文学出版社 1996。

(30) 室伏高信「胡適再見記」、『読売新聞』1936 年 7 月 23 日、天津『大公報』1936 年 7 月 29 日訳載、『独立評論』213 号転載。

(31) 胡明『胡適傳論』p.820 参照、人民文学出版社 1996。

(32) 張忠棟「出使美国的再評価(駐米外交官としての再評価)」、『胡適五論』p.148 ～ 149 に見える、台北允晨文化実業株式有限会社 1990。

(33) 林毓生『中国意識的危機』p.102 参照、貴州人民出版社 1988。

(34)「国際的中国」、『努力週報』1922 年 10 月第 22 号、『胡適全集』vol.2、p.494、安徽教育出版社 2003。

(35) 同上、p.491。

(36)「跋蒋廷黻先生的論文」、『独立評論』45 号　1933 年 4 月 9 日、『胡適全集』vol.21 p.612、安徽教育出版社 2003。

(37)「全国震驚以後」、『独立評論』41 号　1933 年 3 月 12 日、同上、p.597。

第二十二章　林語堂――自由主義の精神哲学

林語堂《リンユィタン》（りんごどう 1895 ～ 1976）は幼少期より牧師であった父親からキリスト教の思想的薫陶を受け、西洋文化の価値に賛同し、「キリスト教徒になるということは、進歩的で、西洋的な感受性を持ち、新しい学問に対して賛同を示す人間になることである(1)」と感じるようになった。早期の林語堂の文化思想は西洋本位で、中国の伝統的文化の骨組みに欠けていた。1923 年にアメリカおよびドイツ留学から帰国してからは、「新文化運動」に身を投じ、「語絲社」に参加し、魯迅や周作人と一緒に中国の伝統文化を批判し、「欧化」を率先して提唱した。『給玄同先生的信（銭玄同先生への手紙）』（1925 年 4 月 7 日）の中で、次のように書いている。「今日中国の政治情勢の混乱は、すべて我が老いた大帝国の国民性があまりにも強く残っているために起こったものです。たとえば怠惰、奴隷根性、無責任、天命に安んず、万事ほどほど、時勢を理解せず、理想がない、情熱がない、などです。これらは旧態依然たる老いた大帝国の国民性であり、私が、今日の中国人は人間のかすであると信じるゆえんです。このような情けない状況を取り去ろうとするなら、また、これに合った処置をしようとするなら、きっぱりと欧化を重視する方法しかない、と私は思います(2)」。彼は再三「今日の中国人は根本的に腐敗した民族である」と指摘し、「国民性」を改造するテーマを明らかにし、現代の怠惰が充満した中国人をもう少し積極的な中国人に変え(3)、「非中庸」「非楽天知命（天命だと諦めず、分に安じない）(4)」……などに改めさせようとした。

雑誌『語絲』に参加した時期、林語堂は‘雑文’（評論）を書き、軍閥政治の専制、暗黒を糾弾し、「甲寅派」（章士釗ら、新文化運動を批判、復古主義を主張――訳者注）及び「現代評論派」（胡適、陳源ら、革命文学を批判――訳者注）の文人たちを糾弾し、民衆と学生運動を支持したが、これは彼が

「心の内を披瀝し、意気軒昂であった[5]」ことをあらわし、文化、社会思想上の急進主義の立場を示しているといえる。

林語堂は個性主義の基礎の上に打ち立てられた民主・自由を尊んだ。「『語絲』の時期」、彼は思想的には過激であったが、現実においては相変わらず独立を保持したまま、自由な知識人の伝統的人文主義（ヒューマニズム）による立場を採っていた。大革命（1924 ～ 27 北伐）後、彼は現実政治に失望し、革命に対して深い「倦怠感」を感じた。1930 年代中国の思想界が極度に分化した中で、彼は当然のことながら自由主義の立場を選択した。彼は 1934 年に「そちらさんがプロレタリアなら、こちらさんはファシストだ。わたしにはそんなことはどうでもいいので、必ず何々主義といえといわれたら、我々は人間らしくありたいとしかいえない[6]」と書いている。彼は双方に対して同時に批判し、「今日、文学は政治によってがんじがらめにされ、作家は二大陣営に分かれている。一方はファシズムを信仰し、一方は共産主義を信仰して、どちらも自分の信仰があらゆる社会の病的状態を治療する万能薬だと考えている。しかし、真の独立思考の能力は、もしかしたら旧中国時代に比べて大した違いはないのかも知れない[7]」といっている。この時期、彼は国民党、共産党という二大政治勢力が鋭く対立していることに失望と不満を抱いており、革命と革命対象の間にある中間の道を歩み、どちらか一方のために手当てを貰っての宣伝は行わない、党派政治には関わらない、と決心した。『論語』などの雑誌に大量の雑文（評論）、小品文（随筆）を発表して、現実を批判し、当局の腐敗および暴行を酷評し、言論の自由を守り、国を憂い時勢を憂う気持ちをしたためている。しかし、もはや「『語絲』の時期」のように急進的で過激なところはなくなっていた。この「『論語』の時期」に林語堂が追求したのは「ユーモア」、「のどかさ」、「性霊（魂）」であった。『論幽黙（ユーモアを論ず）』（1934）の中で、彼は中国古代の「性霊派文人」のユーモアを「真のユーモア」、「人情を知り抜いた最上のユーモア」と称している。彼はこういったユーモアの「温厚な」品性を強調し、こんなユーモアを「笑い声は穏やかで優しい、心の中から出た悟り[8]」だといっている。彼は「ユーモア」と「辛口・罵倒」を区別している。彼がいうには「あざけり笑うというのは自分勝手であるのに対して、ユーモアは共感するものであるから、ユーモアと辛口の罵倒は違うのだ。なぜなら、相手をあしざまに言うこと自体理知の悟りに欠けており、自分に対しても反省の能力がないからだ。ユーモアの境地は深遠で超越的なので、怒ることはあり得なくて、笑いあるのみである。その上ユーモアは明確な道理に基づいていて、道理の浸透に基づいているのだ[9]」。「ユーモア」という美学形式は林語堂および彼を代表とする「論語派」の自由主義文学の品格を具体的に表している。魯迅は、ユーモア文学は社会闘争から離脱しており、必ずや伝統的な「笑い話を書く」とか「安易な無駄話をつくるだけに」なってしまうだろう[10]と批判し、「のどか」とか「性霊」といった趣きのある小品文は、「屠殺業者の残酷さをみんなの笑い草にしているようなものだ[11]」といっている。林語堂や「論語派」が登場したということは、「新文化運動」がまた分化したことを示している。魯迅を代表とする左翼作家と林語堂を代表とする「論語派」の論争は、プロレタリア革命文学と自由主義文学の争いであった。魯迅は1934年に、林語堂について「このままだと、恐らく老舎や劉半農と同類になってしまうだろう……」といっている（『台静農への手紙』6月18日）。

もっと大きく論争の状況からいうと、これも「主義主張」の争いの経緯を示している。林語堂は『馬克思風（マルクスの風）』の中で中国でマルクス主義が広がっていることを指摘し、これに対応するために、林語堂は自分自身の中国の伝統文化に関する考え方を少しづつ体系的に確立し、以前のような伝統文化について全くの「空白状態」だったのを克服した。彼は「孔子は論語派の仲間のような人物」であること、「孔子という人は温《おだ》やかにして励《はげ》しく、つつしみ深くして安らか、適することなく、必要なく、可もなく不可もないというのは、真のユーモアに近い[12]」と考えたのである。さらに彼は「孔子の道を温めても試す所がないが、それでも、ユーモアの態度になるというのは、理想と現実があまりにもかけ離れていて、世に用いられなかったからである(13)」ともいっている。『論語』創刊号の「編集後記」に、本誌は「品格も内容も孔子の『論語』と大差ないものになった」とまでいっている。林語堂はさらに『沙蒂斯姆与尊孔（サディズムと孔子崇拝）』の中で「儒教は国を安定させる道である」ともいっている。

『吾国与吾民（我が国土・我が国民）』（1935。『中国人』とも訳されている）という論著は、米国の女流作家パール・バック（1892 〜 1973）の長編小説『大地』と同様、人類共通のヒューマニズムによって代々伝えられてきた中国文化を明らかにしており、また、昔から現在に至る中国文化および社会生活の中において、何千年もの間絶対のものとされてきたヒューマニズムを見出だしている。

『吾国与吾民』は「新文化運動」が中国の家族制度に対する糾弾であるのとは反対に、まずは中国の家族制度を中華民族を「安定させる文化の要素の一つである(14)」と肯定した。さらに「新文化運動」が伝統文化に対する否定であることに反対して、儒家と道家を肯定している。また次のように書いている。「すべての中国人は成功したときは儒家であり、失敗したときは道家である」、「道家のロマン主義、詩歌、自然に対する崇拝は、乱世において中国人に心配や憂うつをやわらげさせることができ、それはまさに儒家の学説が平和な状態で統一されているときに貢献するようなものである(15)」。彼は「中国人は基本的にはヒューマニストである」と信じていた(16)。林語堂は先秦時代の典籍の中に「中庸」の精髄を見て、そのような「中和の道」を肯定した。彼は、ヒューマニズムと理性的な精神とが「この民族が行為の上でも意識の上でも極端な方向に考えもなく突っ走ることを防止してくれるはずであり(17)」、「中国はきっと一切の熱狂を取り除き、一切の‘条理にかなった’ものを受け入れるであろう(18)」と自信を持っていた。彼は基本的にありのままの中国が現れている「国民性」を肯定し、それまで国民の劣等性を批判していた自分と反対の態度を取った。これによって『大地』と同じように、肯定的な面から中国の「国民性」を描写するテーマを形成したのである。

『吾国与吾民』では歴史上の中華文明を肯定し、「中国文明は西洋文明とはかなり違う文明であると理解されるべきだ[19]」としている。この区別は「中国には固定した階級はまったくない」という社会構造にもはっきりと現れている。そしてこのような社会構造は「社会を安定させる別の文化的要素[20]」なのである。林語堂は、中国の歴史社会はこうした構造と相伴う一連の政治文化制度だと肯定した。このような少しずつ進化するという文化観念が、いろいろな思想が林立する1930年代において彼の鮮明な自由主義的立場を育て、過激主義と対峙させたのである。彼は中国の近代過激主義運動の歩みを描写して「1911年の政治過激主義の後、1916年の文学過激主義が続き……その後また1926年の思想過激主義が生まれた。その結果、現在ほとんどの小学校教員の思想が共産主義的色彩を帯びている[21]」といっている。そこで、彼は「内戦」を批判し、「中国の国内戦争も本当の意味での戦争ではない。これまでの内戦はどれもみな誇れるものではない[22]」といっている。彼は「内戦」状況下の中国の惨状を憂いを込めて描写し、「今日の中国は、間違いなくこの地球上で最も混乱した、最も暴虐な政治に苦しめられている、最も悲しむべき、最も孤独で弱々しい、奮起して少しずつでも前進しようとする能力が最もない国家である。天帝の──もし天帝というものが存在すればの話だが──真意は中国を世界各民族の中で第一流の民族にすることである。しかし実際には、国際連盟の中でも後方にさがり、グァテマラと同席している状態なのだ[23]」といっている。「論語派」の「ユーモア」とプロレタリア文学の「激しい怒り」とは同じように強烈である。ただ、「激しい怒り」が絶対的に現存体制を指しているのに対して、「ユーモア」は相対的にどこにでも向いているという違いがあるにすぎない。

『吾国与吾民』には、それまでの中国文化の観念に対する林語堂自身の「反省」が現れている。彼は中国を「発見」したのだ。彼は中国古代文明を現代に引き入れ、かつ、東洋と西洋の間に橋を設けた。ある意味では

『吾国与吾民』は小説『大地』を理論形式にしたものである。パール・バックは『吾国与吾民』（英語版）の序文（1935）の中で次のように書いている。「長い間、私は理性的な中国人が我々のために、自分自身に関する、中国の本、中国人の根本的な精神がにじみ出た本、中国という名前にふさわしい本を書いてほしいものだと期待していた。それは率直誠実で、他人に引け目を感じないものであるはずだ。中国に対する理解は知恵と洞察力を兼ね備えた理解でなくてはならない。中国に対する明確な論述はユーモアに富んだものでなくてはならない。この本が出版され、それはまさにすべての偉大な本が出版されたようなものである。それはこれまでのあらゆる要求を満足させてくれた。それは事実に基づいて真理を検証しており、真実を行って恥じることはない。この本はプライドを持って書かれており、ユーモアがあり、すばらしく、厳粛である上に陽気で、古今の中国について正確な理解と評価を与えることができる[24]」と。

林語堂が改めて中国の伝統文化を「発見」し、さらに彼自身がいっているように「改めて祖国を発見した[25]」のは、独立した知識人の立場で研究、探索した結果である。なぜなら、自分の伝統文化に対する理解が「穴だらけ」であったため、自分で中国文化の外に捨てていながら、一方では「国籍を剥奪された感覚」があって、骨身に刻まれるような羞恥の感覚が生まれたからである。彼は「中国思想の伝統的な流れに加わり、国籍を剥奪された中国人にはなりたくない、というのがごく自然な希望である[26]」と考えていた。彼は「研究精神に富んだ中国人なら、長期にわたって中国そのものについて生半可な認識で満足するような人間は一人もいない。自分の国の歴史遺産を認識しようとする声は、心の奥底から発せられる渇望なのだ。」と感じていた。その中で、辜鴻銘《グーホンミン》（清末民国初の学者、1859～1928）にも啓発されている。林語堂は「辜鴻銘が私のもつれた縄を解くのを助けてくれ、私に疑惑の海に入れと背中を押してくれた[27]」という。中国が西洋列強の侵略を目の前にしていながら一撃に耐えられず、受身で叩かれるような状況に陥り、知識界が普遍的にその罪科を伝統文化のせいにしているとき、西洋文化を堪能した辜鴻銘は、反対に孔子の偉大さを考察し、中国人として「儒家の哲学と倫理体系を持っている[28]」ことに、大きな誇りを感じていたのだ。さらに『中国人的精神』（又の名『春秋大義』『原華』、1915）などの論著によって「中華文化優越論」という文化体系を打ち立て、一時期の誤解を受け入れ、20世紀初頭の中西文化大論争に多元的な激動状況を出現させたのだった。辜鴻銘は、西洋で近代になって白眼視されていたキリスト教原始教義の中に孔子思想との「接点」を見た。彼はキリスト教徒のことを、孔子が唱えた高尚な品格を具えた「文化人」と称した。そこで、林語堂は辜鴻銘という「東方観念と西方観念のメッキの匠」の身にキリスト教と儒学が融合する可能性を見たのだった。

林語堂が1932年に書いた『中国文化之精神』と、その少し後の『吾国与吾民』とは、どちらも辜鴻銘現象に啓示されたことが見て取れる。また『生活的芸術（生活の芸術）』（1937）では中国と西洋の文化融合を展開している。

林語堂の『生活的芸術』は、彼が好んだ「閑談体（随想）」を極致にまで押し上げ、論文を随筆風にして、「自分の思想と生活の経験」（『生活的芸術』自序）を、ちょうど友人に心の内を話すように書き表した。その中で、林語堂は中国と西洋の文化を思いのままに語り、「両足で東西文化を踏みしめ、ひたすら宇宙的文章を論評す」という彼の学術研究の主旨を示している。『生活的芸術』は古代ギリシャ人の生存観念を肯定して、ギリシャ人はこの世の人生及び人々が生存の頼みとする宇宙を甚だ愛し、一心に科学的に物質世界を理解しようとしただけでなく、人生の真善美を理解することにも注意を払っていたはずである。しかるに中国人の「生活的芸術」はその名の如く「快楽哲学（楽しむ哲学）」である。この両者を比較して、林語堂は次のように書いている。「西洋哲学は論理あるいは客観的法則を基礎とし、知識や方法の獲得を研究することに重きを置いており、認識論を基礎として、知識の可能性の問題を提起している[29]」、そして「中国の文学と哲学を観察した上で、私は、中国文化の最も理想的な人物は、人生に関して聡明な悟りの上に作り上げられた達観者である、という結論を得た。こういった達観は寛大な思いを生むので、温かい諷刺心をもって一生を過ごし、名誉や利益を捨て、天命に安んじて生活することができる。こうした達観はまた自由な意識、自由気ままな好み、硬骨で寡黙な態度も生まれるのだ。人はこのような自由な意識および淡泊な態度をもつようになってはじめて、楽しい人生を深く熱っぽく享受することができる[30]」と。彼はさらに進んで「中国と西洋の学問の最大の違いは、西洋は専門知識が多すぎて、人情関連の知識が少なすぎることであり、中国は、生活問題への関心は豊富だが、専門的な科学知識に欠けていることである[31]」とも書いている。簡単に言うと、林語堂は西洋人は科学に長け、中国人は思想に長けていると見ていたのである。ここまで来ると、林語堂の「両足」の重心は東に傾いている。『生活的芸術』の中の「宇宙文章」の宇宙観はすでに「新儒家」に近づき中華本位である。林語堂は東洋の内心哲学の特徴を見て、孔子の「道は人を遠ざけず」や「人よく道を弘む」という思想に信服し、中国人の行為哲学を大いに肯定した。彼は「中国人は天あるいは天帝はすこぶる理に叶い情に叶った人物であるとさえ考えており、理に叶い情に叶った生活を送り、良知行為によってさえいれば、これ以上恐れることはない[32]」と考えていた。「中国人という民族は明らかに哲理性に富んでいる」、しかし「一民族が哲理の眼力を以て事物を観察できるというのは、奇特なことである[33]」といっている。

『生活的芸術』の大前提は「宇宙」である。林語堂は古代ギリシャ人の生命観とキリスト教の原始教義を肯定し、現代の欧州の社会生活の中で見られるものは反対に弊害であるとしている。彼は「ある意味では、現代の欧州は情に叶った精神で統治されているわけではないし、理知を備えた精神によって統治されているわけでもなく、実際のところ狂った精神によって統治されているのだ[34]」といっている。ここで林語堂は早期の西洋本位の文化思想に別れを告げた。「正直なところ、1920 年以降私は西洋の文明に対してすでに尊敬の念が薄れていた……西洋文明の発祥地において、私は意外なことに人権と個人の自由、個人の信仰の自由（中国では過去においても現在でもかなえられているこの自由権）さえ蹂躙され……ているのを見た[35]」といい、ドイツ人と日本人の「機械的な政治」は西洋文化の弱点である[36]と鋭く指摘した。林語堂が『生活的芸術』を書いた発端は西洋人のために「病状に応じて投薬する[37]」ことだった。この本が米国で出版されるや、たちまち米国さらに全ヨーロッパにおいて広範な影響が出た。書評家のプレスコットは『ニューヨークタイムス』に「この本を読み終わった後、中国人街に走って行き、中国人に出会ったら深々とお辞儀がしたい気持ちになった[38]」と書いている。

1938年、林語堂は『孔子的智慧（孔子の知恵）』という本を完成させた。この中国経学に関する著作は、本来の学説に依拠しており、孔子の思想は理性的社会秩序を代表したものであると論述している。この書物は倫理を法とし、個人の修養を本とし、道徳を施政の基礎とし、個人の心を正し身を修めることを政治の公明の根底であるとしている。林語堂はさらに孔子思想の現代性を指摘し、孔子思想を味わえば味わうほど味が出る部分は、政治と倫理の間の差異を取り除き、人類と社会に対して責任を負うことを要求する、いわゆる天下国家を以て己の任と為す、という部分にある、としている。『孔子的智慧』には林語堂の孔子に対する敬意の念が表れている。民主的な個人主義者として、彼は孔子思想の中に調和に通じる路を探し当てたのだ。

『孔子的智慧』は、儒学のために20世紀前半に遭遇した挑戦に応えたのである。林語堂は「緒言」の中で、「今日、儒家思想はさらに大きな敵に遭っている。しかし、それはキリスト教ではなく、あらゆる西洋思想と生活、および西洋の新しい社会思潮である。こういった西洋文明はすべて工業時代によって引き起こされたものである[39]」と書いている。さらに彼は「儒家思想はまだ千古不滅の真理たるを失っていない。儒家思想は、中国人が生活する上で、相変わらず生きる力になっており、我が民族の社会生活に影響を与えている。西洋人がもし儒家思想およびその基本的信念を研究するなら、彼らは中国の国情と民俗を理解するはずで、得るところ多大なはずである(40)」ときっぱりいっている。

この間、林語堂は比較的系統的な自由主義文化の体系によって、左翼作家を代表とする無産階級文化と対峙した。この対峙は倫理本位の文化と階級本位の文化との対峙であり、漸進的改造方式と急進的改造方式の対峙であることを示している。林語堂は1937年に「今日のいろいろな集団主義——社会的・経済的・政治的——が盛んになり始めた時期、人々は自分の反抗権利を自然と放棄し、自分の個人としての尊厳を忘れたようである。我々に個人がなくなれば、もはや人間ではなく、ただの階級になってしまう(41)」といっている。林語堂は、プロレタリア階級の作家が、中国の家庭倫理を封建的な遺風とみなして嘲笑しているのには同意せず(42)、それを「団体精神」に富んだ理想的な構造として西洋に紹介しようとした。林語堂は、孔子が主張しているのは「人格改革」の基礎の上での「社会改革」を確立することであり、一方「マルクスは、社会環境が人間の道徳行為を決定し、ユートピアの実現は物質環境が変わることによると考えていた(43)」と見ていた。林語堂は「幻想的な理想主義的成分が多すぎるので、度々革命が起こるだろう(44)」とも予測していた。プロレタリア革命について、林語堂は「マルクスは周到な弁証法を有してはいるが、しかし社会主義革命が取ろうとしている手段についての推測は完全に失敗だった。論理上から言えば、彼の予測によると、こういったプロレタリア革命は、工業文明が最も発達したところ、そして無産労働者階級が台頭したところで発生するはずだった。つまりイギリス、続いてアメリカ、その他ドイツもあるいは発生する可能性はあった。しかし事実は違っていて、共産主義はロシアという一農業国、無産階級がそれほど力を持たない国において、真っ先に実験場所を見つけた(45)」が、「ある幾つかの国は度々革命を起こそうとした。これはその国の土壌がうまく同化できない外国思想の液体を吸収したからで、そのために土壌がその国の形式を保持できなくなってしまったのだ(46)」といっている。しかし、林語堂は「自由主義は西方において消滅するはずはないし、中国においても消滅するはずはない[47]」と確信していた。

林語堂の中国経学に関する論著のほかに『老子的智慧（老子の知恵）』（1948）があり、中国文化に関する著作には『啼笑皆非（泣くに泣けず、笑うに笑えず）』（1943）、『蘇東坡伝』（1947）がある。林語堂は中国文化の精神を改めて組み立てた作家である。彼の民族文化のテーマは中国の自由主義文学の精神哲学を具体的な形で表している。

「七七事変（盧溝橋事件）」が発生すると、すぐに「抗戦」が林語堂の創作の中心テーマになった。これは林語堂の自由主義の立場としては自然な表われだったし、彼が中心テーマとした抗戦は、また自由主義の特徴を十分に示している。

中国が全面抗戦を展開するようになった後、林語堂は『ニューヨークタイムス』に『日本征服不了中国（日本は中国を征服できない）』（1937年8月29日）という一文を発表し、「最後の勝利は絶対中国だ！」と確信している。同じ年、『吾国与吾民（我が国土・我が国民）』（第13版）では、統一抗戦という新しい現実に直面して、林語堂は社会批判をもって結末とするという初志を改め、『中日戦争之我見（中日戦争についての私見）』という特別な一章を書き加えて、彼の愛する民族文化精神を民族抵抗精神につなぎ「新民族主義」とした。林語堂は、梁漱溟を代表とする「新儒家」と老舎などの自由主義知識人と同じように、抗戦という「洗礼」を経て、中国の伝統文化が自己一新を実現し、中華民族は「新生」を勝ち取り、それによって現代国家を形成するだろうと考えていた。林語堂が見たのは、「中国文化は旺盛かつ非凡な生命力をそなえていて、たとえ色々な時代に政治上の衝突があっても、その連続性を失ってはいないということを、中国の歴史がすでに明らかにしている[48]」ということだった。また彼は「そのような古めかしい民族のプライドだけだと、明らかに不足している。もし中国が勝利すれば──私は絶対勝利できると信じている──それは新しい民族精神が花開いたためであり……この新民族主義はこの戦争に直面してまさに上昇期となっている[49]」ということがよく分かっていた。彼はさらに「新民族主義」の形成過程を次のように述べている。「1932 年から、中国人はやっと民族自衛に積極的に行動しはじめた。その上、日本による 1932 年から 1937 年にかけての一連の攪乱、また日本が熱河・河北・チャハル・綏遠を蚕食したことによって、中国人はやっと、中国はすでに民族存亡の危機にあるという警告を感じ取り、ここで彼らの憤懣が頂点に達し、最終的に奮起して抵抗しようという決心が生まれたのだ。全民族抗戦の基礎、普遍的核心的抗戦の決意は、いずれも 1932 年以降に生まれたものであり、この点はいかに強調しても強調しすぎることはない……この時期、大多数の中国人は、中国は最終的には統一された現代国家の道を歩むことになるが、日本はあらゆる方法を講じて妨害して来るだろう、と考えていた。またこの時期、かつて 1933 年の塘沽協定（日本軍と中国軍の間に締結された停戦協定）をただ一人擁護した平和主義者の胡適でさえ、抵抗主義者に変わった。さらにこの時期、中国共産党も自己の計画を放棄し、抗日を唯一の条件として、南京政府と連合した。1936 年冬の西安事件がこの時期の頂点であった。最終的には、日本の武装侵略が中国をまともな国家にし、近代国家なら当然そうあるべきという‘衆志成城’（一致団結すれば大勢力になる）状態に団結させたのである。中国は現代史上はじめて一致団結して現代民族らしく共通の敵に敵愾心を燃やし、奮起して抵抗した。そして、この血と火の洗礼の中で、現代中国が誕生したのだ[50]」と。これは林語堂が建設に努力した「新中国」であり、自由主義者の「新中国」だった。自由主義者の「新中国」の理念の特徴は、いかなる政治力であろうと、民族の独立と統一に有利な民族主義的行為は肯定し、いかなる政治力であろうと、民族独立に不利な集団主義的行為、「内戦」行為には反対する、という点にある。1937 年における林語堂の中国の未来に対する予測は、「独裁統治と共産主義の間に介在する政治折衷が促進されるであろうし、中国独自の民主社会主義のモデルが誕生するだろう[51]」というものだった。林語堂の自由主義的社会理想、「新中国」の理念は、彼が亡くなる前にはまだ中国では実現されてはおらず、彼が亡くなってから少しずつ現れてきた。その考えは未来、つまり21世紀のものだったのだ。

1938年7月、林語堂は『日本必敗論』を発表し、軍事・政治・経済・外交等の面で日中対立情勢を分析している。文章の中に満ち溢れている民族意識、明確で独特の分析と世界的な見識は、郁達夫の同時期の評論や雑感文と期せずして一致している。

林語堂はさらに「左翼」作家といっしょに「抗戦」をテーマとした分野で詩を書いている。「関山故国離愁を動かす／巷に達する党人に我が心憂う」、「故国の山河なお未だ還らず／清理に暇なきこと旧新の恨み[52]」。中国の伝統文化について持つ立場が、この分野でも源である。林語堂は「中国の書物に書かれる忠孝節義の思想には毒があるといわれているが、では、なぜ現在まで4000年もの間このようなまともな国民が生まれ育ってきたのか考えてほしい。左派の理論は事実と一致しない。ひたすら固有文化を抹消しようとする理論は、抗戦の事実により覆されている[53]」といっている。

従って、林語堂の70万語に及ぶ長編小説『京華煙雲』(1939)は「文化小説」でもあり、「抗戦小説」でもある。この小説は、伝統文化の精神が近代的な国家観念に通じていること、伝統文化は抗戦子女の精神的な支柱であることを明らかにしている。

『京華煙雲』は主人公の悲しみと喜び、別れと出会いを縦糸とし、社会思潮を横糸として、北京の姚《ヤオ》・曹《ツァオ》・牛《ニウ》という三大家族の盛衰を描写し、義和団事件から抗日戦争に至るまでの中国史の進行過程と社会心理の変遷を描いている。姚思安《ヤオスーアン》は巨万の財産を持ち、子孫にも非常に恵まれていたが、功名を求めることもなく、恬淡自適、自然のままという道家の人生を送っていた。娘の木蘭《ムーラン》は、道家の美学奥義を身につけていた。彼女は自然に従い、バランスの取れた心で自分の悲しみと喜び、別れと出会いを受け入れ、「個人の生活の中のすべてを十分に生かし、利用し、自分の生活を最高の域にまで到達させた」。姚家の父と娘の人生は道家哲学を具体的に表している。林語堂は道家哲学を礼賛したが、それは道家の自由意思を礼賛したのであり、また、古来の東方哲学に現代の解釈を与えたのである。小説では、木蘭が娘の阿満《アーマン》が国のために命を捧げた後、人間の恒久的な存在は民族やさらに大きな集合体にあると悟ったことを描写している。この道家の娘は民族戦争の中で、命ともいえる自我を民族の中に溶かしたのだ。小説は姚木蘭の視点で、日本侵略軍が焼き、殺し、強姦したことを描写しており、それによって彼女の心に日本兵に対する義憤がわき上がり、すべての中国人と共鳴するようになった。また『京華煙雲』はこの描写により、民族主義文学の模範となったのである。林語堂は、それまでの中国の国民性に対する批判から日本の国民性を批判することに方向転換し、魯迅と明確な対峙を形成した。『京華煙雲』の中には「びっくりするようなうわさはどれもこれもすべて略奪強姦だった。木蘭がいっているように日本人の曲がった根性は改めようがない(54)」、「あのような暴行は文明人には到底想像できないし、これから何百年にわたって、世界中の人が日本人を軽蔑し、日本軍人を侮るであろう(55)」と書かれている。

『京華煙雲』下巻は「秋季歌声（秋の歌声）」と名付けられているが、結末では、木蘭が自分の人生がすでに秋に入っていることを感じて、生きることの意義を感じ取り、「少壮中国（若き中国）」に属する息子の阿通《アートン》の人生こそまさに春だと感じ、「過去の50年近い生活を振り返って、中国も同じだと思った。古い葉が一枚一枚落ち、新しいつぼみが育ってきて、生命力に満ち、希望は大きい(56)」という文章は、林語堂の東方哲学による民族の命運についての思考、及び中国文化、民族復興についての信念――中国文学上で、最も早く発言された信念であるが、それを具体的に表している。

林語堂は郁達夫に宛てた手紙の中で、『京華煙雲』の創作は「前線で国のために犠牲になった全国の勇敢なる男児を記念した(57)」ものであるといっている。林語堂の抗戦のメインテーマは、統一抗戦であった。政府軍の全力抗戦であろうと、山西のゲリラ抗戦であろうと、このメインテーマの中にある。このメインテーマには党派も階級観念もなく、あるのは民族意識である。小説では「自我の征服」を描いており、姚思安は静坐沈思によってのみそれを獲得し、姚木蘭は全人民の抗戦事業の中でそれを獲得した。彼女には中国軍の歌声が再度流れてくるのが聞こえていた。「山河光を重ねず／家郷に帰らざるを誓う」と。林語堂は次のようにいう。「この歌声が彼らにどんどん近づいてきて、木蘭の心の中に強烈な意気込みがわき起こった。それは一種の快感であり、一種の栄誉であった。彼女は、それは必然であり疑いのないものだと思った。その感動はそれまで経験したことがないものだった。このような感動は、偉大な運動に溶け込んで行った人間だけが感じ取れるものである。彼女は孫中山先生（孫文）の北京における葬儀の行列を見たとき、心の中にこれに似た感動があったことを覚えている。あのときの感動は現在の感覚に似てはいるが、しかしこれほど強くはなかったし、このように全身を震わせるような、心を震わせるようなものではなかった。彼女をこんなに感動させたのは、あの兵隊たちだけでなく、さらに、彼女自身も含めた大勢の移動中の人の群れでもあった。彼女は自分の国というものを実感した。以前はこんなにはっきりと、こんなに如実に感じたことはなかった。彼女が民族を感じたのは、共通の愛国的情熱によって結びついたもので……」。『京華煙雲』は個性解放というテーマを民族解放というテーマに発展させ、個性主義という基礎の上に打ち立てた民族主義を描いている。林語堂は民族主義文学の先駆者であった。

長編小説『風声鶴唳（嵐の中の木の葉）』（1941）は『京華煙雲』の続編と考えられる。それには梅玲《メイリン》・博雅《ボーヤー》・老彭《ラオポン》という3人の抗戦中における愛情物語を描き、中国は民族戦争の中で新生を獲得しようとしていることを示している。『風声鶴唳』は政府・国家・民族を一体のものとして書いているのである。

1943年完成のエッセイ風の文化論『啼笑皆非（泣くに泣けず、笑うに笑えず）』は現実の世界情勢に感じるところがあって創作したものである。この時期は「第二次世界大戦」の終結段階で、戦後の形態が確立した段階だった。林語堂は次のように述べている。「第一に感じたことは、我が国は封鎖されていて、声援もバラバラである。第二に強権政治、人種偏見が現在でも解消されていない。第三に平和についての精神的な基礎ができておらず、大戦の根本理念が明らかでない、大西洋憲章（1941年アメリカ大統領とイギリス首相の間で交わされた大戦後の世界構想についての協約――訳者注）の適用範囲が決まっていない、自由と帝国の衝突という難関が打破されていない、帝国主義のお先棒を担いだり、武力治安を唱えたり、世界平等連邦の構想を排斥し武力によって世界を脅迫している」ということだった。彼は「骨が喉に刺さったように、何もいえなくて苦しんでいた(58)」という。『啼笑皆非』は林語堂の強い責任感を表している。彼は「時勢に関心を持っている作家はみんな国民に事の情勢を知らせる責任がある(59)」といっている。

林語堂は「世界の危機的局面」および新しい世界戦争――すなわち我々が20世紀後半に目にした「冷戦」――の「潜在因素」を指摘した後、それをもたらすものに対して「診断」を行い、文化的な分析を行った。林語堂はアメリカが「物質主義」を信奉し、その結果人々が「泣くに泣けない、笑うに笑えない」ことになった。すなわち「化粧石鹸は確かに豊富になっている。これはアメリカ民主政治体制の一大功績である。でもおかしなことに、同時に平和哲学がすっかり欠乏し、跡形もなくなってしまった(60)」と指摘している。さらにイギリスは「自由の戦争」の最中でも、香港を返還しようとはせず、植民地主義を引き続き広めていることを指摘している。これによって中英両国は「必然的に香港問題で衝突が生じている」のであり、「中国人民がきっぱりいっているように、500万もの兵士の死は、決してイギリスに代って香港――アヘン戦争の戦利品――を守るためでもないし、イギリス国王の王冠の2番目の真珠を守るためでもない(61)」ともいう。林語堂はかつての林則徐のような愛国心で、第二次大戦終結の前夜、英米両国による太平洋地区支配の計画を暴露し、中国人民の毅然とした気概を表し、列強に対してもまったく奴隷根性も卑屈な態度もなかった。

林語堂が示した毅然たる気概というのは、民族の自信という基礎の上に打ち立てられたものである。英文による『啼笑皆非』の中文訳本が1944年に出版されたが、彼は「序言」の中で、「本書はそもそも西洋人のために書いた、いわゆる病状に応じて投薬する式のものである」と書いており、さらに「東洋にも西洋にも精神文明はあるし、物質文明もある……西洋の学術は物を対象としており、中国の学術は人を対象としている。格物致知（事物の原理を究めて、我が知識を押し究めること）なれば、我人に如かず、正心誠意の理ならば、あるいは人我に如かず。」と書いている。林語堂は「儒家が政治と倫理を一つの炉で溶かす(62)」ものであることを称賛し、孫文の「兼容併蓄（多くのことを受け入れて蓄える）、融合貫通（多方面の意識や道理を融合して全面的な理解を得る）によって、西洋の資本主義の弊害を救うことができる(63)」という考えを称賛している。ここで、林語堂は戦後四強の一国である中国の知識人として、イギリス、アメリカ人に「自由──民主」を講義し、中国の現代における民族文化の虚無思潮について次のように批判をしている。「西洋かぶれの若者は、固有文化のすべてが駄目だと考え、士大夫意識とはいわず、小資産階級という。また忠誠・孝行・清廉・節度などはすべて封建的だとして罵り、その根本を行おうとすれば、中国の旧社会の陰謀を破壊した後のことだという。この世代の人間は西洋の文物を見れば、屁を捧げて恭しく嗅ぐ式に受け入れ、少しでも孔子や孟子、周易の話をすると、鼻をつまんで逃げてしまう。これは亡国、子孫滅亡の思想である……(64)」と。

ここ100年来の外国の侵略による恥辱と、長年の内乱による災難を嫌というほど嘗めてきたため、林語堂は直面している統一・建設のチャンスを重視していた。彼は1943年に「この4億5000万の同胞の国家は、完全統一して全員が目覚め、かつ今回の戦火という試練を経て、気運が高まっているので、自力更生の力があるだけでなく、たとえ西洋諸国がいかに圧力をかけようと、もはや外国人に虐げられることはないだろう(65)」と展望しており、林語堂は比較的早くから屈辱を超越し、崇高な意識を打ち立てていたのである。

国内旅行記『枕戈待旦（ほこを枕に夜明けを待つ）』（1944）では「一つの中国」という考え方で、米国政府当局や民間に存在する「二つの中国」の考え方と鋭く対立し、アメリカや幾つかの国から懐疑や批判を受けていることを描いている。しかし林語堂は自分の国のためにはいわないわけにはいかないと思っていた。彼の目から見れば、政府は民族と国家の代表である。彼は『国家』という雑誌で『中国与批評中国的人（中国と中国を批判する人）』と題する一文を発表し、その批判に対して反駁している。

注

（1）「従異教徒到基督徒」、『林語堂名著全集』vol.10、p.56、東北師範大学出版社 1994。
（2）「致玄同先生的信」、『林語堂名著全集』vol.13、p.11、東北師範大学出版社 1994。
（3）「論性急為中国人所悪」、同上、p.15。
（4）「致玄同先生的信」、同上、p.12 ～ 13。
（5）「林語堂自伝」、『林語堂名著全集』vol.10、p.30、東北師範大学出版社 1994。
（6）「〈有不為斎叢書〉序」、『林語堂名著全集』vol.17、p.216、東北師範大学出版社 1994。
（7）「吾国与吾民」、『林語堂名著全集』vol.20、p.269、東北師範大学出版社 1994。『中国人』p.274 参照、学林出版社 1994、。
（8）「論幽黙」、『林語堂名著全集』vol.14、p.11、東北師範大学出版社 1994。
（9）同上。
（10）魯迅「従諷刺到幽黙」、『偽自由書』p.35、人民文学出版社 1973。
（11）魯迅「論語一年」、『南腔北調集』p.129、人民文学出版社 1973。
（12）「論幽黙」、『林語堂名著全集』vol.14、p.6、東北師範大学出版社 1994。
（13）「思孔子」、『林語堂名著全集』vol.17、p.261、東北師範大学出版社 1994。
（14）林語堂『中国人』（又の訳『吾国与吾民』）、p.47、学林出版社 1994。
（15）同上、p.67。
（16）同上、p.68。
（17）同上、p.402。
（18）同上、p.403。

（19）同上、p.52。

（20）同上、p.48。

（21）同上、p.84。

（22）同上、p.72。

（23）同上、p.16。

（24）同上、p8。

（25）「林語堂自伝」、『林語堂名著全集』vol.10、p.30、東北師範大学出版社 1994。

（26）「従異教徒到基督徒」、同上、p.62。

（27）同上、p.80。

（28）辜鴻銘『中国人的精神』p.41、南海出版社 1996。

（29）「生活的芸術」、『林語堂名著全集』vol.21、p.163、東北師範大学出版社 1994。

（30）同上、p.2。

（31）同上、p.385。

（32）同上、p.23。

（33）同上、p.3。

（34）同上、p.400。

（35）同上、p.87。

（36）同上、p.387。

（37）「関于〈吾国与吾民〉」、『林語堂名著全集』vol.18、p.300、東北師範大学出版社 1994。

（38）李勇『林語堂伝』p.220、団結出版社 1999。

（39）「孔子的智慧・導言」、『林語堂名著全書』vol.22、p.2、東北師範大学出版社 1994。

（40）同上。

（41）「生活的芸術」、『林語堂名著全集』vol.21、p.88、東北師範大学出版社 1994。

（42）同上、p.202。

（43）「従異教徒到基督徒」、『林語堂名著全集』vol.10、p.96、東北師範大学出版社 1994。

（44）「生活的芸術」、『林語堂名著全集』vol.21、p.5、東北師範大学出版社 1994。

（45）同上、p.95。

（46）同上、p.4。

（47）林語堂『中国人』（又の訳『吾国与吾民』）、p.402、学林出版社 1994。

（48）同上、p.350。

（49）同上、p.351 ～ 352。

（50）同上、p.343。

（51）同上、p.398。
（52）「留別“左派”仁兄三首」、『林語堂名著全集』vol.18、p.350、東北師範大学出版社 1994。
（53）「論東西文化与心理建設」、同上、p.404 ～ 405。
（54）『京華煙雲』（下）p.807、作家出版社 1995。
（55）同上、p.789。
（56）同上、p.805。
（57）「給郁達夫的信」、『林語堂名作全集』vol.18、p.295、東北師範大學出版社 1994。
（58）「啼笑皆非」〈中文訳本序言〉、『林語堂名著全集』vol.23、p.1、東北師範大学出版社 11994。
（59）「啼笑皆非」、同上、p.41。
（60）同上、p.60。
（61）同上、p.106。
（62）同上、p.63。
（63）「啼笑皆非」〈中文訳本序言〉、同上、p.4。
（64）同上、p.5。
（65）同上、p.5。

第二十三章　郁達夫――民族意識の化身

郁達夫《ユイダーフー》（いくたっぷ 1896 ～ 1945）の短篇小説『銀灰色的死（銀ねずみ色の死）』（1921 年 2 月）は、日本に留学している中国人学生 Y 君が、孤独と絶望のうちに、異国の銀灰色の月光が降り注ぐ路上で客死したことを描写し、憂鬱と寂寞の感情を表現した。『沈淪』（1921 年 5 月）の主人公も同じく孤独で、偏屈な中国人留学生である。子供の頃から多感だった主人公は、自分の一生の中で最も美しい青春の年月に、枯れ木や燃え残りの灰のような無情の島国日本に身を投じたことを恨みに思っていた。彼は苦悶の中で、ひたすら愛情を求めていた。「蒼天よ蒼天よ、私は別に知識もいらないし、名誉もいらないし、無用の金もいらない。もしあなたがエデンの園のイブを私に与えてくれ、彼女の肉体と心を私のものにしてくれるのなら、私はそれだけで心底満足なのです(1)」。小説はルソー式の自然人性論に基づいた赤裸々な精神の告白でもって、主人公の性愛の苦悩、さらに、そこから形成される変態的心情を描写し、人生が零落してゆくまま、Y 君のように、自分がひょろひょろした体格だという哀れさを伴って、大海を自らの生き先だとするまでになる。『沈淪』で表現している個人の覚醒には、『銀灰色的死』ではまだ開拓されていない社会的、ひいては民族的文脈まで生まれている。『沈淪』は青年の憂鬱病を一人の異国に遊学する弱国の国民の悲劇として描いている。小説は「祖国が貧しく弱いために、彼らが国外で常に耐えがたい差別を受けている」と主人公が敏感に感じたことを描き、「もともと日本人は中国人をさげすんでいる。それは我々が豚や犬をさげすむのと同じだ。日本人は中国人を‘支那人’と呼ぶ。日本では、この‘支那人’という言葉は、我々が人を罵るときに使う‘賤賊《ジエンゼイ》（卑しくずるいやつ）’よりもさらに聞きづらい言葉だ……(2)」と感じ、そこで、主人公は民族蔑視に遇うたびに、心の底から懇願する。「中国よ中国、なぜ強くならないのか！」と。最後に海に身を投じる前にも、彼はまだ嘆いていた。

「祖国よ祖国！私の死はあなたのせいだ！」
「早く豊かになってくれ、強くなってくれ！」
「多くの子供たちがまだそこで苦しんでいるのだ！」

『沈淪』は、「五四」の時期に中国の青年たちが個性の解放と民族の新生を追い求めた精神と合致しており、主人公の憂鬱はその時代の憂鬱をそのままに表現している。

『南遷』（1921 年 7 月）は日本にいる留学生の恋人が、弱国国民として愛と同情を追求する過程で差別を受け、数々の挫折に見舞われたために、持病が再発し、生命の危機にさらされてしまう、という内容を描いている。

上述の 3 篇の小説を収録する短篇小説集『沈淪』は、郁達夫の早期における小説の基本的なテーマを示している。すなわち、性愛の苦悶についての描写のなかには、弱国国民の悲哀が浸透しているのである。郁達夫は、人生の二十歳前後を「抒情時代」と呼んで、次のようにいっている。「私の抒情時代は、節度を欠き残忍な、軍隊が権力を一手に握っていたあの島国で過ごしたのだ。目にした祖国の衰亡、この身に受けた異国での屈辱、また感じたこと、思ったこと、経験したことの一切を取り出してみると、何もかもが失望であり、どこもかしこもが悲しみなのだ。主人を亡くしたばかりの若い妻と同じで、まったく気力がなく、まったく勇気がなく、悲しくて切なくて、悲鳴を上げたのが、まさに当時大変な非難を浴びた『沈淪』なのである(3)」と。

郁達夫は、「文学作品は、すべて作家の自叙伝だ(4)」と考えていた。郁達夫の自叙伝小説の主張および実践は、彼が日本に留学していた当時盛んだった「私小説」の影響を受けている。郁達夫に最も影響を及ぼしたのが、当時「私小説」を創作していた佐藤春夫である。郁達夫はかつて「日本の現代作家の中で、私が最も崇拝するのは佐藤春夫である……彼の作品の中での第一篇は、当然彼の出世作『病める薔薇』、すなわち『田園の憂鬱』を挙げなければならない[5]」といっている。『沈淪』の自らの告白という形式、さらに憂鬱な感情は、明らかに『田園の憂鬱』を参考にしている。

『茫茫夜（果てしない夜）』（1922年2月）、『懐郷病者（ホームシックにかかった病人）』（1922年7月）、『秋柳』（1922年7月初稿）など、中国国内を背景とした小説は、于質夫《ユイチーフー》を主人公として話が展開している。ここでは、老朽した中国がすでに軍閥統治下の暗い社会生活の場面に変わっており、于質夫の性愛の苦悩と憂鬱とに社会的意義を付与している。郁達夫の考えでは「悲しみというものは、決してその人だけの私的感情ではない[6]」のである。1928年、銭杏邨《チエンシンツン》（せんきょうそん）は、郁達夫の表現する性愛の苦悩は一種の「時代病」であり、その中には「家庭問題、婚姻問題、および社会的な苦悶などの要素がある[7]」と指摘している。

帰国後、郁達夫が創作した『蔦蘿行（ちょうらこう、つたかずらのようにしがみついて生きる）』（1923年4月）では、「私」は負けん気が強いため、「水に落ちた鶏のようにふがいなく故郷に逃げ帰る」ことを望まず、上海に留まって奮闘したいと思ったこと、『還郷記』（1923年7月）では、「私」が失意のうちに上海から富陽の実家に帰るいきさつを描いている。ここまで来ると、「抒情時代」の「彼」、彼女、于質夫など独立した芸術的イメージの主人公はなくなり、ずばり「私」だけを書くようになった。ここでの「私」は、経歴が作者自身と一致している。「私」は学問を修めて帰国したものの、任用されず、家を支える金もなく、日々質屋に頼る生活で、理想は破れ、恥を忍んで帰郷するのだが、その途中、しばしば自殺の念にかられるのである。『蔦蘿行』では、「私」は自分のことを、「生きていても世の中の役に立たない、かといって死んだところで誰も損をしない余計者」であるといっている。『還郷記』では、「私」が帰郷するのは、ただ故郷が「私のような余計者が帰って来ても平穏な生活を送らせてくれるかどうか」を見るためだけなのである。それぞれの「私」は、まさにそれぞれの「余計者」なのだ。郁達夫の「余計者」の原型は、ツルゲーネフの影響を受けている。郁達夫は「私が小説を読み始め、書きたいと思い始めたのは、まったく、あの柔和な表情の、目にやや憂いをたたえた、ひげ面の北国の巨人の影響である[8]」といっている。ツルゲーネフの小説『余計者の日記』（1890）を郁達夫は何度も読んで、「まるでオリーブを噛んだように、噛めば噛むほど味が出てくる[9]」と感じた。『余計者の日記』の主人公ジュルカは、ツルゲーネフの筆のもとで、系統だった「余計者」という性格、心理を露わにしている。「私はこの世で完全に余計な人間だ。あるいは、完全に余計な野郎といってもいい」、「私は一生涯ずっと自分の地位は人に占領されていたことに気付いていたが、もしかしたら私が探した地位は私の座る場所ではなかったのかもしれない」。ツルゲーネフはショーペンハウアーの「義務の負担」に関する悲観的哲学の影響を受けており、彼の書いた「余計者」の特徴は、そのものが持っている西洋の教養とロシアの現実との矛盾、また、意識された社会義務と個人の幸福との矛盾にある。ツルゲーネフは『ルージン』の中でレズニコフの口を借りて「ルージンの不幸は彼がロシアを理解していなかったこと、これが当然のことながら大きな不幸である[10]」と指摘している。郁達夫の書いた『余計者』はツルゲーネフのものよりさらに現実味がある。『蔦蘿行』の主人公は妻に「我々の国家社会は、彼らの仕事に私を使うことが出来ないので、私は気力はあっても金を稼いで自分やおまえを養うことが出来ない。だから現代の社会は、この責任を取るべきだ」といっている。また、「もし社会の組織が悪いために、私が適当な職を得られず、おまえも安楽な生活を過ごせないというような家庭の悲劇が生まれるというのなら、我々の社会は根本的に改革せざるを得ない」といっている。郁達夫の小説に出てくる「憂鬱」は強烈な社会批判の意識を含んでおり、この点もまた心境を描写することに重点を置いた「私小説」とは違っている。

『春風沈酔的晩上（春風沈酔の夜）』（1923）、『薄奠（粗末なお供え物）』（1924）などは、郁達夫の小説が「個人」から「社会」へとその重心を少しずつ変化させていったことを示している。郁達夫自身もかつて「『春風沈酔的晩上』『薄奠』『微雪的早晨（薄雪の朝）』などは、いくぶん社会主義的色彩を帯びている[11]」と述べている。これらの作品は下層社会の苦痛を描いており、労働者への同情を表わしている。人道主義と理想主義に基づいて、郁達夫は無産階級文学の概念を確立した。1923年、彼は『文学上的階級闘争（文学における階級闘争）』を発表し、「20世紀の文学における階級闘争は、社会における実際の階級闘争と一致した行動を取らなくてはならない[12]」と主張している。1927年2月に『無産階級専政和無産階級的文学（プロレタリア専政と文学）』を発表し、次のように指摘している。「真の徹底した革命は、もし無産階級者──すなわち労働者と農民──を中心人物にしなければ成功しないだろう[13]」、また「真の無産階級文学は、無産階級者自身による創作でなくてはならない[14]」ともいっている。郁達夫は、自由主義の革命文学家だったので、無産階級者は、「真の無産階級であるという自覚と意識[15]」をもっているはずだと考えていた。彼は「我々は純粋な学問と理論、および厳正な言論によって文芸・政治・経済を批評したいと思っているし、さらに、唯神唯美の精神によって文学を創作したり紹介したいと考えている[16]」といっている。彼は、郭沫若のようにある種の政治力、およびある種の理論や規範に厳格に従属することはなく、独立した立場で自分の情感を描写し、自己の見解を表現している。郭沫若はこの違いを見て、1932年に郁達夫を批判してこういっている。「初めて中国の文学界に‘階級闘争’という名詞を投げかけたのは、おそらく郁達夫だろう。しかしながら、郁達夫の『文芸上的階級闘争』（すなわち『文学上的階級闘争』──『郭沫若全集』注）は結果的に闘争を語るのみで、階級には触れず、その題目とはかけ離れたものである[17]」と。

「九・一八（満州事変）」が発生するや、郁達夫の文学のテーマは強烈な抗日救国に転換し、その独立した創作の立場が卓越していることを示した。

「九・一八」事変に関して、郁達夫は「日本が東北三省を侵略した後、二ヶ月半が経った。けれども国際連盟の計画は一つとして進展していない。

中国の民衆は、それにより大きな傷を受けた。売国政府当局の人間は、まったく国民にかみ殺されるべきだ(18)」と書いている。1932年1月7日、郁達夫は『文学漫談』の講演の中で、文学は宣伝力を備えており、文学者は最も敏感な神経を持っているはずなので、文学は時代の要求を反映しなくてはならないと述べ、さらに、はっきりと「我々はこのような内憂外患が同時に起こっている現在でも文学を語らなくてはならない。我々は文学によって宣伝し、我が国の大衆を目覚めさせ、彼らを帝国主義に反抗するよう立ち上がらせなくてはならない(19)」という考えを提起した。「一・二八」上海事変が勃発したとき、郁達夫は、中国の軍人も人民も奮起して日本の侵略者に抵抗したことを知り、大変興奮し積極的に抗日運動に参加した。中編小説『她是一個弱女子（彼女はか弱い女性）』は、まさに上海事変にはげまされて完成したものである。作品は1927年1月の大革命のさなかに構想しはじめたテーマ、つまり政情がめまぐるしく変化する時代に生きる若い知識人の人生の道というテーマだけでなく、本来の構想をさらに発展させ、抗日のテーマを融合させている。作品は鄭秀岳《ヂョンシウユエ》と馮世芬《フォンシーフェン》という二人の姿を通じて日本ファシズムの軍人の野蛮さ残忍さを暴露し、抗日救国のために生きて行くことを肯定している。

強烈な抗日のテーマに合わせるように、郁達夫は階級闘争を超越し、離脱していく。1932年下半期、彼は『馬纓花開的時候（ネムの花の咲く頃）』『東梓関（とうしかん）』『遅桂花（遅咲きの木犀の花）』『碧浪湖的秋夜（秋の夜の波立つ青い湖）』『瓢児和尚（ひょうたん和尚）』などの短篇小説を創作し、残酷かつ混乱した階級闘争の漠然性について、さらに平和で穏やかな生活への憧れについて書いている。上半期に創作した『她是一個弱女子』と比較対照すると、階級闘争意識と民族意識という相反する文学現象を形成している。『遅桂花』（1932年10月）は作家の郁先生が翁家山に赴き、旧友翁則生《ウォンヅォーション》の婚礼に参加したとき見たこと感じたことを描写している。翁則生はかつて日本に留学したこともあり、少年のような豪気さと野心とできらきらしていた。しかし、実家の没落、自分の病気、離婚などの打撃を受けた後、故郷の翁家山に帰り、実家で療養していた。思いがけないことに、騒々しい俗世から遠く離れた翁家山は、景色も素晴らしく、雰囲気も静謐で、人々は和やかだった。それにより、すでに中年になっていた翁則生は健康を回復し、事業は成功し、幸せな結婚ができ、精神的な落ち着きと安らぎを実現した。郁先生は、このような環境の中で魂の浄化を得たのである。翁家山は、郁達夫があこがれた、混乱した現実を超越した一つの理想世界であった。『遅桂花』は、郁達夫の調和のとれた「静の文明」へのあこがれを表わしている。中編小説『出奔（逃亡）』（1935年9月）は、地方のボスが機に乗じて革命組織に取り入って「にわか革命家」に変わり、革命家も、革命陣営に入り込んできた地主の娘にいとも簡単に誘惑されて堕落し、革命を離れてしまったことを、冷静な心理状態で描写している。その革命家は、革命を離れ、つまり権力から利用される価値を失ったため、かつて彼を利用した女は結局彼を軽蔑し、憎悪し、侮辱するようになった。そのため、翻弄された革命家はまた怒りの炎を燃やし、地主の家に放火して全焼させ、地主を焼き殺して、その夜のうちに逃亡した。『遅桂花』の和やかな雰囲気とは全く異なり、『出奔』に見られるのは、現実の革命の複雑さ、困難さ、残酷さであり、作者の革命に対する反省を表わしている。

革命に対する反省、革命からの乖離、および近代的な国家観念が突然生まれたことが、「九・一八（満州事変）」から「七七（盧溝橋事件）」前夜に至るまでの、郁達夫の民族思想の全体を構成している。彼は1937年1月に「最近の中国における民族主義の台頭、即ち民族意識の高まりは、中国思想史において前代未聞のことであり……[20]」といっている。また、「西安事件」について「現在の中国では、全国的な共産化を実現したり、これまでの中央政権を根底から覆すのは、まったく不可能である。というのは、全中国の民心が、国家の統一、近代国家の建設に集中しているからである[21]」と書いている。彼は現実の中の「国家主義的民族思想」と「世界主義的共産思想」という二つの体系の対立を見たのである。重大な民族危機を目の前にして、彼は明晰な理性を以て、断固として前者を選択し、自由主義的左翼の立場から、自由主義的国家主義の立場への転向を実現した。彼は1937年1月、厦門《シアメン》（アモイ）キリスト教青年会での講演で「我々の活路は、積極的に国家を立て直すことである。我々は他人を侵略したいとは思わない。ただ、自らの国家を良好な国家にしたいだけなのだ。中国は今日まで、軍閥や資本家であろうと労働者であろうと、高圧政策も共産政策も実行不可能であることが分かって来た。最大の問題は短期間で、いかに努力して国家を立て直す計画を完成させるかである[22]」と述べ、権力体制が所有する建設性に対して批判的な態度を示した。

それで、郁達夫は、盧溝橋事件の中で、中華民族が味方同士で殺し合う「悪現象」が一掃されるという新局面を見た。彼の抗戦のテーマは、階級や政党、集団を超越した上での民族意識に基づいている。1937年11月、『救亡是義務（救国は義務）』の中で「救国には階級性はない。あなたにも救えるし、私にも救える[23]」と述べている。また、「各党各派各系統」が一致団結して日本と戦うこと、「我々の民族を解放し、我々の祖国を救う[24]」こと、そして、まったく「内戦」行為がないことを提唱した。抗戦期間には、前後して、『自大狂与幼稚病（誇大妄想狂と幼稚病）』（1937年11月）、『日本的娼婦与文士（日本の娼婦と文士）』（1938年5月）、『政治与軍事（政治と軍事）』（1938年8月）、『估敵（敵の力を見通す）』（1939年1月）、『関于憲政（立憲政治について）』（1940年1月）、『欧戦拡大与中国（欧州の戦争拡大と中国）』（1940年4月）、『三十年的双十節（30年目の双十節）』（1941年10月）などの評論、雑感文（短いエッセイ）を著し、敵国と中国の力量およびその増減を分析し、中国及び国際間の戦局を研究した。それは抗日テーマと合致し、現実感が強烈で、即ち抗戦情勢の変化を敏感に反映し、その分析は独特であり、つまり視野が広く、世界的見識を現わしている。『估敵』では次のように書いている。「初め敵は百戦百勝は知っているが、戦わずして勝つのが上策という論法を未だ善しとしないようだ。それゆえ、中国人に対してそそのかして離間させたり、脅したり、利益をちらつかせて誘うような悪辣な手段を駆使するだけで、武器も兵士も使わずに、蚕食する野心を実現し、我が民族を滅ぼせると期待していた。九・一八満州事変で鬼面一変し、あろうことか絶大な成功を収めると、その後のやり口はほしいままで、欲望は止まることを知らず、今日は冀東（河北省東部）、明日は平津（北京・天津）と、悪魔が紳士を装い、得意気に大茶番劇を演じたのに近い。不意を突いた七七盧溝橋事変、八一三上海事変の二回の爆撃は、上海を焼き損害を与えたが、‘牙をむいて針鼠を食い痛い思いをし、胡桃を呑みこんで殻がのどにひっかかる’というような止まぬ（抵抗の）勢いに、奴ら日本人も、慈悲深い天使たりとて雷を落とし激しく怒る日があることに、やっと気がついた(25)」。鋭い筆鋒を寸分たがわず日本侵略者に向け、字間行間には民族意識に満ち溢れ、工夫したわけではなく、無意識のうちに抗戦史――中華民族の視点での抗戦史の輪郭を描き出している。『日本的娼婦与文士』は佐藤春夫に反撃したものである。佐藤春夫は1938年3月に『亜細亜之子』という映画の脚本を発表した。2年前郁達夫が日本に行き、郭沫若を訪ねたことを題材にしているのだが、内容は事実と異なっており、抗戦派の知名人を滑稽化して、中国の知識人が祖国に背くよう扇動している。郁達夫は反撃文の中で、佐藤は日本では、いつも中国人がいかにすばらしいか、中国の芸術がいかにすぐれているかなど、最大の賛辞を述べていると指摘し、「しかし、一転して、現在の軍閥の機嫌を取るような態度は、彼の普段の言動となんという違いか！」と述べている。そして郁達夫の結論は「日本の文士はまったく中国の娼婦にも劣る！(26)」といっている。

郁達夫の日本の文化や国情に関する理解は、魯迅、周作人、郭沫若と同じく、「知日派」とされる。しかし、日本の軍国主義による侵略を目の前にして、郁達夫は「知日」を資本として、日本の中国侵略をいいように理解することはせず、「親日派」にはならなかった。また、日本の名を使って、「後方（非前線）」にいて中国の階級革命に従事することもなかった。郁達夫は「知日」という利点を利用して、佐藤春夫のような日本の文士に対してきめ細かい分析を行い、彼らが侵略という国策の下で「親華」から

「侵華」へと変わって行ったことを指摘している。そして反撃したのが、よりによって当時最も崇拝していた「私小説」作家であった。これこそまさに郁達夫の抗戦テーマの中での民族意識の現れであった。

郁達夫の創作は、「知日派」の、中国「国民性」批判というテーマから出たものではない。『亜細亜之子』に反撃する文章の中で、郁達夫が指摘しているのは、むしろ日本民族の「改め難い欠点」である。つまり、「我々は日本で暮らした日数が少しばかり長かったので、日頃付き合う日本の文士も割と多かった。常識および日常の発言、教養、抱負などから見ると、文士は押し並べて日本での優秀な人材であり、文士の気骨や判断力、正義感は、世間一般の人より強いと思っていた。しかし、困難に遭ってはじめて真価が現れるもので、中日交戦の段になった途端、彼らの醜態が露わになった。我々にはもともと彼らに騙されたという後悔はあるが、しかしそれによって、日本民族は決して世界の偉大な各民族と肩を並べることはできないという欠点を見出すことができた。これによって、日本の剽窃文化は、決して世界文化史上に異彩を放つ運命を持てないと断定できる。小人物（日本人）が登場し、一生小手先の技を弄しても、最終的には‘猿に冠’に過ぎないのだ[27]」と述べている。郁達夫は『日本思想的中心（日本思想の重要部分）』（1939）で、日本の「民族性」すなわち「国民性」を分析している。「世界中どの民族であろうと、頭脳が単純で頑固、思想が保守的でいい加減という二つの面からいえば、どうしても日本民族が第一となるであろう[28]」。日本の「民族性」を見つけ、さらに佐藤春夫現象の本質を見つけたのである。すなわち、日本の今回の反人間的暴行は、決して一般的に想像するように、ただ一部の軍人と政治家が操作した結果ではなく、実際には、日本国家を拡張するという野心においては、民間の側に立つ文学者と政府当局の思想にはまったく違いがないのである。

郁達夫は、中日両民族の文化、性格、および方向性を分析する上で、レフ・トルストイと似た見解を得た。トルストイは1905年12月4日、中国に次のように進言している。改革は民族の本質から生まれ育つべきであって、模倣でもなく、西洋の形式を中国に注入することでもないといい、「中国が、日本と同じ道を歩まないよう、神の加護を祈る[29]」と心から願った。このような共通の見解が得られた契機は、二人の作家が共有している自由主義の立場であった。

郁達夫は1945年、抗戦の勝利からまもなく、日本の憲兵によって秘密裏に殺害された。彼は全創作人生を『沈淪』の中で発した「中国よ強くなってくれ」という強い願いを実現することに尽力したのである。

注

（1）「沈淪」、『郁達夫文集』vol.1、p.25、花城出版社、三聯書店香港分店 1982。

（2）同上、p.48。

（3）「忏余独白」、『郁達夫文集』vol.7、p250、花城出版社、三聯書店香港分店 1983。

（4）「五六年来創作生活的回顧」、同上、p.180。

（5）「海上通信」、『郁達夫文集』vol.3、p.73、花城出版社、三聯書店香港分店 1982。

（6）「達夫自選集・序」、『郁達夫文集』vol.7、p.255、花城出版社、三聯書店香港分店 1983。

（7）銭杏邨「達夫代表作・後序」、『郁達夫研究資料』p.344、天津人民出版社 1982。

（8）「屠格涅夫的〈羅亭〉問世以前」、『郁達夫文集』vol.6、p.176、花城出版社、三聯書店香港分店 1983。

（9）「水明楼日記」（1932年10月14日）、『郁達夫文集』vol.9 p.193、花城出版社、三聯書店香港分店 1984。

（10）屠格涅夫『羅亭』、p.196、文化生活出版社 1936。

（11）「達夫自選集・序」、『郁達夫文集』vol.7、p.255～256、花城出版社、三聯書店香港分店 1983。

（12）「文学上的階級闘争」、『郁達夫文集』vol.5 p.137、花城出版社、三聯書店香港分店 1982。

（13）「無産階級専政和無産階級的文学」、同上、p.249。

（14）同上、p.250。

（15）同上、p.249。

（16）「〈創造日〉宣言」、『郁達夫文集』vol.7 p.288、花城出版社、三聯書店香港分店、1983。

（17）「創造十年」、『郭沫若全集』文学編 vol.12、p.170、人民文学出版社 1992。

（18）郁達夫『日記』（1931年11月22日）、曾華鵬、范伯群『郁達夫評伝』p. 164 より引用、百花文芸出版社1983。

（19）『郁達夫文集』vol.6、p.102、花城出版社、三聯書店香港分店1983。

（20）「日本朝野要重新看待中国」、『郁達夫文集』vol.8、p.255、花城出版社、三聯書店香港分店1983。

（21）同上、p.254～255。

（22）『郁達夫文集』vol.8、p.245、花城出版社、三聯書店香港分店1983。

（23）同上、p.280。

（24）同上、p.386。

（25）同上、p.315。

（26）同上、p.296。

（27）同上、p.294。

（28）同上、p.324。

（29）「致張慶桐」、『列夫・托爾斯泰文集』vol.16、p326、人民文学出版社1992。

第二十四章　戴望舒──「憂鬱」の芸術

戴望舒《ダイワンシュー》（たいぼうじょ 1905 ～ 1950）の前期詩作が表現する主要な情感は「憂鬱」である。『雨巷（雨の路地）』（1928 年 8 月）の冒頭は梅雨時期における江南地方の小さな路地のどんよりとした光景を簡素に描写した。主人公が「唐傘を差しながら、長く寂しい雨の路地を一人彷徨う」情況を抒情的に描く。薄暗い「雨の路地」で、彼は心におぼろげながら一筋の希望を抱いていた。「ライラックのような憂いを秘めた娘に出会いたい」と。彼女はかつて「静かに近づいてきた」ことはあるが、幻影のごとくふわふわと消え、彼に残したのはただ寂寥感、憂鬱、そして、ぼんやりとした幻のように消えた希望だけであった。ここで詩人は現実の社会と人生を一種の審美的情感に変え、また情感を一つの象徴──雨の路地へと変えていった。これにより戴望舒は「雨の路地の詩人」として有名になる。『我的記憶（私の記憶）』（1929 年 4 月）は「新月派」を代表とする格律詩派、さらには自身の『雨巷』が表わす華麗で精緻な詩風を含めて超越し、自己の純朴な心で詩を書いたのである。『我的記憶』はすでに破滅した理想や人生追求の苦しみについて歌い、詩人は抽象的な精神現象「記憶」を一つの客体として、私に「最も忠実で最も好きな友人」として具象化した。詩全体は口語体で、しかも多くの日常生活の事象──例えば「燃着的烟巻（火のついた紙巻きたばこ）」、「破旧的粉盒（古ぼけたおしろいのコンパクト）」、「圧干的花片（押花）」は、イメージのために、詩作への親近感を作り出しているので、杜衡《ドゥーホン》が称賛するように「望舒の詩をよく読むと、想像を抑え、誇張しても偽らず、華やかなれど節度があり、確かに詩歌の正道を歩んでいる[1]」。戴望舒は『詩論零札（詩論雑記）』（1933）の中で「詩の韻律は言葉の抑揚頓挫にあらず、詩情の抑揚や頓挫、つまり詩情の水準にある」と提起している。『我的記憶』はこのような「詩情」を重視する詩歌の美学の早期の試みである。『単恋者（片思いする人）』（1931）の冒頭で自分が「片思いする人」であると率直に宣言するも、人の意表をつき「誰に恋をしているかはわからない」という。現実世界における種々の神聖な事物に対して「私はわからない」という困惑の中で、種々の誘惑に対して発する「君ではない」という拒絶の中で、「片思いする人」の執着が人を揺り動かす。詩の終りに「本当だ、私は寂しい夜の通行人、哀れな片思いをする人だ」という詩句は詩人の心境の吐露であり、また冷静な選択でもあり、「憂鬱」というこの審美的情感を極致にまで到達させ、「崇高」とすでに不可分になっている。『憂鬱』、『寂寞』はこの審美的情感を本体として「憂鬱」がすでに詩人の存在を示す方式となり、詩人と世界との唯一のつながりになっている。

戴望舒は中国詩歌の伝統継承の基礎の下、フランス象徴詩の影響を受け、象徴により情感を表現し、詩を「一種のとぎれとぎれのもの」とし、詩の創作を「自己表現と自己を隠すことの間はある[2]」とした。戴望舒は自身の審美的情感のために、ふさわしい対象を探して、多くの新たなイメージを創造した。例えば「雨巷」、「単恋者」、「夜行者（夜道の人）」、「野草」、「尋夢者（夢追い人）」、「楽園鳥（楽園の鳥）」、「秋蝿（秋の蝿）」などである。詩歌に「新たな情緒」を持たせたばかりでなく、「その情緒を表現する形式[3]」をも生み出した。例えば『楽園鳥』は「楽園」と「鳥」という共起した二つのイメージを一体化し、「意（意識）と象（形）」は自然に一つになり、「物」と「我」は一体に合わさり、李金髪《リージンファー》の詩の晦渋を避け、中国象徴詩を成熟に向かわせ、中国と西洋の詩歌芸術を融合結晶させた。

戴望舒は理想的人生を追求し、社会改造の情熱を抱いていた。『尋夢者』は理想主義者の内心の働きを表現した。そして戴望舒の前期詩歌が表現した審美的情感「憂鬱」は、彼の伝記作者のいうように「詩人は暗黒の現実において光明を探し求めようとするが、明確な道を見つけることができず深い苦悶の中にいる[4]」のである。1927年の大革命は失敗して、戴望舒がもともと有していた社会改造への情熱にもたらしたのは、冷たい凝結である。彼は各種の社会集団の動きとは一定の距離を置いていたので、社会改造および文学上の自由主義の立場を自然につくっていた。戴望舒の詩が絶えず「憂鬱」を書いているのは、理想を求めるが、得ることのできぬ苦悶を審美的情感に昇華することで絶えず理想を恋しく想い、自由主義に対する冷静な選択と苦しみの持続である。戴望舒の書く「憂鬱」は、シャトーブリアンの『アタラ』、『ルネ』の影響も見られる。

この時期に、戴望舒は『断指（指を切る)』(1928)、『我們的小母親（我らの若き母)』(1930)、『流水』(1930) なども創作して、革命のために犠牲になった友人への思慕を、被抑圧者の反抗について肯定し、理想的世界に対する礼賛などを表現したのである。しかし、これらはすべて民主、人道、個人的立場が基になっており、集団主義的ではない。『流水』についていえば、評論家が分析するように、この詩の「最初と最後の部分における‘我（私)’は依然として傍観者であり、‘我’は切にこの運動の勝利を肯定するが、‘我（私)’と‘我們（私達)’の間にはやはり距離があり、私は相変わらず流れの外に立ち、流れの中の一滴ではなく、これは知識人の困惑と動揺を隠喩的に表現しており、彼は革命の偉力を肯定するが、また個人の存在について憂鬱を感じ、これは‘我’／‘我們’の間の困惑の声である(5)」。この批評からわかるように、このような作品は、まさに自由主義的創作である。戴望舒は独自の作家の立場で被抑圧者の反抗に共感するが、これは決して主義や集団としての言葉を書いているのではない。彼はあなたに共感しても、あなたの行動には加わらないのである。中国現代の各種文学思潮の中で、戴望舒は自由主義作家に属し、当然‘第三種人’に同じであるとされる。彼は 1933 年にフランスから『法国通信（フランス通信)』を寄稿して、「フランス文壇では、ジードは‘第三種人’である、と私達はいうことができる」が、「現在までずっと、彼は始終自身の芸術に忠実な人物である。しかし、自身の芸術に忠実な作者が必ずしも資産階級の‘太鼓持ち’とは限らず、フランスの革命作家はこのような愚蒙な見識（さもなくば頭のよい策というか）をもっていないので、熱烈な歓迎のもと、ジードは群衆の中で発言した」、「私は我が国がドイツファシストの残虐な行為に対してなにか意志を示したのかどうかを知らない。まさに私たちの軍閥のように、私たちの文芸工作者も内戦に勇敢である。フランスの革命作家たちがジードと手をつないだとき、私たちの左翼作家はやはりいわゆる‘第三種人’をさぞかし唯一のライバルとみなしているだろう[6]」と書いている。これはまさに戴望舒が作家として独立し、自由であることに由来している。戴望舒が同志の親友たちと文壇に入ったときに自由主義を選択した初志は「文芸活動においても、自由主義を保ち、受身の政治的拘束を受けたくない[7]」ということであった。これは艾青との違いである。フランス文学の影響があるのは同じだが、戴望舒はフランス文学の自由主義──民族主義を受け入れたが、艾青と同じように急進的政治文化の影響を受け入れはしなかった。

抗日戦争が勃発すると、戴望舒は抗戦活動に身を投じた。1939年元旦、香港で詩『元日祝福』を発表し、「我らの土地」、「我らの人民」の境遇に対する心遣い、品格維持への賛美、光明に満ちた未来への祝福を表現した。香港が陥落すると、戴望舒は日本軍の特務に逮捕され投獄された。牢獄で彼は詩『獄中題壁（壁に詩を記す）』（1942年4月27日）を書き、侵略者への深い憎しみ、牢獄に捕らわれても平然として死を恐れぬさま、および自分の死後の民族抗戦勝利への期待をうたい、それは陸游《ルーヨウ》の詩『示児（子に示す）』の魂がつなぐ中華精神の現代版吟詠というべきである。『我用残損的手掌（傷ついた手のひらで）』（1942年7月3日）はシュールレアリズム的手法で、幻想の中に詩人の意気ごみを表現し、侵略者の鉄牢に捕らえられた、侵略者に蹄鉄で踏み込まれた詩人の神州中国への熱愛の情、「恒久なる中国」への信念を表現した。『心願（願望）』（1943年1月28日）が述べるのは民族戦争下にいる多くの中国人民の平和な生活への熱望であり、このために侵略者と血を浴びるような奮戦も辞さぬ決意である。『等待（一）（待つ）』（1943年12月31日）と『等待（二）』（1944年1月18日）は詩人が出獄後、陥落した香港での堪え難い苦痛や苛立ちを表現した。詩は「君達」と呼びかけ、熱烈に待ち望む民族解放を具象化することで、情感と対象を一体に溶け合わせ、『流水』のようには距離を保っていない。ここでの対象は民族全体で、向うでの対象は集団である。戴望舒の「憂鬱」は情緒が深く、抗戦詩の「憂鬱」の中に悲憤が読みとれる。以前は集団主義を断固拒絶し、その上陥落した現実への拒絶が加わり、以前は自由主義を堅守し、その上抗戦勝利への苦しい追求が加わった。しかし、これはまた完全に一つの「憂鬱」であり、艾青のように二分されていない。戴望舒の抗戦詩は「憂鬱」という審美的情感を『災難的歳月（災難の歳月）』（1948）において新たな昇華を実現させたが、これは「淪陥（占領される）」に直面した張《ヂャン》愛《アイ》玲《リン》とは天と地の差がある。

戴望舒の抗戦詩は詩人の自由主義が抗戦の「煉獄」で自然に盛り上がったものである。戴望舒の詩の表現は自由主義が民族主義に通ずるものであると強く表明した。戴望舒の抗戦詩はその「詩情」理論の新しいモデルなのである。詩人の情緒には独特な経験、誠実さ、深さ、発展がある。この情緒は中華民族の脈搏と符合し、強く時代の精神を発している。戴望舒はこの精神のために様々な現代的表現方法を模索し、その精神を昇華させ、実現を続けた。戴望舒の抗戦詩はエリュアールの影響と関係があり共鳴を生んだ。彼らは世界反ファシズム文学戦線に属する。エリュアールに関して、戴望舒は「フランス現代詩人、シュールレアリズムの領袖で、占領された時における抗戦作家の中堅であり、秘密出版社と地下戦闘組織の構成員で、勝利後共産党に加入する。『戦時恋愛詩七章』は占領された時に作られたが、勿論、恋愛詩ではなく、抗戦詩であり、やや難解であるのは免れないが、第一にこれは敵の残虐行為下で書かれたものであり、次に彼はやはりシュールレアリズム詩人なのである[8]」と紹介している。

注

（1）杜衡「〈望舒草〉序」、『戴望舒』p.186、三聯書店香港分店、人民文学出版社 1987。

（2）同上、p.184。

（3）戴望舒「詩論零札」（九）、『戴望舒』p.85、三聯書店香港分店、人民文学出版社 1987。

（4）陳丙瑩『戴望舒評伝』p.99、重慶出版社 1993。

（5）張頤武「〈流水〉賞析」、孫玉石主編『戴望舒名作欣賞』p.70 ～ 71、中国和平出版社 1993。

（6）戴望舒「法国通信」（1933 年 3 月）、『現代』3 巻 2 期、程歩奎編『戴望舒文録』p.33、三聯書店香港分店 1987。

（7）施蟄存「最後一個老朋友──馮雪峰」、『新文学資料』1983 年 2 期、p.203。

（8）戴望舒「戦時情詩七章・附記」、『詩創造』6 期、1947 年 12 月。『戴望舒全集・詩歌巻』p.751、中国青年出版社 1999。

第二十五章　朱自清——堅固な民族主義

朱自清《ヂューヅーチン》（しゅじせい 1898 ～ 1948）は五四運動で、若き魂を揺さぶられ、民族主義的感情は刺激を受け、創作への情熱が呼び起こされた。詩『光明』（1919 年 11 月）は長い闇夜の中で勇敢に光明を追求する思想を表現した。これは「五四」精神の体現である。『煤（石炭）』（1920 年 1 月）は石炭が地下での深い眠りについた状態から目覚め、燃焼し、「火花と熱」を出して「美しく輝かしく光る」ことを描き、中華民族の復興に対する渇望を表現した。「五・三〇」事件（1925 年 5 月 30 日、上海の労働者による反帝国主義闘争）は青年朱自清の熱き血潮を勇気づけた。詩『血歌（血の歌）』（1925 年 6 月 10 日）は簡潔な詩の句とせまりくるリズム、荘重な風格でもって、人々に反帝闘争の高まりに身を投じようと呼びかける。散文『白種人——上帝的驕子（白色人種——神のわがまま息子）』（1925 年 6 月 19 日）は作家の前年の経験であり、「五・三〇」事件後に書かれた。「去年の夏休み、上海の電車内でイギリス人かアメリカ人のような西洋人が男の子を連れて私の向かいに座っていた。私は普通の人類愛の心情から、その小さな西洋人の子の白い頬にほんのりとした赤み、長い金色の睫毛、いかにも穏やかで秀麗に見えたので、思わず親しみをこめて、彼に数回ほど視線を向けた。すると意外にも、下車する駅に着く直前に、その子は突然顔をめいっぱい私に向けて、その青い瞳を大きく見開き、粗野な顔つきで恐ろしい形相へと一変させ、‘あぁ！　黄色人種だ。黄色人種の支那人だ、ねえ何で見るの、見る資格ないだろう’といっている様である。彼は私と顔を二秒ほど向かい合わせ、電車が止まると、勝ち誇ったようにくるりと向きを換え、大人の手に引かれて去っていった」。作者は「小さな西洋人」のちょっとした襲撃を一定の距離感を保ちつつ、この植民地主義的言語環境下の覇権主義的ことばを解説して「この十歳くらいの白人の子は、もうすでに人種と国家という二つの型に嵌められている。彼は人種の優勢と国家の強さをバックに、顔を突き出して、私を襲撃することをもう知っているのである。今回の襲撃は多数の襲撃のほんの小さなスナップショットにすぎず、彼の顔には中国外交史が縮印されている。彼が上海に来て、日が浅かろうが久しかろうが、彼の父親、親戚の長老、先生、父の友人、同国人同人種、みなが傲慢な態度で中国人に対応する。彼のテキストもその風潮に押され、彼を威張らせるため、中国に良いところは何もないと誤った編集をしているので、したがって、彼が私に顔を突き出したのも決して偶然ではない」と述べている。作品は、作者にこの事件でただちに国家観念を生じ、これまで日夜願ってきた種族不分、国家不分の「世界主義」について、漠然とした幻想を感じさせた。これが作品の描いていることである。朱自清は「五四」時期に、個人意識に目覚めると同時に、現代の国家観念を強めた。彼は「辛亥革命は近代的国家の考えを伝え、五四運動はこの考えを強めた[1]」と考える。彼は「世界主義」に対して、自作の詩論の中で少し皮肉り、「私たちは走るのが速すぎて、国家を超越して、世界主義の道へ踏み入ってしまった。詩人は人々を率いて行くもの、だからいっそうそうなるのも当然である。これが個人を発見し、自己を発見した時代なのである。自己はできる限り拡大しようとして、大自然に向かいながら、人類全体にも向かう。国家という枠組みはとても狭隘なので、一つに対してはその人自身になる。そこで新詩は人道主義の手段で、汎神論の手段で、愛と死の手段で、退廃的と鋭い感覚の手段で――ただ国家だけは除いて[2]」と書いている。『白種人――上帝的驕子』は国家観念を書くと同時に、「世界主義」との別れとなった。朱自清のこのテーマは、当時アメリカ留学中の聞一多とほぼ同時に生まれている。

深い憂患は、朱自清の創作の内容に厳粛さを与えた。散文『槳声灯影里的秦淮河（櫂の音と灯火の秦淮河）』（1923）が描く暗く沈んだ秦淮河の風景は、作者の現実への感覚がしみ出ており、作者の心の底に流れる失望感や憂鬱感が流れ出ている。『背影（後ろ姿）』（1925 年 10 月）は深い趣きのある内容で、父親及び家庭状況への憂慮の中に作者の社会的憂いを含んでいる。『執政府大屠殺記（政府大虐殺の記）』（1926年3月24日）は目撃者の立場で、迅速に「三・一八（惨案）」事件の真相を書き、段《ドゥアン》祺瑞《チールイ》政府の血なまぐさい犯罪行為を義憤に満ちて告発した。『哀韋傑三君（韋傑三君を悼む）』（1926年4月2日）は果てぬ悲しみを抱き、「（三・一八）惨案」（1926年、三・一八事件）の犠牲となった清華学校の韋傑三への追悼の念を表現した。

1927年以来の国内政治闘争の激化につれて、朱自清の憂いにはさらに重圧が増した。散文『那里走（どこへ行くのか）』（1927年2月）はこの重圧について、「この時代は電光のように、あるいは陽炎のように、折につけ、あなたにちらっと一瞥させる。それはそのような大きい力を持ち、決して神のような大きな手の中から一人もこぼすことはない、即ちあなたは多かれ少なかれその脅威を感じるのである[3]」、作家はこのとき「心の暗い影はますます大きくなり、呆然となる[4]」のを感じるのだと述べている。彼は現実における「革命或いは反革命」の双方が「階級を背景とし[5]」、中国社会が「自我の解放」から「国家の解放」を経て、すでに「階級闘争」の時代に入っているのをはっきりと見た[6]。朱自清は自分が直面する「どこにゆくのか」という切実な問題を自覚し意識した。彼は自分が「革命や反革命には参加できない[7]」ことを認めた。彼が選んだのは「超然」という立場である。彼は「私はやはり暫くは超然がよく」、「この超然を一体いつまで続けられるのか、まったく把握していない。もしこの超然を育み続けられれば、私にとってはよいことである[8]」という。朱自清は自由主義の立場を堅持した。彼は「自由主義」が「五四」新時期の知識階級の「任務」であると考えた[9]。彼はこの乱れた時代に「超然」の立場を堅持できるかどうかを憂慮した。彼は「ジレンマ」を経験していた[10]。『荷塘月色（蓮池の月）』（1927年7月）は中国古典文学の伝統を継承して、画中詩あり、風景描写に作者の心境をこめている。作品は清華園内の月光とハス池、ハスの葉、ハスの香りを力を込めて描き、画面いっぱい作者の心情がほとばしり出ているのである。際限なきハスの香りや月の光を覆うのは作者の

「すこぶる落ち着かぬ」心境である。『荷塘月色』は独り身の心中の社会に対する心情をはっきりと表し、憂いを解きつつも極めて強い憂いを含んでいる。「一人でこの茫々とした月明かりの下、何を考えてもよいし、何も考えなくてもよい、それが自由な人間であることを自覚させる。日中、しなければならないこと、いわねばならぬ話、現在は何も構わない。これが独り身の良いところである。僕はとりあえず、際限無きハスの香りと月光を楽しめれば良い」と。朱自清は絶えず自分の自由主義の立場とその境涯を書いた。『那里走』はそれを直接的に披露するもので、『荷塘月色』はその潜在的な表現である。

朱自清の民族本位の自由主義は、民族戦争においては内戦に反対し、全民族が一致して外敵にあたることを強く主張する。1935 年、北平の学生の「一二・九」運動（1935 年、冀東自治政府反対）は彼を刺激した。彼はその中に立ち、民族の希望を見た。彼は救国詩篇『維我中華（我が中華を守る）』を書くと、曲がつけられて歌われた。彼は学生の愛国の情熱に同感するが、その過激な行為は支持せず、清華大学の多くの教授とともに、学生が授業、試験をボイコットするのには反対した。西安事変のニュースが伝わると、彼は恐れ不安に駆られた。翌日日記に「張学良《ヂャンシュエリアン》が西安で蔣《ジアン》介石《ジエシー》を取り押さえたことを知る、依然として詳細は分からないが、これはまことに大きな不幸である」と書いた。彼はこの事件に対して、清華大学の教授たちとともにほぼ一致して反対する姿勢を採り、宣言を起草する七人委員会呼び掛け人に推挙される。『清華大学教授会為張学良叛変事宣言（張学良の裏切り行為に対する清華大学教授会の宣言）』を発表した。「この度の西安事変は予測外のことであり、全国を揺るがせた。私たちは学校に勤務し、政治に対しては党派の意見はなく、日夜願うのは国家の隆盛と民族の平穏であり、中国民族が自由平等の域を高められるなら、わが国民はみなそれを支持すると考える。現在外交闘争に対して全国一丸となって政府の計画全体のもと、一致協力してこそ大きな成果を得ると考える。もし分裂瓦解して抗戦についてあれこれ言うならば、陰で敵に笑われよう。数か月来、初めて統一され、諸外国の見かたに変化があり、外国の侵略圧力に対する防御は功を奏し、国家の命運を次第に挽回し、民族危機も避けられると期待していた。そこに突如事変が起こり、国中再び混乱に陥り、敵国の侵略に勢いをつけ、前線の兵士の勇気をそぎ、それは悲しむべきことこの上なし。統一態勢を作るのは難しく、崩すのは容易で、辛亥革命より二十余年、やっと今日のような態勢を作れたのであり、これを壊せば、おそらく世界情勢が我々に統一の機会を与えることは決してないであろう。我ら一同は次のように考える。張学良の今回の裏切りは抗日という美名を借り、国を滅ぼす災禍を招き、統一を破壊するもので、その罪状は明らかであり、凡そ我が国民はこれを知るべきで、国民政府に迅速に討伐するよう電報で要請するほかに、全国の教養人が一致して、国家の幸せを主張することを望む(11)」と。民族危機に直面し、朱自清は当時の権力の中心を支持し、民族全体での統一抗日を強く主張した。

抗戦二周年記念の際、朱自清は散文『這一天（この日）』を創作して、中立的民族主義の立場を表現した。作品の冒頭で「この日は我らの新中国が誕生した日である」と書き、更に進んで「この日」の意義を書いている。

> 二年前のこの日から、私たちは東アジアの強敵と抗戦し、私たちも急速に近代化し、真正面から追いつける、とびっくりしている。世界も、東アジアの病人が意外にも奮起し、眠れる獅子が目を覚ましたことを目を見張って見ている。以前はただの広大で肥沃な土地と一面の砂の死せる中国であったが、現在は血も肉もある生きた中国になっている。以前は中国はあるような無いような存在であったが、現在は確かに存在している。
>
> 二年後のこの日から見ると、私たちは栄光ある古代を有するばかりでなく、栄光ある現在をも有する。栄光の現代があるばかりでなく、未来限りない栄光の時代を有するのである。新中国は戦火と血の中で成長した。「双十（1911年10月10日、辛亥革命）」は私たち新中国が身

> ごもった日であり、「7 月 7 日」（1937 年、盧溝橋事件）は私たち新中国の誕生の日である[12]。

朱自清の民族主義的自由主義の立場は彼の詩論の中にも具体的に表われている。『愛国詩（愛国の詩）』（1943）の文中で、彼は聞一多《ウェンイードゥオ》の愛国詩の中の国家観念は「近代的」であるとほめ、「彼が愛するのは理想的で完全なる中国であり、また理想的に完璧な中国でもある[13]」という。彼は「抗戦以後、私たちの国家の考えは急速に発展、広く行きわたり、国家に対する心情は最高潮に達し……初めて私たちは真の統一を獲得した。初めて私たち国民一人一人が国家を持ったと感じた──初めて我々一人一人が中国は自分たちのものであると感じた。完全な理想はすでに完全な現実へと移りかわり、もちろん完璧な中国も建設が始まっているが、やはり依然として理想のままである。しかし、私は私たちの国家の考えがすでにある程度まで発展していると信じており、アメリカ人（ある詩人──著者注）の言葉を借りることができよう。「私の国よ、正しくても、正しくなくとも、私の国よ」（この言葉は色々な解釈が可能である。ここでは私の国が正しかろうがそうでなかろうが、私は愛し抜くというのである[14]）。彼は聞一多の 17、18 年前の『一句話（一言）』を読み返して、それが「予言のように、現在は的中し始めた」、「私たちは現在この詩を再読して、意味と力をさらに感じることができる。それはやはり私たちの預言である。‘私たちの中国！’この言葉はまさに私たち一人一人の心の言葉であり、現実であり、理想的でもある[15]」という。彼は「六年半の苦難に満ちた抗戦が最後の勝利の基礎を固めた。最後の勝利は必ずや私たちのものである[16]」と確信する。『愛国詩』の主旨は文壇への呼びかけにあり、「詩人は時代の先駆けであり、彼はまず詩の中に新中国を創造する義務がある。さらにいえば、その頃合になったのである[17]」。こういう「直接抗戦」（全国人民の戦争）思想は、明らかに左翼文学の「間接抗戦」とは異なる。この民族主義的国家観は当時流行した「労働者に祖国なし」の思潮と大きな隔たりがある。

評論『新中国在望中（希望の中の新中国）』（1944）はいっそう鮮明に朱自清の抗戦勝利と統一国家建設への望みを表現した。彼は抗戦勝利に従って現れるのが新生中国であると考えた。彼は「抗戦する中国は私たちの手の中にあり、勝利する中国は私たちの目の前にあり、新しく生まれる中国は私たちの希望の中にある」と書いた。『新中国在望中』は朱自清の独立、民主、統一の現代国家観を表わしている。彼は「中国は工業化の中から新生しなければならない。私たちは自分で飛行機、タンク、軍艦を造らねばならず、私たちは自分の空、自分の大地、自分の海をもたねばならない」、「中国は民主化の中から新しく生まれなければならない。賢明な領袖は民衆の上に座することなく、民衆の真中に立つべきであり……中央・地方の各級政府は民衆の声と力によって建設され、最大多数の最大の幸福のために努力せねばならない。これが人民による自治、人民が所有し、人民が享受するということである」、「中国は集中化から生まれ変わらねばならない。土地広く民多き中国では意志を統一し、力を集中しようとするには、どうしても民衆の言葉をバックに、数々の砦を開かねばならず……君が時代を認識し、自己を確立し、国家を建設する助けとなる(18)」という。

抗戦に勝利すると、朱自清は時局を憂慮した。彼は心配で気が気でなく妻に「勝利したが、しかし決して内戦を起こしてはならない。内戦を起こさなければ、国家経済は回復が早くなり、庶民の苦しみも軽減できる(19)」といった。1945年10月1日、朱自清が起草し張奚若《ヂャンシールオ》、陳序経《チェンシュージン》、陳岱孫《チェンダイスン》、湯用彤《タンヨントン》、聞一多、銭端昇《チエンルイション》ら計10名の西南聯合大学教授が連名で蔣介石と毛沢東へ電文を送り、個人独裁、一党専制および腐敗したやり方を終わらせ、連合政府を建て、民主立憲制度を実現し、内戦が再度起こることを避けなければならないと率直に要請した。

1946年6月内戦勃発後、朱自清は散文『動乱時代（動乱の時代）』（1946）、『文学的標準與尺度（文学の標準と尺度）』（1947）、『論厳粛（厳粛を論ず）』（1947）、『論節操（節操を論ず）』（1947）、『論喫飯（食事を論ず）』（1947）、『論不満現状（不満な現状を論ず）』（1947）、『知識分子今天的任務（知識人の今日の任務)』（1948 年 7 月）などを相次いで著し、民主運動を支持して、文学の「人民性」を肯定し、強烈な正義感を表わした。朱自清は最後まで超然たる自由主義の立場を堅持して、聞一多のように階級革命に身を投じることはなかった。彼は知識人が「政治社会の改革」に身を投じること、さらにはある社会階層の「集団的生活[20]」を支持することをも提唱したが、「人民蜂起」、「謀反」に対しては慎重な態度であった。彼は中国史上、農民反乱の結果は「庶民が力を出しても、得るものは多くないようだ。現状を打破したら、さらにまた現状に戻り、変化は少ない[21]」と見ていた。彼は 1947 年 12 月に憂慮して「もし満足できぬこの現状がずっと改められないなら、人々は耐えられず団結して打破しようと着手するだろう。重要なのは打破した後にどのように変化するか、これは本当に空前の危険かつ動揺した情勢であり、私たちは警戒心を高めて対応しなければならない[22]」と述べている。

謹厳な学理精神は朱自清という学者的な作家の創作テーマに時代の先進性を持たせ、また歴史的穏健さを終始持たせた。彼は破壊を目的とせず、結果に責任を負う。一つ一つの厳しい瀬戸際において、自由主義の先見性、民族主義の堅固さを表現した。

1948 年 6 月、朱自清はアメリカが日本軍国主義を助成することに抗議するため、『抗議美国扶日政策並拒絶領取美援面粉宣言（アメリカの日本援助政策に抗議し、アメリカの援助支給する小麦粉の受け取りを拒絶する宣言)』に調印し、同年 8 月 12 日の臨終の際、身内に国民党政府配給のアメリカ小麦粉を買わぬようといいつけ、崇高な民族の節操を示し、民族主義的自由主義人生に最後の一筆を書き残した。

注

（1）「愛国詩」、『朱自清全集』vol.2、p.356、江蘇教育出版社 1988。

（2）同上、p.356 ～ p.357。

（3）「那里走」、『朱自清全集』vol.4、p.226、江蘇教育出版社 1990。

（4）同上、p.227。
（5）同上、p.235。
（6）同上、p.230。
（7）同上、p.242。
（8）同上、p.229。
（9）「論気節」、『朱自清全集』vol.3、p.154、江蘇教育出版社 1996。
（10）「論厳粛」、同上、p.141。
（11）『清華大学校刊』1936 年 12 月 16 日。
（12）「這一天」、『朱自清全集』vol.4、p.405、江蘇教育出版社 1990。
（13）「愛国詩」、『朱自清全集』vol.2、p.357、江蘇教育出版社 1988。
（14）同上、p.358 ～ p.359。
（15）同上、p.360。
（16）同上、p.360。
（17）同上、p.359。
（18）「新中国在望中」、『朱自清全集』vol.4、p.436 ～ p.437、江蘇教育出版社 1990。
（19）陳孝全『朱自清伝』p.263 に見える。北京十月文芸出版社 1991。
（20）「什麼是文学的‘生路’」、『朱自清全集』vol.3、p.166、江蘇教育出版社 1996。
（21）「論不満現状」、『朱自清全集』vol.4、p.514、江蘇教育出版社 1990。
（22）同上、p.515。

第二十六章　艾蕪――個人の生存意志から民族の生存意志へ

艾蕪《アイウー》（がいぶ1904～1992）は『新青年』、『新潮』の思想薫陶および「創造社」の文学趣味の育成を受け入れ、1925年、「労働者は神聖である」というスローガンの感化の下、自由な色彩に富んだ漂泊人生を開始して、西南の国境地区やミャンマー〔旧ビルマ〕、マラヤ、シンガポールなどの地を放浪し、「現代の時流とは外れる圏外」である社会の最下層の人々を仲間とした。1931年、反帝運動に参加したため、ビルマ植民地当局から強制退去を受け、夏に上海に戻る。ツルゲーネフ、モーパッサン、チェーホフおよび早期のゴーリキーの影響をうけ、自己の南方遠征で開拓した文学の土壌をテーマへと昇華させている。短編小説『人生哲学的一課（人生哲学の一授業）』（1931）は自伝的色彩が明らかである。小説では「私」の辛い困窮の放浪経験を描く。遠い山々から歩いて昆明に至り、この故郷からはるばる離れた見知らぬ都市で一銭もなく、求職もゆき詰まるが、生きることを求める意志を貫徹し、「すべての骨髄、すべての血管、すべての細胞の中で、原始的で単純な考えを燃焼している。私は生き続けなければいけない！」という。作品は一足の草履の売却と一足の布靴の紛失を通して、「私」はすでに人生哲学の授業を受け、「たとえこの社会が私を受け入れぬということであっても、私は鋼鉄のような頑強さで生き続けなければならない！」と描写する。『山峡中（山峡の中）』（1933）は「私」が一群の山賊と出会い、そこに「加わって」同行する経験を通して、彼らの奇異な生存方法を描き出し、魏《ウェイ》爺さん、野猫《イエマオ》子《ヅ》、黒牛《ヘイニウ》など個性の鮮明な人物を描き出して、ツルゲーネフの農奴カリーヌィチ、モーパッサンの『脂肪の塊』やゴーリキーの『マルバ（馬爾華）』でのイメージがなすように、ねじ曲げられた表面を通りぬけ、彼らの真の魂を掘り下げ、その頑強な生存意志を表現し、彼らは「気の弱い者は、一生、他人に踏みつけられる日があるだけ」という行動哲学を抱き、弱肉強食の環境において切羽詰ってやぶれかぶれな行動をする。小説は南国の奇異な風景を描き、ストーリーは伝奇性に富み、主観的叙情は色彩が濃厚である。

『洋官與鶏（西洋人官吏と鶏）』（1931）、『我詛呪你那麼一笑（私はあなたを呪うように笑う）』（1934）の二篇は、帝国主義者の中国ビルマ国境地帯の人民への恐喝、蹂躙を描き、作家は憤怒の情で彼らの海賊行為を暴いた。『南国之夜（南国の夜）』（1934）はビルマ山地のある老農が夜遊びに出て来た酔っ払いのイギリス人に銃殺され、村びとが義憤に胸満ち、ビルマ復興の正義の旗を立て、反帝闘争を行うことを描写する。『欧洲的風（ヨーロッパの風）』（1934）は護送騎馬隊の西洋人官吏が荷物を中国ビルマ国境のイギリス遠征隊に届けるため、騎馬隊に夜のでこぼこ山道を行かせる。「人が歩かねば人に鞭を、馬が進まねば馬に鞭を」と命を下す。小説は鋭い筆致で西洋人官吏およびイギリス遠征隊の西欧の植民地主義行為がすでに焼き畑農業の「原始的山野」に侵入したことを暴き、それを比喩的に「ヨーロッパの風」と題した。「この頃、インド洋の白人遠征隊は好天気とともにやってきて、原始的山野にヨーロッパの近代的な風を吹きめぐらす。坂の小道、路傍の草むらに、到る所に革靴の足跡、煙草の吸殻とビール瓶のふたを残した。同時に、現地住民の家屋には次第に銃弾の貫通した小さな穴がふえ、焼き畑で収穫した穀物の山にも蹄鉄に踏みにじられた痕を残す」。艾蕪はビルマの反帝闘争の経験から、西洋人官吏や西洋人兵士の西側の覇権的文言や彼らの心にある「一種の堅牢で崩せない思考」は「中国人に対応するには金と銃砲だけで、言葉による解決は絶対ありえない(1)」ということを作品中で如実に指摘した。艾蕪は西南辺境の国境の「御者連中」について熟知していた。『欧洲的風』のストーリーは不思議な暗い広大な山間の夜景の中で進む。獣に驚き、一人の御者が馬もろともに懸崖から落ちたので、御者たちは西洋人官吏の夜行命令を拒絶し、その場で停止し、転落した仲間を懸命に探そうとする。西洋人官吏は「現地兵」が馬車隊を襲ったという罠を作りだし、御者たちに先を急ぐように騙した。御者たちは銃声が外国の銃の音で、「現地兵」の旧式銃ではないと判断し、そこで突然反乱を起こした。山野を進行する小説を支えるのは、年中「未開の険しい山野、森林」で育くんだ「粗っぽい」性格であり、『山峡中』に見られる「野人」が持つ頑強な生きる意志と新しい衝突の局面に勇敢に反抗する行動哲学の高まりである。小説が出版されると、周立波《チョウリーボー》は「このような反帝国主義作品は、高く評価できる(2)」と認めた。『咆哮的許家屯（吼える許家村）』（1933）は「九・一八」（満州事変）以後に、我が国の東北の村、許家屯の村民は日本侵略軍の蹂躪に耐えることをよしとせず、自発的に立ち上がり血生臭い戦いをし、淪陥区人民の反帝国主義闘争の精神を反映した。

艾蕪の前期の小説は、「個人」、「社会」、「民族」が三位一体となっている。個人の生存意識を描写して、社会環境を批判し、帝国主義の侵略に反抗する。これは「新文化運動」の「国民性」を批判するテーマとは大きく異なり、かつ階級革命のテーマではなく、個人の生存意識から自然と反帝国主義に向かったものである。この三位一体において、民衆の個人が基礎的立場に置かれ、集団的政治的文言は薄く、一定の意義上で自由主義の創作の立場を確立している。

1934年に創作した短編小説『左手行礼的兵士（左手で敬礼する兵士）』は艾蕪の小説には素朴な現実味があることを表わしている。小説は農民出身の負傷兵呉大経《ウーダージン》が続けて三度も左手で敬礼し、軍閥内戦が人民にもたらした災難を告発し、内戦中の人の運命に対して深い関心をよせた。1936年に創作した中編小説『春天（春）』では農村社会の入り組んだ階級関係、階級抑圧を描写したが、それは階級革命へとは発展していない。抗戦勃発後、艾蕪の前期創作のテーマ、三位一体の中の民族主義が一切を圧倒するテーマとなった。

長編小説『故郷（故郷）』六部（1940～1945）は江南のある辺境の地に生れた地主一家の子、余峻廷《ユイジュンティン》が上海に遊学し、日本の侵略にあう話である。

彼は日本軍の残虐行為を目の当たりにし、憤然と中二階の下宿部屋を出て、戦地の作業に参加するも、過度の疲労と、マラリアに感染し、故郷に戻り療養する。小説は主人公の地元での経験を通して、大後方（国民党統治地区）の暗黒面および多くの貧窮する農民の苦難を明らかにした。『故郷』は『淘金記（金鉱採掘物語）』、『困獣記（檻の中の獣の物語）』、『還郷記（帰郷物語）』など背景、題材、さらにはテーマが酷似しているが、艾蕪の小説の社会批判は、沙汀《シャーディン》のような外部「集団」的視点ではなく、「民族」的視点である。余峻廷が経験したのは階級革命で成果が得られぬこと、国に尽くして国恩に報いられぬ苦しみである。彼は批判的視線で大後方の「抗戦官僚」の激しい派閥闘争を見つめ、胸に抱いたのはまさに民族の憂患であった。短編小説『秋収（秋の収穫）』（1940）は真正面からこの憂患意識を表現し、統一抗戦の思想を表現した。『秋収』は抑え気味で始まり、のちには盛りあがり、喜劇的雰囲気に満ちている。小説は姜《ジアン》姉さんが川岸で洗濯していると負傷兵がおかしな恋の歌を歌っているのを聞き、彼女は激怒する。回り道をして帰宅すると、タマゴを買いに来た負傷兵に不機嫌に応対する。軍隊の長官が負傷兵を動員して、男手が出征している農家の稲刈りを手伝わせるが、姜家の姑と嫁は騙されて損をするのではないかと恐れ、自分たちの手だけで刈るが、乳児を日射病にさせ、刈った稲を雨に濡らしてしまう。彼女らは、負傷兵が農民の稲刈りを手伝うのは「上からの命令」であり、「金をもらってはいけない」と命令されていることを知る。そこで、姑は慌てて負傷兵に会い手伝ってもらうが、姜姉さんは自分の夫も遠方の地でこれらの負傷兵同様に庶民の稲刈りを手伝う夢を見た。負傷兵が再びタマゴを買いに来ると、姜姉さんはタマゴをすべて差し出した。小説が表現しようとするのは抗戦の煉獄において、新たな気運が確立され軍民団結、一丸となった抗日を実現することである。『秋収』は集団闘争という意識が全くなく、中華民族危機の時代において、各種の社会的力量間の和解、統一を唱え、民族内部の紛争を避けて、民族の命運を至高無上の地位に置き、時代精神を発散するのである。したがって、作品は陳白塵《チェンバイチェン》により舞台化されると、戦時下、劇壇でセンセーショナルな効果を収めた。

長編小説『山野』（1940〜1947）は『咆哮的許家屯』、『欧洲的風』の集団的性格を基礎に、心理描写を強めて、複雑な衝突を展開し、現実主義的な性格が強い。『山野』の中心の筋は南方の小さな山村の遊撃隊根拠地、吉丁《ジーディン》村の村人が地形の険しい黒虎関で敵を阻止し、多数の日本兵を滅ぼし、彼らの侵犯を失敗させ、銃やさらには大砲をも奪い取った。これは作家が友人の口から聞いて取材した広東広西一帯の遊撃戦の真実であり、全国人民による抗戦の新しい状況の反映である。『山野』は蕭紅《シアオホン》の中編小説『生死場（生死の場）』（1934年9月）、蕭軍《シアオジュン》の長編小説『八月的郷村（八月の農村）』（1934年10月）、林語堂《リンユイタン》の長編小説『京華煙雲（北京好日）』（1939〜1940）、『風声鶴唳（ふうせいかくれい、嵐の中の木の葉）』（1941）、陳銓《チェンチュエン》の長編小説『狂飆（きょうひょう、つむじ風）』（1941）、巴金《バージン》の長編小説『火』（1940〜1943）および、少し後の老舎《ラオショー》の長編小説『四世同堂（四世代家族）』（1944〜1948）などと並び、一大壮観を呈する民族主義文学の小説の世界を構成した。これらの作品が表現するのは直接的抗戦思想であり、作者の民族意識および独自の執筆立場を体現した。『山野』はこの小説世界の中堅である。それは『狂飆』と同様に民間の自発的遊撃戦を描き、当時の新しい抗戦状況を反映した。『山野』は吉丁村の村長韋茂和《ウェイマオホー》一家を中心とする構成である。韋茂和は村で苦労して十年営んだ小さな織物、染織工場、飴屋、米屋および家屋敷が日本軍の砲火により、一朝にして烏有に帰す。抗日の怒りの火が心の中に起こり、以前からこの村と遺恨のある仇の金蘭《ジンラン》村とこれまでのしこりを水に流し、同盟を結び、日本軍の攻撃を阻止しようとし、前後から攻撃を受けることがないようにした。しかし、吉丁村の村びとが金蘭村の牛の群れを略奪して、同盟に危機が訪れる。韋茂和の長女の婿徐華峰《シューホアフォン》は「金蘭村が抗日に協力すれば、牛はそのまま戻す」と提案した。知識人である徐華峰はよそ者であるため、この村の人に信用されぬ苦痛を受けつつ、生活に困窮する若者阿竜《アーロン》、阿岩《アーイエン》、阿勁《アージン》らや、鉱夫遊撃隊とともに抗戦に奮起し、黒虎《ヘイフー》関の侵略阻止戦で勝利を得る。前任の県知事徐徳川《シュードーチュワン》とこの村一番の金持ち韋茂廷《ウェイマオテイン》は武器にすぐれる日本軍に怯え、侵略軍と妥協することを主張し、韋茂和が躊躇するのに乗じて、彼に侵略者との「講和談判」を勧め、彼に代わって講和状を書き、漢奸阿留《アーリウ》にその夜のうちにとどけさせた。韋茂和の次女韋美珍《ウェイメイヂェン》は学業から実家に戻り、故郷が抗日戦の前線になっているのを知った。彼女は抗戦を堅持する若者と内外で協力し、阿留を連れ戻し処刑した。人々は大局の厳しさをみて、抗日派の韋茂和が引き続き頭目になるよう支持して、河辺に赴き再度襲来する日本軍に抵抗しようと協議した。『山野』は心理描写を基礎に、外敵侵入を目前にした農村社会、村落と村落、富裕家庭と貧困家庭、土着の者とよそから来た者の間における様々な心情と複雑に入り組んだ矛盾を明らかにし、かなり堅固な現実主義的品格によって、抗戦テーマを表現し、抗戦思想家の徐華峰、新しい女性韋美珍、山村の抗日英雄韋阿竜、抗日ゲリラ戦士韋長松たちの個性を鮮明に描き出した。よその地の籍を持つ徐華峰には作家の強い民族意識を投影している。徐華峰は寄寓者としての身分で抗日側の内紛に「私はただあなたたち一族の人が仲が悪すぎると感じ、皆が片意地を張りあい、譲ろうとせず、仲たがいしてはどんな事も成しえない[3]」と憂慮する。長編の結びで、この統一抗戦思想が、韋美珍、阿竜らの共鳴を生み、それにより統一抗戦の新局面を実現した。艾蕪はまず自身の精神の中に抗戦の新しい状況をはっきりさせ、『欧洲的風』での山道を行く「野人」の自発的反抗を、『秋収』での統一抗戦思想を「山野」に──野にも山にも発展させた。黒虎《ヘイフー》関、野猪《イエヂュー》嶺、獅子《シーズ》嶺……など「山峡中」の個人の生存意志を民族生存の意志に発展させた。これは艾蕪の自由主義創作の立場の勝利なのである。

注

（1）『艾蕪選集』p.105、人民文学出版社 1960。

（2）周立波「一九三五年中国文壇的回顧」、『読書生活』3 巻 5 期　1936 年 1 月。

（3）『艾蕪文集』vol.5、p.102、四川文芸出版社 1986。

第二十七章　陳銓——民族主義文学の唱導者

陳銓《チェンチュエン》（ちんせん 1903 ～ 1969）の文化思想は「戦国策派」に属す。1940 年 4 月から 1941 年 7 月まで、陳銓は林同済《リントンジー》、雷海宗《レイハイズォン》と昆明で『戦国策』半月刊を主宰して、以後、1941 年 12 月から 1942 年 7 月まで重慶『大公報』誌上に『戦国副刊』を設け、発表した戦時文化戦略論は「戦国策派」と称された。

「戦国策派」は民族の厳しい危機の時代にあって、民族精神の振興に力を注ぎ、孫中山《スンヂョンシャン》の「三民主義」の実行に努力した。陳銓は 1943 年に「辛亥革命の目的は、二方面ある。一つは国内の腐敗した政府を転覆すること、もう一つは外力に圧迫される中華民族を解放することであり、孫中山先生の革命の方針は、終始一貫した民族主義であり、彼の臨終の際の遺言にも、鮮明に彼の四十年の革命の目的は‘中国の’自由平等を求めることにあり……[1]」と記し、多くの混乱を経た中国現代史の大半の過程、まさに中華民族が抗戦する艱難辛苦の時に、陳銓は改めて「民族主義」を唱え、鮮明な歴史観をもっていた。彼は 20 世紀の中国に対して、「第一の要求は民族の自由であり、個人の自由ではない。また、全体解放であり、個人の解放ではない。必要なとき、個人は小さな自分を犠牲にして、大局における自己を見なければいけない。さもなくば、ともに滅びてしまう[2]」という。彼は中国の 20 世紀前半の個人主義的思潮「一切は個人主義を出発点とする」という「個人主義の極端な現象」が一部の人々の「愛国心の低さ、戦闘意志の薄弱[3]」を引き起こすと批判した。陳銓はこの文化思想を文学の領域にまで押し広め、中国新文学の第一段階は個人を中心にすると認め、「一般の文学作品が表現しようとするのは、みな個人的な問題で」あり、「人々は個人の自由がなければ、社会の自由がないと考える」が、「こうした思想の文学は古い伝統を打破することに対して貢献は偉大だが、新たな伝統を建設することにとっては、それはかえって適切ではない。なぜなら新しい社会、新しい国家は、極端な個人主義の上に築くことはできないからである(4)」と述べる。

陳銓は中国新文学の第二段階は社会を中心とすると考え、「人々は社会の自由がなければ個人の自由はまったくないと考えている(5)」。これについて、陳銓は「彼らは中国が半植民地国家で、政治、軍事、経済の三方面の侵略を受け、重大な圧迫に遭い、民族全体が自由を失っているのを完全に忘れている。中国の最も切実な問題は、どのように内部を一致団結させ、外国に対して解放を求めるかであり、互いに争って、全国をばらばらに分裂させるのは敵に長期侵略の機会を与えてしまう(6)」と批判する。彼はさらにこの段階の文学を批評し、「繰り返し話しても、永久に階級闘争とは離れられない……。この時期は全国の民族意識が最も弱くなった。普通のいわゆる進歩分子は、自分の祖国をはるかに遠いところに放棄し……彼らは全世界の人類を二種の異なる階級に分けた。しかし、実際に全世界の人類の基本的分類は、やはり中国人と外国人である。中国人と中国人の利害関係は、なんといっても中国人と外国人の関係に比べ、より密なものである。この鉄のごとき硬い事実を彼らは見ていない。彼らのそのような思想が生んだ文学は、一部の青年に呼びかけることはできるが、やはり中華民族を光明の道に向かわせることはできない(7)」と批判する。

陳銓は当時置かれていた第三段階が「個人を中心とせず、階級を中心とせず、民族を中心とする」もので、「この段階において、中華民族は初めてきわめて強い民族意識を養う」と考えた。彼はまず『戦国副刊』で、のちには自分で1943年に創刊した『民族文学』などの雑誌に続けて論文を発表し「民族文学運動」を提唱した。彼は『民族文学運動』の一文に「強烈な民族意識があってこそ、真の民族文学を生むことができる」、「私たちの政治上の先覚者は、早くから民族主義を提唱したが、真の民族意識の強烈な発展は、全く最近数年の事である」。したがって、「中国の今の時代は一つの民族主義の時代」と言えようと書いた。彼が唱える「民族文学運動」の最大の使命は民族意識を育成、強化し、中国人民全体に「利害を同じくし、精神を通わせ、共に努力奮闘してこそ、永く世界に光栄ある生存を続けられる」と感じさせることである。

陳銓の「民族文学」理論は中国現代文学にとっては時運に乗じて現れ、彼本人の文学人生から言えば、条件が備われば、事は自然に順調に運ぶということである。陳銓が二十年代後期から開始した創作テーマは、極端な個人主義への批判、階級闘争を超越して民族主義に直接向かうことにある。

長編小説『天問（神に問う）』（新月書店 1931）は四川省富順のある薬局の見習い林雲章《リンユンヂャン》の主人の娘の張慧林《ヂャンホイリン》への熱愛を描いた。彼は社会的地位の違いが大きいことを自覚し、三国志の梟雄曹操《ツァオツァオ》を手本として、まず慧林の機嫌を取ろうと、危険を顧みず、裏世界の友人何三《ホーサン》に慧林の女友達の盗まれた金の指輪を取り戻させたが、殺人事件を犯して、友人について軍隊に入る。蔡鍔《ツァイオー》の雲南軍と対峙した三年間に、彼は手腕を発揮し、旅団長の地位にまで一歩一歩昇りつめ、同時に戦乱により、人を殺しても何とも思わない悪魔に鍛えあげられた。彼が兵を率いて富順に駐屯すると、慧林はすでに読書人の従兄陳鵬運《チェンポンユン》と結婚したのを知る。そこで、彼はまず軍閥の師団長の手を借りて、陳鵬運に罪を着せ逮捕し、その後又釈放を求め、鵬運と慧林の信頼を得て、その上、親密に付き合い、兄弟のように親しくなる。酒宴を設けた際、彼は剣舞をして「平生三つのものを最も好む。‘美酒、名刀、美人！’である」と詠じる。その後、何三に鵬運を刺殺するよう密命を出すと、慧林のための復讐だといい、何三を殺して口止めをした。彼は曹操が良友の呂伯奢《リュイボーショー》一家を殺したような血なまぐさい事件を通して、慧林を奪いはしたが、この「三国一の美女」も他人を愛したことがあり、他人に愛された普通の女であることに気付く。彼の運命は急転直下する。軍閥の混戦の中、軍の主導権を失う。これは彼にその失った旅団長の地位が「すべての罪悪の根源」であり、「すべての苦痛の起点」であると悔悟させる。芸者遊びに興じ、狂ったように酒を飲む中、また彼の「指導者（曹操）」が「酒に対して歌うべし、人生幾何ぞ」を詩作したときの寒々とした心境を悟るのであった。しかし、運命はやはり続いて罰を下すのである。何三の裏世界の友人は林雲章が人殺しをして口止めしたという弱みを握り、彼から多額の金を巻き上げ、その上、警察に密告した。このとき、慧林は病に罹り、危篤状態に陥る。林雲章は逮捕される前に慧林へ陳鵬運を殺した罪を自白し、「許し」を得たのち、笑いを浮かべて剣で自害する。小説のタイトル「天問」は、純真善良な慧林が困惑し呆然となり詰問する情景を借りてつけられた。罪無き者が苦しみ、天心爛漫な女性が短命である。「もし本当に神がいるなら、神様はあまりにも不公平だ！」、人類の良知が人間性の中にある邪悪に対して拷問し——作家がその情景を借りて当時流行していた極端な個人主義思潮に対して拷問したのである。

長編小説『衝突』（1929年完成）も『天問』のようにきわめて伝奇性に富む恋絡みの殺人事件の話で作品を構成するが、『天問』より現実感が強まっている。これは作家がアメリカに留学中に創作した、在米中国人留学生を題材とする小説である。ストーリーは、若く美しい女性劉翠華《リウツイホア》と彼女の周りの黄則凌《ホアンヅォーリン》、陳雲舫《チェンユンファン》という二人の男性との三角関係の中で起こり、展開する。これらの東方の古い国から西洋に行った学生は東方の伝統文化の束縛を突き抜け、西洋の婚姻の自由、恋愛は神聖という個性解放思想を受け入れると同時に、「衝突の哲学」を受け入れ、愛の争奪戦中ひとたび形勢が不利になったら、恋のライバルとの格闘に何とかして有利な位置を占めねばならない。黄則凌はまず愛のために宣誓する。「どんな苦痛も、私は構わない。私は今後必ず彼女を自分のものにし、できなければ、むしろ死んでしまおう！」、結局、劉翠華と陳雲舫が教会で結婚式を挙げ、牧師がイエス・キリストの名において「二人は……」と宣言したとき、黄則凌が駆け込んで来て、陳雲舫にはすでに中国の家に妻がいることを告発する。黄則凌の「衝突の哲学」が今「私が自分のものにできぬ女性は、何びとたりとももものにできぬ！」に発展し、そこで、ピストルで二人を撃ち殺し、つづいて自分もピストル自殺した。個人主義に囚われた三人の青春は瞬時に水のように流れ去った。『衝突』は蘇雪林《スーシュエリン》の『棘心（イバラの芯）』

と同様に、理性的精神で「新文化運動」が唱える「個人主義」思潮と「孔家店打倒（儒教打倒）」運動が誘発した極端な個人主義を批判すると同時に、作家の強烈な社会的責任感と民族意識を表現した。黄則凌と比較して、陸《ルー》率周《リュイヂョウ》はか弱い中国の志有る青年である。彼は黄則凌に対して「現在の中国に生れ、アメリカに留学できるのは、決して容易なことではない。私たちは中国にどのくらい多くの同胞が現在も牛馬にも及ばぬ生活を過ごしているか知らずにいるが、私たちが享受できる権利が多ければ、私たちの責任はその分だけ重くなることを知らねばならない」と大義を諭す。陸率周はさらに中国人留学生を組織して、アメリカから借款して内戦のために兵器・弾薬を買いに来た軍閥や売国奴に抗議する。陸率周が理解する歴史使命は「軍閥を打倒し、帝国主義を打倒する(8)」である。陸率周は陳銓が創作した「私情を犠牲にして、国家民族に忠義を尽くす」民族主義人物の主人公の先駆けである。

長編小説『革命的前一幕（革命前の一幕）』（1934）は陸率周式の民族主義者、許衡山《シュイホンシャン》を三角関係の一人に置き、衝突を描写する。北京大学教授の許衡山は中国と西洋の学に通じ、気概がある。彼の友人、陳凌華《チェンリンホア》はアメリカへ留学する直前、上品で純真な少女に熱い恋心をもつが、許は、少女への情を断ち、将来国家のために尽力するように、アメリカで学業に邁進するよう彼に勧めた。そのあと、許衡山は北京女子大学に招かれ長期講義に行き、彼の明快かつ詳細に分析された思想、信念が、人生の道で苦しい模索をしていた女子大生徐夢頻《シュイモンピン》の心をひきつけ、彼女の「精神上の指導者」になった。演劇的な趣きに富むのは、平素は独身主義で一心に学問に打ちこみ、救国を主張する許衡山が、天使のような徐夢頻により生きる意義を見出だしたことである。彼は潭柘寺に身を隠し、五日間思索にふけると、ためらうことなく哲学を捨て去り夢頻に求愛する。これは従弟の張《ヂャン》が語った「昔、インドにたぐい稀な美貌の女郎がおり、彼女のために放蕩し家を傾けた者がどれほどいたかわからないほどであった。のちに、ある最も修業を積んだ僧が、この女郎に思い直して態度を改めるように説得することを決意した。僧は女郎と三日三晩話をした。女郎はもうこの世をさすらうことにも飽き、僧の教えを聴くと、直ちに悟り、仏門に入り修行することを決意する。しかし、この修行僧は、女郎と沢山の話をしたことで、かえって彼女に魅せられてしまった！」という話に似ている。許衡山は女子学生夢頻の天性の中に生命の理想を見出し、また「三・一八」(1926年、三・一八事件)で政府庁舎前での抗議活動において夢頻を流血から救出し、無形の二重の恩人という身分で夢頻へ愛を告白するが拒絶される。夢頻はインドの悟りを開いた修道女ではなく、彼女の上品で純真な心は完全に凌華に向けられていた。アメリカから帰国した凌華はまず夢頻から、その後当事者である衡山の口から、自分と頻繁にラブレターを交わした夢頻が衡山と愛し合っているという話を聞き、それを真に受けて、ひどく苦しむ。朝な夕なに想う恋人が人に奪われ、その人は彼が平生最も尊敬する善き友であったのだが、彼はこの「恋愛の衝突」を「衝突の哲学」へと発展させなかった。中心人物の許衡山は夢頻と凌華の二人がすでに深く愛し合っていたと知って、誤解を解き、二人の気高い人柄をなおいっそう尊重する。劇中の三人は、充分に自由な意志を実現すると同時に、個性に任せず、個人に拘泥することなく、衝突を激化させず、社会倫理にそって新しい意味における調和を実現したのだ。

『革命的前一幕』は愛情劇を描いた『衝突』より、劇的特徴を有する。許衡山はすでに劇中に身を置いている。彼はアメリカから帰国した陸率周である。民族主義者として、許衡山の現実感はさらに強烈になり、批判意識はさらに鮮明である。彼は内戦に反対し、対外への反帝闘争を国内の階級闘争へと進展させることに反対する。彼は大衆運動を操縦する人が「テーマを取り換える」ことを敏感に聞き分ける──これこそが陳銓が後日理論上で批判する階級闘争のテーマを極端化する現象である。つまりそれは「民族問題」、「国内と国外の問題」を放棄して「国内と国内の問題」を「中国の重大な問題(9)」とみなすことである。許衡山は作者の心の中での新しい国民のイメージである。彼の新しい国民精神は民族、国益を至高無上の「一種の胸を張り肩をそびやかす男気」とみなすことにある。彼は「私のようなものは、大学教授ではあるが、本当に必要なときには身を投じて一兵卒となって銃を握り、無名の英雄となることも望む。もし、このような決心をすることができる者が多数いるなら、中国はとても希望がもてる」という。彼は結局求婚に失敗し、決然として南下し国民革命軍に参加したのは、彼が個人の愛情と他者との友誼に忠実であったこと、また、民族、国家に忠誠を誓った現れであった。

長編小説『彷徨中的冷静（彷徨の中の冷静）』（1932 年完成）は作家がドイツに滞在中創作し、故郷の富順を描いた作品である。それは劇的小説の構造制限を脱却し、清朝晩年から辛亥年間までの社会生活をパノラマ式に描写した。作品中の人物も一人一人が観念の化身などではない。中心人物王《ワン》徳華《ドーホア》は複雑な成長型の人物である。彼は成都高等学堂に学んだ際、清王朝が極度に腐敗し革命運動が盛んな状況になり、大半の学生が革命党に加入するのを目の当たりにしたが、彼は勇気がなく仏教学研究に没頭する。中退して帰郷すると、彼は危険な浅瀬にはまるが、地方の名士張八胡《ヂャンバーフー》に救われ、彼の優しく穏やかな娘落霞《ルオシア》と互いに愛し合い、個人の安らぎを慰めに乱世を避けようと目論む。彼は大仏岩の頂で落霞と密会したとき「私は君のような美人を得て、このような美しいところに住めるなら、もう何もしたくないし、世界の一切の名誉や富も私には興味がない。革命か革命じゃないかなどには関心がない」と告げる。しかし、清王朝の日増しに悪くなる腐敗、外交状況の厳しい事態が彼を釈然とさせてくれない。彼は気が安らぐことなく、憂鬱で楽しくなく、人生の十字路で「彷徨」する。

王徳華は零落とは無縁である。革命党の娘である劉雲衣《リウユンイー》は自分の侠気で王徳華を感化して、彼が「臆病者が意志を持ち」、あちこち奔走し、同窓関係を利用して、県庁の役人の張仲友《ヂャンヂョンヨウ》に金で渡りをつけ、牢獄から革命戦士の柳蓮青《リウリエンチン》を救出するようにしむける。王徳華は病気になるくらい駆け回って革命者を救出したが、彼自身は革命者の「気概」がないので、魂が抜けたかのように、苦しく岐路を「彷徨し」、さらには愛情についても執着を欠いていた。彼をさらに悲しませたのは、柳蓮青の革命者としての公明正大さがこのような汚い方法で釈放された屈辱に耐えて日々を暮らすことを受け入れることができず、死をも恐れぬ精神で自ら闊歩して監獄へと戻って行ったことだ。王徳華は冷静に柳蓮青と自己が形成したものを対比すると、柳蓮青に感服と尊敬の念が生まれた。これは「彷徨中の冷静」での収穫である。王徳華が柳蓮青と彼の未婚の妻、劉雲衣に見たものは一種の責任観念であり、内憂外患、人々が安心して暮らせぬこの時代に、彼らが自覚して個人の幸せを拒否し、自由に責任を選んだのだ。従妹の采苹は行動哲学において徳華を啓発した。彷徨の中の徳華はある問題に困惑していた。──「もしぼくがこのように責任の束縛を受けねばならないなら、ぼくには自由がなくなるじゃないか？」と聞くと、とっさに采苹は「責任は外から来るものではなく、心の内から生まれるもので、他人が強制するのではなく、自分自身が望んで行うものなのよ。したがって、まったく束縛ではない。責任は自由なのよ。責任を負うことはすなわち自由をつかみとることじゃない！[10]」と答える。

張仲友の民族虚無主義と比較対照すると、王徳華は中華文化への自信が沸き上がり、中華民族精神の復興の自信が満ちてくる。辛亥革命前夜、王徳華には色々な想いが次々に浮かぶ。「張仲友には何の根拠があって、中華民族はすでに末期に至っているというのか？　もしかしたら、この革命で中国民族の精神を完全に回復し得るかも知れぬ。それも可能なことである。劉華廷、柳蓮青らのような人物はそれが可能だと信じて、懸命に努力している。もし全国に彼らのようにすすんで犠牲になる人が多数いるなら、中国の情勢はすぐに転換するだろう[11]」と考えた。自省後の王徳華は精神面から柳蓮青のような仁義に厚い正義の人物に近付いたのである。劉雲衣は彼女と柳蓮青には一つの大きな目的があった。「この一つの大きな目的は中国民族の自由であり、この大きな目的の下、中国四億の老若男女すべてがその為に一切を犠牲にすべきで……[12]」と意識する。この強烈な民族主義は民族の自信の上に堅固に打ち立てられる。劉雲衣は中華民族が黄帝《ホアンディー》の子孫であり、漢の武帝《ウーディー》、唐の太宗《タイヅォン》のような皇帝を、岳武穆《ユエウームー》（岳飛）、文天祥《ウェンティエンシアン》のような忠臣、孔子《コンヅー》や老子《ラオヅー》のような偉大なる思想家、屈《チュイ》原《ユアン》や李白《リーバイ》のような詩人をかつて歴史上に輩出し、四千年以上の文化を有する、このような民族は「希望がないはずはなく、彼ら四億人の中で少なくとも一群の気骨ある者を探し出すことができるのだ！[13]」と固く信じていた。

作品は1930年代初期に辛亥年間の革命の先駆けについて追想し、自分の国のために命を投げうつ精神で当時の人を激励することによって、中華民族が直面している新たな危機を乗り切る。『彷徨中的冷静』は老舎の『猫城記』に近く、比較的早期に民族虚無主義を批判し、中華民族精神を改めて形作る作品である。

もう一つのドイツ留学中に創作した長編小説『死灰（冷えた灰）』（大公報社出版1935）は中国人留学生蕭華亭《シアオホアティン》がドイツ人の若い女性ロンシンとの感傷ムードに満ちたロマンスに「男女の心」を表現すると同時に、ニーチェの権力意志論を受容して、性格に「男子の心」を注入している。ひ弱な国民性を治癒するために民族の性格を健全化する一服の処方箋を探し、「冷えた灰」を再燃させることに作品の意味を置く。これは「新文化運動」が「偶像破壊論」を受け入れたのちの中国新文学のニーチェ学説に対するもう一種の受容なのである。前者は個人主義思潮のニーチェの破壊性思想に対する受容であり、後者は民族主義思潮のニーチェの建設性思想を手本とするものである。1940年、陳銓は『尼采的道徳観念（ニーチェの道徳観念）』の文中、理論からこの手本を詳述する。ニーチェが「破壊だけでなく、建設もし」、彼が伝統的道徳観念に対して容赦なく攻撃した原因は「彼は一種の更に新しい道徳を樹立すれば、これによりさらに美しい人生を創造できる[14]」、また「ニーチェは人生は生存を求めるのではなく、権力を求めるのであり、人生の一切を支配するのは、生存の意志ではなく権力の意志である[15]」としたが、それでは「現在の戦国時代（抗戦期を指す——著者注）にあって、私たちは伝統的な‘奴隷道徳’に従うのか、それともニーチェの‘主人道徳’を受け入れて私たちの民族人格鍛錬の目標とするのか？[16]」と陳銓はいう。陳銓のニーチェの権力意志論受容の意義について「ニーチェの道徳観は一種の強者の道徳観であり、その過激さは明らかでわかりやすいが、長期に渡り、礼儀、仁愛、謙譲を美徳とする中国人からいえば、民族の人格鍛錬の目標として、やはりこの種の勇気、創造、強さを唱える道徳観を注入する必要がある[17]」と研究者は指摘する。

長編小説『狂飆（つむじ風）』（1941年完成）は抗戦期に創作された。それは民族主義文学理論と歩調を合わせ、創作し、世に問うた。蕭華亭がドイツ留学時期に受け入れた強い道徳観はここでは李鉄崖《リーティエヤー》などの民族意識に融合し、民族抗戦の大きな潮流へと一つにまとまる。『狂飆』は民族主義思潮の結晶である。

作品は李鉄崖という辛亥年間における古いタイプの革命党員の視点で書かれ、『彷徨中的冷静』の革命的先駆けの視点で辛亥革命以後、「新文化運動」、「五四」、北伐、「九・一八（満洲事変）」、西安事変を経て、「七七事変（盧溝橋事件）」が起こり、抗戦期に入る編年史のような中国現代史の過程を描いている。これは一つの国民革命視線での編年史であり、民族主義の編年史であり、それが貫徹するのは「対内統一、対外独立[18]」の民族主義の立場である。作品はこの歴史過程中のある種の思潮に対して批判的態度を有する。例えば、極端な個人主義、階級闘争、「無祖国」など……。

『狂飆』の歴史舞台の主役は中華民国の同年代の「子」の世代である。彼らは辛亥革命後に成長して、新思潮は彼らの経歴、経験、拒絶によっても、まだ一定程度受容された。裕福な家の子弟である薛立群《シュエリーチュン》は幼い頃に母の兄弟である李鉄崖の影響と辛亥革命以後の国民教育環境下で成長して、「民族意識」の薫陶を受け、隣家の王慧英《ワンホイイン》と幼馴染であり、婚約した。立群は南京で中学に入学すると、「新文化運動」、五四運動の影響を受け、胡適の『中国哲学史大綱』を読み、『新青年』を読み、『少年維特之煩悩（若きウェルテルの悩み）』を読み――陳銓は『革命的前一幕』の中で、北京大学教授の許衡山を通して、この作品はゲーテの成熟した思想を決して代表することはできず、このように一方的に取り入れるのは「人を害すること甚だしい」——「個人主義」が萌芽すると指摘している。北平の明華大学に入学すると、上海の教会学校在学中の慧英と仲好しの友人であった、今は燕京大学生の黄翠心《ホアンツイシン》と自由恋愛し、事実上の夫婦になる。この「新青年」夫妻は家庭を築いたのち、いさかいもなく仲はよいが、人生の理想を模索しても得られぬという苦しみに陥る。

李国剛《リーグオガン》は彼の父親の民族主義教育の下で成長し、一切は民族を至高無上のものとする「民族意識」を持ち、個人主義、放任主義、「無祖国」、階級闘争、功利主義など様々な社会思潮を断固として拒み、意識して自身の行為に責任をもとうとつとめる。彼は慧英に心ひかれ、立群と黄翠心の事実を目にして、彼はかつていとこの妻となるべき人に愛を告白し、自分の行動哲学と民族意識で、慧英を絶望の中から奮起させ、和やかな家庭生活を送る。明華大学卒業後、国剛は憂患で胸一杯になり、自発的に飛行技術を学び、中日両国の避けられぬ決死の戦いに加わるために準備した。国剛に李鉄崖の——また、陳銓の主張でもある民族主義テーマを体現させている。陳銓の筆の下で、中国民族主義の大きな潮流が「九・一八（満洲事変）」から湧き返り始めたのである。

『狂飆』は辛亥革命が生んだ子らの民族意識の成長につれて、叙述も随時角度を転換する。国剛の考えでは、戦争の突発事件がもう少し遅れ、「西安事変」以後の第二次国共合作、中国の新たな統一を実現して、そして日本の離間、破壊といった中間工作の現実を避けるのを見たいのだ。作家の強烈な憂患意識は、主人公および作品に広い視野と全体意識を与え、これら——とりわけその中の民族主義的立場は、胡適などの自由主義作家に近づき、左翼作家が持つ階級的立場との大きな隔たりとなった。

鉄崖と国剛が体現したのはまさに陳銓が『彷徨中的冷静』で追想する辛亥の年代の民族精神が、抗戦の暴風の中で復興を遂げることである。中華民族はこの精神を頼りとしているところであり、直面する新たな危機に耐え、勝利をめざした。

小説は戦争勃発後、国剛が中国空軍の有名な「大鵬隊」副隊長に任命され、「中華民族空中の英雄」になり、軍功を立てて、その後、空中戦で傷を負い亡くなることを描く。

李鉄崖は上海「一・二八」（1939年、第一次上海事変）事件以後に、無錫で地方の名士、農民らとともにバラバラの砂のような民衆を組織して、集団訓練をし、平時から土匪、汚職官吏、土豪劣紳に対処し、日本軍が無錫に入って以降、鉄崖は遊撃隊を率いて、日本軍に大きな打撃を与える。この老いた革命家は、深遠な歴史観を持っている。中国の内憂外患を前にして、彼は中国を救うことができる主要なものは民族意識の養成であると考える。「五四」時期に、彼は「現段階の国際的局面において、一つの民族が生存を要求するのに最も肝要な条件は、個人を犠牲にして、団体を防衛することである。誰もが個人的な利益を軽く、団体の利益を重く見なければならず、民族全体はそこで初めて団結でき、組織できるのである。現在、新文化運動が提唱する大部分は個人の自由で、個人が自由になれば、国家はますます分裂し……[19]」と指摘し、「九・一八」（1931年9月18日、満州事変）以後、この早期の革命家は「反帝」「救国」を至高無上と見る。彼は彼自身が少年期から、身をもって国に捧げ、革命に奔走したが、そのときの仕事は対内的なものであった。現在中華民族が対外的に重要な瀬戸際に至り、すべての国民は一切を犠牲に、救国に力を集中すべきと言う。彼は「中国は抗日戦争に勝利可能なばかりでなく、中華民族は将来の世界文化、国際情勢の発展に対して、一種の偉大な使命を負う」と信じる。彼自身は彼の生命をすべて国家に献じて、子孫が彼の未完の事業を完成することを希望する。陳銓はこの深く全体にわたる歴史観を有する人物の身に自己の鬱積、体験、見解を傾け、中華民族精神をあまねく養成し、民族復興を実現しようとした。以後、陳銓はこれらを詳しく『民族文学運動』などの論著に書く。陳銓の民族主義作品と理論は「三民主義」思想体系に属し、「三民主義」の文学領域における表現と実行なのである。

小説は慧英が李鉄崖の民族意識の影響を受け、彼女は「自身が完全にもう一人の人間に変わる」のに気付く——家庭から社会に向かい、良妻賢母から抗戦の中核に発展する。彼女は李鉄崖が遊撃戦を展開するのを助け、婦女を組織して負傷者を救護する。捕虜になると、日本軍の侮辱を強く拒み、精神に異常をきたす。立群と翠心も「個人」の境地を出て、民族抗戦の中に「責任」を捜し出した。陳銓は中国社会発展過程に対して全体的な関心を有し、作品が描写する心理は大部分が思潮的意味に富む。翠心は南京で負傷兵救護の仕事に参加したのち、自己分析を経て、自分はこれまでの数年間は完全に個人生活の中に埋没しており、国家民族に対して少しの責任も尽くしていなかったと考える。彼女はまた私たち中国の「二十年来の平和主義、個人主義、内戦と堕落が、私たちに厳しい教訓を与えた」ということも冷静に見ていた。抗戦勃発後、戦地の病院で彼女は多くの悲惨な事態や感動的な事柄を見聞きし、彼女の態度は変わり、「個人の喜怒哀楽は国家民族の喜怒哀楽の基礎の上に構築すべきである」と感じ、彼女は「一切を犠牲にして、苦難にあえぐ同胞を救おう」とする。小説は翠心の視線から無残で世界を驚愕させた「南京大虐殺」と「慰安婦」、「裁判」を描き——『狂飆』は中国文学史上、日本軍残虐行為に対する「最も早い、最初」の告訴状であり、翠心は日本の軍司令官を前に危機に直面しても侮辱を受けるのをよしとせず、きっぱりと自害した。立群は中国外交部特派員の身分で南京に翠心を探しに行き、「慰安婦」の惨状を目にし、精神異常となった慧英を見つけた。慧英は最初の恋人の胸の中で笑みを浮かべ亡くなる。翠心、慧英の惨死、日本軍の南京での残虐行為は立群の日本軍侵略に対する恨みを強めた。彼は無錫の田舎へと急ぎ、李鉄崖に変わり遊撃隊のトップを引き継ぎ、先輩の未完の事業を引き受けた。小説の終わりは、すべての内容が立群のところに集中しており、これがテーマの所在となる。陳銓は1943年に『狂飆』がいわんとするのは「どのように個人の‘激しい暴風’から民族の‘激しい暴風’に至るかで、これはまさに本書全体の構想であり、どのように五四の個人主義から現段階の民族主義に転換するかの最も主要な鍵でもある[20]」と述べる。『狂飆』は比較的早く、世界の反ファッショ文学が「第二次世界大戦」中に形成した自由哲学を書いている。

『狂飆』は抗日戦争を正面から戦場そのものを描き、日本侵略軍に対する中国軍と人民の直接抗戦を反映し、四億五千万中国人の民族主義思潮を表現した、民族主義文学の模範である。

抗戦勃発後に創作した劇『金指環（金の指輪）』と『藍蝴蝶（青い蝶）』を、陳銓は「ロマン悲劇」と名付けた。勢い盛んな抗日戦争を劇の背景の大幕とし、主人公はこの幕のもとでより悲壮な人生劇を演じる。『金指環』では高尚な理想を持つ尚玉琴《シャンユイチン》は劉志明《リウヂーミン》と相思相愛になるが、家が貧しいために馬徳章《マードーヂャン》に嫁ぐ。戦争勃発後、劉志明は傀儡軍の長となり、兵を率いて街を攻めるが、街を守るのは国民党軍の旅団長馬徳章である。「恋情」から劉志明は、単独で尚玉琴に会うことを条件に撤退を申し出るが、厳しく高い志の馬徳章の拒絶に遭う。しかし従軍出征した尚玉琴は夫が銃で威嚇するのも恐れず、単身で傀儡軍部に入り、劉志明に情勢を見極め「暗きを捨て、明るきに身を投じるよう」啓発する。最後、劉志明の脅威の下、双方共存の難しい局面に立たされた尚玉琴は、毒を含む金の指環を使い自殺する。機を見て功を立てようと改めて中国軍隊に参加し抗戦に従事しようという気持ちが芽生えた劉志明は夢から覚めたように、馬徳章と手を取り合い、抗日につとめる。作品が称賛するのは尚玉琴の身をもって強く現した「中国四億五千万人の民族意識」である。こうした「愛情」を超える民族感情は「中国人が中国人を倒す」という悲劇を避け、民族全体の団結抗戦を実現することを期待したのである。

『藍蝴蝶』（1943年完成）が描いたのは「八・一三」（1937年、上海における日本軍の攻撃）後に孤島（日本軍占領地域）上海で起きた漢奸を粛正する物語で、雰囲気はさらに悲壮である。「序文」はその雰囲気を際立たせている。

厳しい時代はすでに来臨して、

全面抗戦は国の魂を驚かせ、
銃声は轟々と鳴り響き、
銃弾は雨あられのごとく、剣や刀は逆巻くように乱れ舞う。
……
私たちは戦場の栄光を描かねばならず、
私たちは恋の苦痛を描かねばならず、
私たちはホトトギスの悲しき声を静聴せねばならず、
私たちは青い蝶の舞うのを静観せねばならない。

陳銓の劇は彼の小説と同様に、常に大きなストーリーの中に小さなストーリーを組み合わせている――『革命的前一幕』で高僧が女郎を説得する話は全体の意味が凝縮され、作品の中心になっている。『藍蝴蝶』の小さなストーリーは主人公の銭孟群《チエンモンチュン》により述べられる。以前、ある男性がある女性を愛したが、この女性は逆に彼を好きになれない。彼は死ぬと、魂が一匹の青い蝶に変わり、墓から飛び出して遠方を眺める。恋人が一日来ないと、彼は一日中休まずに墓地の草むらで旋回する。銭孟群が「青い蝶」を述べるとき、感傷的で、かつ悲壮である。婉君《ワンジュン》は彼と結婚してもう五年になるが、彼の人格が偉大なこと、国家至上の考えは尊敬しても、彼を愛することはできないでいた。銭孟群は三年間裁判官の任にあって、日寇（日本の侵略者）や漢奸（売国奴）の脅威や利益の誘いに抵抗して、自己を顧みず、国家民族のために売国奴を裁く案件を完了した。このとき、彼は売国奴集団の「左手に小切手、右手に銃」という強迫に直面しつつも、ためらわずに国のために身をささげるつもりである。彼は「この戦争が中華民族の生死をかけた瀬戸際で、国民それぞれが命がけの責任を負う[21]」ことを意識する。彼を苦しめたのは、彼と協力して漢奸を粛清する上海秘密活動隊の副隊長兼音楽教授である秦有章《チンヨウヂャン》が婉君の元の恋人であり、二人の恋愛感情が日増しに増していることである。銭孟群は恋愛において許衡山（『革命的前一幕』）のような余計な立場にあり、同時に許衡山のような男気も有していた。はからずも、漢奸一味が報復活動を行い、有章は犠牲になり、孟群は負傷する。婉君は孟群を数か月介抱し、孟群にこれまでなかった幸福を味わわせた。彼の傷が快方に向かい、彼ら二人のために美しい青写真が設計され始める。しかし、有章の愛の魂は結局「青い蝶」に変わり、婉君に付きまとっていた。「青い蝶」は作品の中で、一つの象徴であるばかりでなく、さらに話の筋を進める力になっている。婉君はついに「青い蝶」の招きに従い、車に飛び込んで自殺する。彼女の孟群への遺言は「……私が死んでから、あなたは半年だけ悲しんでもいいが、半年後にはあなたは元気を出して、国家のために奉仕しなければならない。現在、中華民族は、まさに切羽詰ったときであり、あなたのような人は死んではいけない。……」というものであった。エンディングの幕が下りるときに、銭孟群が愛の舞台の「青い蝶」となり感傷的に「単独飛行」しようとする。読者、観衆の目には、彼はさらに偉大な「青い蝶」であり、彼の魂は中華民族に帰属するものである。したがって、彼は「力強く飛ぶ！[22]」銭孟群であり、もう生命を軽く投げ出す許衡山にはならないと映る。彼は民族戦争の中で自身の立場を探し求めた愛国の志士なのである。

劇『野玫瑰（野バラ）』（1941年完成）はストーリーが複雑でスリルがあり、人物間の関係は恋の三角関係を突き抜け抗戦時期の社会心理の衝突を集めている。

『野玫瑰』の劇効果は、女性主人公がまず抑え気味にのちに高まる過程を経て、この過程において、彼女は愛する人を捨てる巨大な痛みと青春を投げうつ自己犠牲に耐える人物像を描いたところにある。若く美しい夏《シア》艶華《イエンホア》は戦前、大学生の劉雲樵《リウユンチアオ》と熱愛中のカップルであったが、抗戦が勃発すると、彼女は中国政府の抗日反奸秘密工作部隊に加入して仕事をし、つらくても恋人関係を取りやめねばならなかった。さらに個人的に大きな犠牲は彼女が日本占領地区北平傀儡政権の「政治委員会」主席の王立民《ワンリーミン》の第二夫人になって、汚い泥を被った野バラになることだった。王立民は日本侵略軍と結託して、華北で悪事の限りを尽くしており、日本人の信用が厚く、認められており、日本が中国を征服するのに利用せねばならぬ勢力になっていた。そこで、政府は彼女を派遣して、王立民を利用して日本侵略軍の機密を探り出そうとした。イギリス留学から帰ってきた劉雲樵も、秘密工作員として命令を受けておじの王立民の家に入り込む。彼はまだ夏艶華の使命を知らず、彼女を極めて軽蔑し、できる限りの皮肉をあびせ、さらに従妹の曼麗《マンリー》と公然と愛し合う。夏艶華は劉雲樵に唐代のある若い坊さんが野バラが好きだったのだが、家で育てたバラが好きになる話を感傷的に述べ、窓から雲樵が曼麗とともに遊びに行く後ろ姿を見て、野バラの孤独さを身をもって感じる。

『野玫瑰』は主人公の恋愛での孤独な境遇を彼女の自由な選択として描く。これは彼女がもう一つの戦闘に参加するために払わねばならぬ代価であり、‘野ばら’となる為に支払わねばならない代価なのである。シナリオは「恋」に対する感傷——そして、その超越の中で女性主人公の民族魂を表現する。傀儡警察機関は西山《シーシャン》遊撃隊隊長薛汝康《シュエルーカン》教授を捕まえようとするが当てがはずれてしまう。王立民は情報漏洩の原因を調査することに固執し、夏艶華は王立民の親牛が子牛を舐めるような愛情を利用して、曼麗と薛教授の娘の友人関係を彼に告げる。夏艶華にずっと下心のあった警察庁長官が彼女に日本軍がすでに一人のスパイが北平に潜入しているのを探りだした、と情報を漏らすと、夏艶華はすぐに劉雲樵にこの機密を話す。門前の老いた物乞いの連絡員が捕まると同時に、警察庁長官は劉雲樵が王立民にプレゼントした花瓶の中に無線の受信機が付いているのに気付く……劉雲樵が窮地に陥ると、夏艶華はやっと彼と暗号を交わし、警察庁長官の彼女への求愛を利用して、警察庁長官に配置してある警察を退去させ、安全に雲樵と曼麗を送り出し、最後に王立民と警察庁長官を仲違いさせ、王立民を怒らせ警察庁長官を銃殺させる。

『野玫瑰』は抗戦時期、敵中の秘密工作闘争で政治的に対立する双方を社会心理、社会思潮間の対立に深化させ、現代劇の特徴を備えている。作品は漢奸の王立民が同胞の鮮血に濡れた畜殺用包丁の裏が国家民族に反逆する極端な個人主義の魂であることを示した。娘の曼麗が王立民の国家民族に背くのを責めると、彼は得意げに「国家は抽象的であり、個人こそが具体的なものである。かりに国家が個人の自由を圧迫するとしたら、個人はなぜ国家に背いてはいけないのか？[23]」と話した。彼は日本が北京を占領したら彼の個人の自由はかえって増えたと喜びさえした[24]。作品は伝奇的色彩を帯びた女性英雄の夏艶華に確かな現実味も与えている。彼女は王立民が死ぬ前に自分のスパイ活動の身分を明かすと、王立民は絶望して「あなたが私の生涯会った中でもっとも凄い敵であると認めよう！」といった。夏艶華は「私はまだあなたの最大の敵とはいえない」、「あなたの最大の敵は中国の四億五千万人の民族意識なのであり、それは怒りの潮流のように、山を押しのけ海をも覆す勢いで押し寄せる……[25]」と語る。

陳銓の小説の主人公、例えば、李国剛、王慧英、黄翠心、薛立群は民族意識の育成過程にあり、劇の主人公、例えば樊秀雲《ファンシウユン》（『無情女』〈無情な女〉）、夏艶華（『野玫瑰』）、尚玉琴（『金指環』）、銭孟群（『藍蝴蝶』）は、民族意識がすでに培われている。陳銓の創作テーマは民族意識の育成を通して、民族の厳しい危機を経て、民族復興を実現することである。陳銓はこの種の意識を「もしかしたら中国の新時代の最も必要なものではないか[26]」と考える。なぜなら「20 世紀の政治潮流で、明らかなのは集団主義である[27]」からだ。陳銓の民族主義文学は、作品から理論までドイツ暴風運動の影響を深く受ける。彼は「暴風運動は一つの文学運動であるだけでなく、同時に同様にドイツの思想解放運動、民族意識を発展させる運動である[28]」ことを見て、また、暴風運動式の民族主義文学運動の中華民族復興に対する意義とも見た。彼は「ドイツの暴風運動、孫中山先生の一貫した民族主義はどちらも私たちが軽視できない羅針盤である[29]」と指摘する。

陳銓の創作は、抗日戦争の最も苦難に満ちた段階で、最も残酷な戦場──例えば南京大虐殺、最も重要な戦役──例えば台児荘日本軍設備爆撃（『黄鶴楼』）、最もスリリングな闘争──例えば、スパイ工作のような反日、漢奸打倒の活動を描いたことである。直接抗日戦、即ち中国人が一致団結して外からの侵略に抵抗、反撃するのは、民族主義文学の重要な品格を構成するのであり、これは政権奪取を目標とする無産階級革命文学の「間接抗日戦」とは明らかに対照をなす。

注

（1）陳銓「五四運動與狂飆運動」、『民族文学』1巻3期、1943年9月7日。
（2）同上。
（3）同上。
（4）陳銓「民族文学運動」、『戦国副刊』24期、重慶〈大公報〉1942年5月13日。
（5）同上。
（6）同上。
（7）同上。
（8）『衝突』p.104、上海厲志書局1929年12月。
（9）陳銓「五四運動與狂飆運動」、『民族文学』1巻3期、1943年9月7日。
（10）『彷徨中的冷静』（上冊）p.268、商務印書館1935年1月。
（11）『彷徨中的冷静』（下冊）p.563、商務印書館1935年1月。
（12）同上、p.609～610。
（13）同上、p.611。
（14）陳銓「尼采的道徳観念」、『戦国策』12期、1940年9月15日。
（15）同上。
（16）同上。
（17）丁暁萍、温儒敏「‘戦国策派’的文化反思與重建構想」、『時代之波』中国広播電視出版社1995、「代前言」。
（18）『狂飆』p.68、正中書局1942。
（19）同上、p.19。
（20）陳銓「編輯漫談」、『民族文学』1期、1943年7月7日。
（21）『藍蝴蝶』p.45、青年書店1943。
（22）同上、p.123。
（23）「野玫瑰」（二）、『文史雑誌』（重慶）1巻7期、1941年7月1日。
（24）同上。
（25）「野玫瑰」（三）、『文史雑誌』（重慶）1巻8期、1941年8月15日。
（26）陳銓「〈金指環〉後記」、『軍事與政治』3巻1期、1942年6月30日。
（27）陳銓「五四運動與狂飆運動」、『民族文学』1巻3期、1943年9月7日。

（28）陳銓「狂飆時代的歌徳」、『戦国副刊』31 期、重慶〈大公報〉1942 年 7 月 1 日。

（29）陳銓「五四運動與狂飆運動」、『民族文学』1 巻 3 期、1943 年 9 月 7 日。

第二十八章　老舎——自由主義文芸思潮を縦貫

老舎《ラオショー》（ろうしゃ 1899 ～ 1966）は 1949 年以前の創作では文化を主張し、文化の改革を主張するという特長をもっていたが、それは社会闘争を主旨とする左翼文学とは異なるところである。中国現代文学の啓蒙、革命、救亡（祖国の危急存亡を救う）と三大テーマが移り変わる中で、一貫して「救亡」が老舎の創作のテーマであった。

老舎も巴金《バージン》も 1920 年代、「新文化運動」の影響下にあいついで国外に出たが、老舎はイギリスで、巴金はフランスで最初の創作にとりかかっている。しかし両作家の創作における「啓蒙」は趣が大きく異なっている。

巴金が受けたのはフランスの過激な革命思想であり、個人主義に立って激しく儒教文化や東方の倫理観を攻撃した。これが「新文化運動」の主潮と重なり、すでに弱まりつつあった「新文化運動」の一支流となった。

「新文化運動」の旗手たちが、中国伝統文化に対して取ったのは「革命」であり、「思想革命」あるいは「文化革命」であり、その批判の矛先が向かったのは伝統文化の「根源」であった。「新文化運動」が文学において具体的に表した「啓蒙」というテーマが、最も強く影響を与えたのは「国民性の批判」といえよう。『阿Ｑ正伝』は「国民性の批判」の模範的作品であり、中国人の性格のマイナス面を書いただけではなく、中華民族のある時代に形成された病態心理を具体的に示しているが、それだけではない。『阿Ｑ正伝』が暴露したのは「国民の魂」である——魯迅や同時代の留日学生は、日本語の「国民性」という言葉をよく借用している。これはそもそも一国または一民族全体が共有する文化的心理である。魯迅のいう中華民族の魂とは「阿Ｑ精神」であり、中国国民の顔つきとは「阿Ｑの顔つき」なのである。魯迅が中国の「国民性」を明らかにするとき、その筆先を向けたのは伝統文学であった。彼は儒学の経典に国民性の病根があると考えていた。

老舎は『二馬』（「馬《マー》さん父子」1929）で「国民性」批判の意識を集中的に具体的に表した。遅れた「国民性」を代表するのは老馬《ラオマー》（馬老人）で、彼には阿Qのほとんどすべての弱点が集中している。愚昧、盲目的、非積極的、ペコペコ平身低頭する、だがその一方でしきりに「体面」にこだわる……などである。老舎は産業革命発生地のイギリス、先進資本主義国に行き、「中国とイギリス人の国民性を比較[1]」して、「少しもあいまいにすることなく、‘老（歴史ある）’民族の‘老（ふるい）’分子」である老馬のおくれた「国民性」を批判しつぶさに表現した。

「新文化運動」との違いは、老舎は中国人のもつ根深い弱点を批判する場合、自国の歴史を忘れず民族の祖先からの遺伝子とは書かないことである。『二馬』では近代的思想を欠いているのは老馬で、それが彼の重大な弱点であることを描いた。彼は商売を軽視し、仕事に励まず、空しく財を食いつぶす一方で、面子にこだわり、ポンドを幾らか稼ぎ、家主のイギリス人女性のためにプレゼントを買いたくて、なんとイギリス人が製作する中国人を侮辱した映画に出演する。さらにひどいことに、イギリスの将軍が中国に出陣するに当り、彼もかしこまって立ち上がり、いう。「ようこそイギリス軍」と。老舎はこれを過去の特定の時期に生じた病的心理であると書いている。作品では小馬《シアオマー》（息子の馬さん）による分析を通して、「私の親父の代では、中国人は外国人に打ちのめされて臆病になり、外国人から褒め言葉を二言三言聞いたとたんに、とても光栄だと思ってしまう。彼にはほんの少しも国家観念がなく……」と書いている。

老舎の文化改革案は革命によるのではなく、良い面を伸ばし悪い面を取り除き、建設、発展させるというものである。我が民族性のマイナス面を批判すると同時に、民族性の優秀な一面を力をこめて掘り起こしている。『二馬』は、当時イギリスで流行していた中国人を「奇妙でおかしな動物」として描いた作品に反発して書かれたのである。老馬と対照的に李子栄《リーズーロン》と小馬は中国の民族性の優秀さを代表する。李子栄は勤勉で、努力家で、着実な人であり、英国人の商業思想や科学的精神を虚心に学んでいる。小馬から見て、李子栄の優秀性は「仕事ができてもうけるのがうまい」だけでなく、「健全な精神」にあった。『二馬』の物語の展開は小馬が老馬の病的人生から離れて、自分の人間性を健全な方向に向かわせる過程である。

老舎の作品は、伝統的民族性は近代的考えかたを欠いているが、それは長い時間をかけた学習と育成によってのみ獲得できるのであり、西洋文化とりわけ「個人主義」について薄っぺらで拙劣な模倣をしていては絶対に得られないのだ、ということを明らかにした。老舎は、ルソーの自然人生論を基礎にして立てられた極端な個人主義については最初から鋭い批判的態度をとっている。彼はいう。「ルソーの極端な自由は‘自然に返る’方向に入らざるを得ない。しかし自然に帰れば個人の自由はみたされるが、同時に人が群れ集まるのは獣が群れ集まるのとどんな違いがあるのだろうか？[2]」と。彼は甚だ軽蔑的な筆致で一連の「新時代」タイプの個人主義者の像を作り出した。『老張的哲学（張さんの哲学）』における「中国と西洋の調合先生」の南飛生《ナンフェイション》、『趙子曰（ちょうしえつ、論語の‘子曰《しいわく》’を人名に用いた）』の「新タイプの人物」趙子曰《ヂャオズーユエ》、留学から帰って来た文《ウェン》博士（『文博士』）など……これらの人物に中国と西洋文化のかすを寄せ集め、かすの混ざり合った「中西混血症」を作り上げた。

こうして、老舎の作品における「文化批判」は「双方批判」となって現れた。老舎は「民族虚無主義」とも、「全面的西洋化」思潮ともまったく相いれない。老舎は欧米文化の浸み込んだ20世紀前葉の「新文化運動」と一定の距離を保っていた。厳格にいえば老舎は「新文化運動」に属していなかった。

西欧について、老舎が頑なに拒み斥けたのは西洋人の東洋観にひそむ西洋優位の思想である。五四愛国運動は中国人の尊厳を老舎に感じさせ、中国人はもう西洋の奴隷になるべきではないという思いにさせたと彼はいっているが、この意識は彼の後の作品の基本的な思想、感情の一つである[3]。彼がイギリスに行く一年前に発表した処女作の短編小説『小鈴児（鈴ちゃん)』は反帝国主義の鋭気が全編にきらめいている。『二馬』創作の動機は、西洋人の東方観に立ち向かうことであった。小説の冒頭で二十年余り宣教活動をしている伊《イー》牧師の「帝国への夢」を暴く。「彼は中国人を本当に愛している。夜中に眠れないときは、とにかく中国が早くイギリスの属国になりますように、と神にお祈りをする。また彼は、中国人はイギリス人に管理させまいとしていますが、そんな黄色い顔した髪の黒い奴らはどうあっても天国には登れません！　と熱い涙をためて神に申しあげる」と書いている。老舍の「啓蒙」というテーマはこのような西洋人宣教師の視点に基づいて作られたものではない。西洋の覇権主義という言葉を逆の面からの警告として中国人を「啓蒙」する。「中国人よ！君たちは眼を開いて見るべきだ、眼を開くべき時が来ている。君たちは背筋を正すべきだ、背筋を正すときが来ている！……[4]」と。『二馬』全編を通して、弱国の民である色々な中国人が西洋人の支配的で威張った言葉に対して示す反応を描き、中国人は国家観を養い、国と人間性の尊厳を勝ち取ろうと啓発している。老舍が馬威《マーウェイ》を書いたのは、近代国家観、新国民を書いているのであり、「国家に役に立つのであれば、何でも手元に置いて利用してよい[5]」のである。老舍の創作では、「啓蒙」の終極は「救亡」であり、「啓蒙」は「救亡」につながっている。『二馬』は老舍が創作した「救国の物語」である。

ここで老舍と「新文化運動」との違いをさらにはっきりさせる。「新文化運動」の文学のテーマの中では「啓蒙」が強調され、「救亡」は弱く、西洋文化摂取を強調し、世界主義を抱きかかえようと強調しているので、その背後の覇権主義については当然目を向ける余裕がない。老舍の作品は近代的民族国家観の養成について書いているのであり、民族主義文学の特長を具体的に表現している。

老舍は創作第一期に「救亡」のテーマを唱えたが、ならば「九・一八」東北事変（満州事変、1931)、「一・二八」（1932年1月28日）上海事変の後、1932年『猫城記（猫の国の物語)』を書いたのは至極当然なことである。

『猫城記』は創作第二期を代表する作品である。かつ『猫城記』は老舎の創作の中の「亡国の物語」である。

『猫城記』は擬人化の手法で書かれた寓言的色彩の濃い小説である。「『猫城記』は悪夢である[6]」——ダンテが地獄を歩いているような悪夢だ。社会分析だけでこのような仮説的要素で構成された作品を解読することはできない。私たちはトーマス・エリオットが『地獄篇』を解読した方法を借りてもよかろう。「地獄は一つの場所ではなく、一種の状態であり……感覚的イメージの中に存在し、人はそれを想像し、体験できる[7]」。老舎が見た内憂外患とは、日本がすでに中国に対して占領を開始し、大挙して侵犯するのも時間の問題であるのに、中国国内は深刻な分裂状態であり、一致団結して日本に抵抗する形勢など少しも見られない。そのために軍事も外交も失敗が続き、国家全体の滅亡の危険がすでに見えているといっても絶対におおげさではなかった。多くの愛国的中国人はこの「悪運」を感じとり、「中華民族にとって最も危険な時が来た」と知った。老舎はこの「悪運」、「危険」を「悪夢」と考え、「亡国」の言葉で国民——特に権力闘争に熱中する上層の人々に警告を発した。「反帝」（反帝国主義）のテーマで創作の生涯を歩み出したこの作家は激しい「反帝」精神を現わした。それは多くの中国人民の「反帝」精神と密接に通じあい、中国の知識人の憂患の伝統が現代に発展したのである。

『猫城記』の架空の物語と寓言の背後にあるのは切実な現実感である。それは作者が終始受け入れまいとする西洋の「個人主義」を批判する。小説の中の大蝎《ダーシエ》は、二十年余り以前は「新しがりや」で、あちこちで外国人をまねし、「自己中心」であった。『猫城記』のほとんどの猫人はアヘンにはまるように「個人主義」にのぼせていて、国家観はみじんもない。『猫城記』のさらに新しい写実性は、「自己中心」の猫人たちが権力闘争のためにいくつもグループをつくり、「内戦」に熱中し、無残に殺しあい、「殺しあいの結果、外国人を打倒する考えをすっかり忘れてしまい、一致して内部に向かう[8]」と描いているところに見られる。

老舎のリアリズムの独特な深さは19世紀ロシアや20世紀前半中国に生じた歴史的事実を描いたことにある。かつての「西洋化主義者」は一般に後の「内戦主義者」に変り、それと同時に「内戦」意識が強まれば「外国と闘う」意識も薄まってゆく悲しむべき心理を表現した。「内戦には玄人だが、外国との戦いには素人」という現実は、「軍事と外交の数々の失敗」という悲劇となり、老舎の「政治への失望[9]」をも生み出した。『猫城記』を覆っている悲観的な趣はまさしく本質にふれた現実感である。

『猫城記』の視点は明らかに民族主義である。民族の利益を最優先し、種々の非民族主義的集団の行為を批判する。それは強敵と直面し、民族の生死存亡がかかる瀬戸際において、とても貴重である。私たちの中華民族精神、気骨の具体的表現なのだ。『猫城記』は特定の政治力勢力に対して全体的に評価するのでもなく、特定の社会運動の全過程に対して最終的結論を出すのでもない。猫の国の人々が特定の「主義」を信奉したり、特定の「偶像」を崇拝することを書いているが、意は批判そのものにあるではなく、信奉や偶像崇拝の過程における盲目的な模倣が中国内での外国の物事をゆがめてしまうことへの批判である。模倣行為で現れる愚かさ、愚かさが民族を「亡ぼす種子」に十分になり得ると老舎は見たのだ[10]。

外国への盲信と模倣について批判する、これが老舎の「啓蒙」というテーマが唯一行きついたところである。

『猫城記』が批判していることは「現実」であり、当時ちょうど中国社会に発生し、まさに進行中の事態であった。

『猫城記』で示される「啓蒙」は『二馬』よりもさらに現実的である。その批判されるものと「亡国」とはすでに現実の原因と結果であった。

『猫城記』における強い愛国主義はダンテの影響を現わしている。『神曲』でダンテはイタリアのひどい分裂状態を鋭く批判し、フィレンツェの黒、白両党の権力闘争を厳しく責め、イタリア統一に対して熱いあこがれを伝えた。

『猫城記』はリアルに多くのことを予見する。大蝎たちは自国の人々をやっつけに来てくれと進んで外国人に頼む。土地は肥え、野草は一面に茂るが、それでも作物を作らない。学生は学生運動を行い、家を取り壊し、物を焼き払い、校長先生を殺し、先生を虐殺した。「図書館革命」では書籍を売り払い、図書館を旅館に変えた。若者は、まったく平気で自国の歴史ある文物を葬り去り……と亡国についてさえも予見する。『猫城記』全編が幻想形式によって未来に対する恐るべき予言をしているが、中でも「文化革命」についての予言が際立つ。まるまる六十年後『白鹿原』（はくろくげん）は大儒者朱先生が亡くなる前に後の「文化大革命」について予言し、過去とこれから先の事をつなぎ、民族の運命について考え、深く反省するように促した。これは「過去から未来へ式」で、「今日」の時点に立ち「明日」を予言する。旧ソ連の著名な中国文学研究者ボリス・リフチンは賛嘆する。「老舎はまことに先見の明があった……このような先見の明がある芸術家は恐らく二人と現れないであろう[11]」と。老舎は我が民族、民族のもつ文化、それらの過去と現状をよく知っていた。民族にかかわる内憂外患の情況を前にして、彼は胸中燃えるものがあったろう。外国の理論を参照して、中国にどんな混乱や奇怪なことや災難が起きるのか、と彼は苦慮した。

社会観で老舎が受け入れたのは、フランスのジャコバン派の攻撃的暴力革命思想ではなく、イギリス式の漸進的改革の道である。老舎はフランス革命について、精神上の師としていたルソーにまで遡ってフランス革命を批判する。老舎はルソーの極端な自由思想について「その弊害はフランス革命ですでにわかっている—自由を手にいれるために野性をすべてあらわにし、惨殺と恐怖時代をかもし出した[12]」といっている。老舎はイギリスの「強国の秘宝」に学べと主張して、『趙子曰』では、「実用科学」を学び社会を改良しようとする李景純《リージンチュン》の人物像を作り、『二馬』では学習と競争により強国を実現するのが理想の李子栄、反省し、空虚な革命に別れを告げ、「銃を撃たず、人を殺さぬ[13]」「栄光ある革命」の道を進んだ馬威の人物像を作り出した。「亡国の物語」であるとはいえ、『猫城記』においては、拒絶された極端な階級闘争の学説と対照して、老舎は自分の社会建設への強い思いを表現した。彼は「騒げば騒ぐほど目茶苦茶になる[14]」ことに失望し、「改善と進歩」を切望した[15]。彼はさらに進んで次のように書いている。「どんな政治的主張であっても、経済問題から手をつけねばならない[16]」と。この社会建設の思想は非破壊、再建設を考える儒家の学説に一脈通じる。

老舎の創作はスタンダールやバルザックが彼ら自身の階級の立場に立って、自分とは別の階級や時代を批判するのとは違い、ディケンズやレフ・トルストイが階級間に調和の絆を探し、社会発展の道を探し求めたのに似ている。老舎の創作方法は19世紀フランスの「リアリズム批判」ではなく、19世紀イギリスやロシア文学のテーマ「探究するリアリズム」に属す。自国に対してディケンズのように大きな影響を生んだ作家はとても少ない。道徳的教育と社会関係の調節によってイギリスの社会生活の中からある種の野蛮なものが消えた。たとえば公開の絞首刑、債務の如き監獄……などで、評論家は、「イギリスは流血革命をまぬがれたが、このかんにディケンズは一定のはたらきをした[17]」とみとめた。トルストイは暗黒、貧困、おくれたロシアに生きたが、彼が描いたものはそもそも存在するロシアではなく、暗黒の中で道を探し求めるロシアである。同時代のどの作家よりもロシア人が期待する作家としての職責をきちんと果たした、とイギリスの評論家は讃えている[18]。トルストイはいかなる社会的グループにも参加せず、どんな典型もうのみにせず、自分で実践し、根気強く探し求め、真のロシア的学説を打ち立て、精神的飢えに苦しむロシアに一つの思想を示して故郷ヤースナヤ・ポリヤーナを世界に輝く灯火たらしめた。老舎は西洋文化の波が押し寄せた時代、中国の内憂外患の重大な時にあたり、終始西洋文化と一定の距離を保ちつつ、民族存亡にかかわる高度な視点から、西洋文化及びある種の学説をうのみにするのを批判し、「内戦」を批判し、激しく分裂する現実を批判し先頭に立って統一を主張し、建設を主張した。この高度な民族主義、強く激しい「救亡」のテーマは、胡適《フーシー》（こてき）、林《リン》語堂《ユイタン》（りんごどう）、徐志摩《シュイヂーモー》（じょしま）、戴望舒《ダイワンシュー》（たいぼうじょ）、朱自清《ヂューズーチン》（しゅじせい）、陳銓《チェンチュエン》（ちんせん）、これらの作家の創作とともに、多彩で盛んな自由主義文学思潮となった。1920、30年代の中国新文学が、階級闘争を強調するための階級本位の一元的文学形式におちいるのをおしとどめ、多様で動きのある状況を形成させた。老舎の創作は現代中国自由主義文学思潮の全過程を一貫している。彼は自分の芸術で、この思潮に、豊かな血や肉を、中国の苦難の伝統と一脈通じる現代的民族精神をもたらして、代表的な自由主義作家となった。老舎が憂慮したことは避けられなかったが、『猫城記』の予言は解放前後悲しいことに現実となった。しかし彼の「救亡」のテーマや、国を強化する思想は、大災難の歳月の中でかつて人々に啓発と鼓舞を与えてくれた。大災難後、国家の強大化と繁栄への建設が進む中で、老舎のこの精神的遺産はさらに見直され貴重視されている。

「亡国」の危機にのぞみ、老舎はさらにはっきりと中国の歴史ある文明や伝統文化の近代的価値を見出していた。『猫城記』では猫の国の文化の消滅こそが国家そのものの滅亡を招く状況を描いている。猫の国の青年たちが自分らの歴史ある宝物を無感動に平気で駄目にするのを見て、はじめて「私は猫の国復興の希望を根こそぎ腐らせてすっかりだめにしてしまった」と書いている。

老舎はまず自身に中華伝統文化を「復興」したからこそ、現実の中の伝統文化を発見し表現することができた。抗日戦争が始まり、「祖国救亡」が老舎にとって正面から向きあう創作テーマになり、魂の奥で昇華させた。1937年12月、老舎は書いている。「救国は私たちの当然尽くすべき務めである[19]」と。

老舎は作家の「偉大な人格」は「大時代」（大変革の時代）と同時に生まれねばならないと考えていた。『神曲』には作者の「影と人格」が貫かれている、と彼はたたえている。『四世同堂（四世代家族）』（1944～48）は他民族との戦争における民族精神の復興を表した。そしてこれはまさに史詩の構想であり史詩の風格なのである。史詩『四世同堂』は老舎の創作の中の「復興の物語」である。

『四世同堂』は現実に「亡びゆく都市」を描き、ごく普通の小さな胡同（横町）内住民それぞれの亡国観を浮き彫りにし、それぞれの亡国観を五千年の文化の前に置いて検証し、中華民族の史詩に独自の文化意識を内在させ「文化の史詩」に作りあげた。

冠暁荷《グアンシャオホー》によって代表される投降者グループの本質は文化の投降である。冠暁荷はずっと以前から中国を軽蔑していた。彼は外国人にひれ伏し、外国人に生まれなかったのが恨めしいと思うほど外国人が羨ましかった。雑文屋で漢奸（裏切り者）文人である藍東陽《ランドンヤン》はなんと日本も彼の国家であると考えていて、高熱のうわ言で「天皇万歳」と叫び、日本人の興味を引き、彼の全身にレントゲンを照射して、内蔵はどんな特別な構造になっているのか、なぜそんなに日本に忠誠を表せるのか、見ようとするのであった。老舎の結論によると、これら投降グループは「中華民族五千年の文化とは少しも関係なく[20]」、彼らは「民族が卑屈になった産物」なのである[21]。

祁瑞宣《チールイシュアン》、詩人の銭《チエン》さん、小羊圏胡同《シアオヤンチュアンフートン》（横丁）の社会の底辺でくらす人々は、それぞれちがった方法で奮起抵抗するが、彼らを支えているのは古い中華文化である。中華文化は抵抗者たちに精神的なよりどころを提供し、抵抗者たちは中華文化史に「肯定的あかし[22]」を残した。抵抗者たちがもっている伝統文化の精神は近代国家観に通じている。祁瑞宣のためらい、自責の思いは抵抗するか投降するかにあるのではなく、「孝を尽す」か「忠を尽す」のかにあり、これは「身を修め、家をととのえ、国を治め、天下太平を保つ」という儒教を学んだ者の理想をどのようにして実現するかというためである。詩人の銭老人の無為、自然、自主という道家の人生観が、ひとたび国難にあうと、国家観が突然生まれ、「彼の詩歌、礼儀、絵画、道徳観がそのまま一つの信念となって、身を殺し正義をなそうとするのだ」。八十歳の誕生祝いができないことだけを心配している祁《チー》老人といえども、亡国の屈辱を目にして、自分が死んだら日本兵が監視する城門からお棺を担ぎ出せるかと心配している。『四世同堂』は中華文化が民族興亡の戦争の中で『神曲、煉獄編』のような洗礼を受け新生を獲得する姿を表現した。老舎は 1941 年『大地龍蛇（大地の非凡なる人々)』序の中で書いている。「抗戦する中で、私たちはもとから持っていた文化の力を知ったが、欠点も見えた——抗戦が‘エックス線’を文化にあてたから[23]」と。

こうして、老舎は文学観の西から東への移行を完成した。1920 年代創作第一期では、馬威が近代国家観をつちかったのは主として西洋から学んだ結果であることを描いたが、40 年代第三期に進むと、抵抗グループと投降グループについてそれぞれの中華文化の「根底[24]」の違いを強調した。『四世同堂』における「復興」は中華伝統文化が洗礼を受け新生するのである。これは老舎と「新儒学」が道は異なるが到着点は同じであることを示している。「新儒学」のリーダー的人物梁漱溟《リアンシューミン》は中国の文化改造は「中国人の根本精神」から切り離すことはできないと主張して[25]、「新文化運動」がピークにあったとき、それを評して「中国における西洋化が起っただけである」といった[26]。

『四世同堂』は中国現代文学の「啓蒙」というテーマに新しい意義を与えた。即ち民族精神の啓蒙、民族意識の啓蒙である。民族文化の復興と民族の復興とを一つの現実として書いたが、「啓蒙」と「救亡」はすでに一つの炉の中でとけあっていた。「救亡」は老舎の総合テーマである。中国文学史上、老舎のすべての重要な創作は、いずれも民族主義の範囲に入るものである。

注

（1）「我的創作経験」、『老舎文集』vol.15、p.292、人民文学出版社 1990。
（2）「文学概論講義」、同上、p.105。
（3）「“五四”給了我什么」、『老舎文集』vol.14、p.346、人民文学出版社 1989。
（4）「二馬」、『老舎文集』vol.1、p.409、人民文学出版社 1980。
（5）「我怎様写〈二馬〉」、『老舎文集』vol.15、p.176、人民文学出版社 1990。
（6）「〈猫城記〉自序」、『老舎文集』vol.7、p.309、人民文学出版社 1984。
（7）トーマス・エリオット「ダンテ」、『英国作家論文学』p.475、三聯書店 1984。

（8）『老舎文集』vol.7、p.332、人民文学出版社 1984。

（9）「我怎様写〈猫城記〉」、『老舎文集』vol.15、p.188、人民文学出版社 1990。

（10）『老舎文集』vol.7、p.453、人民文学出版社 1984。

（11）『月牙児〈前言〉』キエフ 1979、ウクライナ版、宋永毅『老舎与中国文化観念』p.184 より引用、学林出版社 1988。

（12）「文学概論講義」、『老舎文集』vol.15、p.105 人民文学出版社 1990。

（13）『老舎文集』vol.1、p.555、人民文学出版社 1980。

（14）『老舎文集』vol.7、p.424、人民文学出版社 1984。

（15）同上、p.423。

（16）同上、p.439。

（17）アンドレ・モロア『ディケンズ評伝』p.2、山西人民出版社 1984。

（18）ヘンリー・ギフォード『トルストイ』p.138、中国社会科学出版社 1989。

（19）「大時代与写家」、『老舎文集』vol.15、p.319、人民文学出版社 1990。

（20）『老舎文集』vol.6 p.254、人民文学出版社 1984。

（21）同上、p.237。

（22）『老舎文集』vol.5、p.77、人民文学出版社 1983。

（23）『老舎文集』vol.10、p.289、人民文学出版社 1986。

（24）『老舎文集』vol.5、p.77、人民文学出版社 1983。

（25）『梁漱溟全集』vol.2、p.274、山東人民出版社 1989。

（26）『梁漱溟全集』vol.1、p.539、山東人民出版社 1989。

『四世同堂』──中国現代文学の総括

老舎は抗戦文芸に身を投じたが、それには『戦争と平和』の影響があったのである[1]。

トルストイと同時代の小説では、重大な歴史的事件は一般的に個人の経験や行動の背景として書かれるだけである。こうした背景は個人の運命とほとんど内的関係がない。例えばフランス大革命とバルザックの作品の主人公グランデ老人（『ウジェニー・グランデ』1933)、1848年革命とフローベールの作品の主人公モロー（『感情教育』1945）である。だがトルストイは歴史的事件も述べず──心理についての彼の興味は事件に対する興味にまさっていたが──静態心理も書かない。トルストイは人物の心理及びその動きと広大な歴史の中の生活とを一つに結合させた。この結合は、新しい小説の形式を生み出した──すなわちトルストイは「心理歴史小説[2]」と称しているが、「近代的史詩」ということもできる。

『四世同堂』は中華民族の生死存亡にかかわる民族戦争を模索し構成するとき、民族の文化心理をつとめて掘りさげ、民族文化心理の深層を重大な歴史的事件と有機的に結びつけた。『四世同堂』はトルストイが創造したところの「心理歴史小説」であり、中国の「現代史詩」である。

『四世同堂』と『戦争と平和』は、それぞれの民族が経験した戦争を描くとき、一つの系統の哲学と文化をもう一方の系統と対立させる様式を用いた。

『戦争と平和』ではクトゥーゾフのもつ東洋哲学と、ナポレオンを代表とする、当時ヨーロッパで流行した歴史理論との鮮明な対立を構築した。

『四世同堂』の中の二つの対立は、本質は二種類の民族がもつ性格、心理、哲学の対立であり、二種類の文化の対立である。

トルストイは内に秘めた諷刺でもって──ある時には嘲弄の形で、ナポレオンの世界制覇の野望を描いた。『四世同堂』では侵略者の心理を指摘するのに、いわゆる「皇国観」に筆を集中させている。祁瑞宣が勤務する学校の日本人教員が全校教師と学生に向かって、息子の中尉が河南で戦死したことを報告し、それを「最大の、最大の、光栄」といい、なぜなら「日本が中国で戦うのは中国を亡ぼそうとするのではなく、中国を救おうとしている[3]」からだという。学者の山本の愚かさは、日本式の愚かさである。小説では瑞宣によって日本人にはっきり示されている。「あなた達の愚かさがあなた達を狂わせ、自分たちは最も優秀で、当然主人たるべき民族だとしか考えていないが、進んであなた達の奴隷になる民族はどこにもいない、それが分かっていない[4]」と。

『四世同堂』がくりひろげるのは、日本の「皇国観」と中華民族文化の鋭い衝突である。

> 戦車のひびきがさらに大きくなり、空も地面もふるえている。
>
> このうえなく平和を愛する中国の平和をいちばん愛する北平《ベイピン》は、歴史を経た知恵と心血をそそいで築いた湖や山、宮殿、祖先を祀った廟、寺院、庭園、楼閣と色とりどりに九龍を画いた目隠し塀、ひと抱えもある老松柏（このてかしわ）、重く枝を垂れた緑の柳、白玉の石橋、四季の草花、そこでかわされる涼しげな話声、おだやかで美しい礼儀ある様子、誠実な商取引、ゆったりした歩調、宮廷の人々のために唄う京劇……何らわけもなく、わけもなしに、突然飛行機と戦車に侵された空とアスファルトの道路！
>
> 「兄さん」老三が声をかけた。
>
> ……
>
> 「ぼくは行かなくちゃ！　兄さん！　ここで亡国奴になるわけにはゆかない」
>
> ……
>
> 「どこでもいいが、日の丸の旗の下にだけは生きていることはでき

ない！[5]」

　彼女（韵梅《ユンメイ》）はどんなものが文化であるか説明できないけれども、ただ自分の文化と思われる方法でみんなと——端午の節句はかならずちまきや、さくらんぼや、桑の実を食べて——生きてこそ楽しい。彼女は北平は変わってしまったと思った。一家の老人や子供がぽかんとして何もすることがない様子を見ているしかないほど変わってしまったとしか思えなかった。これは日本人が北平を占拠している結果だと彼女は知っているが、国が亡ぶとは自分の文化の方法で生きることができないことだと、要領よく話せない。彼女はただ極度の不快感を覚えるだけである[6]。

『四世同堂』では侵略者の悲劇は、彼らのもつ技術文化は理性ある文化について何も解っていないことにある、といっている。

　日本人はかなり細心である。中国のすべてについて、彼らはずっと以前から綿密な観察と調査を行い、中国人を最も理解しているのは自分らだと自負しているが……しかし、彼らは中国が層の厚い文化国家であることを信じず、武器の数量のみですべてを推しはかる[7]。

中国人が西洋にならう運動を始めて以来文壇に充満する盲目的な外国模倣や崇拝し媚びる風潮を、老舎は一掃し、いわゆる「国民性」批判とは反対の道を進み、侵略者の「島国根性」に対して中華の「大陸性」が示すさげすみを表した。

　大きくいって、日本人は哲学、文芸、音楽、絵画、科学いずれも独創性がないので、先をよむ見識も深い思想もない。髪の毛のように細心で、鼠をつかまえるのに象を捕らえるような力と策略をつかう[8]。

> 瑞全のような多くの青年……彼らの心は少しも狭いわけでもなく過激でもないが、自分の国家のことになると、理由もなくほとんど一人よがりで、かたくなで、別の見方や意見を受け入れない——彼らは自分の国が最高で、永遠に完全で、輝き、栄えるように望んでいる。彼らは誇りをもってこうしているが、それは歴史上もったことのない新国民の気概であるからだ。彼らの自尊心と誇りによって、かれらは日本人を深く恨まずにはいられない、でもそれは日本人が数十年来、毎日彼らの国家の尊厳を傷つけ、国土を破壊しているからだ[9]。

北平が陥落し、この悠久の歴史と輝かしい文化で有名な都市は“滅亡”という屈辱的コートをまとい、人民は「亡国奴」に落ちぶれてしまった。『四世同堂』は場面を北京市内の小羊圏横町にしぼって、ごく普通の横町の住民たちが国の亡ぶ際に示すそれぞれの亡国観を浮き彫りにした。それぞれの亡国観を五千年の中国文化の前にすえて、検証したのが『四世同堂』の特色である。この特色は中華民族の史詩に深い文化的意味をもたせ、史詩や小説を『文化小説』或いは『文化史詩』にしたのである。

投降の亡国論者の群れは、みな個人主義者である。冠暁荷の考えによれば「自分のことしか分らない」とか「自分自身がすべて」としか思っておらず、「自分の理想的な生活水準に達するためには、してはいけない事はない。すべてがいつわりで、国家や民族ですらすべていつわりのもの、自分の酒や食事、女性、衣服、お金これらのものだけが真実なのだ[10]」と思っている。大赤包《ダーチーバオ》（冠暁荷の妻、からすうり夫人）の客間で、彼女は何でもよくしゃべるが、国家のことについてはおしゃべりしない。目立ちたがりで、心地よく生活したいとしか考えていない。彼らは日本の占領を「政権交代[11]」とみなし、習慣的に「君主が替われば臣下も替わる[12]」と考えた。そこできそって「開国の功臣[13]」になろうとした。大赤包は腹黒く悪らつで、早い者勝ちとばかりに「北平妓女検査所所長」になって、すすんで占領者にすべてを提供し、占領者に歩調を合わせて、アヘン、賭博、売春、ダンスなどを一ヶ所に集めた「新世界[14]」設立を手伝った。彼らは日本人の特務になるのは光栄なことであり、官職昇進と考え、そこで遠慮することなく大いに祝った。彼らは申しあわせたように占領者が永久に占領しつづけてほしいと希望した。

これらの亡国の時運に生じたかすは、「皇国観」の奴隷である。『四世同堂』で示された投降という亡国論の本質は文化の投降である。

冠暁荷はかつて政府の役人になれなかったので、ずっと以前から中国を軽べつし、中国には少しも希望がないと思っている。以前はイギリスやフランスが好ましかった。日本人が北平に進攻すると、「好運をもってきてくれたので、日本人は好ましい[15]」と考えが変った。だから、彼はもともと抗日思想など少しももったことがない。外国人の前にひれ伏し、外国人に生まれなかったのが残念だと思うほど外国人が羨ましかった。彼だけでなく類は類をよび、北平陥落後、売国奴の文人、藍紫陽《ランズーヤン》はペンネームを「東陽《ドンヤン》」と改めた。日本人が「有名」になるチャンスを与えてくれたことに感謝した。彼はついに日本も彼の国であると思うようになった[16]。「皇国観」がすでに彼の骨の髄にまで浸み透り、潜在意識になってしまった。熱にうなされたうわごととはいえ、彼が「天皇万歳！」を叫ぶので、日本人は彼の身体のあちこちにエックス線をあて、そのフィルムを研究材料として日本へ送り返し、心臓、肝臓、脳や肺が特別な作りになっていないか、何故かくも日本に忠誠であるのか、日本人に調べようと思わせるほどである[17]。

投降の亡国論者は日本の「国民性」は中国より秀れているとまで考えるようになった。彼らは日本人の清潔好きなのを見て、さらに「日本人だけがこの世で最も義理人情の分かる人[18]」と深く信じた。大赤包が投獄されると、夜中に日本人私服警官や憲兵ら三人が来て捜索が行われ、冠暁荷は寝ぼけたままで日本人が来たと聞くと、なんと、暗夜に光明を見たように、うれしさを足の指先にまで伝わらせて、冬を越した春の柳のように頭を深く垂れて日本人に向かっておじぎをした。捜索が終り、家から追い出され、封鎖されてもなお、大手を振って悠々と立ち去る日本人の後ろ姿に向い最敬礼をした。その後もまた、あの三人は「なりすましていた」のであり、「本当の日本人は決してこんなことをするはずがない」と考えた。悲しむべきは、災難が迫り、日本人に「消毒」(生き埋め) されようとしているのに、彼の奴隷根性は改め難く、日本人をよい方に考え、下痢に苦しむ友人に説明する。「恐らく風呂にいれ、服を換えさせるのだろう。これは必要な手続きで、日本人は衛生や清潔を重く見る、私には分かっている!」と。たとえ日本人にトラックに乗れと命じられ、そのまま郊外の万人の穴に送られても、彼はあいかわらず正規の病院につれてゆくのだろうとしか推測できないのだ。

冠暁荷やその類の人のすることなすことが、中国人を烈火のように怒らせたので、日本人はびっくりした。

『戦争と平和』では物語が終わってから一万語に及ぶ哲学的後序二編を書いて、史詩の哲学的探究を完成させた。老舎は『四世同堂』の中で、人物の動きや物語の進展について、随時随所に文化に関する見解を発表し、史詩の文化的味わいを深め、小説の形式でもって 20 世紀初頭から始まった東西文化大論争に直接加わった。冠暁荷について、老舎は書いている。

> 彼は確かに北平の文化の中にいる虫だが、文化の奥深くまでもぐりこんではおらず、彼の文化は、ただ紙一枚ほどの薄さである。彼が気をくばれるのは酒や食物や男女のことだけ、香片茶と竜井茶の飲み方の区別ができるだけで、事の正否善悪については気にしようとせず、あいまいな気ちがいじみた微笑を浮かべるのみである(19)。

大赤包について、老舎は書いている。

> かりに文化とは一筋の渓流であるとすれば、彼女は渓流の泡であるが、泡はふさわしい所に出あえば、美しく見えることもある。彼女が

何が文化であるか知らないのは、ちょうど魚が水はどんな化合物であるかを知らないのと同じである。だが、魚が泳げるが如く、彼女も文化をもてあそぶことはできる[20]。

老舎は、これら投降した亡国論者は「中華民族五千年の文化とは少しも関係しない[21]」と結論づけている。彼らには中国文化の精華も分かっていないし、外国文化のどんなところに手本とする価値があるのかも知らずに、ひたすら模倣して、異なるものが合わさった人間になってしまった[22]、と老舎は考えた。『四世同堂』では文化の投降者たちに対して激しく軽蔑の意を表している。

国家が滅亡に瀕しているとき、西洋かぶれが最も恐ろしい……投降するとなると、必ず外国人よりひどく自分たちの文化と文物を破壊する[23]。

『四世同堂』は現実の社会心理のマイナス面を単純に「民族特有の悪習」と民族になすりつけずに、古い歴史と伝統文化の中まではいりこんで根源を掘り出す。投降する亡国論者を、「民族が自信を失った結果の産物」としている[24]。外国に対する盲信的な心理を半植民地の産物と評している。100年前から中国は外国人の侮りをさんざん受けて、中国の皇帝たちも総統たちも人民の反抗を許さなかった[25]。この見解は梁漱溟の意見と一致している。内憂外患に直面して、梁漱溟が憂慮したのはいっぱいに広まる「西洋化」であった。1921年彼は書いている。「唯一の東方文化発生地中国も西洋化に押され、西洋化が始まってすでに何十年もたち、東方化を受け入れて久しい中国人も、生活を変えないわけにゆかず、西洋化を受け入れた！[26]」と。

20世紀初めの二、三十年間、中国文学が自国の伝統文化に対してなんら働きがなかったのに反して、『四世同堂』は抗戦文学の形で、中国の大地に繁殖する反植民地心理、及びその心理から孵化した売国奴文芸を明らかにして、民族の最大の声を奏でている。

史詩の魂は民族精神なのである。

『イーリアス』はアキレウスの「憤怒──怒りをしずめる」ことを通して、盲目の詩人ホメロスの民族の前途に対する憂慮と救出を表現した。

トルストイはロシア精神を形に表した作家である。ロシア上流社会の奴隷的フランス崇拝の風潮の中で、トルストイはロシア精神を高く評価している。彼は農民からロシア精神を発掘し、貴族たちのロシア精神も表した。彼の作品において貴族と人民との間を調和させる帯はロシア精神にある。『戦争と平和』ではクトゥーゾフをロシア全人民の代表として描いているが、それは単なる統率者としての意味ではなく、もっと重要なのは、彼はロシア全人民の精神的リーダーなのである。ロシア民族が1812年反侵略戦争で得た勝利はクトゥーゾフによって代表されるロシア精神の勝利であった。

『二馬』から『四世同堂』まで、老舎は西から東へ移る道筋を完成させた。『二馬』では李子栄や馬威が新しい国民観を養ったのは主として西洋から学んだ結果であることを描いた。その後、老舎はまず自身が民族精神を「復興」してはじめて、伝統文化が現実に復興するのを発見した。老舎と林語堂はいずれも中華民族の文化を再構築した作家である。

『四世同堂』の構成で最も重要なのは「亡国」の大群の中にいる抵抗論者たちである。

これら抵抗論者たちは「惶惑」（『四世同堂』第一部、恐れ惑う）、「偸生」（第二部、いたずらに生きながらえる）という屈辱を経て、それぞれ異なる方法で奮起し抵抗する。その間に彼らを支えたのは古い中華文化である。

これまで草花の栽培、読書、絵画、詩の朗唱などに心酔して国家の大事は気にしなかった詩人の銭さんが、「亡国」の前では頑として志を曲げようとしない。それは彼が「本物の中国人」だから、「本物の中国人は、彼の詩歌、礼節、絵画、道徳をもったまま、それらが一つの信念となって身を殺し正義を行うのである」と老舎は書いている。

瑞宣は身心の苦痛、恥辱の重荷、しきりに自らを責め、反省し、長い間ためらい、さ迷ったが、それは決して抵抗するか投降するかではなく、孝を盡すか忠を盡すかの間で迷っていたのであり、いかにして「身を修め、家をととのえ、国を治め、天下を安定させる」かという儒教を尊重する者の人格論に原因していた。

小羊圏横町の社会の底辺では、民族文化心理の蓄積のもと、ほとんど全員が一致して外国人占領者を憎み、売国奴を憎んだ。「人々は国家の大事がどのように推移するのかまったく分かっていないが、冠暁荷は人間らしさがないと皆が一致して思っている。

金もうけに熱心な金三《ジンサン》だが、結局は冠暁荷のように堕落しなかった。それは「冠家の人たちは犬の群れだが、この金三爺《ジンサンイエ》は黄帝の子孫である」と自覚したからであった。

中華文化は抵抗論者たちに精神的支えを提供した。抵抗論者たちは中華文化のために「好ましい証拠[27]」となった。

『四世同堂』三部作は中国民族の文化と歴史を再構築し、五千年の文化史のために「好ましい証拠」となったのだ。

『四世同堂』は梁漱溟の「本位文化」理論を目に見える形で表現した。文化改造は「中国人の根本精神[28]」から切り離すことはできない、と梁漱溟は主張する。老舎は詩人銭老人の国学の知識と修養に中華民族の文化の「根底[29]」を見た。小説ではさらに、祁瑞宣が子供に奴隷化教育を受けさせず、子供に中国の歴史と文化について語っているが、それは彼の「抗日最後の防衛線」のようである。「陥落した都市」にいる彼は語っているうちに、「はなやかな輝き、あちこちの周代の青銅器や漢代の瓦、唐詩や、晋代の書、梅咲く峰や蓮池のある中華」が目に浮かび、「希望と光の将来」が日に浮かんだ。

『四世同堂』は中国の伝統文化が普通の人々の中に深く根ざすようすを描き、東方文化の悟性的である特長を表現し、知的文化から区別した。冠暁荷は「国家」「民族」「社会」といった名詞を使って壇上で講演することもできるが、名詞の数はほんの少しにすぎず、もしも売国行為によってもっと美味しい物が食べられるなら、もっときれいな服が着られるなら、彼は「目ばたきもせずにさっさと売国行為をするであろう」。高亦陀《ガオイートゥオ》はもともと薬草の心得が少しあり、日本へ行き西洋医学を少し学んだので、占領軍の必要に迎合し、「中国西洋の医学を修める」という看板をかかげて大赤包（からすうり夫人）が運営する「妓女検査所」の秘書になった。売国奴の知識は中華文化の精髄とは無縁である。しかし、「小崔《シアオツイ》たちはそういった名詞を話せないけれど、胸の中に勇気や負けん気、とりわけ日本人には従わないという勇気をもっていた」。長順《チャンシュン》は学校に通ったことがないので、簡単な足し算引き算ができるのとふだん使う字が少し読めるだけで、そのほかのことはほとんど分らないが、外国の侵略を目にすると抗日の前線にかけつけようとした。小羊圏横町の「無学の人々」はほかにもいる。面子に一生こだわり、死ぬ時も体面よくと考える孫七《スンチー》、これまで人を殴ることを口にしたこともないのに日本憲兵に痛快なビンタをくらわせた李四《リースー》爺《イエ》、切り殺すこともしかねない、そして意気地無しをいちばん軽蔑している棚作りの劉《リウ》さん、死ぬのは恐ろしくないが、死後お棺を日本兵が監視する城門から担ぎ出せるかどうか、それだけが気にかかる祁老人などである。皆程度こそ違うが正常な「人民の気概」を具体的に表し、民族文化の精髄をよく理解している。老舎の視点はイギリスで学ぶ馬威から中国本土の堂々とした人々の集まりに移ったのである。

トルストイにおいては、高い教養をもった探求する主人公が、精神的危機にぶつかるといつも正規の教育を受けたことのない「実直な武骨者」に助けを求めるが、これは厚く深い信仰心は労働する人民の身に存在することを明らかにしている。労働者の生活と信仰の結びつきはとても緊密で、彼らは生活全体で信仰を受けいれているとトルストイは考えていた。社会の風潮が悪化する時代に、トルストイはロシア農民の中に希望を見つけ、農民は人類最高の信仰を具体的にその身で現わしており、貴族も全ロシアもこの自然の天性と一致した「人民の信仰」に帰依してこそ救われる、と考えた。これらの字も読めない、教養もない農民の信仰は、民間に伝わり、伝説や格言や物語の中の遺訓に反映され代々伝わったものであると、トルストイは知った。カラターエフが口を開けば出てくる格言は人類の知恵と信仰の結晶である。

『四世同堂』においても次のような事実を発見している。知識の低い人のほうが、国家や民族について厚く深い感情をもっていて、この感情の源泉は古くからの文化である。常二爺《チャンアルイエ》は西直門《シーヂーメン》で日本兵から辱しめにあい、土下座を強要され、中国人として人格に汚点を加えたと感じた。「自分は中国人であり……字もたいして読めないが、孔子さまから伝わってきた礼節と恥は知っている。食べているのは糠のような粗末なものでも、話すことには愛と正義がある[30]」と彼は思った。家に帰るとそれ以後食事もしようとせず、悲憤の余り死んでしまった。瑞宣はこのような農民の姿に希望を見つけ、この件について文化論を発表して、「これが中国人であり、中国文化である！……彼らは何も持っていない、清潔な着る物も、粉になった茶の葉さえもないけれど、彼らはすべてを持っているように見える。彼らには自分の生命と数千年の歴史がある。彼らは生きているというより何か彼らにも分らない責任と使命のためにもがいているように見える。ぼろぼろの汚れた服をはぎ取れば彼らは尭舜のように神聖純潔であり、偉大であり、揺るぎない！[31]」と述べた。

中国の伝統文化は国家観に通じる。

儒家の人格論で自己を形成する祁瑞宣の自責や反省の大きな問題は、どうすれば「孝を尽す」ことが「忠を尽す」ことをさまたげずにすむか、どうすれば両立させられるかである。両者のうち頭の中に絡みつき、彼の人格論の中心を占めたのは後者であった。彼の最大の責任感は国に忠を尽すことであった。国に忠を尽せないのは恥を忍んで生きることであり、恥辱であり、罪であると彼は思った。「煉獄」の中にいた彼の「新生」は「国難に身を投じる」ことであった。「愛国心」が彼の信仰となった。

詩人銭さんの無為、自然にまかせる、自主（自分の意志で）という道家の人世も実社会の人世である。ひとたび国難にあえば、国家観が直ちに生まれてくる。「よく分らないことは話したくないので、私はこれまで国家の大事に無関心な人間だった。しかし、誰かが我が国を滅ぼしに来たならば、じっと耐え忍んではいられない！」。「私がきままに暮らしていられるのは、すべて国のおかげだ」これが彼の考えである。自分の心は「永遠に中国人の心である」と彼ははっきりと意識した。そして道家の「心」は外からの力で屈伏させることはできないのだ。銭さんは日本人が彼の管理者になるのは容認できなかった。肉が裂け血を流して酷刑を受けても、命が危うくても節を全うし、命をすっかり国に預けて、中国の若い人が自分の国を愛するように導こうと、ひそかに決心した。

しかし抗日戦までは、祁瑞宣と銭黙吟《チエンモーイン》の国家についての意識はまだ目覚めていない状態であった。「国家とは何か？ときかれたら、もしも戦前であれば、瑞宣は恐らくしばらくためらってからやっと答えたであろうが、その答えはきっと公民教科書通りの無機質な定義にちがいない」。銭老人は国の政治にずっと無関心であった。それには社会文化的な原因がある。梁漱溟は「歴史──文化」研究を通して、解放前の中国は「倫理本位の社会[32]」であり、「国家意識が低い[33]」と結論を出した。梁漱溟はさらに国内外の環境がいやでも中国を近代的意味の国家にさせたと考えた。

老舎は小説の形式でもって、中華文化の民族戦争中に体験した洗礼が、国家意識を高めたことを具体的に表現した。『火葬』（1943）は文城の人民は最後の戦闘で侵略者のせいで、人民自身の文化心理の消極性のせいで市内を「火葬」して弔った。『四世同堂』では、「このたびの抗日戦は中華民族の大掃除になるべきで、一方では敵を追い払わねばならず、また一方で自分のゴミもきれいに取り除くべきだ[34]」という。20年代の李子栄、馬威のもつ新国民観は、ここに至って、民族主義の大きな思潮を形成した。

『戦争と平和』の「探究する主人公」ピエールとアンドレは1812年民族戦争で魂の「煉獄」を体験し、「人民の思想」を獲得し、「報国至上」の観念を実現した。

『四世同堂』で文化を分析する主人公はサルトルの同時期の『自由の道』三部作の主人公と同じように、抵抗の戦いが人生を二分する分界線になった。詩人銭さんは占領者日本の監獄で孤立する「個人」と訣別し、国家と緊密に結びついた「新人物」として、かつて国事に無関心であった罪を償い、監獄を「個人の運命と国家の運命の連結点」にしようと決心した。祁瑞宣からすれば、抗日戦が爆発してから、国家とはもはや融通のきかない定義ではなく、血も肉も色彩も音もある巨大な活きものであった。彼はこんなにはっきりと国家を感じることができるとは思いもしなかったし、こんなに烈しく愛しているとは意外であった。彼は逮捕、入獄、父親の痛ましい死、次弟の堕落など試練を経て、「四世代家族」のかなめとして、ついに民族戦争の中に位置を見つけた。『四世同堂』は抵抗する「自由」の精神を「選ぶ」ことで、世界の反ファシズム文学の主体に合流した。

同時に、中国の家族制度も抗日戦争の「煉獄」の洗礼を受けた。近代的国家意識に目覚め、国家意識形成の過程で、固有の「四世代家族」は「足かせ」になる可能性がある。祁瑞宣は「孝を尽す」と「忠を尽す」両方を全うできない矛盾に苦しみ、恥辱を感じつつ「何もせず生きている」というような、長い間そんな境遇にいた。しかし「四世同堂」は「専制王国」ではなく、文化の異なる層を包容し、新旧文化の合流点となり、道徳継承の帯となった。『戦争と平和』は回想する心情でロストフ家の家風を描いている。『四世同堂』の銭家と祁家の家風は、前者は家族を励まし身を捨て国に盡し、後者は家族を支えつつ芯のある柔軟さで抵抗する。祁瑞宣は民族戦争のもと自分の位置を見つけてからも、理由なく「孝悌之道」を捨てずにいた。だが祁瑞豊《チールイフォン》は国家に背くと同時に「四世同堂」の家からも離反した。抗日の中心的活動家祁瑞全《チールイチュアン》が前線に駈けつけるため家を出た時でも家と対立していない。勝利の前夜、彼は力強い「新中国」のシンボルとなって八年ぶりに北平に、そして「四世同堂」の家に帰って来た。「四世同堂」と彼は新たな表情で「新時代」に入るのだ。

血縁をきずなとする家庭文化は儒学の最初の起点である。「孝悌はそれ仁の本なるか！」（『論語・学而』）『四世同堂』は文化論議の中にではなく、家庭生活の細部の描写に東方文化について作者の中心的考え──熱い愛情をこめた家庭倫理が現われている。「倫理関係は家庭から始まるが、家庭でとどまらず[35]」、社会にまで及ぶ、それが「中国社会倫理」である[36]。「四世同堂」の思想はその倫理とともに近代国家観に通じている。

『四世同堂』は、中国人の考えに根ざした「戦争によって平和を求める」平和主義と占領者日本の「平和によって戦争を求める」戦争主義、二つを並べて大きな違いを表現した。中庸を神妙に守る瑞宣は抗日の勇気ある人々の壮烈な行為を聞き、異常に興奮する。中国人は平和を好むが、勇気を出して命とひきかえにしなければ実現できないことを彼は知っている。『四世同堂』は、新文化運動以来展開された東西文化大論争に、小説の形式で加わった。急進派の「民族性」に対するむなしさを終らせ、杜《ドゥー》亜《ヤー》泉《チュアン》（とあせん）に似た見解を示している[37]。

瑞宣は勝利のニュースが報道された時なお将来の展望について文章を書こうとし、血の教訓を経て、誰も二度と武力を用いないように望んだ。抗戦の中堅人物だった瑞全が描く戦後の青写真も「永遠に平和な世界」であった。日本が投降して、祁老人が考えたことは皆が静かに「太平の日々」を過ごすことであった。中国人民は野蛮な侵略者が始めた野蛮な戦争に立ち向かってきたが、本性を失わず、戦争狂にもならず、野蛮化もしなかった。

『戦争と平和』はロシア人がロシア精神のすべてでもって1812年の戦争を理解しようとするようすを描いている。彼らは力で人を殺し、亡ぼすのではなく、全力を傾けて人を救い、同情した。彼らの行為は一つの目的をめざしていた。総力をあげてフランス軍と戦い、うち破り、ロシアから追い出すことである。敵兵を追撃するときには、敵兵に寛大さと人情を示した。戦争はロシア人の厚い信仰心を押しつぶすことはなく、かえって人々は精神的な信仰の面での復活を得た。

『四世同堂』は、抗日戦勝利の後に来たものは、中国人の平和で善良な天性の復活であることを入念に描いている。数千年の文化が培ってきた「一視同仁の心」は、韵梅を戦争のあの被害者——日本の老婦人に同情する気にさせた。敵に同情できる、それは北平から出たことのない韵梅という中国婦人に自分がとても立派であると感じさせた。詩人の銭さんは明月《ミンユエ》和尚の影響で、国を回復し仇を討ったことにより全面的に戦争が消えるのを見た。彼の新しい理解は、抗日戦争は単に目には目を歯には歯を式に仇を討つだけではなく、将来の平和が建設できるように、兵力乱用のむだな戦争に打撃を与えた、ということであった。ひとめぐりした新しい意義をもつ理想が彼の心に新たに生まれ、「私はまた自分を見つけた」と彼はいった。そして孫の名を「銭仇《チエンチョウ》」から「銭善《チエンシャン》」に改めた。

『猫城記』(1933) が「亡国の物語」に入るとすれば、『四世同堂』は「復興の物語」である——それは未来を展望し、民族精神の復興である。中華民族精神は「地獄」や「煉獄」を経て、「天国」に到達し、「新生」を獲得した。老舎は林語堂《リンユイタン》と同じように抗日戦争を民族精神にとって「煉獄」であるととらえた。林語堂は 1939 年に予言して、中国が戦争を通して新生を獲得するのは現実のことになる、といっている[38]。

『四世同堂』は、民族の危機を前にして民族伝統文化が中国人を集結し外国の侵略に抵抗する民族戦争に奮い立たせ、この民族戦争はまた中華文化に「洗礼」を経て新生を獲得させたことを語っている。民族文化は史詩の正当なテーマとなり、神聖な意義が与えられた。同時に、民族、民族の運命と前途は、個人本位や階級本位を超越して最高の地位を獲得した。「中華民族万歳[39]」の声が『四世同堂』の上空に響きわたった。これは老舎が自由主義作家としての独自の表現なのである。

抗日戦争中、作家は「無党無派閥の精神で」「心血を国家にささげ」、「共に祖国の危急を救い生存をはかる責任をもつ[40]」べきである、と老舎は主張している。彼は「一致して倭寇に抵抗するべき」で、「作家は個人的な私生活を捨て、団体を新たに作り、国家社会を家とする公的生活をするべきである[41]」と意見をのべている。『四世同堂』は『京華煙雲』(1939. 邦訳『北京好日』)など独自の思想をもつ作品と同じように、テーマの特長は「直接に抗戦参加」にある。老舎が認める抗戦文芸の特長は、「直接であること、つまり、抗戦の国策以外、抗戦文芸はほかからの指揮を受けない……」ことにある。また彼は「文人はお互いに尊重し、文章で互いに罵らず、手をとりあって抗戦に加わり、筆先をそろえて外に向けよう[42]」と主張した。抗戦文芸は「その民族はまさに自由独立を勝ち取ろうとしており、それ自体も自由独立を勝ち取ろうとしてる[43]」と老舎は認識している。老舎の戦時思想には戦う意義を「打ち立てる」ことと精神を「一つにする」ことがあった。老舎は「否定的な批評は空虚に等しい[44]」と断言している。『戦争と平和』で主人公の地位を占めるのは統一されたロシアであり、『四世同堂』においては統一された中国である。

老舎は「抗戦文芸」に盡力し、「抗戦文芸は時代の大きな流れ[45]」と考えた。陳銓《チェンチュエン》は1943年次のように指摘している。中国新文学は三つの発展段階を経ている。第一段階は個人が中心であり、第二段階は階級が中心となり、第三段階は全民族が中心となった。第三段階で、中華民族は初めて強い民族意識を養った[46]。当時、民族主義文学は充分とはいえないが盛んになりつつあった。将来きっと大きな発展がある[47]と陳銓は予言している。

1944年世に出した『惶惑』(恐れと不安)、45年の『偸生』(いたずらに生きながらえる)、48年完成した『飢荒』(飢饉)によって構成された史詩『四世同堂』は林語堂の『京華煙雲』、『風声鶴啼』(1942、邦訳『嵐の中の木の葉』)、巴金の「抗戦三部曲」『火』、陳銓の『狂飆』(つむじ風)、艾蕪《アイウー》(がいぶ)の『山野』、戴望舒《ダイワンシュー》(たいぼうじょ)の抗戦詩……など緑茂る雄大な民族主義文学思潮を形成した。『四世同堂』は民族主義文学の高峰である。個人本位の文学や階級本位の文学を超越した、高度な民族本位の文学でもって中国現代文学にひとつのしめくくりを成しとげたのである。

注

（1）「火葬・序」、『老舍文集』vol.3、p.343、人民文学出版社 1982。

（2）「日記」1865 年 3 月 19 日、『レフ・トルストイ文集』vol.17、p.13、人民文学出版社 1991。

（3）『老舍文集』vol.5 p.51、人民文学出版社 1983。

（4）同上、p.52。

（5）『老舍文集』vol.4、p.36、人民文学出版社 1983。

（6）『老舍文集』vol.5、p.45、人民文学出版社 1983。

（7）『老舍文集』vol.4、p.98 ～ 99、人民文学出版社 1983。

（8）『老舍文集』vol.5、p.164、人民文学出版社 1983。

（9）『老舍文集』vol.4、p.50、人民文学出版社 1983。

（10）同上、p.52。

（11）同上、p.57。

（12）同上、p.57、p.302。

（13）『老舍文集』vol.5、p.300、人民文学出版社 1983。

（14）同上、p.300。

（15）『老舍文集』vol.4、p.52 ～ 53、人民文学出版社 1983。

（16）『老舍文集』vol.6、p.211、人民文学出版社 1984。

（17）同上、p.253。

（18）同上、p.3。

（19）『老舍文集』vol.5、p.136、人民文学出版社 1983。

（20）同上、p.35。

（21）『老舍文集』vol.6、p.254、人民文学出版社 1984。

（22）同上、p.50。

（23）『老舍文集』vol.5、p.55 ～ 56、人民文学出版社 1983。

（24）『老舍文集』vol.6、p.237、人民文学出版社 1984。

（25）同上、p.182。

（26）「東西文化及其哲学」、『梁漱溟全集』vol.1、p.332、山東人民出版社 1989。

（27）『老舍文集』vol.5、p.77、人民文学出版社 1983。

（28）『梁漱溟全集』vol.2、p.274、山東人民出版社 1989。

（29）『老舍文集』vol.5、p.77、人民文学出版社 1983。

（30）同上、p.11。

（31）同上、p.408。

（32）「中国文化要義」、『梁漱溟全集』vol.3 p.80、山東人民出版社 1990。

（33）同上、p.175。

(34)『老舍文集』vol.5、p.246、人民文学出版社 1983。

(35)『梁漱溟全集』vol.2、p.168、山東人民出版社 1989。

(36) 同上、p.174 ～ 175。

(37) 杜亜泉（1873 ～ 1933）ペンネームは傖父《ツァンフー》（そうふ)。1916 年 10 月「東方雑誌」13 巻 10 号に論文「静的文明と動的文明」を発表。この論文で中国と西洋文明の違いを比較した。その中に西洋社会は平和なので戦争を求め、中国社会は戦争なので平和を求めるという論述がある

(38)「中国人」(1939 年版序)、『中国人』p.12、学林出版社 1994。

(39)『老舍文集』vol.6、p.265、人民文学出版社 1984。

(40)「保衛武漢与文芸工作（武漢防衛と文芸工作)」、『抗戦文芸』12 期、1938 年 7 月 9 日。

(41)「略談抗戦文芸」、『老舍文集』vol.15、p.473、人民文学出版社 1990。

(42)「三年来的文芸運動」、同上、p.419。

(43)「略談抗戦文芸」、同上、p.472。

(44)「三年来的文芸運動」、同上、p.424。

(45)「文章下郷、文章入伍（文学を農村と軍隊へ)」、『中蘇文化』9 巻 1 期、抗戦四周年記念特刊、1941 年 7 月 25 日。

(46)「民族文化運動」、『民族文学』1 巻 1 期。

(47) 同上。

中国現代文学推薦書目

作家	**作品名**	**種類**	**所収誌（書）他**
魯迅	狂人日記	小説	
	阿Q正伝	小説	
	対於左翼作家聯盟的意見	雑文	二心集
	今天的両種感想	雑文	集外集拾遺
胡適	易卜生主義（イプセン主義）	文化論	『胡適全集』1集安徽教育
	我們走那条路（我々の行く道）	政治論	『胡適全集』4集
	我們的政治主張	政治論	『胡適全集』2集
	敬告日本国民	時事論	『胡適全集』22集
陳独秀	東西民族根本思想之差異	文化論	
梁漱溟	東西文化及其哲学	文化論	
呉宓	論新文化運動	文化論	
周作人	人的文学（人間の文学）	文化論	
	新文学的要求	文化論	
郭沫若	女神	詩	
冰心	斯人独憔悴（この人独り憔悴す）	小説	
	超人	小説	
蘆隠	海濱故人（海辺の旧友）	小説	
郁達夫	沈淪	小説	
	遅桂花（遅咲きの木犀の花）	小説	
	日本朝野要重新看待中国	政治論	
	（日本朝野は中国を見直すべし）		
蘇雪林	棘心	小説	
	与蔡孑民先生論魯迅書	文化論	
	（蔡孑民先生と魯迅を論ずるの書信）		

聞一多	憶菊（菊を憶う）	詩
	一句話（一言）	詩
施蟄存	春陽	小説
徐志摩	我有一個恋愛 （わたしにはある愛がある）	詩
	列寧忌日——談革命 （レーニンの命日に——革命について）	エッセイ
	再別康橋 （再びさらば、ケンブリッジ）	詩
蔣光慈	少年漂泊者	小説
梁実秋	現代中国文化之浪漫的趨勢	文化論
	現代文学論	文化論
	文学是有階級性的嗎？	文化論
	文学与革命	文化論
茅盾	蝕	小説
	子夜（真夜中）	小説
丁玲	莎菲女士的日記 （ソフィー女士の日記）	小説
	三八節有感（国際婦人デーの感想）	雑文
艾青	大堰河——我的保姆 （ダーイェンホー——わたしの乳母）	詩
	復活的土地（よみがえる土地）	詩
葉聖陶	倪煥之（げいかんし）	小説
柔石	二月	小説
	為奴隷的母親（奴隷となった母親）	小説
朱自清	荷塘月色（蓮池の月）	エッセイ
	那里走（どこへ行くのか）	エッセイ
	愛国詩	文化論

蕭紅	生死場（生死の場）	小説	
蕭軍	八月的郷村（八月の郷村）	小説	
王統照	山雨	小説	
	泪与翼（涙と翼）	小説	
李劼人	死水微瀾（淵のさざ波）	小説	
戴望舒	雨巷（雨の路地）	詩	
	我用残損的手掌（傷ついた手のひらで）	詩	
薩孟武等	中国本位的文化建設宣言	文化論	『文化建設』月刊 1935.1 巻4期
沈従文	辺城	小説	
	八駿図	小説	
	長河	小説	
許地山	東野先生	小説	
	解放者	小説	
	春桃	小説	
曹禺	雷雨	戯曲	
	原野	戯曲	
	北京人	戯曲	
張愛玲	金鎖記	小説	
	傾城之恋	小説	
銭鍾書	囲城（包囲された都市）	小説	
巴金	家	小説	
	火	小説	
	寒夜	小説	
趙樹理	小二黒結婚	小説	
	李有才板話（李有才の歌語り）	小説	
	邪不圧正（邪は正に勝てず）	小説	

艾蕪	人生哲学的一課	小説	
	山野	小説	
丘東平	一個連長的戦闘遭遇（ある中隊長の戦闘体験）	小説	
路翎	財主的児女們（富豪の子女達）	小説	
師陀	結婚	小説	
徐訏	風蕭蕭	小説	
陳銓	彷徨中的冷静	小説	商務印書館 1935
	狂飆（つむじ風）	小説	正中書局 1942
	野玫瑰（野バラ）	戯曲	『文史雑誌』1 巻 7 － 8 期 1941 年 7 － 8 月
	民族文化運動	文化論	『戦国副刊』24 期（重慶）『大公報』1942 年 5 月 13 日
林語堂	吾国与吾国民（我が国と我が国民）	エッセイ	
	生活的芸術	エッセイ	
	啼笑皆非（泣くに泣けず、笑うに笑えず）	エッセイ	
	孔子的智慧	文化論	
	京華煙雲（北京好日）	小説	
老舎	二馬（馬さん父子）	小説	
	猫城記（猫の国の物語）	小説	
	駱駝祥子	小説	
	四世同堂（四世代家族）	小説	

作家索引　中国語拼音ローマ字順に配列

監修者のことば――追悼祈念出版の経緯について

伊藤敬一

北京語言大学教授鄭万鵬先生著『中国現代文学史』の日語訳本の出版については2008年には九名の翻訳協力者の先生方の下訳がすべて完成していて、その草稿が監修者の私、伊藤敬一の手元に全部送られて来ていたのです。本来ならば、とっくに出版されている筈なのです。それが5年以上も遅れたのは、私が2012年、85歳を迎えた頃、全身四か所から、膀胱癌、腎臓癌、胃癌、肺癌と断続して、次から次へと癌を発症し、しかもその後、脳出血まで患って、左半身不随になってしまい、歩くことも、立つことも、座ることも、衣服の着脱もできず、立ち居振る舞いが全くできなくなって、困り果てました。

幸い癌は、すべてさがみ生協病院内科の長谷川倫雄医師の早期発見のおかげで、初期癌で済み、国立相模原病院で膀胱と胃と腎臓の手術と肺の放射線治療等を受け、入退院を繰り返して、何とか命拾いをすることが出来ました。左手足の麻痺も、町田の南町田病院と東林間の東芝林間病院とで約一年間、懸命にリハビリに努力した結果、最近では、何とか杖をついて歩けるまでに回復しました。

この長い闘病生活のために、私が分担した監修の仕事が、5年以上も遅れてしまったのです。このため関係各位にいろいろと大変なご迷惑をおかけしたことを先ず深くお詫び申し上げます。

この5年の遅れが各方面の予定をすべて狂わせ、私には、取り返しのつかぬ事態を招いてしまったように思われてなりません。白帝社をめぐる情勢も様変わりし、「中国語を学ぶ学生が激減したため、中国文学関係の本が売れなくなったことに加え、このところの出版不況もあって、白帝社はやむなく、編集部を縮小せざるを得ず、現状のままでは『中国現代文学史』の日訳本を出版することは無理になったことをご了解ください」と云うお手紙を昨年白帝社編集長の佐藤多賀子さんから受け取りました。しかもこの10年間に私たちにも高齢化の波が容赦なく押し寄せ、非常に身近で貴重な三人の優れた学者の先生方が次々と逝去されるという何とも残念至極な訃報が続き、誠に悲しい事態を迎えたのです。

そのお一人は、全く予期しなかったことに、私たちが翻訳作業中の『中国現代文学史』の著者鄭万鵬先生です。2015年9月5日に、心筋梗塞で急逝されたと云う知らせが、鄭先生の令嬢鄭葉青女士から来た時には、本当に驚いてしまいました。と同時に、鄭先生の突然のご逝去は、私たちにとっても、誠に大きな痛手だったと言わねばなりません。これまでは、翻訳の仕事についても、鄭先生からいろいろと教えて戴くことが出来たのですが、今後は、もはや直接謦咳に接することはできなくなってしまったのです。これからは、遺された御著書『中国現代文学史』を繙いて、本格的に自分自身で勉強する外無くなってしまったのです。その意味では、この御著書は、今後長期に亘って、私たちの新たな貴重な宝として活用されるに違いありません。

もうお一人は、前回の『中国当代文学史』(白帝社版日訳本2002年出版)の翻訳の時も、今回の『現代文学史』の翻訳に当っても、監修の仕事を分担して下さった京都産業大学の名誉教授の藤井栄三郎先生で、御自身が分担された監修のお仕事を、立派に完成されてから間も無く、胃癌を発症され、2009年10月5日未明に逝去されたのです。藤井先生は、また長期に亘って、私たちの老舎研究会の代表委員としても、いろいろ御尽力下さいました。温厚で親しみ深い方でした。毎年老舎研究会の年会で、いつも飄飄とした風情で含蓄のある話をしてくださったお姿が今も目に浮かびます。

当時「文革」による迫害を受け、あまりにも悲惨な最期を遂げた老舎の文学作品の国際的な真価を再評価しようという動きが国際的にも大きくなって来て、1982年3月、第一届国際老舎学術研討会が初めて内外の老舎研究家を多数集めて、老舎が嘗て、胡潔青夫人(書画の名手としても有名）と新婚時代を過ごされたゆかりの地山東省済南の山東大学で、盛大に開催されました。

それ以来ほぼ3年に一度ぐらいの割合で国際シンポジウムが開かれており、2015年10月29日から11月1日までの、四日間には、老舎が抗日戦時期に住んでいた重慶近くの北碚にある西南大学文学院で、第七届老舎国際学術研討会が開かれました。老舎文学の研究も年々盛んになり、研究の質も向上しています。文学として質は異なりますが、魯迅と並ぶ程に評価されるようになって来たことは、喜ばしい次第です。

次いで1987年4月24日から26日までの三日間、やや小規模ながら、英国の香港返還を間近かに控えての中国側の企画の一つと思われますが、香港中華文化促進センターという小さな事務所を持つ団体が主宰者となって、香港の中環徳輔道中141号の国際大厦を会場として「老舎専題討論会」という国際シンポジウムが開かれています。香港三聯書店（生活、読書、新知の三つの書店の聯合体。マルクス・レーニン全集など、進歩的書籍の出版で有名）のご協力による老舎夫妻の書、画、遺品、名品、を集めて展示した「老舎歴程展」も同時開催されていて、多くの人を集めていました。

日本からは、私と藤井栄三郎先生の二人が招かれて参加し、中国語での研究発表を要請されました。この人選は、多分舒乙さん舒済さんなど北京の老舎さんの御遺族か、中国の老舎研究会の幹事の方と相談されて、決まったものと思われます。実はこれが私と藤井栄三郎先生との記念すべき最初の出会いだったのです。

私は当時発表したばかりの「『微神』小論」を報告しました。老舎の短編『微神』は、作中の難解な象徴的表現の多いことで有名な作品ですが、これは、私が初めてその象徴的表現の謎解きを試みた論文です。藤井先生は、驚いたことに英語にも堪能で、英国作家ディケンズの小説と老舎の作品との影響関係を実証的に考察された本格的なレポートを発表されたのです。

報告が済んでから、少し質疑応答の時間が予定されていて、司会は私たちと親交のある天津南開大学の范亦豪教授、彼は非常に文学的センスのある優れた著書『遅到的老舍（遅れて帰って来た老舍）』の著者で、中国老舍研究会の代表的幹事の一人です。参加者はほとんどが香港大学の若い学生さんたちのようで、なかなか熱心に質問を出す人もいたのですが、藤井先生がゆっくりと英語で応答されていたのには全く敬服しました。私は英語も中国語も聞き取りが苦手で、質疑応答は適当にごまかしてしまいました。周知のように、香港は1997年7月1日に英国から中国に返還されましたが、中国側も前もってこのような老舍の討論会を企画するとは、将来の良好な関係を期待していろいろと神経を使うものだなと、妙に感心しました。これが機縁となって私が藤井先生と親しく話が出来るようになったのはこの討論会の一番の収穫でした。

今度の日語訳本の出版を私たちが敬愛する鄭先生と藤井先生の御二人に対する追悼祈念出版にしようではないか、と提案したのは私ですが、翻訳関係者全員の総意でもあります。実は鄭万鵬先生ご自身も積極的に賛成して下さったのです。鄭先生は「私には、亡くなられた藤井先生には二重の‘文恩’があります。以前の『当代文学史』と今度の『現代文学史』と二度も監修の仕事をして下さった恩義があります。こういう形で自分の藤井先生に対する弔意と感謝の気持ちが表わせるのなら有り難いお話です。全面的に賛成します」と仰って下さったのです。まさかこれが鄭先生自身までも追悼祈念することになろうとは、鄭先生も私たちも思いも及ばなかった悲しい皮肉なめぐりあわせになり、誠に断腸の思いを禁じ得ません。

もうこれ以上、不幸な悲しい知らせが来ないよう祈っているところへもうひと方、この2016年丙申年の正月22日（金）未明に、この日語訳本の筆頭監修者、中山時子先生が50歳の頃から長期に亘って治療に努めておられた糖尿病が悪化して急逝されたのです。享年93歳でした。中山先生は戦前の北京大学を卒業されており、戦後、東京大学中文科に再入学されて、私と同期になって、時々同じ講義を聴講して私の中国語会話の練習相手になって下さいました。非常に指導力のある方で、「お茶の水女子大学の教え子と一緒に中国旅行に行って中国料理を食べるのが、私が元気になる一番の源なんですよ」と仰るのが常でした。わたしもこんな御縁から、中山先生の教え子の皆さんとご一緒に、珍しい旅をしたり、食べたこともないような風変わりな中国料理を食べる機会にも恵まれました。

中山先生の指導力の強さは特別で、前回の『当代文学史』の翻訳の時も今回の『現代文学史』の時も、翻訳協力者を組織する時は中山先生のご尽力で、人数が揃うのですから、感服してしまいます。たしか5年ほど前、88歳の頃、中山先生は独自の学会を作りたいと仰って、各方面に連絡して、ついに「日中文学文化研究学会」という学会を立ち上げ、私たち現代文学をやっている者には苦手な老荘思想とか易経とかをそれぞれ専門家に頼んで講義をしてもらうという形で我々に得難い勉強の機会を提供して下さったのです。あのご高齢でご病気がちの体でよくあれだけ、奮闘されたものだと思います。それ以外にも文京シビックセンターや九段生涯学習館に部屋を借り、毎週、紅楼夢や老舎の作品を読む会も主催していらっしゃって、最後まで正に超人並み以上の活動をされました。心から敬意を表したいと思います。また、中山先生が最後には歩けなくなって、完全に車椅子の生活になられてから以後、その生活を分担して支えて下さった多くの教え子の方たちにも、心から「ご苦労様でした」と感謝の意を表したいと存じます。

私の病気のために5年以上も遅れ、関係者各位の予定が全面的に狂ってしまい、出版が大幅に遅れたことを重ねてお詫び申し上げ、ここに皆さまのご協力の下に、ようやく出版が実現したことを心より喜んでご報告申し上げる次第であります。鄭万鵬老師、藤井栄三郎先生、中山時子先生この三名の先生方は、ひょっとすると天国で、今頃偶然再会されて、お互いにびっくりすると同時に、天国から下界を見下ろしながら日訳書の出版が旨く実現するかどうか心配して、話し合っているのかも知れません。或いは久しぶりの再会に天上界の仙女も交えて、愉快に談笑していらっしゃるのでしょうか、とにかく私たちに残された三先生の大いなる学問上の御業績に対し、満腔の敬意を表し、私たちがこれまで長期に亘って三先生から親しく受けて来た大いなる文恩にも深く、感謝申し上げ、在天の三先生のご冥福を衷心よりお祈り申し上げると共に、この翻訳関係者一同の努力の結晶でもあるこの日訳本を関係者一同の総意の下に、三先生の追悼祈念出版とし、三先生を末永く追悼し、祈念申し上げるよすがとして、謹んで在天の三先生の御霊前に捧げるものであります。合掌！

（この文章は「追悼祈念出版のご報告を含めてのご挨拶」と題して、
伊藤敬一先生がご生前からすでに書かれておられたものです）

父のこと

藤井宏

伊藤敬一先生から「このたびの鄭万鵬先生の『中国現代文学史』の翻訳を藤井栄三郎先生の追悼祈念出版として刊行したいので、追悼文を書いていただけないか」とのお手紙を頂きました。ついては、だれかゆかりの人に依頼していただいてもいいとのことでした。追悼文なら本来どなたかに依頼するのが筋と思いましたが、時間もあまりないので、私の方から簡単な紹介ということで小文を書かせていただくことにしました。

父藤井栄三郎は昭和 2 年 5 月に生まれ、平成 21 年 10 月に世を去りました。生まれたのは兵庫県でしたが、子供時代を静岡で過ごし、大阪でその後の人生を送りました。静岡時代は祖父が静岡駅前で運送屋をやっており、この少年時代は、時局の悪化まではまだ間があり、父の人生の中で最ものどかな時代だったようで、生涯静岡を懐かしがっていました。静岡というのは豊かなところで、父が通っていた駅近くの伝馬町小学校は戦前から鉄筋校舎で、水洗便所であったとのことです。また、特急「燕」や「富士」、「桜」といった当時の看板列車をはじめ多くの旅客列車や貨物列車が行き交う静岡駅前の運送屋は大変活気があったそうです。そして、その運送屋の店先に御客用に大人向けの雑誌やらが、いろいろ置いてあり、そんなせいで子供時代から本を読む習慣がつき、少々ませた子であったようです。修身の時間に先生から「兵隊さんは死んでもラッパを口から放しませんでした。なぜだと思いますか」と聞かれ、「はい、それは死後硬直だと思います。」と答え、大変叱られたそうです。こういう理屈っぽさは生涯続き、大学卒業後は、定時制高校、大学と、一貫して教職に在ったこともあって、特に今の人から見れば、気難しさや堅苦しさがあったことも否めなかったであろうと思います。この生真面目さは生来のもので、大きな癌が見つかってからも変わらず、「自分の病気がどう変遷していくのか興味がある」と言っていました。亡くなる前日までけんめいにひとりでトイレに行っていたことや、大阪での中学生時代、町でルーズベルトのわら人形と竹刀が置いてあり、通りがかりにみんなが竹刀で人形を殴って行っていたような時代に、ある絵の先生が「みんな竹刀で藁人形を殴っていますが、君たちは決してあんなことをしてはいけませんよ。あれは三等国の人間のやることです」と言っていたということを話していたことなどを、思いあわせると、あの戦争の時代をともかくもまじめな気持ちで生きた人に共通の昔堅気を感じます。

京都の大学に進むとき英文学にするか中国文学にするかで随分迷ったそうですが、結局、より魅力を感じた中国を選んだそうです。それでも英文学に対する興味は以前からずいぶんあったらしく、20代の終わり頃、定時制高校で国語を教えながら、当時1名募集のあった神戸大学の英文科に学士入学し、ヘミングウェイやスコット・フィッツジェラルドといった「失われた世代」の文学をはじめとするアメリカ文学を学んでいたようです。「卒業論文を出して卒業証書をもらっておけ」と、指導してくれた先生に言われたそうですが、仕事が忙しかったため、結局卒業証書はもらわなかったそうです。それでも、この期間は有意義であったようで、このとき指導を受けた谷口陸男先生とは年賀状のやり取りぐらいの交流はあり、その後この先生が「ヘミングウェイ全集」を編まれたときに、「中国におけるヘミングウェイの読まれ方はどうか」などということを聞かれて、ちょっと調べて返事を出したということを聞いたことがあります。あわせて英国の文豪ディケンズにも以前から興味を持っていたようで、これは専門であった老舎の文学とかかわるものとしての興味も大きかったと思われます。ディケンズが『オリバー・ツイスト』を書いたことによってイギリスの孤児院での子供の扱いが改善されたという、その筆力とともに老舎の社会派小説につながる点に心ひかれたのだと思います。それとこれは想像ですが、中国文学が優れたものであることは言うまでもないのですが、中国の伝統的文化は老成を尊ぶせいか、中国の文学にはやや若々しさに欠けるきらいがないでもないように感じることが時々ありますが、老舎には『微神（幻想）』や『月牙児（三日月）』のような欧米的な若々しさを感じさせる作品もあるので、ディケンズ以外にもこういう点に何か英米につながる教養と文学性を感じたのかもしれないという気がします。静岡での子供時代、運送屋の店先に置いてあったラジオから「上海より、現代支那の著名なる作家魯迅氏が重体との報が入っております」というアナウンサーの声が流れるのを聞いて、子供心に「"ロジン" というのは一体どんな字を書くのだろう」と思った覚えがあるそうです。父の時代、中国文学と言えば世間は「漢詩・漢文」と思っていた時代で、現代の中国文学に興味を持つのは、やはり珍しいことだったろうと思いますが、このエピソードなどを思い出すと、ひょっとしたら何かしらの縁があったのかもしれないという思いがします。葬儀は家族葬を執り行い、棺には老舎短編集と英詩のアンソロジー、それに方丈記を入れておきました。

最後になりましたが、この本を父の追悼祈念出版ということにしていただき、どうもありがとうございました。この場をお借りして皆様にお礼を申し上げます。

2015年5月12日

あとがき

──『中国現代文学史』（日本語版）出版の経過──

平松圭子

2015年、伊藤敬一先生から電話や手紙をいただくようになりました。用件は本書の出版についてです。

かつて2002年に鄭万鵬著『中国当代文学史』（日本語版）を白帝社から出していただきました。伊藤先生は『中国現代文学史』も是非白帝社からと考えておられました。そうこうするうちに、監修者の藤井栄三郎先生がご逝去され、鄭万鵬先生が急逝されるとそれに続くように中山時子先生、伊藤敬一先生も監修途中で亡くなられ、本書の出版は停止せざるをえませんでした。

幸い、伊藤敬一先生の監修作業は殆ど終りに近く、翻訳全文、伊藤先生の「監修者のことば」、藤井宏先生の「父のこと」もすでに原稿データが白帝社に送られていました。私が翻訳担当者の中で最年長でしたので、でしゃばりました。白帝社編集部の佐藤多賀子さんを通して、佐藤康夫社長に四人の先生がたへの追悼として、出版していただけないかお願いしたところ、佐藤社長は承諾してくださいました。

白帝社で全文を印字していただき、布施直子、武永尚子両先生に協力をお願いし、私たち三人で全文を読み、注の入れかた、書名など固有名詞の日本語訳を統一するなどに注意しました。これをもとにして初校のゲラを作り、初校は各翻訳担当の先生がたにも目を通していただきました。

たいへん時間がかかりましたが、やっと出版することが出来ました。白帝社の社長をはじめ編集部の皆さんにお世話になりました。本書出版の実務を担当してくださった加藤浩志氏からは有意義なご意見をいただきました。お世話になった皆さんに心から感謝しております。同時に、本書を出版することができたことを今は亡き著者鄭万鵬先生と三人の監修者、藤井栄三郎先生、中山時子先生、伊藤敬一先生にご報告し、ご冥福をお祈りいたします。

尚、中国では学術上時代区分するとき、五四運動の頃から1949年9月までの中華民国時代を現代、1949年10月以降、中華人民共和国成立後を当代と称することがあります。前出の『中国当代文学史』は中華人民共和国成立後の文学作品を紹介し、論評を加えてあります。本書『中国現代文学史』は中華民国時代の中国本土の文学作品と作者について紹介、論評がなされています。現代、当代と分けていることは、専門外の方には奇妙に思われることでしょう。蛇足ながら説明を加えさせていただきました。

2020年12月

著者プロフィール

鄭万鵬（**ていばんほう** Zheng Wanpeng）

1940年12月生まれ、吉林省松原出身。北京語言文化大学人文学部教授。
1960年より1975年まで東北師範大学に学ぶ。次いで教員として在籍。
1975年より北京語言文化大学にて教鞭を執る。専門は現代・当代の中国文学。
2015年9月5日心筋梗塞を発症して急逝。享年75歳。
著書に『十九世紀欧米文学史論』（中国社会科学出版社）、『中国当代文学史』（北京語言文化大学出版社。日本語版、東京、白帝社）、『「白鹿原」研究』（時代文芸出版社）『中国現代文学史』（華夏出版社）等。

監修者

伊藤敬一　東京大学名誉教授
中山時子　お茶の水女子大学名誉教授
藤井栄三郎　京都産業大学名誉教授

訳　者

藤井宏　同志社大学非常勤講師
自序、上編緒論、第1章、第5章2節、第6章、中編緒論、第7章
和田知久　中部大学准教授
第2章、第3章、第4章、第5章1節
伝田あつ子　中国文学研究者
第8章、第9章、第10章、第11章
布施直子　中国文学研究者
第12章、第13章、第14章
市原幸子　中国現代文学研究者
第15章、第16章、第17章、第18章
稲田直樹　中国文学研究者
第19章、第20章と附、下編緒論
武永尚子　二松学舎大学名誉教授
第21章、第22章、第23章
南雲大悟　立教大学講師
第24章、第25章、第26章、第27章
平松圭子　大東文化大学名誉教授
第28章、『四世同堂』中国現代文学の総結

中国現代文学史

2021 年 6 月 22 日　初版印刷
2021 年 6 月 28 日　初版発行

著　　者　鄭 万 鵬
翻訳監修　伊藤敬一・中山時子・藤井栄三郎
発 行 者　佐藤康夫
発 行 所　白 帝 社
〒 171-0014　東京都豊島区池袋 2-65-1
電話　03-3986-3271　Fax　03-3986-3272
info@hakuteisha.co.jp
http://www.hakuteisha.co.jp

編集・組版　加藤浩志（木曜舍）
装幀　加藤浩志（木曜舍）
印刷・製本　（株）ティーケー出版印刷

Printed in Japan〈検印省略〉6914　ISBN 978-4-86398-424-0
＊定価はカバーに表示してあります

❖好評既刊❖

中国当代文学史

建国より20世紀末までの作家と作品
文学思潮を軸にして

鄭万鵬 著

中山時子・伊藤敬一・藤井栄三郎・李玉敬 翻訳監修

A5判 360頁 定価3080円［本体2800円＋税10%］

■文化大革命終息後の「新時期文学」に焦点を当てた最初の本格的な中国当代文学史。1・2章で中華人民共和国建国（1949）から「文化大革命」（1966～76）終息までの中国文学の動向を現在の立場から回顧して簡潔に総括した上で残り10章をあてて「文革」以降から最近に至る新時期の中国文学における多様で活発な諸潮流について歴史的叙述を行っている。

❖目次❖